金庸作品集 14

飞狐外传 上

金庸 著

图书在版编目(CIP)数据

飞狐外传/金庸著. —广州：广州出版社，2011.11（2020.05重印）
ISBN 978-7-5462-0615-8

Ⅰ.①飞… Ⅱ.①金… Ⅲ.①侠义小说－中国－当代 Ⅳ.①I247.5

中国版本图书馆CIP数据核字（2011）第228101号

广东省版权局版权合同登记图字：19-2012-019号

朗声图书

本书版权由查良镛（金庸）先生授权广州市朗声图书有限公司在中国大陆（不包括香港、澳门、台湾地区）专有使用

版权所有·侵权必究

飞狐外传

出版发行	广州出版社
	（地址：广州市天河区天润路87号广建大厦九楼、十楼　邮政编码：510635
	网址：http://www.gzcbs.com.cn）
策　　划	欧阳群
责任编辑	何　娴　田宇星
文字编辑	林春光
责任校对	林卓萍
内文插画	王司马
封面设计	李小祖
代理发行	广州市朗声图书有限公司（发行专线：020-34297719）
印　　刷	广州市恒远彩印有限公司
	（地址：广州市天河区柯木塱高塘石杨梅岭路3号　邮编：510520）
开　　本	880毫米×1230毫米　1/32
总 字 数	562千
总 印 张	21.5
版　　次	2020年5月第3版
印　　次	2020年5月第7次
书　　号	ISBN 978-7-5462-0615-8
总 定 价	72.00元（全二册）

衬页印章／陈豫锺「最爱热肠人」：陈豫锺（1762—1806），浙江杭州人，浙派篆刻名家，「西泠八家」之一。他是乾隆年间人，与本书中胡斐等人同时。

左图／居廉《山茶水仙图》：居廉，广东番禺隔山乡人，清末广东最重要的画家之一，是岭南画派的先声。山茶艳丽，水仙清雅，借用这两种花卉象征本书的女主角袁紫衣与程灵素。

清代仕女：清代杨柳青年画。从此图中可以想见苗夫人南兰、马春花、袁紫衣等人的衣饰服装。

田世光《僧鞋菊》：
田世光，当代画家。
花朵蓝色，形状甚怪，所以名称也怪，学名叫作「阿科尼同」。有毒，医药上用处很大，可医瘰疬、肿痒、脚气等症，又可利尿、杀虫，有麻醉作用。程灵素所培植的蓝花或许是其变种。

郎世宁绘乾隆名驹之一：郎世宁（1688—1766），意大利耶稣会教士，历康熙、雍正、乾隆三朝为清廷画工。图中白马为大宛名驹，骆冰送给胡斐的白马或与此相似。

伍学藻《荔枝图》：伍学藻是十九世纪末广东著名画家，善画荔枝。他是顺德人，袁紫衣的同乡。

佛山铜衬剪纸「唐明皇游月宫」。

佛山剪纸「纸鹊」：
剪纸是佛山的一种著名艺术，图中有喜鹊，有金鱼，是「喜庆有余」的意思。喜鹊与金鱼的构图极具匠心。

三彩瓷船：康熙年间的素胎三彩瓷船。色彩和制作有重大艺术价值。袁紫衣和易吉在帆船的桅杆上斗鞭，那艘帆船当和图中瓷船相似。

"金庸作品集"序

小说是写给人看的。小说的内容是人。

小说写一个人、几个人、一群人或成千成万人的性格和感情。他们的性格和感情从横面的环境中反映出来,从纵面的遭遇中反映出来,从人与人之间的交往与关系中反映出来。长篇小说中似乎只有《鲁滨逊飘流记》,才只写一个人,写他与自然之间的关系,但写到后来,终于也出现了一个仆人"星期五"。只写一个人的短篇小说多些,写一个人在与环境的接触中表现他外在的世界、内心的世界,尤其是内心世界。

西洋传统的小说理论分别从环境、人物、情节三个方面去分析一篇作品。由于小说作者不同的个性与才能,往往有不同的偏重。

基本上,武侠小说与别的小说一样,也是写人,只不过环境是古代的,人物是有武功的,情节偏重于激烈的斗争。任何小说都有它所特别侧重的一面。爱情小说写男女之间与性有关的感情,写实小说描绘一个特定时代的环境,《三国演义》与《水浒》一类小说叙述大群人物的斗争经历,现代小说的重点往往放在人物的心理过程上。

小说是艺术的一种,艺术的基本内容是人的感情,主要形式是美,广义的、美学上的美。在小说,那是语言文笔之美、安排结构之美,关键在于怎样将人物的内心世界通过某种形式而表现出来。

什么形式都可以，或者是作者主观的剖析，或者是客观的叙述故事，从人物的行动和言语中客观的表达。

读者阅读一部小说，是将小说的内容与自己的心理状态结合起来。同样一部小说，有的人感到强烈的震动，有的人却觉得无聊厌倦。读者的个性与感情，与小说中所表现的个性与感情相接触，产生了"化学反应"。

武侠小说只是表现人情的一种特定形式。好像作曲家要表现一种情绪，用钢琴、小提琴、交响乐或歌唱的形式都可以，画家可以选择油画、水彩、水墨或漫画的形式。问题不在采取什么形式，而是表现的手法好不好，能不能和读者、听者、观赏者的心灵相沟通，能不能使他的心产生共鸣。小说是艺术形式之一，有好的艺术，也有不好的艺术。

好或者不好，在艺术上是属于美的范畴，不属于真或善的范畴。判断美的标准是美，是感情，不是科学上的真或不真，道德上的善或不善，也不是经济上的值钱不值钱，政治上对统治者的有利或有害。当然，任何艺术作品都会发生社会影响，自也可以用社会影响的价值去估量，不过那是另一种评价。

在中世纪的欧洲，基督教的势力及于一切，所以我们到欧美的博物院去参观，见到所有中世纪的绘画都以圣经为题材，表现女性的人体之美，也必须通过圣母的形象。直到文艺复兴之后，凡人的形象才在绘画和文学中表现出来，所谓文艺复兴，是在文艺上复兴希腊、罗马时代对"人"的描写，而不再集中于描写神与圣人。

中国人的文艺观，长期来是"文以载道"，那和中世纪欧洲黑暗时代的文艺思想是一致的，用"善或不善"的标准来衡量文艺。《诗经》中的情歌，要牵强附会地解释为讽刺君主或歌颂后妃。陶渊明的《闲情赋》，司马光、欧阳修、晏殊的相思爱恋之词，或者惋惜地评之为白璧之玷，或者好意地解释为另有所指。他们不相信文艺所表现的是感情，认为文字的唯一功能只是为政治或社会价值服务。

我写武侠小说，只是塑造一些人物，描写他们在特定的武侠环境（古代的、没有法治的、以武力来解决争端的社会）中的遭遇。当时的社会和现代社会已大不相同，人的性格和感情却没有多大变化。古代人的悲欢离合、喜怒哀乐，仍能在现代读者的心灵中引起相应的情绪。读者们当然可以觉得表现的手法拙劣，技巧不够成熟，描写殊不深刻，以美学观点来看是低级的艺术作品。无论如何，我不想载什么道。我在写武侠小说的同时，也写政治评论，也写与哲学、宗教有关的文字。涉及思想的文字，是诉诸读者理智的，对这些文字，才有是非、真假的判断，读者或许同意，或许只部份同意，或许完全反对。

对于小说，我希望读者们只说喜欢或不喜欢，只说受到感动或觉得厌烦。我最高兴的是读者喜爱或憎恨我小说中的某些人物，如果有了那种感情，表示我小说中的人物已和读者的心灵发生联系了。小说作者最大的企求，莫过于创造一些人物，使得他们在读者心中变成活生生的、有血有肉的人。艺术是创造，音乐创造美的声音，绘画创造美的视觉形象，小说是想创造人物。假使只求如实反映外在世界，那么有了录音机、照相机，何必再要音乐、绘画？有了报纸、历史书、记录电视片、社会调查统计、医生的病历纪录、党部与警察局的人事档案，何必再要小说？

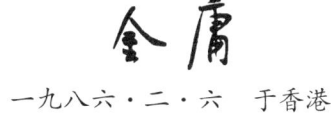

一九八六·二·六　于香港

目录

第一章　大雨商家堡 …………………… 3

第二章　宝刀和柔情 …………………… 27

第三章　英雄年少 ……………………… 51

第四章　铁厅烈火 ……………………… 101

第五章　血印石 ………………………… 141

第六章　紫衣女郎 ……………………… 175

第七章　风雨深宵古庙 ………………… 215

第八章　江湖风波恶 …………………… 247

第九章　毒手药王 ……………………… 273

第十章　七心海棠 ……………………… 301

那高瘦大汉拉住了大车，骡子再也不能向前半尺。车中美妇先行下车，走进厅去。田归农失魂落魄一般也跟了进去。

第一章　大雨商家堡

"胡一刀，曲池，天枢！"

"苗人凤，地仓，合谷！"

一个嘶哑的嗓子低沉地叫着。叫声中充满着怨毒和愤怒，语声从牙齿缝中迸出来，似是千年万年、永恒的咒诅，每一个字音上涂着血和仇恨。

突突突突四声响，四道金光闪动，四枝金镖连珠发出，射向两块木牌。

每块木牌的正面反面都绘着一个全身人形，一块上绘的是个浓髯粗豪的大汉，旁注"胡一刀"三字；另一块上绘的是个瘦长汉子，旁注"苗人凤"三字，人形上书明人体周身穴道。木牌下面接有一柄，两个身手矫捷的壮汉各持一牌，在练武厅中满厅游走。

大厅东北角一张椅子中坐着一个五十来岁的白发婆婆，口中喊着胡一刀或苗人凤穴道的名称。一个二十来岁的英俊少年劲装结束，镖囊中装着十几枝金镖，听得那婆婆喊出穴道名称，右手一扬，就是一道金光射出，钉向木牌。两个持牌壮汉头戴钢丝罩子，上身穿了厚棉袄再罩牛皮背心，唯恐少年失了准头，金镖招呼到他们身上。两人窜高伏低，摇摆木牌，要让他不易打中。

大厅外的窗口，伏着一个少女、一个青年汉子。两人在窗纸上挖破了两个小孔，各用右眼凑着向里偷窥。两人见那少年身手不凡，发镖甚准，不由得互相对望了一眼，脸上都露出讶异的神色。

天空黑沉沉的堆满了乌云。大雨倾盆而下，夹着一阵阵的电闪雷轰，势道吓人。黄豆大的雨点打在地下，直溅到窗外两个少年男女的身上。

他们都身披油布雨衣，对厅上的事很感好奇，又再凑眼到窗洞上去看时，只听得那婆婆说道："准头还可将就，就是没劲儿，今日就练到这里。"说着慢慢站起身来。

少女拉了那汉子一把，急忙转身，向外院走去。那汉子低声道："这是什么玩意儿？"那少女道："什么玩意儿？自然是练镖了。这人的准头算是很不错的了。"那汉子道："难道练镖我也不懂？可是木牌上干么写了什么胡一刀、苗人凤？"那少女道："这就有点邪门。你不懂，我怎么就懂了？咱们问爹爹去。"

这少女十八九岁年纪，一张圆圆的鹅蛋脸，眼珠子黑漆漆的，两颊晕红，周身透着一股青春活泼的气息。那汉子浓眉大眼，比那少女大着六七岁，神情粗豪，脸上生满紫色小疮，相貌虽然有点丑陋，但步履轻健，精神饱满，却也英气勃勃。

两人穿过院子，雨越下越大，泼得两人脸上都是水珠。少女取出手帕抹去脸上水滴，红红白白的脸经水一洗，更是显得娇嫩。那汉子呆呆的望着她，不由得呆了。少女侧过头来，故意歪了雨笠，让竹笠上的雨水都流入了他衣领。那汉子看得出了神，竟自不觉。那少女噗哧一笑，轻轻叫了声："傻瓜！"走进花厅。

厅中东首生了好大一堆火，二十多个人团团围着，在火旁烘烤给雨淋湿了的衣物。这群人身穿玄色或蓝色短衣，有的身上带着兵刃，是一群镖客、趟子手和脚夫。厅上站着三个武官打扮的汉子。这三人刚进来避雨，正在解去湿衣，斗然见到这明艳照人的少女，不由得眼睛都是一亮。

那少女走到烤火的人群中间，把一个精干瘦削的老人拉在一旁，将适才在后厅见到的事悄声说了。那老人约莫五十来岁，精神健旺，头上微见花白，身高不过五尺，但目光炯炯，凛然有威。他听了那少女的话，眉头一皱，低声呵责道："又去惹事生非！若是让人家知觉了，岂不是自讨没趣？"那少女伸伸舌头，笑道："爹，这趟陪你老人家出来走镖，这可是第十八回挨骂啦。"那老人道："我教你练功夫时，旁人来偷瞧，那怎么啦？"

那少女本来嬉皮笑脸，听父亲说了这句话，不禁心头一沉。她想起去年有人悄悄在场外偷瞧她父亲演武，父亲明明知道，却不说破，在试发袖箭之时，突然一箭，将那人打瞎了一只眼睛。总算他手下容情，劲道没使足，否则袖箭穿脑而过，哪里还有命在？父亲后来说，偷师窃艺，乃是武林中的大忌，比偷窃财物更为人痛恨百倍。

那少女一想，倒有些后悔，适才不该偷看旁人练武，但姑娘的脾气要强好胜，嘴上不肯服输，说道："爹，那人的镖法也平常得紧，保管没人偷学了。"老者脸一沉，斥道："你这丫头，怎么开口就说旁人的玩意儿不成？"那少女一笑，道："谁教我是百胜神拳马老镖头的女儿呢？"

三个武官烤火，不时斜眼瞟向那美貌少女，只是他父女俩话声很低，听不到说些什么。那少女最后一句话说得大声了，一个武官听到"百胜神拳马老镖头的女儿"几个字，瞧瞧这短小瘦削、骨头没几两重的干瘪老头，又横着眼一扫插在厅口那枝黄底黑丝线绣着一匹插翅飞马的镖旗，鼻中哼了一声，心想："百胜神拳？吹得好大的气儿！"

原来这老者姓马，名行空，江湖上外号叫作"百胜神拳"。那少女是他的独生爱女马春花。这名字透着有些儿俗气，可是江湖上的武人，也只能给姑娘取个什么春啊花啊的名字。跟她一起偷看人家练镖的汉子姓徐，单名一个铮字，是马行空的徒弟。

徐铮蹲在火堆旁烤火，见那武官不住用眼瞟着师妹，不由得心头有气，向他怒目瞪了一眼。那武官刚好回过头来，与他目光登时就对上了，心想你这小子横眉怒目干什，也是恶狠狠的瞪了他一眼。徐铮本就是霹雳火爆的脾气，眼见对方无礼，当下虎起了脸，目不转睛的瞪着那武官。

那武官约莫三十来岁，身高膀宽，一脸精悍之色。他哈哈一笑，向左边的同伴道："你瞧这小子斗鸡儿似的，是你偷了他婆娘还是怎地？"那两个武官对着徐铮哈哈大笑。

徐铮大怒，霍地站起来，喝道："你说什么？"那武官笑吟吟的道："我说，小子唉，我说错啦，我跟你陪不是。"徐铮性子直，听到人家陪不是，也就算了，正要坐下，那人笑道："我知道人家不是偷了你婆娘，准是偷了你妹子。"

徐铮一跃而起，便要扑上去动手，马行空喝道："铮儿，坐下。"徐铮一愕，脸孔胀得通红，道："师父，你……你没听见？"马行空淡淡的道："人家官老爷们，爱说几句笑话儿，又干你什么事了？"徐铮对师父的话向来半句不敢违拗，狠狠瞪着那个武官，却慢慢坐了下来。那三个武官又是一阵大笑，更是肆无忌惮的瞧着马春花，目光中尽是淫邪之意。

马春花见这三人无礼，要待发作，却知爹爹素来不肯得罪官府，寻思怎生想个法儿，跟这三个臭官儿打一场架。突然电光一闪，照得满厅光亮，接着一个焦雷，震得各人耳朵嗡嗡发响，这霹雳便像是打在这厅上一般。天上就似开了缺口，雨水大片大片的泼将下来。

雨声中只听得门口一人说道："这雨实在大得狠了，只得借光在宝庄避一避。"庄上一名男仆说道："厅上有火，大爷请进吧。"

厅门推开，进来了一男一女，男的长身玉立，气宇轩昂，背上负着一个包裹，三十七八岁年纪。女的约莫廿二三岁，肤光胜雪，眉目如画，竟是一个绝色丽人。马春花本来算得是个美女，但这丽人一到，立时就比了下去。两人没穿雨衣，那少妇身上披着男子的外衣，已然全身尽湿。那男子携着少妇的手，两人神态亲密，似是一对新婚夫妇。那男子找了一捆麦秆，在地下铺平了，扶着少妇坐下，显得十分的温柔体贴。这二人衣饰都很华贵，少妇头上插着一枝镶珠的黄金凤头钗，看那珍珠几有小指头大小，光滑浑圆，甚是珍贵。马行空心中暗暗纳罕："这一带道上甚不太平，强徒出没，这一对夫妇非富即贵,为何不带一名侍从,两个儿孤孤单单的赶道?"饶是他在江湖上混了一世,却也猜不透这二人的来路。

马春花见那少妇神情委顿,双目红肿,自是途中遇上大雨,十分辛苦,这般穿了湿衣烤火,湿气逼到体内,非生一场大病不可,当下打开衣箱,取出一套自己的衣服,走近去低声说道:"娘子,我这套粗布衣服,你换一换,待你烘干衣衫,再换回吧。"那少妇好生感激,向她一笑,站起身来,目光中似乎在向丈夫询问。那男子点点头,也向马春花一笑示谢。那少妇拉了马春花的手,两个女子到后厅去借房换衣。

三个武官互相一望,脸上现出特异神色,心中都在想像那少妇换衣之时,定然美不可言。适才和徐铮斗口的那个武官最是大胆,低声道:"我瞧瞧去。"另一个笑道:"老何,别胡闹。"那姓何的武官眯眯眼睛,站起身来,跨出几步,一转念,从地下拾起腰刀,挂在身上。

徐铮受了他的羞辱,心中一直气愤,见他走向后院,转头向师父望了一眼,只见马行空闭着眼睛在养神,又见戚杨两位镖头、五个趟子手和十多名脚夫守在镖车之旁,严行戒备,决不致出了乱子,于是跟随在那武官身后。

那武官听到背后脚步响,转过头来,见是徐铮,咧嘴一笑道:"小子,你好!"徐铮道:"臭官儿,你好。"那武官笑道:"想挨揍,是不是?"徐铮道:"是啊。我师父不许打你。咱们悄悄的打一架,好不好?"那武官自恃武艺了得,没将这楞小子瞧在眼里,只是见他镖行人多,己方只有三人,若是群殴,定要吃亏,这楞小子要悄悄打架,那是再好也没有,便笑着点头道:"好啊,咱们走得远些。若给你师父听见了,这架就打不成。"

两人穿过天井,要寻个没人的所在动手,忽见回廊上转出一个人来。那人身穿绸袍,眉清目秀,正是适才练镖的少年。徐铮心中一动:"借他的武厅打架最好不过。"于是上前一抱拳,说道:"兄长请了。"那少年还了一揖，说道："达官有何吩咐？"徐铮指着武官道："在下跟这个总爷有点小过节，想借兄长的练武厅一用。"那少年好生奇怪，心道："你怎知我家有练武厅？"但学武之人，听到旁人要比武打架，可比什么都欢喜，当即答道："好极，好极！"当下领了二人走进练武厅。

这时老婆婆和庄丁等都已散去，练武厅上更无旁人。那武官见四壁军器架上刀枪剑戟一应俱全，此外沙包、箭靶、石锁、石鼓放得满地，西首地下还安着七十二根梅花桩，暗暗点头，心想："原来这一家人会武，只怕功夫还不错。"于是向那少年一抱拳，说道："在下来贵庄避雨，还没请教主人高姓大名。"那少年忙即还礼，说道："小人姓商，名宝震。两位高姓大名？"徐铮抢着道："我叫徐铮，我师父是飞马镖局总镖头，百胜神拳马行空。"说着向武官瞪了一眼，心道："你听了我师父的名头，可知道厉害了吗？"

商宝震拱手道："久仰，久仰。请教这一位。"那武官道："在下是御前侍卫何思豪。"商宝震道："原来是一位侍卫大人。小人素闻京师有大内十八高手，想来何大人都是知交。"何思豪道："那大半也相熟的。"其实皇帝身边的侍卫共分四等，侍卫班领，什长，一、二、三等及蓝翎侍卫，都由正黄、镶黄、正白内三旗的宗室亲贵子弟充任。汉侍卫属于第四等，这何思豪在侍卫处中只是最末等的蓝翎汉侍卫，所谓大内十八高手，那是他识得人家，人家就不识得他了。

徐铮大声道："商公子，你就给做个公证。我跟这姓何的公公平平打一架，不管是谁输谁赢，都不许向旁人说起。"他是生怕师父知道了责骂。何思豪哈哈笑道："胜了你这楞小子不足为武，还值得向旁人吹大气的么？楞小子，上啊。"一捋长袍，拉起袍角，在腰带中塞好。徐铮脱下长袍，将辫子盘在头顶，摆个"对拳"，双足并拢，双手握拳相对，倒是神定气闲。

何思豪见他这姿式是"查拳"门人和人动手的起手式，已放下了一大半心，心道："什么百胜神拳？这查拳三岁小孩儿也会，有什么希罕？"原来"潭、查、花、洪"，向称北拳四大家，指潭腿、查拳、花拳、洪门四派拳术而言，在北方流传极广，任何练拳之人都略知一二，算得是拳术中的入门功夫。何思豪见对手拳法平常，向商宝震一笑，说道："献丑！"一招"上步野马分鬃"，向徐铮打了过去，他使的是太极拳。其时太极门的武功声势甚盛，人人均知是极厉害的内家拳法。

徐铮不敢怠慢，左脚向后踏出，上身转成坐盘式，右手按、左手撩，一招"后叉步撩掌"出手极是快捷。何思豪见来招劲道不弱，忙使一招"转身抱虎归山"，避开了这一撩。徐铮使一招"弓步架打"，右拳呼的一声击出，直扑对方面门。何思豪不及避让，使一招"如封似闭"，双掌一封。二人拳掌相交，何思豪只感手腕隐隐生疼，心道："这小子蛮力倒大。"

霎时之间，二人各展拳法，拆了十余招。商宝震站着旁观，见徐铮脚步沉稳，出拳有力，何思豪却是身形飘忽，显然轻功颇有根基。

斗到酣处，何思豪哈哈一笑，一掌击中徐铮肩头。徐铮飞脚踢去，何思豪侧身闪避，一招"玉女穿梭"，拍的一声，又击中徐铮手臂。徐铮更不理会，抡拳急攻，突然直出一拳，一招"弓步劈打"，砰的一响，打中对方胸口。这一拳着力极沉，何思豪脚步跟跄，向后退了几步，终于一交坐倒。只听旁边一个女子声音娇声叫道："好！"

商宝震回过头去，只见两个女子站在厅口，一是少妇，另一个却是闺女。他先前凝神观斗，不知身后有人。原来马春花和那少妇换了衣服经过此处，听到呼叱比武之声，在厅口一望，竟是师兄和那武官打架，这时见师兄得胜，不由得出声喝采。

何思豪给这一拳打得好不疼痛，在女子面前丢脸出丑，更是老羞成怒，当即一跃而起，乘着跳跃之势，已抽腰刀在手，上步直劈。徐铮毫不畏惧，仍以"查拳"空手和他相斗，只是忌惮对方兵器锋利,已是闪避多,进攻少了。马春花见这武官脸上神情狠恶,并非寻常打架,已是拼命一般,不由得有些耽心。那少妇扯扯她的衣袖,道:"咱们走吧!我最恨人动刀子出拳头。"

当此情势,马春花哪里肯走,只道:"再看一会儿。"那少妇眉头一皱,竟自走了。

商宝震凝神看着那武官的刀势,又留心徐铮闪避和上步抢攻之法,手上暗扣一枝金镖,若那武官用刀伤人,他就要伸手相救。但见徐铮双目紧紧盯住刀锋,刀锋向东,他眼睛跟到东,刀锋削向西,眼睛也跟到西,眼见一刀迎面砍来,他身子略闪,飞脚向敌人手腕上踢去。何思豪回刀削足,徐铮长臂急伸,砰的一响,一拳正中他鼻梁。何思豪大痛,手脚略缓,徐铮左手挥出,抓住他右腕一拿一扭,将腰刀夺了下来。

何思豪怕他顺势挥刀削来,忙向后跃,举手往脸上一抹,满手是血。徐铮将腰刀往地下一摔,说道:"你还敢瞎着眼睛骂人?"何思豪满脸羞惭,不敢作声。

商宝震伸手一拉徐铮后襟,使个眼色。徐铮尚未会意,商宝震已大声说道:"双方不分胜败。好啦,大家武功一般高明,小弟佩服得紧……"徐铮急道:"怎……怎是不分胜败?"商宝震道:"两位武功各有独到之处。徐兄的查拳纯熟,何大人的太极拳和太极刀更是厉害之极。徐兄,你一时侥幸,其实讲真功夫,还得算何大人。"一面说,一面取出手帕,帮何思豪抹去鼻血。徐铮还要再争,马春花道:"师哥,别理他。咱们出去。"

徐铮打了何思豪两拳,一口恶气已经出了,但商宝震说话含糊,明明袒护对方,倒似自己输了,越想越怒,狠狠望了他一眼,随着师妹出去。走到天井,天空轰隆隆一片雷声过去,雷声中夹着商宝震、何思豪的大笑之声,显然这二人在背后笑他。

他虽打架获胜,但越想越是不忿,气鼓鼓的坐在火旁。只见师父双目似开似闭,睡意甚浓。过了一会,何思豪走了出来,不知跟那两个武官说些什么猥亵言语,三人一齐哈哈大笑,不时斜目瞟那美貌少妇。

马行空慢慢站起，伸了个懒腰，走到镖车旁边检视，忽然叫道："铮儿，过来，你瞧这儿怎么啦？"徐铮听师父叫他，赶忙起身过去。马行空侧过身子，面向墙壁，伸手整理镖车，低声道："不长进的东西，你那招'垫步踹腿'怎么踹偏了？否则哪用跟他缠斗这么久？"徐铮吓了一跳，颤声道："你……你老人家都瞧见啦？"马行空道："哼，你莫想在师父面前捣鬼。他使那招'提步高探马'时，你干么不使'弓步双推掌'？迎面直击，早就胜了。你就是胆小怕死。"徐铮回想适才相斗之时，初时不知敌人虚实，果然有些害怕，有几招使得太过稳重了些。看来师父装作不知，其实是躲在窗外观看。

马行空又道："快进去谢谢那姓商的吧。人家年纪比你轻，可有多精明能干。"徐铮大为诧异，道："师父，谢什么？这姓商的偏心，不是好人。"马行空冷笑道："是啊，他是偏心呢。可是他偏心维护你徐大爷哪。"徐铮满心胡涂，怔怔的望着师父。马行空低声道："你打的是什么人？他是御前侍卫。咱们呢，那是凭人家赏口饭吃的走镖的。官老爷当真跟你为起难来，咱们还不是吃不了兜着走么？那少年护住了他面子，叫你这楞小子少了一桩后患。"

徐铮恍然大悟，连称："是，是！"奔到后院练武厅中，只见商宝震抬手踢腿，正在练一招"查拳"中的"弓步劈打"，正是徐铮适才用以击中何思豪那一手。他见徐铮进来，脸上一红，急忙收拳。

徐铮抱拳道："商公子，我师父叫我跟你道谢来啦。我起初不明白你是好意，心里还怪你呢。"商宝震道："徐大哥，你武功胜过那个侍卫何止十倍？小弟佩服得紧。"徐铮听他称赞自己，甚是高兴，当即跟他谈了起来，问道："你练的是哪一门功夫？"商宝震道："小弟初学，什么也没学会，谈不上是哪一门哪一派。适才见徐大哥用这一招打他，是不是这样？"说着右足踏出，右拳劈打，左手心向上托住右臂。

徐铮刚才以此招取胜，见他比划自己的得意之作，自然兴高采烈，说道："这一招有两句口诀，叫作'陆海迎门三不顾，劈拳挑打不容宽'。"这两句顺口说出，忽然想起，这是师门所传心法，怎能胡乱说与外人知晓，忙转口道："你比得很对，就是这招。"

商宝震道："什么叫作'陆海迎门三不顾'呢？"徐铮道："这个……我可也忘了。"他不善撒谎，这一句话出口，脸也红了。商宝震知他不肯说，也就不再多问，只是着意结纳，将他捧得全身轻飘飘的如在云雾。

徐铮道："商老弟，咱们也别闹虚文。你使一套拳脚给我瞧瞧，若是有什么不到的地方，我跟你说说，也不枉了今日结交一场。"商宝震大喜，道："那再好也没有了。"当下拉开架子，在场中打起拳来，但见他"头趟绳挂一条鞭，二趟十字绕三尖"，使的是十二路潭腿。

这路拳脚使得倒是纯熟，但出拳不正，脚步浮虚，虽然袍袖生风，姿式华丽，若是与人动手，却半点管不得事。只把徐铮看得暗暗摇头，等他打完"十二趟犀牛望月转回还"，忍不住叹了口气，说道："兄弟，莫怪我直言，教你武艺的师父是耽误了你啦。"正要往下解释，忽见马春花在厅口一探头，叫道："师哥，爹叫你。"

徐铮忙向商宝震告辞，回到厅上。只见火堆旁又多了两个避雨之人。一个是没了右臂的独臂人，一条极长的刀疤从右眉起斜过鼻子，一直延伸到左边嘴角，在火光照耀下显得面目极是可怖；另一个是个十三四岁的男孩，黄黄瘦瘦。两人衣衫都很褴褛。

徐铮向两人望了一眼，也不在意，走到马行空面前，叫了声："师父！"马行空脸一沉，低声道："去了这么久，又在卖弄武艺了，是不是？"徐铮道："弟子不敢。这里姓商的主人镖法不错，哪知拳脚一点儿也不成。"马行空道："傻小子，你给人家冤啦。凭你这点功夫，两个也不是人家的对手。"徐铮一笑，道："那怕不见得。他师父教的十二路潭腿，尽是好看不管用。"马行空道："你知他师父是谁？"

徐铮心中暗奇："我师父没跟那姓商的见过面，又没见他练过拳脚，怎么连他师父是谁也知道了？"当下答道："弟子不知，想来是个不中用的混混。"马行空冷笑一声，低沉着声音，说道："不中用的混混？哼，十五年前，你师父给人砍过一刀，劈过一掌，养了三年伤方得康复。那人是谁？"徐铮一惊，说道："八卦刀商剑鸣。"马行空低声道："半点儿也不错。那商剑鸣是山东武定县人，这里可正是武定县，主人家姓商。咱们胡乱进来避雨，初时并没留心，你瞧，正梁上绘着什么？"

徐铮抬起头来，只见正梁上金漆漆着一个八卦图形，不由得大吃一惊，忙道："师父，快抄家伙，咱们撞到仇家窝里来啦。"马行空淡淡的道："倒不用忙。商剑鸣早给人杀啦！"徐铮曾听师父说过当年大败在一人手里，那就是山东大豪八卦刀商剑鸣，只因这是师门的奇耻大辱，师父后来不提，也就从此不敢多问一句，却不知商剑鸣原来已死，低声道："是你老人家后来报了仇？"马行空哼了一声，道："商剑鸣的武功，我再练一辈子也赶不上，凭我这点玩艺儿，哪杀得了他？"徐铮大奇，问道："那么是谁杀了他？"马行空道："那少年用金镖打木牌上的人形，商剑鸣就是给这两个人杀的。"

徐铮睁大了眼睛，道："胡一刀和苗人凤？"

马行空点了点头，脸上神色阴郁，便如屋外的天空那般黑沉沉地。

徐铮平素对师父佩服得五体投地，以为当世之间，说到武功，极少有人能强得过百胜神拳马老镖头了，岂知这时听到师父言道，非但八卦刀商剑鸣武功远胜于他，胡一刀与苗人凤的功夫又在商剑鸣之上，不由得大为惊诧，低声问道："那胡一刀与苗人凤是何等样的人物？"马行空道："胡一刀的武功强我十倍，只可惜在十多年前死了。"徐铮舒了一口气，道："想是病死的了？"马行空道："给人杀死的。"徐铮睁大了眼睛，道："胡一刀这么厉害，有谁杀得了他？"马行空道："打遍天下无敌手金面佛苗人凤。"

这"打遍天下无敌手金面佛苗人凤"十三个字一口气说将出来，声音虽低，却是大具威严。徐铮胸口一沉，正待说话，猛听得门外隐隐马蹄声响，大雨中十余匹马急奔而来。

那面目英俊的青年与那美貌少妇听到马蹄声音，互望一眼，似在强自镇定，但脸上终究露出了惊惶之色。那青年拉着少妇的手，挪动坐位，似是怕火堆炙热，移远了些。

十多匹马奔到庄前，戛然而止。但听得数声呼哨，七八匹马绕到了庄后。

马行空一听哨声，脸上变色，低声道："定着点儿。"徐铮极是兴奋，声音发颤，问道："那话儿来了？"马行空不再回答，大声喝道："大伙儿抄家伙，护镖！"这句话一喝，镖行人众登时大乱，知道有劫镖的黑道强人到来，当即跃起。戚杨两名镖头和五名趟子手指挥车夫，将十余辆镖车围成一堆。马春花反而脸有喜色，拔出柳叶刀，道："爹，是哪一路的？"马行空皱眉道："还不知道。"接着自言自语："这一路朋友好怪，道上也不踩盘子，就这么说到便到。"

一言方罢，只听得围墙上托托托接连声响，八名大汉一色黑衣打扮，手执兵刃，一字排开的站在墙头。马春花扬起右臂，就想一枝袖箭射出。马行空脸色凝重，低声喝道："别胡来！瞧我眼色行事。"八名黑衣大汉望着厅上众人，一言不发。

砰的一声，大门推开，进来一个汉子，身穿宝蓝色缎袍，衣服甚是华丽，但面貌委琐，缩头缩脑，与一身衣服极不相称。这人抬头望了望天，但见大雨倾盆而下，嘿的一声笑，足尖一点，倏地穿过了院子，站在厅口。这一下飞跃身形快极，大雨虽密，却只在他肩头打湿了数点。徐铮与马春花对此人本来不以为意，突然见他露了这手轻功，这才生忌惮之心，向马行空望了一眼。

马行空右手握着烟袋，拱手说道："请恕老汉眼拙，没曾拜会。朋友尊姓大名，宝寨歇马何处？"

商家堡少主人商宝震听到马蹄声响,当即暗藏金镖,腰悬利刃,来到厅前。只见那盗魁手戴碧玉戒指,长袍上闪耀着几粒黄金扣子,左手拿着一个翡翠鼻烟壶,不带兵器,神情打扮,就如是个暴发户富商。只听他说道:"在下姓阎名基,老英雄自是百胜神拳马行空了?"

马行空抱拳道:"不敢,这外号是江湖朋友给在下脸上贴金。浪得虚名,不足挂齿。"心中暗忖:"阎基?那是什么人?没听过江湖上有这号人物。"

阎基哈哈一笑,指着站在墙头的一列黑衣汉子,说道:"弟兄们饿了几天肚子,想请马老英雄赏口饭吃。"马行空道:"阎寨主言重了。铮儿,取五十两银子,请阎寨主赏赐弟兄。"他这是按着江湖规矩行事,但瞧对方的神情声势,决非五十两银子所能打发。

果然阎基仰天哈哈大笑,说道:"马老英雄保镖,一保就是三十万两。姓阎的眼界虽小,区区五十两,倒还不在眼内。"马行空心中嘀咕:"此人信息倒灵,怎么打听得清清楚楚,知道我保了三十万两镖银?"眉头一皱,仍按江湖规矩说道:"想马某有什么本事,全凭道上朋友给脸罢了。阎寨主今日虽是初见,咱们东边不会西边会,马某有幸,今日又交一位朋友。不知阎寨主有什么吩咐?"

阎基道:"吩咐是不敢当的,只是在下生来见财开眼,三十万镖银打从鼻子下过,不取有伤阴德。但马老镖头既然开口朋友,闭口朋友,这样吧,在下只取一半,二一添作五,就借十五万两银子花差花差好了。"也不待马行空答话,左手一挥,墙头八名大汉一一跃下,奔到厅口。有人问道:"一齐取了?"阎基道:"不,拿一半,留一半!有屎大家拉,有饭大家吃!"众大汉轰然答应,就往镖车走去。

马行空勃然大怒,见那些大汉从墙头跃下时身手呆滞,并无一个高手在内,已无担忧之心,淡淡说道:"阎寨主是不肯留一点余地了?"阎基愕然道:"怎么不留余地?我不是说取一半,留一半?哥儿俩有商有量,公平交易。"

徐铮再也忍耐不住，抢上两步，伸手指着阎基，大声说道："亏你在黑道上行走，没听过飞马镖局的威名么？"

阎基道："我的小养媳妇儿听见过，他妈的，老子可是第一次听见。"身形一晃，忽地欺到厅右，拔下插在车架上的飞马镖旗，将旗杆一折两段，掷在地下，随即伸脚在旗上一踏。

这件事当真是犯了江湖大忌，劫镖的事情常有，却极少有如此做到绝的，如非双方有解不开的死仇，那是决心以性命相拼了。镖行人众一见之下，登时大哗。

徐铮更不打话，冲上去一招"踏步击掌"，左掌向他胸口猛击过去。阎基侧身闪避，说道："小子，讲打么？"左掌一沉，急抓他的手腕。徐铮变"后插步摆掌"，左手向后勾挂，右掌一挥，向上摆举，径击敌人下颚。阎基头一偏，右拳直击下来。这一拳来路极怪，徐铮急忙摆头让开，砰的一声，肩头已中了一拳，但觉拳力沉重，只震得胸背隐隐作痛。徐铮脚步摇晃，险些摔倒，幸他身强力壮，下盘马步扎得极稳，忙变"仆腿穿掌"，身子一矮，右腿屈膝蹲下，左掌穿出，那是卸力反攻，"查拳"的高明招数。

阎基并不理会，微微一笑，左腿反钩，向后倒踢。这一腿来得更是古怪。徐铮大骇，急忙窜上跃避。阎基右拳直击，喝道："恭喜发财！"砰的一响，正中徐铮胸口。这一拳好生厉害，徐铮仰天一交跌倒，在地下连打了几个滚，哇的一声吐出一口鲜血，极硬朗的一个小伙子，竟给这一拳打得站不起身。群盗轰然喝采，叫道："这一拳够这小子挨的。"

镖行中人见阎基出手如此狠辣，均是又惊又怒。马春花伸手去扶师哥，急得要哭，连问："怎么啦？"马行空一生走江湖，不知见过多少大风大浪，但这盗魁使的是什么拳脚，却半点也认不出来。三个侍卫也在低声议论："点子是哪一派的？""瞧不出来，有点像五行拳。""不，五行拳没那样邪门。"

马行空走上两步，抱拳道："阎寨主果然好武艺，多谢教训了小徒，也好让他知道江湖上尽多能人。"阎基笑道："我这几下三脚猫算什么玩意儿，给你马英雄提鞋皮、倒便壶也还挨不上边儿。光棍别的不会，就会这个。这就请教你马老英雄的百胜神拳。"马行空见他满脸油光，说话贫嘴滑舌，不折不扣是个泼皮无赖，怎地又练就了这样一身怪异武功，实是奇怪，心中打定了主意，暂且只守不攻，待认清他的拳路再说，当下凝神斜立，双手虚握。

三名侍卫、商宝震、镖行众人一齐凝神观斗，都知这一场争斗不但关系着三十万两镖银的安危，也是马行空身家性命、一生威望之所系。大厅中人人肃静，只听得火堆中柴炭爆裂，发出轻轻的必卜之声。院子中大雨如注，竟无半分停息之意。那华服相公自和少妇并肩低声说话，对马阎的争斗毫没留心。

阎基从怀中取出一个金光灿烂的黄金鼻烟壶，吸了一口鼻烟，他也知马行空是个劲敌，将辫子在头顶盘了个圈，叫道："光棍祖上不积德，吃饭就得靠拼命！他奶奶的这就拼啊！"忽地猱身直上，左拳猛出，向马行空击去。马行空待他拳头离胸半尺，一个"白鹤亮翅"，身子已向左转成弓箭步，两臂向后成钩手，呼的一声轻响，倒挥出来，平举反击，使的仍是少林派中极为寻常的"查拳"，但架式凝稳，出手抬腿之际，甚是老练狠辣。

那相公对镖客与强人的争斗本来并不在意，偶然斜眼一瞥之下，正见到阎基一足反踢，招式颇为奇特，不由得留神观看。那美妇叫道："归农，归农。"那相公随口漫应，目光却贯注在二人的拼斗之上。那美妇伸手摇了摇他肩膀，说道："一个糟老儿，一个泼皮混混打架，当真就这么好看？"那相公听她话中大有不悦之意，忙转头笑道："这泼皮的拳脚很是古怪。"那美妇叹道："唉，你们男人，天下最要紧的事儿就是杀人打架。"那相公笑道："你不许我看，我就不看。那你向着我，让我把你美丽的脸蛋儿瞧个饱。"那美妇低低一笑，极是娇媚，果真抬起了头望他。两人四目交投，脸上都充满了柔情密意。

这时马行空与那盗魁却已斗得如火如荼，甚是激烈。马行空的一路查拳堪堪打完，仍是占不到半点上风，那阎基的拳脚来来去去只有十几招，或伸拳直击，或钩腿反踢，或沉肘擒拿，或劈掌夹腿。三名武官看了一阵，早察觉他招数有限，但马行空居然战他不下，都觉好笑。

眼见马行空使一招"马裆推拳"，跨腿成骑马势，右手抽回，左手向前猛推。何思豪叫道："沉肘擒拿。"果然不出所料。阎基手肘一沉，就施擒拿手抓他手腕。马行空急忙变招，手臂缩回，微微转身。何思豪笑道："钩腿反踢！"阎基果然钩起右腿，向后反踢。马行空的武功高出何思豪不知多少，何思豪既已事先瞧出，他岂有料不到之理？但说也奇怪，明知对手要钩腿反踢，竟然无法以伏着破解。

马行空号称"百胜神拳"，少林派各路拳术，全部烂熟于胸，眼见查拳奈何不得对方，招数一变，突然快打快踢，拳势如风，旁观者登时目为之眩，他使的是一路"燕青拳"。

那燕青是宋朝梁山泊上好汉，当年相扑之技，天下无对。这一路拳法传将下来，讲究纵跃起伏，盘拗挑打，全是进手招数。马行空年纪虽老，身手仍是矫捷异常，窜高伏低，宛如狸猫相似。阎基眼见敌人变招，竟是毫不理会，仍旧是那十几招又笨拙又难看的拳脚翻来覆去的使用。

商宝震、徐铮、马春花，以及戚镖头、杨镖头见这盗魁的武功如此古怪，都是诧异万分。每个人到这时都已料到他下一招是伸拳直击，还是劈掌夹腿，不禁随着何思豪叫了出来，但马行空竟然始终奈何他不得。只见马老镖头"上步进肘掤身拳"、"迎面抢快打三拳"，"左右跨打"，"反身栽锤"，"踢腿撩阴十字拳"，一招接一招，拳脚之快，犹如门外的狂风暴雨一般。但阎基只是一招毛手毛脚的伸臂直击，就将他所有巧妙的招式尽数破解了。

那独臂人和黄瘦小孩一直缩在屋角之中，瞧着马行空和阎基比武。独臂人低声道："小爷，你仔细瞧那个盗魁，要瞧得仔细，千万别忘了他的相貌。"小孩道："干么啊？干么要瞧他？"独臂人道:"你记着这人,永远别忘记了。"小孩道:"他是个大坏人么?"独臂人咬牙切齿的道:"阴差阳错,教咱们在这里撞见了他。你瞧清楚了,可别让他知觉。"

过了一会,独臂人又道:"你总说功夫练得不对,你仔细瞧着他,许就练对了。"小孩道:"干么呀?"独臂人眼中微有泪光,低声道:"现在还不能说,等你年纪大了,武艺练好了,我原原本本的说给你听。"小孩看阎基拳打脚踢,姿式极其难看,但隐隐似有所悟,忽地大叫一声:"四叔!"独臂人忙道:"别大声嚷嚷。"小孩嗯了一声答应,低声道:"这个人的拳脚我有些懂啦。"独臂人道:"不错,你好好瞧着。你那本拳经刀谱,前面缺了两页,所以你总是说瞧不懂。那缺了的两页,就在这阎基身上。"

小孩吃了一惊,黄黄瘦瘦的小脸蛋儿上现出一些红晕,目不转瞬的望着阎基,又问:"怎么会在他身上?"独臂人道:"将来自会跟你说。这家伙本来不会什么武功,但得了两页拳经,学会了十几招残缺不完的拳法,居然能跟第一流的拳师打成平手。你想想,那拳经刀谱共有三百多页,等你将来学会了,学全了,能有多大的本事。"那小孩听了甚是激动,眼睛中闪耀着兴奋的光芒。

场中虽是两人比武,但可看的却只有一人。阎基来来去去这十几招,大家实在都看得腻了。马行空的拳招却是变幻百出。

一套"燕青拳"奈何不了对方,忽然拳法又变,使出一套"鲁智深醉跌",但见他如疯如癫,似醉似狂,忽而卧倒,忽而跃起,"罗汉斜卧","仙人渴盹",这路拳法似乎是乱打乱踢一般,其实是精彩之极。这时阎基那十几招笨拳却渐渐不管事了,对方拳脚来路也看不明白,不由得心下着慌。猛听得马行空喝一声:"着!"一脚"鲤鱼翻身搅丝腿",正好踢在他的腰间。阎基痛得弯下腰。

马行空知道对方功夫了得,这一脚虽中要害,只怕仍然难以使他身带重伤。若是平常比武较量,胜了这一腿自然可以收手,但这番争斗关连三十万两镖银,怎容得敌人喘息片刻?若是争端重起,也未必定能再胜,当下得理不让人,纵身上前,一腿"拐子脚",

又往他后心踢去。

群盗齐声大哗。阎基忽地一脚钩腿反踢，来势变幻无方，马行空虽然阅历丰富，一时竟见不及此，被他这一腿踢在小腹之上，仰天一交直摔出去。马春花与徐铮双双抢上扶起。但见他面如白纸，连声咳嗽，只说："拚死护镖！"

徐铮与马春花各持单刀，护在马行空两旁。阎基腰里也痛得厉害，右手挥了几下，两名黑衣大汉走了上来。阎基叫道："取镖吧！还等什么？"群盗各出兵刃，齐向镖客杀去。马春花、徐铮、戚镖头、杨镖头大呼迎敌。

群盗人多，除阎基外虽无高手，但马春花与徐铮要分心照料父亲，给群盗两下里一攻，情势登见危急。商宝震拔出单刀，叫道："三位侍卫大人，咱们动手吧！"何思豪道："好，赶走强盗再说。"四个生力军加入战团。

商宝震见马春花给两名盗贼用兵器封住了，渐渐施展不开手脚，当即抢将上去，喝道："男子汉欺侮姑娘，还是两个斗一个，不害臊么？"刷的一刀，往那高个儿的盗贼头上砍去。那人回鞭招架，几个回合，商宝震刀中夹掌，左手一掌抹在他胸口，将他击得直摜出去。马春花喘息道："行了，这一个让我来料理。"商宝震一笑退开，径去帮助徐铮，三刀两掌，又打发了一名盗贼。徐铮感激之余，甚是钦佩师父眼光，这少年的武功果在自己之上。

这么一来，厅上情势变换，群盗纷纷败退，抢着往门口奔出。猛听得一人清声长啸，叫道："大家住手，我有话说。"众人斗得甚紧，无人理会。商宝震突见人影一晃，一人伸掌在面前一摇，当即举刀削去，那人右手一钩一带，已将他单刀夺下，往地下一摔。商宝震大惊，急忙跃后，瞧那人时，却是那服饰华贵的相公。

那相公大踏步走入人丛，双手钩拿拍打，只听叮叮当当，响声不绝，兵刃落了一地，原来都被他施展小擒拿手法，夺过来抛下。群盗与众镖客惊骇之下，各自跃开，呆呆的望着他。阎基一愕，忽然记起了十余年前之事，叫道："田相公！是你？"

那相公想不起他是谁,奇道:"你认得我?"阎基笑道:"十三年前在沧州府,小的曾服侍过你老。"那相公低头一想,恍然记起,说道:"是了,你就是那个跌打医生。怎么学会了一身武功,做起寨主来啦?"阎基上前请了个安,说道:"全凭你老栽培。"原来这相公打扮之人,正是天龙门北宗掌门人田归农。

镖行人众眼见已可驱退群盗,哪知这田相公不但武功强极,还与盗魁是旧交,这一下可糟糕已极。马行空低声嘱咐,叫大伙儿护住镖车,瞧他眼色行事。

田归农双目自左至右在众人脸上横扫一遍,然后又自右至左的横扫过来,再向天井中倾盆而下的大雨望了一眼,眼光终于停在镖车之上,说道:"阎兄,今日的买卖你可是赔定啦。"阎基陪笑道:"你老人家别见怪,也是弟兄们少口饭吃,走投无路,这才干起这没本钱买卖来。我们定当改过自新,不敢忘了田相公今日的恩德。"田归农哈哈大笑,说道:"怎么跟我闹起虚文来啦?老阎,你拿五万两镖银,够不够使了?"阎基一怔,陪笑道:"你老人家开玩笑啦。"田归农道:"开什么玩笑?这里三十万镖银,我取一半十五万,余下的你取五万,还有十万两你说怎么分?"

阎基喜出望外,忙道:"你老人家一并取去就是了,还分什么?"田归农摇头道:"那不成话,这哪里还有江湖义气?适才我们进来避雨,我……我……我娘子衣服湿了……"那美妇听他说"我娘子"三字,脸上一红,神态微现忸怩,向田归农微微一笑。田归农报以一笑,继续说道:"镖行这位姑娘借衣服给她,这一番情分不能不报,咱们给马姑娘留五万两。还有,这里三位侍卫大人在此,常言道见者有份,每人分一万两。余下二万,就送给此间主人。你说我这样分法公不公道?"阎基连连鼓掌,大叫:"公道之极,公道之极!我早说你田相公是天下第一等慷慨的大英雄。"

马行空、徐铮、马春花等听田归农侃侃而谈,旁若无人,倒似这三十万两银已是他囊中之物一般。马行空身受重伤,这么一气,更是险欲晕去。徐铮眼望师父,只问:"怎么办?怎么办?"马春花怒道："什么怎么办？"弯腰拾起地下的单刀，叫道："姓田的，你当我们是死人还是活人？"说着扬起单刀，径往田归农扑去。

田归农笑道："你别逼我动手，我娘子可要喝醋。"那美妇啐了一口，笑骂："贫嘴！"但似对他的轻薄口吻甚为喜爱。马春花听他言语无礼，更是恼怒，上步一刀，拦腰横砍。田归农笑道："唉哟，不好，我娘子可不许我跟女人打架。"手指在她刀背上一击，马春花拿捏不住，脱手撒刀。田归农手法快极，右手抢过刀柄，左手已拿住她手腕，举起刀来，作势要往她头颈中砍下，口中却叹道："似这般如花如月貌，怎叫我不作惜玉怜香人！"

商宝震和徐铮见他戏弄马春花，双双抢出。商宝震右手一扬，一枝金镖取他左目。徐铮急了，来不及拾取地下兵刃，飞脚就踢他后心。田归农倏地回身，撒刀擒拿，抓住他的足踝，往上一提。徐铮身子倒转，只感腿上一阵剧痛，失声大叫，原来那枝金镖打进了他右腿。田归农挥手一抖，徐铮的身子犹如一柄扫帚般横扫出去，正撞在马春花腿上，两人跌在一起。众人见他戏耍二人，如弄婴儿，哪里还敢上前？

田归农道："阎兄，你把镖银就照适才我说的那么分了，套一辆大车给我，我们两口子身有急事，须得冒雨赶路。"阎基大喜，连声答应。群盗从镖车中取出银鞘，五万两的堆成一堆，三万两、二万两又各作一堆，分别堆在地下，向众车夫喝道："乖乖的赶路。"

北道上有个规矩，绿林豪客劫镖抢银，却不伤害车夫，甚至脚力酒钱也依常例照给，但若车夫不听嘱咐，自然又作别论。众车夫见了这等情势，哪敢不依，冒着大雨，将银车一辆辆推出去。

马行空见银车出去一辆，心里就发一阵疼，只见一辆骡车赶到庭前，田归农扶着娘子便要上车。只要骡车一行，马行空就是身败名裂，一世辛苦付于流水了。他颤巍巍的站起身来，突然纵起，叫道："我和你拼了！"双手犹如铁钩，猛往田归农脸上抓去。那美妇甚是害怕，吓得叫了一声。田归农侧身出掌，击向他肩头。马行空若是未受重伤,这一掌自然打他不着,但此时全身筋骨不听使唤,眼见掌到,竟然不能闪避,砰的一声,身子飞起,向院子中跌了出去。

猛听得一人嗓子低沉,嘿嘿嘿三下冷笑。

这三声冷笑传进厅来,田归农和那美妇登时便如听见了世上最可怕的声音一般,二人面如白纸,身子发颤。田归农用力一推,将那美妇推入车中,飞身而起,跨上了骡背,双腿急夹,挥鞭催骡快走。哪知他连连挥鞭,这骡子只跨出两步,突然停住,再也不能向前半尺。

众人站在厅口,从水帘一般的大雨中望将出去。只见一个又高又瘦的大汉,左手抱着一个包裹,右手拉住了大车的车辕。那骡子给田归农催得急了,低头弓腰,四蹄一齐发劲,但大汉拉着车辕,大车竟似钉牢在地下一般,动也不动。此人神力,实足惊人。

那大汉又冷笑了一声。田归农尚自迟疑,车中的美妇却已跨出车来,向那大汉瞧也不瞧,昂然走进厅去。田归农慢慢跨下骡背,也跟着进厅。他全身被雨淋得湿透,却似丝毫不觉,目光呆滞,失魂落魄一般。那美妇招手叫他过去,坐在她的身旁。

那高瘦大汉大踏步进厅,坐在火堆之旁,向旁人一眼不瞧,打开包裹,原来里面是个两岁大的女孩。那大汉怕冷坏了孩子,抱着她在火边烤火。那女孩正自沉沉睡熟,圆圆的眼旁却挂着两颗泪珠。

马春花、徐铮和商宝震三人扶着马行空起来,见田归农对那高瘦大汉如此害怕,都是又惊又喜。马春花道:"爹,你伤处还好么?这……这人是谁?"马行空道:"他……他是……打遍天下无敌手……金……金面佛苗人凤……"一句话刚说完,已痛得晕了过去。

大厅之上,飞马镖局的镖头和趟子手集在东首,阎基与群盗集在西首,三名侍卫与商宝震站在椅子之后,各人目光都瞧着苗人凤、田归农与美妇三人。

苗人凤凝视怀中的幼女,脸上爱怜横溢,充满着慈爱和柔情,众人若不是适才见到他一手抓住大车,连健骡也无法拉动的惊人神力,真难相信此人身负绝世武功。

那美妇神态自若,呆呆望着火堆,嘴角边挂着一丝冷笑,只有极细心之人,才瞧得她嘴唇微微颤动,显得心里甚是不安。

田归农脸如白纸,看着院子中的大雨。

三个人的目光瞧着三处,谁也不瞧谁一眼,各自安安静静的坐着,一言不发。但三人心中,却如波涛汹涌,有大欢喜,有大哀愁,有大愤怒,也有大恐惧。

南小姐眼见这场惊心动魄的恶战，吓得呆了，最后见苗人凤倒下，忙走上相扶，但苗人凤身躯高大，她娇弱无力，哪里扶得起来。

第二章　宝刀和柔情

苗人凤望着怀里幼女那甜美文秀的小脸，脑海中出现了三年之前的往事。这件事已过了三年，但就像是刚过了三天一般，一切全清清楚楚。眼前下着倾盆大雨，三年前的那一天，却下的是雪，是漫天鹅毛一般纷纷撒着的大雪。

那是在河北沧州道上。时近岁晚，道上行人稀少，苗人凤骑着一匹高头长腿的黄马，控辔北行。

十年前的腊月，他与辽东大侠胡一刀在沧州比武，以毒刀误伤了胡一刀。胡夫人自刎殉夫。他与胡一刀武功相若，豪气相侔，两人化敌为友，相敬相重，岂知一招之失，竟尔伤了这位生平唯一的知己。他号称"打遍天下无敌手"，纵横海内，只有遇到了这位辽东大侠，二人比武五日，联床夜话，这才是遇到了真正敌手，这才是真正的肝胆相照，倾心相许……苗人凤为了此事，十年来始终耿耿于怀，郁郁寡欢。

胡一刀夫妇逝世十年之期将届，苗人凤千里迢迢的从浙南赶来，他是要到亡友墓前亲祭。

风雪残年，马上黄昏。苗人凤愈近沧州，心头愈是沉重。他纵马缓行，心中在想："当年若不是一招失手，今日与胡氏夫妇三骑漫游天下，教贪官恶吏、土豪巨寇，无不心惊胆落，那是何等的快事？"

正自出神，忽听身后车轮压雪，一个车夫卷着舌头"得儿——"

声响,催赶骡子,击鞭劈拍作声,一辆大车从白茫茫的雪原上疾行而来。拉车的健骡口喷白气,冲风冒雪,放蹄急奔。

大车从苗人凤身旁掠过,忽听车中一个娇柔的女子声音送了出来:"爹,到了京里,你就陪我去买宫花儿戴……"下面的话儿却听不见了。这是江南姑娘极柔极清的语声,在这北方莽莽平原的风雪之中,却是极不相衬。

突然之间,骡子左足踏进了一个空洞,登时向前一蹶。那车夫身子前倾,随手一提,骡子借力提足,继续前奔。

苗人凤暗暗诧异:"那车夫这一倾一提,好俊的身手,好强的臂力,看来是位风尘奇士,怎么去做了赶大车的?"

思念未定,只听得脚步声响,后面一个脚夫挑了一担行李,迈开大步赶了上来。这担行李压得一根枣木扁担直弯下去,显得颇为沉重,但那脚夫行若无事,在雪地里快步而行,落脚甚轻。

苗人凤更是奇怪:"这脚夫非但力大,而且轻功更是了得。"他知道其中必有蹊跷:"这脚夫似在追踪那车夫,看来有什么凶杀寻仇之事。"当下提着马鞭,不疾不徐的遥遥跟在大车之后,要待看个究竟。

行出数里,见那脚夫虽然肩上压着沉重行李,仍是奔跑如飞,忽听身后铜片儿叮叮当当响亮,一条汉子挑着一副补锅的担儿,虚飘飘的赶来。这人在雪中行走,落步更轻,虽然说不上踏雪无痕,但轻功之佳,武林中甚是罕见。苗人凤寻思:"又多了一个。这人是哪一派的?"但见他斗笠和蓑衣上罩满了白雪,在风中一晃一飘,走得歪歪斜斜,登时省起:"这身奈何功是鄂北鬼见愁锺家的功夫。"

行了七八里路,天色黑将下来,来到一个小小市集。苗人凤见大车停在一家客店前面,于是进店借宿。客店甚小,集上就此一家。众客商都挤在厅上烤火喝白干,车夫、脚夫、补锅匠都在其内。

苗人凤虽然名满天下,但近十年来隐居浙南,武林中识得他的人不多。那脚夫、车夫和补锅匠他都不相识，当下默然坐在一张小桌之旁，要了酒饭，见那三人分别喝酒用饭，瞧来并非一路。

忽听内院一个人大声说道："南大人，小姐，小地方委屈点儿，只好在外边厅上用饭。"棉帘掀开，店伴引着一位官员、一位小姐来到厅上。本来坐着的众客商见到官员，纷纷起立。苗人凤并不理会，自管喝酒。只见那官员穿着酱色缎面狐皮袍子，白白胖胖，一副福相。那小姐相貌娇美，肤色白腻，别说北地罕有如此佳丽，即令江南也极为少有。她身穿一件葱绿织锦的皮袄，颜色甚是鲜艳，但在她容光映照之下，再灿烂的锦缎也已显得黯然无色。

众人眼前一亮，不由得都有自惭形秽之感，有的讪讪的竟自退到了廊下，厅上登时空出一大片地方来。

那店伴一叠连声的"大人、小姐"，送饭送酒，极是殷勤。苗人凤听他叫喊酒菜之时，中气充沛，不觉留神，一瞧他身形步法，却不是会家子是什么？又见他两边太阳穴微微凸出，竟然内功有颇深造诣，不由得更是奇怪，心道："这批人必有重大图谋，左右闲着，就瞧瞧热闹，且看他们干的是好事还是歹事。不知跟这官儿有干系没有？"

这一留神，不免向那官儿与小姐多看了几眼。那官儿忽地一拍桌子，发作起来，指着苗人凤骂道："你是什么东西？见了官府不回避也就罢了，贼眼还骨溜溜的瞧个不休。我看你粗手大脚，生成一副贼相，再瞧一眼，拿片子送到县里去打你个皮开肉绽。"苗人凤低头喝酒，并不理会。那官儿更加怒了，叫道："你请安陪礼也不会么？这么大刺刺的坐着。"

那小姐柔声劝道："爹，你犯得着生这么大气？乡下人不懂规矩，也是有的。何必跟这些粗人一般见识？哪，喝了这杯吧。"说着将一杯酒递到他的嘴边。那官儿骨嘟一口喝干，似乎将怒气和酒吞服了，横了苗人凤一眼，见他低头不语，想是怕了，于是自斟自饮的跟女儿说笑起来。话中说的都是到了北京之后，补上了官便怎样怎样,瞧神情是一名赴京谋干差使的候补官儿。

说话之间,大门推开,飘进一片风雪,跟着走进一位官员来。这人黄皮精瘦,远没先前那官儿的气派十足。他大声笑道:"人生何处不相逢,又与仁通兄在这里撞见,真是巧之极矣!"说着抢上来与那姓南的官儿南仁通行礼厮见。

南氏父女一齐站起,南仁通拱手道:"调侯兄,幸会幸会!一起坐罢。"那"调侯兄"谢了,坐在桌边。店伴添上杯筷,传酒呼菜。

苗人凤心道:"连这个调侯兄,一共是五个高手了。这姓南的父女看不出有什么武功。会不会大智若愚,竟让我走了眼呢?"想到此处,不禁暗自警戒,不敢向他们多瞧一眼。要知他那"打遍天下无敌手"的外号,实是犯了武林大忌,天下英雄好汉,哪一个不想将这头衔摘了下来。他一生所历风险多过常人百倍,皆拜这外号之所赐。此刻心想:"这几人说不定是冲着我而来。他们成群结党,一齐上来倒是难斗。不知前面是否更有高手埋伏?"

只听那"调侯兄"与南仁通高谈阔论,说的都是些官场中升迁降谪的轶闻。廊下那脚夫和补锅匠却大声吵嚷起来。两人争的是世上有没有当真削铁如泥的宝剑宝刀。那脚夫道:"什么削铁如泥,都是吹大气!那宝刀也不过锋利点儿,当真就这么神?"补锅匠道:"你见过多少世面了?知道什么?宝刀就是宝刀,若不是怕吓坏了你,我就拿一口让你开开眼界。"脚夫嚷道:"你有宝刀?呸,别发你的清秋大梦吧!有宝刀也不补锅儿啦!只怕磨不利的钝柴刀、锈菜刀,倒有这么一把两把!"众人听着都大笑起来。

补锅匠气鼓鼓的从担儿里取出一把刀来,绿皮鞘子金吞口,模样甚是不凡。他刷地拔刀出鞘,寒光逼人,果然是好一口利刃。众人都赞了一声:"好刀!"补锅匠拿起刀来,一刀作势向脚夫砍去。脚夫抱头大叫:"我的妈呀!"急忙避开,众人又是一阵轰笑。

苗人凤瞧了二人神情,心道:"这两人果是一路。这么串戏,却不是演给我看的了。"

补锅匠道:"有上好菜刀柴刀,请借一把。"那店伴应声入厨,取了一把菜刀出来。补锅匠道:"你拿稳了!"那店伴将菜刀高高举起。补锅匠横刀挥去,当的一声,菜刀断为两截。

众人齐声喝采:"果是宝刀!"

补锅匠得意洋洋,大声吹嘘,说他这柄刀如何厉害,如何名贵。廊下众人脸现仰慕之色,津津有味的听着。南仁通听他说了一会,忍不住"哼"了一声,脸现不屑之色。

那"调侯兄"道:"仁通兄,这柄刀确也称得上个'宝'字了,想不到贩夫走卒之徒,居然身怀这等利器。"南仁通道:"利则利矣,宝则未必。""调侯兄"道:"我兄此言差矣!你瞧此刀削铁如泥,世上哪里更有胜于此刀的呢?"南仁通道:"吾兄未免少见多怪,兄弟就……"还待再说下去,南小姐忽然插口道:"爹,你喝得多啦,快吃了饭去睡吧。"

南仁通笑道:"嘿,女孩儿就爱管你爹爹。"说着却真的要饭吃,不再喝酒。那"调侯兄"又道:"兄弟今日总算开了眼界,这等宝刀,吾兄想来也是生平第一次见到。"南仁通冷笑道:"胜于此刀十倍的,兄弟也常常见到。""调侯兄"哈哈大笑,道:"取笑取笑!吾兄是位文官,又见过什么宝刀来?"

补锅匠听到了二人对答,大声道:"世上若有更胜得此刀的宝刀,我宁愿把头割下来送他。吹大气又谁不会啦?嘿,我说我儿子也做个五品官呢,你们信不信啦?"众人忙喝:"胡说,快闭嘴!"

南仁通气得脸也白了,霍地站起,大踏步走向房中。南小姐连叫:"爹爹!"他哪里理会,片刻间捧了一柄三尺来长的弯刀出来。但见刀鞘乌沉沉的,也无异处。他大声道:"喂,补锅儿的,我这里有把刀,跟你的比一下,你输了可得割脑袋。"补锅匠道:"若是老爷输了呢?"南仁通气道:"我也把脑袋割与你。"南小姐道:"爹,你喝多啦,跟他们有什么说的?回房去吧!"南仁通若有所悟,哼了一声,捧着刀转身回房。

补锅匠见他意欲进房,又激一句:"若是老爷输了,小人怎敢要老爷的脑袋？不如老爷招小人做女婿吧！"众人有的哗笑，有的斥他胡说。南小姐气得满脸通红，不再相劝，赌气回房去了。

南仁通缓缓抽刀出鞘，刃口只露出半尺，已见冷森森一道青光激射而出，待那刀刃拔出鞘来，寒光闪烁不定，耀得众人眼也花了。南仁通道："我这口刀，有个名目，叫作'冷月宝刀'，你瞧清楚了。"

补锅匠凑近一看，见刀柄上用金丝银丝镶着一钩眉毛月之形，说道："老爷的刀好，那不用比了。"

苗人凤见众人言语相激，南仁通取出宝刀，心下已自了然，原来这几人均是为这口宝刀而来。学武之士把宝剑利刃看得有如性命一般，身怀利器，等于武功增强数倍。他有如此一柄宝刀，无怪众人眼红。不过他是文官，这刀却从何处得来？这些人却又如何知晓？苗人凤初时提防这几人阴谋对付自己，一直深自戒备，现下既知他们是想夺宝刀，心下坦然，登时从局中人变成了旁观客。但见宝刀一出鞘，那"调侯兄"、店伴、脚夫、车夫、补锅匠一齐凑拢。苗人凤知道这五人均欲得刀，只是碍着旁人武功了得，这才不敢贸然动手，否则以南仁通手无缚鸡之力，这把刀早已被人夺去，哪里等得到今日？

南仁通恨那补锅匠口齿轻薄，本要比试，但见他那把刀锋锐无比，也非常物，若是斗个两败俱伤，岂非损伤了至宝？于是说道："你知道了就好，下次可还敢胡说八道么？"正要还刀入鞘，那"调侯兄"突然一伸手，将刀夺过，擦的一声轻响，与补锅匠手中利刃相交，补锅匠的刀刃断为两截，接着又是当的一响，刀头落在地下。补锅匠、脚夫、车夫、店伴四人将"调侯兄"四下围住，立时就要动手。"调侯兄"虽然宝刀在手，却是众寡不敌，当即将刀还给了南仁通，翘拇指说道："好刀，好刀！"南仁通脸上变色，责备道："咳，你也太过鲁莽了！"见宝刀无恙，这才喜孜孜的还刀入鞘，回房安睡。

苗人凤知道适才五人激南仁通取刀相试，那是要验明宝刀的正身，不出一日，五人就有一场流血争斗。他虽侠义为怀，但见那南仁通横行霸道，不是好人，这把刀只怕也是巧取豪夺而得，心想我自去祭墓，不必理会他们如何黑吃黑的夺刀。

次日绝早起来，只见南仁通已然起行，补锅匠等固然都已不在店内，连那店伴也已离去。一问之下，这人果然是昨天傍晚才到的恶客，给了十两银子，要乔装店伴。苗人凤暗暗叹息："常言道：谩藏诲盗，果然一点儿不错。"结了店账，上马便行。

驰出二十余里，忽听西面山谷中一个女子声音惨呼："救命！救命！"正是南小姐的声音。苗人凤心想："这些恶贼夺了刀还想杀人，这可不能不管。"一跃下马，展开轻身功夫循声赶去，转过两个弯，只见雪地里殷红一片，南仁通身首异处，死在当地。那"冷月宝刀"横在他身畔，五个人谁也不敢伸手先拿。南小姐却给补锅匠抓住了双手，挣扎不得。

苗人凤隐身一块大石之后，察看动静。只听"调侯兄"道："宝刀只有一把，却有五个人想要，怎么办？"那脚夫道："凭功夫分上下，胜者得刀，公平交易。""调侯兄"向南小姐瞧了一眼，说道："宝刀美人，都是难得之物。"补锅匠道："我不争宝刀，要了她就是啦。"店伴冷笑道："也不见得有这么便宜事儿。武功第一的得宝刀，第二的得美人。"脚夫、车夫齐声道："对，就是这么着。"店伴向补锅匠道："老兄，劳驾放开手，说不定在下功夫第二，这是我的老婆！""调侯兄"笑道："正是！"转头厉声向南小姐道："你敢再嚷一声，先斩你一刀再说！"补锅匠放开了手。南小姐伏在父亲尸身之上，抽抽噎噎的哭泣。

那车夫笑道："小姐，别哭啦。待会儿就有你乐的啦！"伸手去摸她脸，神色极是轻薄。

苗人凤瞧到此处，再也忍耐不住，大踏步从石后走了出来，低沉着嗓子喝道："下流东西，都给我滚！"那五人吃了一惊，齐声喝道："你是谁？"苗人凤生性不爱多话，挥了挥手，道："一齐滚！"

补锅匠性子最是暴躁,纵身跃起,双掌当胸击去,喝道:"你给我滚!"苗人凤左掌挥出,以硬力接他硬力,一推一挥,那补锅匠腾空直飞出去,摔在丈许之外,半天爬不起来。

其余四人见他如此神勇,无不骇然,过了半晌,不约而同的问道:"你是谁?"苗人凤仍是挥了挥手,这次连"滚"字也不说了。

那车夫从腰间取出一根软鞭,脚夫横过扁担,左右扑上。苗人凤知道这五人都是劲敌,若是联手攻来,一时之间不易取胜,当下一出手就是极厉害的狠招,侧身避开软鞭,右手疾伸,已抓住扁担一端,运力一抖,喀喇一响,枣木扁担断成两截,左脚突然飞出,将那车夫踢了一个筋斗。那脚夫欲待退开,苗人凤长臂伸处,已抓住他的后领,大喝一声,奋力掷出,那脚夫犹似风筝断线,竟跌出数丈之外,腾的一响,结结实实的摔在雪地之中。

那"调侯兄"知道难敌,说道:"佩服,佩服,这宝刀该当阁下所有。"一面说一面俯身拾起宝刀,双手递了过来。苗人凤道:"我不要,你还给原主!"那"调侯兄"一怔,心想:"世上哪有这样的好人?"一抬头,只见他脸如金纸,神威凛凛,突然想起,说道:"原来阁下是金面佛苗大侠?"苗人凤点了点头。"调侯兄"道:"我们有眼不识泰山,栽在苗大侠手里,还有什么话说?"当下又将宝刀递上,说道:"小人蒋调侯,三生有幸,得逢当世大侠,这宝刀请苗大侠处置吧!"苗人凤最不喜别人啰唆,心想拿过之后再交给南小姐便是,当下伸手握住了刀柄。

他正要提手,突听嗤嗤两声轻响,腿上微微一疼。蒋调侯跃开丈余,向前飞跑,叫道:"他中了我的绝门毒针,快缠住他。"苗人凤听到"绝门毒针"四字,口中"哦"了一声,暗道:"云南蒋氏毒针天下闻名,今番中了他的诡计。"心知这暗器剧毒无比,当下深吸一口气,飞奔而前,顷刻间赶上蒋调侯,一把抓住,伸指在他胁下一戳,已闭住了他的穴道,抛在地下。

脚夫、车夫等本已一败涂地,忽听得敌人中了毒针,无不喜出望外,远远围着,均不逼近,要待他毒发自毙。苗人凤一口气不敢吞吐,展开轻功,疾向脚夫赶去。那脚夫吓得魂飞魄散,舍命狂奔。苗人凤赶到身后,右掌击去,登时将他五脏震裂。此掌击出后脚下片刻不停,瞬息间追到车夫身前。那车夫挥动软鞭护身,只盼抵挡得十招八招,挨到他身上毒性发作。苗人凤哪里与他拆什么招,蒲扇般的大手伸出,抓住软鞭鞭梢,神力到处,一夺一挥,软鞭倒转过来,将他打得脑浆迸裂。

苗人凤连毙二人,脚上已自发麻,此是生死关头,不容有片刻喘息,但见店伴与补锅匠都已在数十丈外,二人是一般的心思,尽力远远逃开,以待敌人不支。苗人凤本来不欲伤人性命,但此时只要留下一个活口,自己毒发跌倒,那就是把自己性命交在他的手里。当下咬紧牙关,手握软鞭,追赶店伴。那店伴极是狡猾,尽拣泥沟陷坑中奔跑。但苗人凤的轻功何等了得,一转眼已自追上。那店伴眼见难逃,提着匕首扑将过来。苗人凤立刻回头转身,向后一脚倒踹,瞧也不瞧,立即提气追赶补锅匠。这一脚果然正中店伴心窝,踢得他口中狂喷鲜血,仰天立毙。

那补锅匠武功虽不甚强,但鄂北鬼见愁锺家所传轻功却是武林中一绝。苗人凤追奔逐北,毒气发作得更快,脚步已自蹒跚,竟然追赶不上。补锅匠见他一颠一颠,心中大喜,暗想:"老天保佑,教我垂手而得宝刀美人。"思念未定,突听半空呼呼风响,一条黑黝黝的东西横空而至,待欲闪躲,已自不及。原来苗人凤知道追他不上,最后奋起神力,掷出软鞭。这条钢铸软鞭从面门直打到小腹,补锅匠立时尸横雪地。此时苗人凤也已支持不住,一交摔倒。

南小姐伏在父亲尸上,眼见这场惊心动魄的恶战,吓得呆了,最后见苗人凤倒下,忙走近相扶,但苗人凤身躯高大,她娇弱无力,哪里扶得起来?苗人凤神智尚清,下半身却已麻木,指着蒋调侯道:"搜他身边,取解药给我服。"南小姐依言搜索,果然找到一个小小瓷瓶,问苗人凤道:"是这个么?"苗人凤昏昏沉沉,已自难辨,道:"不管是不是,服……服了再说。"南小姐拔开瓶塞,将小半瓶黄色药粉倒在左掌,送入苗人凤口里。

苗人凤用力吞下,说道:"快将他杀了!"南小姐大吃一惊,道:"我……我不敢……杀人。"苗人凤厉声道:"他是你杀父仇人。"南小姐仍道:"我……我不敢……"苗人凤道:"再过几个时辰,他穴道自解。我受伤很重……那时咱两人死无葬身之地。"

南小姐双手提起宝刀,拔刀出鞘,眼见蒋调侯眼中露出哀求之色,她自小杀鸡杀鱼也是不敢,这杀人的一刀如何砍得下去?

苗人凤大喝:"你不杀他,就是杀我!"南小姐吃了一惊,身子一颤,宝刀脱手掉下。这刀砍金断玉,刃口正好对准蒋调侯的脑袋。只听得南小姐与蒋调侯同声大叫,一个昏倒,跌在苗人凤身上,另一个的脑袋已被宝刀劈开。

苗人凤想到此处,怀中幼女忽然嘤的一声醒来,哭道:"爸爸,妈呢?我要妈。"苗人凤还未回答,那女孩一转头,见到火堆旁的美妇,张开双臂,大叫:"妈妈,妈妈,兰兰找你!"欢然喜跃,要那美妇来抱。

四周众人听那幼女先叫苗人凤"爸爸",又叫那美妇"妈妈",都是大感惊异,心想这美妇明明是田归农之妻,怎么又会是苗人凤之女的母亲?那女孩这两声"妈妈"一叫,大厅中紧张的气势又自浓了几分。几十个大人个个神色严重,只有一个孩子却欢跃不已。

那美妇站起身来,走到苗人凤身旁抱过孩子。那女孩笑道:"妈妈,兰兰找你,你回家了。"那美妇紧紧搂着她,两张美丽的脸庞偎倚在一起。女孩在梦中流的泪水还没干,这时脸颊上又添了母亲的眼泪。

脸有刀疤的独臂怪汉一直缩身厅角,静观各人,这时轻轻站起,走到盗魁阎基身前,在他耳边悄悄说了几句话。阎基神色大变,忽地站起。向苗人凤望了一眼,脸上大有惧色,缓缓伸手入怀,取出一个油纸小包。独臂人夹手夺过,打开一看,见里面是两张焦黄的纸片。他点了点头,包好了放入怀内,重行回到厅角坐下。

那美妇伸衣袖抹了抹眼泪，突然在女孩脸上深深一吻，眼圈一红，又要流出泪来，终于强行忍住，霍地站起，把女孩交还给了苗人凤。那女孩大叫："妈妈，妈妈，抱抱兰兰。"那美妇背向着她，宛似僵了一般，始终不转过身来。

苗人凤耐着性子等待，等那美妇答应一声，等她回过头来再瞧女儿一眼……

在苗人凤心中，他早已要将一个人拉过来踏在脚下，一掌打死，但他知道，一定会有人舍命阻止。他的武功是打遍天下无敌手，但他的心肠却很脆弱，只因为他是极深的爱着眼前这个美妇。

他听见女儿在哭叫："妈妈，妈妈，抱抱兰兰！"女儿在他怀中挣扎着要到母亲那里。他耐着性子等待，等那美妇答应一声，等她回过头来瞧女儿一眼……

那美妇是耳聋了？还是她的心像铁一般刚硬？小女孩在连声哀求："妈妈，抱抱兰兰！"但妈妈一动也不动，背心没一点儿颤抖，连衣衫也没一点摆动。

苗人凤全身的血在沸腾，他的心要给女儿叫得碎了。于是三年之前，沧州雪地里的事又涌上了心头：

雪地里横着六具尸身，苗人凤腿上中了蒋调侯的两枚绝门毒针，下半身麻痹，动弹不得。南小姐慢慢醒转，见自己跌在苗人凤怀里，急忙站起，双脚一软，又坐倒在雪地里。她惊惶已极，连哭也哭不出声来。

苗人凤道："把那匹马牵过来。"声音很严厉，南小姐只有遵依的分儿。她将马牵到苗人凤身旁，伸出柔软的手，握住了他蒲扇一般的手掌，想拉他起来。

苗人凤道："你走开！"心想："你怎拉得起我？"这时他两腿已难以行动，当下抬起上身，伸右手握住马镫，手臂微一运劲，身子倒翻上了马背，说道："拿了那柄刀！"南小姐失魂落魄般拾了宝刀。苗人凤伸左手在她腰间轻轻一带，将她提上了马背。两人并骑，慢慢回到小客店中。

苗人凤运足功劲，才没在马上昏晕过去，但一到店前，再也支持不住，翻身落在雪地。两名店小二奔出来扶他进去。

苗人凤卷起裤脚，将两枚毒针拔了出来，他叫店小二替他吸出腿上毒血，虽然许以重酬，店小二仍是害怕踌躇。

南小姐将柔嫩的小口凑在他腿上，将毒血一口一口的吸出来。她很清楚的知道：两人的肌肤这么一接触，自己就是他的人了。他是大盗也好，是剧贼也好，再也没第二条路，她已决心跟着他。

苗人凤也知道：这几口毒血一吸，自己无牵无挂、纵横江湖的日子是完结啦。他须得终身保护这女子。这个千金小姐的快乐和忧愁，从此就是自己的快乐与忧愁。

他及时服了蒋调侯的解药，性命是可保的了，但绝门毒针非同小可，不调治十天半月，两腿无法使唤。他取出银子，命店小二去收殓了南小姐的父亲，也收殓了那五个企图抢夺宝刀的豪客。

南小姐与他同住在一间房里，服侍他、陪伴他。经过了这场惊心动魄的变故，南小姐一闭眼就看到雪地里那场惨剧，看到父亲被贼人杀死，看到自己手中的宝刀掉下去，杀死了一个人。她常常在睡梦中哭醒。

苗人凤不喜言辞，从来不说一句安慰的言语。但南小姐只要见到他沉静镇定的脸色、同情的眼光，就不再害怕了。

她跟他说，她父亲南仁通在江南做官，捉到了一名江洋大盗，得到这柄"冷月宝刀"。不久南仁通调补京官，他要将宝刀献给当道，满心想飞黄腾达，不料却因此枉自送了性命。

苗人凤问起那江洋大盗的姓名，南小姐却说不上来，她只知道这大盗是在狱中病死的。他想：不知是哪一个好汉，不明不白的又给害死了。那五名夺刀的豪客，必定识得这个大盗，知道大盗有一柄宝刀，于是一路跟踪下来。

第五天晚上，南小姐端了一碗药给苗人凤喝。他正要伸手去接，忽听得窗外籁籁几下响声。他不动声色，接过药碗来慢慢喝了下去。他知窗外有人窥探，但震于自己的威名，不敢贸然动手。暗自盘算："这多半是夺刀五人的后援，再过五六日，那就不足为惧，苦于这几日两腿兀自酸软无力，若有强敌到来，倒是不易对付。"

只听得拍的一声，白光闪动，窗外掷进一柄匕首，钉在桌上，微微颤动。匕首上附着一张白纸。南小姐"啊"的一声惊呼，奔到他身边。

苗人凤睡在炕上，伸手够不着匕首。他冷笑一声，左掌在桌子边缘一拍。匕首本来插进桌面数寸，这一拍之下，登时跳起，弹起尺许，跌在他手旁。窗外有人赞道："金面佛名不虚传，果然了得！"脚步轻响，两个人越墙出外。接着马蹄响起，两骑马远远去了。

苗人凤拿起白纸，见写着一行字道："鄂北锺兆文、锺兆英、锺兆能顿首百拜。"

南小姐见他脸色木然，不知是忧是怒，问道："是敌人找上来了吗？"苗人凤点点头。南小姐道："你在桌上这么一拍，他们就吓走了，是不是？"苗人凤摇头道："他们是来送信的。"

南小姐道："你这么大本事，他们一定害怕。"苗人凤不语，心想："鄂北鬼见愁锺氏三兄弟，既然找上来了，就不害怕。"南小姐话是这么说，心中也自担忧，过了半响，轻声说道："大哥，咱们现下骑马走了吧，他们找不着的。"苗人凤摇摇头，默然不语。

打遍天下无敌手金面佛苗人凤，怎能在敌人面前逃走？就算为了南小姐而暂且忍辱躲避，但鬼见愁锺氏三兄弟又怎能让人躲得开？这些事南小姐是不会懂的。他向来不爱多说话，况且，这些事又何必跟她多说。

这一晚南小姐翻来覆去的睡不安稳。她已在全心全意的关怀这个粗手大脚的乡下人，但苗人凤却睡得很沉。

只不过他做了一个梦，梦见一顶花轿，一队吹鼓手，又梦见一个头上披着红巾的新娘子。那是很久很久以前童年时瞧见过的，他早已忘了，这时却忽然梦到了。醒来的时候，似乎还隐隐听到梦中鼓乐的声音。黯淡的摇曳的烛光，照在旁边床上南小姐像芙蓉花那样柔和、那样娇艳的脸上。这朵花却不在笑。她睡着的时候，也是恐惧，也是在感到痛苦。她脸上有烛光，却有更多的阴影。

次日清晨，苗人凤命店小二做一大碗面吃了，端张椅子，坐在厅中，冷月宝刀放在身旁。他生平不爱事先筹划，因为预料的事儿多半作不了准，宁可随机应变。南小姐见了他的神情，心中很是害怕，问了他几句，苗人凤并不回答，于是她就不敢再问。

辰牌时分，马蹄声响，三乘马在客店前停住，进来了三个客人。客店中人见了这三人的打扮，都是吓了一跳。原来三人都身穿白色粗麻布衣服，白帽白鞋，衣服边上露着毛头，竟是刚死了父母的孝子服色。但三身孝服已穿得半新不旧，若说服的热孝，却又不像。

苗人凤知道鄂北鬼见愁锺门雄霸荆襄，武功实有独到的造诣，那补锅匠是锺氏门徒，武艺已自不弱，眼下锺氏三兄弟亲自到来，此事当真甚是棘手。只见三人一般的相貌，都是脸色惨白，鼻子又扁又大，鼻孔朝天，只是凭胡子分别年纪，料来灰白小胡子的是大哥锺兆文，黑胡子的是二哥锺兆英，没留胡子的是三弟锺兆能。三人进来时脚步轻飘飘的宛如足不点地，果然是劲敌到了。苗人凤一生之中，敌人愈强，精神愈振，一见三人声势不同凡俗，不由得全身骨骼轻轻作响。

锺氏三兄弟上前同时一揖到地，齐声说道："苗大侠请了。"苗人凤拱手还礼，说道："请了，恕在下腿上有伤，不能起立。"锺兆文道："苗大侠你家腿上不便，原本不该打扰，只是杀徒之仇，不能不报，请苗大侠你家恕罪。"他"你家，你家"，满口湖北土腔，苗人凤点点头，不再答话。

锺兆文道："苗大侠威震天下，我们三兄弟单打独斗，非你家敌手。老二、老三，咱哥儿一齐上啊！"锺兆英、锺兆能怪声答应，叫道："老大，咱哥儿一齐上啊！"这三兄弟是武林中的成名人物,虽然怪声怪气,怪模怪样,在江湖上却是辈份甚高,行事持重,武功又强,因此上在两湖一带已闯下极大的基业。三人怪声一作,呛啷啷响声不绝,各从身边取出一对判官笔。

客店中伙伴客人见这三人到来,已知不妙,这时见取出兵刃,人人远避,登时大厅上空荡荡地一片。

南小姐关心苗人凤安危,却留在厅角之中。苗人凤见她一个娇怯弱女,居然有此胆量,心中大是喜慰。只因南小姐在厅角这么一站,苗人凤自此对她生死以之,倾心相爱,当下向她微微一笑,抽出冷月宝刀。

锺氏兄弟见那刀青光闪动,寒气逼人,同声赞道:"好刀!"

三兄弟齐声怪叫。锺兆文双笔当胸直指,兆英攻左,兆能袭右。苗人凤端坐椅中,横刀不动,待六枝镔铁判官笔的笔尖堪堪点到身边,突然宝刀一挥,呼呼风响,向三人各砍一刀。锺氏三兄弟果然身负绝艺,见他刀势来得奇特,各自身形飘动,让了开去。他们只知苗家剑法独步天下,不料他刀法竟也如此精奇。苗人凤此时所用是胡一刀所授的胡家刀法,变化奥妙,灵动绝伦,就只吃亏在身子不能移动,一刀砍出,难以连续追击。

四人一动上手,大厅中刀光笔影,登时斗得凶险异常。锺氏三兄弟轻功甚是了得,三人分进合击,此来彼往,六枝判官笔宛如十二枝相似。苗人凤使开刀法,攻拒削砍,丝毫不落下风。他想今日之斗务须猛下杀手,重伤他兄弟三人,否则自己与南小姐性命难以周全。只是素知锺氏三兄弟安份守己,并无歹行劣迹,江湖上声名甚好,却不必取他们性命。眼见三兄弟的招数越来越紧,每一招都点打他上身大穴,只要稍一疏神,不但一世英名付于流水,连这娇艳温柔的南小姐也得落入敌手受苦。想到此处,刀招加沉,猛力砍削。三兄弟怕他力大刀利,不敢让兵刃给他宝刀碰到了,围攻的圈子渐渐放远。

锺兆英眼见难以取胜,突然一声怪叫,身子斜扑,着地滚去,竟到苗人凤背后攻他下盘。这一着甚是阴毒,想苗人凤坐在椅上不能转动,敌人攻他背后椅脚,如何护守得着?锺兆英连攻数招,一笔横砸,喀的一声,将椅脚打断了一根。椅子一侧,苗人凤身子跟着倾侧。南小姐"啊"的一声,惊呼出来。苗人凤左手倏地探出,往锺兆英脸上抓去。锺兆英大惊,急忙滚开相避,只听得当当两响,他与锺兆能手中的判官笔已各有一枝被宝刀削断。锺兆文肩头剧痛,却被刀刃划了一道口子。苗人凤一刀同时攻逼三敌,这一招叫做"云龙三现",乃是胡家刀法中的精妙招数。

锺氏三兄弟各展轻功跃开,三人互相望了一眼,脸上都有惊骇之色。锺兆英道:"老大,挂了彩啦?"锺兆文道:"不碍事。"他见苗人凤椅子倾斜,坐得摇摇欲坠,心想如此良机,日后再难相逢,只是忌惮他宝刀锋利,刀法精奇,于是抱拳说道:"兵刃上我三兄弟不是敌手,我们再领教你家拳招掌法。"这话儿说得冠冕堂皇,却是不怀好意,是要敌人自去其长。他三人此来乘人之危,乃是仇杀拼命,并非比武较艺,这番说话苗人凤本来大可不必理会,但他艺高人胆大,一声冷笑,宝刀归鞘,点了点头,说道:"好!"

三兄弟抛下判官笔,蹦跳窜跃,攻了上来。三人每一步都是跳跃,竟无一步踏行。苗人凤的掌法何等威猛,一经施展,三兄弟欺不近八尺以内,也是锺门武功卓然成家,否则单是给他掌力一震,已受重伤。锺兆英人最机灵,见他椅脚断了一只,已难坐稳,心想依样葫芦,再打断一只椅脚,非教他摔倒不可,当下又使出地堂拳法,滚向苗人凤椅后,猛地右腿横扫,喀喇一响,果然又将椅脚踢断了一只。

那椅子本已倾侧,此时急向后倒。苗人凤伸手在椅背一按,人已跃起。他恼恨锺兆英狡诈,从半空中如大鹰般向他扑击下来。锺兆英吓得心惊胆战,大叫:"老大,老三!"兆文、兆能双双从旁来救。苗人凤双掌发力,左掌打在锺兆文肩头,右掌拍中锺兆能胸口。两人经受不起,双双向外跌出。锺兆英乘机几个翻身逃出厅门,看苗人凤时,也已摔倒在地。

三兄弟见他如此神勇,哪敢进来再斗?锺兆英瞥见店门旁堆满骡马的草料，心念一动，取出火折晃着了，就在草料上一点。那麦秆干得透了，登时起火，顺风烧向店堂。客店中店伙客商一见火头，一阵大乱，纷纷奔出。三兄弟拿着判官笔在门口监视，叫道："谁救那坏了腿的客人，老子打开他的脑袋瓜子！"众人自逃性命不及，又有谁敢去救人？

苗人凤见霎时之间风助火势，浓烟火舌卷进厅来，自己双腿不能行走，敌人又守在门口，暗道："难道我一世英雄，今日竟活活烧死在这里不成？"一转眼见南小姐已随众人逃出，心下略宽，火光中只见屋角里放着一捆粗索，暗叫："天可怜见！"爬着过去抖开绳索，在手臂上绕了十来圈。

锺氏兄弟眼见烟火围门，这个当世无敌的苗人凤势必葬身火窟，三人心中大喜，相视而笑。

南小姐当危急时夺门而出，此时却想起苗人凤尚在店内，他为相救自己而受伤丧生，不禁大为难受，珠泪盈眶，正自难忍，猛听得店堂内一声大喝，一条绳索从火焰中窜将出来，一端已卷住门外那株大银杏的树干。接着绳子一荡，苗人凤又高又瘦的身躯已飞了出来。

众人见他突似飞将军自天而降，无不骇然。苗人凤左手抓绳，身子自空向锺氏三兄弟扑去。三锺吓得魂飞天外，已无斗志，当即发足奔逃。他三人轻功虽高，终不及苗人凤拉着绳子飞荡迅速，被他伸出蒲扇大的手掌，一掷一抓，一抓一掷，三兄弟都飞身而入火堆。总算三人武功均高，一入火堆，急忙逃出，但已烧得须眉尽焦，狼狈不堪。到此地步，三兄弟哪敢逗留，马匹也不要了，向南急奔而去，但听苗人凤豪迈爽朗的大笑声，不绝从身后传来。

苗人凤想到当年力战鬼见愁锺氏三雄的情景，嘴角上不自禁出现了一丝笑意，然而这是愁苦中的一丝微笑，是伤心中一闪即逝的欢欣。于是他想到腿上伤愈之后，与南小姐结成夫妇，这个刻骨铭心、倾心相爱的妻子，就是眼前这个美妇人。她在身前不过五尺，五尺却比五千里、五万里的路程更加遥远。

于是他想到两人新婚后那段欢乐的日子，他带着他的兰（南小姐名字叫做南兰）一同去拜祭胡一刀夫妇的墓，他把冷月宝刀封在坟土之中，心里想：世上除了胡一刀外，再也无人配用这把宝刀。他既然不在世上了，宝刀就该陪着他。

在胡一刀的墓前，他把当年这场比武与误伤的经过说给妻子听。他从来不爱多说话，这一天却说得滔滔不绝。这件事他在心中郁积了十年，直到这天，方在最亲近的人面前发泄出来。他办了许多酒菜来祭奠胡一刀，摆满了一桌，就像当年胡夫人在他们比武时做了一桌菜那样。

他喝了不少酒，好像这位生平唯一的知己复活了，与他一起欢谈畅饮。他越喝得多，越说得多。说到对这位辽东大侠的钦佩与崇仰；说到造化小儿的弄人，人世的无常；说到胡夫人对丈夫的情爱，他说："像这样的女人，要是丈夫在火里，她一定也在火里，丈夫在水里，她也在水里……"

突然之间，看到新娘脸色变了，掩着脸远远奔开。他追上去要想解释，但他醉了，他不会说话，何况，他心中确是记得客店中锺氏三雄火攻的那一幕……他是在火里，而她却独自先逃了出去……

他一生慷慨豪侠，素来不理会小节，然而这是他生死以之相爱的人……在他脑子里，一直觉得南兰应该逃出去，她是女人，不会半点武功，见到了浓烟烈火自然害怕，她那时又不是他的妻子，陪着他死了，又有什么好处？……但在心里，他深深盼望在自己遇到危难之时，有心爱的人守在身旁，盼望心爱的人不要弃他而先逃……他一直羡慕胡一刀，心想他有一个真心相爱的夫人，自己可没有。胡一刀虽然早死，这一生却比自己过得快活。

在酒醉之后，在胡一刀的墓前，无意中说错了一句话，也可说是无意中流露了真心。这句话造成了夫妇间永难弥补的裂痕。虽然，苗人凤始终极深厚极诚挚的爱着妻子。

他永远不再提到这件事，甚至连胡一刀的名字也不提，南兰自然也不会提。

后来女儿若兰出世了，像母亲一般的美丽，像母亲一般的娇嫩。夫妻间的感情加深了一层。然而，他是出身贫家的江湖豪侠，妻子却是官家的千金小姐。他天性沉默寡言，整天板着脸，妻子却需要温柔体贴，低声下气的安慰。她要男人风雅斯文、懂得女人的小性儿，要男人会说笑，会调情……苗人凤空具一身打遍天下无敌手的武功，妻子所要的一切却全没有。如果南小姐会武功，或许会佩服丈夫的本事，会懂得他为什么是当世一位顶天立地的奇男子。但她压根儿瞧不起武功，甚至从心底里厌憎武功。因为，她父亲是给武人害死的，起因是在于一把刀；又因为，她嫁了一个不理会自己心事的男人，起因是在于这男人用武功救了自己。

她一生中曾有一段短短的时光，对武功感到了一点兴趣，那是丈夫的一个朋友来作客的时候。那就是这个英俊潇洒的田归农。他没一句话不在讨人欢喜，没一个眼色不是软绵绵的教人想起了就会心跳。但奇怪得很，丈夫对这位田相公却不大瞧得起，对他爱理不理的，招待客人的事儿就落在她身上。相见的第一天晚上，她睡在床上，睁大了眼睛望着黑暗的窗外，忍不住暗暗伤心：为什么当日救她的不是这位风流俊俏的田相公，偏生是这个木头一般睡在身旁的丈夫？

过了几天，田归农跟她谈论武功，发觉她一点儿也不会，便教了她几路拳脚。她学得很起劲，虽然她还是不喜欢武功，只因是他教的，就兴致勃勃的学了。

终于有一天，她对他说："你跟我丈夫的名字该当对调了才配。他最好是归农种田，你才真正是人中的凤凰。"也不知是他早有存心，还是因为受到了这句话的风喻，终于，在一个热情的夜晚，宾客侮辱了主人，妻子侮辱了丈夫，母亲侮辱了女儿。

那时苗人凤在月下练剑，他们的女儿苗若兰甜甜地睡着……

南兰头上的金凤珠钗跌到了床前地下，田归农给她拾了起来，温柔地给她插在头上,凤钗的头轻柔地微微颤动……

于是她下了决心。丈夫、女儿、家园、名声……一切全别了,她要温柔的爱,要热情。她跟着这位俊俏的相公从家里逃了出来。丈夫抱着女儿从大风雨中追赶了来,女儿在哭,在求,在叫"妈妈"。但她已经下了决心,只要和归农在一起,只过短短的几天也是好的,只要和归农在一起,给丈夫杀了也罢,剐了也罢。她很爱女儿,然而这是苗人凤的女儿,不是田归农和她生的女儿。

她听到女儿的哭求,但在眼角中,她看到了田归农动人心魄的微笑,因此她不回过头来。

苗人凤在想:只盼她跟着我回家去,这件事以后我一定一句不提,我只有加倍爱她,只要她回心转意,我要她,女儿要她!

苗夫人在想:他会不会打死归农?他很爱我,不会打我的,但会不会打死归农?

苗若兰小小的心灵中在想:妈妈为什么不理我?不肯抱我?我不乖吗?

田归农也在想他的心事。他的心事是深沉的。他想到闯王所留下的无穷无尽的财宝,苗夫人是打开这宝库的钥匙。当然,她很美丽,娇媚无伦,但更重要的是闯王的宝库,苗人凤会不会打死我呢?

苗人凤在等待,厅上的镖客、群盗、侍卫、商家堡的主人、独臂人和小孩,大家都在等待。厅上有很多人,但谁也不说话,只听到一个小女孩在哭叫:"妈妈!妈妈!抱抱兰兰!"

即使是最硬心肠的人,也盼望她回过身来抱一抱女儿。

自从走进商家堡大厅,苗人凤始终没说过一个字,一双眼像鹰一般望着妻子。

外面在下着倾盆大雨,电光闪过,接着便是隆隆的雷声。大雨丝毫没停,雷声也是不歇的响着。

终于,苗夫人的头微微一侧。苗人凤的心猛地一跳,他看到妻子在微笑,眼光中露出温柔的款款深情。她是在瞧着田归农。这样深情的眼色,她从来没向自己瞧过一眼,即使在新婚中也从来没有过。这是他生平第一次瞧见。

苗人凤的心沉了下去,他不再盼望,缓缓站了起来,用油布细心地妥贴地裹好了女儿,放在自己胸前。他非常非常的小心,因为世界上再没有这样慈爱、这样伤心的父亲。

他大踏步走出厅去,始终没说一句话,也不回头再望一次,因为他已经见到了妻子那深情的眼色。

大雨落在他壮健的头上,落在他粗大的肩上,雷声在他的头顶响着。

小女孩的哭声还在隐隐传来,但苗人凤大踏步去了。他抱着女儿,在大风大雨中大踏步走着。

他们没有回家去。这个家,以后谁也没有回去……

那男孩大声道:"你女儿要你抱,干么你不睬她?你做妈妈的,怎么一点良心也没有?"戟指怒斥,一个衣衫褴褛的孩童,霎时间竟是大有威势。

第三章　英雄年少

苗人凤抱着女儿,在大风雨中离开了商家堡。侠士虽去,余威犹存。他进厅出厅,并无一言半语,但群豪震慑,不论识与不识,无不凛然。众人或惊或愧,或敬或惧,过了良久,仍是无人说话,各自凝思。

苗夫人缓缓站起,嘴角边带着强笑,但泪水在眼眶中滚了几转,终于从白玉一般的腮边滚了下来。田归农倏地起身,左手握住腰间长剑剑柄,拉出五寸,铮的一声,重归剑鞘,这一下手势潇洒利落已极,低声道:"兰妹,走吧。"双眼望着大车中一鞘鞘的银鞘。神态虽是不减俊雅风流,但语声微抖,掩不了未曾尽去的恐惧之心。

马行空见田归农仍想劫镖,强自撑起,叫道:"春儿,取兵刃来!"马春花见父亲受伤非轻,含泪道:"爹!"马行空声音威严,说道:"快取来。"马春花从背囊中取出随着父亲走了数十年镖的金丝软鞭,正要递过,突然后堂咳嗽一声,走出一个老妇,身穿青布棉袄,下系黑裙,脊梁微驼,两鬓全白,顶心的头发却是一片漆黑。商宝震虽被田归农打倒,受伤不重,抢上去叫道:"妈,这里的事你老人家别管,请回去休息吧。"原来这老妇正是商宝震的母亲。

商老太点了点头,不动声色的道:"栽在人家手里啦?"语声嘶哑,甚是难听。商宝震脸露惭色,垂首道:"儿子不中用,不是这姓田的对手。"说着向田归农一指,不禁愧愤交集。

商老太双眼半张半开,黯淡无光,木然向田归农望了一下,又向苗夫人望了一下,喃喃道:"好个美人儿!"

突然间一个黄瘦男孩从人丛中钻了出来,指着苗夫人叫道:"你女儿要你抱,干么你不睬她?你做妈妈的,怎么一点良心也没有?"

这几句话人人心中都想到了,可是却由一个乞儿模样的黄瘦小儿说出口来,众人心中都是一怔。只听轰轰隆隆雷声过去,那男孩大声道:"你良心不好,雷公劈死你!"戟指怒斥,一个衣衫褴褛的孩童,霎时间竟是大有威势。

田归农一怔,刷的一声,长剑出鞘,喝道:"小叫化,你胡说八道什么?"那盗魁阎基抢了上来,喝道:"快给田相公……夫……夫人磕头。"那男孩不去理他,脸上正气凛然,仍是指着苗夫人叫道:"你……你好没良心!"

田归农提起长剑,正要分心刺去。苗夫人突然"哇"的一声,掩面而哭,在大雨中直奔了出去。田归农顾不得杀那男孩,提剑追出。他一窜一跃,已追到苗夫人身旁,劝道:"兰妹,这小叫化胡说八道,别理他。"苗夫人哽咽道:"我……我确是良心不好。"哭着说话,脚下丝毫不停。田归农伸手挽她臂膀,苗夫人用力一挣。田归农若是定要挽住,苗夫人再苦练十年武功也挣扎不脱,但他不敢用强,只得放开了手,软语劝告。

但见二人在大雨中越行越远,沿着大路转了个弯,给一排大柳树挡住后影。雨点溅地,水花四舞,二人再不转回。

众人吁了一口气,转眼望那孩童,心想这人小小年纪,好大的胆气,这条命却不是捡来的?

阎基冷笑一声,喝道:"那当真再美不过,阎大爷独饮肥汤,岂不妙哉!兄弟们,快搬银鞘啊!"群盗轰然答应,散开来就要动手。阎基左足飞起,将那男孩踢了个筋斗,顺手揪住了独臂汉子,喝道:"还给我!"

商老太太嘶哑着嗓子，问道："阎老大，这儿是商家堡不是？"阎基道："是啊，商家堡怎么啦？"商老太道："我是商家堡的主人不是？"阎基一只手仍是揪住独臂汉胸口，仰天大笑，说道："商老婆子，你绕着弯儿跟我说什么啊？你商家堡墙高门宽，财物定是不少，可是想送点儿油水给兄弟们使使？"群盗随声附和，叫嚷哄笑。商宝震气得脸也白了，道："妈，别跟他多说。儿子和他拼了。"从镖行趟子手中抢过一柄单刀，指着阎基叫阵。

阎基将独臂汉一推，狠狠说道："小子别走，老子待会跟你算帐。"双手一拍，向着商宝震斜眼而睨，脸上流气十足，显然压根儿没将他放在眼里。

商老太道："阎老大，你跟我来，我有话对你说。"阎基一怔，油嘴滑舌的道："到哪儿啊？女人的房里姓阎的可不去。"商老太就似没有听见，仍道："我有要紧话跟你说。"

阎基心想："这老太婆倒有几分古怪，不知她叫我去哪里？"正待说："阎大爷没空跟你啰唆。"商老太已转身走向内堂，哑声道："你没胆子，也就是了。"阎基仰天打个哈哈，笑道："我没胆子？"拔脚跟去。二寨主为人细心，将阎基的鬼头刀递过，阎基左手倒提了。商宝震不知母亲叫他入内是何用意，跟随在后。商老太虽不回头，却听出了儿子的脚步声，说道："震儿留在这儿！阎老大，你叫弟兄们暂别动手。"说这几句话时向儿子和阎基一眼也没瞧，但语音中自有一股威严，似是发号施令一般。阎基道："这话不错，大伙儿别动，等我回来发落。"群盗轰然答应，二寨主用黑话吆喝发令，分派人手监视镖客，防他们有何异动。

本来商宝震和三个侍卫助着镖行，群盗已落下风，但商宝震和徐铮为田归农所伤，马行空挨了阎基一脚后，再给田归农打了一掌，伤势更重，形势又自逆转。群盗既不劫镖，镖行人众也就静以待变。

阎基跟随在商老太背后，只见她背脊弓起，脚步蹒跚，原先心中存着三分提防之意，此时尽数抛却，笑问："商老婆子，叫我进来可是献宝么？"商老太道："不错，是献宝。"阎基心中一动，他一生最是贪财，瞧这商家堡一副大家气派，底子甚是殷实，说不定那商老太一见强人降临，吓破了胆，自行献上珠宝赎命，也是有的，不由得又惊又喜。只见她一直向后进走去，接连穿过三道院子，到了最后面的一间屋外，呀的一声把门推开，自己先走了进去，说道："请进来吧！"

阎基伸头向房里一探，见是一间两丈见方的砖房，里面空空荡荡，只见一张方桌，更无别物，微感蹊跷，提步进去，大声道："有话快说，可别装神弄鬼的。"商老太不答，伸手关上木门，又上了门闩。阎基大奇，四下打量，只见桌上放着一块灵牌，上书"先夫商剑鸣之灵位"。阎基心想："商剑鸣，商剑鸣，这名字好熟，那是谁啊？"一时却想不起来。

商老太缓缓说道："你竟敢上商家堡来放肆，可算得大胆。若是先夫在世，十个阎基也早砍了。今日商家堡虽只剩下孤儿寡妇，却也容不得狗盗鼠窃之辈上门欺侮。"几句话说完，突然腰板一挺，双目炯炯放光，凛然逼视，一个蹒跚龙钟的老妇，霎时间变得英气勃勃。

阎基微微一惊，心想："原来这婆娘是故意装老。"但想到一个女流之辈，又有何惧，笑道："上门也上了，欺人也欺了，你又咬我一口？"

商老太霍地走到桌旁，从灵牌后面捧出一个黄色包袱，那包袱灰尘堆积，放在灵牌之后毫不抢眼。她也不拍去灰尘，顺手解了结子，打开包袱，只见紫光闪闪，冷气森森，却是一柄厚背薄刃紫金八卦刀。阎基蓦地里记起十余年前的一件往事，倒退两步，左手倒提着的鬼头刀交与右手，叫道："八卦刀商剑鸣！"

商老太脸色一沉，叫道："豪杰虽逝钢刀在！妾身就凭先夫这把八卦刀，要领教阎老大的高招。"忽地抓住刀柄，一招"童子拜佛"，向灵位行了一礼，回过身来，已成八卦刀法中的第一招"上势左手抱刀"。但见她沉肩坠肘，气敛神聚，哪里有半分衰迈老态？

阎基虽然微存戒心，但想以百胜神拳马行空这等英雄，尚且败在自己手里，若是商剑鸣复生，或许要惧他几分，这商老太本领再高也是有限，当下鬼头刀在空中虚劈一招，笑道："你要比试刀法，何不就在大厅之中？巴巴的到这儿来，难道定要丈夫的死人牌位给在一旁瞧着，才显得出本事么？"商老太凛然道："不错，先夫威灵，震慑鼠辈。"阎基不自禁的向那灵牌望了一眼，心中有些发毛，急欲了结此事，走出这间冷冰冰、黑沉沉的灵堂，说道："商老太，你发招吧。"商老太道："你是客人，阎寨主先请。"她听他改了称呼，口头上客气了些，于是也称他一声"寨主"。

阎基道："在下跟商家堡无冤无仇，这次劫镖，乃是冲着马老头儿而来。商老太既然定要出头，咱们点到为止，不必真砍真杀。"商老太双眉竖起，低沉着嗓子道："没那么容易！商剑鸣一生英雄，他建下的商家堡岂容人说进便进，说出便出？"阎基也自恼了，道："依你说便怎地？"商老太道："你败了我手中钢刀，将我人头割去，连我儿子也一并杀了……"阎基吓了一跳，心想："我跟你又无深冤大仇，只不过无意冒犯，何必这么性命相拼？"只听她又道："若是妾身胜得一招半式，阎寨主颈上脑袋也得留下。"此言一出，跟着喝道："进招！"

阎基气往上冲，大声说道："我要你母子性命何用？只要你这座连田连宅的商家堡。"说着将刀一晃，欲待进招，商老太一招"朝阳刀"已劈了过来。这一刀又快又猛，阎基急忙侧头，只听呼的一响，震得右耳中嗡嗡作声，那刀从右腮边直削下去，相距不过寸余，只要闪避慢得一霎，这脑袋岂不是给她劈成两半？

这一刀先声夺人，阎基给她的猛砍恶杀吓得为之一怔，知她第二招定是回刀削腰，忙沉鬼头刀一架，当的一响，双刀相交，火光四溅。阎基觉她膂力平平，远逊于己，本已提起的心又放了下来，于是一招"推刀割喉"，推了过去。商老太"哼"了一声，侧身避过，道："四门刀法，不足为奇。"阎基笑道："平平无奇，却要胜你。"语声未毕,踏步上前,使出一招"进手连环刀"。商老太不架不让,竟抢对攻,"削耳撩腮",举刀斜砍。

阎基大惊,心想:"怎么拼命了?"本来武术中原有不救自身、反击敌人的招数,但这种拼着两败俱伤的打法,总是带着九分冒险,非至敌招难解、万不得已之际决计不用。此时商老太只要举刀一挡,就能架开敌招,哪知她竟行险着,不顾性命的对攻。

她不顾性命,阎基却不得不顾,危急中扑地一滚,反身一腿。这一腿去势奇妙,商老太手腕险被踢中,八卦刀急忙翻过,阎基才收腿转身。原来他练熟了十余招怪异拳脚,近年来在江湖上战无不胜,刀法却是平平,但他另有奇着,将那十几路奇拳怪腿夹在刀法之中,一路第三四流的四门刀登时化腐臭为神奇,居然也打败了不少英雄好汉,此刻施将出来,每当刀法上一走下风,拳脚一动,立时扳转劣势。

顷刻之间,一个老妇,一个盗魁,双刀疾舞,在砖房中斗得尘土飞扬。阎基见商老太刀法精妙,自己若非靠那十余招拳脚救驾保命,早已丧生于八卦刀下,一个老妇居然有此武功,不由得暗暗称奇,心道:"如此久战下去,若是一个疏忽,给她削去半边脑袋,那可不是玩的。"当下用长藏拙,不住的拳打足踢,偶然才砍上几刀。这法儿果然生效,商老太难以抵挡,不断退避。阎基洋洋得意,笑道:"嘿嘿,商剑鸣什么英雄了得,八卦刀法也不过如此。"

商老太对先夫敬若天神,此言犯了她的大忌,突然间目露凶光,刀法一变,四下游走,白光闪闪,四面八方攻了上去。此刻她每一招都是拼命,每一招都是抢攻,早将自己生死置之度外。阎基大叫:"你疯了么?喂,商老太,你丈夫可不是我杀的,你跟我拼命干么?喂喂,你听见我说话没有?"一面叫嚷,一面逃窜。

他斗志一失,商老太更是砍杀得如火如荼,出刀越来越快,此时阎基的怪异拳脚已来不及使用,只想拨开门闩,逃出屋去。面临一只疯了的母大虫,他哪里还想到什么胜负荣辱,唯一的念头只是如何逃命。

他数次要去拔开门闩,总是给商老太逼得绝无余暇。眼见她"夜叉探海"、"上步撩刀"、"仙人指路",一刀猛似一刀,阎基把心一横,反背一腿踢出,叫声"失陪!"左足用劲,窜身从窗口跃了出去。岂知商老太拼着受他这一腿,如影随形,跟着一刀砍了过去。只听二人同声"啊哟",一齐跌在窗下。

商老太立即跃起,肩头虽被踢中,未受重伤。阎基的大腿上却给结结实实的一刀砍着,再也难以站立。

这一下他吓得魂飞天外,只见商老太眼布红丝,钢刀跟着劈下,忙伸双手握住了她小腿,大叫:"饶命!"

商老太幼时陪伴父亲、婚后跟随丈夫闯荡江湖,毕生会过无数武林豪杰,如眼前这般没出息的混蛋,却是从未见过,心中一怔,这一刀就砍不下去。阎基索性爬在地下,咚咚咚的大磕响头,求道:"大人不记小人过!我是狗娘养的王八蛋!老太太要抽筋剥皮,悉从尊便,这一刀务恳留他一留。"

商老太叹了口气道:"好,命便饶你。你记住了,今日比武之事,不许漏出一字。"阎基求之不得,连声答应。商老太道:"去吧!"阎基陪个笑脸,又磕了两个头,爬将起来,用刀拄在地下,一跷一拐的走出。商老太厉声说道:"站住!咱们拼刀之前,说过任谁输了,就得在商家堡留下脑袋。你说话不算数,难道我也同你一般混帐?"

阎基吓了一跳,回过头来,只见商老太脸上犹似罩着一层严霜,显是并非说笑,哀求道:"你……你不是饶了我么?"商老太道:"饶得你性命,饶不得你脑袋。"说着手中八卦刀一扬,厉声道:"商剑鸣八卦刀出手,素不空回,过来!"阎基咕咚一声,双膝落地。商老太手法好快,左手提起他的辫子,右手八卦刀一挥,已将他辫子割下,喝道:"辫子留在商家堡,从今后削发为僧,不得再在黑道中厮混!"阎基喏喏连声。商老太道:"你裹好腿伤,戴上帽子,再到厅上招呼你的手下滚出商家堡。"

大厅上众人你瞧我,我瞧你,不知二人在内堂说些什么,等了半个时辰,才见商老太颤巍巍的出来。阎基跟在后面,慢吞吞的走出,叫道:"众兄弟,银两不要了,大伙儿回寨去。"

此言一出,众人无不大为惊愕。二寨主道:"大哥……"阎基道:"回寨说话。"将手一挥,走出厅去。他不敢露出腿上受伤痕迹,强行支撑,咬紧牙关出去。众盗不敢违拗,向着一鞘鞘已经到手的银子狠狠望了几眼,转身退出。片刻之间,群盗退得干干净净。

饶是马行空见多识广,却也猜不透其中的奥妙,只见阎基行过之处,地下点点滴滴留下一行血迹,料想他在内堂是受了伤,看来商家堡内暗伏能人,却哪里料得着眼前这龙钟老妇,适才竟和他拼了一场生死决战。他扶着女儿的肩头站起待要施谢,商老太道:"震儿,跟我进来!"马行空一愕,只见他母子二人径自进了内堂。

这一下镖行人众与三名侍卫都纷纷议论起来,有的说商老太旧时必与那盗魁相识,曾有恩于他;有的说商老太一顿劝喻,动以利害,那盗魁想到与御前侍卫为敌,非同小可,终于悬崖勒马。正自瞎猜,商宝震走了出来,说道:"家母请马老镖头内堂奉茶。"

内堂叙话,商老太劝马行空留在商家堡养伤,一面派人到附近镖局邀同行相助,转保镖银前往金陵。经此一役,马行空雄心全消,"百胜神拳"的名号响了数十年,到头来却折在一个市井流氓般的盗贼手中,对走镖的心登时淡了。商老太护镖不失,恩情太重,她的意思不敢不遵,同时他心底还存了一个念头,极想见一见那位挫败阎基的武林高手。当下谢了商老太的好意,一口答应照办。

傍晚时分,大雨止了,三名御前侍卫道了搅扰别过,商宝震相送到大门之外。

那独臂人携了男孩之手,也待告辞,商老太向那男孩瞧了一眼,想起他怒斥苗夫人时那正气凛然的神情,自忖:"这小小孩童,居然有此胆识,倒也少见。"于是问道:"两位要上何处?路上盘缠可够用了？"独臂人道："小人叔侄流落江湖，四海为家，说不上往哪里去。"商老太向那孩童细细打量，沉吟半晌，道："两位若不厌弃，就在这儿帮忙干些活儿。咱们庄子大，也不争多两口人吃饭。"那独臂人心中另有打算，一听大喜，当即上前拜谢。商老太问起姓名，独臂人自称名平四，那孩童是他侄儿，叫作平斐。

当晚平四叔侄俩由管家分派，住在西偏院旁的一间小房中。二人关上门窗，平四丑陋的脸上满是喜色，低声道："小爷，你过世的爹娘保佑，这两张拳经终于回到你的手上，真是老天爷有眼。"平斐道："平四叔，你千万别再叫我小爷，一个不慎给人听见了，平白的惹人疑心。"平四连声称是，从怀中掏出那油纸小包，双手恭恭敬敬的递给平斐。他倒不是对这孩子如此恭敬，却是想起了遗下两页拳经的那位恩人。

平斐问道："平四叔，你跟那阎基说了几句什么话，他就心甘情愿的交还了拳经？"平四道："我说：'你撕去的两页拳经呢？苗大侠叫你还出来！'就这么两句说话。那时苗大侠便在他眼前，这是千载难逢的良机，他就有天大的胆子，也不敢不还。"平斐沉吟一会，道："这两页拳经为什么在他那里？你为什么叫我记着他的相貌？他为什么见苗大侠这样害怕？"

平四不答，一张脸抽搐得更加难看，泪水在眼眶中滚来滚去，强忍着不让掉下。平斐道："四叔，我不问啦。你说过等我长大了，学成了武功，再源源本本的说给我听。我这就好好的学。"

于是叔侄俩在商家堡定居了下来。平四在菜园中挑粪种菜，平斐却在练武厅里扫地抹枪。

马行空在商家堡养伤，闲着就和女儿、徒儿、商宝震三人讲论拳脚。他们在演武练拳的当儿，平斐偶然瞧上一眼，但绝不多看。

他们知道这黄黄瘦瘦的孩子很大胆，却从没想到他身有武功，因此当他偶而看上一眼的时候，不论是有数十年江湖经历的马行空,还是聪明伶俐的商宝震,从来不曾疑心过他是在留意拳法的奥妙。

但他决不是偷学武艺。他心中所转的念头,马行空他们是更加想不到了。因为每当他看了他们所说的奇招妙着之后,心里总想:"那有什么了不起?这样的招数只能对付庸才,却打不到英雄好汉。"

因为他其实并不姓平,而是姓胡,他的姓名不是平斐而是胡斐;因为他是胡一刀的儿子,那个和苗人凤打了五日不分胜负的辽东大侠胡一刀的儿子;因为他父亲曾遗给他记载着武林绝学的一本拳经刀谱,那便是胡家拳法和刀法的精义。

这本拳经刀谱本来少了头上两页,缺了扎根基的入门功夫,缺了拳法刀法的总诀,于是不论他多么聪明用功,总是不能入门。现下机缘巧合,给阎基偷去的总诀找回来了,于是一加融会贯通,武功进境一日千里。

阎基凭着两页拳经上的寥寥十余招怪招,就能称雄武林,连百胜神拳马老镖头也败在他的手下。胡斐却是从头至尾学全了的。

当然,他年纪还小,功力很浅,许多精微之处还难以了解。但凭着这本拳经刀谱,他练一天抵得徐铮他们练一个月。何况,即使他们练上十年二十年,也不会学到这天下绝艺的胡家拳和胡家刀。

每天半夜里,他就悄悄溜出庄去,在荒野里练拳练刀。他用一柄木头削成的刀来练习,每砍一刀,就想像这要砍去杀父仇人的脑袋,虽然,他并不知道仇人到底是谁。但平四叔将来会说的,等他长大成人、武艺练好之后。

于是他练得更加热切,想得更加深刻。因为最上乘的武功,是用脑子来练而不是用身子练的。

这样过了七八个月,马行空的伤早就痊愈了,但商老太和商宝震热诚留客。马行空的镖行已歇了业,眼见主人殷勤,也就住了下来。

商宝震没拜他为师,因为商老太有这么一股傲气,八卦刀商剑鸣家传绝艺,怎能去投外派师父?但马行空感念他家护镖的恩情,对商宝震如同弟子一般看待,只要是自己会的,他想学什么,就教什么,将拳技的精要倾囊以授。百胜神拳的外号殊非幸致,拳术上确有独到造诣,这七八个月中,商宝震实是获益良多。

马行空也已看出来,商家堡并非卧虎藏龙,另有高人,只是那一日阎基为何匆匆而去,却是百思不得其解。有一次他偶然把话题带到这件事上,商老太微微一笑,顾而言他。马行空知道主人不肯吐露,从此绝口不提。

马行空年老血亏,晚上睡得不沉。有一日三更时分,忽听得墙外喀喇一响,是谁无意中踏断了一根枯枝。马老镖头一生闯荡江湖,声一入耳,即知有夜行人在屋外经过,但只这一响之后,再无声息,竟听不出那人是向东向西,还是躲在墙上窥伺。他虽在商家堡作客,但主人于己有恩,平日相待情意深厚,他已把商家堡的安危瞧得比自己的家还重,当下悄悄爬起,从枕底取出金丝软鞭缠在腰间,轻轻打开房门,跃上墙头,突见堡外黑影晃动,有人奔向后山而去。

他一瞥之下,见此人轻功颇为了得,心下寻思:"莫非那阎基心犹未死,又来作怪?此事由我身上而起,姓马的岂能袖手不顾?"于是跃出墙外,脚下加快,向那黑影去路急追,但奔出数十丈,已自不见了黑影的踪迹。他心中一动:"不好,别要中了敌人调虎离山之计。"急忙飞步扑回商家堡。来到堡墙之外,但听四下里寂静无声,这才放心,心下却是疑惑更甚:"适才此人身手不凡,实是劲敌。但瞧他身形瘦小,与那盗魁阎基大不相同,不知是江湖上什么好手到了?"

他抓住软鞭,在掌上盘了几转,弓身向庄后走去,要察看一个究竟。窜出十余丈,将到庄院尽头,忽听西首隐隐有金刃劈风之声。马行空暗叫一声:"惭愧,果然有人来袭,却不知跟谁动上了手?"双足一点,身形纵起。百胜神拳年纪虽老,身手仍是极为矫捷，左手在墙头一搭，一个倒翻身，轻轻落在墙内，循声过去，听得声音是从后进的一间砖屋中发出。但说也奇怪，二人一味哑斗，既无半声吆喝叫骂，兵刃亦不碰撞。他心知中间必有蹊跷，先不冲进相助，凑眼到窗缝中一张，险些不禁失笑。

但见房中空空荡荡，桌上一灯如豆，两个人各执钢刀，盘旋来去的激斗，一个是少主人商宝震，另一个却是他母亲商老太太，原来母子俩正在习练刀法。

他只瞧了片刻，不由得倒抽一口凉气，只见商老太太出手狠辣，刀法精妙，固与日间的龙钟老态大不相同，而商宝震一路八卦刀使将出来，也是虎虎生风。原来非但商老太平时深藏不露，商宝震也是故意隐瞒了武功。他平日教商宝震的只是拳脚，刀法自己并不擅长，商宝震也从来不提，想不到这少年兵刃上的造诣着实不低。他悄立半响，想起十五年前在甘凉道上与商宝震的父亲商剑鸣动手，被他砍了一刀，劈了一掌，养了三年伤方得康复，自知与他功夫相差太远，此仇难报，甘凉道一路从此绝足不走。此时商剑鸣已死，商老太于己有恩，昔日的小小嫌隙早已不放在心上，哪知今日中夜，又见仇人的遗孀孤儿各使八卦刀对招。

他思潮起伏：“商老太的武功实不在我之下，何以她竟然半点不露痕迹？她留我父女在庄，是否另有别情？”凝思片刻，再凑眼到窗缝中时，见母子二人刀法已变，各使八卦游身刀法，满室游走，刀中夹掌，掌中夹刀，越打越快，打到第六十四招"收势"，二人向后跃开，母子俩依足了规矩，各自举刀致敬，这才垂下刀来。商老太不动声色，在青灯之下脸泛绿光。商宝震却已满脸通红，呼呼喘气。

商老太沉着脸道：“你的呼吸总是难以调匀，进境如此之慢，何年何月才能报得你爹爹的大仇？”马行空心中一凛，只见商宝震低下了头，甚有愧色。商老太又道：“那苗人凤的武功你虽没见到，他拉车的神力总是亲眼目睹的了。胡一刀的功夫不在苗人凤之下。这苗胡二贼的武功，你此刻跟他们天差地远，但只要勤学苦练,每过得一日,你武功长一分,这二贼却衰老了一分,终有一日,要将二贼在八卦刀下碎尸万段。"马行空心想:"这母子二人闭门习武,不知胡一刀早于十多年前便死了。"只听商老太叹了口长气,说道:"唉,你这孩子,我瞧你啊,这几日为那马家的丫头神魂颠倒,连练功夫也不起劲了。"

马行空一惊:"难道我那春儿和他有甚苟且之事?"但见商宝震满脸通红,辩道:"妈,我见了马姑娘总是规规矩矩的,话也没跟她多说几句。"商老太哼了一声,说道:"你吃谁的奶长大?心里打什么主意,难道我还不明白?你看中马家姑娘,那不错,她人品武艺,我心中很合意。"商宝震很是高兴,叫了声:"妈!"商老太左手一挥,沉着嗓子道:"你可知她爹是谁?"商宝震一愕,道:"难道不是马老镖头?"商老太道:"谁说不是?你却可知马老镖头跟咱家有甚牵连?"商宝震摇摇头。商老太道:"孩子,他是你爹爹的大仇人。"商宝震大出意料之外,不由得"啊"了一声。

马行空不禁发抖,但听商老太又道:"十五年前,你爹爹在甘凉道上跟马行空动手。想你爹爹英雄盖世,那姓马的焉是他的对手?你爹爹砍了他一刀,劈了他一掌,将他打得重伤。但那姓马的亦非平庸之辈,你爹爹在这场比武中也受了内伤。他回得家来,伤未平复,咱们的对头人胡一刀深夜赶上门来,将你爹爹害死。若非你爹爹跟那姓马的事先有这一场较量,嘿嘿,八卦刀威震江湖,谅那胡一刀怎能害得你爹爹?"

她说到最后这几句话时语音惨厉,嗓子嘶哑,听来极是可怕。

马行空一生经过不少大风大浪,此时听来却也是不寒而栗,心想:"胡一刀何等的功夫,你商剑鸣就算身上无伤,也是难逃此劫。老婆子心伤丈夫惨死,竟然迁怒于我。"

只听商老太又道:"阴差阳错,这老儿竟会赶镖投到我家来。这商家堡是你爹爹亲手所建造,怎容鼠辈在此放肆劫镖?但你可知我留姓马的父女在此,有何打算?"商宝震声音发颤,道:"妈……你……你要我为爹爹复仇?"商老太厉声道:"你不肯,是不是?你是看上了那姓马的丫头,是不是?"

商宝震见母亲眼中如要喷出火来,退后了两步,不敢回答。

商老太冷笑道:"很好。过几天我给你跟那姓马的提亲,以你的家世品貌,谅他决无不允。"

这几句话却教马行空和商宝震都是大出意料之外。马行空隔窗看到商老太脸上切齿痛恨的神气,微一琢磨,全身寒毛根根直竖:"这老太婆用心好不狠毒!她杀我尚不足以泄愤,却要将我花一般的闺女娶作媳妇,折磨得她求生不得,求死不能。天可怜见,教我今晚隔窗听得她母子这番说话,否则……我那苦命的春儿……"

商宝震年轻识浅,却全不明白母亲这番深意,只觉又是欢喜又是诧异,想到母亲肯为自己主持这门亲事,欢喜倒有九分,只剩下一分诧异。

马行空只怕再听下去给商老太发觉,凝神提气,悄悄走远,回到自己屋中时抹了额头一把冷汗,猛然省起:"那奔到后山的瘦小黑影却又是谁?"

第二天午后,马行空穿了长袍马褂,命商宝震请母亲出来,有几句话商量。商宝震又惊又喜,心想:"难道母亲这么快就已跟他提了亲?瞧他这副神气打扮,那可不同寻常。"于是相请母亲,来到后厅,和马行空分宾主坐下,自己下首相陪。他望望母亲,又望望马行空,一颗心怦怦直跳,但听马老镖头道谢护镖之德,东道之谊,商老太满口谦虚,只盼他二人说到正题,但两个言来语去,尽是客套。

说了好一会,马行空才道:"小女春花这丫头的年纪也不小了,我想跟商老太商量一件事。"商宝震心中怦的一下大跳。商老太大是奇怪:"却也没听说女家先开口来求亲的。"说道:"马老师尽说不妨,咱们自己人,还拘什么礼数?"马行空道:"我除了这丫头,一生就收得一个徒弟。他天资愚钝,性子又卤莽,但我从小就当他亲儿子一般看待。这孩子跟春儿也挺合得来,我就想在贵庄给他二人订了这头亲事。"

商宝震越听越不对,听到最后一句话时,不自禁的站起身来。商老太心下大怒:"这老儿好生厉害,定是我那不中用的儿子露了破绽。"当下满脸堆欢,连声"恭喜",又叫:"孩儿,快给马老伯道喜!"商宝震脑中胡涂一片,呆了一呆,直奔出外。

马行空又和商老太客气好一阵子,才回屋中,将女儿和徒儿叫来,说今日要给二人订亲。徐铮大喜过望,笑得合不拢嘴来,马春花红晕双颊,转过了头不作声。马行空说道:"咱们在这儿先订了亲。至于亲事嘛,那是得回自个家去办的了。"他知女儿和徒儿心中藏不住事,昨晚所闻所见,竟是半句不提。

马春花娇憨活泼,明艳动人,在商家堡这么八个月一住,商宝震和她日日相见,竟教他一缕情丝,牢牢的缚在这位姑娘身上。他刚得母亲答应要给自己提亲,料想事无不谐,正在满怀喜悦之际,突然听到了马行空那几句晴天霹雳一般的言语。他独自坐在房中,从窗中望出去,呆呆的瞧着院子中一株银杏,真难相信适才听到的话竟会是马行空口中说出来的。

他丧魂落魄,也不知过了多少时候,直至一名家丁走进房来,说道:"少爷,练武的时候到啦,老太太等了你半天呢。"商宝震一惊,暗叫:"糟糕,胡里胡涂的误了练武时候,须讨一顿好骂。"从壁上摘下了镖囊,快步奔到练武厅中。只见商老太坐在椅中,神色如常,说道:"今儿练督脉背心各穴。"转头向两名持牌的家丁叫道:"将牌儿拿稳了,走动!"商宝震暗暗纳罕:"马老师说这等话,怎地妈毫不在乎?"但商老太平日训子极严,练武之际尤其没半点假借,稍一不慎,打骂随之,商宝震取金镖扣在手中,不敢胡思乱想,凝神听着母亲叫穴。

只听商老太叫道:"苗人凤,命门,陶道!"商宝震右手双镖飞出,正中木牌上所绘人形背心两穴。商老太又叫:"胡一刀,大椎,阳关!"商宝震左手扬起,认明穴道,登登两声发出,"大椎穴"打准了,"阳关穴"却是稍偏,突然间见到木牌有异,"咦"的一声，定睛一看，只见木牌上原来写着的"胡一刀"三个黑字已然不见。他招手叫那持牌家丁过来，待那木牌拿近，看清楚"胡一刀"三字已被人用利器刮去，却用刀尖刻了歪歪斜斜的"商剑鸣"三个字，这一来适才这两镖不是打了仇人，却是打中了自己父亲。商宝震又急又怒，反手一掌，将那家丁打落两枚牙齿，跟着一脚，将他踢倒在地。

商老太叫道："且住！"心想这庄丁自幼在庄中长大，怎能如此大胆，此事定是外人所为，心念一动，立时想到了马行空师徒三人，说道："请马老师来说话。"商宝震本来为人精细，今日婚事不成，失意之下，卤莽出手，一听母亲叫请马老师，立时会意打错了人，忙将那庄丁拉起，说道："打错了你，别见怪。"伸手去拔牌上人形穴道中的金镖。商老太伸手拦住，说道："慢着！就让他得意一下，又有何妨。"转头吩咐庄丁，到老爷灵堂中取紫金八卦刀来。

马行空师徒三人走进厅来，见练武厅上人人神色有异。马行空暗吃一惊："这老婆子好厉害，一时三刻就要翻脸。"当下双手一拱，说道："老太太呼唤，不知何事？"商老太冷笑道："先夫已然逝世，马老师往日虽有过节，却也不该拿死人来出气啊。"马行空一呆，道："在下愚鲁，请商老太明示。"商老太向那木牌上一指，道："马老师乃是江湖上响当当的汉子，这般卑鄙行径，想来也不屑为，请问是令爱所干的呢，还是贤高徒的手笔？"说着双目闪闪生光，向马家三人脸上来回扫视。马春花从未见过她如此凛然有威，甚是惊诧。

马行空见木牌上改了人名，也是大为骇异，朗声道："小女与小徒虽然蠢笨，但决不敢如此胡闹。"商老太大声道："那么依马老师之见，这是商家堡自己人干的勾当了？"马行空想起昨晚所见的那瘦小人形，说道："只怕是外人摸进庄来，也是有的。在下昨晚……"商老太拦断话头，厉声喝道："难道会是胡一刀那狗贼自己，来做这鬼祟的勾当？"

一言甫毕，突然人圈外一人接着叫道："不敢去找真人动手，却将人家的名字写在牌上出气,这才是卑鄙行径,鬼祟勾当!"

商老太坐在椅上,瞧不见说话之人是谁,但听到他声音尖细,叫道:"是谁说话?你过来!"只见两名庄丁被人推着向两旁一分,一个瘦少年走上前来,正是胡斐。

这一下当真是奇峰突起,人人无不大出意外。商老太反而放低了嗓子,说道:"阿斐,原来是你。"胡斐点头道:"不错,是我干的。马老师他们全不知情。"商老太问道:"你这样干,为了什么?"胡斐道:"我瞧不过眼!是英雄好汉,就不该如此。"商老太点头道:"你说得很对,好孩子,你很有骨气。你过来,让我好好的瞧瞧你。"说着缓缓伸出手去。

胡斐倒不料她竟会不怒,便走近身去。商老太轻轻握住他双手,低声道:"好孩子,真是好孩子!"突然间双手一翻,一手扣住他左腕"会宗穴",一手扣住他右腕"外关穴"。

她这一翻宛似电光石火,胡斐全未防备,登时全身酸麻,动弹不得。若凭他此时武功,商老太哪能擒得他住?但他究竟全无临敌经验,不知人心险诈,双腕既入人手,空有周身本事,却已半分施展不出。商老太唯恐他挣扎,飞脚又踢中他的"梁门穴",命庄丁取过铁链麻绳,牢牢将他手足反绑了,吊在练武厅中。

商宝震取过一根皮鞭,夹头夹脑先打了他一顿。胡斐闭口不响,既不呻吟,更不讨饶。商宝震连问:"是谁派你来做奸细的?"问一句,抽一鞭,又命庄丁去看住平阿四,别让他跑了。他满腔愤恨失意,竟似要尽数在胡斐身上发泄。

马春花和徐铮见胡斐已全身是血,心下不忍,几次想开口劝阻,但马行空连使眼色,神色严厉,命二人不可理会。

商宝震足足抽了三百余鞭,终究问不到主使之人,眼见再打下去便要把他活活打死,这才抛下鞭子,骂道:"小贼,是奸贼胡一刀派你来的是不是?"胡斐突然张嘴哈哈大笑。他这样一个血人儿,居然尚有心情发笑,而且笑得甚是欢畅尽意,并无做作,又是大出众人意料之外。商宝震抢起鞭子,又待再打,马春花再也忍耐不住,大叫道:"不要打了!"商宝震的皮鞭举在半空,望着马春花的眼色,终于缓缓垂了下来。

胡斐身上每吃一鞭,就恨一次自己愚蠢,竟然不加防备而自落敌人之手,当时全身皮开肉绽,痛得几欲昏去,忽听马春花"不要打了"四字出口,睁开眼来,只见她脸上满是同情怜惜之色,不由得大是感激。

商老太见儿子为女色所迷,只凭人家姑娘一句话便即住手停鞭,心中恼怒异常,鼻孔中微微一哼,却不说话。马行空道:"商老太,你好好拷打盘查,总要问个水落石出。春儿,铮儿,咱们出去吧!"当下向商老太一抱拳,领着女儿徒弟,走了出去。

马春花出了练武厅,埋怨父亲道:"爹,打得这么惨,你怎么见死不救,还教她好好拷打?"马行空道:"江湖上人心险恶,女孩儿家懂得什么?"

对父亲这几句话,马春花确是不懂,这天晚上想到胡斐全身是血的惨状,总是难受,睡到四更时分,翻来覆去的再也睡不着了,悄悄爬起身来,从百宝囊中取出一包金创药,出房门向练武厅走去。

走到廊下,只见一个人影,踱来踱去发出声声长叹,听声音正是商宝震。这时他也瞧见了马春花,停步不动,低声道:"马姑娘,是你么?"马春花道:"是啊!你怎么还不睡?"

商宝震摇头道:"遭逢今日之事,我怎么睡得着?你怎么不睡?"马春花说道:"我跟你一样,也牵挂着今日之事,心里难受。"她所说的"今日之事",是指胡斐被打。商宝震所说的却是指她的终身另许他人,这时听她说"心中难受",不由得身子发抖,暗想:"她果然对我甚有情意,她被许配给那姓徐的蠢才,实是迫于父命,无可奈何。"当下大着胆子,上前一步,柔声叫道:"马姑娘!"

马春花道:"嗯,商少爷,我想求你一件事。"商宝震道:"你何必求？你要我做什么，我就给你做什么，就是要我当场死了，把我的心掏出来给你看，那也成啊。"这几句话说得情热如沸，其实他心中想说已久，却一直不敢启唇，这时想到好事成空，她又自行半夜里出来细诉衷情，终于再也忍耐不住。

马春花听他这么说，不禁愕然，平日但见他对自己温文有礼，只道他是大家公子，生性如此，实不知对自己竟怀有如此深情，呆了一呆，笑道："我要你死干什么？"商宝震四下一望，只怕在此处耽得久了给旁人见到，低声道："这里说话不便，咱们到墙外去。"马春花点点头，两人越墙而出。

商宝震携着她手，走到一排大槐树下并肩坐下。马春花轻轻将手缩回，道："商少爷，那你是肯答允我了？"商宝震伸出手去握住她手，道："你说便是，何必问我？"马春花又将手从他手中缩回，说道："我请你去放了阿斐，别再难为他了。"

这时树顶上簌簌一动，但二人均未在意。她此言出口之先，商宝震尽想着田归农和苗夫人的私情，满腔热望，只盼她求自己也带她私奔逃走，岂知她所求的竟是去放那个小贼，不禁大是失望，黯然不语。马春花道："怎么？你不肯答允么？"商宝震道："你既喜欢，我总答允的，拼着给妈责骂便是了。"马春花大喜，道："谢谢你，谢谢你！"站起身来，道："那么咱们去放他吧。"商宝震求道："再在这儿多坐一会。"马春花觉他既然答允放人，不便拂他之意，重又坐回。商宝震道："你的手让我握一会儿。"马春花想到他情痴一片，也甚可怜，于是嫣然一笑，伸手让他握着。

商宝震轻轻握着她柔腻润滑的小手，心中感慨万端，险险要掉下泪来。过了半晌，马春花道："阿斐给你吊着，多可怜的，你先去放了他，我再给你握一会儿，好不好？"说着缩手站起。商宝震叹了口气，跟着站了起来。

突听得树顶飒然有声，一团黑影飞跃而下，站在两人面前，笑道："不用你放，我早出来啦！"马商二人大吃一惊，待得瞧清楚眼前之人瘦瘦小小，竟是胡斐，心中的惊骇都变成了奇怪，齐声问道："谁放你的？"胡斐笑道："我何必要人放？我爱出来便出来了。"

原来他被商老太点了穴道，过了四个时辰，穴道自解，那铁链麻绳却再也缚他不住。他使出收肌缩骨之法，从链索中轻轻脱了出来，幸好鞭子打得虽重，却都是肌肤之伤，并未损到筋骨。他活动了一下手足，待要去救平阿四，却听得马商二人说话和越墙出外之声，于是抢在头里，躲在树顶偷听。他轻功高超，那二人又在全神贯注的说话，是以并未知觉。

商宝震听他说自己出来，哪里肯信，当下疑心大起："定是又有奸细混入了商家堡来？"抢上去抓他胸口。胡斐吃了他几百鞭子，这口怨气如何不出？身形一晃，左右开弓，拍拍拍拍，霎时之间连打了他四个耳光。

商宝震急忙伸手招架，胡斐左手一晃，引得他伸手来格，右手砰的一拳，迎面正中他的鼻子，立时鲜血长流。商宝震"啊"的一声，胡斐跟着起脚一钩，商宝震急忙跃起两丈，哪知对手连环脚踢出，乘他人在半空，下盘无据，跟着一脚，将他踢了一个筋斗。这几下快捷无伦，待得马春花看清楚时，商宝震已连中拳脚，给踢翻在地。

胡斐气犹未泄，碍着马春花在旁，再打下去她定要出面干预，她对自己一片好心，大丈夫恩怨分明，只要她一句话，自己焉能不听？当即拍手叫道："姓商的小狗贼，你敢追我么？"说着转身便逃。

商宝震莫名其妙的中了他的拳脚，只因对方出手太快，还道自己疏神，不信他一个小小孩童，竟有胜于自己家传八卦门的神妙武功，兼之心上人在旁，这个脸如何丢得下？当下发足便追。

胡斐轻功远胜于他，逃一阵，停一会，待他追近，又向前奔，转眼间便奔出七八里地，见马春花虽然跟来，却已远远抛在后面，于是立定脚步，说道："姓商的，今日小爷中了你母亲的奸计，这才受辱，现下让你见识见识小爷的本事。"说着身形飞起，如一只大鸟般疾扑过去。

商宝震从未见过这般打法,吓得急忙闪避。胡斐左足在地下微微一点,身子已转过方向,跟着进扑。这时商宝震待要再让,却已不及,当下喝声:"来得好!"双掌并击,正是他家传八卦掌的厉害家数。胡斐左手在他掌上一搭,一拉一扭,商宝震手腕剧痛,若不是缩手得快,双手手腕立被扭断。胡斐左拳平伸,砰的一声,击中他的右胸,跟着起脚,又踢中他的小腹。胡斐习练父亲所遗拳经,今日初试身手,竟然大获全胜。

此刻商宝震全身缩拢,双手护住头脸,只有挨打的份儿,苦练了十多年武功,在这少年手下,竟是半点施展不出。胡斐左腿虚晃,待他避向右方,右脚倏地踢出,正中他右腰"京门穴"。商宝震站立不住,扑地倒了。胡斐剥下他长衫,撕成几片,将他手脚反转缚住,本要将他吊在路旁的柳树之上,但他人小,力气不够提上树去,于是看准了一个大桠枝,抓起商宝震来,大喝一声:"去你的!"力贯双臂,将他掷了上去,正好搁在桠枝之间。

胡斐折下七八根柳条,当作鞭子,一鞭鞭往他头上抽去,商宝震又惊又怒,知他一报还一报,只得咬紧牙关忍受。堪堪打了三四十鞭,马春花急奔赶到,一见二人情景,大是惊诧,一时说不出话来。

胡斐笑道:"马姑娘,我不用你求告,就饶了他!"说着哈哈大笑,虽是一个十余岁的少年,但言语举止,竟然豪气逼人。他随手将柳枝远远抛出,大踏步便走。马春花叫:"小朋友,你到底是谁?"

胡斐转过头来,朗声答道:"姑娘见问,不得不说。我是大侠胡一刀的儿子胡斐便是。"说罢纵声长笑,片刻间背影已在柳树后隐没。

"我是大侠胡一刀的儿子胡斐便是!"

人已远去,话声余音袅袅,兀自鸣响。树上商宝震,树下马春花，都是惊讶不已。

过了片刻，马春花叫道："商少爷，你能下来么！"商宝震用力挣扎，挣不脱手脚上的绑缚，大是羞惭，明明是不能下来，这句话却又怎能出口？只胀红了脸不作声。马春花道："你别动，小心摔下来。我上来助你。"纵身跃高，想要拉住树干攀上，但那树干甚高，这一跃没能抓住，当下手足并用，从树干爬上树去。

爬到树干中间，忽听得马蹄声响，一行人自北而来。此时晨光熹微，天将黎明，马春花心道："怎地这早就有人赶路？"转瞬之间，一行人已来到树下，共是人马九乘。那九人见一个大姑娘爬在高树之上，都感诧异，勒马观看。马春花嗔道："有什么好瞧的？走你们的吧！"那九人也不理睬，再看到树顶绑着一个青年男子，更是奇怪。

马春花未到树顶，提气上跃，左手已在半空中抓住一根树枝，一拉之下，借势翻上，窜到了商宝震身旁。树底下两个男人齐声喝采："好俊的轻功夫！"马春花忙将商宝震手脚上的布条解开，低声道："没受伤么？"她这句柔声相询，商宝震听了大慰，道："没什么。"拉住树枝一荡，从数丈高处轻轻跃下。马春花跟着下来，见马上九人指指点点，肆无忌惮的好生无礼，不禁心下恼怒，向他们横了一眼。

只见九人有老有少，衣饰都颇华贵，个个腰挺背直，豪健剽悍。只居中一位青年公子脸如冠玉，丰神俊朗，容止都雅，约莫三十二三岁年纪，身穿一件宝蓝色长袍，头戴瓜皮小帽，帽子正中缝着一块寸许见方的美玉。马春花从小就在镖行，自识得珠宝，但见相隔数丈，仍可看到那块美玉莹然生光，知道实是价值连城的宝物，他这么随随便便的缝在帽上，也不怕失落，心中好奇，不由得向他多望了一眼。

那公子见她明艳照人，身手矫捷，心中也是一动，向身旁一个中年汉子低声说了几句。那汉子点点头，突然纵声大笑，高声道："这小贼定是偷了人家东西，给高高吊在树上。"一个老者笑道：

"你说偷了什么？怎么他妹子又这么巴巴的来救他？"他语带轻薄，神色甚是浮滑。

商宝震本已满腔怒火难以发泄，听了这些言语，突然纵身上去，拍的一声，打了这老者一个耳光。那老者骑在马上，和他相隔丈余，他一跃之间就打到人家耳光，倒也大出诸人意料之外。众人不自禁的勒马退后，愕然相顾。那老者不提防受辱，如何忍得下这口气？立即闪身下马，伸手来抓他衣襟。商宝震反手一勾，拿他手腕。那老者也是身有武功，以抓变掌，掌底穿拳。二人在大路旁斗了起来。

商宝震虽被胡斐打了一顿，却也没伤到筋骨，一来意中人在旁观斗，二来屈气难伸，将家传八卦掌绝艺施展出来，愈来愈狠。那老者一招接不住，肩头中掌，跟跟跄跄的退开几步。他一定神待要再上，马上一人叫道："老张你退下，这小子有点儿邪门。"

话声甫毕，一个人影轻飘飘的从马背上跃了下来。那老者当即闪开。商宝震和马春花见此人身手了得，不禁都留上了神。但见他一张紫膛脸，神态威猛，身材魁梧，站着比商宝震要高出大半个头。他双手负在背后，向商宝震打量，问道："你是八卦门的么？你师父姓褚还是姓商？"一副傲慢的神色，全没把对方放在眼里。

商宝震大怒，喝道："你管得着么？"那人微微一笑，道："天下只要是八卦门的，我们就管得着。"商宝震为人本来精细，但此日连受挫折，盛怒之下，没细想他言语中的含意，一招"劈雷坠地"，往他膝盖上击去，出手甚是迅疾。

那人微微一笑，右手轻轻一挥，向左踏了一步，登时将他这一击化解了。商宝震的"游身八卦掌"一施出，再不停留，脚下每一步都按着先天八卦的图式，转折如意，四梢归一，绕着对方身子急速奔跑，一掌一掌越打越快。

那大汉双手出招短极，只是比着招式，始终不与商宝震手掌相触，但他所出的每一招，却无一不是商宝震掌法的克星，往往使商宝震招式未曾使全，便迫得收掌变势。霎时之间，商宝震打出了四十余掌，竟没一掌带到他一点衣角。旁观众人见那大汉如此了得，无不赞服。

商宝震焦躁起来，奔跑更速，掌法催紧。那大汉仍然好整以暇，面露微笑，双掌或挥或按，便如是独个儿练拳一般。此时商宝震已然瞧出，对方出招虽然极短，脚下却也按着先天八卦的图式，方位丝毫不乱。他曾听母亲说过，八卦门中有一项极精深的"内八卦功夫"，非将外八卦练至登峰造极，决不能动，但只要一练成，那时以静制动，克敌机先，差不多就是无敌于天下了。眼前此人明明是让着自己，只要他当真一出手，一招之间就能将自己打倒。他越想越是惶恐，突然向后跃开，抱拳说道："晚辈有眼不识泰山，原来是本门前辈到了！"

那人微微一笑，仍然问道："你师父姓褚还是姓商？"商宝震曾得母亲嘱咐，在人前千万不可吐露身份，以防对头知悉，难遂报仇大事，不禁踌躇不答。那人笑道："你掌法门户开阔，瞧来是商剑鸣商师兄一派了。大哥，你说是不是？"最后一句话是向马上一个老者而说。

那老者年近五十，翻身下马，向商宝震道："你师父呢？引我们去见见。我是你王师伯，这位是我兄弟，你拜师叔吧。"说着哈哈大笑。

商宝震知道父亲的师父是威震河朔王维扬，乃是北京镇远镖局的总镖头，眼前这人自称姓王，又是八卦门的高手，看来是自己师伯、师叔，定然不假的了。但他生性精细，加问一句："两位跟威震河朔王老镖头是怎生称呼？"王氏兄弟相顾一笑。那老者道："那是咱哥儿俩的先父。你还不信么？商师弟呢？"

商宝震更无迟疑，扑翻在地，磕了几个头，口称师伯师叔，说道："先父早已去世，师伯师叔当年没接到讣告么？"

那年老的武师名叫王剑英，他兄弟名叫王剑杰，都是王维扬的儿子。王维扬当年凭一对八卦掌、一把八卦刀威镇江湖绿林。黑道中有一句话道："宁碰阎王，莫碰老王"，端的是名扬天下，现时早已逝世多年。

商剑鸣虽是他的门下，但师徒间情谊甚是平常，离师门后少通音问。王氏兄弟又在官府当差，青云得意，从来就没将这个身在草野的同门师兄弟放在心上。因此山东和北京虽相隔不远，商剑鸣逝世的讯息王氏兄弟竟然不知。

当下王剑英叹了口气，回身向那青年公子低声说了几句话。那公子眼角向马春花斜睨一眼，欢然点头。王剑英向商宝震道："你家住此不远吧？你带我兄弟到你父亲灵前一祭。我们师兄弟一别二十余年，想不到再无相见之期。"他顿了一顿，伸手向那公子一张，道："你来拜见福公子，我们都在公子手下当差。"

商宝震见那公子气度高华，想是京中的贵介公子，这才收得王氏兄弟这等豪杰替他当差，当下上前躬身下拜。福公子只摆摆手，说声："请起！"却不回礼。商宝震心中微微有气："好大的架子！你当真是皇帝老子不成？"

一行人来到商家堡时，堡中已发觉胡斐逃走，正在到处找寻。商宝震入内报讯，商老太听说先夫的同门兄弟来到，又惊又喜，急忙出迎，将胡斐的事抛在一旁。

王剑英给商老太引见。原来这九人之中，倒有五个是武林中的一流高手，除王氏兄弟外，还有太极门的陈禹，少林派的古般若，天龙门南宗的殷仲翔。陈禹和殷仲翔在江湖上名声早显，古般若年纪轻些，但见他双目有神，伸出手来干如枯木，手指坚挺，定是外家的一把好手。其余三人是福公子的亲随侍仆，那受了商宝震殴击的老者姓张，大家叫他做张总管，自是福公子府中有权势的人物了。

至于福公子是什么身份，王剑英却一句不提，只是称他为"福公子"。

王剑英、剑杰兄弟问起商剑鸣的死因。商老太傲心极盛，不肯说是胡一刀所杀，只是说得病身亡。她决意要和儿子一同亲刃仇人，决不肯假手旁人复仇。

马春花见商老太、商宝震等同门叙话，回到屋里，将适才的见闻向父亲说了。马行空听说那胡斐竟是大侠胡一刀的儿子，大是惊讶，但听这小小孩童的武功竟胜过商宝震，却是半信半疑。徐铮在旁默默听着，脸上青一阵、红一阵，并不插嘴。

父女俩说了一阵子话，马春花回向自己房里。徐铮跟了出来，叫声："师妹！"马春花脸上一红，道："什么？"徐铮见她脸若朝霞，心中情动，将本来要问的话按捺了不说，伸手去拉她的手。马春花将手摔脱，嗔道："给人家瞧见了，怎好意思？"

徐铮终于沉不住气，愤然道："哼，不好意思！你半夜三更，跟那姓商的小子到外面去，鬼鬼祟祟的干什么了？"马春花一怔，听他语意不善，怒道："你问这话是什么用意？"徐铮道："你跟那小子出去是什么用意，我问这话就是什么用意。"

他对师妹向来体贴讨好，但今日一早见她与商宝震从外面回来，听她言中叙述，又是半夜里在外面遇到胡斐，自是醋意大盛，哪想得到她是怕父亲责怪，将求商宝震释放胡斐之事瞒过了不说。马行空那晚隔窗听到商老太母子对答，得知商宝震看中自己女儿，还道他二人确有私情，夜中相会，碍着徒儿在旁，不便追问。但徐铮听来，心中酸溜溜的满不是味儿。他生性卤莽，此时师妹又成了他未过门的妻子，不禁疾言厉色的追问起来。

马春花问心无愧，这师哥对自己又素来依顺容让，想不到昨天父亲刚把自己终身相许，他就这么强横霸道起来，日后成了夫妻，岂非整日受他欺辱？本来这件事她只要直言相告，徐铮一经明白，自无话说。但她赌气偏偏不说，道："我爱跟谁偷偷出去，就跟谁出去，你管得着么？"

一个人妒意一起，再无理性，徐铮满脸胀得通红，连脖子也粗了，大声道："从前我管不着，今儿就管得着。"马春花气得流下泪来，说道："现下你已这样了，将来还指望你待我好吗？"徐铮见她流泪，心中又是软了，但想到她和商宝震深宵出外幽会，一口气怎咽得下去？大声道："你出去到底干什么来着？你说，你说！"马春花心道:"你越是横蛮,我越是不说。"

就在此时,商宝震奉母亲之命,过来请马行空去和王氏兄弟等厮见,只见徐铮和马春花在廊下大声争闹,不由得停了脚步。徐铮早是一肚子火,满心想要打未婚妻子一个耳括子,却又未敢,眼见商宝震过来,正合心意,骂道:"我打你这个狗娘养的小子!"冲上去就是一拳。商宝震一让,愕然道:"你干什么?"徐铮跟着又是一拳,商宝震来不及闪让,给他一拳正中胸口,待他第三拳打来时,回掌相格。两人便在廊下斗了起来。

马春花满腹怨怒,也不理他二人打得如何,一扭头竟自走了。回到房里哭了一场,婢女来叫吃饭,她也不理会,迷迷糊糊的便睡着了。

一觉醒来,已是傍晚时分,信步走到后花园中,坐在石凳上呆呆出神,心中只想:"难道我的终身,就这么许给了这蛮不讲理的师哥么?爹爹还在身边,他就对我这么凶狠,日后不知更要待我怎样?"不由得怔怔的掉下泪来。

也不知坐了多少时候,忽听得箫声幽咽,从花丛外传出。马春花正自难受,这箫声却如有人在柔声相慰,细语倾诉,听了又觉伤心,又是欢喜,不由得就像喝醉了酒一般迷迷糊糊。箫声像春风一般温柔的拥抱着她全身,站起身来走出花丛,只见海棠花畔坐着一个蓝衫男子,手持玉箫吹奏,手白如玉,和玉箫颜色难分,正是晨间所遇到的福公子。

福公子含笑点首,示意要她过去,箫声仍是不停。他神态之中,自有一股威严,一股引力,直是教人抗拒不得。马春花红着脸儿,慢慢走近,但听箫声缠绵宛转,一声声都是情话,禁不住心神荡漾。

马春花随手从身旁玫瑰丛上摘下朵花儿,放在鼻边嗅了嗅。箫声花香,夕阳黄昏,眼前是这么一个俊雅美秀的青年男子,眼中露出来的神色又是温柔,又是高贵。

她蓦地里想到了徐铮，他是这么的粗鲁，这么的会喝干醋，和眼前这贵公子相比，真是一个在天上，一个在泥涂。

于是她用温柔的眼色望着那个贵公子，她不想问他是什么人，不想知道他叫自己过去干什么，只觉得站在他面前是说不出的快乐，只要和他亲近一会，也是好的。

这贵公子似乎没引诱她，只是她少女的幻想和无知，才在春天的黄昏激发了这段热情。其实不是的。如果福公子不是看到她的美貌，决不会上商家堡来逗留，手下武师一个过世了的师兄弟，能屈得他的大驾么？如果他不是得到禀报，得知她在花园中独自发呆，决不会到花丛外吹箫。要知福公子的箫声是京师一绝，就算是王公亲贵，等闲也难得听他吹奏一曲。

他脸上的神情显现了温柔的恋慕，他的眼色吐露了热切的情意，用不到说一句话，却胜于千言万语的轻怜密爱，千言万语的山盟海誓。

福公子搁下了玉箫，伸出手去搂她的纤腰。马春花娇羞地避开了，第二次只微微让了一让，但当他第三次伸手过去时，她已陶醉在他身上散发出来的男子气息之中。

夕阳将玫瑰花的枝叶照得撒在地下，变成长长的一条条影子。在花影旁边，一对青年男女的影子渐渐偎倚在一起，终于不再分得出是他的还是她的影子。太阳快落山了，影子变得很长，斜斜的很难看。

唉，青年男女的热情，不一定是美丽的。

马春花早已沉醉了，不再想到别的，没想到那会有什么后果，更没想到有什么人闯到花园里来。福公子却在进花园之前早就想到了。所以他派太极门的陈禹去陪马行空说话，派王氏兄弟去和商氏母子谈论，派少林派的古般若去稳住徐铮，派天龙门南宗的殷仲翔守在花园门口，谁也不许进来。

于是，谁也没有进来。

百胜神拳马行空的女儿，在父亲将她终身许配给她师哥的第二天,做了别人的情妇。

当晚商家堡大摆筵席,宴请福公子。因为座中都是武林人士,也不必有男女之别,所以商老太和马春花都和众人同席。

马行空当年识得王氏兄弟的父亲王维扬,自王维扬过世、王氏兄弟投身官府之后,镇远镖局早已歇业,因此上已不能说是同行。但王氏兄弟却也知道马行空的名头,对他颇有几分敬意。

马春花脸泛红潮,眉横春色,低下了头谁也不瞧。旁人只道她是少女娇羞,其实她心中是充满了柔情密意。她并没避开徐铮的眼光,也没避开商宝震的眼光。然而这两人和她的眼光相接触时,半点也瞧不出她的心事。他们想:"她心中到底对我怎样?"她嘴角边带着微笑,但这不是为他二人笑的。

她看到了他们,却全然没看见他们,她只是在想着适才的幸福和甜蜜。福公子常常向她偷看一眼两眼,但她决不敢回看,因为她很明白,只要回看他一眼,四目交投,再也分拆不开了。

饮食之间,一名家丁匆匆走到商老太身边,在她耳旁低声说道:"那姓平的贼子给人救去了。"商老太一惊,随即神色如常,举杯向众人劝饮,心想这件事不必让客人知道。

就在这时,蓦地里砰的一声,两扇厅门脱枢飞起,砰嘭、砰嘭几响,落在地下,一个瘦瘦小小的人形插腰而立,站在厅口。

王氏兄弟等虽在席间,不忘了保护福公子的职责重大,随身都带兵刃。变故一起,几个人立即一齐离座,在福公子四周站定,及至看清楚进来的只是一个小孩,身边并无别人,不禁相顾惊诧:"难道震飞厅门的,竟是这个小孩?"

这小孩正是胡斐,他救了平阿四出堡后,想起商宝震鞭打之仇虽报,商老太暗算之恨未复,于是又赶回大厅,大声嚷道:"商老太,你有本事再抓住我么?"他说这话时神态豪迈,但毕竟不脱小孩子声口,似乎和她闹着玩一般。

商老太一见仇人之子,眼中如要喷火,低声向儿子道:"截住他后路,别让小贼逃了。"又向身后的家丁道:"快取我刀来。"她缓缓离座,厉声说道:"是谁放走你的?是这位马老拳师不是?"她决不信这孩子自己能脱却铁链之缚,定是堡中有奸细相救。

胡斐摇头道:"不是。"商老太指着徐铮道:"是他?"胡斐仍是摇头。商老太指着马春花道:"那么定是这……这位姑娘?"胡斐心想:"这位姑娘本想救我,虽然没救,但我感她的恩情却是一样。"于是笑着点了点头,大声道:"不错,这位姑娘是我的救命恩人。"他这话是说给马春花听的,在他孩子的心中,原是一番感激之意,浑没想到这句话会给她带来大祸。

商老太阴沉沉地向马春花望了一眼。这时庄丁已取了刀来。商老太左手提刀,右手指着胡斐,问道:"你爹爹胡一刀怎么不来?"王氏兄弟等听说眼前这孩子竟是辽东大侠胡一刀之子,无不耸动。

胡斐道:"我爹爹早已过世。你要报仇,就找我吧。"商老太脸如死灰,喝道:"此话当真?"胡斐道:"我爹爹若是在世,你敢打我一鞭么?"商老太高举紫金八卦刀,突然放声大哭,叫道:"胡一刀,胡一刀,你死得好早啊!你不该这么早就死啊!"胡斐愕然不解:"怎么这老太婆忽起好心,哭起我爹爹来?"

商老太大恸三声,突然止泪,伸袖子在脸上一抹,左足踏上一步,蓦地里横过紫金刀,身子疾转,呼的一声,横刀向胡斐颈中削去。

这一下人人出于意料之外,福公子、马春花、徐铮都惊叫起来。

商老太这一招"回身劈山刀"乃八卦刀绝技之一,又是出其不意,莫说眼前只是个小儿,就是江湖好手,也未必躲闪得了。岂知胡斐身法好快,身子一侧,让开刀锋,随即伸手拿她手腕。他在一招之间立即反手抢攻,群豪无不惊讶。商老太一刀不中,想也不想,第二刀跟着劈出。

莫看商老太老态龙钟,出手之际刀刀狠辣。她想到仇人已死,今生报仇无望,唯一的指望就是杀了眼前的小儿。她当丈夫逝世之后,所以不自刎殉夫,全因心中存着复仇一念,此时生无可恋,招招竟是与敌人同归于尽的杀法。胡斐初逢强敌，精神大振，不作游斗，却在刀缝之中伸掌抢攻，竟是半招也不退让。敌人挥刀狠砍狠杀，他施展大擒拿手龙形爪，也是狠击狠打。烛光之下，但见一个白发老妇，一个黄口小儿，性命相扑，斗得猛恶异常。

王氏兄弟初见商老太一上来就猛使杀手，心中还暗怪她将八卦门的功夫滥用了，对小孩儿都使绝招，逢到一流高手那怎么办？岂知愈看愈是惊讶。

商老太的一路八卦刀使得绵密狠辣，绝无破绽，虽说未臻炉火纯青之境，但加上她不顾性命的那股狠劲，对手再强，本也难以抵敌，岂知一个十来岁的少年和她空手相搏，竟然渐占上风。再拆数合，商老太已全在胡斐掌风笼罩之下，突然拍的一声，她左颊上吃了一记耳光，接着右颊又是一记。

王剑杰道："商家嫂子退下，我来对付这小子！"手持大刀，踏步上前。只听"啊哟"一声，商老太已滚在一旁，王剑杰眼前突然青光一闪，一刀迎面劈到，急忙举刀相架。那刀改砍为削，从横里削来，待得斜挡，那刀又快捷无伦的改为撩刀。

原来胡斐打了商老太两记耳光，心愿已足，一勾一拿，扣住了她的手腕，随即飞起一腿，将她踢了一个筋斗，已将她紫金刀抢在手里，不待王剑杰走近，刷刷刷连环三刀，将他砍了个手忙脚乱。想那王剑杰是八卦门的一流高手，此时造诣，已不在当年商剑鸣之下，只因心中存了轻视之心，竟给敌人抢了先着。三招一过，才知眼前的小孩实是劲敌，急敛狂傲之气，沉着应战，将门户守得严密异常，要先瞧清这小孩所使是哪一家哪一派的刀法。

烛影摇红，刀光泛碧。群豪紧握兵刃，瞧着两人对刀。

福公子见这样一个衣着敝陋的黄瘦小儿，竟与自己府中的一流好手斗了个旗鼓相当，心中又是诧异，又感有趣，负手背后，凝神观斗。突然间闻到淡淡的一阵脂粉香，眼光一斜，只见马春花已站在身旁。他挨近一步，伸过手去握住了她手。这时人人都注视着厅中激斗，谁也没来留心他二人，可是大庭广众之间，竟然如此肆无忌惮的亲热，毕竟是大胆之极。福公子没将谁放在眼里，马春花却是少女初恋，情浓之际，不能自已。

王剑杰连劈数刀，胡斐都以巧妙身法避过。王剑杰竭力辨认他武功门派，始终捉摸不定，心想他自承是胡一刀之子，虽听父亲说过胡一刀的名头，但胡家刀法究竟是怎么一般家数，是刚是柔，外门内家，却是丝毫不知。但见这少年的招数忽而凝重如山，忽而流转似水，与一般刀法全不相同。

又斗数合，王剑杰焦躁起来，心想自己在福公子府中何等身份，今日斗一个小儿也要拆到数十招之外，若再纠缠下去，纵然将他杀了，也已脸上无光，当下刀法一紧，迈开脚步，绕着他身子急转。

要知王氏八卦门的"八卦游身"功夫向是武林中一绝，当年王维扬曾以此迎斗"火手判官"张召重。这一发足奔行，当真是"瞻之在前，忽焉在后"，待得敌人转过身来，又早已绕到他的背后，自己脚下按着八卦方位，或前或后，忽左绕、忽右旋，不加思索，敌人却给他转得头晕眼花。但若敌人不跟着转动，他立即攻敌背心，敌人如何抵挡？确是十分巧妙，十分厉害。王剑杰自幼在父亲监督之下，每日清晨急奔三次，每次绝不停留的奔绕五百一十二个圈子，临睡之时又是急奔三次。这功夫从不间断，每天大圈子、中圈子、小圈子一共要绕三千余转，二十余年练将下来，脚步全已成自然，只须顾到手上发招便行。

本来绕圈子时手上发掌，此时改用刀劈，但见他人影飞驰，刀光闪动，霎时间将胡斐裹在核心。胡斐乍逢劲敌，忙施展轻功闪躲，他身形灵巧，轻功又高，居然在刀风之中纵横来去，避过了数十刀的砍削斩劈。

马行空看得大是惊奇，心中暗叫："惭愧！前晚见到的瘦小人影原来是他，若非见到这个少年，焉能发觉商老太的毒心？只是商家堡中卧虎藏龙并非别人，却是这个黄瘦小孩，枉自我一生闯荡江湖,到老来竟走了眼了。"一瞥眼忽然不见了女儿,又见徐铮也已不在厅中,微感愠怒:"如这等高手比武,一生中能有几次得见?少年人真不知好歹,一溜子就去谈情。日后成了夫妻,还怕谈不够么?"

他哪知女儿虽然确是出去谈情说爱,跟她缠绵的却不是她的未婚夫婿。

忽听得当的一声大响,火花四溅,胡斐与王剑杰双刀相交。这一响之后,接着响之不已。原来王剑杰越转越快,越砍越是凌厉。胡斐毕竟是年幼识浅,不明他刀法路数,到后来闪避不及,只得举刀还格。双刀一交,王剑杰心中暗喜:"这小子武功虽然不坏,力气究小,再砍几刀,他兵刃非脱手不可。"当下一路急砍猛斫,胡斐被迫硬接,五六刀过后,手臂震得渐感酸麻。商剑鸣的紫金刀颇为沉重,胡斐力小,使动时本已不大顺手,这时更感吃力。

王剑杰身材魁梧,胡斐的头还及不到他头颈,一个居高临下,一个仰头接招,强弱之势更是悬殊。胡斐眼见不敌,突然灵机一动,将他一刀架开,跳出圈子,叫道:"且慢!"王剑杰与他本无仇怨,见他小小年纪,居然能接了自己数十招,心中动了爱才之念,说道:"好吧,你认输便是,我就饶你一命。"

胡斐笑道:"谁认输了?你不过胜在生得牛高马大,身裁上占了便宜,那又算得什么本事?你等一下。"说着搬过一张长凳,往大厅中心一放,纵身上凳,叫道:"咱们再来比过。"王剑杰又是好气,又是好笑,道:"那算什么?"胡斐道:"咱们话说明在先,你可不许踢动我的长凳,否则就算你输了。"王剑杰呸了一声,道:"天下哪有这般比武法子?"胡斐笑道:"我人未长足,自是没你高。你若不愿,五年后等我长得跟你一般高了,再来决个胜败。"

胡斐平时听平阿四谈论他父亲胡一刀的威风,只道学得父亲遗书上的武功之后,也可如父亲一般所向无敌,岂知一上手就给商老太扣住脉门,结结实实的挨了一顿好打。那还可说自己一时不防,这时跟王剑杰一动手,才知自己虽然刀法大胜于他,功力却和他差得太远，因而交代了这几句话，就想乘机脱身。

哪知王剑杰一来丢不起这个脸，二来自恃必胜，骂道："小猴儿崽子，不踢你这凳又怎么了？怕老爷劈不死你么？"说着挥刀向他腰间削去。

胡斐横刀一封，二人又交上了手，此时胡斐却已高过了对方，他在长凳上奔左窜右，抡刀而战，那凳子有五尺来长，王剑杰若再绕着转动，转的圈子太大，跟他二十多年来所练的圈子大小不同，这是熟练了的功夫，临时改变不来，当下改使一套刀中夹掌、掌中夹刀的武功，要以刚猛的刀风掌力，将对方震下凳来。胡斐知他心意，不停纵跃窜避，不再硬接。王剑杰虽是专修八卦一门武功，但那八卦门中武功也甚繁复，单是刀法，就有大架、小架、内架、外架诸项变形。他刀法一变，左挥右削，专砍敌手下盘。胡斐跃起躲闪。王剑杰削得数刀，见胡斐又已跃起，不待他落下，跟着一刀贴凳横削，收刀时自左向右拖转，胡斐如落脚踏上长凳，一足非给削断不可，要避过这两削，只有离凳落地。

好胡斐，当真是计谋百出，眼见势在两难，突然伸脚尖在长凳左端用力一点，借势上跃，那长凳蓦地竖立。这一下真出其不意，砰的一声，长凳翻上来的右端，正好撞中王剑杰下巴，势道可还着实不轻。胡斐却已站在竖起的长凳顶端，居高临下，抡刀砍将下来。这一下变故甚是滑稽，旁观众人忍不住失笑。

王剑杰大怒，挥刀砍了几招，只因胡斐在高，自己大处劣势，也顾不得曾答应不动他的长凳，左腿飞出，踢翻长凳，跟着一刀"上步劈山"，向胡斐胸口剁去。胡斐人未落地，横刀一架，借着他一剁之势，窜出半丈，一俯身，左手举起长凳，当作一条长形盾牌，以长凳挡架敌刀，右手的紫金刀却一刀刀的递将出去。

王剑英见兄弟久战不下，早已皱起了眉头，旁观众人中陈禹、殷仲翔、古般若、马行空等均是江湖好手，眼见战局变幻，胡斐早已落败，王剑杰却始终拾他不下，均是暗暗称奇。

此时胡斐左凳右刀，兵刃上大占便宜。那长凳是红木所造，甚是坚硬，被王剑杰连砍几刀，却砍之不断。胡斐躲在凳后，反而不住抢攻。王剑杰骂道："小猴儿，老爷叫你知道厉害！"猛地里一招"上歪门"，挥刀斜砍，登的一声，一刀砍中在凳正中，岂知这一下使力太强，刀刃深入凳内，回手一拔竟然拔不出来。他正要加力回夺，突见紫光一闪，对手的刀尖已刺向自己小腹。这一招犹如流水行云，来得好快，王剑杰一惊，只得撒手放刀。但他明明已经得胜，被这小孩胡混夺去兵刃，心中焉肯甘服？当即空手进击，这位八卦刀名家竟要以一双肉掌挽回脸面。

只见他点打戳拿，劈击压撞，双掌在刀缝中抢攻而前，威势竟是不下于使刀之时。胡斐力弱，挺着一只笨重的长凳，如何能与他轻捷的空手相敌？眨眼间连遇险招，拍的一响，肩头被他一掌击中，险些跌倒。旁观众人一齐叫了起来。

胡斐忍住疼痛，左手将长凳一送一放，随即抓住凳面上的单刀刀柄，右足在凳上猛踢一腿，长凳离刀，向王剑杰撞去。王剑杰见他拼斗不依常法，一味胡混，大有相辱之意，心中愈怒，双掌疾向长凳劈去。这长凳先前已受刀砍，再加掌力一震，喀喇一响，登时断为两截。胡斐却已双刀在手，着地卷来。

王剑杰空手对双刀，丝毫不惧，右手拿，左手钩，突然间胡斐惊叫一声，左手刀已被他夹手夺去。王剑杰将钢刀往地下一摔，仍是空手对刀。他在掌法上浸淫二十余年，使将出来果然凌厉已极。商宝震在旁瞧得又是沮丧又是欢喜，沮丧的是自己自幼苦学，只道已窥堂奥，但与这位师叔相较，不知何年何月方能练到他这样的功夫，欢喜的是本门武功如此神妙，只要不断修习，前途自是不可限量。猛听得王剑杰暴喝一声："去！"胡斐紫金刀脱手飞出，忙向后跃开。

王剑杰双掌一并，排山倒海般击将过来。胡斐眼见抵挡不住，情急智生，忽地指着他哈哈大笑。王剑杰给他笑得莫名其妙，收掌不发，楞了一楞，骂道："小子，你笑什么？"胡斐笑道："我帮手来啦，不再怕你们这许多大人齐心合力欺侮我一个孩子。"王剑杰

· 87 ·

一愕，自忖："我是江湖上的成名人物，跟这小鬼头一般见识，到底该是不该？"胡斐笑道："我这就接我帮手去，你们都在这里等着，可别害怕了逃走。"乘着王剑杰迟疑未定，急步向厅门走出，便想乘机溜开。

商老太已拾起紫金八卦刀，纵上拦住，喝道："小杂种，你想逃么？"可是她知这小孩的武功在自己之上，却也不敢十分逼近。

就在此时，忽听得远处马蹄声响，急驰而来。静夜之中，蹄声异常清晰，本来快马狂奔，蹄声繁密，也是常事，但说也奇怪，这匹马落蹄之声犹如急雨，得得得得，得得得得，比两匹马同时奔跑的蹄声还更紧密。厅上诸人多半是江湖上的大行家，钢刀快马，原是家常便饭，但听得蹄声截然有异，不禁脸上均现诧异之色。霎时之间，那马已奔到了堡前，但听庄丁呼叱声，堡门推开声，庄丁翻跌声，兵刃落地声接着响起。众人愕然相顾之际，厅口已多了一人。

蹄声初起是在三数里外，但顷刻之间，此人已闯进堡来，现身厅口，其迅雷不及掩耳的神速，真是罕见罕闻，堡中一闻警讯，便要转个御敌的念头也来不及，别说分派人手了。群豪耸动之下，目光一齐注视在来人身上。

只见那人五十岁左右年纪，穿一件腰身宽大的布袍，上唇微髭，头发已现花白，中等身材，略见肥胖，笑吟吟的面目甚是慈祥，右手携着一个十二三岁的女孩。瞧他模样，就似是一个乡下的土财主，又似是小镇上商店的掌柜，随口就要说出"恭喜发财"的话来，虽然略觉俗气，却是神态可亲，与进堡时那股剽悍凌厉的势道全不相符。

胡斐说有帮手到来，原是信口开河，只盼众人一个不提防，就此溜走，岂知事有凑巧，刚好有人赶进堡来。他乘着众人群相注视那胖子之际，绕到各人背后，慢慢走向厅门。

但旁人一时忘记了他，商老太可没忘记，她只在胖子初进来时瞧了一眼,目光始终不离胡斐,见他要逃,立时厉声呼喝,纵身而前,伸掌往他背心拍去,这一掌正是八卦掌绝招之一的"背心钉",只要拍中了,当场要叫他骨断脏裂,呕血而死。那胖子见她以如此毒辣手法对付一个孩子,"噫"了一声,正要出手相救,却见胡斐身形一动,左手倒钩,带着她手掌往旁一甩,便将这记绝招化解了。商老太一个踉跄,跌出三步方才站定。那胖子见胡斐瘦瘦小小的一个孩子居然有此武功,大是惊奇,不由得连连向他望了几眼。

王剑英见了这个胖子,依稀有些面熟,一时却想不起来,抱拳说道:"尊驾高姓大名?暮夜光临,有何见教?"那胖子抱拳还礼,说道:"不敢,兄弟姓赵。"王剑英猛地省起,说道:"啊,原来是红花会赵三爷光临,真得恕小弟眼拙。"群豪一听,眼前此人竟是红花会的大头领千手如来赵半山,无不耸然动容。

六年前红花会英雄火烧雍和宫,大闹紫禁城,乃是轰动武林的大事,天下皆知。(请参阅拙作《书剑恩仇录》。)此后红花会便没没无闻,江湖上传言,群雄豹隐回疆,不料赵半山突然在此出现。王剑英年青时曾在镖局中见过他一面,但事隔二十余年,赵半山早已非复旧时容颜,因此初见面时竟然难以忆及。此时他加倍留神,满脸堆欢的说道:"赵三爷是一人前来山东,还是红花会众位英雄一齐出山了?先父生前常提及红花会众位英雄,好生记挂。"

赵半山性子慈和,胸无城府,跟谁都合得来,随口答道:"是小弟一人有点私事,来到山东。请问令尊是……"王剑英听得他只有一人,放下了一大半心,暗道:"若是他会中兄弟倾巢而出,在这里撞见了可不好办。"于是答道:"先父是镇远镖局……"赵半山接口道:"啊,原来是王老镖头的贤郎,怎么老镖头仙游了吗?"脸上神色黯然,却是真正的难过。王剑英道:"先父已去世五年了。这是舍弟剑杰。"他转头向王剑杰说道:"赵三爷太极拳、太极剑、暗器功夫,三绝天下无双,今日真是幸会。"

他正要替各人引见,王剑杰心直口快,已接口道:"这位陈兄也是太极门的，两位本来相识么？"说着向太极手陈禹一指。

赵半山"哼"了一声，慈和的脸上登时现出一层黑气，向陈禹从头看到脚，又从脚看到头，细细打量。陈禹见他脸色忽变，微觉局促不安，给他这么一瞧，更是尴尬。赵半山携来的女孩突然伸手指着他，大声道："赵叔叔，就是他，就是他！"声音尖细，语声中充满了愤怒。

陈禹见这小女孩肤色微黑，脸上满是痛恨之色，自己却从未见过，当下转过头向王剑杰道："赵三爷是南派温州太极门，兄弟是直隶广平府太极门，我们是同派不同宗。赵三爷是我门前辈，兄弟向来仰慕得紧。"说着走近身去，抱拳为礼，神色甚是恭谨。

哪知赵半山宛如不见，双手负在背后，对他不理不睬，转身向王剑英道："王兄，兄弟今日来得鲁莽，先向各位谢过。"说着团团作揖。众人连忙还礼，都道："好说好说，赵三爷太客气了。"只把陈禹气得半身冰凉，拱着的手一时放不下来，僵在当地，心道："我几时得罪你了？你名头虽大，难道我当真怕了你不成？"

王剑英指着胡斐道："这位小兄弟跟我弟妹有点过节，那也是他上代结下来的梁子。现下我师弟人也过世多年了，我们冲着赵三爷的金面，这件事揭过不提。大家罢手如何？"说着哈哈大笑。原来他与商剑鸣向来不和，本就无意为他报仇，此时更想卖赵半山一个好。赵半山愕然不解。商老太却已叫了起来，骂道："什么赵半山，赵一山，到得商家堡来，谁都别想撒野！"赵半山道："王兄说的是什么，小弟可不明白。"王剑英道："我这弟妹是妇道人家，赵三爷别理会她。来来来，小弟借花献佛，敬赵三爷一杯。"说着便去斟酒。

胡斐知道再说下去，自己的谎话立时就要拆穿，于是大声说道："赵三爷，这些饭桶吹牛，那也罢了。他们却说红花会个个都是脓包，又说八卦掌的功夫天下无敌，说他们门中的老英雄单凭一柄八卦刀，打败了红花会中所有人物。小的听不过了，因此出来训斥。他们却偏生不服，跟我动手。赵三爷，你说气人不气人？这个理要请你来评一评了。"

赵半山全不知他们争些什么,但当年王维扬曾和红花会对敌,这件事却是有的,红花会也没凭武力胜他,只是使计逼得他服输,想来王剑英、剑杰兄弟说起此事时,定是夸他父亲英雄了得,那也是人情之常,于是便笑了笑,说道:"王老镖头武功高强,我们众兄弟个个都是十分佩服的。"突然间目光如电,射向陈禹,说道:"陈师傅,请你跟我出去,咱们借一步说话。"

陈禹心中一凛,说道:"在下和赵三爷素不相识,不知有何吩咐?这儿各位朋友都是光明磊落的好汉子,有话就请在此明说不妨。"赵半山冷笑一声,道:"这是我太极门门户之耻,何必让旁人知晓?"陈禹脸上变色,退后一步,朗声道:"你是温州太极,我是广平太极。咱们同派不同宗。我管不着你,你也管不着我。"赵半山道:"就只为陈兄手段太过厉害,广平府太极门没人敢出头,兄弟才万里迢迢的从回疆赶来。兄弟到了北京,听说陈兄到山东来啦,一路寻访而来,总算是天网恢恢。"

众人听他用到"天网恢恢"四字,都是吃了一惊,不知陈禹在门户中干了什么歹事,累得这位赵三当家万里追寻。

陈禹精明强干,在江湖上成名多年,名头固不及赵半山响亮,却也是北派太极门的佼佼者,何况跟了福公子后,有了极强的靠山,对赵半山毫不畏惧,厉声道:"我先前尊你一声前辈,那是瞧在你的年纪份上。你我南北太极各有所长,凭你就能压得了我吗?"语声甫毕,一招"玉女穿梭",猛向他肩头拍去。

赵半山追奔数月,辛劳万里,为的就是眼前这一招,一见陈禹出手,从这招"玉女穿梭"之中,于他武功修为已了然于胸,当下身躯微蹲,一招"云手",带住他的手腕向右一引。陈禹立足不定,登时全身受制。要知各派太极,拳招都是大同小异,强弱差别全在各人的悟性与功力不同。

天龙门好手殷仲翔是陈禹至交,当赵陈二人口头相争之时,他已拔剑在手,跃跃欲试,眼见陈禹一招即败,便即挺剑向赵半山身后刺去,喝道:"放手!"赵半山更不回身,顺手在陈禹腰间抽出佩剑,回剑一挡。这一下分寸拿捏得恰到好处,双剑一交,当的一声,殷仲翔的长剑已断成两截。赵半山右手一送,又将长剑插入陈禹腰间剑鞘。

群豪见他一招制住太极门好手陈禹,一剑震断天龙门好手殷仲翔长剑,制敌拳法之精,拔剑出手之快,断剑功力之纯,还剑眼力之准,皆是生平罕见,不由得尽皆失色。

赵半山向陈禹冷然道:"怎么?你出不出去?"陈禹脸上青一阵红一阵,惊惶不定。

突然间金光闪动,七枝金镖分从上下左右向胡斐急射过去。原来商老太眼见报仇之望行将成空,见众人注目赵陈二人,正是良机,猛地一口气同时发出七枝金镖。她与胡斐相距不过丈许,这一下陡然发难,对方要能将七枝镖尽数躲过,当真是千难万难。她十余年来处心积虑的要为丈夫复仇,知道苗人凤与胡一刀武功卓绝,光明正大的动手,绝难取胜,因此镖上都喂了见血封喉的剧毒。

这一下突如其来,胡斐叫声:"啊哟!"急忙扑倒,上面三枝镖虽能避过,打向他小腹和下盘的四枝镖却再也无法闪躲。

赵半山跨上一步,伸出长臂,一捞一抄,半路上将七枝镖尽数接在手中。他外号叫做"千手如来","如来"是说他面和心慈,"千手"却是说他发暗器、接暗器,就像生了一千只手一般,这抄接暗器,正是他生平最擅长的绝技。众人只觉眼前一花,也没看清他如何出手,七枝金镖已到了他手中。别说七枝,就七七四十九枝金镖齐发,他也不放在眼中。烛光下见镖头带着暗红之色,拿到鼻边一嗅,果有一股甜香,知道镖尖带有剧毒。他是使暗器的大高手,却最恨旁人在暗器之上喂毒,常言道:"暗器原是正派兵器,以小及远,与拳脚器械,同为武学三大门之一,只是给无耻小人一喂毒,这才让人瞧低了。"

他回过头来,向商老太狠狠望了一眼,说道:"王维扬王老爷子何等英雄,他教人暗器喂毒么?教人这般卑鄙偷袭么?更何况以这般手段对付一个小孩。"这几句话大义凛然,王氏兄弟不由得暗自惭愧。

商老太见王氏兄弟低下了头,大声道:"你是什么东西,竟然上商家堡来欺人?只可叹我先夫商剑鸣死后,八卦门中再无英雄好汉。我儿子年幼,老婆子是女流之辈,只好容得你欺侮。"忽然放声哭道:"剑鸣啊,你一死之后,八卦门就只剩下一批狗熊了,只知道奉承外人,再没半个有骨气之人,能给门户争一口气。剑鸣啊,赶明儿起,我叫你儿子改投太极门,别让他在江湖上灰头土脸、一辈子让人看轻了。剑鸣啊,想当年你何等英雄,早知今日如此,这柄八卦刀你就该带入棺材,也免得在这里出丑露乖。"她哭一声,骂几句,将八卦刀抛在地下,又用脚踏,又吐唾沫。只气得王氏兄弟满腔怒火,可又不能当着外人之面和她争吵。

赵半山急欲带着陈禹离去,只是见商老太以如此毒辣手段对付胡斐,自己一去,这小孩必遭毒手。他虽与胡斐毫无瓜葛,但事见不平,焉能袖手不理?向王氏兄弟抱拳道:"这孩子我今日就带了去,日后再谢二位盛情。"

王剑英还未答话,商老太却又哭叫起来:"剑鸣啊,你早早死了倒也干净,不必见到这般丢人现眼之事。你师弟号称八卦门高手,却斗不过一个十多岁的小孩,连看家门的一柄刀也让人家夺了。你师兄更加怕那小孩,只盼他快些远远离开……"

王剑英给她激得再也忍耐不住,大声喝道:"住嘴!"转身向赵半山道:"赵三爷,适才我弟妹之言,你都听见啦。今日不是在下不给赵三爷这个面子,只是若凭这小孩如此而去,八卦门在江湖再难立足,兄弟也没脸做人。"赵半山心想:"这话倒也是实情。"于是向胡斐说道:"孩子,你怎地得罪两位王师傅了?快磕个头陪了礼,随我出去。"

赵半山见识老到,这一次却说错了话,他见胡斐适才将商老太这一带,身手虽然不弱,总是个孩子。哪知胡斐天生豪迈,岂肯轻易向人低头？笑道："赵三爷，你叫他向我磕头？这个我可不敢当。"赵半山一楞，心道："这小子怎地如此贫嘴？"

王剑英本想胡斐一陪礼，就此下台，听他如此回答，心中怒极，但不愿在赵半山面前显得少了涵养，当下仍是不动声色，说道："小兄弟，你武功果然不错，也怪不得你狂妄。来来来，王某领教你几招。"

胡斐跃到厅心，呼的一拳，迎面就往王剑英鼻子上打去。王剑英微微一笑，顺手还了一掌。

王剑英这一掌拍出去时轻轻巧巧，但掌到半路，已是挟着一股疾风，向胡斐扑面击去。赵半山心道："这姓王的家学渊源，掌上劲力果然非同凡响。"他生怕这一掌就将胡斐击得重伤，当即身子微向前倾，预拟于危急之时，出掌拍向王剑英后心，以卸掌力。

哪知小胡斐身法奇快，上身一侧，王剑英一掌已然打偏。但王剑英是当世八卦门中第一高手，左掌打歪，右掌毫不停留，已自右上向左下斜劈下去。胡斐双拳一举，拍的一响，这一掌正好劈在他的拳上。

胡斐叫道："啊哟，好痛！"蓦地里"沉肘擒拿"，伸手抓他左手"曲池穴"。这一招极其怪异，王剑英一怔，向后跃开一步。商老太与马行空对望了一眼，心中均道："怎么这孩子也会使这怪招？"原来当日阎基劫镖，与马行空动武，十余招怪招之中，就是有这招"沉肘擒拿"。

王剑英一退又进，使招"猛虎伏桩"，探掌切胡斐左臂。胡斐半转身子，"钩腿反踢"，又是一记怪招。这一来，马行空等固然更是诧异，连见多识广的赵半山也暗觉奇怪。王剑英见他招法中隐含相辱之意，心道："若不给你吃点苦头，可教人家小看了八卦门。"他虽与胡斐动武，心中却哪将这孩子当作对手，一招一式，全是露给身旁的大名家赵半山观看，因之出手凝重，圆转如意，不敢失了半点名家的身份，只因心有旁属，招数上竟是不求狠辣，唯恐让赵半山小觑了，说一句："名门高弟，岂能如此浮躁？"这么一来，他掌法中固然是没半点破绽，但要数招之间制住对方，竟也不能。

商宝震自幼苦练过八卦掌，只见这位大师伯出手平淡无奇，使的全是八卦掌中最浅近的招数，还道他忌惮赵半山，存心敷衍，无意真与父亲复仇，心下暗暗恼怒。他哪知王剑英这些平淡无奇的掌法之中蕴含数十年苦功，胡斐初时跳跳蹦蹦，怪招迭出，到得后来，已全在对方掌风笼罩之下。王剑英掌力催动，渐渐将胡斐制住，使他每一拳打出，每一脚踢出，立时受到八卦掌掌力的反推。此时他若要发劲打伤胡斐，原已不难，但他有意在赵半山面前显示身手，要累得胡斐筋疲力尽，跪地求饶，自己却始终潇洒自如，行若无事。须知武术最难企及的境界，乃是举重若轻，要使力而不见费力，发劲而不见用劲。每一个武学名家练到最后，都是向这境界致力。至于吆喝酣斗，挥汗喘气，那自是最下乘的了。

赵半山知他用意，心想既然如此，这小孩暂无性命之忧，且看他支持得几时。眼见胡斐已是身不由主的为对方掌力带动，脚步踉跄，突然间一个筋斗翻出，右手在地下一撑，双腿同时横扫。这一下又是一记怪招，王剑英跃起避过，胡斐往地下一坐，双腿连环上踢，霎时之间竟踢了七八腿，又是诡异，又是迅捷。拳法中原有"连环鸳鸯腿"的招数，但左脚踢出之后，右脚跟着飞踢，再要踢第三腿时，终须有一脚先行着地，纵快也有限度，此时胡斐坐在地下，双脚凌空，彼落此起，出腿如电，竟将王剑英踢了个手忙脚乱。

马行空与商老太又是互视了一眼，心道："这记怪招却非阎基所会，看来这小孩所学的武功，还较阎基为多。"果然不出二人所料，胡斐一翻身，立时双肘推后，此时他与王剑英背脊对着背脊，他身子既矮，出招又快，这两下肘锤，竟都撞在王剑英的屁股之上。臀上多肉，他又人小力弱，这两记肘锤自是伤不到对方，但旁观众人却忍不住失笑。

王剑英大怒，回身呼的一掌，当胸劈去，但见他脸色狰狞，已顾不得什么潇洒，什么风度。赵半山心中暗叹："威震河朔王维扬的儿子，不及乃父多矣！"他一面观斗，眼角间却始终没一刻离开了陈禹，决不容他俟机逃脱。

胡斐见对方双掌犹如疾风暴雨般袭来，心下也不自禁骇怕，对方究是武林中的一流高手，自己全靠拳谱中一些家传怪招，仗着对方不识，出手有所顾忌，这才勉力支撑了这些时候，已属极度难能。其实胡家拳谱上这些怪招乃是练功所用，旨在锻炼身手，不求克敌制胜，真正与人动手的招数，录在拳谱的最初数页之后。胡斐功力未到，难以领会，只得施展这些练功用的扎根基招式。想那飞天狐狸、胡一刀等均是一代大侠，若是与人动手之际也是这般不伦不类、怪模怪样，岂非大失身份？

又斗十余招，胡斐左支右绌，大感狼狈，突见王剑英左掌往外一穿，当即闪身向右避过，王剑英右掌"游空探爪"，斜劈下来。这一下好不劲急，胡斐忙矮身沉肩，虽将这一劈之力卸下了七成，还是被他掌力震得一交摔倒。

众人惊呼声中，王剑英又是一掌劈了下去。赵半山大怒，心道："亏你也算是个成名人物，小孩子已给你打倒，怎么还下毒手？"他太极拳的功夫讲究迟出先至，后发制人，敌人招数越是用老，出手时收效越大，只等王剑英掌缘挨近胡斐身上，立即发招相救。

突然青光一闪，王剑英疾收左掌，侧身起腿。原来胡斐跌倒之时，见身旁有半截剑头，正是殷仲翔被震折的断剑，情急之下，伸手抓起，向敌人拍下来的掌心刺去。这一下章法变幻，若非王剑英躲闪得快，掌心给他刺个窟窿也不希奇。胡斐一招得手，立即一个打滚，左手在地下一捞，右手用断剑割下一块衣襟，裹了折断的剑刃，笑道："王大爷，我的手短，你的手长，咱二人比武太不公平。我把右手接长点儿，你若害怕，就取出八卦刀来好了。"

自从"飞天狐狸"以降，胡家历传各代都是智计过人。胡斐心知空手打他不过，乘机拾起断剑用作兵器，但怕对方使兵刃，却抢先激他一激。王剑英何等身份，明知吃亏，哪肯跟他平手对刀，料定他多拿一柄断剑也管不了用,只哼了一声,八卦掌中夹着擒拿手,径来抓他握着断剑的手腕,左掌发劲,劈向他的面门。

胡斐转动剑头,当作蛾眉刺使,一面递招,左手忽地往头顶一拉,取下毡帽,笑道:"我右手有剑头,左手有盾牌,瞧你奈何得了我?"将毡帽当作盾牌,往他左掌一挡。王剑英心道:"臭小子,这么一挡,你左腕非断不可。"掌上又加了三分劲道,向破毡帽上击了下去。

忽听得王剑英"啊"的一声大叫,向后跃开丈余,这一声叫喊,声音惨厉,竟似受了重伤模样。众人一齐望着他,只见他左掌心中鲜血淋漓,不知因何受的伤。王剑英怒极,戟指胡斐喝道:"你,你……你这烂毡帽中藏着什么?"

胡斐将毡帽戴回头上,左手中赫然握着一枝金镖,笑道:"这是你八卦门的暗器,须不是我带来的。我随手在地下捡了一枝,想偷偷拿回去玩儿,你却定要揭穿我的底儿,好吧,这一枝小小金镖我也不希罕。"说着手一扬,对准他胸口射了过去。

王剑英侧过身子,伸手一抄,要将金镖抄在手里。他先侧身,再伸手,那是对胡斐已存了忌惮之意,怕他发镖的手法又是十分怪异,一个抄接不到,不免打中了胸口。岂知他这一伸手却接了个空。胡斐手势是向前发镖,其实手指上使了一股反劲,将金镖射向身后。

站在他背后的正是商老太,突见金光一闪,金镖已到面前,急忙缩头,噗的一声,那枝镖打进她的髻子,颤巍巍的晃了几晃。商宝震只吓得心惊肉跳,扑到母亲跟前,叫道:"妈,可伤着你么?"

自胡斐出手以来,几乎每一招每一式都是异想天开,叫人防不胜防,这一下花巧异常的发镖,更是眩人心目。眼见商老太在间不容发之中死里逃生,人人尽皆骇然。赵半山捻须微笑,心想这般前扬后发的镖法,自己原也擅长,若是自己出手,就有十个商老太,也一齐打死了,只是这小孩装模作样的逼真神态,却远非自己所及。

赵半山随即想起，叫道："王师兄，快捏住脉门，镖上有毒。"商宝震一凛，叫道："我去取解药！"说着飞奔入内。

王剑英一副执拗的狠劲，倒与他过世的父亲差不多，掌心一受镖伤，只觉左手麻痒，听得赵半山这么一叫，右手拉断衣带，紧紧缠住左腕，脸色铁青。王剑杰手足关心，抢过来帮他缠腕。王剑英左手一甩，喝道："走开！"王剑杰不提防给他猛力一甩，退开两步，愕然相顾，叫道："大哥！"王剑英挥起伤掌，呼的一声，疾往胡斐头顶拍到，脚下飞跑，竟然使出"游身八卦掌"的绝招，此时再不容情，决意要取这可恶的狡童性命。

胡斐学成武艺之后，首次是与商宝震对敌，其后对战商老太和王剑杰，此时与王剑英对掌，已是第四个对手。越战得久，他心思越是开朗，怯意既去，尽力弄巧以补功力之不足。这"游身八卦掌"曾在王剑杰手下领教过，当时手忙脚乱，险些命丧刀底，此刻已明白其中奥妙所在，心知若是跟他乱转，必定累得头晕眼花。晃眼之间，王剑英已转到自己身后，斗然想起胡家拳谱上有一门"四象步"，步法虽是单纯，却似大可用得，当下不及细加思索，一见敌人转到身后，立即向前跨了一步。就在这时候，王剑英呼的一掌，也已击向他的后心。

众人眼见胡斐背后门户洞开，全无防御，不禁为他担心，不料他轻轻巧巧的大步跨前，王剑英这一掌竟尔打空。那"游身八卦掌"只要一使动，再无停歇，不管出掌是否打中，脚下绝不停留，一掌掌的连绵发出。胡斐面向厅门，见王剑英抢到右边，登时向左跨了一步，他脚下跨步，正与王剑英发掌同时而作，使得这一掌又是打空。

要知太极生两仪，两仪生四象，四象生八卦，这"四象步"与"八卦掌"，其理原有共通之处。胡家拳谱上的"四象步"乃练习拳脚器械的入门步法，并不能用以伤敌，胡斐早已练得极是纯熟。斗到后来，他索性双手叉腰，凝神注视对手，也不理王剑英是否发招，只要他奔到左方，就向右一步，奔到前方，就退后一步。

不论对方如何忽前忽后，忽东忽西，他总是好整以暇的前一步、后一步、左一步、右一步，来来去去只是四步，妙在拿捏分寸恰到好处，而这步法又与八卦掌步法的八卦方位丝丝入扣，每一跨步，均与对手的行动若合符节，倒似与王剑英长期共习，练成了套子一般。

那"游身八卦掌"一出手就是连续不断的四八三十二招，王剑英愈打愈是焦躁，却连手指尖也碰不到胡斐身上。赵半山看得暗自叹息："这人徒学父艺，只知墨守成法，临敌时不能随机应变，另创新意，看来王维扬是后继无人了。"眼见他第二节的三十二招八卦掌也已使完，商宝震取来解药，叫道："大师伯，服了药再收拾那小子。"这时王剑英的左臂已渐渐不听使唤，知道毒气上行，当下跃出圈子，接过解药吞服。

赵半山道："王师兄，我瞧……"王剑英知他定是出言劝解，待他话一出口，自己若不听从，倒显得不给他面子，当即摇了摇手，抢上前又举掌向胡斐击去。只见他步法极小，出掌也甚凝重，原来是使出八卦门中最厉害的"内八卦掌法"来。先前王剑杰只虚使内八卦短架，就制得商宝震无法动手，王剑英的功夫，又比乃弟精湛得多，这内八卦掌法，出手虽短，每一掌都是凌厉狠辣。

胡斐硬接了三招，登感不支，心中暗叫："糟糕！"眼见对方步子向左跨出，猛地提脚往他左脚背上踩落。王剑英骂道："你作死么？"脚一缩，右脚踏出时就错了八卦方位。王维扬教子习艺之时，规定极为严厉，不得有分毫差失，偏生这大儿子又是天性固执，临敌时脚下定须踏正方位，才肯出招。待他双脚移正，胡斐又是一脚对准他脚背踩了下去。这般胡闹的打法，原是任何成名的英雄所不屑为，胡斐却一味顽皮取闹，连踩几脚，王剑英心神微乱。胡斐见到有机可乘，猛地一掌，就往他小腹上击去。王剑英叫声："好！"双掌齐出，推在他的掌上。

这是硬碰硬的对掌，再无讨巧之处，胡斐全身一震，左掌跟着力推，但仍感对方压力沉重无比，此时若稍一退让，内脏立为对方掌力所伤,只得奋力抵挡。

赵半山见胡斐已然输定,笑道:"孩子,你输啦,还比拼什么?"伸手在他背上轻轻一拍,一股内力从他身上传将过去。王剑英双臂一酸,胸口微热,急忙撤掌后退。赵半山道:"王兄,你的功力自比这孩子高得多,那还用比什么?"他轻拍胡斐的肩头,赞道:"了不起,了不起,再过五六年,连我也不是你的敌手啦。"言下自然是说:你王老兄更加不用提了。

王剑英脸上一热,自知功夫与赵半山差得太远,要待交代几句场面话,跟这孩子却又不知从何说起,不由得怔在当地,一言不发。王剑杰见兄长的左掌紫黑,中毒甚深,向商老太道:"有没有外敷的解毒药?"商老太摇摇头。赵半山从怀中取出一个红色小瓶,拔开瓶塞,说道:"兄弟自合的解毒散,很有点儿功效。"王剑杰知他是使暗器的大行家,身上不带解毒药则已,若是携带,定然应验如神,他挂念兄长安危,伸出手掌。赵半山在他掌心倒了少些,笑道:"尽够用了。"这一来,王氏兄弟无论如何不能再对胡斐留难。

赵半山说道："小兄弟，你我今日萍水相逢，意气相投，虽然我年纪大了几岁，但我见你侠义仁厚，实是相敬。他日你必名扬天下，我何敢以长辈自居？"

第四章　铁厅烈火

赵半山双手负在背后,在厅中缓步来去,朗声说道:"咱们学武的,功夫自然有高有下,但只要心地光明磊落,行事无愧于天地,那么功夫高的固然好,武艺低也是一般受人敬重。我赵某人生平最恨的就是行事歹毒、卑鄙无耻的小人。"他越说声音越是严厉,双目瞪着陈禹不动。

陈禹低下了头,目光不敢与他相接,突然一瞥眼之间,吓了一跳。原来商老太发出七枝金镖,给赵半山接住后掷在地下。胡斐用一枝镖刺伤王剑英后,接着对掌,那枝镖仍是丢落在地。这时赵半山在厅中来去,足下暗暗使劲,竟将七枝金镖踏得嵌入了方砖之中,镖与砖齐,甚是平整。众人见陈禹脸上变色,顺着他眼光一看,都是大为惊奇,知道他露这手功夫,一来是警告商老太不得再使歹毒暗器,二来是要逼陈禹出去算帐,叫旁人不敢阻拦。

陈禹四下一望,但见王氏兄弟忙着裹伤,商老太与商宝震咬牙切齿,马行空微微点头,殷仲翔脸如死灰,知道没一个敢出手相助,将心一横,大声道:"好啊,平素称兄道弟,都是好朋友,今日我姓陈的身受巨贼胁迫,好朋友却到哪里去了?姓赵的,咱们也不用出去,就在这里动手吧。"赵半山刚说得一个"好"字,忽听背后风声响动,知有暗器来袭,接着听得一声喝道:"好朋友来啦!"

赵半山也不回头,反过手去两指一夹,接住了一把小小的飞刀,但觉那飞刀射来势道劲急,全是阳刚之力,接在手上时刀身微微一震,和福建莆田少林派发射暗器的手法又自不同,笑道:"这位好朋友原来是嵩山少林寺的,可是不疑大师的高足吗?"

发射这柄飞刀的,正是嵩山少林派的青年好手古般若。王氏兄弟、殷仲翔、陈禹等都是一惊,但见赵半山并未回身,尚未见到古般若的人影,却将他的门派师承猜得一点儿不错。

赵半山心中却想,我红花会只僻处回疆数年,离中原并无多时,看来名头已不及往时的响亮,我要保护一个孩子,叫一个人出外,居然不断有人前来阻手阻脚,今日若不立威,倒教后生小子们将红花会瞧得小了,当下朗声说道:"你这位好朋友站着可别动。"不等古般若回答,双手向后扬了几扬,跟着转过身来,两手连挥,众人一阵眼花缭乱,但见飞刀、金镖、袖箭、背弩、铁菩提、飞蝗石、铁莲子、金钱镖,叮叮当当响声不绝,齐向古般若射去。

王剑英大骇,叫道:"赵兄手下容情。"赵半山一笑,说道:"不错,自该手下容情。"

众人瞧古般若时,无不目瞪口呆。但见他背靠墙壁,身周钉满了暗器,却无一枚伤到他的身子。古般若半响惊魂不定,隔了好一阵,这才离开墙壁,回过头来,只见百余枚暗器打在墙上,隐隐依着自己身子,嵌成一个人形。他惨然无语,向赵半山一揖到地,直出大门,也不向福公子辞别,径自走了。

赵半山此手一露,即是处了陈禹死刑,更还有谁敢出头干预?但陈禹临死还是强口,说道:"自来官匪不两立,我一死报答福公子,那便是了。"赵半山大怒,向王剑英等说道:"本来太极门中出此败类,是在下门户之羞,原想私下了结,可是他非叫我抖个一清二楚不可。"陈禹自己却也真不知道,什么事上得罪了这位红花会三当家,要知他为人精明圆滑,原是不易与人结怨的,便接口道:"不错,天下事抬不过一个理字。你说了出来,请大家评个道理。"

赵半山"哼"的一声,指着那个黑肤大眼的小姑娘,问道:"你不认得这小妹妹么?"陈禹摇头道:"不认得,从来没见过。"赵半山道："就可惜你认得她父亲。她是广平府吕希贤的女儿。"

此言一出，陈禹本来惨白的脸色更加白得可怕。众人"哦"的一声，齐向这女孩望去。这女孩只有十二三岁，但满脸风霜，显是小小的一生之中已受过许多困苦折磨。她指着陈禹，厉声说道："你没见过我，我可见过你。那天晚上你杀我兄弟，杀我爹爹，我在窗外看得清清楚楚。我每天晚上做梦，没一次不见到你。"这几句话说得斩钉截铁，陈禹又是确曾做过那件事，张口结舌的"啊，啊"几声，没再分辩。

赵半山向众人双手一拱，说道："这姓陈的说得好，天下事抬不过一个理字。我把这件事的前因后果，说出来请大家评个道理。各位想必都知道，广平府太极门师兄弟三人，武功以小师弟吕希贤最强。这姓陈的，你称吕希贤什么啊？"陈禹低下了头，道："他是我师叔。"心想赵半山述说往事，也不必跟他分辩，心中暗打脱身逃走的主意。

赵半山道："不错，吕希贤是他师叔。说到吕希贤这人，在下可与他素不相识，他是北京王府的教师爷，咱们乡下人哪里高攀得上？"言下之意，竟是透着十分不满，只是他存心厚道，又是碍着那小姑娘的面子，只说到此处为止，接着说道："在下隐居回疆，中原武林的恩怨原本不闻不问，可是有一日这小姑娘寻到了在下，哭拜在地，说要请我主持公道。小姑娘，你将那两件东西取出来，给各位叔伯们瞧瞧。"

那女孩解下背后的包裹，珍而重之的取出一个布包打开，烛光下各人瞧得明白，赫然是一对干枯的人手，旁边还有一块白布，满写着血字。赵半山道："你说给各位听吧。"

那小姑娘捧着一双人手，泪如雨下，哽咽道："我爹爹生了病，已好久躺着不能起来。有一天，这姓陈的突然带了另外三个恶人，半夜里来到我家，说是奉王爷之命，要爹爹说太极拳什么九诀的秘奥，不知怎样，他们争吵起来。我弟弟吓得哭叫出声，这姓陈的抓住了他，扬起宝剑威吓我爹爹，说道要是不说，就将我弟弟一剑杀死。我爹爹说了几句话，我也不懂，他……他……就将我弟弟杀死了。"说到这里，眼泪更是不绝流下。

胡斐叫道："这样的恶人，还不快宰了。"那小姑娘提起衣袖抹了抹眼泪，说道："后来我爹爹跟他们动手，他们人多，我爹爹又生着病，就给这坏人害死了。后来孙伯伯来到我家里，我就跟他说……"小姑娘不懂武林之中的恩怨关节，说起来有点不明不白。

赵半山插口道："她说的孙伯伯，就是广平府太极门的掌门人孙刚峰。"这个人的名头大家是知道的，于是都点了点头。

那小姑娘又道："孙伯伯想了几天，忽然叫我过去，他拿出刀来，一刀砍下了自己的左手，蘸了血写成这封血书，又将刀子放在桌子上，用力把右手挥在刀口上，又砍下了右手，叫我……叫我……送去回疆给赵伯伯，说太极门中除了赵伯伯，再无旁人报得我爹爹血仇……"众人听得面面相觑，只觉得这真是人间的一件极大惨事，只是那小姑娘说得太不清楚，实在不懂。

赵半山道："这孙刚峰在下是识得的，当年他瞧不起我赵半山，曾来温州跟我打过一场架，想不到竟因如此，心中有了我赵某人的影子。"众人心想："这一场架，定是孙刚峰输了。"

赵半山又道："孙刚峰这封血书上说，他是广平太极门掌门，自愧无能，收拾不下这姓陈的叛徒，因此砍下双手，送给我赵某人，信上说什么'久慕赵爷云天高义，急人之难'云云。嘿，他送我一对手掌，再加一顶大帽子，赵某人虽跟他没半点交情，这件事可不能不给他办了。"

陈禹惨白着脸，说道："这封血书，未必是我孙师伯的亲笔，我得瞧瞧。"说着慢慢走到小姑娘身旁，去取血书，突然手腕一翻，寒光闪处，右手中一柄匕首已指着小姑娘的后心，叫道："好，那就同归于尽。"

这一下变生不测，众人均未料及。赵半山抢上两步，待要夺人，却见陈禹左臂紧紧扼在吕小妹颈中，低沉着嗓子喝道："你再上前一步，这女娃子的性命就是你害的。"赵半山一惊，自然而然的倒退一步,一时彷徨无计,心想:"那便如何是好?若是七弟在此,他定有计较。"要知赵半山忠厚老实,对付奸诈小人实非其长,处当困境,不自禁想起那足智多谋的七弟武诸葛徐天宏来。

陈禹右手的匕首刺破吕小妹后心衣服,刃尖抵及皮肉,要使赵半山无法用暗器打落匕首,双目瞪住了赵半山,说道:"赵三爷,你我往日无怨,近日无仇,你就是发暗器打瞎我这双招子,姓陈的决不还手。"赵半山手中扣了两枚钱镖,本拟射他双目,只要他矮身一躲或是伸手一护,就可侯机救人,岂知此人见事得快,先行出言点破了自己的用意。

一时之间大厅上登成僵局。

陈禹目不转瞬的瞪着赵半山,防他有甚异动,口中却在对王氏兄弟说话:"王大哥、王二哥,赵三爷今儿跟兄弟过不去,你二位可知其中原由?"王氏兄弟与他同府当差,虽然并不怎么交好,但陈禹生性圆滑,平日人缘甚好,若不是二王忌惮赵半山武功了得,早已出言劝解。王剑英接口道:"听赵三爷说,他也是受人之托,未必明白真相。只怕这中间有什么误会,也是有的。"陈禹冷笑一声,道:"误会倒是没有。王大哥,兄弟进福公子府之前,是在定亲王府当差,这个你是知道的了?"王剑英道:"是啊,你是定王爷推荐给福公子的。王爷大大夸你精明能干哪。"陈禹道:"适才赵三爷说道,兄弟伤了这小姑娘的父亲,这件事是有的。可是兄弟是奉了王爷之命,你我同是吃府门饭的人,主人家有差使交下来,你能违么?"王剑英这才明白,他借着与自己一问一答,是在向赵半山解说这回事的来龙去脉,于是又接一句:"这叫做奉命差遣,概不由己,那也怪不得你陈兄弟。"

赵半山在回疆接到孙刚峰的血书,立即带同吕小妹赶到广平府,但无法找着孙刚峰,当下又到北京找人,一查之下,得悉陈禹已随同福公子南下。他胯下所骑,是骆冰那匹银霜逐电驹,不过两天功夫,已从北京追到商家堡来。陈禹如何害死吕希贤父子,他确是不甚了了。吕小妹年幼，原已说不明白，多问得几句，她就眼眶一红，小嘴一扁，抽抽噎噎的哭个不停。这时听陈禹要言明此事根由，正中下怀，道："好，你曾说过，天下之事抬不过一个理字。你倒说说看。那吕希贤是你师叔，就算他犯了弥天大罪，也不能由你下手，致他于死地。"

陈禹此时有恃无恐，料想今日已不难逃命，但赵半山决不肯就此罢手，日后继续追寻，却是难以抵挡，心想总须说得他袖手不顾，方无后患，于是说道："赵三爷，你是光明磊落的英雄好汉，常言道君子可欺以方，你这一回可是上了孙刚峰的大当啦。"赵半山一愕，道："怎么？上了什么当？"陈禹道："我们广平太极门姓孙的祖师爷传了弟子三人，孙师伯是大弟子，先父居次，吕师叔第三。他师兄弟三人向来不睦，赵三爷你是明白的了？"赵半山本来丝毫不知，但想自己插手管他门户之事，若说一切不知，未免于理有亏，当下不置可否，道："那便怎样？"

陈禹道："吕师叔是太极北宗一把响当当的好手，我对他老人家素来是十分敬仰的。他在定王府当教师爷，太极拳的秘奥却半点不传给王爷。定王爷生性好武，见他藏奸，心中自是不快，连问了几次，吕师叔吃逼不过，竟然辞去了差使。于是定王爷将在下找去，要我解释太极拳中的什么乱环诀、阴阳诀。可是先父武功本就平常，又逝世得早，没什么功夫传下来，在下懂得什么？定王爷便着落在下，去向吕师叔请问明白。"

赵半山心想："太极门南北两宗各有门规，本门武功秘奥不得传于满人。吕希贤不授秘诀，此事大致不假。"于是点了点头。

陈禹脸色显得十分诚恳，说道："在下奉王爷之命，与三位当差的兄弟到吕师叔府上去。那时他身上有病，肝火大旺，三言两语就对我痛下辣手。赵三爷你想，以我这点点稀松平常的武功，怎能害得了广平太极门的第一把好手？"赵半山道："那他是怎么死的？"陈禹道："吕师叔本已有病，在下的言语又重了些。吕师叔痰气上涌，失足摔了一交，在下连忙施救，已自不及。"

这番言语之中破绽甚多，赵半山正待驳斥，吕小妹已叫了起来："爹爹是他打死的，爹爹是他……"第二句话没说完，陈禹扼着她脖子的手一紧，将她后半句话制住了。赵半山大怒，喝道："你既说他有病，怎地又斗不过他？再说，他小儿子与你无怨无仇，又何以伤害无辜？快放手！"

陈禹道："赵三爷，你身在万里之外，怎知我门户中之事？我劝你还是各人自扫门前雪的好。"他一面说，一面移动身子，慢慢退向厅口。赵半山双目如要喷火，只是眼见此人心狠手辣，若真上前拦阻，他定要伤害吕小妹性命。这女孩年纪虽小，性格却极是坚毅，孤身一人，竟然间关万里、历尽苦辛的寻到回疆。以这一条路上旅途之艰难，别说是这样一个小小孤女，就是个壮年汉子，也是十分不易。赵半山毅然插手管这件事，固然是为了孙刚峰斩手相托，可有一小半也瞧在这孤女的孝心份上。后来与她共骑东来，时日一久，已视她犹如女儿一般。

只见陈禹再退几步，便要出厅，赵半山空有一身暗器，竟尔不敢向他发射一枚，心下盘算："若用一枚最重的蛇头锥打他脑门，自能叫他立时丧命，但他临死之前只要手臂一送，小妹就是性命不保了。"

只见他又退了一步，此时桌上一枚大红烛所结的一个灯花，突然卜的一声爆了开来，烛光一暗，待得烛火再明，陈禹身后忽已多了一个老者。

只见那老者两手平举胸前，但光秃秃只有两根腕骨，手掌已齐腕斩去，身穿青布长袍，形容枯槁，双目深陷，颧骨高耸，脸上灰扑扑的甚是怕人。陈禹见众人一齐望着自己身后，神情甚是异样，不由得回过头去。突见那人的两根腕骨已伸到自己脸前，险些碰到，一惊之下，忙让开了一步，叫道："孙师伯，是你！"

那人竟不理会，拉起长袍，抢上一步，向赵半山拜了下去，说道："赵三爷，你的恩情，孙刚峰只好来生补报了。"赵半山急忙答礼，双眼却不离陈禹。陈禹急退两步，正要拥着吕小妹抢出厅门，孙刚峰身形一晃，抢先堵住了门，喝道："回去！"陈禹道："你让不让路？"孙刚峰道："你已害过吕家二命，姓孙的早就没想活着。"转向赵半山道："赵三爷，这位陈爷的话，在下在门外已听得清清楚楚，当真是一派胡言。我吕师弟是为了乱环诀与阴阳诀而死在这奸贼手下的。"

赵半山向陈禹侧目斜睨，哼了一声，道："原来陈爷精研我门的这两大秘诀，兄弟倒要领教。"孙刚峰道："这倒不是。这位陈爷知道我太极拳有九大秘诀，而乱环诀与阴阳诀又是拳法关键，只可惜他父亲过世得早，没来得及传他。他千方百计要我和吕师弟吐露，我师兄弟知他心术不正，就没肯说。于是他用定王爷的势力相压，吕师弟仍是不说。到后来他乘着吕师弟有病，夜中闯到吕师弟的病榻之前，抓住他一脉单传的一个娃儿，说道若不吐露乱环、阴阳二诀，就将孩子一刀杀了……姓陈的，我这话是真哪，还是假哪？"

陈禹铁青着脸，一言不发，心中又惊又怒，眼见已可脱身，这姓孙的老家伙偏偏在这时候闯了进来。只听孙刚峰哽咽着又道："于是一个聪明伶俐的娃儿，便丧生在他利剑之下。吕师弟抱病与他拼命，又给他使云手功夫，拖得精疲力尽，虚脱而死。赵三爷，孙刚峰愧为掌门，年老无能，我北宗又是人才凋零，眼下只有这姓陈的武功最强，只有老着脸皮，请南宗主持公道。"他转向陈禹道："陈大爷，我的话没半句冤你吧？"

赵半山只听得义愤填膺，大步踏了上去，说道："要学拳术的秘奥，自古以来只有求师访友，从来没听说过如你这等禽兽之行。"陈禹喝道："你别动，给我站着。"说着手臂一紧，吕小妹呀的一声叫了出来。赵半山果然站定脚步，不敢再动。陈禹朗声道："姓赵的，你要找我，尽管到北京福公子府来。今日请你叫他让让道。"赵半山无奈，只得向孙刚峰道："孙师兄，今日咱们就暂且饶他！"

孙刚峰大急,说道:"你说今儿……今儿饶……饶了他?"赵半山道:"孙爷,你放心,赵某既然拉扯上了这回子事,定是有始有终。"孙刚峰急得说不出话来,只说:"你……你……"赵半山道:"让路给他吧。姓赵的若是料理不了这回事,我斩这一双手还你!"这几句话说得斩钉截铁,孙刚峰再无话说,身子往旁边一让,眼睁睁的盯着陈禹,目光中充满了怨毒。

陈禹心道:"今日我脱却此难,立时高飞远走,天下之大,何处不是容身之所?只要我隐姓埋名,你找一百年也找不着老子。"脸上不自禁露出一丝得意的神色,说道:"赵三爷,你我后会有期。孙师伯说得不错,我确想学一学太极门中乱环诀与阴阳诀的窍门。你上京来,做兄弟的要好好请你指点指点。"赵半山又是哼了一声,哪去理他。

陈禹不敢转身,挟着吕小妹一步步的倒退,经过孙刚峰身侧,微微一笑,左足跨出了门槛。

胡斐自与王剑英比掌之后,一直在旁凝神注视赵半山、陈禹、孙刚峰三人,此时眼见陈禹狡计得逞,心道:"赵三爷帮了我这个大忙,眼下他遇上难事,我如何不加理会?"他头脑灵敏,人又顽皮,心念一动,早有计较,运气将一泡尿逼到尿道口,解开了裤子,见陈禹即将踏出厅门,突然端起一张椅子,说道:"陈禹,我有一事请教。"陈禹一呆,却没将这孩子放在眼内,并不理睬。胡斐将椅子在他身前一放,跳上椅子,突然一泡急尿,往他眼中疾射过去。

陈禹急怒之下,伸左手在眼前一挡,阻住他射过来的尿水,右手一匕首就往胡斐胸口刺去。胡斐解裤之前,早就筹划好了下一步,眼见匕首刺到,双手握起椅子,身子一跃,人在半空,椅子已向他头顶猛砸下去。陈禹伸手格开,怒骂:"小贼!"胡斐人未落地,已向前一扑,抱住吕小妹一个打滚,滚开半丈。

陈禹大惊,纵上抢夺,胡斐钩脚反踢,随即站起身来,施展空手入白刃功夫,抢他手中匕首。陈禹心知不妙,不敢恋战,猛戳一刀,立即转身出厅,却见赵半山双手叉腰,神威凛凛的站在厅口。

胡斐哈哈大笑,说道:"我一泡尿还没撒完呢!"这一下变化,赵半山固是万万猜想不到,厅上众人也无一不是大出意料之外。待得各人明白他的用意,吕小妹早已获救,陈禹亦已困入重围。这一来商老太更增恨意,王氏兄弟妒念转深,马行空暗叫惭愧,殷仲翔喃喃怒骂,但不论是恨是妒,是愧是骂,各人心中,均带着三分惊佩赞叹:"若非这小子出此怪招,怎能将陈禹截得下来?"

赵半山心中对胡斐大是感激,脸上却不动声色,对陈禹淡淡道:"陈爷,你为了学乱环诀和阴阳诀,伤了两条人命,其实大可不必这么费事。这两篇歌诀,在太极门中也算不得是什么了不起的不传之秘,赵某不才,倒还记得。你说过要向赵某讨教,今日就传了于你,也自不妨。"众人一呆,均想:"他已难逃你的掌握,却来说反话。"

却听赵半山又道:"我先说乱环诀与你,好好记下了。"于是朗声念道:"乱环术法最难通,上下随合妙无穷。陷敌深入乱环内,四两能拨千斤动。手脚齐进竖找横,掌中乱环落不空。欲知环中法何在,发落点对即成功。"

这八句一念,孙刚峰和陈禹面面相觑,说不出话来。原来这八句诗不像诗、歌不像歌的话,正是太极门中的"乱环诀"。陈禹幼时也依稀听父亲说起过,只是全然不懂其中奥妙,万想不到赵半山真能原原本本的念给自己听。他把心一横,生死置之度外,道:"其中含义,还请赵三爷指点。"

赵半山道:"本门太极功夫,出手招招成环。所谓乱环,便是说拳招虽有定型,变化却存乎其人。手法虽均成环,却有高低、进退、出入、攻守之别。圈有大圈、小圈、平圈、立圈、斜圈、正圈、有形圈及无形圈之分。临敌之际,须得以大克小、以斜克正、以无形克有形,每一招发出,均须暗蓄环劲。"他一面说,一面比划各项圈环的形状,又道:"我以环形之力,推得敌人进我无形圈内，那时欲其左则左，欲其右则右。然后以四两微力，拨动敌方千斤。务须以我竖力，击敌横侧。太极拳胜负之数，在于找对发点，击准落点。"

他所说的拳理明白浅显，人人能解，但其中实是含有至理。厅上众人均是武学好手，听他口中讲述，手脚比拟，无不出神。要知能听到这样一位武学名家讲述拳理精义，实是一生之中可遇而不可求的良机。

赵半山说的是太极拳秘诀，初时王氏兄弟、商老太、马行空、殷仲翔等还只存着观摩与切磋之心，但后来听他越说越是透彻，许多自幼积在心中的疑难，师父解说不出、自己苦思不明，却凭他三言两语，登时豁然而通。

赵半山解毕"乱环诀"，说道："口诀只是几句话，这斜圈无形圈使得对不对，发点与落点准不准，可是毕生的功力。你懂了么？"陈禹盼望这"乱环诀"盼了一生，此时听得明白，懂得透彻，知道只要再加十余年苦练，凭此一诀，便可成武学大师，不由得满心欢喜，又问："请问赵爷那阴阳诀又是如何？"

赵半山道："阴阳诀也是八句歌，你记好了。"陈禹听得出神，就似当年听父亲传授武功一般，随口应道："是，孩儿用心记着。"待得一言出口，这才惊觉，不由得满脸通红，但众人都在倾听赵半山讲武，谁也没留意他说些什么，却无一个失笑。只听赵半山朗声念道："太极阴阳少人修，吞吐开合问刚柔。正隅收放任君走，动静变里何须愁？生克二法随着用，闪进全在动中求。轻重虚实怎的是？重里现轻勿稍留。"

这口诀陈禹却从没听见过，但他此时全无怀疑，用心记忆。只见赵半山拉开架式，比着拳路，说道："万物都分阴阳。拳法中的阴阳包含正反、软硬、刚柔、伸屈、上下、左右、前后等等。伸是阳，屈是阴；上是阳，下是阴。散手以吞法为先，用刚劲进击，如蛇吸食；合手以吐法为先，用柔劲陷人，似牛吐草。均须冷、急、快、脆。至于正，那是四个正面，隅是四角。临敌之际，务须以我之正冲敌之隅。倘若正对正，那便冲撞，便是以硬力拼硬力。若是年幼力弱，功力不及对手，定然吃亏。"

胡斐一直在凝神听他讲解拳理，听到此处，心中一凛："难道这句话是说给我听的么？是说我与王剑英以力拼力的错处么？"

却见赵半山一眼不望自己，手脚不停，口中也丝毫不停："若是以角冲角，拳法上叫作：'轻对轻，全落空'。必须以我之重，击敌之轻；以我之轻，避敌之重。再说到'闪进'二字，当闪避敌方进击之时，也须同时反攻，这是守中有攻；而自己攻击之时，也须同时闪避敌方进招，这是攻中有守，此所谓'逢闪必进，逢进必闪'。拳诀中言道：'何谓打？何谓顾？打即顾，顾即打，发手便是。何谓闪？何谓进？进即闪，闪即进，不必远求。'若是攻守有别，那便不是上乘的武功。"这番话只将胡斐听得犹似大梦初醒，心道："若是我早知此理，适才与王氏兄弟比武，未必就输。"心中对赵半山钦佩到了极处。

赵半山又道："武功中的劲力千变万化，但大别只有三般劲，即轻、重、空。用重不如用轻，用轻不如用空。拳诀言道：'双重行不通，单重倒成功'。双重是力与力争，我欲去，你欲来，结果是大力制小力。单重却是以我小力，击敌无力之处，那便能一发成功。要使得敌人的大力处处落空，我内力虽小，却能胜敌，这才算是武学高手。"

只见他出手比划，许多拳法竟是胡斐刚才与王剑英对掌时所用。他详加解释，这一招如何可使敌招用空，这一招如何方始见功。胡斐听得此处，方始大悟："原来赵三爷费了这么大的力气，却是在指点我的武功。"

要知陈禹是叛门犯上的奸徒，赵半山怎能授他太极秘法？只是他见胡斐拳招极尽奇妙，临敌之际却是凭着一己的聪明生变，拳理的根本尚未明白，想是未遇明师指点。武林之中规矩极多，若是别门别派的弟子，纵使他虚心请益求教，也未便率尔指教，否则极易惹起他本门师长的不快，许多纠纷祸患，常由此而起。他实不知胡斐无师自通，只凭了祖传的一部拳经，自行习练而成，眼见他良材美质，未加雕琢，甚是可惜，料想他师长未明武学至理，因此借着陈禹请问乱环诀与阴阳诀的机会，将武学的基本道理好好解说一通，每一句话都是切中胡斐拳法中的弊端，说得上是倾囊以授。他知胡斐聪明过人，必能体会，至于王剑英、马行空等人虽也听到了，但这些人年纪已大，纵明其理，也未必能再下苦功，练到这步田地。

经此一番指点，胡斐日后始得成为一代武学高手，只是如此传授功诀，在武林中也可说是别开生面了。

赵半山讲解已毕，向陈禹道："我说的可对么？"陈禹道："承蒙指点，茅塞顿开。早知如此，在下也不必向孙吕二人苦苦哀求了。"赵半山冷然道："是啊，早知如此，那也不必害死两条人命了。"陈禹一惊，只觉一道凉意从背脊上直透下去，心想："他好端端传我拳诀，怎地又提此事？"向王氏兄弟、殷仲翔等人一望，但见各人脸上均现迷惘之色。

赵半山道："陈爷，这两个拳诀我是传于你了，如何使用，只怕你还领会不到，来，咱们来推推手。"那推手是太极同门练武的一种寻常手法，陈禹心中虽存疑惧，却也不便相拒，说道："赵三爷，在下技艺平常，你多包涵着点儿。"赵半山铁青着脸道："太极北宗第一高手吕希贤都死在阁下掌底，怎说得上技艺平常？看招罢！"一招"手挥琵琶"，向他击去。陈禹一惊，忙以"如封似闭"守住正中，但数招之间，拳路已全受敌人之制。两人使的太极拳虽有南北之分，拳路其实大同小异，可是功力深浅有别，又拆数招，陈禹的双掌似乎全给赵半山黏住了。

直到此时，孙刚峰心头一块大石方始落地，只听赵半山问道："孙兄，你说吕希贤是给他用'云手'累死的？"孙刚峰忙道："是啊。我见到吕师弟的尸首，显是筋骨脱力。"陈禹越斗越惊，说道："赵三爷，在下不是你的对手，咱们罢手啦。"赵半山道："好，你再接我一招。"左手带着他的右手，转了一个大圈，一股极强的螺旋力带动他左手,正是太极云手。这云手连绵不断,一圈过后,又是一圈,当日陈禹害死吕希贤,使的正是这一路手法。陈禹想到吕希贤死时的惨状,想到他连声哀告而自己却不绝催劲,想到他连最后一分力气也给自己逼了出来,不由得汗如雨下。

赵半山见他脸上现出惊惧之极的神色,心肠一软,实感不忍,劲力一松,黏力卸去,温言道:"大丈夫一身作事一身当,既行恶事,自有恶果。你好好想一想罢。"他生性仁善,虽知陈禹死有应得,却不愿见他如吕希贤一般惨受折磨而死。

他转过身子,负手背后,仰天叹道:"一个人所以学武,若不能卫国御侮,也当行侠仗义,济危扶困。若是以武济恶,那是远不如作个寻常农夫,种田过活了。"这几句其实也是说给胡斐听的,生怕他日后为聪明所误,走入歧途。他一生之中,从未见过胡斐这等美质,心中对之爱极,自忖此事一了,随即西归回疆,日后未必再能与之相见,因此传授上乘武学之后,复谆谆相诫,劝其勉力学好。

胡斐如何不懂他言中之意,大声喝道:"姓陈的,一个人做了恶事,就算旁人不问,也不如自尽了的好,免得沾污了祖宗的英名。"他这几句其实是答覆赵半山的。

赵半山极是喜慰,转头望着他,神色甚是嘉许。胡斐眼中却满是感激之情。

正当一老一少惺惺相惜、心情互通之际,陈禹见赵半山后心门户大开,全无防备,自己与他相距不到二尺,心想:"不是你死,便是我亡!"运劲右臂,奋起全身之力,一招"进步搬拦捶",往赵半山背心击去。

陈禹这一拳,乃是他毕生功力之所聚,自知只要这一招若不能制敌于死命,自己就无活命之机,当真是拳去如风,势若迅雷。

就在这电光石火的一瞬之间,赵半山身子一弓,正是太极拳中"白鹤亮翅"的前半招,陈禹这一拳的劲力登时落空。赵半山腰间一扭,使出"揽雀尾"的前半招,转过身来,双掌缓缓推出,用的是太极拳中的"按"劲。他以半招化解敌势，第二个半招已立即反攻，只两个半招，陈禹全身已在他掌力笼罩之下。

太极拳乃是极寻常的拳术，武学之士人人识得。众人见赵半山一守一攻都只使了半招，就能随心所欲，的是名家手段，非同凡俗，无不大为叹服。

此时陈禹咬紧牙关，拼着生平所学，与赵半山相抗，初一接招，只觉对方力道也不甚强，于是手上加劲。但发力一增，立觉对方反击的力道也相应大增，一惊之下，急忙松劲，对方的反力居然也即松了，然而要脱出他牵引之力，却也不能。

胡斐默默想着赵半山适才所授的"乱环诀"与"阴阳诀"，凝神观看二人过招，印证赵半山所说的拳诀要义。但见陈禹发拳推掌，劲力虽强，可是只要给赵半山一拨一带，掌势的方位登时变了，那正是"乱环诀"中所谓"陷敌深入乱环内，四两能拨千斤动"的应用。他瞧了一会，笑道："陈老兄，你已经深陷赵三爷的乱环之内了，我瞧你今日要归位。"

陈禹全神贯注的应付敌招，胡斐这几句话完全没有听见。又拆数招，胡斐瞧出陈禹拳招中露出破绽，叫道："赵伯伯，他左肋空虚，何不击他？"赵半山笑道："正是！"拳随声至，攻向他的左肋。陈禹急忙闪避。胡斐又道："攻他右肩。"赵半山道："好！"一掌向他右肩拍去。

陈禹沉肩反掌架开。赵半山笑问道："下一招怎地？"胡斐道："踢他腰间。"赵半山左掌一带，陈禹拿劲稳住身子，赵半山果然飞脚踢他腰间。胡斐连叫数下，每一招都说的头头是道。赵半山赞道："小兄弟，你说的大有道理。"胡斐突然叫道："拍他背心。"

这时赵半山正与陈禹相对，心中一怔："这一招可叫得不对了，我与敌人正面相持，怎能攻他背心？"但微一迟疑，立时省悟："原来这孩子是出了个难题给我做。"当下身子半斜，右掌向外拖引，陈禹也即斜身应招。赵半山左掌再向右一带，陈禹的身子又斜了几分，背心算是卖给了人家。赵半山轻轻一掌拍出，正击他的背脊。这一掌只要去得稍快,力道略强,陈禹已自毙命,他大骇之下,急忙转身,脸上惨无人色。

赵半山回头笑道:"对不对啊?"胡斐大拇指一翘,赞道:"好极了!"

陈禹死里逃生,但究是名家弟子,虽是惊魂未定,却已见到可乘之机,只见赵半山回身与胡斐说话,下盘空虚,心想:"我急攻两招,瞧来就能逃命。"飞腿"转身蹬脚",猛向赵半山踢去,见他侧身一退,大喝一声,一招"手挥琵琶",斜击敌人左肩。他这两招连环而出,势如狂风骤雨,用意不在伤敌,只求赵半山再退一步,他就能夺门而逃,自恃年轻力壮,腿长脚快,赵半山身子肥胖,拳术虽高,说到跑路,总胜不了自己。

赵半山见他起腿,便已猜到他的用意,待他"手挥琵琶"一招打到,竟不后退,踏上一步,也是一招"手挥琵琶"。这一招以力碰力,招数相同而处于逆势,原是太极拳中的大忌,与他适才所说"双重行不通"的拳理截然相反,即令是高手逢着低手,也是非败不可。旁观众人倒有半数轻轻"噫"的一声。陈禹反掌一探,已抓着赵半山的手腕,就势一带,将他庞大的身躯举了起来,随即甩了出去。

孙刚峰与吕小妹齐声大叫:"啊哟!"胡斐却笑着叫道:"妙极,妙极!"

赵半山身在半空,心中暗叹:"无怪北宗太极盛极中衰。孙刚峰枉为一派掌门,却不及一个小小孩子,竟然瞧不出我此招的妙用。"跟着一阵欢喜:"这孩子领悟了我指点的拳理精义,立即能够变通,当真难得。"

陈禹将敌人抓起,心中又惊又喜,这一下成功,远非他始料所及,用力一甩之下,满拟就算不能伤敌,也可全身而出商家堡了。哪知举臂力挥,赵半山手掌翻过,反而将他手腕拿住,这一甩竟没将他摔出。

陈禹大惊,左掌随即向上挥击,赵半山居高临下,右掌按落。

拍的一声,双掌相交,两只手掌就似用极黏的胶水黏住了。陈禹左掌前伸,赵半山右掌便后缩,陈禹若是回夺,他便跟进,一个胖胖的身躯却仍双足离地,被陈禹举在半空。

按照常理,一人被对手举起,自己处于必败之地,但赵半山料定对方功力与自己相差太远,是以故行险着,要将平生所悟到最精奥的借力打力拳理,指点给胡斐知晓。双足离地,身子凌空,其行动之不能自如,已到了极处,所有招数劲力,纯须顺应对手,要从不由自主之中而得自由自在,可说是武学的最高境界,而胡斐之所不明者也正在此。

他左手与陈禹右手相接,右手与他左手相接,不论陈禹如何狂甩猛摔,始终不能使他有一足着地。

赵半山身子肥胖,二百来斤的份量压在对方双臂之上。初时陈禹尚不觉得怎样,时刻稍久,但觉膀子上的压力越来越重,就似举了一块二百多斤的大石练功一般。若真是极重的一块大石,也就罢了,但赵半山人在空中,双足不绝寻瑕抵隙,踢他头脸与双目。

陈禹又支持片刻,已是额头见汗,猛地一个箭步,纵向柱边,挥手运力,想将敌人的身子往柱子上挥去。但赵半山岂能着了他的道儿,右足早出,撑在柱上。先前他身子在半空,压在陈禹膀上的只能是自身重量,要加上一两一钱的力道也是绝不能够,此时足上借了柱子之力,登时一股强力,如泰山压顶般盖将下来。陈禹双臂格格作响,如欲断折,暗叫:"不妙!"急忙跃开。

这时他全身大汗淋漓,渐渐湿透衣衫,不论使地堂拳着地打滚,或是纵横跳跃,赵半山总是身在半空,将自身重量压在他的身上。

胡斐见赵半山的武功如此神妙,又是惊奇,又是欢喜,细细体会他不使半分力道、却能制服对手的妙理精义。只见陈禹身上汗水一滴滴的落在地下,就像是在一场倾盆大雨下淋了半天一般,不多一会,满地都是水渍。

胡斐还道他是出尽全力,疲累过甚。马行空、王剑英等行家,却知陈禹每流一滴汗水，功力便消耗一分，待得汗水流无可流，那便是油尽灯枯、毙命之时了。

陈禹自己也何尝不知，只觉得全身酸软，胸口空洞洞地难受之极，猛地想起："我使云手累死吕希贤之时，他身上所受，心中所感，定与我此时一般无疑。这叫做自作自受，眼前报应。"一想到性命难逃，不禁害怕之极，再无半分力道与对手相抗，突然双膝跪下，哀声号叫："赵三爷饶命！"

赵半山身在半空，全凭敌人的力气支持，陈禹斗地气竭跪倒，他轻轻向后一纵，伸出右掌，喝道："留着你这奸徒何用？"正要挥掌向他天灵盖击落，却见他仰脸哀求，满面惊惧之色。

赵半山素来心肠仁慈，纵遇穷凶极恶的神奸巨憝，只要不是正好撞到他在胡作非为，常起怜悯之心，擒住了教训一顿，即行释放，使他日后能够改过迁善。此时陈禹筋脉散乱，全身武功已失，已与废人无异，就算不肯痛改前非，也已不能作恶，眼见他神情可怜，一掌停在半空中却不击下，转头向孙刚峰道："孙兄，此人的功夫已经废了，凭你处置罢。只是小弟求一个情，留他一条性命。"

孙刚峰望望赵半山，又望望陈禹，心下甚是为难，寻思："这奸贼罪大恶极，我拼着斩断双手，方能将你请到，怎可饶他？但这奸贼又是由你制服，你既出言留他性命，我又怎能拒却？"转头看吕小妹时，只见她双目中喷出怒火，恨恨的瞪着陈禹，登时有了主意，当即扑翻身躯，向赵半山便拜，说道："赵三爷，今日你为我北宗清理门户，孙某永感大德。"说着连连磕头。

赵半山忙也跪下还礼，说道："孙兄不必多礼。路见不平，拔刀相助，乃是我侠义道本份之事。何况你我同门，休戚相关，何劳言谢。"只见孙刚峰站起身来，口中却横咬着明晃晃的一柄尖刀。

赵半山站直身子，突然见到尖刀，不禁一惊，退了一步。

原来这柄匕首是陈禹所有，他本来用以指住吕小妹，其后胡斐施巧计救人，相斗之际，将匕首夺下掷在地上。后来赵半山口授拳诀，一件事紧跟着一件，陈禹始终无暇拾回匕首。孙刚峰没了双手,却乘着磕头之时,用口衔了起来。他踏前两步,走到吕小妹身前,弯腰将匕首送了过去。吕小妹伸手握住刀柄,目光中意存询问。

孙刚峰松开牙齿,说道:"赵三爷,你说什么,做兄弟的不敢驳回半句。但吕小妹的父亲是给这奸贼活活打死的,她兄弟是这奸贼亲手杀的。饶不饶人,除了小妹自己,天下再无第二个人做得了主。赵三爷,你说是不是?"

赵半山叹口气,点了点头。

孙刚峰向吕小妹厉声道:"小妹,你要报仇,有胆子就将这奸贼杀了。你若是心软害怕,就放他走了罢!"

众人目光一齐注视在吕小妹脸上。有的心想她既有坚志毅力远赴回疆求援,复仇之心极为坚决,自有胆量杀人;有的却见她瘦小怯弱,提着明晃晃的一柄尖刀,全身已不住发抖,只怕未必敢去杀陈禹这长大汉子。

吕小妹身子打战,心中却无半分迟疑之意,提着尖刀,径自走向陈禹。她身高还不到陈禹胸口,尖刀向前一送,正好刺向他的小腹。

这时陈禹四肢酸麻,能够直立不倒,已是万分勉强,眼见吕小妹一刀刺来,大叫一声,回头就走。吕小妹虽曾练过一些拳脚,究竟武功极浅,给他一缩身,一刀登时刺空,当下提着尖刀,随后追去。

陈禹脚步蹒跚,奔向厅门,突见大厅之门已于不知何时紧闭,急忙伸手去推,哪知大门竟然奇热,嗤嗤几声响,冒出白烟,两只手掌已被大门黏住。他大惊之下,奋力回夺,只是全身劲力早失,一个踉跄,身子反而靠了上去,黏在门上,惨呼一声,随即全无声息。

这一下变故可没一人料想得到。众人一呆之下,一齐涌到门前,鼻中只闻到一阵焦臭,原来那厅门竟是一扇极厚的铁门,不知是谁在外已将门烧得炽热。陈禹被黏在门上,片刻间已然烫死。

众人看明真相，惊诧更甚。王剑英叫道："弟妹，怎么一回事？"却不听见商老太回答，转身寻人时，不但商老太母子影踪不见，连厅中传送酒菜的仆人也已个个躲得不知去向。王剑英脸上斗然遮上一道阴影，急步走向内堂，只见通向内堂之门也已紧闭。那门正中绘了一个八卦，乌沉沉的似乎也是钢铁所铸。他不敢伸手去推，只走上两步，登觉一股热气扑面而至。原来后门也给烤热了。

王剑杰大声叫道："商家嫂子，你在捣什么鬼啊，快些出来！"他声音洪亮，四壁回音反震，更加响亮。众人自然而然的抬起头来，但见那厅竟无一扇窗子，前后铁门一闭，关得密不通风，连苍蝇也飞不出去。

众人面面相觑，这才省悟，原来商家堡这座大厅建造之时已是别具用心，门用铁铸，不设窗户，瞧来墙壁也是极其坚厚，非铁即石了。马行空提起一条长凳，双臂运劲，"嘿"的一声，往墙上撞去，长凳从中断为两截，墙上白粉簌簌落下几块，露出内里的花岗石来。

王剑英摆个马步，运劲于掌，双掌向墙壁排击过去。以他这一击之力，寻常墙壁纵不洞穿，也要打得土崩砖裂，但这墙壁显是以极厚极重的岩石砌成，在王剑英双掌并击之下，却是纹丝不动。

王剑杰心慌意乱，不住叫嚷："商家嫂子，你干什么？快开门！快开门！"

赵半山沉住了气，欲寻出路，但想："这大厅如此建造，本意就要害人，屋顶上也必布置严密，冲不出去。"

王剑杰叫了几声，心中害怕起来，住口不叫了，望着兄长，没半点主意。

这时厅中留着的是赵半山、胡斐、孙刚峰、吕小妹、王氏兄弟、马行空、徐铮、殷仲翔，一共九人，还加陈禹一具尸体。除了吕小妹外，其余八人都算得是武林好手，但困在这座铁铸石砌的厅中，空有全身武功，却无半点施展之法，一时你望我，我望你，不知如何是好。

忽听得一个阴恻恻的声音着地传来:"你们自命英雄好汉,今日想逃出我商家堡的铁厅,那叫做千难万难。这铁厅是先夫商剑鸣亲手所建,他虽死去多年,还能制你们的死命。众位大英雄,你们可服了么?"说着哈哈大笑。众人听得毛骨悚然,不寒而栗。寻声望去,原来商老太这番话是从墙脚边一个狗洞中传进来的。

王剑英俯下身来,对着狗洞叫道:"弟妹,我兄弟与剑鸣师弟同门共师,有恩无仇。你把咱兄弟也关在这里,那算怎么一回事?"商老太又是阴恻恻的笑了几下。狗洞中传进来柴火爆裂时的毕卜之声,显是外面火头烧得极猛。

只听商老太枯哑的声音说道:"剑鸣不幸为奸贼胡一刀所害,你既与他有同门之谊,就该设法报仇。今日遇上仇人之子,你兄弟俩却怕了外人,袖手不顾,这等不仁不义之人,活在世上何用?"王剑英道:"剑鸣师弟的死讯,我们今日才听到,更不知是胡一刀所害的。若是早知,自然已为他报了大仇。"商老太冷笑道:"你抹了良心,说这等鬼话。"王剑英说道:"刚才我手上受伤中毒,不也是为了……为了……"一言未毕,只听飕的一声,狗洞中射进一枝箭来,若非王剑杰眼快,抢上一步踏住,伏在地下的王剑英还得中箭受伤。

殷仲翔自长剑被赵半山震断后,一直默不作声,心想自己与此事全然无涉,却在这里陪着送命,也可算得极冤,问道:"商剑鸣造这座铁厅,想害什么人?"王剑英怒道:"这人跟先父学艺之时,为人就不正派,鬼鬼祟祟的起这种房屋,还能安什么好心眼了?"

胡斐心想:"那商剑鸣打不过我爹爹,于是造了这座铁厅想来害他,哪知这个脓包还是死在我爹爹手里。"他心中想到,口里却不说话,四下察看,找寻脱身之计。

胡斐的推想却也错了。商剑鸣与胡一刀素不相识,他是与苗人凤结下了深仇,知道这位号称"打遍天下无敌手"的金面佛极不好惹,总有一日要找上门来,若是比武不胜,就可用这铁厅制他。哪知找上门来的不是苗人凤而是胡一刀。商剑鸣一向自负，全不将胡一刀放在眼里，一战之下，不及使用铁厅，首级已被割去。

这段仇恨商老太时刻在心，既知胡一刀已死，而他的儿子胡斐武功又极是厉害，眼见大仇难复，乘着赵半山与陈禹相斗、众人凝神观战之际，她悄悄与儿子出厅，悄悄关上了前后铁门，然后指挥家丁，堆柴焚烧。这座铁厅门坚墙厚，外面烧火，厅中各人竟未知觉，待得陈禹烧死在铁门之上，各人已如笼中之鸟，插翅难飞了。

众人在厅中绕走彷徨，好在那厅极大，铁门虽然烧红，热气还可忍耐。赵半山道："咱们总不成在这儿生生困死，大伙儿齐心合力，掘一条地道出去。"殷仲翔皱眉道："此处又无铁铲锄头，待得掘出，人都烤熟了。"徐铮一直担心未婚妻子马春花隔在厅外，不知有何凶险，他是个莽夫，空自焦急，想不出半点法子，这时听赵半山说到掘地道，大声道："赵三爷说得对，总是胜过束手待毙。"拔出单刀，将地下的一块大青砖挖起，突见一股热气冒将上来。

他吓了一跳，伸刀在热气上升处一击，只听当的一响，竟是金铁撞击之声。众人更是惊诧。王剑杰道："地底也是铁铸的？"用刀接连撬起几块青砖，果然下面连成一片，整个厅底乃是一块大钢铁。掘地道固然不用说了，更唬人的是，地面上的热气越冒越旺。

徐铮骂道："妈巴羔子，这老虔婆在地底下生火，这厅子原来是一只大铁镬。"胡斐笑道："不错，老婆子要把咱们九个人煮熟来吃了。"

众人眼见热气袅袅上冒，无不心惊。过得片刻，头顶也见到了热气，原来厅顶也是铁板，上面显然也堆了柴炭，正在焚烧。

王剑英突然又伏在狗洞之前，叫道："商家弟妹，你放我们出来，我兄弟为你取那姓胡的小杂种性命。"胡斐听他出言不逊，提起脚来往他屁股上踢去。赵半山拉住他手臂向后一扯，这一踢登时落空。赵半山低声道："这里大伙儿须得同舟共济，自己人莫吵，须得先想法子出去。"心想："只要商老太肯放王氏兄弟，便有脱身之机。"

却听商老太说道："小杂种的性命早已在我手中,何必要你假惺惺相助?再过半个时辰,你们人人都化成焦炭。哈哈,这里面没一个是好人。姓胡的小杂种,马老头子,厅上好风凉罢?"

马行空皱眉不答。商老太又枭啼般笑了几声,叫道："马老头子,你的女儿我会好好照料她,你放心,我给她找一千个一万个好女婿。"马行空心如刀割,他年纪已大,对自己性命倒不怎么顾惜,只是独生爱女却落在外面,受这恶毒的老婆子折磨起来,那可是苦不堪言。

王剑英站起身来,在兄弟耳边说了几句话,王剑杰点了点头。王剑英向赵半山拱了拱手,说道:"赵三爷,咱们同在难中,兄弟可有句不中听的言语。"赵半山拉着胡斐的手,说道:"一切全凭王大哥吩咐。可是要伸手加害这小兄弟,却办不到。"原来赵半山见王氏兄弟交头接耳,已知二人为了活命,想先杀胡斐,再向商老太求情。

王剑英被他一言点破了心事,脸带杀气,厉声道:"赵三爷,商老太的对头只有这孩子一人。冤有头,债有主!大伙儿犯不着一齐陪一个孩子做鬼。"他向众人逐一望去,说道:"各位说冤是不冤?"殷仲翔立即接口:"除了这孩子,大伙儿跟这件事全没牵连。"王剑英道:"马老镖头,你怎么说?"马行空自忖商老太与己有仇,未必能放过自己师徒,但眼前情势危急异常,只有设法脱身先说,胡斐是死是活,原也不放在心上,于是说道:"王大爷说得是,此事原与旁人无涉。"

王剑英道:"孙大哥,你来赶这趟浑水,那更是犯不着。姓陈的已经烧死,你与吕家小妹妹的仇已经报了。"孙刚峰觉得他的话很有理,只是心中极感赵半山之情,实不便公然与他作对,于是劝道:"赵三爷,不是兄弟不顾义气,倘是你赵三爷……"

赵半山厉声喝道:"你们有六个,我们只有两人。咱们倒先瞧瞧,是姓赵姓胡的先死呢,还是你们姓王姓殷的先死。"说着挡在胡斐身前，神威凛凛。他平时面目慈祥，说话温和，心肠又是极软，可是面临生死关头，"仁侠"二字却是顾得极紧，这几句话说得斩钉截铁，竟不留半分余地。

王氏兄弟等一来忌他武功了得，二来又觉自己贪生怕死，迹近无义小人，倒也不敢一拥而上动手。但一个人到了生死之际，面目全露，实是半点假借不得。各人只觉脚底越来越是炽热，再也站立不住，都拖了一张长凳或是椅子，踏在上面。王剑杰八卦刀一扬，叫道："赵三爷，兄弟今日要得罪了。"左手向殷仲翔、马行空、徐铮一招手，喝道："并肩子上啊！"他知孙刚峰决不能相助自己与赵半山为敌，但己方五人敌他一老一小，也大有可胜之机。各人兵刃纷纷出手，只待赵半山身子一动，五人的刀剑要同时砍刺出去。

这一番只要动上了手，那是人人拼命，眼见厅中越来越热，多挨一刻，便是多一分危险。

胡斐心中却想："只是为我一人，却陪上这几个人。王氏兄弟等死不足惜，赵三爷是大大的英雄好汉，如何能让他为我而死？这几人拥将过来，纵然赵三爷和我将他们杀了，我们仍是难逃性命。瞧来只有我自己死在商老太手里，才能救得赵三爷的性命。"眼见王氏兄弟跃跃欲动，只是无一人敢先发难，当下心念已决，朗声道："大家且莫动手。"一俯身，将头钻出狗洞，叫道："商老太，我在这里不动，你一镖打死我罢！快开门放赵三爷出来。"

商老太仰天大笑，从怀中掏出金镖，叫道："剑鸣，剑鸣，今日我给你亲手报仇！"右手一扬，一枚喂有剧毒的金镖对准胡斐的面门急射过去。

胡斐眼见金光闪动，金镖向着自己眉心急射过来，双目一闭，心想："商老太将我打死，遂了心愿。她与赵伯伯无仇，自会放他出来。"就在此时，突觉右足被人一扯，身子向后激射。他睁开眼来，身子已在半空，当即左臂长出，在柱上一抹，轻轻落下地来，只见赵半山手中接了一枚金镖，原来又是他救了自己性命。

王剑英眼见胡斐舍身救人，赵半山竟从中阻挠，不禁大怒，叫道:"姓赵的,大丈夫恩怨分明,此事原本与你我无干。他既自愿就死,又要你横加插手干么?"

赵半山微笑不答,转头向胡斐道:"小兄弟,适才你脑袋钻出了狗洞之外,是么?"胡斐道:"是啊。"见他神情镇定,笑容可掬,似乎已有了脱身之计,说道:"赵伯伯,请你吩咐。"赵半山道:"脑袋是硬的,无法缩小,肩膀与身子却是软的。"胡斐立时领悟,叫道:"是了,脑袋既钻得出,身子便也钻得出。"当即脱下棉袄,裹成一团,顶在头上,一来是易于钻出,二来是抵挡商老太的喂毒金镖。

赵半山道:"你且退后,我给你开路。"徐铮叫道:"不行,你这么肥胖,怎钻得出去?"赵半山哈哈一笑,不去理他,俯下身子,右手一扬,一枚袖箭从狗洞中激射而出,只听外面一名庄丁大声呼痛,叫道:"脚,脚,我的脚!"显是他的脚给袖箭打中了。赵半山左手微动,又将商老太的金镖发了出去。

这一次外面却无动静,想是各人均已避开。有人叫道:"快,快把狗洞堵死。"商老太喝道:"不许动,我要听他们烫死时的呼叫。大家避在一旁便是,暗器能拐弯么?"赵半山双手连扬,十余枚暗器接连射出,去势劲急异常,都射出十丈以外。

发到将近二十枚,他左手在胡斐背后轻轻一推。胡斐向前一扑,先将棉袄送了出去。商老太早已防到这着,火光下见黑黝黝的一团从狗洞中钻出,紫金八卦刀呼的一刀砍将下来,正中棉袄,但觉着刀之处软绵绵地,心知不对,急忙提刀。胡斐右手先出,手掌一翻,已抓住她手腕,跟着脑袋从狗洞中钻了出去。

商老太大叫一声。商宝震纵了过来,一刀向着胡斐头顶砍落。此时胡斐的肩头也已脱出狗洞,只是那狗洞极为狭小,夹住他胸口与左手,一时窜不出来,只得借劲将商老太的手腕挥去,当的一响,母子俩双刀相交。这一下手法,正是赵半山适才所授的借力打力功夫,也是他聪明过人,一学即能使用,否则非丧命于商宝震刀下不可。

赵半山听到双刀相交之声,却见胡斐身子尚未钻出,运起太极柔劲,在他大腿上一推。胡斐身不由主,腾空而起。正好商宝震第二刀复又砍下,这一刀劲力好大,正砍在墙基的花岗石上,火星四溅,刃口也卷了起来。胡斐在空中打了个旋子,火光中见商老太横刀向自己足上削来,急使个"千斤坠",身子骤落,只听得呼的一声,八卦刀从头顶掠过。他足未落地,左掌翻起,以空手入白刃功夫去夺商老太手中金刀。

商老太见仇人居然死里逃生,眼都红了,八卦刀直上直下,狂斫猛劈。胡斐空手抢攻数招,竟是丝毫占不到便宜,但听得众庄丁大声呐喊,烟火里商宝震提刀又上。胡斐心想此时厅上已烧得炽热异常,时候稍长,赵半山等性命难保,厅上八条人命,全凭自己能否于极短时刻之内击败商氏母子、杀散庄丁而打开厅门。他心中焦急,一双肉掌在两柄大刀之间穿来插去,狠命相扑。商氏母子也知这一战乃是生死存亡之所系,双刀呼呼,就如两头大虫般绕着胡斐围攻。

大厅中赵半山、王氏兄弟等八人一齐俯耳狗洞之旁,倾听胡斐与商氏母子相斗的胜败。王氏兄弟虽对胡斐颇为憎恨,但此时却与赵半山的心思并无二致,只盼胡斐快些杀败商氏母子。厅上热气越来越是难熬,桌椅必剥作响,蜡烛遇热熔尽,登时黑漆一团。突然火光一旺,却是墙壁上挂着的屏条字画遇热燃烧,但片刻烧尽,又是伸手不见五指,再过不久,只怕桌椅也要烧着了。

众人心中急得也如烈火焚烧,却是谁也不出声,凝神倾听外面三人相斗的声音。

王剑英突然在洞口叫道:"胡家小兄弟,快攻商老太下盘。她这路刀法下三路不稳。"他在八卦刀上浸淫数十年,听着刀风的声音,便知她如何使刀。

胡斐正苦于一时不能取胜,听得王剑英的叫声,心中大喜,身子一弓,伸拳往商老太腿上击去。商老太竟然不避,举刀往他背心直劈，她只求伤敌，已然不顾自身。胡斐扭腰侧身，让开了这一刀，商老太第二刀连绵而上。她明听得王剑英叫敌人攻击自己下盘，却偏偏不去守御。王剑英大叫："她是在情急拼命，你夺不下她金刀的。快想别法吧。"胡斐心想："这个我早知道，何必你来提醒？遇到这样一个疯婆子，有什么法子？"

狗洞之外战斗激烈，胡斐以一敌二，渐渐占到上风，但要取胜，只怕还在百余合之后。商老太瞧出情势不利，又听得王剑英不住叫嚷指点敌人，将破解八卦刀的诀窍，一点一点的说了出来，心中恼怒异常，暗道："你不给同门师弟报仇，已是大大不该，却反而来相助敌人，当真是狼心狗肺的奸贼。"她却不想王剑英身处绝境，若不反助胡斐，性命已活不过一时三刻。她狂怒之下，心想："这小杂种武艺高强，既然逃了出来，只怕难以杀他。那么烧死了厅中这批奸人，也稍出我心中恶气。"于是大声呼喝庄丁，急速多加柴炭焚烧。

殷仲翔不住跌脚，埋怨胡斐无用。王剑杰道："赵三爷，快发暗器相助。"赵半山手中早扣了十余枚暗器，但商老太等三人在狗洞之旁恶斗，暗器无法拐弯。他的飞燕银梭等几种独门暗器虽能绕成弧形伤人，但胡斐与商氏母子短兵相接，贴身而战，瞧不见准头而凭虚发射出去，怎能保得定不会打中胡斐？小胡斐心思机敏，早已想到这节，数次要引商老太到狗洞之外。可是商老太忌惮赵半山暗器了得，始终不上这当。

这时厅上焦臭渐浓，先是各人的头发胡子鬈曲烧焦，接着衣服边缘也卷了起来。各人呼吸也渐感艰难。吕小妹抵受不住炙热，人已半晕。徐铮情急之下，伸头拼命向狗洞硬挤，但洞小头大，如何钻得出去？那狗洞四角均是极厚极重的花岗石，他双手扳住用力摇撼，竟是动不了半分。

王剑杰猛地想起："小胡斐若有兵刃，商老太岂是他的敌手？我如何不早想到？"当即伸手去拾自己抛在地下的八卦刀。哪知这柄刀的刀头与地下铁板碰到，早已烤得炙热无比，他一抓之下，登时疼得大叫一声。这时在铁厅上片刻也延挨不得,他忍着手上烫伤,撕下一块衣襟,裹在刀柄之上,左手将徐铮拉开,叫道:"小胡斐,兵刃来了,快接着。"手一挥,将钢刀从狗洞中抛了出去。

胡斐回身来接,商宝震也听到了叫声,同时过来抢夺。只听得两人同时惊呼一声,呛啷一响,两柄刀都跌在地下。

原来胡斐抢先抓到王剑杰的单刀,但刀柄奇热,一抓立即撒手。商宝震跃到狗洞之前,却给赵半山一枚金钱镖打中手腕,手中钢刀也抛了下来。胡斐一抓不中,商老太的八卦刀已袭到后心,他身子一侧,抢到商宝震身旁,猛地使一招"揪牛喝水",举掌揪住他后颈,一运劲,商宝震给他直揪下去,面颊俯地,正好碰到王剑杰那柄烧得半红的单刀,嗤的一响,跟着一声惨呼,半边俊俏的脸庞上已烫出一条长长的焦痕。

这一声惨叫,厅上各人都是一喜,只道商宝震已被胡斐打伤。商老太复仇之心与母子之情在胸中略一交战,竟尔不顾儿子,举刀急往胡斐肩头劈下。当的一声,胡斐却不闪避,翻腕横刀架开,原来他已乘隙将商宝震的八卦刀抢在手中。

厅上众人身处黑暗与奇热之中,但听得双刀相交,叮叮当当乱响,知道胡斐已抢得兵刃,正在猛力急攻,心中各自多了一丝指望。王剑英大叫:"砍她右肩,砍她右肩。"马行空叫道:"先杀散加添柴火的庄丁。"孙刚峰叫道:"别跟老太婆纠缠,设法打开厅门要紧。"徐铮放声大噪:"热死啦,热死啦!"众人乱成一片。

胡斐何尝不知设法打开厅门乃是第一要务,但商老太拼死纠缠,始终缓不出手脚。他刀法高出商老太甚多,只是此时局势特异,他年纪幼小,难以镇定应付,数次得到可乘之机,却都给商老太用拼命的狠招解救开去。

二人狠斗七八合,商老太不住后退。商宝震从家丁手中接过一柄单刀,再行上前夹攻。众庄丁初见主母与小主人手有兵刃,对付一个空手的孩子,只道稳可得胜,此刻见主母头发散乱,不住后退,显是不敌,各人持刀挺枪,纷纷加入战团。众庄丁武艺低微,给胡斐刀砍足踢，霎时间伤了数人，但商家堡的庄丁个个勇悍，负伤之下，仍是拒战不退。但听得呐喊声、兵刃撞击声、呼喝斥骂声、柴火爆裂声，响成一片。

大厅上各人听得外面愈打愈乱，心想胡斐一人虽勇，以一个小孩子对敌商家堡全堡上下，如何能胜？于是有的咒骂，有的长叹，有的悲号，嘈杂之中又加上嘈杂。

忽听得一个声音叫道："小胡斐听着，以阴阳诀先取主脑，以乱环诀散其附从。"这声音中气充沛，盖过了一切杂声，一个字一个字说得清清楚楚，正是赵半山的话声。

胡斐见敌人越战越多，本已心神烦躁，不知如何是好，忽听得赵半山这几句话，心想赵伯伯英雄盖世，所说必定不错，不由得精神为之一振，钢刀呼呼呼三刀，往商老太中盘砍斫。他这刀取自商宝震，刀口虽已卷边，但只要砍中了，仍能致命。商老太见他来势猛恶，横刀急架，双刀碰撞时当当响了两下，第三下胡斐从刚劲突转柔劲，自阳变阴，一收一挥，手腕忽地转了三个圈子。

他是顺势而转，商老太的手臂却是逆转圈子，到第二个圈子时她手臂已转不过来，但觉肘骨剧痛，只得撒手放刀。那八卦紫金刀激飞而起，射入天空。胡斐"阴阳诀"建功，跟着一刀往她肩头直劈下去。刀锋距她肩头约有半尺，只见她白发披肩，半边脸上满染血污，一个念头在心中一闪："这老婆子委实可怜，怎能一刀将她砍死？"疾忙刀身翻转，想用刀背撞她肩膀，使她无力再斗，便即赶去开门救人。

不料商老太金刀脱手，心中立时便存了与仇人同归于尽的念头，明见胡斐举刀砍下，毫不闪避，反而抢上一步滚入他的怀里，右手扣住他前胸"神封穴"，左手扣住他小腹"中注穴"牢牢抓定。胡斐大惊，刀背用力击下。商老太"嘿"的一声，肩骨碎裂，但她不顾一切，抓住了胡斐穴道死也不放，同时右足力勾，二人一齐倒地。

胡斐直至此日方有临敌对战的经验，绝不知敌人拼命之时竟有如此的狠法，被她抓住之后只得出力挣扎。商老太一张口，又咬住了他前胸衣服，几个打滚，二人竟齐往大火堆中滚去。胡斐大叫："快放开，你不怕烧死么？"他心神一乱，竟忘了该使"小擒拿手"卸脱这样贴身的纠缠，只是猛力回夺。二人又滚两下，终于滚进了火堆。

商宝震大叫："妈！"飞身来救，提起单刀的刀柄，对准胡斐天灵盖凿了下去。胡斐偏头一避，这一刀柄还是打中了额角，疼得险些儿晕去。商宝震生怕母亲受伤，急忙伸手将二人从火堆中提了出来，看准胡斐背心，一刀疾砍而下。

就在这千钧一发的当口，胡斐神智倏地清明，反踢一脚，正中商宝震手腕，第二腿跟着踢出，这一腿出尽全力，竟踢得他跌出五六丈外，一时爬不起来。

胡斐衣服着火，额角又是疼痛欲裂，大喝一声，双臂疾振，格格两响，已摆脱了商老太的纠缠，在地下一个打滚，滚熄衣上火焰。商老太年老，给烟火一熏，已晕了过去。几名庄丁忙给她打扑身上火头。

胡斐空手奔入庄丁丛中，心中对自己极是恼怒："在这舍生忘死、狠命扑斗的当儿，我还要去可怜敌人，适才没送了小命，当真是无天理。"此时再不容情，夹手夺过一柄单刀，拳打足踢，刀劈肘撞，犹如虎入羊群，片刻间将众庄丁打得东逃西窜。

他奔到厅门之前，从庄丁手中夺过一柄火叉，将堆在门前的柴炭一阵乱挑乱拨，只见铁门已烧得通红，不禁大惊："若是门钮与铁门烧得焊成一片，这门就打不开了。"危急中不及多想，提起单刀，将全身功劲运于右臂，奋力直砍下去，嗒的一响，门钮应手而落，这一砍用力过巨，单刀竟向上翘起，弯成了一把曲尺。他抛下单刀，用火叉钩住门环向外拉扯，竟然不动。胡斐急得心中怦怦乱跳："莫要功亏一篑，到最后铁门竟然拉不开来。"又是用力一拉，但听得轧轧连声，铁门缓缓开了，黑烟夹着火头，从门中直扑出来。

他想不到厅中已烧得这般厉害,急叫:"赵伯伯,快出来!"只见烟雾弥漫之中,一人当先抢出,正是王剑英,接着殷仲翔、徐铮、马行空、孙刚峰先后奔出,最后才是赵半山抱着吕小妹出来。各人衣衫焦烂,狼狈不堪。

这时厅中木材都已着火,桌椅固已烧着,连梁柱也已大火熊熊。这时机真是相差不得片刻,倘若胡斐再迟一盏茶的时分破门,必定有人丧命。

胡斐见赵半山安然无恙,扑了上去,连叫:"赵伯伯,赵伯伯。"赵半山须眉尽焦,但仍是镇定如恒,微微一笑,赞道:"好孩子!"忽听得王剑英叫道:"剑杰!剑杰!你在哪里?"赵半山四下一瞧,果然不见王剑杰,惊道:"难道他没出来?"王剑英大叫:"我兄弟没出来啊,没出来啊。"此时厅中梁柱东一条西一条,横七竖八的倒塌,已烧成一个火窟,王剑英虽是手足情殷,却也不敢进去相救,只是大叫:"剑杰,快出来,快出来!"

赵半山与胡斐同时想到:"他若能够出来,岂有不出来之理?"他二人俱是天生的侠义心肠,当下更不多想,一老一少,不约而同的冲进火窟之中,冒烟突火,来寻王剑杰。胡斐踏在烧得炙热的砖上,不禁烫得双足乱跳。赵半山道:"孩子,你快出去。"胡斐道:"不,赵伯伯,你快出去。"他刚说了这句话,忽地叫道:"在这里了!"俯身将王剑杰拉起,飞奔出外。原来王剑杰挨不住炽热,将口鼻凑在狗洞上吸气,不料一阵黑烟自外冲进,将他熏得晕了过去。

胡斐给烟呛得大声咳嗽,王剑杰身材魁梧,难以横抱,只好拉了他着地拖将出去,将到门口,门外众人突然大声惊呼,但见屋顶一根火梁直跌下来,压向胡斐头顶。胡斐加紧脚步,想要抢出厅门,但那梁木甚长,其势已然不及。赵半山哼了一声,踏上半步,一招"扇通背",右掌已托住火梁。这梁木本身之重不下四五百斤,从上面跌将下来,势道更是惊人。赵半山双腿马步稳凝不动,右掌这一托,火梁反而向上一抬,那"扇通背"的下半招跟着发出,左掌搭在梁木上向外一送,只见一条火龙从厅口激飞而出,夭矫入空,直飞出六七丈外,方始落地。

厅门外众人见他露了这手功夫,呆了半晌,这才震天价响喝起采来,连商家堡的庄丁,也不自禁的站在远处叫好。

王剑英扶着兄弟,忙着替他扑熄衣上火焰,心中暗自惭愧:"我自己亲兄弟有难,却要旁人相救。"

马行空与徐铮出了铁厅,立即找寻马春花,但东张西望,不见她的影踪。徐铮心下起疑:"她定是与姓商的小子到什么地方捣鬼去了。"他身出火域,心中妒火又旺,叫道:"师父,我去找她。"拔步飞奔。

马行空年纪一大,究已不如小伙子硬朗,给烟火炙得头晕眼花,只想找个地方休息一会,突觉背后有掌风袭到。这一下突袭全然出他意料之外,那一掌来得又快又劲,马行空不及招架,只得吸气硬接,砰的一响,身子给打得摇摇晃晃,但觉眼前一黑,全身发软,接着臀上又被人踢了一腿,身不由主的向铁厅的火窟中跌去,迷糊中只听得商老太纵声大笑,叫道:"剑鸣,剑鸣,我终于给你报了一点儿仇……"一阵热气裹住全身,登时什么也不知道了。

赵半山刚将吕小妹救醒,忽见商老太突然从烟火里钻出来,将马行空打入火窟,不禁一呆。只见商老太弓身走入厅门,对熊熊大火竟是视若无睹,他大叫:"快出来,你这不是送死么?"

他一言方毕,又是一条极大火梁落了下来,腾的一声巨响,火焰四下飞舞,已将厅门封住。商老太怀抱紫金八卦刀,脸露笑容,端坐在火焰之中,全身衣服头发均已着火,却竟似不觉痛苦。她心中在想:"复仇的心愿虽然难了,我却不久就可与剑鸣相会了。"

赵半山长叹一声,心想此位老太太虽是女流,性子刚烈,胜于须眉,又想此番东来之事已了,无意中结识了一个少年英雄,也算此行不虚,见孙刚峰、王剑英等各自正在忙碌,于是转头向胡斐道:"小兄弟,咱们走吧,一起走一程如何?"胡斐道:"好极,好极!"

在他幼小的心灵之中,想到了世间许许多多变幻难测之事,想到吕小妹的报仇是如此，而商老太的报仇却又如此。他与赵半山携手同行，默默想着心事，走出里许，回头一望，只见商家堡兀自烧得半天通红。

赵半山道："小兄弟，今天的事很惨，是不是？商老太的性子，唉！"说着摇了摇头。胡斐道："赵伯伯……"

赵半山转过头来，说道："小兄弟，你我今日萍水相逢，意气相投，虽然我年纪大了几岁，但我见你侠义仁厚，实是相敬。他日你必名扬天下，我何敢以长辈自居？"此时东方初白，赵半山的脸色在朝曦照耀之下显得又是庄严，又是诚恳。

胡斐一张小脸上满是炭灰血渍，听了他这几句话，不禁胀得通红，又道："赵伯伯……"赵半山摇了摇手，说道："赵伯伯三字，今后休得再出你口。我与你结义为异姓兄弟，可好？"

想千手如来赵半山在江湖上是何等的威名，何等的身份，今日竟要与一个十余岁的孩童义结金兰，实是事非寻常。他倒不是瞧在胡斐武功的份上，而是敬重他舍身救人的仁侠心肠，觉得他年纪虽小，但所作所为，与红花会众兄弟已并无二致。

胡斐听了此言，不由得感激不胜，两道泪水从眼中流下，扑翻身躯，纳头便拜，叫道："赵……赵……"赵半山跪下答礼，说道："贤弟，从今后你叫我三哥便了。"

于是一老一少两位英雄，在旷野中撮土为香，拜了八拜。

赵半山心中快慰，撮口长啸，只听得西面马蹄声急，那白马奋鬣扬蹄而来，片刻间奔到了身前。胡斐赞道："这马真好。"赵半山心想："可惜此马乃四弟妹所有，她爱若性命，否则经你这么一赞，我自然送你。"当下微微一笑，也不解释，问道："贤弟，你在此间可还有什么未了之事？"胡斐道："我去跟平四叔说一声，当送三哥一程。"赵半山也不舍得立即与他分别，道："那再好没有。"牵了缰绳，和胡斐并肩而行。

转过一个山坡，忽见一株大树后面站着一人，探头探脑的在不住窥探。胡斐认得他的背影，低声道："这是徐铮！"心想他师父惨遭焚死，他躲在此处不知鬼鬼祟祟的干什么勾当，说道："我过去瞧瞧。"悄悄走上前去，在他身后向前一张。徐铮正瞧得出神，不知身后来了旁人。

只见前面二十余丈一株杨树之下，一男一女，相互偎倚在一起，神情异常亲密。胡斐凝神一看，原来男的是商家堡作客的福公子，女的竟是马春花。但见福公子一手搂着她腰，不住亲她面颊。马春花软洋洋的靠在他怀里，低声不知说些什么。胡斐年幼，还不大明白男女之事，只是瞧得有趣，心中暗暗好笑："马姑娘和这公子只相识一天，便这般要好。"却听得徐铮口中发出叽叽格格的怪声，原来是在咬牙切齿，又举起拳头，不住捶打自己胸口，已是愤怒到了极点。

胡斐笑道："徐大哥，你在这里干什么？"徐铮全神贯注在马春花身上，对胡斐的话竟是全没听见。突然之间，他大叫一声："我和你拼了！"拔出腰间单刀，向福公子冲去。

胡斐虽然聪明伶俐，对这种私情纠葛却是全然不解，隐隐约约只知道马春花生得美丽，所以前日晚间商宝震对她这样，而今日福公子和徐铮又是为她打架。

福公子和马春花在大厅上溜了出来，唯恐给人见到，远远躲到这株大杨树下偎倚密语。男欢女爱，不知东方之既白。商家堡闹得天翻地覆，他二人竟是半点也不知道，突见徐铮全身烧焦、披头散发的提刀杀来，同时大惊站起。

徐铮双目如欲喷出火来，这一刀砍下去力道极猛。福公子武艺平庸，眼见钢刀迎头砍到，急忙后退。徐铮这一刀用力大了，登的一声却砍在大杨树上，急切间拔不出来。马春花急道："你干什么？你干什么？"徐铮怒喝："干什么？我要杀了这小子！"用力一拔，那刀脱却杨树，反弹上来，砰的一下，刀背撞上他的额头。

马春花吃了一惊，叫道："小心！可撞痛了么？"徐铮伸手使劲将她推开，道："不用你假惺惺做好人。"跟着赶上前去，举刀又向福公子砍下。马春花见这个平日对自己从来不敢违拗半点的师哥，此时突然发疯一般，知他妒火中烧，不可抑制，心中又是羞愧，又是焦急，抢过去拦在他面前，双手叉腰，说道："师哥，你要杀人，先杀了我吧。"

徐铮见她一意维护福公子，更是大怒若狂，厉声道："我先杀他，再来杀你。"左手在她肩头一推。马春花一个踉跄，险险跌倒，随手抢起地下一根枯枝，挡架他的单刀，一面转头向福公子叫道："你快走，快走啊。"福公子不知她和徐铮乃是未婚夫妇，大声道："这人疯了，你可要小心。"一面远远躲开。

徐铮舞动单刀，数招之间，已将马春花手中枯枝砍断，喝道："你再不让开，可莫怪我无情了。"马春花将半截枯枝往地下一丢，转过了头，将脖子向着他刀口，说道："师哥，这一生一世，我终究是不能做你妻子的了。你一刀将我杀了吧。"徐铮满脸紫胀，怒道："我……我……"左手用力抓胸，说不出话来。

胡斐见他单刀上下挥荡，神色狂怒，只怕一个克制不住，顺手便往马春花身上砍了下去，当即抢上前去，隔在二人之间，左掌起处，已按在徐铮胸前，微一发劲，将他推得退后三步，笑道："徐大哥，天下有谁想动马姑娘一根毫毛，除非先将我胡斐杀了。"徐铮一愕，怒道："你……你……连你这乳臭未干的孩子，她也勾搭上了？"

只听拍的一声，马春花纵上前来打了他一记耳光。徐铮一来是盛怒之下神智不清，二来胡斐夹在中间，挡住了他的眼光，这一巴掌竟是没能避开，结结实实的，打得他半边脸颊也肿了。

胡斐却不懂徐铮这句话是什么意思，也不明白马春花何以大怒。在他心中，自己给商老太擒住拷打之时，马春花曾向商宝震求情，后来又求他释放自己，虽然自己已经先脱捆缚，但对她这番眷念之恩，却是铭感于心。此时马春花与师哥起了争执，他自是全力维护。

徐铮见过胡斐与王氏兄弟动手,凭到武功,自知与他可差得太远,但心情激动之下,连性命也不理会了,还顾什么胜负?一柄单刀直上直下的往他头上、颈中、肩头连连砍去。胡斐既不迈步,亦不后退,只是站在当地,在他刀缝间侧身闪避,突然左手伸出,一拳向他鼻梁打去。徐铮举刀横削,斫他手臂。胡斐这一拳打到一半,手臂拐弯,翻掌抓住他手腕,顺势一扭,已将单刀夺在手中,跟着转过身去,将刀交给马春花。他将背脊向着徐铮,当真是艺高人胆大,对之丝毫不加提防。

徐铮知道再斗也是无用,长叹一声,再也忍耐不住,忽地大放悲声,叫道:"师父,师父,你老人家死得好惨。"回身掩面便走。

马春花猛吃一惊,问道:"你说什么?"提刀赶去。徐铮不答,低首疾行。马春花连问:"爹爹怎么了?你说什么死得好惨?"一路在后面追赶。

福公子站得远远的,没听清楚他师兄妹的对答,只见马春花追赶徐铮而去,心中急了,叫道:"春妹,春妹,回来,别理他。"马春花挂念父亲,不理会福公子的叫喊,只是追问徐铮。福公子见钢刀已到了马春花手中,不再惧怕徐铮,快步赶上。

追出十余步,忽见一株大树后转出一人,五十余岁年纪,身形微胖,唇留微髭,正是红花会的三当家千手如来赵半山。

福公子和他一朝相,只吓得面如土色,半响说不出话来。

赵半山笑道:"福公子,你好啊!"福公子双手一拱,勉强道:"赵三当家,你好。"再也顾不得马春花如何,转过身来,飞步便行,一直奔出十余丈,回头向赵半山一望,脚步更加快了。

霎时之间,福公子向北,徐铮与马春花向南,俱已奔得影踪不见,只有赵半山脸带微笑,胡斐神色迷茫,相向站在高坡之上。

胡斐道:"三哥,这福公子认得你啊,他好像很怕你。"赵半山微笑道:"不错,他曾落在我们手中,很吃了些苦头。"

原来这福公子,正是当今乾隆皇帝驾前第一红人福康安。他是乾隆的私生儿子,是以皇帝对他恩遇隆厚,群臣莫及。他曾被红花会群雄擒住，逼得乾隆重修少林寺，不敢与红花会为难。此时事隔数年，忽然又与赵半山相遇，他只道红花会群雄从回疆大举东来，只吓得魂飞魄散，哪敢再追查马春花到了何处？与王剑英等会合后，片刻不敢停留，急急回北京去了。

　　胡斐见福康安不会武艺，对他未加留意，没再追问他的来历。赵半山伸出右手，握住他手，二人携手同行。走了里许，来到路旁一所茶铺之前。赵半山道："贤弟，送君千里，终须一别，你我就此别过。"胡斐虽是恋恋不舍，但他是豁达豪迈之人，说道："好，三哥，过几年等我长得几岁，到回疆来寻你相会。"赵半山点头道："我在回疆等你便了。"说着从怀中取出一朵红绒扎成的大红花来，说道："贤弟，天下江湖好汉，一见此花，便知是你三哥的信物。你若遇上急需，要人要钱，凭着此花，向各处朋友尽管要便是。"

　　胡斐接过了放在怀内，好生羡慕，心想日后学到三哥的本领未必为难，但要学到他朋友遍天下的交情，却是大大的不易。赵半山到茶铺倒了两大碗茶，将一碗递给胡斐，说道："以茶代酒，你我喝了这碗别酒吧。"二人举起碗来，仰头饮干。

　　赵半山搁下茶碗，一手牵住马缰，说道："贤弟，临别之际，做哥哥的问你一句话。"胡斐道："三哥请问便是。"赵半山道："除了商家堡之外，贤弟是否还有什么厉害的仇人对头？"胡斐一凛，心道："我爹爹不知是谁害的，此人既杀得我爹爹，自然武功非同小可。若是三哥知我大仇未报，竟查到我仇人的姓名，他义气为重，前去找他拼斗，一来我杀父大仇不能教人代报，二来焉能让三哥冒此凶险？"他年纪虽小，却是满腹的傲气，仰头道："不劳三哥挂怀，便是有什么仇敌对头，小弟也料理得了。"赵半山哈哈大笑，翘起大拇指赞道："好！"飞身上马，向西疾驰而去，只听他远远说道："石上的小包，哥哥送了给你。"

　　胡斐回过头来，只见大石上放着一个包裹，本来是赵半山挂在白马背上的。他伸手一提，只觉沉甸甸的有些压手，急忙解开，但见金光耀眼,却是二十枚二十两重的金锭,一共是黄金四百两。胡斐哈哈一笑,心道:"我贫你富,若是赠我黄金,我也不能拒却。三哥怕我推辞,赠金之后急急驰走,未免将我胡斐当作小孩子了。"

回头望见马蹄溅起一路尘土,数里不歇,想起今日竟交上了这样一位肝胆相照的好友,不由得喜不自胜,提了黄金,高声唱着山歌,大踏步而行。

胡斐找着平阿四后,分了二百两黄金给他,要他回沧州居住,自己却遨游天下,每日里习拳练刀,打熬气力,参照赵半山所授的武学要诀,钻研拳经刀谱上的家传武功。

钟四嫂跪在地下,不住向凤天南磕头,叫道:"凤老爷你大仁大义,北帝爷爷保佑你多福多寿。我小三子在阎王爷面前告了你一状……"疯疯癫癫的又跪又拜,又哭又笑。

第五章　血印石

数年之间,他身裁长高了,力气长大了,见识武功,也是与日俱进。四海为家,倒也悠然自得,到处行侠仗义,扶危济困,却也说不尽这许多。只是他出手豪阔,赵半山所赠的二百两黄金,却已使得荡然无存了。

一日想起,常听人说,广东富庶繁盛,颇有豪侠之士,左右无事,于是骑了一匹劣马,径往岭南而来。

这一日到了广东的大镇佛山镇。那佛山自来与朱仙、景德、汉口并称天下四大镇,端的是民丰物阜,市廛繁华。胡斐到得镇上,已是巳末午初,腹中饥饿,见路南有座三开间门面的大酒楼,招牌上写着"英雄楼"三个金漆大字,两边敞着窗户,酒楼里刀勺乱响,酒肉香气阵阵喷出。胡斐心道:"这酒楼的招牌起得倒怪。"一摸身边,只剩下百十来文钱,心想今日喝酒是不成的了,吃一大碗面饱饱肚再说。当下将马拴在酒楼前的木桩上,径行上楼。

酒楼中伙计见他衣衫敝旧,满脸的不喜,伸手拦住,说道:"客官,楼上是雅座,你不嫌价钱贵么?"胡斐一听,气往上冲,心道:"你这招牌叫作英雄楼,对待穷朋友却是这般狗熊气概。我不吃你一个人仰马翻,胡斐便枉称英雄了。"哈哈一笑,道:"只要酒菜精美,却不怕价钱贵。"那伙计将信将疑,斜着眼由他上楼。

楼上桌椅洁净。座中客人衣饰豪奢,十九是富商大贾。伙计瞧了他的模样,料得没甚油水生发,竟是半天不过来招呼。胡斐暗暗寻思,要生个什么念头,白吃他一顿。忽听得街心一阵大乱,一个女人声音哈哈大笑,拍手而来。

胡斐正坐在窗边,倚窗向街心望去,见一个妇人头发散乱,脸上、衣上、手上全是鲜血,手中抓着一柄菜刀,哭一阵,笑一阵,指手划脚,原来是个疯子。旁观之人远远站着,脸上或现恐惧,或显怜悯,无人敢走近她身旁。只见她指着"英雄楼"的招牌拍手大笑,说道:"凤老爷,你长命百岁,富贵双全啊,我老婆子给你磕头,叫老天爷生眼睛保佑你啊。"说着跪倒在地,登登登的磕头,撞得额头全是鲜血,却似丝毫不觉疼痛,一面磕头,一面呼叫:"凤老爷,你日进一斗金,夜进一斗银,大富大贵,百子千孙啊。"

酒楼中闪出一人,手执长烟袋,似是掌柜模样,指着那妇人骂道:"锺四嫂,你要卖疯,回自己窝儿去,别在这儿扰了贵客们吃喝的兴头。"那锺四嫂全没理会,仍是又哭又笑,向着酒楼磕头。掌柜的一挥手,酒楼中走出两名粗壮汉子,一个夹手抢过她手中菜刀,另一个用力一推。锺四嫂登时摔了一个筋斗,滚过街心,挣扎着爬起后痴痴呆呆的站着,半晌不言不语,突然捶胸大哭,号叫连声:"我那小三宝贝儿啊,你死得好苦啊。老天爷生眼睛,你可没偷人家的鹅吃啊。"

抢了菜刀的那汉子举起刀来,喝道:"你再在这里胡说八道,我就给你一刀。"锺四嫂毫不害怕,仍是哭叫。掌柜的见街坊众人脸上都有不以为然之色,呼噜呼噜的抽了几口烟,喷出一股白烟,将手一挥,与两名汉子回进了酒楼。

胡斐见两个汉子欺侮一个妇道人家,本感气恼,但想这妇人是个疯子,原也不可理喻,忽听得坐在身后桌边两名酒客悄声议论。一个道:"凤老爷这件事,做得也太急躁了些,活生生逼死一条人命,只怕将来要遭报应。"胡斐听到"活生生逼死一条人命"这九个字,心中一凛。只听另一人道:"那也不能说是凤老爷的过错,家里不见了东西,问一声也是十分平常。谁教这女人失心疯了,竟把自己的亲生儿子剖开了肚子。"胡斐听到最后这句话,哪里还忍耐得住,猛地转过身来。只见说话的二人都是四十左右年纪,一个肥胖,一个瘦削,穿的都是绸缎长袍,瞧这打扮,均是店东富商。二人见他回头,相视一眼,登时住口不说了。

胡斐知道这种人最是胆小怕事,若是善言相问,必定推说不知,决不肯坦直以告,当下站起身来,作了个揖,满脸堆笑,说道:"两位老板,自在广州一别,已有数年不见了,两位好啊?"那二人和他素不相识,听他口音又是外省人,心中均感奇怪,但生意人讲究和气生财,当即拱手还礼,说道:"你好,你好。"胡斐笑道:"小弟这次到佛山来,带了一万两银子,想办一批货,只是人地生疏,好生为难。今日与两位巧遇,那再好也没有了,正好请两位帮忙。"二人一听到"一万两银子"五个字,登时从心窝里笑了出来,虽见他衣着不似有钱人,但"一万两银子"非同小可,岂能交臂失之?齐道:"那是该当的,请过来共饮一杯,慢慢细谈如何?"

胡斐正要他二人说这句话,哪里还有客气,当即走将过去,打横里坐了,开门见山的问道:"适才听两位言道,什么活生生的逼死了一条人命,倒要请教。"那二人脸上微微变色,正欲推搪,胡斐伸出左手,在桌底自左至右的一移,已将每人一只手腕抓住,握在手掌之中,略一用劲,二人"啊"的一声叫了出来,立时脸色惨白。楼头的伙计与众酒客听到叫声,一齐回头过来。胡斐低声道:"不许出声!"二人不敢违拗,只得同时苦笑。旁人见无别事,就没再看。

这二人手腕被胡斐抓在掌中,宛如给铁箍牢牢箍住了一般,哪里还动弹得半分?胡斐低声道:"我本是个杀人不眨眼的大盗,现下改邪归正,学做生意,要一万两银子办货,可是短了本钱,只得向二位各借五千两。"二人大吃一惊,齐声道:"我……我没有啊。"胡斐道:"好,你们把凤老爷逼死人命的事,说给我听。哪一位说得明白仔细,我便不向他借钱。这一万两银子,只好着落在另一位身上。"二人忙道："我来说，我来说。"先前谁都不肯说，这时生怕独力负担，做了单头债主，竟然争先恐后起来。

胡斐见这个比赛的法儿收效，微微一笑，听那胖子说北方话口音较正，便指着他道："胖的先说，待会再叫瘦的说。哪一位说得不清楚，那便是我的债主老爷了。"说着放脱了二人手腕，取下背上包裹，打了开来，露出一柄明晃晃的钢刀，拿起桌上一双象牙筷子，在刀口轻轻一掠，筷子登时断为四截。这二人面面相觑，张大了口合不拢来，两颗心却是怦怦的跳个不住。胡斐伸出双手，在二人后颈摸了摸，好似在寻找下刀的部位一般，将二人更是吓得面如土色。胡斐点点头，自言自语的道："好，好！"又将包裹包上。

那胖商人忙道："小爷，我说，保管比……比他说得明白……"那瘦商人抢着道："那也不见得，让我先说吧。"胡斐脸一沉，道："我说过要先听他说，你忙什么？"那瘦商人忙道："是，是。"胡斐道："你不遵我吩咐，要罚！"那瘦商人吓得魂不附体，胖商人却脸有得色。

胡斐道："酒微菜寡，怎是敬客的道理？快叫一桌上等酒席来。"瘦商人一听处罚甚轻，如逢大赦，忙叫伙计过来，吩咐他即刻做一席五两银子的最上等酒菜。那伙计见胡斐和他们坐在一起，甚是诧异，听到有五两银子的买卖，当即眉花眼笑的连声答应。

胡斐在窗口探头一望，见那锺四嫂披头散发的坐在对街地下，抬头望天，口中喃喃的自言自语，不知说些什么。

那胖商人道："小爷，这件事我说便说了，可不能让人知道是我说的。"胡斐眉头一皱，道："你不说也罢，那就让他说。"说着转头向着瘦商人。胖商人忙道："我说，我说。小爷，这位凤老爷名字叫作凤天南，乃是佛山镇上的大财主，有一个绰号，叫作……"瘦商人接口道："叫作南霸天。"胡斐喝道："又不是说相声，你插口干么？"瘦商人低下了头，不敢再言语了。

那胖商人道："凤老爷在佛山镇上开了一家大典当，叫作英雄当铺；一家酒楼，便是这家英雄楼；又有一家大赌场，叫作英雄会馆。他财雄势大，交游广阔，武艺算得全广东第一。镇上的人私下里还说，每个月有人从粤东、粤西、粤北三处送银子来孝敬他，听说他是什么五虎派的掌门人，凡是五虎派的弟兄们在各处发财，便得抽个份儿给他。这些江湖上的事，小的也弄不明白。"胡斐点头道："是了，他是大财主，又是坐地分赃的大强盗。"二人向他望了一眼，心想："那你与他是同行哪。"胡斐早已明白他们的心意，笑道："常言道同行是冤家。我跟这位凤老爷不是朋友。你们有好说好，有歹说歹，不必隐瞒。"

那胖商人道："这凤老爷的宅子一连五进，本来已够大啦，可是他新近娶了一房七姨太，又要在后进旁边起一座什么七凤楼，给这位新姨太太住。他看中的地皮，便是锺四嫂家传的菜园。这块地只有两亩几分，但锺阿四种菜为生，一家五口全靠着这菜园子吃饭。凤老爷把锺阿四叫去，说给五两银子买他的地。锺阿四自然不肯。凤老爷加到十两。锺阿四还是不肯，说道便是一百两银子，也吃得完，可是在这菜园子扒扒土、浇浇水，只要力气花上去，一家几口便饿不死了。凤老爷恼了，将他赶了出来，昨天便起了这偷鹅的事儿。

"原来凤老爷后院中养了十只肥鹅，昨天忽然不见了一只。家丁说是锺家的小二子、小三子兄弟俩偷了，寻到他菜园子里，果然见菜地里有许多鹅毛。锺四嫂叫起屈来，说她两个儿子向来规矩，决不会偷人家的东西，这鹅毛准是旁人丢在菜园子里的。家丁们找小二小三去问，两个都说没偷。凤老爷问道：'今儿早晨你们吃了什么？'小三子道：'吃我，吃我。'凤老爷拍桌大骂，说：'小三子自己都招了，还说没偷？'于是叫人到巡检衙门去告了一状，差役便来将锺阿四锁了去。

"锺四嫂知道自己家里虽穷，两个儿子却乖，平时一家又很惧怕凤家，决不会去偷他们的鹅吃，便到凤家去理论，却给凤老爷的家丁踢了出来。她赶到巡检衙门去叫冤，也给差役轰出。巡检老爷受了凤老爷的嘱托，又是板子，又是夹棍，早已将锺阿四整治得奄奄一息。锺四嫂去探监,见丈夫满身血肉模糊,话也说不出了,只是胡里胡涂的叫道:'不卖地,不卖地!没有偷,没有偷。'锺四嫂心里一急,便横了心。她赶回家里,一手拖了小三子,一手拿了柄菜刀,叫了左右乡邻,一齐上祖庙去。乡邻们只道她要在神前发誓,便同去作个见证。小人和她住得近,也跟去瞧瞧热闹。

"锺四嫂在北帝爷爷座前磕了几个响头,说道:'北帝爷爷,我孩子决不能偷人家的鹅。他今年还只四岁,刁嘴拗舌,说不清楚,在财主爷面前说什么吃我,吃我!小妇人一家横遭不白,赃官受了贿,断事不明,只有请北帝爷爷伸冤!'说着提起刀来,一刀便将小三子的肚子剖了。"

胡斐一路听下来,早已目眦欲裂,听到此处,不禁大叫一声,霍地站起,砰的一掌,打得桌上碗盏跃起,汤汁飞溅,叫道:"竟有此事?"

胖瘦二商人见他神威凛凛,一齐颤声道:"此事千真万确!"胡斐右足踏在长凳之上,从包袱中抽出单刀,插在桌上,叫道:"快说下去!"胖商人道:"这……这不关我事。"

酒楼上的酒客伙计见胡斐凶神恶煞一般,个个胆战心惊。胆小的酒客不等吃完,一个个便溜下楼去。众伙计远远站着,谁都不敢过来。

胡斐叫道:"快说,小三子肚中可有鹅肉?"那胖商人道:"没有鹅肉,没有鹅肉。他肚腹之中,全是一颗颗螺肉。原来锺家家中贫寒,没什么东西果腹,小二小三哥儿俩就到田里摸田螺吃。螺肉很硬,小三子咬不烂,一颗颗都囫囵的吞了下去,因此隔了大半天还没化。他说'吃我,吃我!'其实是说的'吃螺!'唉,好好一个孩子,便这么惨死在祖庙之中。锺四嫂也就此疯了。"(按:吃螺误为吃鹅,祖庙破儿腹明冤,确有其事,佛山镇老人无一不知。今日广东佛山祖庙之中,北帝神像之前地下有血印石一方,尚有隐隐血迹,即为此千古奇冤之见证,作者曾亲眼见到。读者如赴佛山,可往参观。唯此事之年代及人物姓名,已年久失传。作者当时曾向佛山镇上文化界人士详加打听,无人知悉,因此书中人名及其他故事均属虚构。)

胡斐拔起单刀,叫道:"这姓凤的住在哪里?"那胖商人还未回答,忽听得远处隐隐传来一阵犬吠声,瘦商人叹道:"作孽,作孽!"胡斐道:"还有什么事?"瘦商人道:"那是凤老爷的家丁带了恶狗,正在追拿锺家的小二子。"胡斐怒道:"冤枉已然辨明,还拿人干什么?"瘦商人道:"凤老爷言道:小三子既然没吃,定是小二子吃了,因此要拿他去追问。邻居知道凤老爷老羞成怒,非把这件冤枉套在小二子头上不可,暗暗叫小二子逃走。今日凤老爷的家丁已到处搜拿了半天呢。"

此时胡斐反而抑住怒气,笑道:"好好,两位说得明白,这一万两银子我便向凤老爷借去。"说着提起酒壶就口便喝,将三壶酒喝得涓滴不剩,一叠声催伙计拿酒来。

但听得狗吠声、吆喝声越来越近,响到了街头。胡斐凭到窗口,只见一个十二三岁的孩子从转角处没命价奔来。他赤着双足,衣裤已被恶狗的爪牙撕得稀烂,身后一路滴着鲜血,不知他与众恶犬如何厮斗,方能逃到这里。他身后七八丈远处,十余条豺狼般的猛犬狂叫着追来,眼见再过须臾,便要扑到锺小二身上。

锺小二此时已是筋疲力尽,突然见到母亲,叫一声:"妈!"双腿一软,摔倒在地,再也爬不起来。锺四嫂虽然神智胡涂,却认得儿子,猛地站起,冲了过去,挡在众恶犬之前,护住儿子。众恶犬登时一齐站定,露出白森森的牙齿,呜呜发威。

这些恶犬只只凶猛异常,平时跟着凤老爷打猎,连老虎人熊也敢与之搏斗,但见了锺四嫂这股拚死护子的神态,一时竟然不敢逼近。众家丁大声吆喝,催促恶犬。只听得呜呜几声,两头凶狼般的大犬跃起身来,向卧在地下的锺小二咬去。

锺四嫂扑在儿子身上。第一头大犬张开利口,咬住她的肩头。第二头恶犬却咬中她的左腿。双犬用力拉扯,就似打猎时擒着白兔花鹿一般。众家丁呼喝助威。锺四嫂不顾自身疼痛，仍是护住儿子，不让他受恶犬的侵袭。锺小二从母亲身下爬了出来，一面哭喊，一面和众恶犬厮打，救护母亲。霎时之间，十余条恶犬从四面八方围攻了上去。

街头看热闹的闲人虽众，但迫于凤老爷的威势，个个敢怒而不敢言。要知当此情景之下，只要有谁稍稍惹恼了这些家丁，一个手势之下，众恶犬立时扑上身来。有的不忍卒睹这场惨剧，掩面避开。众家丁却是兴高采烈，犹似捕获到了大猎物一般。

胡斐在酒楼上瞧得清清楚楚，他迟迟不出手救人，是要亲眼看明白那凤天南是否真如这两个商人所说的那么歹毒，以免误信人言，冤枉无辜。初时他听胖商人述说这件惨事，心中极其恼怒，后来听说那凤天南既已平白无端的逼死了一条人命，还派恶犬追捕另一个孩子，觉得世上纵有狠恶之人，亦不该如此过份，倒有些将信将疑起来，直到亲见恶犬扑咬锺氏母子，那时更无怀疑，眼见街头血肉横飞，再迟得片刻，这一双慈母孝子不免死于当场，当下抓起桌上三双筷子，劲透右臂，一枚枚的掷了下去。

但听得汪汪汪、呜呜呜几声惨叫，六头恶犬均被筷子打中脑门，伏地而死，其余恶犬呆在当地，不知该当继续扑咬，还是转身逃去。胡斐又拿起桌上的酒杯，飞掷下街，当真是差不失寸，劲力透骨，每一只酒杯的杯底都击中在每一头恶犬的鼻头之上。三头大狗叫也没叫一声，登时翻身而死。余下几条恶犬将尾巴夹在后腿之间，转眼逃得不知去向。

带狗的家丁共有六人，仗着凤天南的威势，在佛山镇上一向凶横惯了的，眼见胡斐施展绝技杀狗，竟然不知死活，一齐怒喝："什么人到佛山镇来撒野？打死了凤老爷的狗，要你这小子偿命。"各人身上都带着单刀铁链，纷纷取出，蜂涌着抢上楼来。

众酒客见到这副阵仗，登时一阵大乱。那"英雄楼"是凤天南的产业，掌柜的、站堂的、送菜的、大厨二厨，一见凤府家丁上楼拿人，各自抄起火叉、菜刀、铁棒，都要相帮动手。胡斐瞧在眼里，只是微微冷笑。

但见六名家丁奔到身前，为首一人将铁链呛啷啷一抖，喝道："臭小子，跟老爷走吧。"胡斐心想："一个乡绅的家丁，也敢拿铁链锁人，这姓凤的府中，难道就是佛山镇的衙门？"他也不站起，反手一掌，正中那家丁的左脸，手掌缩回时，顺手在他前胸"紫宫"、后脑"风府"两穴各点了一下。这是人身的两处大穴，那家丁登时呆呆站着，动弹不得。

其时第二、第三个家丁尚未瞧得明白，各挺单刀从左右袭上。胡斐见二人双刀砍来时颇有劲力，显是练过几年武功，倒非寻常狐假虎威的恶奴可比，正是如此，更可想见那凤天南的凶横，当下如法炮制，拍拍两记巴掌，打得那两名家丁楞楞的站着。余下三名家丁瞧出势头不对，一个转身欲走，另一个叫道："凤七爷，你来瞧瞧这是什么邪门。"

那凤七是凤天南的远房族弟，就在这英雄酒楼当掌柜，武功是没有什么，为人却极是机灵，这时已站在楼头，瞧出胡斐武功甚是了得，当即抢上两步，抱拳说道："原来今日英雄驾到，恕凤某有眼不识泰山……"

胡斐见三名家丁慢慢向楼头移步，想乘机溜走，当即从身边站着不动的家丁手中取过铁链，着地卷去，回劲一扯，铁链已卷住三名家丁六只脚，但听得"啊哟，啊哟"声中，三个人横倒在地，跌成一堆，一齐给他拖将过来。胡斐拿起铁链两端，打了一个死结，对凤七毫不理睬，自斟自饮。

英雄楼众伙计虽见胡斐出手厉害，但想好汉敌不过人多，各执家伙，布成阵势，只待凤七爷一声令下，便即一拥而上。

胡斐喝了一杯酒，问道："凤天南是你什么人？"凤七笑道："凤老爷是在下的族兄，尊驾可认得他么？"胡斐道："不认得，你去叫他来见我。"凤七心中有气，暗道："凭你这小子也请得动凤老爷？便是你登门磕头，也不知他老人家见不见你呢？"但脸上仍是笑嘻嘻的道："请教尊驾贵姓大名，好得通报。"

胡斐道："我姓拔，杀鸡拔毛的拔。"凤七暗自嘀咕："怎么有这个怪姓儿？"陪笑道："原来是拔爷，物以稀为贵，拔爷的姓氏，南方倒是少有。"胡斐道："是啊，俗语道物以稀为贵，掉句文便是'凤毛麟角'，在下的名字便叫作'凤毛'。"凤七笑道："高雅，高雅！"突然转念："不对，他这'拔凤毛'三字，岂不是有意来寻晦气，找岔子？"脸色一变，厉声道："尊驾到底是谁？到佛山镇有何贵干？"胡斐笑道："早就听说佛山镇有几只恶凤凰，我既然名叫拔凤毛，便得来拔几根毛儿耍耍。"

凤七退后一步，呛啷一响，从腰间取出一条软鞭，左手一摆，叫手下众人小心在意，右腕抖动，软鞭挟着一股劲风，向胡斐头上猛击下来。

胡斐心中盘算已定："单凭凤天南一人，也不能如此作恶多端。他手下的帮凶之辈，个个死有余辜。今日下手不必容情。"眼见软鞭打到，反手一带，已抓住鞭头，轻轻向内一扯。凤七立足不住，向前冲了过来。胡斐左手在他肩头一拍，凤七但觉一股极大力量往下挤迫，不由自主的双膝一软，跪倒在地。胡斐笑道："不敢当！"顺手将那十三节软鞭往他身上一卷，已将他缚在一张八仙桌桌脚上。

酒楼众伙计正要扑上动手，突见如此变故，吓得一齐停步。

胡斐指着一个肥肥的厨子叫道："喂，将菜刀拿来。"那肥厨子张大了嘴，不敢违拗，将手中握着的菜刀递了过去。胡斐道："炒里脊用什么材料？"肥厨子道："用猪背上脊骨两旁的上好精肉。你是要吃糖醋、椒盐、油炸，还是清炒？"胡斐伸手一扯，嗤的一响，将凤七背上的衣服撕破，露出肥肥白白的背脊来，摸摸他的脊梁，道："是不是这里下刀？"那肥厨子的大口张得更大，哪敢回答？凤七连连磕头，叫道："英雄饶命！"胡斐心想："饶你性命可以，但不给你吃些苦头，岂不是作恶没有报应？"菜刀一起，在他脊骨旁划了一条长长的伤口，问道："半斤够了么？"厨子呆头呆脑的道："一个人吃，已经够啦！"

凤七吓得魂飞天外，但觉背上剧痛，只道真的已给他割了半斤里脊肉去，只听胡斐又问："炒猪肝用什么作料？清蒸猪脑用什么作料？"凤七心想："炒里脊那还罢了，这炒猪肝、蒸猪脑两样一作，我这条老命，还剩得下么？"拼命的磕头，只把楼板磕得咚咚直响，叫道："英雄有事便请吩咐，只求饶了小人一命。"

胡斐见吓得他也够了，喝道："你还敢帮那凤天南作恶么？"凤七忙道："小人不敢。"胡斐道："好，快赶走楼上与雅座的客人，大堂与楼下的客人一个也不许走。"凤七叫道："伙计，快遵照这位好汉爷的吩咐。快！快！"

楼上众酒客不是财主，便是富商，个个怕事，一见打架，早想溜走，苦于梯口给手执兵刃的众伙计守住，欲行不得，这时也不用人赶，早心急慌忙的走了。楼下大堂的客人都是穷汉，十个中倒有七八个吃过凤七的亏，见今日有人上门寻事，实在说不出的痛快，都要留下来瞧瞧热闹。

胡斐叫道："今日我请客，朋友们的酒饭钱，都算在我帐上，你不许收一文钱，快抬酒坛子出来，做最好的菜肴敬客，把街上九只恶狗宰了，烧狗肉请大家吃。"他吩咐一句，凤七答应一句。众伙计行动稍迟，胡斐便扬起菜刀，问那肥厨子："红烧大肠用什么作料？炒腰花用什么作料？"那厨子据实回答，用的是大肠一副，腰子两枚。只把凤七惊得脸无人色，不住口的催促。

那六名家丁见胡斐如此凶狠，不知他要如何对付自己，心中都如十五只吊桶打水，七上八落，偷瞧胡斐的脸色一眼，又互相对望一眼，心中只是焦急："凤老爷怎地还不过来救人？再迟片刻，这凶神便要来对付我们了。"胡斐见众伙计已照自己吩咐，一一办理不误，大步走到楼下，倒了一大碗酒，说道："今日小弟请客，各位放量饮酒，想吃什么，便叫什么，酒楼上若有丝毫怠慢，回头我一把火将它烧了。"众酒客欢然吃喝，只是在凤家积威之下，谁也不敢接口。

胡斐回到楼上，解开了三名家丁的穴道，将铁链分别套在各人颈里，连着另外三名家丁，将六个人一齐拉下楼来，问道："凤天南开的当铺在哪里？我要当六只恶狗。"便有酒客指点途径，说道："向东再过三条横街，那一堵高墙便是。"胡斐说声："多谢！"牵了六人便走。一群瞧热闹的人远远跟着，要瞧活人如何当法。

胡斐一手拉住六根铁链，来到"英雄典当"之前，大声喝道："英雄当狗来啦！"牵了六名家丁，走到高高的柜台之前，说道："朝奉，当六条恶狗，每条一千两银子。"

坐柜的朝奉大吃一惊，佛山镇上人人知道，这"英雄典当"是凤老爷所开，十多年来谁也不敢前来胡混，怎么今日竟有个失心疯的汉子来当人？凝神一看，认出那六个被他牵着的竟是凤府家丁，这一来更是惊讶，说道："你……你……你当什么？"胡斐喝道："你生不生耳朵？我当六条恶狗，每条一千两，共是六千两银子。这笔生意便宜你啦。"

那朝奉知他有意来混闹，悄声向旁边的朝奉说了一声，命他快去呼唤护院武师来打发这疯子，一面向胡斐客客气气的道："典当的行规，活东西是不能当的，请尊驾原谅。"胡斐道："好，活狗你们不收，那我便当死狗。"六名家丁大惊，一齐叫道："俞师爷，你快收下来，救命要紧。"

但典当的朝奉作事何等精明把细，岂肯随随便便的送六千两银子出去，只是陪笑道："你老请坐啊，用杯茶不用？"胡斐道："先把活狗弄成死狗，再喝你的茶。"四下一瞧，心下已有了计较，两步走到大门旁，抓住门缘向上一托，已将一扇黑漆大门抬了下来。那俞朝奉见事情越加不对，叫道："喂，喂，你这位客人干什么啊？"胡斐不去理他，左一腿、右一腿，将六名家丁踢倒在地，横转门板，压在六人身上。俞朝奉叫道："唉，不要胡闹，你可知这是什么地方？这典当是谁的产业？"

胡斐心想："瞧你这副尖酸刻薄的样儿，佛山镇上定有不少穷人吃过你的苦头。"走到柜台之前，夹手一把抓住他的辫子，从高高的柜台后面揪将出来，也压在门板之下，接着走到门口，抱起门边那只又高又大的石鼓，砰的一声，摔上了门板。这石鼓何止五百斤重，这一摔上去，门板下七人齐声惨呼，有的更是痛得屎尿齐流。门外闲人与柜台内的众朝奉也是同声惊叫起来。

胡斐又抱起另一只石鼓，叫道："恶狗还没死，再得加一个石鼓！"说着将那石鼓往空中一抛，眼看又要往门板上落去，但听得众人齐声大叫，他双手环抱，傈地将石鼓抱住，又压在门板之上。这时门板上已压了一千余斤，虽由七人分担，但人人已压得筋骨欲断。俞朝奉大叫道："好汉爷饶命！快取银子出来！"胡斐道："什么？你还要我取银子出来？"俞朝奉身子瘦弱，早已给压得上气不接下气，忙道："不……不……我是叫当里取银子出来……"

典当里众朝奉见情势险恶，只得将一封封银子捧了出来，一百两一封，共是六十封，胡斐将银子都堆在门板之上，说道："六条恶狗当六千两，还有一个朝奉呢？难道堂堂英雄典当的一位大朝奉，还不及一条恶犬吗？至少得当三千两。"这六千两银子，足足有三百七十余斤，又压在门板上，下面七人更是抵受不住。

正乱间，忽然门外有人叫道："哪一个杂种吃了豹子胆，来凤老爷的铺子混闹？"人群往两旁一分，闯进来两条汉子。两人一般的高大魁伟，黑衣黑裤，密排白色扣子，武师打扮。胡斐身形一晃，窜到两人背后，一手一个，已抓住了两人后颈。那两人正是英雄典当的护院，闲着无事，却在赌场赌博，听得当铺中有人混闹，这才匆匆赶回，哪知还没瞧清楚对手的身形面目，已被他抓住要害，提了起来。

胡斐双手一抖，一个身上落下七八张天九牌，另一个手中却掉下两粒骰子。胡斐笑道："好啊，原来是两个赌鬼！"将两人头对头一撞，腾腾两声，将两人摔在门板之上。这两个护院武师武功虽然平平，身子的重量却是足斤加三。门板上又加了四百来斤，只压得下面七人想呻吟一句也是有声无气。

典当的大掌柜只怕闹出人命,忙命伙计又捧出三千两银子来,不住向胡斐打躬作揖,陪笑说好话,心下纳闷:"怎地凤老爷不亲来料理?"

胡斐在酒楼中命人烹狗,到典当中来当人,用意本是要激凤天南出来。他自从少年时在商家堡铁厅遇险之后,行事极为谨慎,心想这凤天南既然号称"南霸天",家中的布置只怕比商家堡更为厉害,常言道:"强龙不斗地头蛇。"若是赶上门去与他为难,只怕中了他的毒计,是以先闹酒楼,再闹当铺,哪知凤天南始终不露面,倒也大出意料之外。他见又有三千两银子搬到,头一摆,道:"一齐放在门板上。"众伙计明知一放上去,又是加上一百八九十斤,但不敢违拗,只得一包包轻轻的放了上去。

胡斐叫道:"你们这典当是皇帝老子开的么?怎样做事这等横法?"大掌柜陪笑道:"不敢,不敢。好汉爷还有什么吩咐?"胡斐道:"当东西的没当票么?"那大掌柜心想这六个家丁皮粗肉厚,压一会儿还不怎样,这俞朝奉只怕转眼就要一命呜呼,一叠连声的叫道:"快写当票。"

柜面的朝奉不知如何落笔,见大掌柜催得紧,只得提笔写道:"今押到凤府家丁六名,俞朝奉一名,皮破肉烂,手足残缺,当足色纹银九千两正。年息二分,凭票取赎。虫蚁鼠咬,兵火损失,各安天命,不得争论。三年为期,不赎断当。"原来天下当铺的规矩,就算你当的是全新完整之物,他也要写上"残缺破烂"的字样,以免赎当时有所争执。当铺当活人,那是从所未有之事,那朝奉写得惯了,也给加上"皮破肉烂,手足残缺"八字评语。

大掌柜将当票恭恭敬敬递了过去,胡斐一笑收下,提起两名武师,喝道:"将石鼓取下来。"两名武师兀自头晕眼花,却自知一人搬一个石鼓不够力气,只得二人合力,一个个的抬了下来。胡斐道:"好,咱们到赌场去逛逛。你两条大汉,抬着本钱跟我来。"

两名武师给他治得服服贴贴,一前一后抬着门板,端了九千两纹银,跟在胡斐后面。看热闹的闲人见他只手空拳,斗赢了佛山镇上第一家大典当，无不兴高采烈，但怕凤老爷见怪，却不敢走近和他说话，听他说还要去大闹赌场，更是人人精神百倍，跟在后面的人越来越多。

那赌场开设在佛山镇头一座破败的庙宇里，大门上写着"英雄会馆"四个大字。胡斐大踏步走进门去，只见大殿上围着黑压压一堆人，正在掷骰子押大小。

开宝的宝官浓眉大眼，穿着佛山镇的名产胶绸衫裤，敞开胸膛，露出黑氅氅的两丛长毛，见到胡斐进来，后面跟着两名武师，抬着一块大门板，放着近百封银子，心里一怔，叫道："蛇皮张，你做什么？"那姓张的武师努一努嘴，道："这位好汉爷要来玩一手。"

那宝官听蛇皮张说得恭敬，素知凤老爷交游广阔，眼前这人年纪虽轻，多半是他老人家的朋友，心想："好哇，你是抬了银子给我们场里送来啦。开饭店的不怕大肚汉，开赌场的岂怕财主爷？再抬了两门板来也不嫌多。"咧嘴一笑，说道："这位朋友贵姓？请坐请坐。"

胡斐大剌剌的坐了下来，说道："我姓拔，名字叫作凤毛。"那宝官一楞，心道："啊，你是存心来跟我们过不去了。"拿起骰盅一摇，放下来合在桌上，四周数十名赌客纷纷下注，有的押"大"，有的押"小"。

胡斐有意要延捱时刻，等那凤天南亲自出来，好与他相斗，当下笑嘻嘻的坐着，并不下注。只见宝官揭开盅来，三枚骰子共是十一点，买"大"的赌客纷纷欢呼，买小的却是垂头丧气。那宝官连开三次，都是"大"。

胡斐心想："十赌九骗，这凤天南既然如此横法，所开的赌场鬼花样必多，待我查出弊端，大闹他一场。"当下注目看那骰盅，又倾听骰子落下的声音，要查究骰中是否灌铅，听了片刻，觉得骰子倒无花巧。他练过暗器听风术，耳音极精，纵在黑暗之中，若有暗器来袭，一听声音，立知暗器来势方位，是何种类，手劲如何。如赵半山这等大行家，当日在商家堡中一听身后暗器射到，即猜到对方是嵩山少林寺不疑大师的弟子，暗器听风之术，一精至斯。胡斐的耳音较之赵半山虽然尚有不及，但听了一阵，竟已听出三枚骰子向天的是什么点数。要知骰子共有六面，每面点数不同，一点的一面与六点的一面落下之时，声音略有差别，虽然所差微细之极，但在内力精深、暗器功夫极佳之人听来，自能分辨。

胡斐又让他开了几盅，试得无误，笑道："宝官，限注么？"那宝官大声道："广东通省都知，南霸天的赌场决不限注，否则还能叫英雄会馆么？"胡斐微微一笑，伸出大拇指一翘，道："是啊，若是限注，岂不成了狗熊会馆？"听他骰子落定，乃是十六点，回头叫道："蛇皮张，押一千两'大'。"

那宝官虽在赌场中混了数十年，但骰子到底开大开小，也是要到揭盅才知，见他一押便是一千两，不由得一怔，揭开盅来，只见三枚骰子两枚六点，一枚四点，不由得脸都白了，当下由下手赔了一千两。接下去摇骰时声音错落，胡斐听不明白，袖手不下，开出来是个八点小。跟着他押了二千两"小"，盅子揭起，果然是四点"小"。

如此只押得五六次，场中已赔了一万一千两。那宝官满手是汗，举起骰盅猛摇。胡斐听得明白。盅中正是十四点，说道："蛇皮张，把二万两都给押上'大'！"两名武师将门板上的银子一封封的尽往桌上送。宝官掀起骰盅一边，眼角一张，已看到骰子共是十四点。他手脚也真利落，小指在盅边轻轻一推，盅边在骰子上一碰，一枚六点的骰子翻了一转，十四点变成九点，那是"小"了。这一记手法，若不是数十年苦功，也真不能练成，比之于武功，可算得是厉害之极的绝招。

那宝官见他浑然不觉，心想这次胜定你了，得意洋洋的道："大家下定注了？"胡斐左手将一大堆银子往桌子中心一推，说道："这里是二万两银子，是'小'你便尽数吃去。"宝官叫道："好！

好！吃了！"揭开宝盅，不禁张大了口合不拢来，只见三枚骰子共是十二点。

众赌客早已罢手不赌，望着桌上这数十封银两，无不惊心动魄，突见开出来的是"大"，不约而同的齐声惊呼："啊！"这声音中又是惊奇，又是艳羡。要知他们一生之中，从未见过如此的大赌。胡斐哈哈大笑，一只脚提起来踏在凳上，叫道："二万两银子，快赔来！"

原来那宝官作弊之时，手脚虽快，却哪里瞒得过胡斐的眼光？他虽瞧不出那宝官如何捣鬼，但料定三枚骰子定是给他从"大"换成了"小"，他左手推动银两之际，右手伸到桌底，隔着桌面在盅底轻轻一弹。三枚骰子本来一枚是三，一枚是一，一枚是五，合共九点。他这一弹力道用得恰到好处。三枚骰子一齐翻了个身，变成四点、六点、两点，合成十二点"大"。

那宝官脸如土色，砰的一下，伸手在桌上一拍，喝道："蛇皮张，这人是什么路数？到凤老爷的场子来搅局？"蛇皮张哭丧着脸道："我……我……也不知道啊。"胡斐道："快赔，快赔，二万两银子，老爷赢得够了，收手不赌啦！"那宝官在桌上又是砰的一击，骂道："契弟，你搞鬼出老千，当老子不知道么？"胡斐虽不明白他骂人的言语，料想决非好话，笑道："好，你爱拍桌子，咱们赌拍桌子也成！"右手在桌子角上一拍，桌子角儿应手而落，跟着左手一拍，另一只角又掉在地下。

这一手惊人武功显了出来，这宝官哪里还敢凶横？突然飞起一脚，要想将桌子踢翻，乘乱溜走。几个地痞赌客跟着起哄："抢银子啊！"胡斐右手一伸，已将宝官踢出的一脚抓住，倒提起来，将他头顶往桌面一桩。这一下力道奇重，桌面登时给他脑门撞破一洞，脑袋插到了桌面之下，肩膀以上的身子却倒栽在桌上，手脚乱舞，蔚为奇观。

众赌客齐声惊叫，纷纷退开。突然大门中抢进一个青年，二十岁上下年纪，身穿蓝绸长衫，右手摇着折扇，叫道："是哪一个好朋友光降，小可未曾远迎，要请恕罪啊！"胡斐见这人步履轻捷，脸上英气勃勃，显是武功不弱，不觉微微一怔。

那少年收拢折扇，向胡斐一揖，说道："尊兄贵姓大名？"胡斐见他彬彬有礼，便还了一揖，道："没请教阁下尊姓。"那少年道："小弟姓凤。"胡斐双眉一竖，哈哈笑道："如此说道，在下的姓名未免失敬了。我姓拔，名叫凤毛。老兄与凤天南怎生称呼？"那少年道："那是家父。家父听说尊驾光临，本该亲来迎接，不巧恰有要务缠身，特命小弟前来屈驾，请到舍下喝一杯水酒。"

他转头向英雄当铺的两名护院喝道："定是你们对拔爷无礼，惹得他老人家生气，还不赔罪？"那两位护院喏喏连声，一齐打躬请安，道："小人有眼不识泰山。"胡斐微微冷笑，心想："瞧你们闹些什么玄虚。"

那宝官的脑袋插在赌桌上，兀自双脚乱舞，啊啊大叫。那少年抓住他背心，轻轻向上一提，将他倒过身来，那桌子却仍旧连在他项颈之中，只是四只桌脚向天，犹似颈中戴了一个大枷。那宝官双手托住桌子，这情状当真是十分滑稽，十分狼狈，向那少年道："大爷，你来得正好，他……他……"眼望胡斐，却不敢再说下去了。

胡斐道："你不赌了，是不是？那也成，我赢的钱呢？英雄会馆想赖帐么？"那少年骂宝官道："拔爷赢了多少银子，快取出来！慢吞吞的干什么？"说着抓住桌子两角，双手向外一分，喀的一响，桌面竟被他撕成了两边。这一手功夫甚是干净利落，赌场中各人一齐喝采。

那宝官有小主撑腰，胆子又大了起来，向胡斐恶狠狠的望了一眼，道："这人出老千。"那少年叱道："胡说！人家是英雄好汉，怎会出老千？馆里银子够么？若是不够，快叫人往当铺取去。"胡斐不懂"出老千"三字是何意思，但想来多半是"欺骗作弊"之意，心想："这少年武功不弱，行事也有担当，我可不能丝毫大意

160

了。"只听那少年道:"拔爷的银子,决不敢短了半文。这些市井小人目光如豆,从来没见过真好汉大英雄的气概,拔爷不必理会。现下便请拔爷移玉舍下如何?"

他明知"拔凤毛"三字决非真名,乃是存心来向凤家寻事生非,但还是拔爷前、拔爷后,丝毫不以为意。胡斐道:"你们这里凤凰太多,不知大爷的尊号如何称呼?"那少年似乎没听出他言语中意含讥讽,连说:"不敢,不敢。小弟名叫一鸣。"胡斐道:"在下赌得兴起,还要在这里玩几个时辰,不如请你爸爸到这里会面吧。"那宝官听他说还要赌,吓得面如土色,忙道:"不,不……"

凤一鸣脸一沉,叱道:"我们在说话,也有你插嘴的份儿?"转头向胡斐陪笑道:"家父对朋友从来不敢失礼,得知拔爷光临佛山,心中欢喜得了不得,恨不得立时出来相见,只是恰好今日京中来了两位御前侍卫,家父须得陪伴,实是分身不开。请拔爷包涵原谅。"胡斐冷笑一声,道:"御前侍卫,果然是好大的官儿。一鸣兄,小弟在江湖上有个外号,你想必知道。"凤一鸣正自嘀咕:"不知此人真姓名究是什么,若能摸清他几分底细,对付起来就容易得多了。"听他提起外号,忙道:"小弟孤陋寡闻,请拔爷告知。"胡斐"哼"的一声,道:"亏你也是武林中人,怎地连大名鼎鼎的'杀官殴吏拔凤毛'也不知道?"凤一鸣一怔,道:"取笑了。"

胡斐左手倏地伸出,抓住他的衣襟,喝道:"咦,好大的胆子!你怎敢将我的一块凤凰肉吃下了肚中。"凤一鸣再也忍耐不住,右手虚出一掌,左手便来拿他手腕。胡斐手掌疾翻,当真快如电火,叫人猝不及防,拍的一声,凤一鸣左颊已吃了一记巴掌,顺手将他右手拿住,喝道:"还我的凤凰肉来。"

凤一鸣家学渊源,武功竟自不弱,只觉自己右掌宛似落入了一双铁钳之中,筋骨都欲碎裂,急忙飞起右足,向胡斐小腹上踢去。胡斐提起脚来,从空一足踏落,正好踏住他的足背。凤一鸣脚上又如被铁锤一击,忍不住"啊"的一声叫了出来。胡斐左手反手一掌,凤一鸣右颊早着,双颊就如猪肝般又红又肿。

胡斐大声叫道："各位好朋友听着，我千里迢迢的从北方来到佛山，向这里的锺阿四锺老兄买到一块凤凰肉，却让这厮一口偷吃了。你们说该打不该打？"赌场中众人面面相觑，不敢说话，心中都知他是在为被逼死的锺小三出气伸冤。凤一鸣给他踏住一足，握住一手，已是全身无法动弹。

只见人丛中转出一个老者，手中拿着一根短烟袋，正是英雄当铺的大掌柜。他给胡斐逼去了九千两银子，哪里便肯罢休？一面命人急报凤天南，一面悄悄跟到英雄会馆来瞧他的动静，这时见小主人被擒，忙上前陪笑道："好汉爷，这是我们凤老爷的独生爱子，凤老爷当他犹如性命一般。好汉爷要银子使用，尽管吩咐，可请快放了我们少主人。"胡斐道："谁叫他偷吃了我的凤凰肉？是凤老爷的独生爱子，便能偷吃人家东西么？"大掌柜笑道："好汉取笑了。天下哪有什么凤凰肉？便算有，我们小主人也决不会偷吃。"胡斐喝道："这凤凰肉乃大补之剂，真是无价之宝，一吃下肚，立时满面通红，肥胖起来。你们大家看，他的脸是否比平时红了胖了？还说没偷吃我的凤凰肉么？"大掌柜陪笑道："这是好汉爷下手打肿的，不与凤凰肉相干。"胡斐道："大家来评个理，这小子可偷吃了我的凤凰肉么？"

在赌场中胡混之人，一小半是凤天南的手下，另一半不是地痞流氓，便是破落户子弟，人人畏惧凤天南的威势，听胡斐如此询问，七嘴八舌的说道："没见到你有什么凤凰肉。""凤大爷决不能偷你东西吃。""凤老爷府上的东西还怕少了么？怎能偷人东西？""笑话笑话！""好汉快放了他，别闹出大事来。"

胡斐道："好，你们大家说他没偷吃，我难道赖了他？咱们到北帝庙判个理去。"

众人一怔，立时想起锺四嫂在北帝庙中刀剖儿腹之事。那大掌柜暗暗吃惊，心想："一到北帝庙，那可要闹得不可收拾。"不住向胡斐打躬作揖，道："好汉爷说的对，我们都错了。少主人吃了好汉的凤凰肉，好汉要怎么赔，便怎样赔就是。"胡斐冷笑道："你倒说得容易。这里人人不服,不到北帝庙评个明白,我今后还有脸见人么?"说着将凤一鸣挟在腋下,银子也不要了,大踏步走出赌场,向途人问了道路,径向北帝庙而来。

那北帝庙建构宏伟,好大一座神祠,进门院子中一个大水塘,塘中石龟石蛇,昂然盘踞。

胡斐拉着凤一鸣来到大殿,只见神像石板上血迹殷然,想起锺四嫂被逼切剖儿腹的惨事,胸间热血上冲,将凤一鸣往地下一推,抬头向着北帝神像,朗声说道:"北帝爷,北帝爷,你威灵显赫,替小民有冤伸冤,有仇报仇。这贼厮鸟偷吃了我的凤凰肉,但旁人都说他没吃……"

他话未说完,猛觉背后风声飒然,左右有人双双来袭。他头一低,身子一缩,那二人已然扑空。他双手分别在二人背上一推,砰的一响,二人脸对脸猛地一撞,登时晕去。只听得一人高声怒吼,又扑了上来。

胡斐听他脚步沉重,来势威猛,心想:"这人功夫倒也不弱。"一侧身间,乘势一带,只见刀光闪动,一条肥水牯似的粗壮大汉已在身旁掠过,一刀径向凤一鸣头顶砍落。总算他武功不低,危急之际手臂一偏,一刀砍在地下青砖之上,砖屑纷飞。胡斐叫道:"妙极!"左足伸出,已踏住他的手肘。

那大汉狂吼一声,放手撒刀。胡斐右足一挑,单刀飞将起来,顺手接过,笑道:"我正愁没刀剖他肚子,你巴巴的赶来送刀,当真有劳了。"

那大汉怒极,使力挣扎。胡斐左腿一松,竟被他翻身跃起,原来这大汉蛮力过人。他右足一撑,双手十指如钩,在空中径向胡斐扑到。胡斐一转身,已绕到他的身后,左手搭在他肥臀之上,借力一送,喝道:"上天吧!"这一送有八成倒是借了那大汉本身纵跃之势。那大汉身不由主,向上疾飞,旁观众人大叫声中,眼见要穿破庙顶而出。他忙伸出双手,抱住了大殿正中的横梁,总算没撞破脑门,但就这么挂在半空,向下一望,离地数丈。他没练过轻功,身子又重,外家硬功虽然不弱,却不敢跃下。这大汉在五虎门中位居第三,乃是凤天南的得力助手,佛山镇上人人惧怕,这时挂在梁上,上不得,下不来,极是狼狈。

胡斐拉住凤一鸣的衣襟,向上一扯,嗤的一响,露出肚腹肌肤,横过刀锋,向挤在殿上的众人叫道:"他是否吃了凤凰肉,大家睁大眼睛瞧个明白,别说我冤枉了好人。"

旁边四五个乡绅模样的人一齐来劝,都道:"好汉爷高抬贵手,若是剖了肚子,人死不能复生,那可不得了。"胡斐心想:"这些人鬼鬼祟祟,定与凤天南一鼻孔出气。"回头怒喝:"那锺四嫂剖孩子肚子,你们何以便不劝了?有钱子弟的性命值钱,穷人的孩子便不是性命?你们快回家去,每人把自己的儿子送一个来,若不送到,我自己上门找寻。我的凤凰肉若不是他吃的,便是你们儿子吃了,我一个个剖开肚子来,查个明白。"这几句话只把那几个乡绅吓得魂不附体,再也不敢开口。

正乱间,庙门外一阵喧哗,抢进一群人来。当先一人身裁高大,穿一件古铜色缎袍,双手一分,大殿上已有七八人向两旁跌出数尺。

胡斐见了他这等气派威势,又是如此横法,心想:"啊哈,正点子终于到了。"眼光向他从头上瞧到脚下,又从脚下看到头上。只见他上唇留着两撇花白小髭,约莫五十来岁年纪,右腕戴一只汉玉镯,左手拿着一个翡翠鼻烟壶,俨然是个养尊处优的大乡绅模样,实不似个坐地分赃的武林恶霸,只是脚步凝稳,双目有威,多半武功高强。

这人正是五虎门掌门人南霸天凤天南,他陪着京里来的两名侍卫在府内饮宴,听得下人一连串的来报,有人混闹酒楼、当铺、赌场。他不愿在御前侍卫跟前失了气派,一直置之不理,心想这些小事,手下人定能打发,直听到儿子遭擒,被拿到北帝庙中要开膛剖肚,这才匆匆赶来。他还道是极厉害的对头来到寻仇,哪知一看胡斐,竟是个素不相识的乡下少年,当下更不打话,俯身便要扶起儿子。

胡斐心想:"这老家伙好狂,竟将我视如无物。"待他弯腰俯身,一掌便往他腰间拍去。凤天南竟不回身,左手回掌,想将他手掌格开。胡斐一催劲力,拍的一声,双掌相交,凤天南身子一晃,险些跌在儿子身上,才知这乡下少年原来是个劲敌。当下顾不得去扶儿子,右手横拳,猛击胡斐腰眼。

胡斐见他变招迅捷,拳来如风,果然是名家身手,挥刀往他拳头上疾砍下去。这一刀虽然凶猛,凤天南也只须一缩手便能避过,但凤一鸣横卧在地,他缩手不打紧,儿子却要受了这一刀。当此危急之际,他应变倒也奇速,扯落神坛前的桌披,倒卷上来,格开了这一刀。胡斐叫道:"好!"左手伸出,已抓住桌披一端。两人同时向外拉扯,拍的一响,桌披从中断为两截。

此时凤天南哪里还有半点小觑之心?向后跃开半丈,早有弟子将他的兵刃黄金棍送在手中。这金棍长达七尺,径一寸有半,通体由黄金加铜铸成,可算得武林中第一豪阔富丽的沉重兵器。他将金棍一抖,指着胡斐说道:"阁下是哪一位老师门下?凤某什么地方得罪了阁下,却要请教。"

胡斐道:"我一块凤凰肉给你儿子偷吃了,非剖开他肚子瞧个明白不可。"

凤天南凭一条熟铜棍打遍岭南无敌手,这才手创五虎门,在佛山镇定居,家业大发之后,将熟铜棍改为黄金棍。武家所用之棍,以齐眉最为寻常,依身材伸缩,短者五尺不足,长者六尺有余,凤天南这条棍却长达七尺,纯金太软,稍掺熟铜,但仍较镔铁重了一倍有余,仗着他膂力过人,使开来两丈之内一团黄光,端的厉害之极。

他听了胡斐之言,知道今日已不能善罢,金棍起处,手腕抖了两抖,棍端将神坛上两点烛火点熄了,叫道:"在下素来爱交朋友,与尊驾素不相识,何苦为一个穷家小子伤了江湖义气?是友是敌,但凭尊驾一言而决。"

金棍乃极沉重的兵器,他一抖棍花而打灭烛火,妙在不碰损半点蜡烛,烛台毫不摇晃,手法之准,可说是极罕见的功夫。他言语中软里带硬,要胡斐知难而退,不必多管闲事。胡斐笑道:"是啊,你的话再对也没有,你只须割一块凤凰肉赔我,我立即拍拍灰尘走路,你看可好?"凤天南脸一沉,喝道:"既是如此,咱们兵刃上分高下便了。"说着提棍跃向院子。

胡斐提起凤一鸣往地下一摔,将单刀插在他的身旁,喝道:"你若是逃走,便要你老子抵命!"空手走出,大声道:"老爷行不改姓,坐不改名,大名鼎鼎'杀官殴吏拔凤毛'便是。凤毛拔不到,臭鸡臭鸭的屁股毛拔几根也是好的。大家瞧清楚了。"一言甫毕,突然左手探出,径来抓对方棍头。凤天南知他武功厉害,心想你自己托大,不用兵刃,那可怪不得我,眼见他出手便夺兵刃,竟对自己藐视已极,当下棍尾抖起,一招"驱云扫月",向他头颈横扫过来。

这一招虽以横扫为主,但后着中有点有打,有缠有挑,所谓"单头双头缠头,头头是道;正面侧面背面,面面皆灵",的是武学中的极上乘棍法。胡斐身随棍转,还了一掌。

众人凝神屏息,注视二人激斗。凤天南手下人数虽众,但不得他的示意,谁也不敢插手相助,何况二人纵跃如风,旁人武功远远不及,便要相助,也是无从着手。

二人恶斗正酣,庙门中又闯进三个人来。当先一个妇人乱发披身,满身血污,正是锺四嫂。她一路磕头,一路爬着进来,身后跟着二人,一个是她丈夫锺阿四,一个是她儿子锺小二。

锺四嫂跪在地下,不住向凤天南磕头,哈哈大笑,叫道:"凤老爷你大仁大义,北帝爷爷保佑你多福多寿,保佑你金玉满堂,四季发财。我小三子在阎王爷面前告了你一状,阎王爷说你大富大贵,后福无穷哪。"她疯疯癫癫的又跪又拜,又哭又笑。锺阿四却铁青着脸，一声不作。

凤天南与胡斐拆了十余招，早已全然落在下风，金棍挥成的圈子越来越小，见锺四嫂似疯非疯的向着自己跪拜，更是心神不宁，知道再斗下去定要一败不可收拾，当下劲贯双臂，使一招"扬眉吐气"，往胡斐下颚挑去。

这一棍势挟劲风，金光耀眼，胡斐却不闪不缩，伸手竟然硬夺他的金棍。凤天南又惊又喜，心想："你这只手爪子就算是铁铸的，也打折了你。"当下力透手腕，急挑之力更大。胡斐手掌与棍头一搭着，轻轻向后一缩，已将他挑力卸去，手指弯过，抓住了棍头。总算凤天南在这条棍上已下了三十余年苦功，忙使一招"上滑下劫"，跟着一招"翻天彻地"，以极刚猛的外劲硬夺回去。胡斐叫道："拔臭鸡毛了！"双手自外向内圈转，却来捏他咽喉，也不知他如何移动身形，竟在这一抓一夺之际，顺势攻进了门户。凤天南的金棍反在外档，已然打他不着。

凤天南大骇之下，急忙低头，同时伸出手护颈。胡斐左手在他天灵盖上轻轻一拍，除下他的帽子，右手已抓住他的辫子尾端，叫道："这一掌暂不杀你！"左手已然抓住辫根，双手向外一分，蹦的一声，一条辫子断成了两截。凤天南吓得面如土色，急忙跃开。胡斐右手一扬，凤天南的帽子飞出，刚好套在石蛇头上，跟着踏上两步，一掌击在石龟昂起的头顶，砰的一响，水花四溅，石龟之头齐颈而断，落入水塘。胡斐哈哈一笑，将凤天南那条长辫绕在石龟颈中，双手掸一掸身上灰尘，笑道："还打么？"

旁观众人见他显了这手功夫，人人脸上变色。凤天南知他适才这一掌确是手下留情，否则以掌击石龟之力击在自己头顶，哪里还有命在？但断辫缠龟，飞帽戴蛇，如此的奇耻大辱如何忍耐得了？舞动金棍，一招"青龙卷尾"，猛扫而至。这时他已是性命相拼，再非以掌门人身份与人比武过招。

胡斐心想："此人平素横得可以，今日若不扫尽他的颜面，佛山一镇之人冤气难出。"见他金棍上威力虽增，棍法却已不如适才灵动，空手拆了几招，见他使一招"铁牛耕地"，着地卷到，当下看准棍端，右足一脚踹了下去，棍头着地，给他踏在脚下。凤天南急忙运劲后夺，胡斐出脚奇快，刚觉右脚下有些松动，左足已踏在棍腰，猛力往下一蹬。凤天南再也拿捏不住，双手一松，棍尾正好打中他右足足背，两根小骨登时断折。

这一下痛得他脸如金纸，但他咬紧牙关，一声不哼，双手反在背后，朗声说道："我学艺不精，无话可说。你要杀要剐，悉听尊便。"锺四嫂却还是不住向他磕头，哭叫："多谢凤老爷成全了我家小三子，他真是偷吃了你的鹅么？"

胡斐见凤天南败得如此狼狈，实不想再折辱于他。但见到锺四嫂发疯的惨状，神坛前石板上的血迹，心想这南霸天除了此事之外，这许多年来定是更有不少恶行，既撞在我的手里，岂能轻饶？当下大踏步过去，将凤一鸣一把提起，拔起插在地下的单刀，转头向凤天南道："凤老爷，我和你无冤无仇，可是令郎偷吃了我的凤凰肉，实在太不讲理。这里佛山镇上的人都护着你，我冤屈难明，只好剖开令郎的肚子，让列位瞧瞧。"说着刀锋在凤一鸣的肚子上轻轻一拖，雪白的肌肤上登时现出一条血痕。

凤天南固然作恶多端，却颇有江湖汉子的气概，败在胡斐手下之后，仍是十分刚硬，不失掌门人的身份，但一见独生爱子要惨被他开膛剖腹，不由得威风尽失，傲气全消，叫道："且慢！"从身旁手下人手中，抢过一柄单刀。

胡斐笑道："你还不服气，要待再打一场？"凤天南惨然道："一身作事一身当，凤某行事不当，惹得尊驾打这个抱不平，这与小儿可不相干。凤某不敢再活，但求饶了小儿性命。"说着横过单刀，便往颈中刎去。

忽听得屋梁上一人大叫："凤大哥，使不得！"原来那个粗壮大汉兀自双手抱住横梁，悬身半空。

凤天南脸露苦笑，挥刀急砍。众人大吃一惊之下，谁也不敢阻拦，眼见他单刀横颈，立时要血溅当场、尸横祖庙，忽听得嗖嗖声响,一件暗器从殿门外自高而下的飞射过来,铮的一声,在单刀上一碰。凤天南手一荡,单刀歪了,但还是在左肩上划了一道口子,鲜血迸流。

胡斐定睛一看,只见射下的暗器却是一枚女子手上所戴的指环。凤天南膂力甚强,这小小一枚首饰,居然能将他手中单刀荡开,那投掷指环之人的武功,只怕不在自己之下。他心中惊诧,纵身抢到天井,跃上屋顶,但见西南角上人影一闪,倏忽间失了踪迹。胡斐右足一点,扑了过去,暮色苍茫之中,四顾悄然,竟无人影。他心中嘀咕:"这背影小巧苗条,似是女子模样,难道世间女子之中,竟有这等高手?"

他生怕凤天南父子逃走,不敢在屋顶久耽,随即转身回殿,只见凤天南父子搂抱在一起。凤天南脸上老泪纵横,也不知是爱是怜,是痛是悔?

胡斐见了这副情景,倒起了饶恕他父子之意。凤天南放脱儿子,走到胡斐跟前,扑地跪下,说道:"我这条老命交在你手里,但望高抬贵手,饶了我儿子性命。"凤一鸣抢上来说道:"不,不!你杀我好了。你要替姓钟的报仇,剖我肚子便是。"

胡斐一时倒不知如何发落,若要杀了二人,有些不忍下手,倘是给他父子俩一哭一跪,便即饶恕,又未免太便宜了他们。正自踌躇,钟阿四突然走上前来,向胡斐道:"好汉爷救了小人的妻儿,又替小人一家明冤雪恨,大恩大德,小人粉身难报。"一面说,一面扑翻在地,咚咚咚咚,磕了几个响头。胡斐连忙扶起。

钟阿四转过身来,脸色铁青,望着凤天南道:"凤老爷,今日在北帝爷爷神前,你凭良心说一句,我家小三子有没偷你的鹅吃?"凤天南为胡斐的威势所慑,低头道:"没有。是……是我弄错了。"钟阿四又道:"凤老爷,你再凭良心说,你叫官府打我关我,逼死我的儿子,全是为了要占我的菜园,是不是?"

凤天南向他脸上望了一眼,只见这个平时忠厚老实的菜农,咬紧牙关,目喷怒火,神情极是可怕,不由得低下了头,不敢回答。

钟阿四道:"你快说,是也不是?"凤天南抬起头来,道:"不错,杀人偿命,你杀我便了。"

忽听庙门外一人高声叫道:"自称拔凤毛的小贼,你敢不敢出来斗三百回合?你在北帝庙中缩头缩颈,干么不敢出来啊?"这几句话极是响亮,大殿上人人相顾愕然,听那声音粗鲁重浊,满是无赖地痞的口气。

胡斐一怔之下,抢出庙门,只见前面三骑马向西急驰,马上一人回头叫道:"缩头乌龟,料你也不敢和老子动手。"胡斐大怒,见庙门旁一株大红棉树下系着两匹马,纵身过去一跃上马,拉断缰绳,双腿一夹,催动坐骑,向那三人急追下去。

远远望见三乘马向西沿着河岸急奔,瞧那三人坐在马背上的姿式,手脚笨拙,骑术更劣,不知是否有意做作,但胯下所乘却是良马,胡斐赶出里许,始终没能追上。听那三人不时高声叫骂,肆无忌惮,对自己毫不畏惧,实似背后有极厉害之人撑腰,他焦躁起来,俯身在地下抓起几块石子,手腕抖处,五六块石子飞了出去,只听得"啊哟""妈呀"之声不绝,三个汉子同时打中,一齐摔下马来。

两个人一跌下来,爬在地下大叫,第三人却左足套在马镫之中,被马拖着直奔,霎时之间已转入柳荫深处。

胡斐跳下马来,只见那二人按住腰臀,哼哼唧唧的叫痛。胡斐在一人身上踢了一脚,喝道:"你说要和我斗三百回合,怎不起身来斗?"那人爬起身来,说道:"欠了赌债不还,还这么横!总有一日凤老爷亲自收拾你。"胡斐一怔,问道:"谁欠了赌债不还?"

另一人猛地里跳将起来,迎面一拳往胡斐击去。这一拳虽有几斤蛮力,但出拳不成章法,显是全无武功。胡斐微微一笑,挥手轻带。那人一拳打偏,砰的一声,正好打中同伴的鼻子,登时鼻血长流。出拳之人吓了一跳,不明白怎地这一拳去势全然不对,只抚着拳头发呆。被击之人大怒,喝道:"狗娘养的,打起老子来啦!"飞起一腿,踢在他的腰里。那人回手相殴,砰砰嘭嘭,登时打得十分热闹，不再理会胡斐。

胡斐见这二人确实不会武功，居然敢向自己叫阵，其中大有蹊跷，双手分别抓住两人头颈，往后一扯，将两人分了开来。但两人打得眼红了，不住口的污言秽语互相辱骂，一个骂对方专偷人家萝卜，另一个说对方是佛山的偷鸡好手，看来两人都是市井无赖，心中越加起疑，大声喝道："谁叫你们来骂我的？"说着双手一摆，砰的一下，将两人额角对额角的一撞，登时变了两条怒目相向的独角龙。

那偷鸡贼胆子极小，一吃到苦头，连声："爷爷，公公，我是你老人家的灰孙子。"胡斐喝道："呸，我有你这等贱孙子？快说。"那偷鸡贼道："英雄会馆开宝的邝宝官说，你欠了会馆里的赌债不还，教我们三个引你出来打一顿。他给了我们每人五钱银子，这坐骑也是他借的。你赌债还不还，不关我事……"

胡斐听到这处，"啊"的一声大叫，心道："糟啦，糟啦！我怎地胡涂，竟中了敌人调虎离山之计。"双手往外一送，将两名无赖双双跌了个狗吃屎，飞身上马背，急往来路驰回，心想："凤天南父子定然躲了起来，偌大一座佛山镇，我却往哪里找去？好在他搜刮霸占的产业甚多，我一处处的闹将过去，搅他个天翻地覆，瞧他躲得到几时？"

不多时已回到北帝庙前，庙外本有许多人围着瞧热闹，这时已走得干干净净，连孩子也没留下一个。胡斐心想："那凤天南果然走了。"翻身下马，大踏步走向庙中，一步跨进大殿，不由得倒抽一口凉气，胸口呼吸登时凝住，只吓得身子摇摇摆摆，险些要坐倒在地。

原来北帝庙大殿上满地鲜血，血泊中三具尸身，正是锺阿四、锺四嫂、锺小二三人。每人身上都是乱刀砍斩的伤口，血肉模糊，惨不忍睹。

胡斐呆了半晌，一股热血从胸间直冲上来，禁不住伏在大殿地上，放声大哭，叫道："锺四哥四嫂，锺家兄弟，是我胡斐无能，竟然害了你们性命。"只见三人虽死,眼睛不闭,脸上充满愤怒之色。他站起身来,指着北帝神像说道:"北帝爷爷,今日要你作个见证,我胡斐若不杀凤天南父子给锺家满门报仇,我回来在你座前自刎。"说着砰的一掌,将神案一角打得粉碎,案上供奉的香炉烛台都震在地下。

他定神一想,到庙门外牵进马匹,将三具尸身都放上马背,心中悔恨不已:"我年幼无知,不明江湖上的鬼蜮技俩,却来出头打抱不平,枉自又害了三条人命。那姓凤的家中便是布满了刀山油锅,今日也要闯进去杀他个落花流水。"当下牵了马匹,往大街而来。

但见家家店铺都关上了大门,街上静悄悄的竟无一个人影,只听得马蹄得得,在石板路上一路响将过去。

胡斐来到英雄当铺和英雄酒楼,逐一踢开大门,均是寂然无人,似乎霎时之间,佛山镇上数万人忽地尽数消失,只是当铺与酒楼各处堆满柴草,不知是何用意。再去赌场,也是一个人也没有,成万两银子却兀自放在门板之上,没一人敢动。胡斐随手取了几百两放入包袱,心中暗暗惊讶:"这凤天南定然摆下鬼计,对付于我,彼众我寡,莫要再上他的当。"

他步步留神,沿街走去,转了几个弯,只见一座白墙黑瓦的大宅第,门上悬着一面大匾,写着"南海凤第"四个大字。那宅第一连五进,气象宏伟。大门、中门一扇扇都大开着,宅中空荡荡的似乎也无一人。胡斐心道:"就算你机关万千,我一把火烧了你的龟洞,瞧你出不出来。"正要去觅柴草放火,忽见屋子后进和两侧都有烟火冒将上来,一怔之间,已明其理:"这凤天南好厉害的手段,竟然舍却家业不要,自己一把火烧个干净。如此看来,他定要高飞远走。若不急速追赶,只怕给他躲得无影无踪。"

于是将马匹牵到凤宅旁锺家菜园,找了一柄锄头,将锺阿四夫妇父子三人葬了。只见菜园中萝卜白菜长得甚为肥美,菜畦旁丢着一顶小孩帽子,一个粗陶娃娃。胡斐越看越是伤心恼怒,伏地拜了几拜，暗暗祝祷："锺家兄嫂，你若在天有灵，务须助我，不能让那凶手走脱了。"

忽听得街上脚步声响，数十人齐声呐喊："捉拿杀人放火的凶手！""莫走了无法无天的江洋大盗！""那小强盗便在这里。"

胡斐绕到一株大树之后，向外一张，只见二三十名衙役兵丁，手执弓箭刀枪、铁尺铁链，在凤宅外虚张声势的叫喊。他凝神一看，人群中并无凤家父子在内，心道："这凤天南惊动官府，明知拿我不住，却是要挡我一阵。"当下纵身上马，向荒僻处疾驰出去。

出得镇来，回头望时，只见凤宅的火焰越窜越高，同时当铺、酒楼、赌场各处也均冒上火头。看来凤天南决意将佛山镇上的基业尽数毁却，那是永远不再回来的了。胡斐心中恼恨，却也不禁佩服这人阴鸷狠辣，勇断明决，竟然不惜将十来年的经营付之一炬，心想："此人这般工于心计，定有藏身避祸的妙策，该当到何处找他才是？"一时立马佛山镇外，彷徨不定。

远远听得人声嘈杂，救火水龙在石板路上隆隆奔驰。胡斐心想："适才追那三个无赖，来去不到半个时辰。这凤天南家大业大，岂能在片刻之间料理清楚？他今晚若不亲自回来分断，定有心腹亲信去他藏身的所在请示。我只守住路口便了。"

料想白日定然无人露面，于是在僻静处找了株大树，爬上树去闭目养神，想到锺家四口被害的惨状，悲愤难平，心中翻来覆去的起誓："若不杀那凤贼全家，我胡斐枉自生于天地之间。"

等到暮色苍茫，他走到大路之旁，伏在长草中守候，睁大了眼四处观望，几个时辰过去，竟是没半点动静，直到天色大明，除了卖菜挑粪的乡农之外，无人进出佛山。

正感气沮，忽听马蹄声响，两乘快马从镇上奔了出来，马上乘客穿着武官服色，却是京中侍卫的打扮。

胡斐心中一动，记起凤一鸣曾道，他父亲因要陪伴御前侍卫，不能分身来见，这两名侍卫定与凤天南有所干连。心念甫起，两骑马已掠过他伏身之所，当即捡起一块小石，伸指弹出，波的一声轻响,一匹马的后腿早着。石子正好打中那马后腿的关节,那马奔跑正速,突然后腿一曲,向后坐倒,那腿登时断折。

马上乘客骑术甚精,这一下变故突起,他提身跃起,轻轻落在道旁,见马匹断了后腿,连声哀鸣,不由得皱起眉头,叫道:"糟糕,糟糕。"

胡斐离着他有七八丈远,只见另一名侍卫勒马回头,问道:"怎么啦?"那侍卫道:"这畜牲忽然失蹄,折断了腿,只怕不中用啦。"胡斐听了他说话的声音,猛然想起这人姓何,数年前在商家堡中曾经见过。

另一名侍卫道:"咱们回佛山去,另要一头牲口。"那姓何的侍卫正是当年和徐铮打过一架的何思豪,说道:"凤天南走得不知去向,佛山镇上乱成一团,没人理事,还是去向南海县要马吧。"说着拔出匕首,在马脑袋中一剑插进,免得那马多受痛苦。

那侍卫道:"咱们合骑一匹马吧,慢慢到南海县去。何大哥,你说凤天南当真不回佛山了?"何思豪道:"他毁家避祸,怎能回去?"那侍卫道:"这次南来,不但白辛苦一趟,还害死了你一匹好马。"

何思豪跨上马背,说道:"也不一定是白辛苦。福大帅府里的天下掌门人大会,是何等盛事,凤天南是五虎门掌门,未必不到。"说着伸手在马臀上一拍。那马背上乘了两人,不能快跑,只有迈步缓行。

胡斐听了"福大帅府里的天下掌门人大会"这几个字,心里一喜,暗想:"天下掌门人聚会,那可热闹得紧哪。凤天南便算不去,他落脚何方,多少也能在会中打听到一些消息。但不知那福大帅邀会各派掌门人,却是为了何事?"

突见松树上一个人影落了下来，正好骑在白马背上，袁紫衣这时哪里再容他逃脱，双足在马镫上一登，跃在半空。

第六章 紫衣女郎

　　胡斐回到大树底下牵过马匹，纵骑向北，一路上留心凤天南和五虎门的踪迹，却是半点影子也无。这一日过了五岭，已入湖南省境，只见沿路都是红土，较之岭南风物，大异其趣。

　　胡斐纵马疾驰，过马家铺后，将至栖凤渡口，猛听得身后传来一阵迅捷异常的马蹄声响，回头一望，只见一匹白马奋鬣扬蹄，风驰而来，当即勒马让在道旁。刚站定，耳畔呼的一响，那白马已从身旁一窜而过，四蹄竟似不着地一般。马背上乘着一个紫衣女子，只因那马实在跑得太快，女子的面貌没瞧清楚，但见她背影苗条，稳稳的端坐马背。

　　胡斐吃了一惊："这白马似是赵三哥的坐骑，怎么又来到中原？"他心中记挂赵半山，想要追上去问个明白，刚张口叫了声："喂！"那白马已奔得远了，垂柳影下，依稀见那紫衣女子回头望了一眼，白马脚步不停，片刻之间，已奔得无影无踪。

　　胡斐好生奇怪，催马赶路，但白马脚程如此迅速，纵然自己的坐骑再快一倍，就算日夜不停奔驰，也决计赶她不上，催马追赶，也只是聊尽人事而已。

　　第三日到了衡阳。那衡阳是湘南重镇，离南岳衡山已不在远。一路上古松夹道，白云绕山，令人胸襟为之一爽。

　　胡斐刚入衡阳南门，突见一家饭铺廊下系着一匹白马，身长腿高，貌相神骏，正是途中所遇的那匹快马。胡斐少年时与赵半山缔交,对他的白马瞧得极是仔细,此时一见,俨是故物,不禁大喜,忙走到饭铺中,想找那紫衣女子,却是不见人影。

胡斐要待向店伙询问,转念一想,公然打探一个不相识女子的行踪,大是不便,于是坐在门口,要了酒饭。

少停酒菜送上,湖南人吃饭,筷极长,碗极大,无菜不辣,每味皆浓,颇有豪迈之风,很配胡斐的性子。他慢慢喝酒,寻思少待如何启齿和那紫衣女子说话,猛地想起:"此人既乘赵三哥的白马,必和他有极深的渊源,何不将赵三哥所赠的红花放在桌上?她自会来寻我说话。"他右手拿着酒杯,反伸左手去取包袱,却摸了个空,回过头一看,包袱竟已不知去向。

包袱明明放在身后桌上,怎地一转眼便不见了?向饭铺中各人一望,并无异样人物,心中暗暗称奇:"若是寻常盗贼顺手牵羊,我决不能不知。此人既能无声无息的取去,倘在背后突施暗算,我也必遭毒手,瞧来今日是在湖南遇上高人了。"当下问店伙道:"我的包袱放在桌旁,怎地不见了?你见到有人取去没有?"

那店伙听说客人少了东西,登时大起忙头,说道:"贵客钱物,概请自理,除非交在柜上,否则小店恕不负责。"胡斐笑道:"谁要你赔了?我只问你瞧见有人拿了没有。"那店伙道:"没有,没有。我们店里怎会有贼?客官千万不可乱说。"胡斐知道跟他缠不清楚,又想连自己也没察觉,那店伙怎能瞧见?正自沉吟,那店伙道:"客官所用酒饭,共是一钱五分银子,请会钞吧。"

那包袱之中,尚有从凤天南赌场中取来的数百两银子,他身畔可是不名一文,见店伙催帐,不由得一窘。那店伙冷笑道:"客官若是手头不便,也不用赖说不见了包袱啊。"

胡斐懒得和他分辩,到廊下去牵过自己坐骑,却见那匹白马已不知去向,不由得一怔:"这白马跟偷我包袱之人必有干连。"这么一来,对那紫衣女子登时多了一层戒备之心,于是将坐骑交给店伙,说道:"这头牲口少说也值得八九两银子,且押在柜上,待我取得银子,连牲口的草料钱一并来赎。"那店伙立时换了一副脸色,陪笑道:"不忙不忙,客官走好。"

胡斐正要去追寻白马的踪迹,那店伙赶了上来,笑道:"客官,今日你也无钱吃饭,我指点你一条路,包你有吃有住。"胡斐嫌他啰唆,正要斥退,转念一想:"什么路子?是指点我去寻包袱么?"于是点了点头。

那店伙笑道:"这种事情一百年也未必遇得上,偏生客官交了运,枫叶庄万老拳师不迟不早,刚好在七日前去世,今日正是头七开丧。"胡斐道:"那跟我有甚相干?"那店伙笑道:"大大的相干。"转身到柜上取了一对素烛、一筒线香,交给胡斐,说道:"从此一直向北,不到三里地,几百棵枫树围着一座大庄院,便是枫叶庄了。客官拿这副香烛去吊丧,在万老拳师的灵前磕几个响头,庄上非管吃管住不可。明儿你说短了盘缠,庄上少说也得送你一两银子路费。"

胡斐听说死者叫做"万老拳师",心想同是武林一脉,先有几分愿意,问道:"那枫叶庄怎地如此好客?"那店伙道:"湘南几百里内,谁不知万老拳师慷慨仗义?不过他生前专爱结交英雄好汉,像客官不会武艺,正好乘他死后去打打秋风了。"胡斐先怒后笑,抱拳笑道:"多承指点。"问道:"那么万老拳师生前的英雄朋友,今天都要赶来吊丧了?"那店伙道:"谁说不是呢?客官便去开开眼界也是好的。"胡斐一听正中下怀,接过素烛线香,径往北去。

不出三里,果如那店伙所言,数百株枫树环抱着一座大庄院,庄外悬着白底蓝字的灯笼,大门上钉了麻布。

胡斐一进门,鼓手吹起迎宾乐曲。但见好大一座灵堂,两厢挂满素幛挽联。他走到灵前,跪下磕头,心想:"不管你是谁,总是武林前辈,受我几个头想来也当得起。"

他跪拜之时,三个披麻穿白的孝子跪在地下磕头还礼。胡斐站起身来,三个孝子向他作揖致谢。胡斐也是一揖,只见三人中两个身材粗壮,另一人短小精悍,相貌各不相同,心道:"万老拳师这三个儿子,定然不是一母所生,多半是三个妻妾各产一子了。"回身过来,但见大厅上挤满了吊客,一小半似是当地的乡邻士绅,大半则是武林豪士。胡斐逐一看去,并无一个相识,凤天南父子固不在内,那紫衣女子也无影踪,寻思:"此间群豪聚会,我若留神,或能听到一些五虎门凤家父子的消息。"

少顷开出素席,大厅与东西厢厅上一共开了七十来桌。胡斐坐在偏席,留心众吊客的动静。但见年老的多带戚容哀色,年轻的却高谈阔论,言笑自若,想是够不上跟万老拳师有什么交情,也不因他逝世而悲伤了。

正瞧间,只见三个孝子恭恭敬敬的陪着两个武官,让向首席,坐了向外的两个首座。两个武官穿的是御前侍卫服色。胡斐一怔,认得这二人正是何思豪和他同伴。首席上另外还坐了三个老年武师,想来均是武林中的前辈。三个孝子坐在下首作陪。

众客坐定后,那身材矮小的孝子站起身来,举杯谢客人吊丧。他谢过之后,第二个孝子也谢一遍,接着第三个又谢一遍,言辞举动一模一样,众客人一而再、再而三的起立还礼,不由得颇感腻烦。

胡斐正觉古怪,听得同桌一个后生低声道:"三个孝子一齐谢一次也就够了,倘若万老拳师有十个儿子,这般干法,不是要连谢十次么?"一个中年武师冷笑道:"万鹤声有一个儿子也就好了,还说十个?"那后生奇道:"难道这三个孝子不是他儿子么?"中年武师道:"原来小哥跟万老拳师非亲非故,居然前来吊丧,这份古道热肠,可真是难得之极了。"那后生胀红了脸,低下头不再说话。胡斐暗暗好笑:"此君和我一般,也是打秋风吃白食来的。"

那中年武师道:"说给你听也不妨,免得有人问起,你全然接不上榫头,那可脸上下不来。万老拳师名成业就,就可惜膝下无儿。他收了三个徒弟,那身材矮小的叫做孙伏虎,是老拳师的大弟子。这白脸膛的汉子名叫尉迟连,是二弟子。红脸膛酒糟鼻的大汉,名叫杨宾,是他的第三弟子。这三人各得老拳师之一艺,武功是很不差的,只是粗人不明礼节,是以大师兄谢了,二师兄也谢,三师弟怕失礼,跟着也来谢一次。"那后生红着脸,点头领教。

其实三个师兄弟各谢一次,真正的原因却并不是粗人不明礼节。

胡斐跟首席坐得虽不甚近,但留神倾听,盼望两名侍卫在谈话之中会提到五虎门,透露一些凤天南父子行踪的线索。只听何思豪朗声道:"兄弟奉福大帅之命,来请威震湘南的万老拳师进京,参与天下掌门人大会,好让少林韦陀门的武功在天下武师之前大大露脸。想不到万老拳师一病不起,当真可惜之极了。"众人附和叹息。何思豪又道:"万老拳师虽然过世,但少林韦陀门是武林中有名的宗派,掌门人不可不到。不知贵门的掌门人由哪一位继任?"

孙伏虎等兄弟三人互视一眼,各不作声。过了半晌,三师弟杨宾说道:"师父得的是中风之症,一发作便人事不知,是以没留下遗言。"另一名侍卫道:"嗯,嗯。贵门的前辈尊长,定是有一番主意了。"二弟子尉迟连道:"我们几位师伯叔散处各地,向来不通音问。"那侍卫道:"如此说来,立掌门之事,倒还得费一番周折。福大帅主持的掌门人大会,定在八月中秋,距今还有两个月,贵门须得及早为计才好。"师兄弟三人齐声称是。

一名老武师道:"自来不立贤便立长,万老拳师既无遗言,那掌门一席,自非大弟子孙师兄莫属。"孙伏虎笑了笑,神色之间甚是得意。另一名老武师道:"立长之言是不错的。可是孙师兄虽然入门较早,论年岁却是这位尉迟师兄大着一岁。尉迟师兄老成精干,韦陀门若是由他接掌,定能发扬光大,万老拳师在天之灵,也必极为心慰了。"尉迟连伸袖擦了擦眼,显得怀念师父,心中悲戚。第三名老武师连连摇手,说道:"不然不然,若在平日,老朽原无话可说。但这番北京大会,各门各派齐显神通。韦陀门掌门人如不能艺压当场,岂不是坏了韦陀门数百年的英名?因此以老朽之见,这位掌门人须得是韦陀门中武功第一的好手,方能担当。"这番话说得众人连连点首,齐声称是。

那老武师又道:"三位师兄都是万老拳师的得意门生,各擅绝艺，武林中人人都是十分钦佩的。不过说到出乎其类，拔乎其萃，那还是后来居上，须推小师弟杨宾了。"第一名老武师哼了一声，道："那也未必。武学之道，多练一年，功夫便深一年。杨师兄虽然天资聪颖，但就功力而言，那是远远不及孙师兄了。刀枪拳脚上见功夫，这是丝毫勉强不来的。"第二名老武师道："说到临阵取胜，斗智为上，斗力其次。兄弟虽是外人，但平心而论，足智多谋，还该推尉迟师兄。"

他三人你一句，我一句，起初言语中都还客气，到后来渐渐面红耳赤，声音也越说越大。几十桌的客人停杯不饮，听他三人争论。胡斐心道："原来三个老武师都是受人之托，来作说客的，说不定还分别受了三名弟子的好处。"

吊客之中，有百余人是韦陀门的门人，大都是万老拳师的再传弟子，各人拥戴自己师父，先是低声讥讽争辩，到后来忍不住大声吵嚷起来。各亲朋宾客或分解劝阻，或各抒己见，或袒护交好，或指斥对方，大厅上登时乱成一片。有几个脾气暴躁、互有心病之人，竟拍桌相骂起来，眼见便要抢刀使拳。万老拳师尸骨未寒，门下的徒弟便要为掌门一席而同室操戈了。

那坐在首席的侍卫听着各人争吵，并不说话，望着万老拳师的灵位，只是微笑，眼见各人越闹越是厉害，突然站起身来，说道："各位且莫争吵，请听兄弟一言。"众人敬他是官，一齐住口。

那侍卫道："适才这位老师说得不错，韦陀门掌门人，须得是本门武功之首，这一节各位都是赞同的了？"大家齐声称是。那侍卫道："武功谁高谁低，嘴巴里是争不出来的。刀枪拳脚一比，立时便判强弱。好在三位是同门师兄弟，不论胜负，都不会失了和气，更不会折了韦陀门的威风。咱们便请万老拳师的灵位主持这场比武，由他老人家在天之灵择定掌门，倒是一段武林佳话呢。"

众人听了，一齐喝采，纷纷道："这个最公平不过。""让大家见识见识韦陀门的绝艺。""凭武功分胜败，事后再无争论。""究竟是北京来的侍卫老爷，见识高人一等。"

那侍卫见众人一致附和其说,神情甚是得意,说道:"同门师兄弟较艺比武,那是平常之极的事,兄弟却要请三位当众答允一件事。"尉迟连在师兄弟三人之中最是精明干练,当即说道:"但凭大人吩咐,我们师兄弟自当遵从。"那侍卫道:"既是凭武功分上下,那么武功最高的便为掌门,事后任谁不得再有异言,更起纷争。"三人齐声道:"这个自然。"他三人武功各有所长,常言道:"文无第一,武无第二。"各人自忖虽然并无必胜把握,但奋力一战,未始便不能压服两个同门。

那侍卫道:"既是如此,大伙儿便挪地方出来,让大家瞻仰韦陀门的精妙功夫。"众人七手八脚搬开桌椅,在灵位前腾出老大一片空地。眼见好戏当前,各人均已无心饮食,只有少数饕餮之徒,兀自低头大嚼。

那侍卫道:"哪两位先上?是孙师兄与尉迟师兄么?"孙伏虎说道:"好,兄弟献丑。"早有他弟子送上一柄单刀。孙伏虎接刀在手,走到师父灵前磕了三个头,转身说道:"尉迟师弟请上吧。"

尉迟连心想若是先与大师兄动手,胜了之后还得对付三师弟,不如让他们二人先斗个筋疲力尽,自己再来卞庄刺虎,捡个现成,于是拱手道:"兄弟武艺既不及师兄,也不及师弟,这个掌门原是不敢争的。只是各位老师有命,不得不勉强陪师兄师弟喂招,还是杨师弟先上吧。"

杨宾脾气暴躁,大声道:"好,由我先上便了。"从弟子手中接过单刀,大踏步上前。他也不知该当先向师父灵位磕头,当下立个门户,右手持刀横置左肩,左手成钩,劲坐右腿,左脚虚出,乃是六合刀法的起手"护肩刀"。

少林韦陀门拳、刀、枪三绝,全守六合之法。所谓六合,"精气神"为内三合,"手眼身"为外三合,其用为"眼与心合,心与气合,气与身合,身与手合,手与脚合,脚与胯合。"全身内外,浑然一体。宾客中有不少是武学行家,见杨宾横刀一立,神定气凝,均想:"此人武功不弱。"孙伏虎刀藏右侧,左手成掌,自怀里翻出，使一招"滚手刺扎"，说道："师弟请！"

与胡斐同桌的那中年武师卖弄内行，向身旁后生道："单刀看的是手，双刀看的是走。使单刀的右手有刀，刀有刀法，左手无物，那便安顿为难。因此看一人的刀上功夫，只要瞧他左手出掌是否厉害，便知高低。你瞧孙师兄这一掌翻将出来，守中有攻，功力何等深厚？"胡斐听他说得不错，微微点头。

说话之间，师兄弟俩已交上了手，双刀相碰，不时发出叮当之声。那中年武师又道："这二人刀法，用的都是'展、抹、钩、剁、砍、劈'六字诀，法度是很不错的。"那后生道："什么叫做钻母钩肚？"中年武师冷笑一声道："刀法之中，还有钻他妈妈、钩你肚子么？刃口向外叫做展，向内为抹，曲刃为钩，过顶为砍，双手举刀下斩叫做劈，平手下斩称为剁。"那后生胀红了脸，再也不敢多问。

胡斐虽然刀法精奇，但他祖传刀谱之中，全不提这些细致分别，注重的只是护身伤敌诸般精妙变招，这时听那中年武师说得头头是道，心道："原来刀法之中还有这许多讲究。但瞧这师兄弟俩的刀招，也无什么特异之处。"

眼见二人越斗越紧，孙伏虎矫捷灵活，杨宾却胜在腕力沉雄，一时倒也难分上下。正斗之间，大门外突然走进一人，尖声说道："韦陀门的刀法，哪有这等脓包的，快别现世了吧！"孙杨二人一惊，同时收刀跃开。

胡斐早已看清来人是个妙龄少女，但见她身穿紫衣，身材苗条，正是途中所遇那个骑白马的女子。她背上负着一个包袱，却不是自己在饭铺中所失的是什么？只见她一张瓜子脸，双眉修长，肤色虽然微黑，却掩不了姿形秀丽，容光照人，不禁大是惊讶："这女子年纪和我相若，难道便有一身极高武功，如此轻轻巧巧的取去包袱，竟使我丝毫不觉？"

孙杨二人听来人口出狂言，本来均已大怒，但停刀一看，却是个娉婷袅娜的女郎，愕然之下，说不出话来。

那女郎道："六合刀法，精要全在'虚、实、巧、打'四字。你们这般笨劈蛮砍，还提什么韦陀门？什么六合刀？想不到万老拳师英名远播，竟调教了这等弟子出来。"她声音爽脆清亮，人人均觉动听之至。

说这番话的如是一个汉子，孙杨二人早已发话动手，然而见这女郎纤腰削肩，宛似弱不禁风，哪里是个会武之人？但听她说出六合刀法那"虚、实、巧、打"四字诀，却又一点不错，一时不知如何对答。

尉迟连走上前去，抱拳说道："请教姑娘尊姓大名。"那女郎哼了一声，并不回答。尉迟连道："敝门今日在先师灵前选立掌门。请姑娘上坐观礼。"说着右手一伸，请她就坐。

那女郎秀眉微竖，说道："少林韦陀门是武林中有名门派，却从这些人中选立掌门，岂不堕了无相大师以下列祖的威名？"此言一出，厅上江湖前辈都是微微一惊。原来无相大师是少林寺的得道高僧，当年精研韦陀杵和六合拳法，乃是韦陀门的开山祖师，想不到这一个弱质少女，竟也知道这件武林掌故。

尉迟连抱拳道："姑娘奉哪一位前辈之命而来？对敝门有何指教？"他一直说话客气，但孙伏虎与杨宾早已大不耐烦，只是听那女郎出语惊人，这才暂不发作。

那女郎道："我自己要来便来，何必奉人之命？我和韦陀门有点儿渊源，见这里闹得太不成话，不得不来说几句话。"

这时杨宾再也忍耐不住，大声道："你跟韦陀门有什么渊源？谁也不认得你是老几。我们正有要事，快站开些，别在这儿碍手碍脚！"转头向孙伏虎道："大师兄，咱哥儿俩胜败未分，再来吧。"左步踏出，单刀平置腰际，便欲出招。

那女郎道："这一招'横身拦腰斩'，虚步踏得太实，凝步又站得不稳，目光不看对方，却斜视瞧着我。错了，错了。"孙伏虎、尉迟连、杨宾三人均是一怔，心想："这几句话对门对路，正如当日师父教招的说话，莫非她真会六合刀法吗？"

何思豪听那女郎与尉迟连对答，一直默不作声，这时插口说道："姑娘来此有何贵干？尊师是哪一位？"那女郎并不回答他的问话，却反问道："今日少林韦陀门选立掌门，是也不是？"何思豪道："是啊！"那女郎又道："只要是本门中人，谁的武功最强，谁便执掌门派，旁人不得异言，是也不是？"何思豪道："正是！"那女郎道："很好！我今日是抢韦陀门的掌门人来啦。"

众人见她脸色郑重，说得一本正经，不禁愕然相顾。何思豪见这女郎生得美丽，倒起了一番惜玉怜香之意，笑道："姑娘若是也练过武艺，待会请你演一路拳脚，好让大家开开眼界。现下先让他们三位师兄弟分个高低如何？"

那女郎哼了一声，道："他们不必再比了，一个个跟我比便是。"她手指韦陀门的一名弟子，说道："把刀借给我一用。"她虽年轻纤弱，但说话的神态之中自有一股威严，竟令人不易抗拒。那弟子稍一迟疑，将刀递了过去，可是他并非倒转刀柄，而是刀尖向着女郎。

那女郎伸出两指，轻轻夹住刀背，轻轻提起，一根小指微微翘出，倒似是闺中刺绣时的兰花手一般。

她两指悬空提着单刀，冷然道："是两位一起上么？"

杨宾虽然鲁莽，但自来瞧不起女子，心想好男不与女斗，我堂堂男子汉，岂能跟娘儿们动手？何况这女郎疯疯癫癫，倒有几分邪门，还是别理她为妙，于是提刀退开，说道："大师哥，你打发了她吧！"孙伏虎也自犹豫，道："不，不……"

他一言未毕，那女郎叫道："燕子掠水！"右手两根手指一松，单刀下掉，手掌一沉，已抓住了刀柄，左手扶着右腕，刃口自下向上掠起，左手成钩，身子微微向后一坐。这一刀正是韦陀门正宗的六合刀法。

孙伏虎料不到她出招如此迅捷，但这一路刀法他浸淫二十余年，已练得熟到无可再熟，当下还了一招"金锁坠地"。那女郎道："关平献印。"翻转刀刃，向上挺举。按理她既使了"燕子掠水"单刀自下向上，那么接下去的第二招万万不该再使"关平献印"，仍是自下向上。哪知她这一招刀身微斜，举刀过顶，突然生出奇招，刃口陡横。孙伏虎吓了一跳，急忙低头。那女郎又叫道："凤凰旋窝！"左手倏出，在孙伏虎手腕上一击，单刀自上向下急斩。

只听当的一声，孙伏虎单刀落地，女郎的单刀却已架在他的颈中。旁观众人"啊"的一下，齐声惊呼，眼见她一刀急斩，孙伏虎便要人头落地。哪知这一刀疾挥而下，势道极猛烈，却忽地收住，刃口刚好与他头颈相触，连颈皮也不划破半点。这手功夫真是匪夷所思。

胡斐只瞧得心中怦怦乱跳，自忖要三招之内打败孙伏虎并不为难，但最后一刀劲力拿捏如此之准，自己只怕尚是有所不及。厅上众人之中，本来只有他一人知道那女郎武功了得，但经此三招，人人抓舌不下。

孙伏虎头一沉，想要避开刃锋，岂知女郎的单刀顺势跟了下来。孙伏虎本已弯腰低头，此时额角几欲触地，犹似向那女郎磕头。他空有一身武功，利刃加颈，竟是半分动弹不得。

那女郎向众人环视一眼，收起单刀，道："你练过'凤凰旋窝'这一招没有？"孙伏虎站直身子，低头道："练过。"心想："这一招我生平不知使过几千几万遍，但从来没这样用法。"惊疑之下，心中乱成一片，提刀退开。

杨宾见那女郎三招便将大师兄制服，突然起了疑心："莫非大师兄摆下诡计，要夺掌门，故意和这女子串通了来装神装鬼？"他越想越对，大声质问道："大师哥，你三招便让了人家，那是什么意思？我韦陀门的威名也不顾了吗？"孙伏虎惊魂未定，也不知怎地胡里胡涂的便让人家制在地下，一时无言可答，只是结结巴巴的道："我……我……"杨宾怒道："我什么？"提刀跃出，戟指喝道："你这……"

只说了两个字，眼前突见白光一闪，那女郎的单刀自下而上掠了过来，她刀法太快，竟是瞧不清楚，依稀似是一招"燕子掠水"。杨宾忙乱之中，顺手还了一招"金锁坠地"，这是他在师门中练熟了的套子。那女郎不等双刃相交，单刀又是一举，变为"关平献印"，跟着斜刀横出。杨宾吓了一跳，大叫道："凤凰旋窝。"语声未毕，只觉手腕一麻，手中单刀落地，对方的钢刀已架在自己颈上。

那女郎这三招与适才对付孙伏虎的刀法一模一样，只是出手更快，更是令人猝不及防，而这一刀斩下，离地不到三尺，杨宾的额头几欲触及地下。

那女郎冷然道："服不服了？"杨宾满腔怒火，大声道："不服。"那女郎手上微微使劲，刀刃向下稍压。岂知杨宾极是强项，心道："你便是将我脑袋斩下，我额头也不点地。"头颈反而一挺。

那女郎无意伤他性命，将单刀稍稍提起，道："你要怎地才肯服了？"杨宾心想她的刀法有些邪门，但真实武功决计不能胜我，于是大声道："你有胆子，就跟我比枪。"那女郎道："好！"收起单刀，向借刀的弟子抛了过去，说道："我瞧瞧你的六合枪法练得如何？"

杨宾跳起身来，他脸色本红，这时盛怒之下，更是胀得紫酱一般，大叫道："快取枪来，快取枪来！"一名弟子到练武厅去取了一柄枪来。杨宾大怒若狂，反手便是一个耳括子，骂道："这女人要和我比枪法，你没听见么？"这弟子给他一巴掌打得昏头昏脑，一时会不过意来。另一名弟子怕他再伸手打人，忙道："弟子去再拿一把。"奔入内堂，又取了一把枪来。

那女郎接过长枪，说道："接招吧！"提枪向前一送，使的是一招"四夷宾服"。这一招是六合枪中最精妙的招数，称为二十四式之首，其中妙变无穷，乃是中平枪法。

胡斐精研单刀拳脚，对其余兵刃均不熟悉，向那中年武师望了一眼，目光中含有请教之意。这武师武功平平，但跟随万老拳师多年，对六合门的器械拳脚却看得多、听得多了，于是背诵歌诀道：

"中平枪，枪中王，高低远近都不妨；去如箭，来如线……"

他歌诀尚未背完，但见杨宾还了一招。那女郎枪尖向下一压。那武师道："这招'美人认针'，招数也还平平，她枪法只怕不及杨师兄……"突见那女郎双手一捺，枪尖向下，已将杨宾的枪头压住，正是六合枪法中的"灵猫捕鼠"。这一招称为"无中生有枪"，乃是从虚式之中，变出极厉害的家数。

只三招之间，杨宾又已被制。他力透双臂，吼声如雷，猛力举枪上崩。那女郎提枪一抖，喀的一声，杨宾枪头已被震断。那女郎枪尖翻起，指在他小腹之上，轻声道："怎么？"

众人的眼光一齐望着杨宾，但见他猪肝般的脸上倏地血色全无，惨白如纸，身子一颤，拍的一声，将枪杆抛在地下，叫道："罢了，罢了！"转身向外急奔。他一名弟子叫道："师父，师父！"追近身去。杨宾飞起一腿，将弟子踢了个筋斗，头也不回的奔出大门去了。

大厅上众人无不惊讶莫名。这女郎所使刀法枪法，确是韦陀门正宗武功。孙伏虎与杨宾都是韦陀门中著名好手，但不论刀枪，都是不过三招，便给她制得更无招架余地。

尉迟连早收起了对那女郎的轻视之意，心中打定了主意，抱拳上前，说道："姑娘武功精妙绝伦，在下自然不是对手，不过……"那女郎秀眉微蹙，道："你话儿很多，我也不耐烦听。你若是口服心服，便拥我为掌门，若是不服，爽爽快快的动手便是。"尉迟连脸上微微一红，心道："这女子手上辣，口上也辣得紧。"于是说道："我师兄师弟都已服输，在下不献献丑是不成的了……"

那女郎截住话头，道："好，你爱比什么？"尉迟连道："韦陀门自来号称拳刀枪三绝……"那女郎也真爽快，将大枪一抛，道："唔，那你是要比拳脚了，来吧！"尉迟连道："咱们正宗的六合拳是不用比了，我自然和姑娘差得远，在下想请教一套赤尻……"那女郎脸色更是不豫，道："哼，你精研赤尻连拳，那也成！"右掌一起，便向他肩头琵琶骨上斩了下去。

原来这"赤尻连拳"也是韦陀门的拳法之一，以六合拳为根基，以猴拳为形，乃是一套近身缠斗的小擒拿手法，每一招不是拿抓勾锁，便是点穴打穴。尉迟连见她刀枪招数厉害，自恃这套赤尻连拳练得极是纯熟，心想她武功再强，小姑娘膂力总不及我，何况贴身近战，女孩儿家有许多顾忌之处，自己便可乘机取胜。

那女郎知道他的心意，一起手便出掌而斩。尉迟连左手挥出，想格开她右掌，顺手回点肩井穴。那女郎手腕竟不与他相碰，手掌一偏，指头已偏向左侧，径点他左胸穴道。尉迟连大喜，右掌回格，左手拿向她的腰间。那女郎右腿突然从后绕过自己左腿，砰的一腿，将他踢得直飞出去，摔在天井的石板之上，脸颊上鲜血长流。那女郎使的招式正是赤尻连拳，但竟是不容他近身。三个师兄弟之中，倒是这尉迟连受伤见血。

何思豪见那女郎武功如此高强，心中甚喜，满满斟了一杯酒，恭恭敬敬的送过去，说道："姑娘艺压当场，即令万老拳师复生，也未必有此武功。姑娘今日出任掌门，眼见韦陀门大大兴旺，实是可喜可贺。"

那女郎接过酒杯，正要放到口边，厅角忽有一人怪声怪气的说道："这位姑娘是韦陀门的么？我看不见得吧。"那女郎转头往声音来处看去，只见人人坐着，隔得远了，不知说话的是谁，于是冷笑道："哪一位不服，请出来说话。"

隔了片刻，厅角中寂然无声。何思豪道："咱们话已说明在先，掌门人一席凭武功而定。这位姑娘使的是韦陀门正宗功夫，刀枪拳脚，大家都亲眼见到了，可没一点含糊。本门弟子之中，有谁自信胜得过这位姑娘的，尽可上来比试。兄弟奉福大帅之命，邀请天下英雄豪杰进京，邀到的人武艺越高，兄弟越有面子，这中间可决无偏袒啊。"说着干笑了几声。

他见无人接口，向那女郎道："众人既无异言，这掌门一席，自是姑娘的了。武林之中，各门各派的掌门人兄弟也见过不少，可是从无一位如此年轻,如此美……咳咳,如此年轻之人,当真是英雄出在年少,有志不在年高。咱们说了半天话,还没请教姑娘尊姓大名呢。"

那女郎微一迟疑,想要说话,却又停口。何思豪道:"韦陀门的弟子,今天到了十之八九,待会便要拜见掌门,姑娘的大名,他们可不能不知啊。"那女郎点头道:"你说的是。我姓袁……名叫……名叫紫衣。"何思豪武功平平,却是见多识广,瞧她说话的神情,心想这未必是真名,她身穿紫衫,随口便诌了"紫衣"两字,但也不便说破,笑道:"袁姑娘便请上坐,我这首席要让给你才是呢。"

按照礼数,何思豪既是京中职位不小的武官,又是韦陀门的客人,袁紫衣便算接任掌门,也得在末座主位相陪。但她毫不谦逊,见何思豪让座,当即大模大样的在首席位上坐下了。

忽听厅角中那怪声怪气的声音哭了起来,一面哭,一面说道:"韦陀门昔年威震当世,今日怎地如此衰败?竟让一个乳臭未干的女娃娃上门欺侮啊!哦哦,哇哇哇!"他哭得真情流露,倒并不是有意调侃。

袁紫衣大声道:"你说我乳臭未干,出来见过高低便了。"这一次她瞧清楚了发话之人,是个六十来岁的老者,身形枯瘦,留着一撮鼠尾须,头戴瓜皮小帽,脑后拖着一根稀稀松松的小辫子,头发已白了九成。他伏在桌上,号啕大哭,叫道:"万鹤声啊万鹤声,人家说你便是死而复生,也敌不过这位如此年轻、如此美貌的姑娘,当真是佳人出在年少,貌美不可年高啊。"

他最后这几句话,显是讥刺何思豪的了。厅中几个年轻人忍不住笑出声来。只听这老者又哭道:"武林之中,各门各派的英雄好汉兄弟也见过不少,可是从无一位如此不要脸的官老爷啊!"这两句话一说,厅上群情耸动,人人知他是出言正面向何思豪挑战了。

何思豪如何忍得,大声喝道:"有种的便滚出来,鬼鬼祟祟的缩在屋角里做乌龟么?"那老者仍是放声而哭,说道:"兄弟奉阎罗王之命,邀请官老爷们到阴世大会,邀到的人官儿做得越大,兄弟越有面子啊。"何思豪霍地站起,向厅角急奔过去,左掌虚晃,右手便往老者头颈里抓去。那老者哭声不停,众人站起来看时,突然一道黑影从厅角里直飞出来,砰的一声,摔在当地,正是何思豪。众人都没瞧明白他是如何摔的。另一名侍卫见同伴失利,拔出腰刀抢上前去,厅上登时一阵大乱,但见黑影一晃,风声响处,这侍卫又是砰的一声摔在席前。

胡斐一直在留神那老者,见他摔跌这两名侍卫手法干净利落,使的便是尉迟连与袁紫衣适才过招的"赤尻连拳",看来这老者也是韦陀门的,只是他武功高出尉迟连何止倍蓰,定是他们本门的名手。他对清廷侍卫素无好感,见这二人摔得狼狈,隔了好一阵方才爬起,心中暗自高兴。

袁紫衣见到了劲敌,离席而起,说道:"你有何见教,爽爽快快的说吧,我可见不得人装神弄鬼。"那老者从厅角里缓缓出来,脸上仍是一把眼泪一把鼻涕。袁紫衣见他面容枯黄,颧骨高起,双颊深陷,倒似是个陈年的痨病鬼,但双目炯炯有神,当下不敢怠慢,凝神以待。

那老者不再讥刺,正色说道:"姑娘,你不是我门中人。韦陀门跟你无冤无仇,你何苦来拆这个档子?"袁紫衣道:"难道你便是韦陀门的?你姓什么?叫什么名字?"那老者道:"我姓刘,名叫刘鹤真。'韦陀双鹤'的名头你听见过么?我若不是韦陀门的弟子,怎能与万鹤声合称'韦陀双鹤'?"

"韦陀双鹤"这四个字,厅上年岁较大之人倒都听见过的,但大半只认得万鹤声,都知他为人任侠好义,江湖上声名甚好,另一只"鹤"是谁,就不大了然。这时听这个糟老头儿自称是"双鹤"之一,又亲眼见他一举手便将两个侍卫打得动弹不得,一时群相注目,窃窃私议。只是谁都不知他的底细,也说不出一个所以然来。

袁紫衣摇头道:"什么双鹤双鸭,没听见过。你要想做掌门,是不是？"刘鹤真道："不是，不是，千万不可冤枉。我是师兄，万鹤声是师弟。我要做掌门，当年便做了，何必等到今日？"袁紫衣小嘴一扁，道："哼，胡说八道，谁信你的话？那你要干什么？"刘鹤真道："第一，韦陀门的掌门，该由本门真正的弟子来当。第二，不论谁当掌门，不许趋炎附势，到京里结交权贵。我们是学武的粗人，乡巴佬儿，怎配跟官老爷们交朋友哪？"他一双三角眼向众人横扫了一眼，说道："第三，以武功定掌门，这话先就不通。不论学文学武，都是人品第一。若是一个卑鄙小人武功最强，大伙儿也推他做掌门么？"

此言一出，人群中便有许多人暗暗点头，觉得他虽然行止古怪，形貌委琐，说的话倒颇有道理。

袁紫衣冷笑道："你这第一、第二、第三，我一件也不依，那便怎样？"刘鹤真道："那又能怎样了？只好让我几根枯瘦精干的老骨头，来挨姑娘的粉拳罢啦！"

胡斐见二人说僵了便要动手，他自长成以来，游侠江湖，数见清廷官吏欺压百姓，横暴贪虐，心中素来恨恶，这时见刘鹤真公然折辱清廷侍卫，言语之中颇有正气，暗暗盼他得胜。只是那紫衣少女出手敏捷，实是个极厉害的好手，生怕刘鹤真未必敌得她过。

袁紫衣神色傲慢，竟是全不将刘鹤真放在眼内，冷然说道："你要比拳脚呢，还是比刀枪？"刘鹤真道："姑娘既然自称是少林韦陀门的弟子，咱们就比韦陀门的镇门之宝。"袁紫衣道："什么镇门之宝？说话爽爽快快，我最讨厌是兜着圈子磨耗。"刘鹤真仰天打个哈哈，道："连本门的镇门之宝也不知道，怎能担当掌门？"

袁紫衣脸上微露窘态，但这只是一瞬间之事，立即平静如恒，道："本门武功博大精深，练到最高境界，即令是最平常的一招一式，也能横行天下。六合刀也好，六合枪也好，哪一件不是本门之宝？"

刘鹤真不禁暗自佩服，她明明不知本门的镇门之宝是什么武功，然而这番话冠冕堂皇，令人难以辩驳，想来本门弟子人人听得心服，于是左手摸了摸上唇焦黄的胡髭，说道："好吧，我教你一个乖。本门的镇门之宝，乃是天罡梅花桩。你总练过吧？"

袁紫衣冷笑道："嘿嘿，这也算是什么宝贝了？我教你一个乖。武功之中，越是大路平实的，越是贵重有用。什么梅花桩，尖刀阵，这些花巧把式，都是吓唬人、骗孩子的玩意儿。不过不跟你试试，谅你心中不服。你的梅花桩摆在哪儿？"

刘鹤真拿起桌上一只酒碗，仰脖子喝干，随手往地下一摔。众人都是一怔，均想这一下定是呛啷一响，打得粉碎，哪知他这一摔劲力用得恰到好处，酒碗在地下轻轻一滑，下掉的力道登时消了，平平稳稳的合在厅堂的方砖之上，竟是丝毫无损。他一摔之后，随即又拿起第二只酒碗往地下摔去，双手接连不断，倘是空碗，便顺手抛出，碗中若是有酒，不论是满碗还是半碗，都是一口喝干。

片刻之间，地下已布满了酒碗，共是三十六只碗散置覆合。众人见他摔碗的手法固然巧劲惊人，而酒量也是大得异乎寻常，这一番连喝连掷，少说也喝了十二三碗烈酒。但见他酒越喝得多，脸色越黄，身子一晃，轻飘飘纵出，右足虚提，左足踏在一只酒碗的碗底，双手一拱，说道："领教。"

袁紫衣实不知这天罡梅花桩是如何练法，但仗着轻功造诣甚高，心下并不畏惧，左足一点，也跃上了一只酒碗的碗底。她径自站在上首，双手微抬，却不发招，要瞧对方如何出手，这才随机应变，只是见了他摔掷酒碗这番巧劲，知他与孙伏虎等不可同日而语，已无半分轻敌之意。

刘鹤真右足踏上一步，右拳劈面向袁紫衣打到，正是六合拳"三环套月"中的第一式。袁紫衣见对方拳到，自食指以至小指，四指握得参差不齐，生出三片棱角，知道这三角拳法用以击打人身穴道，此人自是打穴好手，当下左足斜退一步，还了一招六合拳中的"栽锤"，右手握的也是三角拳。

刘鹤真见她身法、步法、拳法、外形，无一不是本门正宗功夫，但适才折服孙伏虎等三人，所使变化心法，绝非本门所传，只不过其中差异，若非本门的一流高手却也瞧不出来，心中又是惊异，又是恼怒，当下踏上左步，击出一招"反躬自省"。这一拳以手背击人，在六合拳中称为"苦恼拳"，因拳法极难，练习之际苦恼异常，故有此名。

这苦恼拳练至具有极大威力，非十余年以上功力不办，袁紫衣无此修为，于是避难趋易，还了一招"摔手穿掌"，右手出的是摔碑手，左手出的是柳叶掌，那也是六合拳中的正宗功夫。

两人在三十六只酒碗碗底之上盘旋来去，使的都是六合拳法。在这天罡梅花桩上动手过招，要旨是抢得中桩，将敌手逼至外缘，如是则一有机会，出手稍重，敌手无路可退，只有跌落桩下。刘鹤真自幼便对这路武功深有心得，在这桩上已苦练数十年，左右进退，每一步踏下去实无分毫之差，数招之间，便已抢得中桩，于是拳力逐步加重。他知这少女年纪虽轻，武功实得高人传授，却也不敢贸然进犯，心想只要守住中桩，便已稳操胜算。

袁紫衣与孙伏虎、尉迟连等动手，虽说是三招取胜，其实在第一招中已是制敌机先，但此时在梅花桩上与刘鹤真比拳，每一掌每一拳击将出去，均遇到极重极厚的力道反击。她足底踏的是酒碗，只要着力稍重，酒碗立破，这场比武便算是输了，因此上一沾即走，从无一招敢稍稍用老，眼见敌人守得极稳，难以撼动，只得以上乘轻功点踏酒碗，围着对手身周游动，只盼找到敌方破绽。两人拆到三十余招，一套六合拳法的招数均已使完，但见刘鹤真瘦瘦的身形屹立如山，拳风渐响，显见劲力正自加强。

各门武功之中，均有桩上比武之法，只是桩子却变异百端，或竖立木桩，或植以青竹，或叠积砖石，甚至是以利刃插地，但这般在地下覆碗以代梅花桩，厅上众武师却从未见过。刘鹤真这三十六只酒碗似乎散放乱置，并非整整齐齐的列成梅花之形，但其中自有规范，他早已习练纯熟，即使闭目而斗，也是一步不会踏错。袁紫衣却每一步都须先向地下一望，瞧定酒碗方位，这才出足。如此时候一长，拳脚上竟是渐落下风。

刘鹤真心中暗喜，拳法渐变，右手三角拳着着打向对方身上各处大穴，左手苦恼拳却以厚重之力，拦封横闩，使的全是截手法。袁紫衣眼见不敌，左手斗然间自掌变指，倏地向前刺出，竟是六合枪法中的"四夷宾服"。刘鹤真吃了一惊，不及思索，急忙侧身避过，岂知袁紫衣右手横斩，出招是六合刀法中的一招"钩挂进步连环刀"。刘鹤真想不到她拳法竟会一变而成刀法，微一慌乱，肩头已被斩中。他肩头急沉，于瞬息之间将斩力卸去了八成，跟着还击一拳。袁紫衣左手"白猿献桃"自下而上削出，那是双手都使刀法，所用的不但是单刀，且是双刀了。

这一下掌刀斩至，刘鹤真再难避过，砰的一响，胁下中掌，身子一晃，跌下碗来。

胡斐在旁瞧得明白，心想这位武学高手如此败于对方怪招之下，大是可惜，随手抓起席上两只空酒碗，学着刘鹤真的手法，向地下斜掷过去。两只酒碗轻轻一滑，正好停在刘鹤真的脚下。

刘鹤真这一跌下梅花桩来，只道已然败定，猛觉得脚底多了两只酒碗，一怔之下，已知有高人自旁暗助。众人目光都集于相斗的两人，胡斐轻掷酒碗，竟没一人留意。

袁紫衣以指化枪，以手变刀，出的虽然仍是六合枪、六合刀的功夫，但是韦陀门之中，从无如此怪异的招数。刘鹤真惊疑不定，抱拳说道："姑娘武功神妙，在下从所未见，敢问姑娘是哪一门哪一派高人所授？"袁紫衣道："哼，你定然不认我是本门弟子。也罢，倘若我只用六合拳胜你，那便怎地？"

刘鹤真正要她说这句话，恭恭敬敬的答道："姑娘如真用本门武功折服在下，那是光大本门的天大喜事。小老儿便是跟姑娘提马鞭儿，也所甘愿。"他适才领教了袁紫衣的武功，狂傲之气登敛，跟着转头向胡斐那方位拱手说道："小老儿献丑。"这一拱手是相谢胡斐掷碗之德，他虽不知援手的是谁，但知这两只酒碗是从该处掷来。

袁紫衣当刘鹤真追问她门派之时，已想好了胜他之法，见刘鹤真抱拳归一,踏步又抢中桩,当即出一招"滚手虎坐",使的果然是六合拳正路武功。

数招一过,刘鹤真又渐抢上风。此时他出拳抬腿之际,比先前更加了一分小心谨慎,生怕她在拳招之中又起花样,再拆数招,见对方拳法无变,心中略感宽慰,眼见她使的是一招"打虎式",当即右足向前虚点,出一招"乌龙探海",突觉右脚下有些异样,眼光向下一瞥,不由得一惊。只见本来合覆着的酒碗,不知如何这时竟转而仰天。幸好他右足只是虚点,这一步若是踏实了,势必踏在碗心,酒碗固然非破不可,同时身子向前一冲,焉得不败?

他一惊之下,急忙半空移步,另踏一碗,身子晃动,背上已出了一身冷汗。斜眼看时,只见袁紫衣左足提起时将酒碗轻轻带起,也不知她足底如何使劲,放下时那酒碗已翻了过来。她左足顺势踏在碗口,右足提起,又将另一只酒碗翻转,这一手轻功自己如何能及?心想:"只有急使重手,乘着她未将酒碗尽数翻转,先将她打下桩去。"当下催动掌力,加快进逼。哪知袁紫衣不再与他正面对拳,只是来往游走,身法快捷异常,在碗口上一着足立即换步,竟无霎时之间停留,片刻之间,已将三十八只酒碗翻了三十六只,只剩下刘鹤真双脚所踏的两只尚未翻转。若不是胡斐适才掷了两只碗过去,他是连立足之处也没有了。

当此情势,刘鹤真只要一出足立时踏破酒碗,只有站在两只酒碗之上,不能移动半步,呆立少时,脸色凄惨,说道:"是姑娘胜了。"举步落地,脸上更是黄得宛如金纸一般。

袁紫衣大是得意,问道:"这掌门是我做了吧?"刘鹤真黯然道:"小老儿是服了你啦,但不知旁人有何话说?"袁紫衣正要发言询问众人,忽听得门外马蹄声急促异常,向北疾驰。

听这马蹄落地之声,世间除了自己的白马之外,更无别驹。她脸色微变,抢步出门,只见白马的背影刚在枫林边转过,马背上骑着一个灰衣男子,正是自己偷了他包袱的胡斐。

她纵声大叫:"偷马贼,快停下!"胡斐回头笑道:"偷包贼,咱们掉换了吧!"说着哈哈大笑,策马急驰。

袁紫衣大怒,提气狂奔。她轻功虽然了得,却怎及得上这匹日行千里的快马?奔了一阵,但见人马的影子越来越小,终于再也瞧不见了。

这一个挫折,将她连胜韦陀门四名好手的得意之情登时消得干干净净。她心下气恼,却又奇怪:"这白马大有灵性,怎能容这小贼偷了便跑,毫不反抗?"

她奔出数里,来到一个小镇,知道再也赶不上白马,要待找家茶铺喝茶休息,忽听得镇头一声长嘶,声音甚熟,正是白马的叫声。她急步赶去,转了一个弯,但见胡斐骑着白马,回头向她微笑招手。

袁紫衣大怒,随手拾起一块石子,向他背心投掷过去。胡斐除下头上帽子,反手一兜,将石子兜在帽中,笑道:"你还我包袱不还?"袁紫衣纵身而前,要去抢夺白马,突听呼的一响,一件暗器来势劲急,迎面掷将过来。

她伸左手接住,正是自己投过去的那块石子,就这么缓得一缓,只见胡斐双腿一夹,白马奔腾而起,倏忽已在十数丈外。

袁紫衣怒极,心想:"这小子如此可恶。"她不怪自己先盗人家包袱,却恼他两次戏弄,只恨白马脚程太快,否则追上了他,夺还白马不算,不狠狠揍他一顿,也真难出心头之气。只见一座屋子檐下系着一匹青马,她不管三七二十一,奔过去解开缰绳,飞身而上,向胡斐的去路疾追,待得马主惊觉,大叫大骂的追出来时,她早已去得远了。

袁紫衣虽有坐骑,但说要追上胡斐,却是休想,一口气全出在牲口身上,不住的乱鞭乱踢。那青马其实已是竭尽全力,她仍嫌跑得太慢。驰出数里,青马呼呼喘气,渐感不支。将近一片树林,只见一棵大松树下有一件白色之物,待得驰近,却不是那白马是什么?

她心中大喜,但怕胡斐安排下诡计,引自己上当,四下里一望,不见此人影踪,这才纵马往松树下奔去。离那白马约有数丈,突见松树上一个人影落了下来,正好骑在白马背上,哈哈大笑,说道:"袁姑娘,咱们再赛一程。"这时袁紫衣哪再容他逃脱,双足在马镫上一登,身子斗地飞起,如一只大鸟般向胡斐扑了过去。

胡斐料不到她竟敢如此行险,在空中飞扑而至,若是自己击出一掌,她在半空中如何能避?当即一勒马缰,要坐骑向旁避开。岂知白马认主,口中低声欢嘶,非但不避,反而向前迎上两步。

袁紫衣在半空中右掌向胡斐头顶击落,左手往他肩头抓去。胡斐一生之中,从未和年轻女子动过手,这次盗她白马,一来认得这是赵半山的坐骑,要问她一个明白,二来怪她取去自己包袱,显有轻侮之意,要小小报复一下,但突然见她当真动手,不禁脸上一红,身子一偏,跃离马背,从她身旁掠过,已骑上了青马。

二人在空中交叉而过。胡斐右手伸出,潜运指力,扯断她背上包袱的系绳,已将包袱取在手中。袁紫衣夺还白马,余怒未消,又见包袱给他取回,叫道:"小胡斐,你怎敢如此无礼?"胡斐一惊,问道:"你怎知我名字?"袁紫衣小嘴微扁,冷笑道:"赵三叔夸你英雄了得,我瞧也稀松平常。"

胡斐听到"赵三叔"三字,心中大喜,忙道:"你识得赵半山赵三哥么?他在哪里?"袁紫衣俏脸上更增了一层怒气,喝道:"姓胡的小子,你敢讨我便宜?"胡斐愕然道:"我讨什么便宜了?"袁紫衣道:"怎么我叫赵三叔,你便叫赵三哥,这不是想做我长辈么?"

胡斐自小便生性滑稽,伸了伸舌头,笑道:"不敢,不敢!你当真叫他赵三叔?"袁紫衣道:"难道骗你了?"胡斐将脸一板,道:"好,那我便长你一辈。你叫我胡叔叔吧,喂,紫衣,赵三哥在哪里啊?"

袁紫衣却从来不爱旁人开她玩笑,她虽知胡斐与赵半山义结兄弟,乃是千真万确之事,只见他年纪与自己相若,却厚起脸皮与赵半山称兄道弟,强居长辈,更是有气,刷的一声,从腰间抽出一条软鞭，喝道："这小子胡说八道，我教训教训你。"

胡斐见她这条软鞭乃银丝缠就，鞭端有一枚小小金球，模样甚是美观。她将软鞭在空中挥了个圈子，太阳照射之下，金银闪灿，变幻奇丽。她本想下马和胡斐动手，但一转念间，怕胡斐诡计多端，又要夺马，于是催马上前，挥鞭往胡斐头顶击落。这软鞭展开来有一丈一尺长，绕过胡斐身后，鞭头弯转，金球径自击向他背心上的"大椎穴"。

胡斐上身一弯，伏在马背，只道依着软鞭这一掠之势，鞭子必在背脊上掠过。猛听得风声有异，知道不妙，左手抽出单刀，不及回头瞧那软鞭来势，随手一刀反挥，当的一响，单刀与金球相撞，已将袁紫衣的软鞭反荡了开去。

原来她软鞭掠过胡斐背心，跟着手腕一沉，金球忽地转向，打向他右肩的"巨骨穴"。她眼见胡斐伏在马背，只道这一下定已打中他的穴道，要叫他立时半身麻软。哪知他听风出招，竟似背后生了眼睛，刀鞭相交，只震得她手臂微微酸麻。

胡斐抬起头来，嘻嘻一笑，心中却惊异这女郎的武功好生了得，她以软鞭鞭梢打穴，已是武学中十分难得的功夫，何况中途变招，将一条又长又软的兵刃使得宛如手指一般，击打穴道，竟无厘毫之差，同时不禁暗自惭愧，幸好她打穴功夫极其高强，自己才不受伤。

原来他虽见袁紫衣连败韦陀门四好手，武功高强，但仍道她艺不如己，对招之际，不免存了三分轻视之心，岂知她软鞭打穴，过背回肩，着着大出于自己意料之外，适才反手这一刀，料定她是击向自己巨骨穴，这才得以将她鞭梢荡开，若是她技艺略差，打穴稍有不准，这一刀自是砍不中她鞭梢，那么自己背上便会重重吃了一下，虽然不中穴道，一下剧痛势必难免。

袁紫衣但见他神色自若，实不知他心中已是大为吃惊，不由得微感气馁，长鞭在半空中一抖，吧的一声爆响，鞭梢又向他头上击去。

胡斐心念一动："我要向她打听赵三哥的消息，眼见这姑娘性儿高傲，若不占些便宜，怎肯明白跟我说出？说不得，瞧在赵三哥面上，便让她一招。"见鞭梢堪堪击到头顶，将头向左一让，这一让方位是恰到好处，时刻却略迟一霎之间，但听得波的一声，头上帽子已被鞭梢卷下。胡斐双腿一夹，纵马窜开丈许，还刀入鞘，回头笑道："姑娘软鞭神技，胡斐佩服得很。赵三哥他身子可好？他眼下是在回疆呢还是到了中原？"

他若是真心相让，袁紫衣胜了这一招，心中一得意，说不定便将赵半山的讯息相告。偏生他年少气盛，也是个极好胜之人，这一招让是让了，却让得太过明显，待她鞭到临头，方才闪避，而帽子被卷，脸上不露丝毫羞愧之色，反而含笑相询，简直有点长辈戏耍小辈模样。袁紫衣早已一眼看出，冷然道："你故意相让，当我不知道么？帽子还你吧！"说着长鞭轻轻一抖，卷着帽子往他头上戴去。

胡斐心想："她若能用软鞭又将帽子给我戴上，这份功夫也就奇妙得紧。我如伸手去接，反而阻了她的兴头。"于是含笑不动，瞧她是否真能将这丈余长的银丝软鞭，运用得如臂使手。但见鞭梢卷着帽子，顺着他胸口从下而上兜将上来，只因上势太慢，将与他脸平之时，鞭梢上兜的劲力已衰，鞭尾一软，帽子下落。胡斐忙伸手去接，突见眼前白光一闪，心知不妙，只听拍的一响，眼前金星乱冒，半边脸颊奇痛透骨。他知已中了暗算，立即右足力撑，左足一松，人已从左方钻到了马腹之下，但听得拍的一响，木屑纷飞，马鞍已被软鞭击得粉碎，那马吃痛哀嘶。

胡斐在马腹底避过她这连环一击，顺势抽出单刀，待得从马右翻上马背，单刀已从左手交向右手，右颊兀自剧痛，伸手一摸，只见满手鲜血，这一鞭实是打得不轻。

袁紫衣冷笑道："你还敢冒充长辈么？姑娘这一鞭若不是手下留情，不打下你十七八颗牙齿才怪。"

这句话倒非虚语，她偷袭成功，这一鞭倘是使上全力，胡斐颧骨非碎不可，左边牙齿也势必尽数打落，但饶是如此，已是他艺成以来从所未有之大败，不由得怒火直冲，圆睁双目，举刀往她肩头直劈下去。袁紫衣心中微感害怕，知道对手实非易与，这一次他吃了大亏，动起手来定然全力施为，于是舞动长鞭，劲透鞭梢，将胡斐挡在两丈之外，要教他欺不近身来。

就在此时，只听得大路上銮铃响动，三骑马缓缓驰来，见到有人动手，一齐驻马而观。胡斐和袁紫衣同时向三人望了一眼，只见两个穿的是清廷侍卫服色，中间一人穿的是常服，身材魁伟，约莫四十来岁年纪。

鞭长刀短，兵刃上胡斐先已吃亏，何况他骑的又是一匹受了伤的劣马。袁紫衣的坐骑却是神骏无伦，她骑术又精，竟似从小便在马背上长大一般，因此拆到十招以外，胡斐仍是欺不近身去。

他刀法一变，正要全力抢攻，忽听得一个侍卫说道："这女娃子模样儿既妙，手下也很来得啊。"另一个侍卫笑道："曹大哥你若是瞧上了，不如就伸手，别让这小子先得了甜头。"那姓曹的侍卫仰天哈哈大笑。

胡斐恼这两人出言轻薄，怒目横了他们一眼。袁紫衣乘隙挥鞭击到，胡斐头一低，从软鞭底下钻进，抢前数尺。只见袁紫衣纤腰一扭，那白马猛地向左疾冲。

这一下去势极快，但见银光闪烁，那姓曹的侍卫肩上已重重吃了一鞭。她回鞭抽向胡斐头顶，胡斐横刀架开。那白马已在另一名侍卫身旁掠过，只见她素手一伸，已抓住那侍卫后颈"天柱穴"。那白马一冲之势力道奇大，她并不使力，顺手已将那侍卫拉下马来，摔在地下。她也不回身，长鞭从肩头甩过，向后抽击第三个大汉。

这四下兔起鹘落，迅捷无伦，胡斐心中不禁暗暗喝了声采，心想这大汉虽然未出一声，但既与这两名侍卫结伴同行，少不免也要受一鞭无妄之灾。哪知道这大汉只是一勒马头，空手竟来抓她银鞭的鞭头。

袁紫衣见他出手如钩，竟是个劲敌，当即手腕一振，鞭梢甩起，冷笑道："阁下可是去京师参与掌门人大会么？"

那大汉一愕，道："姑娘何以知道？"袁紫衣道："瞧你模样，稍稍有点掌门人的味儿。你叫什么名字，是哪一门哪一派的掌门？"这两句话问得无礼之极，那大汉哼了一声，并不理会。那姓曹的侍卫狼狈爬起，大叫道："蓝师傅，教训教训这臭女娃子！"

袁紫衣腿上微微使劲，白马斗地向那姓曹的侍卫冲去。白马这一下突然发足，直是教人出其不意。姓曹侍卫大骇，急忙向左避让，袁紫衣的银鞭却已打到背心。那大汉见情势急迫，抽出腰中短剑，一招"拦腰取水四门剑"，以斜推正，已将鞭梢拨开。

袁紫衣足尖点着踏镫轻轻向后一推，白马猛地后退数步。这马疾趋疾退，竟是同样的迅捷。那大汉高声喝采："好马！"

袁紫衣冷笑道："我道是谁，原来是广西梧州八仙剑的掌门人蓝秦。"

这大汉正是蓝秦，眼见这少女不过二十左右年纪，容色如花，虽然出手迅捷，但能有多大江湖阅历，怎地只见一招，便道出自己的姓名身份？他心中惊诧，一面却也不禁得意，暗道："蓝某虽然僻处南疆，居然连一个年轻少女也知我威名。"微微一笑，问道："姑娘怎知在下姓名？"袁紫衣道："我正要找你，在这里撞见，那是再好也没有。"蓝秦更感奇怪，心想我和你素不相识啊，问道："姑娘高姓大名，找蓝某有何指教？"袁紫衣道："我叫你不用上京去啦，由我代你去便是。"蓝秦更是摸不着头脑，问道："此话怎讲？"袁紫衣道："哼，这还不明白？我叫你把八仙剑的掌门之位让了给我！"

蓝秦听她言语无礼，不由得大是恼怒，但适才见她连袭四人，手法巧妙之极，连自己也没瞧清，否则便能护住身旁侍卫，不让他如此狼狈的摔下马来。他生性谨细，心想她口出大言，必有所恃，当下却不发作，抱拳说道："姑娘尊姓大名？令师是谁？"

袁紫衣道："我又不跟你套交情，问我姓名干么？我师父的名头更加不能说给你知。我师父曾跟你有一面之缘。若是提起往事，我倒不便硬要你让这掌门之位了。"

蓝秦眉头紧蹙，想不起相识的武林名宿之中，有哪一位是使软鞭的能手。

两名侍卫一个吃了一鞭，一个被扯下马，自是均极恼怒。他们一向横行惯了的，吃了这亏哪肯就此罢休？两人齐声唿哨，一个马上，一个步下，同时向袁紫衣扑去。两人手中本来空着，当下一个拔刀，一个便伸手去抽腰中长剑。

袁紫衣软鞭晃动，拍的一响，拔刀的侍卫右腕上已重重吃了一记。他手指抓住刀柄，但觉手腕剧痛入骨，再也无力拔出腰刀。袁紫衣这银丝软鞭又长又细，与一般软鞭大不相同，一招打中那侍卫的手腕，鞭梢毫不停留，快如电光石火般一吐，又已卷住了那姓曹侍卫的剑柄，顺势上提。这一下真是快得出奇，比那侍卫伸手去握剑还要抢先一步。姓曹的但见银光一闪，自己手指尚未碰到剑柄，剑已出鞘，大骇之下，急忙挥手外甩，饶是如此，剑锋已在他手掌心划过，登时鲜血淋漓。

袁紫衣软鞭一振，长剑激飞上天，竟有数十丈高，她将软鞭缠回腰间，便如紫衣外系了一条银色丝绦，旁人一瞥之下，哪知这是一件厉害的兵刃？她并不抬头看剑，却向蓝秦问道："你这掌门之位到底让是不让？"

蓝秦正仰头望着天空急落而下的长剑，听她说话，随口道："什么？"袁紫衣道："我要你让这八仙剑掌门之位。"这时长剑已落到她跟前，袁紫衣一面说话，一面听风辨器，一伸手便抓住了剑柄。长剑从数十丈高处落将下来，势道何等凌厉，何况这剑除了剑柄之外，通身是锋利的刃口，她竟眼角也没斜一下，随随便便就拿住了剑柄。

这一手功夫不但蓝秦大为震惊，连旁观的胡斐也暗自佩服，心想："她适才夺了少林韦陀门的掌门，何以又要夺八仙剑的掌门？"

但见她正当妙龄，武功却如此了得，生平除赵半山外，从未见过如此武学的高手，心中一起赞佩之意，脸上的鞭伤似乎也不怎么疼痛了。

蓝秦见她露了这手绝技，更不敢贸然从事，想用言语套问出她的底细，说道："姑娘这手听风辨器的功夫，似是山西佟家的绝艺啊。"袁紫衣一笑，道："你眼光倒好。那么我这手掷剑上天的功夫呢？"说着右手一挥，长剑又飞向天空。这一次却不是剑尖向上的直升，而是一路翻着筋斗，舞成个银色光圈，冉冉上升，虽然去势不急，但形状特异，蔚为奇观。

蓝秦抬头观剑，猛听得风声微动，身前有异，急忙一个倒纵步退开丈许，只见金光一闪，袁紫衣银丝软鞭上的小金球刚从自己腰间掠过，若不是见机得快，身上佩剑又已被她抢去。

原来袁紫衣知他武功高出两个侍卫甚多，是以故意掷剑成圈，引开他的目光，再突然出手抢剑，哪知还是给他惊觉避开。她心中连叫可惜，蓝秦却已暗呼惭愧。他雄霸西南，门徒遍及两广云贵，二十年来从未遇到挫折，想不到这样一个黄毛丫头今日竟来如此轻侮自己，这时再也难以忍耐，刷的一声，长剑出手，叫道："好，我便领教姑娘的高招。"

这时空中长剑去势已尽，笔直下堕。袁紫衣软鞭甩上，鞭头卷住剑柄，倐地向前一送，长剑疾向蓝秦当胸刺来。两人相隔几及两丈，但一霎之间，剑尖距他胸口已不及一尺，就如一条丈许长的长臂抓住剑柄，突然向他刺到一般。这一招蓝秦又是出其不意，一惊之下，急忙横剑封挡。

袁紫衣叫道："湘子吹箫！"蓝秦这一招正是八仙剑法中的"湘子吹箫"。八仙剑在西南各省甚为盛行，他想你识得我的招数有何希罕，要瞧你是否挡得住了，双眉一扬，喝道："是'湘子吹箫'便怎地？"袁紫衣道："阴阳宝扇！"一语未毕，软鞭卷着长剑，向他左胸右胸分刺一剑，正是八仙剑的正宗剑法"汉锺离阴阳宝扇"。

蓝秦又是一惊，心想她会使八仙剑法并不出奇，奇在以软鞭送剑,居然力透剑尖,刃直如矢,当下踏上一步,要待抢攻,心想她以软鞭使剑,剑上力道虚浮,只要双剑一交,还不将她长剑击下地来。哪知他长剑一提,手势刚起,还未出招,袁紫衣叫道:"采和献花!"忽地收转软鞭。此时鞭上势道已完,长剑下落,她左手接剑,右手持鞭,笑吟吟的望着对手。

蓝秦又给她叫破一招,暗想鞭长剑短,马高步低,自己双重不利,何况她怪招百出,一味戏耍纠缠,自己只要稍有疏神,着了她的道儿,岂非一世威名付于流水?当下按剑横胸,正色说道:"如此儿戏,那算什么?姑娘倘若真以八仙剑赐招,在下便奉陪走走。"

袁紫衣道:"好,若不用正宗八仙剑法胜你,谅你也不甘让那掌门之位。"说着一跃下马,便在下马之时,已将软鞭缠回腰间。

蓝秦剑尖微斜,左手捏个剑诀,使的是半招"铁拐李葫芦系腰",只待对手出剑,下半招立时发出。

袁紫衣长剑一抖,待要进招,回眸朝胡斐望了一眼,向蓝秦道:"跟你比试一下不打紧,我这宝马可别让马贼盗了去。"胡斐道:"当你跟人动手之时,我不打你这马儿的主意便是。"袁紫衣道:"哼,小胡斐诡计多端,谁信了他谁便上当。"左手拉住马缰,嗤的一剑,金刃带风,一招"张果老倒骑驴"斜斜刺出。

蓝秦见她左手牵马,右手使剑,暗想这是你自己找死,可怪不得旁人,当即"拨云见日"、"仙人指路"、"魁星点元",拆了一招却还了两剑。

袁紫衣见他剑招凌厉,脸上虽是仍含微笑,心中却登时收起轻视之意,暗想师父所言非虚,八仙剑法果是剑中一绝,此人使将出来,比我的功力可要深厚得多了,于是也以八仙剑法见招拆招。她左手拉着马缰,既不能转身抢攻,也难以大纵大跃,自是诸多受制。但她门户守得甚是严密,蓝秦却也找不到破绽,只见她所使剑法果是本门嫡派,不由得暗暗称异,心想本门之中,怎能出了如此人物?

斗剑之处,正当衡阳南北来往的官道大路,两人只拆得十余招,北边来了一队推着小车的盐贩,跟着南边大道上也来了几辆骡车。众商贩眼见路上有人相斗,一齐停下观看。不多时南北两端又到了些行旅客商。众人一来见斗得热闹,二来畏惧两个朝廷武官,都候在路上静静旁观。

又斗一阵,蓝秦已瞧出对方虽然学过八仙剑术,但剑法中许多精微奥妙之处,却并未体会得到,只是她武功甚杂,每到危急之际,便突使一招似是而非的八仙剑法,将自己的杀着化解了开去,因此一时倒也不易取胜。他见旁观者众,对手非但是个少女,而且左手牵马,显是以半力与自己周旋,纵使和她打成平手,也已没脸面上京参与掌门人之会了,当下催动剑力,将数十年来钻研而得的心法一招招使将出来。旁观众人见他越斗越勇,剑光霍霍,绕着袁紫衣身周急攻,不由得都为她担心。只有那两名侍卫却盼蓝秦得胜,好代他们一雪受辱之耻。

袁紫衣久战不下,偶一转身,见到胡斐脸上似笑非笑,似有讥嘲之意,心想:"好小子,你笑我来着,教你瞧瞧姑娘手段!"但这番斗剑限于只使八仙剑,其余武功尽数使不出来,左手又牵着白马,若是斗了一会将马缰放开,凭轻功取胜,那还是教胡斐小看了。她好胜心切,眼见蓝秦招招力争上风,自己剑势已被他长剑笼住,倏地左手轻轻向前一带。那白马极有灵性,受到主人指引,猛然一冲,人立起来,似要往蓝秦的头上踏落。

蓝秦一惊,侧身避让,突觉手腕一麻,手中长剑已脱手飞上天空。他全神闪避马蹄,竟没防到手中兵刃遭了对方暗算。他在武林中虽不算得是一流高手,但数十年来事事小心,这才长保威名,想不到一生谨慎,到头来还是百密一疏,败在一个少女的手下。蓝秦兵刃脱手,立时一个箭步,抢到自己坐骑之旁,又从鞍旁取出一柄长剑,原来此人做事把细之极,连长剑也多带了一把。斗见白光一闪,袁紫衣将手中长剑也掷上了天空,双剑在空中相交,当的一声响,蓝秦那柄剑竟在空中断成两截。

她这震剑断刃的手法全是一股巧劲,否则双剑在空中均无着力之处，如何能将纯钢长剑震断？她使此手法，意在哗众取宠，便如变戏法一般，料想旁人非喝采不可，这采声一作，蓝秦心中恼怒，再斗便易胜过他了。

果然旁观众人齐声喝采。蓝秦一呆之下，脸色大变。袁紫衣接住空中落下的长剑，分心刺到，叫道："曹国舅拍板！"蓝秦提剑挡格，当的一响，长剑又自断为两截。

这一下仍是袁紫衣取巧，她出招虽是八仙剑法，但双剑相交之际，剑身微微一抖，已然变招。蓝秦一剑落空，被她蓦地里凌空拍击，殊无半点力道相抗，待得运劲，剑身早断，拆穿了说，不过是他横着剑身，任由对方斩断而已。只是袁紫衣心念如闪电，出招似奔雷，一计甫过，二计又生，实是叫他防不胜防。

旁观众人见那美貌少女连断两剑，又是轰雷似的一声大采。

蓝秦心下琢磨："这女子虽未能以八仙剑法胜我，但她武功甚博，诡异百端，我再跟她动手也是枉然。"眼见她洋洋自得，翻身上了马背，便拱手道："佩服，佩服！"弯腰拾起三截断剑，说道："在下这便还乡，终身不提剑字。只是旁人问起，在下输在哪一派哪一位英雄豪杰剑底，却教在下如何回答？"

袁紫衣道："我姓袁名紫衣，至于家师的名讳吗……"纵马走到蓝秦耳旁，凑近身去，在他耳边轻说了几个字。

蓝秦一听之下，脸色又变，脸上沮丧恼恨之色立消，变为惶恐恭顺，说道："早知如此，小人如何敢与姑娘动手？姑娘见到尊师之时，便说梧州蓝某向他老人家请安。"说着牵马倒退三步，候在道旁。

袁紫衣在白马鞍上轻轻一拍，笑道："得罪了！"回头向胡斐嫣然一笑，一提马缰。那白马并未起步，斗然跃起，在空中越过了十余辆盐车，向北疾驰，片刻间已不见了影踪。

大道上数十对眼睛一齐望着她的背影。一人一马早已不见，众人仍是呆呆的遥望。

袁紫衣一日之间连败南方两大武学宗派的高手，这份得意之情，实是难以言宣，但见道旁树木不绝从身边飞快倒退，情不自禁，纵声唱起歌来。

只唱得两句，突觉背上热烘烘的有些异状，忙伸手去摸，只听轰的一声，身上登时着火。这一来如何不惊？一招"乳燕投林"，从马背飞身跃起，跳入了道旁的河中，背上火焰方始熄灭。她急从河中爬起，一摸背心，衣衫上已烧了一个大洞，虽未着肉，但里衣也已烧焦。

她气恼异常，低声骂道："小贼胡斐，定是你又使鬼计。"当下从衣囊中取出一件外衫，待要更换，一瞥间只见白马左臀上又黑又肿，两只大蝎子爬着正自吮血。袁紫衣大吃一惊，用马鞭将蝎子挑下，拾起一块石头砸得稀烂。这两只大蝎毒性厉害，马臀上黑肿之处不住的慢慢扩展。白马虽然神骏，这时也已抵受不住痛楚，纵声哀鸣，前腿一跪，卧倒在地。

袁紫衣彷徨无计，口中只骂："小贼胡斐，胡斐小贼！"顾不得更换身上湿衣，伸手想去替白马挤出毒液。白马怕痛，只是闪避。正狼狈间，忽听南方马蹄声响，三乘马快步奔来，当先一人正是胡斐。

银光一闪，袁紫衣软鞭在手，飞身迎上，挥鞭向胡斐夹头夹脑劈去，骂道："小贼，暗箭伤人，算什么好汉？"

胡斐举起单刀，当的一下将她软鞭格开，笑道："我怎地暗箭伤人了？"

袁紫衣只觉手臂微微酸麻，心想这小贼武功果然不弱，倒也不可轻敌，骂道："你用毒物伤我坐骑，这不是下三滥的卑鄙行径吗？"胡斐笑道："姑娘骂得很是，可怎知是我胡斐下的手？"

袁紫衣一怔，只见他身后两匹马上，坐的是那两个本来伴着蓝秦的侍卫。两人垂头丧气，双手均被绳子缚着。胡斐手中牵着两条长绳，绳子另一端分别系住两人的马缰，原来两名侍卫被他擒着而来。袁紫衣心念一动，已猜到了三分，便道："难道是这两个家伙？"

胡斐笑道："他二位的尊姓大名，江湖上的名号，姑娘不妨先劳神问问。"袁紫衣白了他一眼，道："你既知道了，便说给我听。"胡斐道："好，在下来给袁姑娘引见两位武林中的成名人物。这位是小祝融曹猛，这位是铁蝎子崔百胜。你们三位多亲近亲近。"

袁紫衣一听两人的浑号，立时恍然，"小祝融"自是擅使火器，铁蝎子当然会放毒物，定是这二人受了折辱，心中不忿，乘着自己与蓝秦激斗之时，偷偷下手相害。当即拍拍拍、拍拍拍，连响六下，在每人头上抽了三马鞭，只打得两人满头满脸都是鲜血。她指着铁蝎子喝道："快取解药治好我的马儿。否则再吃我三鞭，这一次可是用这条鞭子了！"说着软鞭一扬，喀喇一声响，将道旁一株大柳树的枝干打下了一截。

铁蝎子吓了一跳，将绑缚着的双手提了一提，道："我怎能……"胡斐不等他说完，单刀一挥，擦的一声，割断了他手上绳索。这一刀疾劈而下，绳索应刃而断，妙在出刀恰到好处，没伤到他半分肌肤。

袁紫衣横了他一眼，鼻中微微一哼，心道："显本事么？那也没什么了不起。"

铁蝎子从怀中取出解药，给白马敷上，低声道："有我的独门解药，便不碍事。"稍稍一顿，又道："只是这牲口三天中不能急跑，以免伤了筋骨。"

袁紫衣道："你去给小祝融解了绑缚。"铁蝎子心中甚喜，暗想："虽然吃了三马鞭，幸喜除曹大哥外并无熟人瞧见。他自己也吃三鞭，自然不会将此事张扬出去。"要知他们这些做武官的，身上吃些苦头倒没什么，最怕是折了威风，给同伴们瞧低了。他走过去给曹猛解了绑缚，正待要走，袁紫衣道："这便走了么？世间上可有这等便宜事情？"

崔曹两人向她望了一眼，又互瞧一眼。他二人给胡斐手到擒来，单是胡斐一人已非敌手，何况加上这个武艺高强的女子，只得勒马不动，静候发落。

袁紫衣道："小祝融把身边的火器都取出来，铁蝎子把毒物取出来，只要留下了一件，小心姑娘的鞭子。"说着软鞭挥出，一抖一卷，在空中拍的一声大响。

两人无奈，心想："你要缴了我们的成名暗器，以解你心头之恨，那也叫做无法可想。"只得将暗器取出。

小祝融的火器是一个装有弹簧的铁匣。铁蝎子手里却拿着一个竹筒，筒中自然盛放着蝎子了，这竹筒精光滑溜，起了一层黄油，自已使用多年。袁紫衣一见，想起筒中毛茸茸的毒物，不禁心中发毛，说道："你们两人竟敢对姑娘暗下毒手，可算得大胆之极。今日原是非死不可，幸亏姑娘生平有个惯例，一天之中只杀一人，总算你们运气……"崔曹二人相望一眼，均想："不知你今天已杀过了人没有。"却听袁紫衣接着道："……二人之中只须死一个便够。到底哪一个死，哪一个活，我也难以决定。这样吧，你们互相发射暗器，谁身上先中了，那便该死；躲得过的，就饶了他性命。我素来说一不二，求也无用。一、二、三！动手吧！"

曹崔二人心中犹豫，不知她这番话是真是假，但随即想起："若是给他先动了手，我岂非枉送了性命？"二人均是心狠手辣之辈，心念甫动，立即出手，只见火光一闪，两人齐声惨呼。小祝融颈中被一只大蝎咬住，铁蝎子胸前火球乱舞，胡子着火。

袁紫衣格格娇笑，说道："好，不分胜败！姑娘这口恶气也出了，都给我滚吧！"曹崔二人身上虽然剧痛，这两句话却都听得清清楚楚，当下顾不得毒蝎在颈，须上着火，一齐纵马便奔，直到驰出老远，这才互相救援，解毒灭火。

袁紫衣笑声不绝，一阵风过来，猛觉背上凉飕飕地，登时想起衣衫已破，一转眼，只见胡斐笑嘻嘻的望着自己，不由得大羞，红晕双颊，喝道："你瞧什么？"胡斐将头转开，笑道："我在想幸亏那蝎子没咬到姑娘。"袁紫衣不由得打个寒噤，心想："这话倒也不错，给蝎子咬到了，那还了得？"说道："我要换衣衫了，你走开些。"胡斐道:"你便在这大道之上换衣衫么?"袁紫衣又生气又好笑,心想自己一着急,出言不慎,于是又狠狠的瞪了他一眼,走到道旁树丛之后,急忙除下外衣,换了件杏黄色的衫子,内衣仍湿,却也顾不得了。烧破的衣衫也不要了,卷成一团,抛入河中。

胡斐眼望着紫衣随波逐流而去,说道:"姑娘高姓大名,可是叫作袁黄衫?"袁紫衣哼了一声,知他料到"袁紫衣"三字并非自己真名,忽然尖叫一声:"啊哟,有一只蝎子咬我。"伸手按住了背心。

胡斐一惊,叫道:"当真?"纵身过去想帮她打下蝎子。哪料到袁紫衣这一叫实是相欺,胡斐身在半空,袁紫衣忽地伸手用力一推。这一招来得无踪无影,他又全没提防,登时一个筋斗摔了出去,跌向河边的一个臭泥塘中。他在半空时身子虽已转直,但双足一落,臭泥直没至胸口。袁紫衣拍手嘻笑,叫道:"阁下高姓大名,可是叫作小泥鳅胡斐?"

胡斐这一下真是哭笑不得,自己一片好心,哪料到她会突然出手,足底又是软软的全不受力,无法纵跃,只得一步一顿,拖泥带水的走了上来。这时已不由得他不怒,但见袁紫衣笑靥如花盛放,心中又微微感到一些甜意,张开满是臭泥的双掌,扑了过去,喝道:"小丫头,我叫你改名袁泥衫!"

袁紫衣吓了一跳,拔脚想逃。哪知胡斐的轻功甚是了得,她东窜西跃,却始终给他张开双臂拦住去路。但见他一纵一跳,不住的伸臂扑来,她又不敢和他动手拆招,只要一还手,身上非溅满臭泥不可。这一来逃既不能,打又不得,眼见胡斐和身纵上,自己已无法闪避,一下便要给他抱住,索性站定身子,俏脸一板,道:"你敢碰我?"

胡斐张臂纵跃,本来只是吓她,这时见她立定,也即停步,鼻中闻到一股淡淡的幽香,忙退出数步,说道:"我好意相助,你怎地狗咬吕洞宾?"袁紫衣笑道:"这是八仙剑中的一招,叫作吕洞宾推狗。你若不信,可去问那个姓蓝的。"胡斐道:"以怨报德,没良心啊，没良心！"袁紫衣道："呸！还说于我有德呢，这叫做市恩，最坏的家伙才是如此。我问你，你怎知这两个家伙放火下毒，擒来给我？"

这句话登时将胡斐问得语塞。原来两名侍卫在她背上暗落火种，在她马臀上偷放毒蝎，胡斐确是在旁瞧得清楚，当时并不叫破，待袁紫衣去后，这才擒了两人随后赶来。

袁紫衣道："是么？所以我才不领你这个情呢。"她取出一块手帕，掩住鼻子，皱眉道："你身上好臭，知不知道？"胡斐道："这是拜吕洞宾之赐。"袁紫衣微笑道："这么说，你自己认是小狗啦。"她向四下一望，笑道："快下河去洗个干净，我再跟你说赵三……赵半山那小子的事。"她本想说"赵三叔"，但怕胡斐又自居长辈，索性改口叫"赵半山那小子"。

胡斐大喜，道："好好。你请到那边歇一会儿，我洗得很快。"袁紫衣道："洗得快了，臭气不除。"胡斐一笑，一招"一鹤冲天"，拔起身子，向河中落下。

袁紫衣看看白马的伤处，那铁蝎子的解药果然灵验，这不多时之间，肿势似已略退，白马不再嘶叫，想来痛楚已减。她遥遥向胡斐望了一眼，只见他衣服鞋袜都堆在岸边，却游到远远十余丈之外去洗身上泥污，想是赤身露体，生怕给自己见到。

袁紫衣心念一动，从包裹中取出一件旧衫，悄悄过去罩在胡斐的衣衫之上，将他沾满了泥浆的衣服鞋袜一古脑儿包在旧衫之中，抱在手里，过去骑上了青马，牵了白马，向北缓缓而行，大声叫道："你这样慢！我身有要事，可等不及了！"说着策马而行，生怕胡斐就此赤身爬起来追赶，始终不敢回头。但听得身后胡斐大叫："喂，喂！袁姑娘！我认栽啦，你把我衣服留下。"叫声越来越远，显是他不敢出河追赶。

袁紫衣一路上越想越是好笑，接连数次，忍不住笑出声来，又想最后一次作弄胡斐不免行险，若他冒冒失失，不顾一切，就此抢上岸来追赶，反要使自己尴尬万分。

这日只走了十余里,就在道旁找个小客店歇了。她跟自己说:"白马中了毒,铁蝎子那混蛋说的,若是跑动,便要伤了筋骨。"但在内心深处,却极盼胡斐赶来跟自己理论争闹。

一晚平安过去,胡斐竟没踪影。次晨缓缓而行,心中想像胡斐不知如何上岸,如何去弄衣衫穿,想了一会,忍不住又好笑起来。她每天只行五六十里路程,但胡斐始终没追上来,芳心可可,竟是尽记着这个浑身臭泥的小泥鳅胡斐。

胡斐道:"我先前只道回疆是沙漠荒芜之地,哪知竟有姑娘这般美女。"袁紫衣脸上一红,"呸"了一声,道:"你瞎说什么?"

第七章　风雨深宵古庙

这一日到了湘潭以北的易家湾,离省城长沙已不在远,袁紫衣正要找饭店打尖,只听得码头旁人声喧哗。但见湘江中停泊着一艘大船,船头站着一个老者,拱手与码头上送行的诸人为礼。她一瞥之下,见送行的大都是武林中人,个个腰挺背直,精神奕奕,老者身后站着两名朝廷的武官。

她见了这一副势派,心中一动:"莫非又是哪一派的掌门人,到北京去参与福大师的大会?"凝神瞧那老者时,见他两鬓苍苍,颔下老大一部花白胡子,但满脸红光,衣饰华贵,左手手指上戴着一只碧玉班指,远远望去,在阳光下发出晶莹之色,只听他大声说道:"各位贤弟请回吧!"抱拳一拱,身形端凝,当真是稳若泰山。

岸上诸人齐声说道:"恭祝老师一路顺风,为我九龙派扬威京师。"那老者微微一笑,说道:"扬威京师是当不起的,只盼九龙派的名头不在我手里砸了,也就是啦。"袁紫衣听他声音洪亮,中气充沛,这几句话似是谦逊,但语气间其实甚是自负。

只听得劈拍声响,震耳欲聋,湘江中红色纸屑飞舞,原来岸上船中一齐放起鞭炮。

袁紫衣知道鞭炮一完,大船便要开行,于是轻轻跃下马来,拾起两片石子,往鞭炮上掷去。两串鞭炮都是长逾两丈,石片掷到,登时从中断绝,嗤嗤声响,燃着的鞭炮堕入湘江,立时熄灭了。

这一来,岸上船中,人人耸动。鞭炮断灭,那是最大的不祥之兆。众人瞧得清楚,鞭炮是这黄衫少女用石片打断。六七名大汉立即奔近身去,将她团团围住,大声喝问:"你是谁?""谁派你来捣乱混闹?""打断鞭炮,是什么意思?""当真是吃了豹子胆、老虎心,竟敢来惹九龙派的易老师。"若非见她只是孤身的美貌少女,早就老拳齐挥,一拥而上了。

袁紫衣深知韦陀门与八仙剑的武功底细,出手时成竹在胸,并不畏惧,这九龙派却不知是什么来历,眼见众人声势汹汹,只得微笑道:"我用石子打水上的雀儿,不料失手打断了炮仗,实在过意不去。"

众人听她语声清脆,一口外路口音,大家又七张八嘴的道:"失手打断一串,也还罢了,岂有两串一齐打断之理?""你叫什么名字?""到易家湾来干么?""今日是黄道吉日,给你这一混闹,唉,易老师可有多不痛快!"

袁紫衣笑道:"两串炮仗有什么希罕?再去买过两串来放放也就是了。"说着从怀中取出一锭黄金,约莫有二两来重,托在掌中,这锭金子便是买一千串鞭炮也已足够。众人面面相觑,均觉这少女十分古怪,无人伸手来接。

袁紫衣笑道:"各位都是九龙派的弟子吗?这位易老师是贵派的掌门人,是不是?他要到北京去参与福大帅的天下掌门人大会,是不是?"她问一句,众人便点一点头。袁紫衣摇头道:"炮仗熄灭,那是大大的不祥。易老师还是乘早别去,在家安居纳福的好。"

人群中一个汉子忍不住问道:"为什么?"袁紫衣神色郑重,说道:"我瞧易老师气色不正,印堂上深透黑雾,杀纹直冲眉梢。若是到了京师,不但九龙派威名堕地,易老师还有杀身之祸。"众人一听,不由得相顾变色。有的在地下直吐口水,有的高声怒骂,也有的窃窃私议,只怕这女子会看相,这话说不定还真有几分道理。

众人站立之处与大船船头相去不远,她又语音清亮,每一句话都传入了那易老师耳中。他细细打量袁紫衣,见她身材苗条,体态婀娜，似乎并不会武，但适才用石片打断鞭炮，出手巧妙，劲道不弱，又见她所乘白马神骏英伟，实非常物，料想此人定是有所为而来，于是拱手说道："姑娘贵姓，请借一步上船说话。"袁紫衣道："我姓袁，还是易老师上岸来吧。"

当时湘人风俗，乘船远行，登船之后，船未开行而再回头上岸，于此行极为不利。那易老师眉头微皱，沉吟不语。他虽武功深厚，做到一派掌门，但生平对星相卜占、风水堪舆等说极是崇信，眼见炮仗为这年轻女子打灭，又说什么杀身之祸等等不祥言语，心想她越说越是难听，还不如置之不理，于是对船家说道："开船吧！"喃喃自语："阴人不祥，待到了省城，咱们再买福物，请神冲煞。"船家高声答应，有的拉起铁锚，有的便拔篙子。

袁紫衣见他不理自己，竟要开船，大声叫道："慢来慢来！你若不听我劝告，不出百里便要桅断舟覆，全船人等尽数死于非命。"易老师脸色更是阴沉，厉声道："我瞧你年纪轻轻，不来跟你一般见识。若再胡说八道，可莫怪我不再容情。"

袁紫衣一跃上船，微笑道："我全是一片好意，易老师何必动怒？请问易老师大名如何称呼，我再跟你拆一个字，对你大有好处。"易老师哼了一声，道："不须了！"袁紫衣道："好，易老师既不肯以尊号相示，我便拆一拆你这个姓。'易'字上面是个'日'字，下面是个'勿'字，'勿日'便是'不日'，意思是命不久矣。易老师此行乘船，走的是水路，'易'字加'一'加'水'，便成为'汤'，'赴汤'蹈火，此行大为凶险。舟为器皿之象，'汤'下加'皿'为'盪'，所谓'盪然无存'，全船人等，性命难保。'汤'字之上加'草'为'荡'，古诗云：'荡子行不归'，易老师这一次只怕要死于异乡客地了。"

易老师听到此处，再也忍耐不住，伸手在桅杆上用力一拍，砰的一声，一条粗大的桅杆不住摇晃，喝道："你有完没完？"

袁紫衣笑道："易老师此行，百事须求吉利，那个'完'字，是万万说不得的。易老师，你到北京是去争雄图霸，不是动拳脚，便要动刀枪。'易'字加'足'为'踢',加'刀'为'剔',因此你不但自己给人踢死,九龙派还给人剔除。"

易老师越听越怒,但听她说得头头是道,也不由得暗自心惊,强言道:"我单名一个'吉'字,早便吉祥吉利了,你还有何话说?"袁紫衣摇头道:"大凶大险。这个'吉'字本来甚好,但偏偏对易老师甚为不祥。'易'者,换也,将吉祥更换了去,那是什么?自然是不吉了。"易吉默然。

袁紫衣又道:"这'吉'字拆将开来,是'十一口'三字。易老师啊,凡人只有一口,你却有十一口。多出来的十口是什么口?那自然是伤口,是刀口了。由此观之,你此番上北京去,命中注定要身中十刀,尸骨不归故乡。"

越是迷信之人,越是听不得不祥之言。易吉本来雍容宽宏,面团团的一副富家翁气象,此时眉间斗现煞气,斜目横睨袁紫衣,冷笑道:"好,袁姑娘,多谢金玉良言。你是哪一位老师门下?令尊是谁?"

袁紫衣笑道:"你也要给我算命拆字么?何必要查我的师承来历?"易吉冷笑道:"瞧你年纪轻轻,咱们又素不相识,你定是受人指使,来踢易某的盘子来着。姓易的大不与小斗,男不与女争,你叫你背后那人出来,瞧瞧到底是谁身中十刀,尸骨不归故乡。"他伸手指着她脸,大声道:"你背后那人是谁?"

袁紫衣笑道:"我背后的人么?"假装回头一看,不由得一惊,只见岸边站着一人,穿一身粗布青衣,打扮作乡农模样,正是胡斐,心想不知他何时到了此处,自己全神贯注的给易吉拆字,竟没察觉。她不动声色,回过头来,笑道:"我背后这人么?我瞧他是个看牛挑粪的乡下小子。"

易吉怒道:"你莫装胡羊。我说的是在背后给你撑腰、叫你来捣鬼的那人,是男子汉大丈夫,何必藏头露尾,鬼鬼祟祟?"他料定是仇家暗中指使袁紫衣前来混闹,好使自己出行不利,此人必然熟知自己的性情忌讳,否则她何以尽说不吉之言?

其实袁紫衣存心捣乱，见他越是怕听不吉利的说话，便越是尽拣凶险灾祸来说，当下正色道："易老师，常言道良药苦口利于病，忠言逆耳利于行。我这番逆耳忠言，听不听也由得你。至于九龙派嘛，你若不去，由小女子代你去便了。"

当袁紫衣跃上船头不久，胡斐即已跟踪而至。那日他在河里洗澡时衣服被夺，赤身露体的不便出来，好在为时已晚，不久天便黑了，这才到乡农家去偷了一身衣服。他最关怀的是那本家传拳经刀谱。这刀谱放在贴肉衣服袋中，竟给她连衣带书，一起取了去，心想这女子先偷我包袱，又取我衣服，定是为了这本刀谱，心中十分忧急，一路疾赶。当日便追上了她，但见她勒马缓缓而行，却又不是偷了刀谱便即远走高飞的模样。他愈想愈疑，无法推测这女子真意何在，心想若是动手强抢，未必能够得手，于是暗暗在后窥视，要瞧她有何动静，另有何人接应。但跟了数日，始终不见有何异状。这日在易家湾湘江之畔，却见她向易吉起衅，竟是又要抢夺掌门人的模样。

胡斐暗暗称奇："这位姑娘竟是有一味掌门人癖。她遇到了掌门人便抢，为的是在江湖上闯万立威呢，还是另有深意？看来两人说僵了便要动手，且让他们鹬蚌相争，我便来个渔翁得利，设法夺回刀谱。此时牵她白马，易如反掌，但好曲子不唱第二遍，重施故技，未免显得我小泥鳅胡斐太也笨蛋。"于是慢慢走近船头，等候机会抢夺她背上包袱。

只见易吉一张红堂堂的脸膛由红转紫，嘶哑着嗓子说道："姑娘这么说，那是骂易某无能，不配作九龙派的掌门人？"袁紫衣微笑道："那也不是。易老师既然此行不利，性命可不是闹着玩的，不如把九龙派的掌门人让与我吧。小女子一片好心，纯系为你着想……"

她话未说完，突见船舱中钻出两条汉子，手中各持一条九节软鞭。一个中年大汉道："这女子疯疯癫癫，师父不必理她。待弟子赶她上岸，莫误了开船的吉时。"说着左手伸出，便去推袁紫衣的肩头。袁紫衣伸指在他手臂上轻轻一弹,说道:"吉时早已误了!"那汉子登觉臂弯中一麻,手掌没碰到她肩头,上臂便已软软的垂了下来。另一个汉子喝道:"大师哥,动家伙吧!"

两人齐声呼哨,呛啷啷一阵响亮,两条九节软鞭同时向袁紫衣膝头打去。他们不想伤她性命,是以软鞭所指之处并非要害。

袁紫衣见两人都使九节鞭,心念一动:"是了,他们叫做九龙派,大概最擅长的便是九节鞭。"她与易吉东拉西扯,一来是要他心烦意乱,二来是想探听他的武功家数,这时见双鞭击到,心中大喜:"好啊,你们遇上使软鞭的老祖宗啦。"双手伸出,快速无伦的抓住两根软鞭鞭头,相互一缠,打成结形,身子毫不移动,微笑着站在当地。

两名汉子尚未察觉,见鞭头并未打到她身上,反而双鞭互缠,各自用力一扯,这一来正中了袁紫衣之计,双鞭鞭头本来松松搭着,一扯之下,登成死结。两人惊得呆了,又是用力一扯。师兄弟俩膂力相当,谁也扯不动谁,两条软鞭却缠得更加紧了。

易吉喝道:"莽撞之徒!快退开了。"双手抓住长袍衣襟,向外一抖,喀喇喇一阵响,袍子上七个软扣一齐拉脱,左手反到身后一扯,长袍登时除了下来,露出袍内的劲装结束。这一手干净利落,威风十足。岸上站着的大都是他的弟子亲友,也有不少闲人,登时齐声喝了个大采。

袁紫衣摇头道:"口采不好。这一手'脱袍让位',脱袍不打紧,让位嘛,却是注定把掌门人之位让给我啦。"易吉心中一凛,果觉这一手也是不祥之兆,右手伸到腰间,轻轻一抖,手中已多了一条晶光闪亮的九节鞭。

这一抖寂然无声,钢鞭的九节互相竟无半点碰撞。袁紫衣暗叫:"啊哟,不好!这手功夫我可不会,今日只怕要糟!"只见他这条鞭子每一节均有鸡蛋粗细,他身材又极魁梧,便如船头上立了一座铁塔,拿着这条大鞭,当真是威风凛凛。

这时船家已收起了铁锚,船身在江中摇晃不定。易吉手臂一抖，九节鞭飞出去卷住了船头铁锚，跟着一挥，扑通声响，水花四溅，铁锚又已落入江中，船身登时稳住。这一手若非臂上有六七百斤膂力，焉能如此挥洒自如？眼见他这条九节鞭并有软鞭与钢鞭之长，内外兼修，非同小可。

袁紫衣心想："他膂力强大，挥鞭无声。此人只可智取，不能力敌。"见他身材魁梧，年纪又大，想来功力虽深，手脚就未必灵便，于是心生一计，说道："易老师，我是女子，如在船头跟你相斗，不论胜负，都于你此行不利。咱们总得另觅一个地方较量才是。"易吉心觉此言有理，可是又不愿上岸。

袁紫衣又道："易老师，咱们话得说在前头，若是我胜了你，你这九龙派掌门人之位，自得拱手相让，不知你门下的弟子们服是不服？"易吉气得紫脸泛白，喝道："不服也得服。但若你输了呢？"袁紫衣娇笑道："我跟你磕头，叫你作干爹，请你多疼我这干女儿啊。"说着倏地跃起，右足在桅索上一撑，左足已踏上了帆底的横杆，腰中银丝鞭挥出，向上一抖，卷住了桅杆，手上使劲，带动身子向上跃高。

她左臂刚抱住桅杆，右手又挥出银丝鞭再向上一卷，最后一招"一鹤冲天"，身子已高过桅杆，轻轻巧巧的落将下来，站在帆顶。这几下轻灵之极，码头上旁观的闲人无不喝采。九龙派的弟子中却有人叫了起来："喂，玩这手有什么意思？有种的便下来，领教领教易老师威震三湘的九龙鞭功夫。"袁紫衣大声道："在上边比武，大伙儿都瞧得清楚些。"

易吉哼了一声，将九龙鞭在腰间一盘，左手抓住桅杆，身子已离地二尺，跟着右手一搭，身子又上升二尺。那桅杆比大碗的碗口还粗，一手原是无法握住，但他手指劲力厉害，掌力又极沉雄，双手交互握抓，身子竟平平稳稳的上升，虽无袁紫衣的快捷剽悍，但在行家看来，这手功夫既稳且狠，实是非同小可。

袁紫衣眼见他离桅顶尚有丈余，心想一给他爬上，就不好斗，只有居高临下，先制止他上升，当下银丝鞭一晃，喝道："我这是十八龙鞭，多了你九龙。"鞭梢在空中抖动，搂头盖将下来。

易吉双手不空，如何抵挡？若要闪避，只有溜下桅杆，如此一招不交，已然输了，码头上的众弟子又高声叫骂起来："不要脸！""这哪是公平交手？""兀那婆娘，你下来动手！"却见易吉将头一偏，左臂抱住桅杆，右手挥动九节钢鞭，竟自下迎上，往银丝鞭上砸去。

袁紫衣生怕双鞭相交，若是给缠住了，拉扯起来，自己力小，必定吃亏，于是抖手扬鞭，避开他的兵刃，待要回鞭再击，哪知易吉使一招"插花盖顶"，舞动钢鞭护住头脸，左臂一松一紧，身子一纵一提，四五个起落，已稳稳坐上桅杆之顶，但听得码头上欢声大起，鼓掌如雷。

他这一来占得了有利地势，袁紫衣心中却反而放宽，见他适才出鞭，力道虽猛，招数中却无特异变化，远不及自己鞭法的精微巧妙，当下身子向左一探，刷的一声，银丝鞭自右环击而至。易吉稳稳坐着，九节鞭回转，将对方软鞭挡开。

这时阳光照耀，湘江中泛出万道金波，两人在五六丈高处相斗，两条软鞭犹似灵蛇盘旋，的是好看煞人。岸边人众愈聚愈多，湘江中上上下下的船舶也多收帆停舵，船中水手乘客，一齐仰首观斗。

易吉自知轻身功夫不如对方，只是稳坐帆顶，双足夹住桅杆，先占了个不败之地。袁紫衣却是东窜西跃，在帆顶的横桁上忽进忽退。她银丝鞭比对手的九龙鞭长了一倍有余，只有她攻击易吉的份儿，易吉却无法反击。拆到六十余招后，她手中一条长鞭如银蛇飞舞，招数愈出愈奇。易吉来来去去却只是七八招，密密护住了全身，俟机去缠对方软鞭。

一眼看来，袁紫衣似是占尽了上风，但她如此打法极是吃力，只要久攻不下，鞭法中稍有破绽，或是足下一滑一绊，那便输了。原来易吉的用心，正是孙子兵法中所谓"先为不可胜，以待敌之可胜"。袁紫衣早知他的心意，但不论如何变招进攻，他这七八招守护全身，竟是严密异常，无隙可乘。如在平地，她自可凌空下击，或是着地滚进，但自己引他高空相斗，反给他占了地利，却非始料之所及了。

又斗片刻，情势仍无变化，袁紫衣微感气息粗重，纵跃之际，已稍不及初时轻捷。易吉瞧出转机已至，待她长鞭掠到面前，突出左手，径去抓她鞭上金球。袁紫衣一惊，软鞭下沉，哪知易吉的九龙鞭反过来一压一钩，若非她银丝鞭闪避得快，双鞭已缠在一起。易吉得理不让人，瞧准了她鞭头回起之处，九龙鞭一招"青藤缠葫芦"，大喝一声，已将银丝鞭缠住。

袁紫衣只觉手臂一酸，手中长鞭给一股强力往外急拉，知道若与对方蛮夺，自己必输，她心思转得好快，危急中倏出险招，右手猛地一甩，银丝鞭的鞭柄脱手飞出，绕着桅杆急转圈子，但见银光闪动，刷喇喇一阵响，九节钢鞭和银丝软鞭两条软鞭，竟将易吉双腿连同右臂一齐绕在桅杆之上。

这一下变生不测，易吉怎料想得到？大惊之下，忙伸左手去解鞭，倏见袁紫衣扑到身前，左手探出，便来挖他眼球。易吉左手急忙放脱软鞭，举手挡架。哪知袁紫衣这一下乃是虚招，左掌在空中微一停顿，牵制他的左掌，右手疾出，早已点中了他左腋下的"渊腋穴"。这一招在旁人看来，简直是易吉自举手臂，露出腋底任由对方点穴一般。他穴道被点，左臂软软下垂，双腿与右臂却又给缚在桅上，可说是一败涂地，再无回手之力。

胡斐在地下见她败中取胜，这一手赢得巧妙无比，刚叫了声好，忽见黄光闪动，九枚金钱镖急向桅杆上飞去，射向袁紫衣后心。

袁紫衣将易吉打得如此狼狈，心中大是得意，正要在高处夸言几句，逼他亲口许诺让了掌门，这才放他，没料到下面竟然有人偷袭。这九枚金钱镖来得既快，部位又四下分散，她身在横桁之上，只要向左或是向右踏出半步，立时从五六丈高处摔将下来，却又如何避得？情急智生，身子向后一仰，登时摔下，九枚钱镖齐从帆顶掠过。船头岸上众人惊呼声中，只见她双足钩住横桁，身子挂在半空。

岸上偷发暗器之人一不做，二不休，跟着又是三枚钱镖射出，这一次却是一枚袭她身子，两枚射向横桁，只要她身子向上翻起，刚好是自行凑向钱镖。胡斐知道这一下袁紫衣再也无法避让，立即也是三枚制钱射出。他出手虽后，但手劲凌厉，钱镖去势却快，六枚铜钱在空中互撞，铮铮铮三声，一齐斜飞，落入了江中。

袁紫衣背上惊出了一身冷汗，刚欲翻身而起，胡斐大叫一声："这算什么？"跃上了船头，只听喀喇、喀喇两声巨响，横桁断折。袁紫衣跟着横桁向江中跌落，而易吉处身所在的桅杆，却也从中断绝。袁紫衣当时头下脚上，亲眼见到何人发射暗器偷袭，胡斐如何出手相救，但横桁怎地断折，却未瞧见。

原来易吉左胁穴道被点，半身动弹不得，右手却尚可用力，忙从双鞭缠绕之中脱出手臂，眼见袁紫衣倒挂桁上，当即将全身劲力运于掌上，发掌击向横桁。他膂力好大，连击三掌，桁断人落。

就在此时，胡斐也已跃上了船头，心想若是袁姑娘落水，这姓易的反而安坐桅顶，待他慢慢溜将下来，岂非是他胜了？当即背靠桅杆，运劲向后力撞，这桅杆又坚又粗，一撞之下只晃了几下。胡斐心中急了，拔出单刀，刷的一刀，劈断了桅杆。

眼见袁紫衣与易吉各自随着一段巨木往江中跌落，只是袁紫衣的横桁先断，身在半截桅杆之下，若是给断桅击中，性命可忧，胡斐当即抓起船头拉纤用的竹索，对准袁紫衣身前挥将过去，大喝道："抓住了！"竹索飞出，有如一条极长的软鞭。

袁紫衣身在半空，心中忙乱，她虽识得水性，但想在众目睽睽之下落水，待会湿淋淋的爬起，岂非狼狈万状？突见竹索飞到，急忙伸手抓住。胡斐一挥一拉，袁紫衣借势跃起，轻轻巧巧的落在船头。

她双足刚落上船板，只听得扑通一声巨响，水花四溅，无数水珠飞到了她头上脸上，正是易吉与断桅一齐落水。岸上人众大声呼叫，扑通扑通响声不绝。原来易吉不会水性，九龙派的十七八名弟子纷纷跃入湘江,争先恐后的去救师父。

袁紫衣向胡斐嫣然一笑,道:"胡大哥,谢谢你啦!"胡斐笑道:"我这'胡'字拆开来是'月十口'三字,看来我每月之中,要身中九刀。"

袁紫衣笑得更是欢畅,心想我适才给那易吉拆字,原来都教他偷听去啦,笑道:"幸好你名字中有个'非'字,这一'非也非也',那九刀之厄就逢凶化吉了。"胡斐笑道:"多谢姑娘金口。"

袁紫衣与他重逢,心中极是高兴,又承他出手相救,有意与他修好,又笑道:"你这'斐'字是文采斐然,那不必说了。'非'字下加'羽'字为'翡',主得金玉翡翠;加'草'字头为'菲',主芬芳华美;加绞丝旁为'绯',红袍玉带,主做大官。"胡斐伸了伸舌头,道:"升官发财,可了不起!"

两人在船头说笑,旁若无人。忽听得码头上一阵大乱,九龙派众门人将易吉连着断桅,七手八脚的抬上岸来。他年老肥胖,又不通水性,吃了几口水,一气一怒,竟自晕了过去。

袁紫衣暗暗心惊:"莫要弄出人命,这事情可闹大了。"低声道:"胡大哥,咱们快走吧!"说着一跃上岸,伸手去取那缠在断桅上的银丝软鞭。

九龙派众门人纷纷怒喝,六七条软鞭齐往她身上击了下来。只听得呛啷啷响成一片,六七条软鞭互相撞击,便似一道铁网般当头盖到。她银丝软鞭在手,借力打力,一鞭从头顶横过,身子已斜窜出去。她偷眼再向易吉望了一眼,只见他一个胖胖的身躯横卧地下,一动不动,也不知是死是活。胡斐翻身上马,右手牵着白马,叫道:"九龙派掌门人不大吉利,不当也罢。"袁紫衣笑道:"那就听你吩咐啦!"跃起身来,上了马背。

九龙派的众弟子大声叫嚷,纷纷赶来阻截。两条软鞭着地横扫,往马足上打去。袁紫衣回身一鞭,已将两条软鞭的鞭头缠住,右手一提马缰,白马向前疾奔。这马神骏非凡,脚步固然迅捷无比,力气也是大得异常,发力冲刺,登时将那两名手持软鞭的汉子拖倒。

这一下变起不意,两名汉子大惊之下,身子已被白马在地下拖了六七丈远。两人急欲站起,但白马去势何等快速,两人上身刚抬起,立时又被拖倒,惊惶之中竟自想不起抛掉兵刃,仍是死死的抓住鞭柄。

袁紫衣在马上瞧得好笑,倏地勒马停步,待那两名汉子站起身来,只见两人目青鼻肿,手足颜面全为地下沙砾擦伤,问道:"你们的软鞭中有宝么?怎地不舍得放手?"两句话刚问完,不等他们回答,右足足尖在马腹上轻轻一点。白马向前一冲,又将两人拖倒。这时两人方始省悟,撒手弃鞭,耳听得袁紫衣格格娇笑,与胡斐并肩驰去。

易家湾九龙派弟子众多,声势甚大,此日为老师送行,均会聚在码头之上,眼见易吉受挫,原要一拥而上。袁紫衣与胡斐武功虽强,终究是好汉敌不过人多。幸好袁紫衣临去施一手回鞭拉人,事势奇幻,众弟子瞧得目瞪口呆,一时会不过意来,待要抢上围攻,二人已驰马远去。这时易吉悠悠醒转,众弟子七张八嘴的上前慰问,痛骂袁紫衣使奸行诈,纷纷议论,却谁也不知她的来历,于是九龙派所有的对头,个个成了她背后指使之人。

袁紫衣驰出老远,直至回头望不见易家湾的房屋,才将夺来的两根九节钢鞭抛在地下。她转眼瞧瞧胡斐,见他穿着一身乡农的衣服,土头土脑,憨里憨气,忍不住好笑,但想适才若不是他出手救援,多半自己已将一条小命送在易家湾,此刻回思,不禁暗自心惊。

两人并骑走了一阵,胡斐道:"袁姑娘,天下武学,共有多少门派?"袁紫衣笑道:"不知道啊,你说有多少门派?"胡斐摇头道:"我说不上,这才请教。你现下已当了韦陀门、八仙剑、九龙派三家的大掌门啦。还得再做几派掌门,方才心满意足?"袁紫衣笑道:"虽然胜了易吉,但他门下弟子不服,这九龙派的掌门人,实在是当得十分勉强的。至于少林、武当、太极这些大门派的掌门人，我是不敢去抢的。再收十家破铜烂铁，也就够啦。"胡斐伸了伸舌头，道："武林十三家总掌门，这名头可够威风啊。"

袁紫衣笑道："胡大哥，你武艺这般强，何不也抢几家掌门人做做？咱们一路收过去。你收一家，我收一家，轮流着张罗。到得北京，我是十三家总掌门，你也是十三家总掌门。咱哥儿俩一同去参与福大帅的什么天下掌门人大会，岂不有趣？"

胡斐连连摇手，道："我可没这个胆子，更没姑娘的好武艺。多半掌门人半个也没抢着，便给人家一招'吕洞宾推狗'，摔在河里，变成了一条拖泥带水的落水狗！若是单做泥鳅派掌门人呢，可又不大光彩。"袁紫衣笑弯了腰，抱拳道："胡大哥，小妹这里跟你陪不是啦。"胡斐抱拳还礼，一本正经的道："三家大掌门老爷，小的可不敢当。"

袁紫衣见他模样老实，说话却甚是风趣，心中更增了几分欢喜，笑道："怪不得赵半山那老小子夸你不错！"胡斐心中对赵半山一直念念不忘，忙问："赵三哥怎么啦？他跟你说什么来着？"袁紫衣笑道："你追得我上，便跟你说。"伸足尖在马腹上轻轻一碰。

胡斐心想你这白马一跑，我哪里还追得上？眼见白马后腿一撑，便要发力，急忙腾身跃起，左掌在白马臀上一按，身子已落在白马的马背，正好坐在袁紫衣身后。那白马背上多了一人，竟是毫不在意，仍是放开四蹄，追风逐电般向前飞奔。那匹青马在后跟着，虽然空鞍，但片刻之间，已与白马相距数十丈之遥。

袁紫衣微微闻到背后胡斐身上的男子气息，脸上一热，待要说话，却又住口。奔驰了一阵，猛听得半空中一个霹雳，抬头一望，乌云已将半边天遮没。此时正当盛暑，阵雨说来便来，她一提马缰，白马奔得更加快了。

不到一盏茶时分，西风转劲，黄豆大的雨点已洒将下来。一眼望去，大路旁并无房屋，只左边山坳中露出一角黄墙，袁紫衣纵马驰近，原来是一座古庙，破匾上写着"湘妃神祠"四个大字，泥金剥落，显已日久失修。

胡斐跃下马来，推开庙门，顾不得细看，先将白马拉了进去。这时半空中焦雷一个接着一个，闪电连晃，袁紫衣虽然武艺高强，禁不住脸上露出畏惧之色。

胡斐到后殿去瞧了一下，庙中人影也无，回到前殿，说道："还是后殿干净些。"找了些稻草，打扫出半边地方，道："这雨下不长，待会雨收了，今天准能赶到长沙。"

袁紫衣"嗯"了一声，不再说话。两人本来一直说说笑笑，但自同骑共驰一阵之后，袁紫衣心中微感异样，瞧着胡斐，不自禁的有些腼腆，有些尴尬。

两人并肩坐着，突然间同时转过头来，目光相触，微微一笑，各自把头转了开去。

隔了一会，胡斐问道："赵三哥身子安好吧？"袁紫衣道："好啊！他会有什么不好？"胡斐道："他在哪里？我想念他得紧，真想见见他。"袁紫衣道："那你到回疆去啊。只要你不死，他不死，准能见着。"

胡斐一笑，道："你是刚从回疆来吧？"袁紫衣回眸微笑，道："是啊。你瞧我这副模样像不像？"胡斐摇头道："我不知道。我先前只道回疆是沙漠荒芜之地，哪知竟有姑娘这般美女。"袁紫衣脸上一红，"呸"了一声，道："你瞎说什么？"

胡斐一言既出，心中微觉后悔，暗想孤男寡女在这枯庙之中，说话可千万轻浮不得，于是岔开话题，问道："福大帅开这个天下掌门人大会，到底是为了什么，姑娘能见告么？"袁紫衣听他语气突转端庄，不禁向他望了一眼，说道："他王公贵人，吃饱了饭没事干，找些武林好手消遣消遣，还不跟斗鸡斗蟋蟀一般。只可叹天下无数武学高手，受了他的愚弄，竟不自知。"

胡斐一拍大腿，大声道："姑娘说的一点也不错。如此高见，令我好生佩服。原来姑娘一路抢那掌门人之位，是给这个福大帅捣乱来着。"袁紫衣笑道："不如咱二人齐心合力，把天下掌门人之位先抢他一半。这么一来,福大帅那大会便七零八落,不成气候。咱们再到会上给他一闹,教他从此不敢小觑天下武学之士。"胡斐连连鼓掌,说道:"好,就这么办。姑娘领头,我跟着你出点微力。"袁紫衣道:"你武功远胜于我,何必客气。"

两人说得高兴,却见大雨始终不止,反而越下越大,庙后是一条山涧,山水冲将下来,轰轰隆隆,竟似潮水一般。那古庙年久破败,到处漏水。胡斐与袁紫衣缩在屋角之中,眼见天色渐黑,乌云竟要似压到头顶一般,看来已是无法上路。胡斐到灶间找了些柴枝,在地下点燃了作灯,笑道:"大雨不止,咱们只好挨一晚饿了。"

火光映在袁紫衣脸上,红红的愈增娇艳。她自回疆万里东来,在荒山野地歇宿视作寻常,但是孤身与一个青年男子共处古庙,却是从所未有的经历,心头不禁有一股说不出的滋味。

胡斐找些稻草,在神坛上铺好,又在远离神坛的地下堆了些稻草,笑道:"吕洞宾睡天上,落水狗睡地下。"说着在地下稻草堆里一躺,翻身向壁,闭上了眼睛。袁紫衣暗暗点头,心想他果然是个守礼君子,笑道:"落水狗,明天见。"跃上了神坛。

她睡下后心神不定,耳听着急雨打在屋瓦之上,哗啦啦的乱响,直过了半个多时辰,才蒙眬睡去。

睡到半夜,隐隐听得有马蹄之声,渐渐奔近,袁紫衣翻身坐起。胡斐也已听到,低声道:"吕洞宾,有人来啦。"

只听马蹄声越奔越近,还夹杂着车轮之声。胡斐心想:"这场大雨自下午落起,中间一直不停,怎地有人冒着大雨,连夜赶路?"只听得车马到了庙外,一齐停歇。袁紫衣道:"他们要进庙来!"从神坛跃下,坐在胡斐身边。

果然庙门呀的一声推开了,车马都牵到了前殿廊下。跟着两名车夫手持火把,走到后殿,见到胡袁二人,道:"这儿有人,我们在前殿歇。"当即回了出去。只听得前殿人声嘈杂,约有二十来人，有的劈柴生火，有的洗米煮饭，说的话大都是广东口音。乱了一阵，渐渐安静下来。

忽听一人说道："不用铺床。吃过饭后，不管雨大雨小，还是乘黑赶路。"胡斐听了这口音，心中一凛。这时后殿点的柴枝尚未熄灭，火光下只见袁紫衣也是微微变色。

又听前殿另一人道："老爷子也太把细啦，这么大雨……"这时雨声直响，把他下面的话声淹没了。先前说话的那人却是中气充沛，语音洪亮，声音隔着院子，在大雨中仍是清清楚楚的传来："黑夜之中又有大雨，正好赶路。莫要贪得一时安逸，却把全家性命送了，此处离大路不远，别鬼使神差的撞在小贼手里。"

听到此处，胡斐再无怀疑，心下大喜，暗道："当真是鬼使神差，撞在我手里。"低声道："吕洞宾，外边又是一位掌门人到了，这次就让我来抢。"袁紫衣"嗯"了一声，却不说话。胡斐见她并无喜容，心中微感奇怪，于是紧了紧腰带，将单刀插在腰带里，大踏步走向前殿。

只见东厢边七八个人席地而坐，其中一人身材高大，坐在地下，比旁人高出了半个头，身子向外。胡斐一见他的侧影，认得他正是佛山镇的大恶霸凤天南。只见他将那条黄金棍倚在身上，抬眼望天，呆呆出神，不知是在怀念佛山镇那一份偌大的家业，还是在筹划对付敌人、重振雄风的方策？胡斐从神龛后的暗影中出来，前殿诸人全没在意。

西边殿上生着好大一堆柴火，火上吊着一口大铁锅，正在煮饭。胡斐走上前去，飞起一腿，呛啷啷一声响亮，将那口铁锅踢得飞入院中，白米撒了一地。

众人一惊，一齐转头。凤天南、凤一鸣父子等认得他的，无不变色。空手的人忙抢着去抄兵刃。

胡斐见了凤天南那张白白胖胖的脸膛，想起北帝庙中锺阿四全家惨死的情状，气极反笑，说道："凤老爷，这里是湘妃庙，风雅得很啊。"

凤天南杀了锺阿四一家三口，立即毁家出走，一路上昼宿夜行，尽拣偏僻小道行走。他做事也真干净利落，胡斐虽然机伶，毕竟江湖上阅历甚浅，没能查出丝毫痕迹。这日若非遭遇大雨，阴差阳错，决不会在这古庙中相逢。

凤天南眼见对头突然现身，不由得心中一寒，暗道："看来这湘妃庙是凤某归天之处了。"但脸上仍是十分镇定，缓缓站起身来，向儿子招了招手，叫他走近身去，有话吩咐。

胡斐横刀堵住庙门，笑道："凤老爷，也不用嘱咐什么。你杀锺阿四一家，我便杀你凤老爷一家。咱们一刀一个，决不含糊。你凤老爷与众不同，留在最后，免得你放心不下，还怕世上有你家人剩着。"

凤天南背脊上一凉，想不到此人小小年纪，做事也居然如此辣手，将黄金棍一摆，说道："好汉一人做事一身当，多说废话干么？你要凤某的性命，拿去便是。"说着抢上一步，呼的一声，一招"搂头盖顶"，便往胡斐脑门击下，左手却向后急挥，示意儿子快走。

凤一鸣知道父亲决不是敌人对手，危急之际哪肯自己逃命？大声叫道："大伙儿齐上！"只盼倚多为胜，说着挺起单刀，纵到了胡斐左侧。随着凤天南出亡的家人亲信、弟子门人，一共有十六七人，其中大半均会武艺，听得凤一鸣呼叫，有八九人手执兵刃，围将上来。

凤天南眉头一皱，心想："咳！当真是不识好歹。若是人多便能打胜，我佛山镇上人还不够多？又何必千里迢迢的背井离乡，逃亡在外？"但事到临头，也已别无他法，只有决一死战。他心中存了拚个同归于尽的念头，出手反而冷静，一棍击出，不等招术用老，金棍斜掠，拉回横扫。

胡斐心想此人罪大恶极，如果一刀送了他性命，刑罚远不足以抵偿过恶，眼见金棍扫到，单刀往上一抛，伸手便去硬抓棍尾，竟是一出手便是将敌人视若无物。凤天南暗想我一生闯荡江湖，还没给人如此轻视过,不由得怒火直冲胸臆,但佛山镇上一番交手,知对方武功实非己所能敌,手上丝毫不敢大意,急速收棍,退后一步。只听得头顶秃的一响,众人虽然大敌当前,还是忍不住抬头一看,原来胡斐那柄单刀抛掷上去,斩住了屋梁,留在梁上不再掉下。

胡斐纵声长笑,斗然插入人群之中,双手忽起忽落,将凤天南八九名门人弟子尽数点中了穴道,或手臂斜振,或提足横扫,一一甩在两旁。霎时之间,大殿中心空空荡荡,只剩下凤氏父子与胡斐三人。

凤天南一咬牙,低声喝道:"鸣儿你还不走,真要凤家绝子绝孙么?"凤一鸣兀自迟疑,提着单刀,不知该当上前夹击,还是夺路逃生?

胡斐身形一晃,已抢到了凤一鸣背后。凤天南一声大喝,金棍挥出,上前截拦。胡斐头一低,从凤一鸣腋下钻了过去,轻轻一掌,在他肩头一推,凤一鸣站立不稳,身子后仰,便向棍上撞去。凤天南大惊,急收金棍,总算他在这棍上下了数十年苦功,在千钧一发之际硬生生收回,才没将儿子打得脑浆迸裂。

胡斐一招得手,心想用这法子斗他,倒也绝妙,不待凤一鸣站稳,右手抓住了他后颈,提起左掌,便往他脑门拍落。凤天南想起他在北帝庙中击断石龟头颈的掌力,这一掌落在儿子脑门之上,怎能还有命在?急忙金棍递出,猛点胡斐左腰,迫使他回掌自救。

胡斐左掌举在半空,稍一停留,待金棍将到腰间,右手抓着凤一鸣脑袋,猛地往棍头急送。凤天南立即变招,改为"挑袍撩衣",自下向上抄起,攻敌下盘。胡斐叫道:"好!"左掌在凤一鸣背上一推,用他身子去抵挡棍招。

如此数招一过,凤一鸣变成了胡斐手中的一件兵器。胡斐不是拿他脑袋去和金棍碰撞,便是用他四肢来格架金棍。凤天南出手稍慢,欲待罢斗,胡斐便举起手掌,作势欲击凤一鸣要害,教他不得不救,但一救之下,总是处处危机,没一招不是令他险些亲手击毙了儿子。又斗数招,凤天南心力交瘁,斗地向后退开三步,将金棍往地下一掷,当的一声巨响,地下青砖碎了数块,惨然不语。

胡斐厉声喝道:"凤天南,你便有爱子之心,人家儿子却又怎地?"

凤天南微微一怔,随即强悍之气又盛,大声说道:"凤某横行岭南,做到五虎派掌门,生平杀人无算。我这儿子手下也杀过三四十条人命,今日死在你手里,又算得了什么?你还不动手,啰里啰唆的干么?"胡斐喝道:"那你自己了断便是,不用小爷多费手脚。"凤天南拾起金棍,哈哈一笑,回转棍端,便往自己头顶砸去。

突然间银光闪动,一条极长的软鞭自胡斐背后飞出,卷住金棍,往外一夺。凤天南膂力甚强,硬功了得,这一夺金棍竟没脱手,但回击之势,却也止了。这挥鞭夺棍的正是袁紫衣,她手上用力,向里一拉,凤天南金棍仍是凝住不动,她却已借势跃了出来。

袁紫衣笑道:"胡大哥,咱们只夺掌门之位,可不能杀伤人命。"胡斐咬牙切齿的道:"袁姑娘你不知道,这人罪恶滔天,非一般掌门人可比。"袁紫衣摇头道:"我抢夺掌门,师父知道了不过一笑。若是伤了人命,他老人家可要大大怪罪。"胡斐道:"这人是我杀的,跟姑娘毫无干系。"袁紫衣答道:"不对,不对!抢夺掌门之事,因我而起。这人是五虎派掌门,怎能说跟我没有干系?"胡斐急道:"我从广东直追到湖南,便是追赶这恶贼。他是掌门人也好,不是掌门人也好,今日非杀了他不可。"

袁紫衣正色道:"胡大哥,我跟你说正经话,你好好听着了。"胡斐点了点头。袁紫衣道:"你不知我师父是谁,是不是?"胡斐道:"我不知道。姑娘这般好身手,尊师定是一位名震江湖的大侠,请问他老人家大名怎生称呼。"

袁紫衣道:"我师父的名字,日后你必知道。现下我只跟你说,我离回疆之时,我师父对我说道:'你去中原,不管怎么胡闹,我都不管,但只要杀了一个人,我立时取你的小命。'我师父向来说一是一，说二是二，决没半分含糊。"胡斐道："难道十恶不赦的坏人，也不许杀么？"袁紫衣说道："照啊！那时我也这般问我师父。他老人家道：'坏人本来该杀。但世情变幻，一人到底是好是坏，你小小年纪怎能分辨清楚？世上有笑面老虎，也有虎面菩萨。人死不能复生，只要杀错一个人，那便终身遗恨。'"胡斐点头道："话是不错。但这人亲口自认杀人无算，他在佛山镇上杀害良善，又是我亲眼见到，决计错不了。"袁紫衣道："我是迫于师命，事出无奈。胡大哥，你瞧在我份上，高抬贵手，就此算了吧！"

胡斐听她言辞恳切，确是真心相求，自与她相识以来，从未听过她以这般语气说话，不由得心中一动，但随即想起锺阿四夫妇父子死亡枕藉的惨状，想起北帝神像座前石上小儿剖腹的血迹，想起佛山街头恶犬扑咬锺小二的狠态，一股热血涌上心头，大声道："袁姑娘，这儿的事你只当没碰上，请你先行一步，咱们到长沙再见。"

袁紫衣脸色一沉，愠道："我生平从未如此低声下气的求过别人，你却定是不依。这人与你又无深仇大怨，你也不过是为了旁人之事，路见不平而已。他毁家逃亡，昼宿夜行，也算是怕得你厉害了。胡大哥，为人不可赶尽杀绝，须留三分余地。"胡斐朗声说道："袁姑娘，这人我是非杀不可。我先跟你陪个不是，日后尊师若是怪责，我甘愿独自领罪。"说着一揖到地。

只听得刷的一响，袁紫衣银鞭挥起，卷住了屋梁上胡斐那柄单刀，一扯落下，轻轻一送，卷到了他面前，说道："接着！"胡斐伸手抓住刀柄，只听她道："胡大哥，你先打败我，再杀他全家，那时师父便怪我不得。"胡斐怒道："你一意从中阻拦，定有别情。尊师是堂堂大侠，前辈高人，难道就不讲情理？"

袁紫衣轻叹一声，柔声道："胡大哥，你当真不给我一点儿面子么？"火光映照之下，娇脸如花，低语央求，胡斐不由得心肠一软，但越是见她如此恳切相求，越是想到其中必有诈谋，心道：

"胡斐啊胡斐,你若惑于美色,不顾大义,枉为英雄好汉。你爹爹胡一刀一世豪杰,岂能有你这等不肖子孙?"眼见若不动武,已难以诛奸杀恶,叫道:"如此便得罪了。"单刀一起,一招"大三拍",刀光闪闪,已将袁紫衣上盘罩住,左手扬处,一锭纹银往凤天南心口打去。

袁紫衣见他痴痴的望着自己,似乎已答应自己所求,心中正自欢喜,哪知道他竟会突然出手。两人相距不远,这一招"大三拍"来得猛恶,银丝鞭又长又软,本已不易抵挡,而他左手又发暗器,但听风声劲急,显是这暗器出手极是沉重,只怕凤天南未必挡得住。袁紫衣心念一闪:"他不会伤我!"长鞭甩出,急追上去,当的一声,将那锭纹银打落,对胡斐的刀招竟是不封不架。

原来胡斐知她武功决不在己之下,只要一动上手,便非片时可决,凤天南父子不免逃走,是以突然发难,但身边暗器只有钱镖,便是打中也不能致命,于是将一锭五两重的纹银发了出去,这一下手劲既重,去势又怪,眼见定可成功,岂料袁紫衣竟然冒险不护自身,反而去相救旁人。他刀锋离她头顶不及数寸,凝臂停住,喝道:"这为什么?"袁紫衣道:"迫不得已!"身形蓦地向后纵开丈余,银鞭回甩,叫道:"看招罢!"

胡斐举刀一挡,待要俟机再向凤天南袭击,但袁紫衣的银丝软鞭一展开,招招杀着,竟是不容他有丝毫缓手之机,只得全神贯注,见招拆招。大殿上只见软鞭化成一个银光大圈,单刀舞成一个银光小圈,两个银圈盘旋冲击,腾挪闪跃,偶然发出几下刀鞭撞击之声。

斗到分际,袁紫衣软鞭横甩,将神坛上点着的蜡烛击落地下。胡斐心念一动:"她要打灭烛火,好让那姓凤的逃走。"可是虽知她的用意,一时却无应付之策,只有展开祖传胡家刀法中精妙之招,着着进攻。袁紫衣叫道:"好刀法!"鞭身横过,架开了一刀,鞭头已卷住了西殿地下点燃着的一根柴火,向他掷去。

煮饭的铁锅虽被胡斐踢翻,烧得正旺的二三十根柴火却兀自未熄。胡斐见她长鞭卷起柴火掷来，不敢用刀去砸，只怕火星溅开，伤了头脸，于是跃开闪避，这一闪一避，便不能再向前进击。袁紫衣缓出手来，将火堆中燃着的柴火随卷随掷，一根甫出，二根继至，一时之间，黑暗中闪过一道道火光。

胡斐见柴火不断掷来，又多又快，只得展开轻功，在殿中四下游走。眼见凤天南的家人子弟、车夫仆从一个个溜向后殿，点中了穴道的也给人抱走，凤天南父子却目露凶光，站在一旁。他生怕凤天南乘机夺路脱逃，刀光霍霍，身子竟是不离庙门。

斗了一会，空中飞舞的柴火渐少，掉在地下的也渐次熄灭。

袁紫衣笑道："胡大哥，今日难得有兴，咱们便分个强弱如何？"说着软鞭挥动，甫点胡斐前胸，随即转而打向右胁。胡斐举刀架开了前一招，第二招来得怪异，急忙在地下一个打滚，这才避开。

袁紫衣笑道："不用忙，我不会伤你。"这句话触动了胡斐的傲气，心想："难道我便真的输于你了？"催动刀法，步步进逼。此时大殿正中只余一段柴火，兀自燃烧，只听袁紫衣道："我这路鞭法招数奇特，你可要小心了！"突然风雷之声大作，轰轰隆隆，不知她软鞭之中，如何竟能发出如此怪声。胡斐叫了声："好！"先自守紧门户，要瞧明白她鞭法的要旨，再谋进击。忽听得必卜一声，殿中的一段柴火爆裂开来，火花四溅，霎时之间，火花隐灭，殿中黑漆一团。

这时雨下得更加大了，打在屋瓦之上，刷刷作声，袁紫衣的鞭声夹在其间，更是隆隆震耳。胡斐虽然大胆，当此情景，心中也不禁栗栗自危，猛地里一个念头如电光石火般在心中一转："那日在佛山北帝庙中，凤天南要举刀自杀，有一女子用指环打落他的单刀。瞧那女子的身形手法，定是这位袁姑娘了。"想到此处，胸口更是一凉："她与我结伴同行，原来是意欲不利于我。"不知怎地，心中感到的不是惊惧，而是一阵失望和凄凉，意念稍分，手上竟也略懈，刀头给软鞭一卷，险险脱手，急忙运力往里回夺。

· 238 ·

袁紫衣究是女子，招数虽精，膂力却远不及胡斐，给他一夺之下，手臂发麻，当即手腕外抖，软鞭松开了刀头，鞭梢兜转，顺势便点他膝弯的"阴谷穴"。胡斐闪身避过，还了一刀。

这时古庙中黑漆一团，两人只凭对方兵刃风声招架。胡斐更是全神戒备，心想："单是这位袁姑娘，我已难胜，何况还有凤天南父子相助。"此时他料定袁紫衣与凤天南乃是一党，今日显是落入了敌人的圈套之中。

两人又拆数招，都是每一近身便遇凶险。胡斐刷的一刀，翻腕急砍，袁紫衣身子急仰，只觉冷森森的刀锋掠面而过，相距不过数寸，不禁吓了一跳，察觉他下手已毫不容情，说道："胡大哥，你真生气了么？"软鞭轻抖，向后跃开。

胡斐不答，凝神倾听凤天南父子的所在，防他们暗中忽施袭击。袁紫衣笑道："你不睬我，好大的架子！"突然软鞭甩出，勾他足踝。这一鞭来得无声无息，胡斐猝不及防，跃起已自不及，忙伸刀在地下一拄，欲待挡开她的软鞭，不料那软鞭一卷之后随即向旁急带，卸开了胡斐手上的抓力，轻轻巧巧便将单刀夺了过去。

这一下夺刀，招数狡猾，劲力巧妙，胡斐暗叫不好，兵刃脱手，今日莫要丧生在这古庙之中，当下不守反攻，纵身前扑，直欺进身，伸掌抓她喉头。这一招"鹰爪钩手"招术极是狠辣，他虽依拳谱所示练熟，但生平从未用过。袁紫衣只觉得一股热气凑近，敌人手指竟已伸到了自己喉头，此时软鞭已在外缘，若要回转挡架，哪里还来得及？只得将手一松，身子后仰，呛啷啷一响，刀鞭同时摔在地下。

胡斐一抓得手，第二招"进步连环"，跟着迫击。袁紫衣反手一指，戳中在胡斐右臂外缘，黑暗之中瞧不清对方穴道，这一指戳在他肌肉坚厚之处，手指一拗，"啊哟"一声呼痛。胡斐暗叫："惭愧！幸好她瞧不清我身形，否则这一指已被点中要穴。"

两人在黑暗之中赤手搏击，均是守御多，进攻少，一面打，一面便俟机去抢地下兵刃。袁紫衣但觉对方越打越狠，全不是比武较量的模样,心下也是愈来愈惊,暗想:"他怎地忽然如此凶狠?"她自出回疆以来,会过不少好手,却以今晚这一役最称恶斗,突然间身法一变,四下游走,再不让胡斐近身。胡斐见对方既不紧逼,当下也不追击,只守住了门户,侧耳静听,要查知凤天南父子躲在何处,立即发掌先将两人击毙。但袁紫衣奔跑迅速,衣襟带风,掌力发出来也是呼呼有声,竟听不出凤天南父子的呼吸之声。

胡斐心生一计:"她既四下游走,我便来个依样葫芦。"当下从东至西,自南趋北,依着"大四象方位",斜行直冲,随手胡乱发掌,只要凤天南父子撞上了,不死也得重伤,便算不撞上,只要一架一闪,立时便可发觉他父子藏身之所。

两人本来近身互搏,此时突然各自盲打瞎撞,似乎互不相关,但只要有谁跃近兵刃跌落之处,另一人立即冲上阻挡,数招一过,又各避开。

胡斐在殿上转了一圈,没发觉凤天南父子的踪迹,心想:"莫非他已溜到了后殿?不对不对!眼下彼强我弱,以他众人之力,一拥而上,足可制我死命。定是他正在暗中另布陷阱,诱我入彀。大丈夫见机而作,今日先行脱身,再图后计。"于是慢慢走向殿门,要待跃出,忽听得呼喇一响,一股极猛烈的劲风扑面而来,黑暗中隐约瞧来,正是一个魁梧的人形扑到。胡斐大喜,叫道:"来得好!"双掌齐出,砰的一声,正击在那人胸前。这两掌他用上了十成之力,凤天南当场便得筋折骨断,立时毙命。

但手掌甫与那人相触,已知上当,只觉着手处又硬又冷,掌力既发,便收不回来,四下里泥屑纷飞,瑟瑟乱响,原来扑过来的竟是庙中的神像。只听得又是砰嘭一声巨响,那神像直跌出去,撞在墙上,登时碎成数截。袁紫衣笑道:"好重的掌力!"这声音发自山门之外,跟着呛啷啷一响,却是软鞭与单刀都已被她抢在手中。

胡斐寻思:"兵刃已被她夺去,该当上前续战,还是先求脱身?"对方虽是个妙龄少女,但武功之强,实在丝毫轻忽不得,各持兵刃相斗,一时难分上下,眼下她有软鞭在手,自己只余空手,那就非她之敌,何况她尚有帮手,这念头甫在心中一转,忽听得马蹄声响,袁紫衣叫道:"喂,南霸天,你怎么就走了?可太不够朋友了!"雨声中马蹄声又响,听得她上马追去。

胡斐暗叫:"罢了,罢了!"这一下可说是一败涂地。虽想凤天南的家人弟子尚在左近,若要出气,定可追上杀死一批,但罪魁已去,却去寻这些人的晦气,不是英雄所为。

他从怀中取出火折,点燃了适才熄灭的柴火,环顾殿中,只见那湘妃神像头断臂折,碎成数块,四下里白米柴草撒满了一地。庙外大雨兀自未止。他瞧着这番恶斗的遗迹,想起适才的凶险,不由得暗自心惊,看了一会,坐在神坛前的木拜垫上,望着一团火光,呆呆出神。

心想:"袁姑娘与凤天南必有瓜葛,那是确定无疑的了。这南霸天既有如此强援,再加上佛山镇上人多势众,制我足足有余,却何以要毁家出走?他们今日在这古庙中设伏,我已然中计,若是齐上围攻,我大有性命之忧,何以既占上风,反而退走?瞧那凤天南的神情,两次自戕,半点不假,那么袁姑娘暗中相助,他事先是不知的了。"

再想起袁紫衣武功渊博,智计百出,每次与她较量,总是给她抢了先着。适才黑暗中激斗,唯恐惨败,将她视作大敌,此时回想,嘴角边忽露微笑,胸中柔情暗生。

不自禁想到:"我跟她狠斗之时,出手当真是毫不留情?"这一问连自己也难以回答,似乎确已出了全力,但似乎又未真下杀手。"当她扑近劈掌之时,我那'穿心锥'的厉害杀着为何不用?我一招'上马刀'砍出,她低头避过,我为什么不跟着使'霸王卸甲'?胡斐啊胡斐,你是怕伤着她啊。"突然间心中一动:"她那一鞭刚要打到我肩头,忽地收了回去,那是有意相让呢,还是不过凑巧?还有,那一脚踢中了我左腿,何以立时收力?"

回忆适才的招数,细细析解,心中登时感到一丝丝的甜意:

"她决不想伤我性命！她决不想伤我性命！难道……难道……"想到这里，不敢再往下想，只觉得腹中饥饿，提起适才踢翻了的铁锅，锅中还剩着一些白米，于是将倒泻在地的白米抓起几把，在大雨中冲去泥污，放入锅中，生火煮了起来。

过不多时，锅中渐渐透出饭香，他叹了一口长气，心想："若是此刻我和她并肩共炊，那是何等风光？偏生凤天南这恶贼闯进庙来。"转念一想："与凤天南狭路相逢，原是佳事。我胡思乱想，可莫误入了歧途。"

心中暗自警惕，但袁紫衣巧笑嫣然的容貌，总是在脑海中盘旋来去，米饭渐焦，竟自不觉。

就在此时，庙门外脚步声响，啊的一声，庙门轻轻推开。胡斐又惊又喜，跃起身来，心道："她回来了！"

火光下却见进来两人，一个是五十岁左右的老者，脸色枯黄，形容瘦削，正是在衡阳枫叶庄见过的刘鹤真，另一人是个二十余岁的少妇。

那刘鹤真一只手用青布缠着，挂在颈中，显是受了伤。那少妇走路一跛一拐，腿上受伤也自不轻。两人全身尽湿，模样甚是狼狈。胡斐正待开口招呼，刘鹤真漠然向他望了一眼，向那少妇道："你到里边瞧瞧！"那少妇道："是！"从腰间拔出单刀，走向后殿。刘鹤真靠在神坛上喘息几下，突然坐倒，脸上神色是在倾听庙外声息。

胡斐见他并未认出自己，心想："那日枫叶庄比武，人人都认得他和袁姑娘。我杂在人群之中，这样一个乡下小子，他自是不会认得了。"揭开锅盖，焦气扑鼻，却有半锅饭煮得焦了。胡斐微微一笑，伸手抓了个饭团，塞在口中大嚼，料想刘鹤真见了自己这副吃饭的粗鲁模样，更是不在意下。

过了片刻，那少妇从后殿出来，手中执着一根点燃的柴火，向刘鹤真道："没什么。"刘鹤真吁了口气，显是戒备之心稍懈，闭目倚着神坛养神，衣服上的雨水在地下流成了一条小溪流，水中混着鲜血。那少妇也是筋疲力尽，与他偎倚在一起，动也不动。瞧两人神情，似是一对夫妇，只是老夫少妻，年纪不称。

胡斐心想："凭着刘鹤真的功夫，武林中该当已少敌手，怎会败得如此狼狈？可见江湖间天有天，人上有人，实是大意不得。"便在此时，隐隐听得远处又有马蹄声传来。

刘鹤真霍地站起，伸手到腰间一拉，取出一件兵刃，却是一条链子短枪，说道："仲萍，你快走！我留在这儿跟他们拼了。"又从怀里取出一包尺来长之物，交在她的手里，低声道："你送去给他。"

那少妇眼圈儿一红，说道："不，要死便大家死在一起。"刘鹤真怒道："咱们千辛万苦，负伤力战，为的是何来？此事若不办到，我死不瞑目，你快从后门逃走，我缠住敌人。"那少妇兀自恋恋不肯便行，哭道："老爷子，你我夫妻一场，我没好好服侍你，便这么……这么……"刘鹤真顿足道："你给我办妥这件大事，比什么服侍都强。"左手急挥，道："快走，快走！"

胡斐见他夫妻情重，难分难舍，心中不忍，暗想："这刘鹤真为人正派，不知是什么人跟他为难，既教我撞见了，可不能不理。"

便在此时，马蹄声已在庙门外停住，听声音共是三匹坐骑，两匹停在门前，一匹却绕到了庙后。

刘鹤真脸现怒色，道："给人家堵住了后门，走不了啦。"那少妇四下一望，扶着丈夫手臂，爬上神坛，躲入了神龛之中，向胡斐做个手势，满脸求恳之色，教他千万不可泄漏。

神龛前的黄幔垂下了不久，庙门中便走进两个人来。胡斐仍是坐在地下，抓着饭团慢慢咀嚼，斜目向那两人瞧去，饶是他江湖上的怪人见过不少，此刻也不禁一惊。但见这两人双眉向下斜垂，眼成三角，一大一小，鼻子大而且扁，鼻孔朝天，相貌实是奇丑。

两人向胡斐瞧了瞧，并不理会，一左一右，走到了后殿，过不多时重又出来，院子中轻轻一响，一人从屋顶跃下。原来当两人前后搜查之际，堵住后门那人已跃到了屋顶监视。

胡斐心道："这人的轻功好生了得！"但见人影一晃，那人也走进殿来。瞧他形貌，与先前两人无大差别，一望而知三人是同胞兄弟。

三人除下身上披着的油布雨衣，胡斐又是一惊，原来三人披麻带孝，穿的是毛边粗布孝衣，草绳束腰，麻布围颈，便似刚死了父母一般。大殿上全凭一根柴火照明，雨声淅沥，凉风飕飕，吹得火光忽明忽暗，将三个人影映照在墙壁之上，倏大倏小，宛似鬼魅。

只听最后进来那人道："大哥，男女两个都受了伤，又没坐骑，照理不会走远，左近又无人家，却躲去了哪里？"年纪最大的人道："多半躲在什么山洞草丛之中。咱们休嫌烦劳，便到外面搜去。他们虽然伤了手足，但伤势不重，那老头手下着实厉害，大家须得小心。"另一人转身正要走出，突然停步，问胡斐道："喂，小子，你有没见到一个老头和一个年轻堂客？"胡斐口中嚼饭，惘然摇了摇头。

那大哥四下瞧了瞧，见地下七零八落的散满了箱笼衣物，一具神像又在墙脚下碎成数块，心中起疑，仔细察看地下的带水足印。

刘鹤真夫妇冒雨进庙，足底下自然拖泥带水。胡斐眼光微斜，已见到神坛上的足迹，忙道："刚才有好几个人在这里打架，有男有女，有老有少，把湘妃娘娘也打在地下。有的逃，有的追，都骑马走了。"

那三弟走到廊下，果见有许多马蹄和车轮的泥印，兀自未干，相信胡斐之言不假，回进来问道："他们朝哪一边去的？"胡斐道："好像是往北去的。小的躲在桌子底下，也不敢多瞧……"那三弟点点头，道："是了！"取出一小锭银子，约莫有四五钱重，抛在胡斐身前，道："给你吧！"胡斐连称："多谢。"拾起银子不住抚摸，脸上显得喜不自胜，心中却想："这三人恶鬼一般，武功不弱，若是追上了凤天南他们，乱打一气，倒也是一场好戏。"

那二哥道："老大，老三，走吧！"三人披上雨衣，走出庙门。

胡斐依稀听到一人说道："这中间的诡计定然厉害，无论如何不能让他抢在前头……"又一人道："若是截拦不住，不如赶去报信。"先前那人道："唉，咱们的说话，他怎肯相信？何况……"这时三人走入大雨之中，以后的说话给雨声掩没，再也听不见了。

胡斐心中奇怪："不知是什么厉害的诡计？又要去给谁报信了？"听得神龛中喀喇几声，那少妇扶着刘鹤真爬下神坛。日前见他在枫叶庄与袁紫衣比武，身手何等矫捷，此时便爬下一张矮矮的神坛，也是颤巍巍的唯恐摔跌，胡斐心想："怪不得他受伤如此沉重。那三个恶鬼联手进攻，原也难敌。"

刘鹤真下了神坛，向胡斐行下礼去，说道："多谢小哥救命大恩。"胡斐连忙还礼，他不欲透露身份，仍是装作乡农模样，笑道："那三个家伙强横霸道，凶神恶煞一般，开口便是小子长、小子短的，我才不跟他们说真话呢。"刘鹤真道："我姓刘，名叫鹤真，她是我老婆。小哥你贵姓啊？"

胡斐心想："你既跟我说真姓名，我也不能瞒你。但我的名字不像乡农，须得稍稍变上一变。"于是说道："我姓胡，叫做胡阿大。"他想爹妈只生我一人，自称阿大，也非说谎。

刘鹤真道："小哥心地好，将来定是后福无穷……"说到这里，眉头一皱，咬牙忍痛。那少妇急道："老爷子，你怎么啦？"刘鹤真摇了摇头，倚在神坛上只是喘气。胡斐心想他夫妇二人必有话说，自己在旁不便，于是道："刘老爷子，我到后边睡去。"说着点了一根柴火，便到后殿。

他望着铺在神坛上的那堆稻草，不禁呆呆出神，没多时之前，袁紫衣还睡在这稻草之上，想不到变故陡起，玉人远去，只剩下荒山凄凄，古庙寂寂，不知日后是否尚能相见一面？

过了良久，手中柴火爆了个火花，才将思路打断，猛然想起："啊哟不好，我那本拳经刀谱已给她盗了去！此刻我尚能与她打成平手。等她瞧了我的拳经刀谱，那时我每一招每一式她均了然于胸,岂非一动手便能制我死命?"满胸柔情,登时化为惧意,将柴火一抛,颓然倒在地下稻草之中。

一躺下去,刚好压在自己的包袱之上,只觉包袱有异,似乎大了许多,他本来将包袱当作枕头,后来听到凤天南说话之声,出去寻仇,那包袱并未移动,现在却移到了腰下。胡斐大是奇怪,心想:"刘鹤真夫妇与那三兄弟都到后殿来过,难道是他们动了我的包袱。"于是晃火折再点燃柴火,打开包袱一看,不由得呆了。

只见除了原来的衣物之外,多了一套外衣,一套衬里衣裤,一双鞋子,一双袜子。这些衣裤鞋袜本是他的,那日被袁紫衣推入泥塘,下河洗澡时除了下来,便都给她取了去。想不到此时衣裤鞋袜尽已洗得干干净净,衣襟上原有的两个破孔也已缝补整齐。他翻开衣服,那本拳经刀谱正在其下,刀谱旁另有一只三寸来长的碧玉凤凰。

这玉凤凰雕刻得极是精致,纹路细密,通体晶莹,触手生温。

胡斐呆了半晌,包上包袱,那只玉凤凰却拿在手中,吹灭柴火,躺在稻草堆里,思潮起伏:"若说她对我好,何以要救凤天南,竭力和我作对?若道对我不好,这玉凤凰,这洗干净、缝补好的衣服鞋袜又为了什么?"

在黑暗中睁大了双眼,哪里还睡得着?

胡斐道："刘老爷子，你爬上爬下不便，在地下睡方便得多，我的铺位让你。"说着提起包袱，奔到神坛旁边，伸脚跨上，抢先在稻草堆中躺下了。

第八章　江湖风波恶

突然殿门口火光闪动，刘鹤真手执柴火，靠在妻子臂上，缓缓走进后殿，说道："还是在这儿睡一忽罢。"说着径往神坛走去，瞧模样便要睡在袁紫衣刚才睡过的稻草之中。

胡斐是少年人心性，一见大急，忙道："刘老爷子，你爬上爬下不便，在地下睡方便得多，我的铺位让你。"说着提起包袱，奔到神坛旁边，伸脚跨上，抢先在稻草堆中躺下了。刘鹤真谢道："小哥真是心好。"

胡斐躺在稻草之中，隐约闻到一股淡淡的幽香，也不知是出于自己想像，还是袁紫衣当真留下了香泽，心中又喜又愁，又伸手去摸怀中的那只玉凤凰。

睡了一会，忽听得刘鹤真低声道："仲萍，这位小哥为人真好，咱夫妇俩须得好好报答他才是。"那名叫仲萍的少妇道："是啊，若不是他一力遮掩，这庙中躺着的，那就是咱夫妻的两具尸首啦。"刘鹤真叹了口气，说道："适才当真险到了极处，锺氏三兄弟若要为难这位小哥，我便是拼了性命不要，也得救他。"仲萍道："这个自然，别人以侠义心肠相待，我们便得以侠义心肠报答。这位小哥虽是不会武艺，但为人却胜过不少江湖豪杰呢。"刘鹤真道："低声！莫吵醒了他。"接着低低唤了几声："小哥！小哥！"

胡斐并没睡着，但听他们极力夸赞自己，料知他又要开口称谢，未免不好意思，于是假装睡熟，并不答应。

仲萍低声道："他睡着了。"刘鹤真道："嗯！"隔了一会，又低声道："仲萍，刚才我叫你独自逃走，你怎么不走？"语气之中，大有责备之意。仲萍黯然道："唉！你伤势这么重，我怎能弃你不顾？"刘鹤真道："自从我那老伴死后，我只道从此是一世孤苦伶仃了。不料会有你跟着我，对我又是这般恩爱。我又怎舍得跟你分开？可是你知道这封书信干系何等重大，若不送到金面佛苗大侠手中，不知有多少仁人义士要死于非命……"

胡斐听到"金面佛苗大侠"六字，心中一凛，险些儿"啊"的一声，惊呼出来。他知苗人凤与自己父亲生前有莫大牵连，据江湖传言，自己父亲便死在他手中，但每次询问抚养自己长大的平四叔，他总说此事截然不确，现下自己年纪尚小，将来定会原原本本的告知。胡斐当年在商家堡中，曾与苗人凤有过一面之缘，但觉他神威凛凛，当时幼小的心灵之中，对他大为钦服。直到此时，生平遇到的人物之中，真正令他心折的，也只赵半山与苗人凤两人而已。赵半山和他拜了把子，苗人凤却是没跟他说过一句话，甚至连眼角也没瞥过他一下，然而每次想到此人，总觉为人该当如此，才算是英雄豪杰。

只听仲萍低声道："禁声！此事机密万分，便在无人之处，也不可再说。"刘鹤真道："是啦！咱们这番奔走，是为了无数仁人义士，实无半点私心在内。皇天有灵，定须保佑咱们成功。"这几句话说得正气凛然。胡斐暗暗佩服，心道："这是侠义之事，不管苗人凤于我有恩还是有仇，我定当相助刘鹤真将信送到。"

两夫妻此后不再开口。过了良久，胡斐朦朦胧胧，微有睡意，合上眼正要入睡，忽听北面又有马蹄声响，锺氏兄弟三乘去而复回。胡斐微微一惊："这三人再回庙来，此番刘鹤真定难躲过，不如我到庙外去打发了他们。便算不敌，也好让刘氏夫妇乘机逃走，去送那封要函。"于是将包袱缚在背上，轻轻溜下神坛，走出庙门，向锺氏三兄弟的坐骑迎去。

此时大雨已停，路面积水盈尺，胡斐践水奔行，片刻之间，黑暗中见三骑马头尾相接的奔来。他在路中一站，双手张开，大声喝道："此山是我开，此树是我栽，若要从此过，留下买路钱！"

当头的锺老三哑然失笑，喝道："哪里钻出来的小毛贼！"一提马缰，便往胡斐身上冲来。胡斐左手倏地伸出，抓住马缰一勒，那马这一冲不下数百斤之力，但被他一勒，登时倒退了几步。他跟着使出借力之技，顺着那马倒退之势，一送一掀，一匹高头大马竟然站立不定，砰的一声，翻倒在地。总算锺老三见机得快，先自跃在路边。

这一来，锺氏三兄弟尽皆骇然，锺老大与锺老二同时下马，三人手中已各持了一件奇形兵刃。这时即将黎明，但破晓之前，有一段短短时光天色更暗，兼之大雨虽停，满天黑云迄未消散，胡斐虽睁大了眼睛，仍瞧不清三人手中持的是什么兵刃。

只听得一人粗声粗气的说道："鄂北锺氏兄弟行经贵地，未曾登门拜访，极是失礼。请教阁下尊姓大名。"他三人听胡斐口音稚嫩，知他年岁不大，本来丝毫没放在心上，待见他一勒一推，竟将一匹健马掀翻在地，这功夫实是非同小可，不由得耸然改容。老大锺兆英出口叫字号，言语之中颇具礼敬。

胡斐虽然滑稽多智，生性却非轻浮，听得对方说话客气，便道："在下姓胡，没请教三位大号。"

锺兆英心想："我锺氏三雄名满天下，武林中人谁不知闻？你听了'鄂北锺氏兄弟'六字，还要询问名号，见识也忒浅了。"于是答道："在下草字兆英，这是我二弟兆文，三弟兆能。我三兄弟有急事在身，请胡大哥让道。胡大哥既在此处开山立柜，我们兄弟回来，定当专诚道谢。"说着将手一拱。以他一个江湖上的成名人物，对后辈说话如此谦恭，也算是难得之极，只因他见胡斐一出手便显露了极强的武功，知道此人极是难斗，又想他未必只是孤身一人，若是另有师友在侧，那就更加棘手了。

胡斐抱拳还礼，说道："锺老师太过多礼。三位可是去找那刘鹤真夫妇么？"

这时天色渐明，锺氏三雄已认出这眼前之人，便是适才在湘妃庙所见的乡下少年。三兄弟互瞧了一眼，均想："这次可走了眼啦，原来这小子跟刘鹤真夫妇是一路。"

晨光熹微之中，胡斐也已瞧明白锺氏三兄弟手中的奇形兵刃。但见锺兆英手执一块尺许长的铁牌，上面隐约刻得有字；锺兆文拿的是一根哭丧棒；锺兆能手持之物更是奇怪，竟是一杆插在死人灵座上的招魂幡，在晨风之中一飘一荡，模样诡奇无比。三人相貌丑陋，衣着怪异，再经这三件凶险的兵刃一衬，不用动手已令人气为之夺。胡斐只怕他们突然发难，自己可不知这三件奇门兵刃的厉害之处，当下全神戒备，不敢稍有怠忽。

锺兆英道："阁下跟刘鹤真老师怎生称呼？"胡斐道："在下和刘老师今日是第二次见面，素无渊源。只是见三位相逼过甚，想代他说一个情。常言道得好：能罢手时便罢手，得饶人处且饶人。刘老师夫妇既已受伤，三位便容让几分如何？"

锺兆文心中急躁，暗想在此耗时已久，莫要给刘鹤真乘机走了，当下向大哥使个眼色，慢慢移步，便想从胡斐身旁绕过。

胡斐双手一伸，说道："三位跟刘老师有甚过节，在下全不知情。但那刘老师有要事在身，且让他办完之后，三位再找他晦气如何？那时在下事不干己，自然不敢冒昧打扰。"锺兆文怒道："我们就是不许他去办这件事。你到底让不让道？"

胡斐想起刘鹤真夫妇对答之言，说那通书信干连着无数仁人义士的性命，眼见这锺氏三兄弟形貌凶狠，显然生平作恶多端，料想今日若不动手，此事难以善罢，于是哈哈一笑，说道："要让路那也不难，只须买路钱三百两银子。"

锺兆文大怒，一摆哭丧棒，上前便要动手。锺兆英左手一拦，说道："二弟且慢！"探手入怀，取出四只元宝，道："这里三百两银子足足有余，便请取去。"锺兆文叫道："大哥，你干什么？"他想锺氏三雄纵横荆楚，怎能对一个后辈如此示弱？但锺兆英知道事机急迫,非尽快将刘鹤真截下不可,事有轻重缓急,胡斐这样一个无名少年,合三兄弟之力胜之不武,但稍有耽搁,那便误了大事,因此他说要买路钱,便取三百两银子给他。

这一着却也大出胡斐的意料之外,他笑嘻嘻的摇了摇头,并不伸手去接,说道:"多谢,多谢!钟老师说这四只元宝不止三百两,可是晚辈的定价只是一百两银子一位,三位共是三百两,倘若多取,未免太不公道。这样吧,咱们同到前面市镇,找一家银铺,请掌柜的仔细秤过,晚辈只要三百两,不敢多取一分一毫……"

钟氏三雄听到此处,垂下的眉毛都竖了上来。钟兆英将银子往怀里一放,说道:"二弟,三弟,你们先走。"向胡斐叫道:"亮兵刃吧。在下讨教老弟的高招。"

胡斐见他神定气闲,实是个劲敌,自己单刀已给袁紫衣抢走,此时赤手空拳斗他三人,只怕难以取胜。他一想到袁紫衣,心中微微一甜,但随即牙齿一咬,心想若非你取去我的兵刃,此时也不致处此险境,眼见钟兆文、兆能兄弟要从自己身侧绕过,却如何阻挡?心念动处,倏地侧身抢上两步,右拳伸出,砰的一声,击在钟兆英所乘的黄马鼻上。这一拳他用了重手法,正是胡家拳谱中所传极厉害的杀着。那黄马立时脑骨碎裂,委顿在地,一动也不动的死了。

这一下先声夺人,钟氏三雄都是一呆。胡斐顺手抓起黄马的马鞍,微一用力,马肚带已然迸断,他将马鞍挡在胸前,双手各持一根镫带,说道:"得罪了!只因在下未携兵刃,只好借这马鞍一用。"说着左手的铁镫挥出,袭向钟兆文的面门,右手铁镫横击钟兆能右胁,双镫齐出,已拦住两人去路。

钟氏三雄又惊又怒。三兄弟本来都使判官笔,但八年前败于苗人凤手下,引为奇耻大辱,从此弃笔不用,三人各自练了一件奇形兵刃,八年苦功,武功大进,满心要去和苗人凤再决雌雄,岂知在这穷乡僻壤之间,竟受这无名少年的折辱。钟兆英一声呼啸,兆文、兆能齐啸相应,啸声中阴风恻恻,寒气森森。胡斐听了,不由得心惊,只见三人举起铁灵牌、哭丧棒、招魂幡,分自三面攻上,当即将马鞍护在胸前当作盾牌,双手舞动铁镫,便似使着一对流星锤,居然有攻有守。

他拳脚和刀法虽精,却不似袁紫衣般精通多家门派武功,这流星锤的功夫他从未练过,只是仗着心灵手快,武学根底高人一等,这才用以施展抵挡。虽说一法通,万法通,武学高强之士即是一竹一木在手,亦能用以克敌护身,但锺氏三雄究是一流好手,以本身功力而论,每人均较他深厚。幸好他全然不会流星锤的招术,这才与三人拆了二三十招,尚未落败。

原来锺氏三雄见多识广,见胡斐拿了两只马镫当作流星锤使,即便着意辨认他的武功家数。只见他右手马镫横击而至,心想这是山东青州张家流星锤法中的一招"白虹贯日",左手马镫也必顺势横击。哪知胡斐见锺兆文的哭丧棒正自下向上挑起,头顶露出空隙,当即抖动马镫,当头压落。锺氏三雄心中奇怪:"这是什么家数?"

胡斐见锺兆文举棒封格,右手马镫径向锺兆能扫去。三兄弟暗暗点头,心想:"是了,原来他是陕西延州褚十锤的门下,这一下'扬眉吐气',下半招定是将双镫当胸直荡过来了。"三人见过他推马击马,臂力极其沉雄,若是双锤当胸直荡,倒是大意不得,当下三人各举兵刃挺在胸间,齐运真力,要硬接硬架他这一荡。不料胡斐全不知"扬眉吐气"是什么招数,眼见三人举兵刃护胸,双镫蓦地下掠,击向三人下盘。三兄弟吓了一跳:"怎么用起'翻天覆地'的招数来?"

锺兆能一面招架,一面叫道:"喂,太原府'流星赶月'童老师是你什么人?莫非大水冲倒龙王庙么?"原来山西太原府童老师童怀道善使流星双锤,外号人称"流星赶月",和锺氏三雄是莫逆之交,那"翻天覆地"的招数,正是他门中的单传绝技,别家使流星锤的决不会用。胡斐误打误撞,这一招使得依稀彷佛,他听锺兆能相询,笑道:"童老师是我师弟。"跟着双镫直挥过去。锺兆能

"呸"的一声,骂道:"混小子胡说八道!"

三人见他马镫的招数神出鬼没,没法摸准他武学师承,均自奇怪:"我们数十年来足迹遍天下,哪一家哪一派的流星锤没见过?这小子却真是邪门。"

本来动手比武,若能识得对方的武功家数,自能占敌机先,处处抢得上风,但锺氏三雄连猜几次全都猜错,心神一乱,所使的招数竟然大不管用。这皆因胡斐神拳毙马,使得三人心有所忌,否则也用不着辨认他家数门派,一上手便各展绝招,胡斐早已糟了。

二十余招之后,锺氏三雄见他双镫的招数虽然奇特,威力却也不强,于是各展八年来苦练的绝技,牌、棒、幡三件奇形兵刃的怪招源源而至。锺兆英的灵牌是镔铁铸成,走的全是刚猛路子,硬打硬砸,胡斐此时看得清楚,牌上写的是"一见生财"四字。锺兆能的招魂幡却全是柔功,那幡子布不像布,革不像革,马镫打上去时全不受力,但若给幡子拂中身体,想来滋味定然极不好受。锺兆文的哭丧棒却是介乎刚柔之间,大致是杆棒的路子,却又杂着鞭锏的家数。三兄弟兵刃不同,但三件兵刃的木柄仍是当判官笔使,刚柔相济,互辅互成。胡斐暗暗叫苦,知道再斗片刻,非败不可,突然双掌回转,托在马鞍之后,向外急推。这一推之力势道不小,呼的一声响,马鞍疾飞而前。

锺氏三雄急跃闪开,不知他又要出什么怪招。

胡斐大声说道:"在下本是好心劝架,并没跟三位动手之意,因此赤手空拳,没带兵器,用这马鞍子怎能够斗得过三位当世英雄?今日算我认输便是。"说着闪身让在道旁。

锺氏三雄明知他出言相激,但因有要事在身,不愿跟他纠缠。锺兆能便道:"好罢,下次你取得趁手兵刃,我们再领教高招。"说着拔足便走。

胡斐笑道:"下次,下次,好一个下次!原来锺氏三兄弟是如此这般的人物。"锺兆文怒道:"什么如此这般?你自己没兵刃,又怪得谁来?"胡斐道:"我倒有个妙法,就只恐你们不敢跟我比

·255·

试。"锺氏三雄经他一激再激,再也忍耐不住,齐声道:"你划下道儿吧!"锺兆英跟着说道:"我两位兄弟在这里领教,在下却要少陪。"说着纵身跃起。

胡斐跟着跃起,双手在空中一拦。锺兆英没想到他身法竟是如此迅捷,铁牌一抖,迎面打去。胡斐拳脚功夫却胜他甚多,当下不闪不避,身子尚未落地,右手已跟着回转,抓住了他右腕,一抖一扭,锺兆英手中的铁牌竟险些给他夺去。

兆文、兆能齐吃一惊,分自左右攻到,相助兄长。胡斐一声长笑,向后跃开丈许,顺势在道旁一株松树上折了根树枝,说道:"三位敢不敢试试我的刀法?"

锺兆英这一下虽没给他夺去铁牌,但手腕已给抓得隐隐生疼,心中更是加了三分疑惧,暗想:"这少年实非寻常之辈,我若孤身去追刘鹤真,留下二弟三弟在此,实是放心不下,须得合兄弟三人之力,先料理了他。纵有耽搁,也说不得了。"锺兆文见胡斐手中拿了一根四尺来长的松枝,不知捣什么鬼,眼望大哥,听他的主意。

锺兆英沉住了气,说道:"阁下要比刀法,可惜我们也没携得单刀,否则倒也可奉借。"胡斐道:"咱们素不相识,自无深仇大怨,比武只求点到为止,是也不是?"锺兆英道:"不错!"胡斐用左手折去松枝上的桠叉细条,只剩下光秃秃的一根枝条,说道:"这松枝便算是一柄刀,三位请一齐上来。咱们话说在先头,这松枝砍在何处,便算是钢刀砍中。锺氏三兄弟说话算不算数?"

锺兆英见他如此托大,心中更是有气,大声道:"锺氏三雄信义之名早遍江湖,那时你这位小兄弟可还没出世呢。"

胡斐道:"如此最好,看刀吧!"举起松枝,刷的一招横砍。锺兆文自后抢上,提棒便打。胡斐斜跃避开,松枝已斩向锺兆能颈中。锺兆能倒转幡杆,往他松枝上砸去,同时锺兆英的铁牌也已打到。

那胡家刀法真有鬼神莫测之变,锺氏三雄武功虽强,但胡斐一将那松枝当作刀使,立时着着抢攻,在三人之间穿插来去,砍削斩劈,一根小小的松枝,竟然显出了无穷威力。锺氏三雄愈斗愈奇,只见他这松枝决不与三般兵刃碰撞,但乘瑕抵隙,招招都杀向自己的要害。被松枝击中虽然无碍,但有约在先,决不能让它碰到身体。锺兆文焦躁起来,挥棒横扫,猛砸胡斐胫骨。他三兄弟每一招都是互有呼应,只待胡斐跃起相避,锺兆能的招魂幡便从他头顶盖落,兆英的铁牌却猛击他的右腰。哪知胡斐并不跃起,反而抢前一步,直欺入怀,手起枝落,松枝已击中锺兆文的左肩。

这一招凌厉之极,那松枝如换成了钢刀,锺兆文的一条左臂已立时被卸了下来。这松枝的一击自然伤他不着什么,但锺兆文面色大变,叫道:"罢了,罢了!"将哭丧棒往地下一抛,垂手退开。

锺兆英、兆能兄弟心中一寒,牌幡却舞得更加紧了,各施杀着,只盼能将胡斐打中,扯个平手。但过不数招,锺兆英颈中给松枝一拖而过,锺兆能却是右腿上被松枝划了一下。两人相顾惨然,一齐抛下兵刃。突然间锺兆英"哇"的一声,喷出一大口鲜血。

胡斐见他们信守约言,暗想这三兄弟虽然凶恶,说话倒是作得准,他自知并未下手打伤锺兆英,他口吐鲜血,定是急怒攻心所致,心下颇感歉仄,双手一拱,待要说几句来交代。锺兆能哼了一声,说道:"阁下武技惊人,佩服佩服!只是年纪轻轻,不走正途。可惜了一副好身手。"胡斐愕然道:"我怎地不走正途了?"锺兆文怒道:"三弟,还跟他说些什么?"扶起锺兆英骑上马背,牵着缰绳便走。

三件奇门兵刃抛在水坑之中,谁都没再去拾。

胡斐眼见三人掉头不顾而去,地下剩下一匹死马,三件兵刃,心中颇有感触,瞧了好一阵子,这才回向古庙。

走进庙中,前殿后殿都不见刘鹤真夫妇的人影,知他二人已乘机远去,想起刚才做了一件好事,心中也不禁有得意之感,又想:"那苗人凤不知住在何处?此人号称'打遍天下无敌手',武功不知如何了得？"这人与自己过世了的父亲有莫大关连，当日商家堡一见，自己拳经刀谱的头上两页，也是凭着他的威风才从阎基手中取回，此后时时念及，此刻很想跟着刘鹤真夫妇去瞧瞧，但那凤天南虽然逃去，去必不远，此仇不报，非丈夫也，到底是追踪哪一个好，一时竟自打不定主意。

他低头寻思，又从故道而回，走到适才与锺氏三雄动手之处，只见地下的三件奇门兵刃已然不见，那匹死马却兀自横卧在地。他大是奇怪："我这一来一去，只是片刻间的事，这时天色尚早，不会有过路之人顺手检了去，难道锺氏兄弟去而复回么？"

他在四处巡视，不见有异，一路察看，终于在离相斗处十余丈的一株大树干上，看到一个污泥的足印。这足印离地约莫一丈三尺高，印在树干不向道路的一面，若非细心检视，决不会看到。足印的泥污甚湿，当是留下不久，而足印的鞋底纤小，又显是女子的鞋印。

他心中一动："难道是她？我和锺氏三雄相斗之时，她便躲在树上旁观？"想到这里，一颗心怦怦乱跳，立即纵身而起，攀住一根树干翻身上树，果然在一根横枝之上，又见到两个并列的女子湿泥足印，在横枝之旁，却有一根粗大的树枝被踏断了，断痕甚新。他反感疑惑："倘若是袁姑娘，以她的轻身功夫，决不会踏断这根树枝。"再攀上一看，只见另一根横枝上又有两只并列的男子脚印。他心中疑窦立时尽去，却不由得感到一阵失望："原来是刘鹤真夫妇在这里偷看。"

然而心中刚明白了一个疑窦，第二个、第三个疑窦跟着而来："他二人身负重伤，怎能窜高躲在此处，我竟丝毫没有察觉？锺氏三雄既去，他们怎又不出声跟我招呼？"转念一想："啊，是了。他们本来只道我不会武艺，但突见我打败锺氏三雄，心中起疑，只怕我于他们有所不利，是以不敢露面。江湖间风波险恶，处处小心在意，原是前辈的风范。又何况他们有要事在身，怎能大意？"想到这里，便即释然，只见两排带泥足印在草丛间向东北而去，他起了好奇之心,便顺着足印向前追踪。

整夜大雨之后遍地泥泞,这一男一女的足印甚是清晰,跟随时毫不费力,但见两对足印始终避开道路,在草丛间曲曲折折的穿行。跟了一个多时辰,到了一个小市镇,镇外足迹杂沓,再也分不清楚了。

胡斐心想:"他二人饿了一晚,此时必要打尖,就只怕他们只买些馒头点心,便穿镇而去,那便不易追寻。"于是在镇口的山货店里买了一件蓑衣一顶斗笠,穿戴起来,将大半个脸都遮住了,走到镇上几家饭店和骡马行去探视。

瞧了几家都不见影踪,这市镇不大,转眼便到了镇头,正要回过身来,自行去买饭吃,忽听一个女子的声音说道:"大嫂,有针线请相借一使。"正是刘鹤真之妻的声音。

他低头从斗笠下斜眼看去,见话声是从一家民居中发出,心想:"他夫妇怕敌人跟踪,是以不敢住店。"又想:"瞧他们这等严加防备的模样,只怕除了锺氏兄弟,尚有极厉害的对头和他们为难。一不做,二不休,我索性暗中保护,务必让他们将书信送到苗大侠手中。"回头不到七八家门面,便是一家小客店,于是找一个房住了,一直注视刘鹤真借住的那家人家。

直到傍晚,刘鹤真夫妇始终没有露面。胡斐心想:"前辈做事真是仔细,他们定要待天黑透了方才启程。"果然待到二更天时,望见刘鹤真夫妇从那民居中出来,疾奔出镇,脚步迅捷,显然身上并未受伤。

胡斐心想:"原来他们先前的受伤全是假装,不但瞒过了锺氏兄弟,连我也给瞒过了。"他不敢怠慢,跃出窗户,跟随在后。只见刘鹤真腋下挟着一个长长的包裹,不知包着什么东西。他的轻身功夫比刘鹤真高明得多,悄悄跟随在后,料想刘氏夫妇定然毫不知觉。

跟着二人走了五六里路,来到孤另另的一所小屋之前,只见刘鹤真打个手势,命妻子伏在草丛之中,走上几步,朗声道:"金面佛苗大侠在家么？有朋友远道来访。"

只听屋中一人说道："是哪一位朋友？恕苗人凤眼生，素不相识。"这话声并不十分响亮，胡斐听在耳中只觉又是苍凉，又是醇厚。

刘鹤真道："小人姓锺，奉鄂北鬼见愁锺氏兄弟之命，有要函一通送交苗大侠。"胡斐大是惊奇："怎么那信是锺氏兄弟的？他们却何以又要拦阻？"只听苗人凤道："请进吧！"屋中点起灯火，呀的一声，木门打开。胡斐伏在一株栗树之后，但见一个极高极瘦的人影站在门框之间，头顶几要碰到门框，右手执着一只烛台。

刘鹤真拱手行礼，走进屋中。胡斐待两人进屋，便悄悄绕到左边窗户下偷瞧。苗人凤道："另外两位不进来么？"刘鹤真心道："哪里还有两位？"口中含糊答应。

胡斐一听苗人凤说到"另外两位"，心中一惊："这苗人凤果然厉害之极，我脚步声虽轻，他却早知共有三人同来。"心想在此偷看，他也必定知觉，正想退开，忽听刘鹤真道："锺氏兄弟八年前领教了苗大侠的高招，佩服得五体投地，现下另行练了三件兵刃，特命小人先送给苗大侠瞧瞧，以免动手之际，苗大侠说他们兵刃怪异，占了便宜。"说着打开包裹，呛啷啷几声响，将三件兵器抖在桌上。

胡斐觉得他的举动越来越是不可思议，俯眼到窗缝上向内张望，但见桌上三件兵器正是那铁灵牌、哭丧棒和招魂幡，兵刃上泥污斑斑，兀自未擦干净。

苗人凤哼了一声，向三件兵刃瞧了一眼，并不答话。刘鹤真从怀里摸出一封书信，双手递了上去，说道："请苗大侠拆看，小人信已送到，这便告辞。"说着双手一拱，就要退出。苗人凤接过信来，说道："慢着。我瞧信之后，烦你带一句回话。"他心知这封定是战书，当下撕开封皮，取出信来。

胡斐乘苗人凤看信，仔细打量他的形貌，但见他比之数年前在商家堡相见之时，似已老了许多，脸上神色也大是憔悴。苗人凤看着书信，双眉登竖，眼中发出愤怒之极的光芒。胡斐瞧得害怕，正想退开，突见他双手抓住书信，嗤的一下，撕成两半。

书信一破，忽然间他面前出现一团黄色浓烟，苗人凤叫声："啊哟！"双手揉眼，脸现痛苦之色。刘鹤真急纵向后，跃出丈余。

这变故起于俄顷，但便在这一霎之间，胡斐心中已然雪亮："原来这刘鹤真在信中暗藏毒药，毒害苗大侠的双目。"他大叫："狗贼休走！"飞身向刘鹤真扑去。

刘鹤真挫膝沉肘，从腰间拔出链子枪，回手便戳。胡斐心中愧怒交攻，侧身闪避，伸手去夺他链子枪，猛觉背后风声劲急，一股刚猛无比的掌力直扑自己背心，只得双掌反击，运力相卸。

他知道苗人凤急怒之下，这掌力定然非同小可，不敢硬接硬架，当下使出赵半山所授的太极拳妙术"阴阳诀"，想卸开对方掌力，岂知双手与对方手掌甫接，登时眼前一黑，胸口气塞，腾腾腾连退三步，苗人凤的掌力只卸去了一半，余一半还是硬接了过来。胡斐叫道："苗大侠，我帮你拿贼……"

两人这一交掌，刘鹤真已乘空溜走。

苗人凤只觉双目剧痛，宛似数十枚金针同时攒刺，他与胡斐交了一招，觉得此人武功甚强，实是个劲敌，不由得暗自心惊，胡斐那句"我帮你拿贼"的话竟没听见。

胡斐眼见刘鹤真夫妇往西逃去，正要拔步追赶，忽见大路上三人快步奔来。这三人披麻戴孝，不用瞧面目，便知是锺氏三雄了。

胡斐回过头来，见苗人凤双手按住眼睛，脸上神情痛楚，待要上前救助，又怕他突然发掌，于是朗声说道："苗大侠，我虽不是你朋友，可也决计不会加害，你信也不信？"

这几句话说得极是诚恳。苗人凤虽未见到他的面目，自己又刚中了奸人暗算，双目痛如刀剜，但一听此言，自然而然觉得这少年绝非坏人，真所谓英雄识英雄，片言之间，已是意气相投，于是说道:"你给我挡住门外的奸人。"他不答胡斐"信也不信?"的问话,但叫他挡住外敌,那便是当他至交好友一般。

胡斐胸口一热,但觉这话豪气干云,若非胸襟宽博的大英雄大豪杰,决不能说得出口,当真是有白头如新,有倾盖如故,苗人凤只一句话,胡斐立时甘愿为他赴汤蹈火,眼见锺氏三兄弟相距屋门尚有二十来丈,当即拿起烛台,奔至后进厨房中,拿水瓢在水缸中舀了一瓢水,递给苗人凤,道:"快洗洗眼睛。"

苗人凤眼睛虽痛,心智仍极清明,听得正面大路上有三人奔来,另有四个人从屋后窜上了屋顶。他接过水瓢,走进内房,先在床上抱起了小女儿,这才低头到水瓢中洗眼。这毒药实是猛恶之极,经水一洗,更是剧痛透骨钻心。

那小女孩睡得迷迷糊糊,说道:"爹爹,你同兰儿玩么?"苗人凤道:"嗯,乖兰儿,爹抱着你,别睁开眼睛,好好的睡着。"那女孩道:"那老狼真的没吃了小白羊吗?"苗人凤道:"自然没有,猎人来了,老狼就逃走啦!"那女孩安心地叹了口气,将脸蛋儿靠在父亲胸口,又睡着了。

胡斐听他父女俩对答,微微一怔,随即明白,女孩在睡觉之前,曾听父亲说过老狼想吃小白羊的故事,在睡梦之中兀自记着。

此时锺氏兄弟距大门已不到十丈,只听得噗噗两声,两个人从屋顶跃入了院子。胡斐关上大门,拖过桌子顶住,叫锺氏兄弟不能立即入屋,以免前后受攻,跟着左手一搧,烛火熄灭。跃入院子的两人见屋中没了火光,不敢立时闯进。

苗人凤低声道:"让四个人都进来。"胡斐道:"好!"取出火刀火石,又点燃了蜡烛,将烛台放在桌上。

只听得大门外锺兆英叫道:"鄂北锺兆英、兆文、兆能三兄弟拜见苗大侠,有急事奉告。"苗人凤"哼"了一声,并不理睬。

院子中的两人一人执刀,另一人拿着一条三节棍,眼见苗人凤双目紧闭,睁不开来,但震于"打遍天下无敌手"的威名,哪敢贸然进屋?那持刀的人向屋上一招手,叫道:"他眼睛瞎了!"屋上两人大喜,一齐跃下。

胡斐瞧这两人身手矫健,比先前两人强得多,当下身形一闪,抢到了两人背后,双掌向前推出,喝道:"进去!"这一推力道刚猛,两人不敢硬接,向前急冲了几步,跨过门槛,进了客堂。

胡斐守在边门之外,轻轻吸一口气,猛力一吐,波的一声,一丈多外的烛火登时又灭了。客堂中黑漆一团。

来袭的四人吓了一跳,一怔之下,各挺兵刃向苗人凤攻了上去。

那女孩睡在苗人凤怀中,转过了身,问道:"爹,什么声音?是老狼来了么?"苗人凤道:"不是老狼,只是四只小耗子。"听到兵刃劈风之声袭向头顶,中间夹着锁链扭动的声音,知是三节棍、链子枪一类武器,右手倏地伸出,抓住三节棍的棍头一抖,那人"啊"的一声,手臂酸麻,三节棍已然脱手。苗人凤顺手挥出,拍的一响,击在他腰眼之上。那人立时闭气,晕了过去。其余两人使刀,一人使一条铁鞭,默不作声的分从三面攻上。三人知道苗人凤视力已失,全凭听觉辨敌,是以不敢稍有声响。

那女孩道:"爹,耗子会咬人么?"苗人凤道:"耗子想偷偷摸摸的来咬人,不过见到老猫,耗子便只好逃走了。"那女孩道:"什么声音响?是刮大风吗?爹,是不是要下雨了?"苗人凤道:"是啊!待会儿还要打雷呢!"那女孩道:"雷公菩萨只打恶人,不打好人,是不是?"苗人凤道:"是啊!雷公菩萨喜欢乖女孩儿。"苗人凤单手拆解三般兵刃,口中和女儿一问一答,竟没将身旁三个敌人放在心上。

那三人连出狠招,都给苗人凤伸右手抢攻化解。一个使刀的害怕起来,叫道:"风紧,扯呼!"转身出外,冲到门边时,胡斐左腿扫出,将他踢倒在地,顺手将他的单刀夺了过来。

苗人凤道:"乖宝贝,你听,要打雷啦!"一拳击出,正中那使铁鞭的下颚,砰的一声,这人飞了起来,越过胡斐头顶,摔在院子之中。另一个使刀的武功最强,手脚滑溜,苗人凤连发两拳,竟都给他避开。苗人凤生怕惊吓了女儿,只是坐在椅上,并不起身追出。

那人这时已明白苗人凤眼睛虽瞎,自己可奈何他不得,又知守在门口那人也是个极厉害的脚色,自己困在小屋之中,变成了瓮中之鳖,难道束手待毙不成?突然向苗人凤猛砍一刀,乘他侧身避让,一闪身进了卧室,他晃亮火折,点燃了床上的纱帐,跟着从窗中窜出,上了屋顶。

纱帐着火极快,转瞬之间,已是浓烟满屋。

锺兆英在门外叫道:"苗大侠,我三兄弟是来找你比武较量,但此时决不乘人之危,你放心便是。"锺兆文见窗中透出火光,叫道:"起火,起火!"锺兆能叫道:"贼子如此卑鄙。大哥,咱们先救火要紧。"三兄弟跃上屋顶。

胡斐知道锺氏兄弟武功了得,非适才四人可比,苗人凤本事再强,总是双目不能见物,怀中又抱着女儿,定然难以抵敌,须得自己出手助他打发,于是大声喝道:"无耻奸徒,不许进来!"

那女孩道:"爹,好热!"苗人凤推开桌子,一足踢出,门板向外飞出四五丈。他抱着女孩踏出大门,向屋顶上的锺氏兄弟招招手,说道:"下来动手便是。"他怕惊吓了女儿,虽对敌人说话,仍是低声细气。

心中不自禁想到:八年之前,也是与锺氏三雄对敌,也是屋中起火,也是自己身上有伤,只是陪着自己的却不是女儿,而是后来成为自己妻子的姑娘。不,她没有陪,是在危急之际先逃出去了……

胡斐眼见火势猛烈,转眼便要成灾,料想苗人凤必可支持得一时,倒是先救火要紧,抛下单刀奔进厨房,见灶旁并列着三只七石缸,缸中都贮着清水,于是伸臂抱住了一只,喝一声:"起!"一只装了五六百斤水的大缸竟给他抱了起来。饶是他此时功力已臻第一流好手之境,也不禁脚步蹒跚。他不敢透气,奋力将水缸抱到卧室之外,连缸带水,一并掷了进去。

火头给这缸水一浇,登时小了,但兀自未熄。胡斐又去抱了一缸水，走到卧室门外，正要奋力掷出，忽听背后呼的一响，有人偷袭。原来先前被他踢倒的那人拾起地下单刀，向他背心砍落。

胡斐双手抱着水缸，无法挡格躲闪，急忙反脚向后勾踢。这一踢怪异之极，当年阎基学得这一招，连马行空这等著名武师都难以拆解，这时胡斐反脚踢出，正中那人小腹。砰的一响，那人连刀带人飞了起来，掠过胡斐头顶，跌在他抱着的水缸之中。

他抱着那口七石缸本已十分吃力，手上突然又加了一百五六十斤重量，如何支持得住？顺手一推，水缸与人一齐飞入火中。水缸破裂，只割得那人满身是伤，好在火头已熄，才不致葬身火窟。

胡斐将火救熄，正要出去相助苗人凤，忽听屋后传来大声喝骂，又有拳打足踢之声，有两人斗得极是激烈，听那喝骂的声音，却是刘鹤真所发，只听他喝道："好奸贼，给我上这个大当！"

胡斐心想："他与谁动手？此人是罪魁祸首，说什么也得将他抓住。"从后门奔将出去，只见刘鹤真正和一人近身纠缠，赤手厮打。瞧这人身形，便是纵火的那人。胡斐大是奇怪，心想今日之事当真难以索解，这两人明明是一路，怎么自相火并起来了？反正两个都不是好人，当下纵身而前，施展大擒拿手，一抓下去便擒住了两人后心要穴。两人正自恶斗，分不出手相抗，否则二人武功都颇不弱，也不能给他一拿便即得手。

胡斐侧耳没听到大门外有相斗的声音，生怕苗人凤目光不便，遭了锺氏兄弟的毒手，眼见身旁有一口井，于是一手一个，将刘鹤真和那人都投入井中，又到厨房中抱出第三口大缸压在井上，这才绕过屋子，奔到前门。

但见锺氏兄弟已跃在地下，与苗人凤相隔七八丈，手中各拿着一对判官笔，却不欺近动手。胡斐道："苗大侠，我给你抱孩子。"

苗人凤正想自己双目已瞎，纵然退得眼前的锺氏三兄弟，但由于"打遍天下无敌手"这个外号太恶，生平结下仇家无数，只要江湖上一传开自己眼睛瞎了，强仇纷至沓来，那时如何抵御？看来性命难以保全，最放心不下的便是这个女儿。他以耳代目，听得胡斐却敌救火,干净利落,智勇兼全,这人素不相识,居然如此义气,女儿实可托付给他,于是问道:"小兄弟,你尊姓大名,与我可有渊源?"

胡斐心想我爹爹不知到底是不是死在他的手下,此刻不便提起,当下说道:"丈夫结交,但重意气,只须肝胆相照,何必提名道姓?苗大侠若是信托得过,在下便是粉身碎骨,也要保护令爱周全。"

苗人凤道:"好,苗人凤独往独来,生平只有两个知交,一个是辽东大侠胡一刀,另一个便是你这位不知姓名、没见过面的小兄弟。"说着抱起女儿,递了过去。

胡斐虽与他一见心折,但唯恐他是杀父仇人,恩仇之际,实所难处,待听他说自己父亲是他生平知交,心头一喜,双手接过女孩,只见她约莫六七岁年纪,但生得甚是娇小,抱在手里,又轻又软,淡淡星光之下见她合眼睡着,呼吸低微,嘴角边露着一丝微笑。

钟氏三雄见胡斐也在此处,又与苗人凤如此对答,心中都感奇怪。

苗人凤撕下一块衣襟,包在眼上,双手负在背后,低沉着嗓子道:"无耻奸贼,一齐上吧。我女儿睡着了,可莫大声吵醒了她。"

钟兆英踏上一步,怒道:"苗大侠,当年我徒儿死在你手下,我兄弟来跟你算帐,后来得知我徒儿觊觎别人利器,行止不端,死有应得,这事还得多谢你助我清理门户。"苗人凤"哼"了一声,道:"说话小声些,我听得见。"

钟兆英怒气更增,大声道:"只是那时你腿上受伤,我三兄弟仍非敌手,心中不服,苦练了八年武功之后,今日再要来讨教。在途中得悉有奸人要对你暗算,我兄弟兼程赶来,要请你提防。眼下奸人已去,你肯不肯赐教,但凭于你,何以口出恶言?又何以自缚双眼,难道我钟氏三雄如此不肖,你连一眼都不屑看么?还是你自以为武功精绝,闭着眼睛也能打败我三兄弟?"

苗人凤听他语气,似乎自己双目中毒之事,他并不知情,沉着嗓子道:"我眼睛瞎了!"

锺兆英大惊,颤声道:"啊唷,这可错怪了你苗大侠,我兄弟苦练八年,武功也没什么长进,跟你讨教之事,那不用提了。你可知韦陀门有个名叫刘鹤真之人吗?适才你打走的人中,并没他在内。此人一两日内,定会来访。苗大侠你眼睛不便,此人来时,务须小心在意。"

胡斐插口说道:"锺大爷,那刘鹤真下毒之事,你当真不知情么?"锺兆英道:"你跟苗大侠到底是友是敌?咱们要阻截那刘鹤真,你何以反而极力助他?"胡斐道:"此事说来惭愧,其中原委曲折,小弟也弄不明白。好在那刘鹤真已给小弟擒住,压在后面井中。咱们一问便知端的。"转头问苗人凤道:"锺氏三兄弟到底是好人,还是坏人?"

锺兆文冷冷的道:"我们既不行侠仗义,又不济贫助孤,算什么好人?"苗人凤道:"锺氏三雄并非卑鄙小人。"三兄弟听了苗人凤这句品评,心中大喜。当真是一言之褒,荣于华衮。三张丑脸都是显得又欢喜又感激。

兆文、兆能兄弟俩绕到屋后,抬开井上的水缸,喝道:"跳上来吧!"只听得井中哼哼唧唧,竟有两个人的声音,砰的一响,又是拍的一声,还夹着稀里哗啦的水声,那两人似乎正在拼命相斗。在这井中一个人转折都是不便,两人竟挤着互殴,狼狈之情,可想而知。锺兆文将井边的吊桶垂了下去,喝道:"抓住吊桶。我吊你们上来。"觉得绳上一紧,下面已经抓住,于是使劲收绳,果然湿淋淋的吊起两人。

刘鹤真脚未着地,一掌便向另一人拍了过去。那人武功不及他,在井中已吃了不少苦头,给他按着喝饱了水,已然昏昏沉沉。锺兆文眼见这一掌能致他死命,忙伸手格开。锺兆能一对判官笔分点两人后心,喝道:"要命的便不许动。"兄弟俩将两人抓到屋中。

这时胡斐已将那女孩交回给苗人凤,点亮了烛台。卧室中烧得一塌胡涂，满地是水，竟无立足之处。苗人凤将女儿放在厢房中自己床上，回身出来时，锺氏兄弟已将刘鹤真和另一人抓到。

苗人凤轻轻叹了口气，说道："'韦陀双鹤'的名头，我二十多年前便已听到过。刘师兄和万师兄两位，江湖上的声名并不算坏啊。"刘鹤真道："苗大侠，我上了奸人的当，追悔莫及。你眼睛的伤重么？"锺氏三兄弟一齐"啊"的一声。他们不知苗人凤眼睛受伤，原来还只适才之事。

苗人凤不答，向那使刀之人说道："你是田归农的弟子吧？天龙门的武功也学到七成火候了。"那人吓得魂不附体，突然双膝跪倒，连连叩头，说道："苗大侠，小人是受命差遣，概不由己，请你老人家高抬贵手。"猛地里"哇、哇"两声，吐出几口水来。

刘鹤真骂道："奸贼，你骗得我好苦！"扑上去又要动手。锺兆英伸手一拦，道："有话好好说，到底是怎地？"

刘鹤真也是武林中的成名人物，只因上了别人的大当，这才气急败坏，难以自制，给锺兆英这么一拦，想起自己既做了错事，又给人抛在井里，弄得如此狼狈，实是生平的奇耻大辱，眼前一黑，颓然坐倒在地，说道："罢了，罢了！苗大侠，真正对你不住。"

苗人凤道："一个人一生之中，不免要受小人的欺骗，那又算得了什么？定是这人骗你来送信给我了。"他双目中毒，显已瞎了，说话却仍是如此轻描淡写，胡斐和锺氏兄弟等都好生佩服，均想如此定力，人所难及。

刘鹤真道："这人我是在衡阳枫叶庄上识得的。他自称名叫张飞雄，说以前受过万师弟的恩惠，得知万师弟的死讯后十分难过，赶来吊丧。"苗人凤道："万鹤声老师死了？"刘鹤真道："是啊。我见这姓张的说话诚恳，他又着意和我结纳，也就没起疑心，两人结伴北上。他在途中见到锺氏三雄，显得很是害怕，当晚在客店中我和他同室而睡，听得他说起梦话来，说什么这封信若不送到，便害了无数仁人义士的性命。我想此事不能袖手旁观，便用言语探问。他说：'刘老师，我见你跟朝廷的侍卫为难，大是英雄豪杰，这话也不用瞒你。'于是取出一封信来,说必须送到金面佛苗大侠手中,请他出手相救,否则有几十位义士要给朝廷害死。"

苗人凤不置一词。刘鹤真续道:"这姓张的奸贼又说,锺氏三雄与苗大侠有仇,定要设法截阻。他不是锺氏三雄的敌手,请我相助一臂之力。我想这件事义不容辞,当下一力承当。但途中和锺氏三雄一交手,我这老儿还是栽了筋斗。后来内人王氏赶到相助,仍是不敌。也是事当凑巧,在湘妃庙中遇上了这位小兄弟。我在枫叶庄上曾得他之助,后来又见他连显身手,武功实在高强,于是我夫妇假装受伤,安排机关,请他阻挡锺氏三雄。这位小兄弟果然上了我的当,我却又上了这奸贼的当。"说着圆睁双目,髭须翘动,气愤难平。

胡斐默想经过,心道:"这人的话倒似不假,原来我和袁姑娘一路上之事,有许多都给他瞧见了。"想到此处,脸上微微一热,瞥眼见到桌上放着的三件兵刃,问道:"那你拿了锺氏三雄的兵刃,又来干么?"

刘鹤真道:"锺氏三雄前来寻仇,苗大侠未必知道。我先行给他报个讯息,教他好有所防备。送这兵刃前来,是取信的意思。至于我说这信是锺氏兄弟送来,那是说给你小兄弟听的。我知你紧紧跟随在后,怕你不利于我,这么一说,盼你心中疑惑难明,便不会贸然动手,反正苗大侠一看信便知端的,岂知,岂知……"胸口气塞,再也说不下去了。

锺兆英道:"我兄弟无意之中,听到了这姓张的奸谋,又见刘老师跟他鬼鬼祟祟,定是要来暗算苗大侠,是以全力阻截,想不到中间尚有这许多过节。苗大侠,你眼睛怎么受的伤?"

苗人凤不答,将蒲扇般的大手挥了挥,道:"过去之事,那也不用提了。"

胡斐眼光四下扫动,要找他撕破的信笺,果见两片破纸尚在屋角落中,有一半已被浸湿。他怕纸上尚有剧毒,不敢走近,放眼望去,见纸上只有寥寥三行字,每个字都有核桃大小。他眼光在两片

破纸上扫来扫去,见那信写道:

"人凤我兄:令爱资质娇贵。我兄一介武夫,相处甚不合宜,有误令爱教养。兹命人相迎,由弟抚养可也。弟田归农顿首。"

想苗人凤对这女儿爱逾性命,田归农诱拐了他妻子私奔,这时竟然连女儿也想要了去,教他如何不怒?自然顺手撕信,毒药暗藏在信笺的夹层之中,信笺一破,立时飞扬,再快的身手也是躲闪不了。田归农这一条计策,也可算得厉害之极了。胡斐回想昔年在商家堡中所见苗人凤、苗夫人、苗家小女孩以及田归农四人之间的情状,恨不得立时去找到田归农,将他一刀杀了。

刘鹤真越想越气,喝道:"姓张的,你便是奉了师命,要暗算苗大侠,自己送信来便是了,何以偏偏瞧上了我姓刘的?"

张飞雄嗫嚅道:"我怕……怕苗大侠瞧破我是天龙门弟子,有了提防……又害怕……害怕苗大侠的神威……"刘鹤真恨恨的道:"你怕万一奸计败露,逃走不及。好小子,好小子!"他转头向苗人凤道:"苗大侠,我向你讨个情,这小子交给我!"

苗人凤缓缓的道:"刘老师,这种小人,也犯不着跟他计较。张飞雄,这院子中还有你的两个同伴,受伤都不算轻,你带了他们走吧。你去跟你师父说……"他寻思要说什么话,沉吟半晌,挥手道:"没什么可说的,你走吧!"

张飞雄只道这次弄瞎了苗人凤双眼,定是性命难保,岂知他宽宏大量,竟然并不追究,当真是大出意料之外,心中感激,当即跪倒,连连磕头。

他同来一共四人,原想乘苗人凤眼瞎后将他害死,再将他女儿劫走,哪料到竟有胡斐这样一个好手横加干预,使他们的毒计只成功了第一步。给胡斐摔入卧室、遍身鳞伤那人已乘乱逃走,另外给苗人凤用三节棍及拳力打伤的两人却伤势极重,一个晕着兀自未醒,一个低声呻吟,有气无力。

刘鹤真寻思:"苗人凤假意饶这三人,却不知要用什么毒计来折磨他们?"他久历江湖,曾见许多人擒住敌人后不即杀死,要作弄个够，使敌人痛苦难当，求生不得，求死不能，这才慢慢处死。只见张飞雄扶起受伤的两个师弟，一步步走出门外，逐渐远去，苗人凤始终没有出手，眼见三人已隐没在黑暗之中，忍不住说道："苗大侠，可以捉回来啦，那姓张的小子手脚滑溜，再放得远，只怕当真给他走了！"苗人凤淡淡的道："我饶他们去了，又捉回来作甚？"他微微一顿，说道："他们和我素不相识，是别人差使来的。"

刘鹤真又惊又愧，霍地站起身来，说道："苗大侠，我刘鹤真素不负人，今日没生眼珠，累你不浅。"左手一抬，食指中指伸出，戳向自己的眼睛。

胡斐忙抢过去，伸手想格，终究迟了一步，只见他直挺挺的站着，脸上两行鲜血流下，已然自毁双目。锺氏兄弟大惊，一齐站起身来。苗人凤道："刘老师何苦如此？在下毫没见怪之意。"刘鹤真哈哈一笑，手臂一抖，大踏步走出屋门，顺手在道旁折了一根树枝，点着道路，径自去了。过不多时，只听一个女子声音惊呼起来，却是他的妻子王氏。

屋中五人均觉惨然，万料不到此人竟然刚烈至此。

苗人凤只怕胡斐也有自疚之意，说道："小兄弟，你答应照顾我的女儿，可别忘了。"胡斐知他心意，昂然道："做错了事，应当尽力设法补救。刘老师自毁肢体，心中虽安，却不免无益于事。"锺兆英叹道："不错！但这位刘老师也算得是一位响当当的好汉子！"

五人相对而坐，良久不语。过了好一会，胡斐道："苗大侠，你眼睛怎样？再用水洗一洗吧！"苗人凤道："不用了，只是痛得厉害。"站起身来，向锺氏三雄道："三位远来，无以待客，当真简慢得紧。我要进去躺一躺，请勿见怪。"

锺兆英道："苗大侠请便，不用客气。"三人打个手势，分在前门后门守住，只怕田归农不肯就此罢手，又再派人来袭。

胡斐手执烛台，跟着苗人凤走进厢房，见他躺上了床，取被给他盖上。那小女孩在里床睡得甚沉，这一晚屋中吵得天翻地覆，她竟始终不知。

胡斐正要退出，忽听脚步声响，有人急奔而来。锺兆能喝道："好小子，你又来啦！"接着当的一声，兵刃相交。张飞雄的声音叫道："我有句话跟苗大侠说，实无歹意。"锺兆能低声道："苗大侠睡了，有话明天再说。"

张飞雄道："好，那我跟你说。苗大侠大仁大义，饶我性命，这句话不能不说。苗大侠眼中所染的毒药，乃是断肠草的粉末，是我师父从毒手药王那里得来的。小人一路寻思，若是求毒手药王救治，或能解得。我本该自己去求，只不过小人是无名之辈，这事决计无力办到。"锺兆能"哦"的一声，接着脚步声响，张飞雄又转身去了。

胡斐一听大喜，从厢房飞步奔出，高声问道："这位毒手药王住在哪里？"锺兆英道："他在洞庭湖畔隐居，不过……不过……"胡斐道："怎么？"锺兆英低声说道："求这怪人救治，只怕不易。"胡斐道："咱们好歹也得将他请到，他要什么便给他什么。"锺兆英摇头道："便难在他什么也不要。"胡斐道："软求不成，那便蛮来。"锺兆英沉吟不语。

胡斐道："事不宜迟，小弟这便动身。三位在这里守护，以防再有敌人前来。"他奔回厢房，向苗人凤道："苗大侠，我给你请医生去。"苗人凤摇头道："请毒手药王么？那是徒劳往返，不用去了。"

胡斐道："不，天下无难事！"说着转身出房，道："三位锺爷，这位药王叫什么名字？他住的地方怎么去法？"

锺兆文道："好，我陪你走一遭！他的事咱们路上慢慢再说。"对兆英、兆能二人道："大哥，三弟，你们在这里瞧着。"

锺兆英、兆能两人脸上微微变色，均有恐惧之意，随即同声说道："千万小心。"

事在迫切，胡锺两人展开轻身功夫，向北疾奔。天明后在市集上各买了一匹马，上马急驰。

胡斐伸手接住了两棵蓝花。那村女道："你们要去药王庄，还是向东北方去的好。"

第九章　毒手药王

两人都知苗人凤这次受毒不轻，单单听了那"断肠草"三字，便知是厉害之极的毒药，眼睛又是人身最娇嫩柔软的器官，纵然请得名医，时候一长，也必无救，因此早治得一刻便好一刻。两人除了让坐骑喝水吃草之外，不敢有片刻耽搁，沿途买些馒头点心，便在马背上胡乱吃了充饥。

如此不眠不休的赶路，锺胡两人武功精湛，虽然已两日两晚没睡，尽自支持得住，胯下坐骑在途中已换过两匹，但催行两个多时辰后，新换的坐骑又已脚步踉跄，眼见再跑下去，不久便会倒毙。锺兆文道："小兄弟，咱们只好让牲口歇一会儿。"胡斐应道："是！"心想："倘若我骑的是袁姑娘那匹白马，此刻早已到了洞庭湖畔了。"一想到袁紫衣，不自禁探手入怀，抚摸她所留下的那只玉凤，触手生温，心中也是一阵温暖。

两人下马，坐在道旁树下，让马匹吃草休息。锺兆文默不作声，呆呆出神，皱起了眉头。胡斐知道此行殊无把握，问道："锺二爷，那毒手药王到底是怎样一个人物？"锺兆文不答，似乎没听见他的说话，过了半晌，突然惊觉，道："你刚才说什么？"

胡斐见他心不在焉，知他是挂念苗人凤的病况，暗想此人虽然奇形怪状，难为他很够义气，本来与苗人凤结下了梁子，这时竟不辞烦劳的为他奔波，想到此处，不禁脱口而出："锺二爷，昨天多有得罪，真是惭愧得紧。晚辈要是早知三位如此仗义，便有天大的胆子，也不敢冒犯。"

钟兆文裂开阔嘴，哈哈一笑，道："那算得什么？苗大侠是响当当的好汉，我三兄弟倘若见危不救，那还是人么？小兄弟你自己又何尝不是如此？我兄弟和苗大侠虽没交情，总还有过一面之缘，你可跟他见都没见过呢。"

其实数年之前，胡斐在商家堡中曾见过苗人凤一面，只不过胡斐知道这事，苗人凤却在当时对那个黄黄瘦瘦的小厮视而不见。更早些时候，在十八年之前，胡斐生下还只一天，苗人凤在河北沧州的小客店中也曾见过他，这件事苗人凤知道，胡斐可不知道。

但苗人凤哪里会知道：十八年前那个初生婴儿，便是今日这个不识面的少年英雄？

钟兆文又问："你刚才问我什么？"胡斐道："我问那毒手药王是怎么样的人物。"钟兆文摇摇头道："我不知道。"胡斐奇道："你不知道？"钟兆文道："我江湖上的朋友不算少了，可是谁也不知毒手药王到底是怎么样的人物。"

胡斐好生纳闷，心想："我只道你必定知晓此人的底细，否则也可向那张飞雄打听个明白。"钟兆文猜到了他心意，说道："便是那张飞雄，也未必便知。不，他一定不会知道的。"胡斐"啊"了一声，不再接口。

钟兆文道："大家只知道，这人住在洞庭湖畔的白马寺。"胡斐道："白马寺？他住在庙里么？"钟兆文道："不，白马寺是个市镇。"胡斐道："想是他隐居不见外人，所以谁都没见过他。"钟兆文又摇头道："不，有很多人见过他。正因为有人见过，所以谁也不知他是怎么样的人物，不知他是胖是瘦，是俊是丑，是姓张还是姓李。"

胡斐越听越是胡涂，心想既然有很多人见过他，就算不知他姓名，怎会连胖瘦俊丑也不知道？

钟兆文道："有人说毒手药王是个相貌清雅的书生，高高瘦瘦，像是个秀才相公。有人却说毒手药王是个满脸横肉的矮胖子，就像是个杀猪的屠夫。又有人说,这药王是个老和尚,老得快一百岁了。"他顿了一顿,说道:"还有人说,这药王竟然是个女人,是个跛脚驼背的女人。"

胡斐满脸迷惘,想笑,却又笑不出来。

锺兆文接着道:"这人既然号称药王,怎么会是女人?但说这话的是江湖上的成名人物,德高望重,素来不打谎语,不由得人不信。可是那些说他是书生、是屠夫、是和尚的,也都不是信口雌黄之辈,个个言之凿凿。你说奇不奇怪?"

胡斐当离开苗家之时,满怀信心,料想只要找到那人,好歹也要请了他来治伤,至不济也能讨得解药,此时听锺兆文这么一说,一颗心不由得沉了下去,是怎么样一个人也无法知道,却又找谁去?转念一想,说道:"是了!这人一定擅于化装易容之术,忽男忽女,忽俊忽丑,叫人认不出他的真面目来。"

锺兆文道:"江湖上的朋友也都这么说,想来他使毒天下无双,害得人多,结仇太广,因此躲躲闪闪,叫人没法找他报仇。但奇怪的是,他住在洞庭湖畔的白马寺,却又不是十分偏僻之处,要寻上门去,也算不得怎么为难。"

胡斐道:"这人用毒药害死过不少人么?"锺兆文悠然出神,道:"那是没法计算的了。不过死在他手下的人,大都自有取死之道,不是作恶多端的飞贼大盗,便是仗势横行的土豪劣绅,倒没听说有哪一个侠义道死在他的手下。但因他名声太响,有人中毒而死,只要毒性猛烈,死得奇怪,这笔帐便都算在他头上,其实大半未必便是他害的。有时候两个人一南一北,相隔几千里,同时中毒暴毙,于是云南的人说毒手药王到了云南,辽东的人却说药王在辽东出没。这么一宣扬,这个人更是奇上加奇了。近来已好久没听人提到'毒手药王'四字,想不到苗大侠的中毒竟会和他有关。唉,既是此人用的药,只怕……只怕……"说到这里,不住摇头。

胡斐心想此事果然极难,不知如何着手是好。锺兆文站起身来,道:"咱们走吧!小兄弟,有一件事你千万记住,一到了白马寺，在离药王庄三十里之内，可千万不能喝一口水，不能吃一口东西，不管饥渴得怎么厉害，总之不能让一物进口。"

胡斐见他说得郑重，当即答应，猛地想起，当他陪着自己离开苗家之时，锺兆英和锺兆能脸上都是不但担忧，简直还大有惧色，想来那药王的"毒手"定是非同小可，以致像锺氏三雄那样的人物，胆敢向"打遍天下无敌手"苗人凤挑战，一听到"毒手药王"的名字却是心惊胆战。自己不知厉害，真把天下事瞧得太过轻易了。

他过去牵了马匹，说道："咱们不过是邀他治病，或是讨一份解药，对他并无恶意。他最多不肯，那也罢了，何必要害咱们性命？"锺兆文道："小兄弟，你年纪还轻，不知江湖上人心险诈。你对他虽无恶意，但他跟你素不相识，怎信得过你？眼前便是一个例子，刘鹤真对苗大侠绝无歹意，却何以弄瞎了他的眼睛？"胡斐默然。锺兆文又道："何况这毒手药王仇家遍天下，许多跟他毫没干系的毒杀也都算在他的帐上，焉知你不是他仇家的子弟？此人生性多疑，出手狠毒，否则'药王'之上，何以又加上'毒手'两字？这个惊心动魄的外号，难道是轻易得来的么？"

胡斐点头道："锺二爷说的是。"锺兆文道："你若看得起我，不嫌我本领低微，那便兄弟相称，别爷不爷的，叫得这么客气。"胡斐道："你是前辈英雄，晚辈……"锺兆文拦着他的话头，大声道："呸，呸！小兄弟，不瞒你说，我三兄弟跟你交手之后，佩服你得紧。若你不当我朋友，那便算了。"胡斐也是个性子直爽之人，于是笑着叫了声："锺二哥。"

锺兆文很是高兴，翻身上了马背，道："只要这两头牲口不出岔子，咱们不用天黑便能赶到白马寺。你可得记着我话，别说不能吃喝，便是摸一摸筷子，也得提防筷子上下了剧毒，传到你的手上。小兄弟，你这么年纪轻轻，一身武功，若是全身发黑，成了一具僵尸，我瞧有点儿可惜呢！"

胡斐知他这话倒不是危言耸听，瞧苗人凤只撕破一封信，双眼便瞎,现下走入毒手药王的老巢,他哪一处不能下毒?心想锺兆文也是武林中的成名人物,决非胆怯之徒,他说得如此厉害,显见此行万分凶险,确是实情。他明知险恶,还是义不容辞的陪自己上白马寺去,比之自己不知天高地厚的乱闯,更是难得了。

两匹马休息多时,精力已复,申牌时分到了临资口。两人让坐骑走一程,跑一程,不多时已到了白马寺镇上。镇上街道狭窄,两人生怕碰撞行人,多惹事端,于是牵了马匹步行。

锺兆文脸色郑重,目不斜视,胡斐却放眼瞧着两旁的店铺。将到市梢时,胡斐见拐弯角上挑出了药材铺的膏药幌子,招牌写着"济世堂老店",心念一动,解下腰间单刀,连着刀鞘捧在手中,说道:"锺二……哥,你的判官笔也给我。"

锺兆文一怔,心想到了白马寺镇,该当处处小心才是,怎地动起兵刃来啦?但想镇上必有药王的耳目,不便出口询问,于是从腰间抽出判官笔,交了给他,低声道:"小心了,别惹事!"

胡斐点了点头,走到药材铺柜台前,说道:"劳驾!我们二人到药王庄去拜访庄主,不便携带兵器,想在宝号寄放一下,回头来取。"坐在柜台后的一个老者听了,脸露诧异之色,问道:"你们去药王庄?"胡斐不等他再说什么,将兵器在柜台上一放,双手一拱,牵了马匹便大踏步出镇。

两人到了镇外无人之处,锺兆文大拇指一翘,说道:"小兄弟,这一手真成。锺老二服了你啦,真亏你想得出。"胡斐笑道:"硬着头皮充好汉,这叫做无可奈何。"原来他想这镇上的药材铺跟药王必有干连,将随身兵器放在店铺之中,店中定会有人赶去报讯,那便表明自己此来绝无敌意。虽然空手去见这么一个厉害脚色,那是凶险之上又加凶险,但权衡轻重,这个险还是大可一冒。

两人顺着大路向北走去,正想找人询问去药王庄的路径,忽见西首一座小山之上,有个老者手持药锄,似在采药。胡斐见这人形貌俊雅,高高瘦瘦,是个中年书生,心念一动:"难道他便是毒手药王?"于是上前恭恭敬敬的一揖,朗声说道:"请问相公,上药王庄怎生走法?晚辈二人要拜见庄主,有事相求。"

那人对胡锺二人一眼也不瞧,自行聚精会神的锄土掘草。胡斐连问几声,那人始终毫不理会,竟似聋了一般。

胡斐不敢再问,锺兆文向他使个眼色,两人又向北行。闷声不响的走出一里有余,胡斐悄声道:"锺二哥,只怕这人便是药王,你瞧怎么办?"锺兆文道:"我也有几分疑心,可万万点破不得。他自己若不承认,而咱们认出他来,正是犯了他的大忌。眼前只有先找到药王庄,咱们认地不认人,那便无碍。"

说话之时,曲曲折折又转了几个弯,只见离大路数十丈处有个大花圃,一个身穿青布衫子的村女弯着腰在整理花草。

胡斐见花圃之后有三间茅舍,放眼远望,四下别无人烟,于是上前几步,向那村女作了一揖,问道:"请问姑娘,上药王庄走哪一条路?"

那村女抬起头来,向着胡斐一瞧,一双眼睛明亮之极,眼珠黑得像漆,这么一抬头,登时精光四射。胡斐心中一怔:"这个乡下姑娘的眼睛,怎么亮得如此异乎寻常?"见她除了一双眼睛外,容貌却是平平,肌肤枯黄,脸有菜色,似乎终年吃不饱饭似的,头发也是又黄又稀,双肩如削,身材瘦小,显是穷村贫女,自幼便少了滋养。她相貌似乎已有十六七岁,身形却如是个十四五岁的幼女。

胡斐又问一句:"上药王庄不知是向东北还是向西北?"那村女突然低下了头,冷冷的道:"不知道。"语音却甚是清亮。

锺兆文见她如此无礼,脸一沉,便要发作,但随即想起此处距药王庄不远,什么人都得罪不得,哼了一声,道:"兄弟,咱们去吧,那药王庄是白马寺大大有名之处,总不能找不到。"

胡斐心想天色已经不早,若是走错了路,黑夜之中在这险地到处瞎闯,大是不妙,左近再无人家可以问路,于是又问那村女道:"姑娘,你父母在家么?他们定会知道去药王庄的路径。"那村女不再理睬,自管自的拔草。

锺兆文双腿一夹,纵马便向前奔,道路狭窄,那马右边前后双蹄踏在路上,左侧的两蹄却踏入了花圃。锺兆文虽无歹意,但生性粗豪,又恼那村女无礼,急于赶路,也不理会。胡斐眼见近路边的一排花草便要给马踏坏,忙纵身上前,拉住缰绳往右一带,说道:"小心踏坏了花草。"那马给他这么一引,右蹄踏到了道路右侧,左蹄回上路面。锺兆文道:"快走吧,在这儿别耽搁啦!"说着一提缰绳,向前驰去。

胡斐自幼孤苦,见那村女贫弱,心中并不气她不肯指引,反生怜悯之意,心想她种这些花草,定是卖了赖以为活,生怕给自己坐骑踏坏了,于是牵着马步行过了花地,这才上马。

那村女瞧在眼里,突然抬头问道:"你到药王庄去干么?"胡斐勒马答道:"有一位朋友给毒药伤了眼睛,我们特地来求药王赐些解药。"那村女道:"你认得药王么?"胡斐摇头说道:"我们只闻其名,从来没见过他老人家。"那村女慢慢站直了身子,向胡斐打量了几眼,问道:"你怎知他肯给解药?"

胡斐脸有为难之色,答道:"这事原本难说。"心中忽然一动:"这位姑娘住在此处,或者知道药王的性情行事。"于是翻身下马,深深一揖,说道:"便是要请姑娘指点途径。"这"指点途径"四字,却是意带双关,可以说是请她指点去药王庄的道路,也可说是请教求药的方法。

那村女自头至脚的向他打量一遍,并不答话,指着花圃中的一对粪桶,道:"你到那边粪池去装小半桶粪,到溪里加满清水,给我把这块花浇一浇。"

这三句话大出胡斐意料之外,心想我只是向你问路,怎么竟叫我浇起花来?而且出言颐指气使,竟将我当作你家雇工一般?他虽幼时贫苦,却也从未做过挑粪浇粪这种秽臭之事,只见那村女说了这几句话后,又俯身拔草,一眼也不再瞧他。胡斐一怔之下,向茅舍里一望,不见有人,心想:"这姑娘生得瘦弱,要挑这两大桶粪当真不易。我是一身力气的男子汉,便帮她挑一担粪又有何妨?"于是将马系在一株柳树上,挑起粪桶,便往粪池去担粪。

钟兆文行了一程,不见胡斐跟来,回头一看,远远望见他肩上挑了一副粪桶,走向溪边,不禁大奇,叫道:"喂,你干什么?"胡斐叫道:"我帮这位姑娘做一点工夫。钟二哥先走一步,我马上就赶来。"钟兆文摇了摇头,心想年轻人当真是不分轻重,在这当口居然还这般多管闲事,于是纵马缓缓而行。

胡斐挑了一担粪水,回到花地之旁,用木瓢舀了,便要往花旁浇去。那村女忽道:"不成,粪水太浓,一浇下去花都枯死啦。"胡斐一呆,不知所措。那村女道:"你倒回粪池去,只留一半,再去加半桶水,那便成了。"胡斐微感不耐,但想好人做到底,于是依言倒粪加水,回来浇花。

那村女道:"小心些,粪水不可碰到花瓣叶子。"胡斐应道:"是!"见那些花朵色作深蓝,形状奇特,每朵花便像是一只鞋子,幽香淡淡,不知其名,当下一瓢一瓢的小心浇了,直把两桶粪水尽数浇完。

那村女道:"嗯,再去挑了浇一担。"胡斐站直身子,温言道:"我朋友等得心焦了,等我从药王庄回来,再帮你浇花如何?"那村女道:"你还是在这儿浇花的好。我见你人不错,才要你挑粪呢。"

胡斐听她言语奇怪,心想反正已经耽搁了,也不争在这一刻时光,于是加快手脚,急急忙忙的又去挑了一担粪水,将地里的蓝花尽数浇了。这时夕阳已落到山坳,金光反照,射在一大片蓝花之上,辉煌灿烂,甚是华美。胡斐忍不住赞道:"这些花真是好看!"他浇了两担粪,对这些花已略生感情,赞美的语气颇为真诚。

那村女正待说话,只见钟兆文骑了马奔回,大声叫道:"兄弟,这时候还不走吗?"胡斐道:"是了,来啦,来啦!"转眼望着村女,目光中含有祈求之意。

那村女脸一沉,说道:"你帮我浇花,原来是为了要我指点途径，是不是？"胡斐心想："我确是盼你指点道路，但帮你浇花，却纯是为了怜你瘦弱，这时再开口相求，反而变成有意的施恩市惠了。"忽然想起那日捉了铁蝎子和小祝融二人去交给袁紫衣，她曾说："这叫做市恩，最坏的家伙才是如此。"心中禁不住微感甜意，当即一笑，说道："这些花真好看！"走到柳树旁解缰牵马，上了马背。

那村女道："且慢。"胡斐回过头来，只怕她还要啰唆什么，心中大是不耐。那村女拔起两棵蓝花，向他掷去，说道："你说这花好看，就送你两棵。"胡斐伸手接住，说道："多谢！"顺手放在怀内。那村女道："他姓钟，你姓什么？"胡斐道："我姓胡。"那村女点头道："你们要去药王庄，还是向东北方去的好。"

钟兆文本是向西北而行，久等胡斐不来，心中烦躁，这才回头寻来，听那村女如此说，不耐之心立时尽去，低声笑道："小兄弟，真有你的，又免得做哥哥的多走冤枉路。"胡斐却颇为怀疑，暗想："倘若药王庄是在东北方，那么直截了当的指点便是，为什么说'还是向东北方去的好'？"但不愿再向村女询问，于是引马向东北而去。

两人一阵急驰，奔出八九里，前面一片湖水，已无去路，只有一条小路通向西方。

钟兆文骂道："这丫头当真可恶，不肯指路那也罢了，却教咱们大走错路。回去时得好好教训她一顿。"胡斐也是好生奇怪，自思并未得罪了她，何以要作弄自己，说道："钟二哥，这乡下姑娘定和药王庄有什么干连。"钟兆文道："嗯，你瞧出什么端倪没有？"胡斐道："她一双眼珠子炯炯有神，说话的神态，也不像是没见过世面的乡下女子。"钟兆文一惊，道："不错！她给你的那两棵花，还是快些抛了。"

胡斐从怀中取出蓝花，只见花光娇艳，倒是不忍便此丢弃，说道："小小两棵花儿，想来也无大碍！"于是仍旧放回怀中，纵马向西驰去。钟兆文在后叫道："喂，还是小心些好。"胡斐含糊答应，一鞭向马臀抽去，向西飞奔。暮霭苍茫中，阵阵归鸦从头顶越过。

突然之间，只见右手侧两个人俯身湖边，似在喝水。胡斐一勒马，待要询问，却见两人始终不动，心知有异，跳下马去，叫道："劳驾！"两人仍是不动。锺兆文伸手一扳一人肩头，那人仰天翻倒，但见他双眼翻白，早已死去多时，脸上满是黑点，肌肉扭曲，甚是可怖，再瞧另一人时也是如此。锺兆文道："中毒死的。"胡斐点点头，见两名死者身上都带着兵刃，说道："毒手药王的对头？"锺兆文也点了点头。

两人上马又行，这时天色渐黑，更觉前途凶险重重。又行一程，只见路旁草木稀疏，越是前行，草木越少，到后来地下光溜溜的一片，竟是寸草不生，大树小树更没一棵。胡斐心中起疑，勒马说道："锺二哥，你瞧这里大是古怪。"锺兆文也已瞧出不对，道："若是有人铲净刨绝，也必留下草根痕迹，我看……"他沉吟片刻，低声道："那药王庄定在左近，想是他在土中下了剧毒，以致连草也没一根。"

胡斐点了点头，心中惊惧，从包袱上撕下几根布条，将锺兆文所乘坐骑的马口缚住，然后缚上自己坐骑的马口。锺兆文知他生怕再向前行时遇到有毒草木，牲口嚼到便不免遇害，点了点头，暗赞他心思细密。

行不多时，远远望见一座房屋。走到近处，只见屋子的模样极是古怪，便似是一座大坟模样，无门无窗，黑黝黝的甚是阴森可怖。两人均想："瞧这屋子的模样，那自然是药王庄了。"离屋数丈，有一排矮矮的小树环屋而生，树叶便似栗树叶子，但颜色却如秋日枫叶一般，殷红如血，在暮色之中，令人瞧着不寒而栗。

锺兆文平生浪荡江湖，什么凶险之事没有见过？他自己三兄弟便打扮成凶门丧主一般，令人见之生畏，但此时看到这般情景，心中不禁突突乱跳，低声道："怎么办？"胡斐道："咱们以礼相求，随机应变。"纵马向前，行到离矮树丛数丈之处，下马牵了缰绳，朗声道："鄂北锺兆文，晚辈辽东胡斐，特来向药王前辈请安。"这三句话每一字都从丹田送出，虽然并不如何响亮，但声闻里许，屋中人自必听得清清楚楚。

过了半晌，屋中竟无半点动静。胡斐又说了一遍，圆屋之中仍毫无应声，便似无人居住一般。胡斐又朗声道："金面佛苗大侠中毒受伤，所用毒药，是奸人自前辈处盗来。敬请前辈慈悲，赐以解药。"

但不论他说什么，圆屋之中始终寂无声息。

过了良久，天色更加黑了。胡斐低声问道："锺二哥，怎么办？"锺兆文道："总不成眼看苗大侠瞎了双目，咱们便此空手而返。"胡斐道："不错，便是龙潭虎穴，也得闯上一闯。"

两人这时均起了动武用强之意，心想那毒手药王虽然擅于使毒，武功却未必了得，软硬兼施，非得将解药取了到手不可。两人放下马匹，走向矮树。只见那一丛树枝叶紧密，不能穿过，锺兆文纵身一跃，便从树丛上飞越过去。

他身在半空，鼻中猛然闻到一阵浓香，眼前一黑，登时晕眩，摔跌在树丛之内。胡斐一见大惊，跟着跃进，越过树丛顶上时，但觉奇香刺鼻，中人欲呕，胸口甚是烦恶。他一落地，忙伸手扶起锺兆文，探他鼻间尚有呼吸，只是双目紧闭，手指和颜面却是冰冷。

胡斐暗暗叫苦："苗大侠的解药尚未求得，锺二哥却又中毒，瞧来我自己也已沾上毒气，只是还没发作而已。"当下身形一矮，直纵向圆屋之前，叫道："药王前辈，晚辈空手前来拜庄，实无歹意，再不赐见，晚辈迫得无礼了。"

他说了这话后，打量那圆屋的墙垣，只见自屋顶以至墙脚通体黑色，显然并非土木所构。他不敢伸手去推，但四下地里打扫得干净无比，连一块极细小的砖石也无法找到，于是从怀中摸出一锭银两，在墙上轻敲三下，果然铮铮铮的发出金属之声。

他将银两放回怀中，一低头，鼻中忽然闻到一阵淡淡清香，精神为之一振，头脑本来昏昏沉沉，一闻到这香气，立时清明。他略略弯腰，香气更浓，原来这香气是从那村女所赠的蓝花上发出。胡斐心中一动："看来这香气有解毒之功，她果然是一番好意。"

他加快脚步，环绕圆屋奔了一周，非但找不到门窗，连小孔和细缝也没发现，心想难道屋中当真并无人居？否则毫无通风之处，怎能不给闷死？他手中没有兵刃，对这通体铁铸的圆屋实在无法可施。凝思片刻，从怀中取出蓝花，放在锺兆文鼻下，过不多时，果然他打了个喷嚏，悠悠醒转。

胡斐大喜，心想："那姑娘既有解毒之法，不如回去求她指点。"于是将一枝蓝花插在锺兆文襟上，自己手中拿了一枝，扶着锺兆文跃过矮树。他双足落地，忽听得圆屋中有人大声"咦！"的一下惊呼。声音隔着铁壁传来，颇为郁闷，但仍可听得出又是惊奇又是愤怒之意。

胡斐回头叫道："药王前辈，可肯赐见一面么？"圆屋中寂然无声。他接连问了两声，对方再无声息。

忽听得砰砰两响，重物倒地。胡斐回过头来，只见两匹坐骑同时摔倒，纵身过去一瞧，两匹马眼目紧闭，口吐黑沫，已然中毒断气，身上却没半点伤痕。

到此地步，两人不敢再在这险地多逗留，低声商量了几句，决意回去向村女求教，于是从原路赶回。

锺兆文中毒后脚力疲惫，行一程歇一程，直到二更时分，才回到那村女的茅屋之前。黑夜之中，花圃中的蓝花香气馥郁，锺胡二人一闻之下，困累尽去，大感愉适。

只见茅舍的窗中突然透出灯光，呀的一声，柴扉打开，那村女开门出来，说道："请进来吧！只是乡下没什么款待，粗茶淡饭，怠慢了贵客。"胡斐听她出言不俗，忙抱拳道："深夜叨扰，很是过意不去。"那村女微微一笑，闪身门旁，让两人进屋。

胡斐踏进茅屋，见屋中木桌木凳，陈设也跟寻常农家无异，只是纤尘不染，干净得过了份，甚至连墙脚之下，板壁缝中，也冲洗得没留下半点灰土。这般清洁的模样，便似圆屋周遭一般，令人心中隐隐不安。

那村女道："锺爷、胡爷请坐。"说着到厨下拿出两副碗筷，跟着托出三菜一汤，两大碗热气腾腾的白米饭。三碗菜是煎豆腐、鲜笋炒豆芽、草菇煮白菜，那汤则是咸菜豆瓣汤。虽是素菜，却也香气扑鼻。

两人奔驰了大半日，早就饿了。胡斐笑道："多谢！"端起饭碗，提筷便吃。锺兆文心下大疑，寻思："这饭菜她早就预备好了，显是料到我们去后必回。宁可饿死了，这饭却千万吃不得。"见那村女转身回入厨下，向胡斐使个眼色，低声道："兄弟，我跟你说过，在药王庄三十里地之内，决不能饮食。你怎地忘了？"

胡斐却想："这位姑娘对我若有歹心，决不能送花给我。虽然防人之心不可无，但若是不吃此餐，那定是将她得罪了。"他正要回答，那村女又从厨下托出一只木盘，盘中一只小小木桶，装满了白饭。

胡斐站起身来，说道："多谢姑娘厚待，我们要请拜见令尊令堂。"那村女道："我爹妈都过世了，这里便只我一人。"胡斐"啊"了一声，坐下来举筷便吃，三碗菜肴做得本自鲜美，胡斐为讨她欢喜，更是赞不绝口。

锺兆文心道："你既不听我劝，那也无法，总不成两个一齐着了人家道儿。"向那村女道："我适才晕去多时，肚子里很不舒服，不想吃饭。"那村女斟了一杯茶来，道："那么请用一杯清茶。"锺兆文见茶水碧绿，清澈可爱，虽然口中大感干渴，仍然谢了一声，接过茶杯放在桌上，却不饮用。

村女也不为意，见胡斐狼吞虎咽，吃了一碗又一碗，不由得眉梢眼角之间颇露喜色。胡斐瞧在眼里，心想我反正吃了，少吃若是中毒，多吃也是中毒，索性放开肚子，吃了四大碗白米饭，将三菜一汤吃得尽是碗底朝天。村女过来收拾，胡斐抢着把碗筷放在盘中，托到厨下，随手便在水缸中舀了水，将碗筷洗干净了，抹干放入橱中。

那村女洗镬扫地,两人一齐动手收拾。胡斐也不提起适才之事,见水缸中只剩下了小半缸水,拿了水桶,到门外小溪中挑了两担,将水缸装得满满。

挑完了水回到堂上,见钟兆文已伏在桌上睡了。那村女道:"乡下人家,没待客的地方,只好委屈胡爷,胡乱在长凳上睡一晚吧!"胡斐道:"姑娘不用客气!"只见她走进内室,轻轻将房门关上,却没听见落闩之声,心想这个姑娘孤另另的独居于此,竟敢让两个男子汉在屋中留宿,胆子却是不小,伸手轻推钟兆文的肩膀,低声道:"钟二哥,在长凳上睡得舒服些!"

哪知这么轻轻一推,钟兆文竟应手而倒,砰的一声,跌在地下。胡斐大吃一惊,急忙抱着他腰扶起,在他脸上一摸,着手火滚,竟是发着高烧。胡斐忙道:"钟二哥,你怎么啦?"举油灯凑近瞧时,只见他满脸通红,宛似酒醉,口中鼻中更喷出阵阵极浓的酒气。胡斐大奇:"他连茶也不敢喝一口,怎么这一霎时之间,竟会醉倒?"又听他迷迷糊糊道:"我没醉,没有醉!来来来,跟你再喝三大碗!"跟着"五经魁首!""四季发财!"的豁起拳来。

胡斐一转念,知他定是着了那村女的手脚,他不肯吃饭饮茶,那村女却用什么奇妙法门,弄得他便似大醉一般,心中惊奇交集,不知是去求那村女救治呢,还是让他顺其自然,慢慢醒转,转念又想:"这是中毒,并非真的酒醉,未必便能自行清醒。"

正在此时,忽听远处传来一阵阵惨厉的野兽嗥叫之声,深夜听来,不由得令人寒毛直竖,听声音似是狼嗥,但洞庭湖畔多是平原,纵有一二野狼,也不致如这般成群结队。

那声音渐叫渐近,胡斐站起身来,侧耳凝听,只听得狼嗥之中,还夹着一二声山羊的咩咩之声,显然是狼群追羊而噬。当下也不以为意,正想再去察看钟兆文的情状,呀的一声,房门推开,那村女手持烛台,走了出来,脸上略现惊惶,说道:"这是狼叫啊。"胡斐点了点头,道:"姑娘……"向钟兆文一指。

只听得马蹄声、羊咩声、狼嗥声吵成一片，竟是直奔这茅屋而来。胡斐脸上变色，心想若是敌人大举来袭，这茅屋不经一冲，何况锺二哥中毒后人事不知，这村女处在肘腋之旁，是敌是友，身份不明，这便如何是好？转念未毕，只听得一骑快马急驰而至。胡斐手无寸铁，弯腰抱起锺兆文，冲进厨房，想要找柄菜刀，黑暗中却又摸索不到，只听那村女大声叫道："是孟家的人么？半夜三更到这里干什么？"

胡斐听她口气严厉，不似作伪，看来她与来袭之人并非一路，心中稍慰，当下抢出后院，在地下抓起一把砖石，纵身上了一株柳树，将锺兆文搁在两个大桠枝之间，凝目望去。

星光下只见一个灰衣汉子骑在马上，已冲到了茅屋之前，马后尘土飞扬，叫声大作，跟着十几头饿狼。瞧这情势，似乎那人途中遇到饿狼袭击，纵马奔逃，但再一看，只见马后拖着白白的一团东西，原来是只活羊，胡斐心想，这多半是个猎人，以羊为饵，设计诱捕狼群。却见那人纵马驰入花圃，直奔到东首，圈转马头，又向西驰来，一群饿狼在后追叫，这么一来一去，登时将花圃践踏得不成模样。这汉子的坐骑甚是骏良，他骑术又精，来回冲了几次，饿狼始终咬不到活羊。

胡斐一转念间，已然省悟："啊，这家伙是来踩坏蓝花！我如何能袖手不理？"当下双足一点，跃到了茅屋顶上，忽听那人"哎哟！"一声叫，纵马向北疾驰而去，那活羊却留在花圃之中。群狼扑上去抢咬撕夺，更将花圃踩蹋得狼藉不堪。

胡斐心道："那人用心好不歹毒！"两块石子飞出，噗噗两声，打在两头恶狼脑门正中，登时脑浆迸裂，尸横就地。他跟着又打出两块石子，这一次石子较小，准头也略偏了些，一中狼腹，一中狼肩，但饶是如此，两头恶狼也已痛得嗷嗷大叫。群狼连吃苦头，知道屋顶有人，仰起了头望着胡斐，张牙舞爪，声势汹汹。胡斐见了群狼这副凶恶神情，心中大是发毛，自己赤手空拳，实不易和这十几头恶狼的毒牙利爪相抗，当下瞧准了一头最大的雄狼，一块瓦片斜削而下,正中咽喉。那狼在地下一个打滚,吃痛不过,转身便逃,另有一头大狼咬了白羊,跟着逃走。片刻之间,叫声越去越远,花圃中的蓝花却已被践踏得七零八落。

胡斐跃下屋来,连称:"可惜,可惜!"心想那村女辛勤锄花拔草,将这片蓝花培植得大是可观,现下顷刻之间尽归毁败,一定恼怒异常。哪知村女对蓝花被毁之事一句不提,只笑吟吟的道:"多谢胡爷援手了。"胡斐道:"说来惭愧!都怪我见机不早,出手太迟,倘若早将那恶汉在花圃外打下马来,这片花卉还能保全。"

那村女微微一笑,道:"蓝花就算不给恶狼踏坏,过几天也会自行萎谢。只不过迟早之间,那也算不了什么。"胡斐一怔,心想:"这位姑娘吐属不凡,言语之间似含玄机。"说道:"在府上吵扰,却还没请教姑娘尊姓。"那村女微一沉吟,道:"我姓程,但在旁人跟前,你别提起我的姓氏。"这三句话说得甚是亲切,似乎已将胡斐当作是自己人看待。胡斐很是高兴,道:"那我叫你什么?"

那村女道:"你这人很好,我便索性连名字也都跟你说了。我叫程灵素,'灵枢'的'灵','素问'的'素'。"胡斐不知《灵枢》和《素问》乃是中国两大医经,只觉得这两个字很是雅致,不像农村女子的名字,这时已知她决不是寻常乡下姑娘,也不以为异,笑道:"那我便叫你'灵姑娘',别人听来,只当我叫你'林姑娘'呢。"程灵素嫣然一笑,道:"你总有法儿讨我欢喜。"胡斐心中微微一动,觉得她相貌虽然并不甚美,但这么一言一笑,却自有一股妩媚的风致。

他正想询问锺兆文酒醉之事,程灵素道:"你的锺二哥喝醉了酒,不碍事,到天明便醒了。现下我要去瞧几个人,你同不同我去?"

胡斐觉得这个小姑娘行事处处十分奇怪,这半夜三更去探访别人,必有深意,便道:"我自然去。"程灵素道:"你陪我去,咱们可得约法三章。第一,你今晚不许跟人说话……"胡斐道:"好,我扮哑子便是。"程灵素笑道:"那倒不用,跟我说话当然可以。第二,不能跟人动武,放暗器点穴,一概禁止。第三,不能离开我三步之外。"

胡斐点头答应,心想:"原来她带我去见毒手药王。她叫我不能离开她身边三步,自是怕我中毒受害了。"当下甚是振奋,道:"咱们这便去么?"程灵素道:"得带些东西。"走进自己房内,约过了一盏茶时分,挑了两只竹箩出来,箩上用盖盖着,不知里面放着些什么,看她的模样,挑得颇为吃力。

胡斐道:"我来挑!"将扁担接了过来,一放上肩头,几有一百二三十斤。两只竹箩轻重悬殊,一只甚重,一只却是极轻,挑来颇不方便,只见锺兆文兀自伏在桌上,呼呼大睡,经过他身旁便闻到一股浓烈的酒气。

两人出了茅舍,程灵素将门带上,在前引路。胡斐道:"灵姑娘,我问你一件事,成不成?"程灵素道:"成啊,就怕我答不上来。"胡斐道:"你若答不出,天下就没第二个人答得出了。我那锺二哥滴水没有入口,怎地会醉成这个模样?"程灵素轻轻一笑,道:"就因他滴水不肯入口,这才吃了亏。"胡斐道:"这个我就不懂了。锺二哥是老江湖,鄂北鬼见愁锺氏三雄,在武林中也算颇有名声。我却是个见识浅陋之人,哪知道他处处小心,反而……"说到这里,住口不说了。

程灵素道:"你说好了!他处处小心,反而着了我的道儿,是不是?处处小心提防便有用了吗?只有像你这般,才会太平无事。"胡斐道:"我怎么啊?"程灵素笑道:"叫你挑粪便挑粪,叫你吃饭便吃饭。这般听话,人家怎能忍心害你?"胡斐笑道:"原来做人要听话。可是你整人的法儿也太巧妙了些,我到现在还是摸不着头脑。"

程灵素道:"好,我教你一个乖。厅上有一盆小小的白花,你瞧见了么?"胡斐当时没留意,这时一加回想,果然记得窗口一张半桌上放着一盆小朵儿的白花。程灵素道:"这盆花叫做醉醺香,花香醉人,极是厉害,闻得稍久,便和饮了烈酒一般无异。我在汤里、茶里都放了解药。谁教他不喝啊?"

胡斐恍然大悟,不禁对这位姑娘大起敬畏之心,暗想自来只听说有人在饮食之中下毒,哪知她下毒的方法却高明得多,对方不吃不喝反而会中毒。程灵素道:"待会回去我便给他解药,你不用担心。"胡斐心中一动:"这位姑娘既然擅用药物,说不定能治苗大侠的伤目,那便不须去求什么毒手药王了。"于是问道:"灵姑娘,你知道解治断肠草毒性的法子吗?"程灵素道:"难说。"

胡斐听她说了这两个字,便没下文,不便就提医治之请,只见她脚步轻盈,在前不疾不徐的走着,虽不是施展轻功,但没过多少时光已走了六七里路,瞧方向是走向正东,不是去药王庄的道路,忽然又想到一事,说道:"我还想问你一件事,适才我和锺二哥去药王庄,你说还是向东北方去的好,故意叫我们绕道多走了二十几里路。这其中的用意,我一直没能明白。"

程灵素道:"你真正想问我的,还不是这件事。我猜你是想问:药王庄明明是在西北,咱们怎么向东走?"胡斐笑道:"你既猜到了,那我一并请问便是。"程灵素道:"咱们所以不朝药王庄走,因为并不是去药王庄。"这一下,胡斐又是出于意料之外,"啊"了一声。

程灵素又道:"白天我要你浇花,一来是试试你,二来是要你耽搁些时光,后来再叫你绕道多走二十几里,也是为了要你多耗时刻,这样便能在天黑之后再到药王庄外。只因药王庄外所种的血矮栗,一到天黑,毒性便小,我给你的蓝花才克得它住。"

胡斐听了,心中钦服无已,万想不到用毒使药,竟有这许多学问,这个貌不惊人的小姑娘用心深至,更非常人所及,当下说到在洞庭湖见到的两名死者。程灵素听说两名死者脸上满是黑点,肌肉扭曲,哼了一声,道:"这种鬼蝙蝠的毒无药可治。他们什么也不顾了。"胡斐心想:"'鬼蝙蝠'是什么毒,她说了我也不懂。反正一意听她吩咐行事便了,多说多问,徒然显得自己一无是处。"于是不再询问,跟在她身后一路向东。

又走了五六里路,进了一座黑黝黝的树林。程灵素低声道:"到了。他们还没来,咱们在这树林子中等候,你把这只竹箩放在那株树下。"说着向一株大树一指。胡斐依言提了那只份量甚重的竹箩过去放好。程灵素走到离大树八九丈处的一丛长草之旁,道:"这一只竹箩给我提过来。"随即拨开长草,钻进了草丛之中。

胡斐也不问谁还没来,等候什么,记着不离开她三步的约言,便提了另一只竹箩,也钻进草丛,挨在她的身旁。仰头向天,只见月轮西斜,已过夜半。树林中虫声此起彼伏,偶然也听到一二声枭鸣。程灵素递给他一粒药丸,低声道:"含在口里,别吞下!"胡斐看也不看便放入嘴中,但觉味道极苦。

两人静静的坐着,过了小半个时辰,胡斐东想西想,只觉这一日一晚的经历,实在大是诡异,可说是生平从所未遇之奇。突然之间,想到了袁紫衣:"不知她这时身在何处?如果这时在我身畔的,不是这个瘦瘦小小的姑娘而是袁姑娘,不知她要跟我说什么?"一想到她,便伸手入怀,去摸玉凤。

忽然程灵素伸手拉了拉他的衣角,向前一指。胡斐顺着她手指瞧去,只见远处一盏灯笼,正在渐渐移近。本来灯笼的火光必是暗红之色,但这盏灯笼发出的却是碧油油的绿光。

灯笼来得甚快,不多时已到身前十余丈外,灯光下瞧得明白,提灯的是个驼背女子,走起路来左高右低,看来右脚是跛的。她身后紧随一个汉子,身材魁梧,腰间插着明晃晃的一把尖刀。

胡斐想起锺兆文的说话,身子不由得微微一震:"锺二哥说,有人说毒手药王是个屠夫模样的大汉,又有人说药王是个又驼又跛的女子。那么这两人之中,必有一个是药王。"斜眼向程灵素一看,黑暗之中,瞧不见她的脸色,但见她一对清澈晶莹的大眼,目不转睛的望着两人,神情显甚紧张。胡斐登时起了侠义之心:"这毒手药王如要不利于她，我便是拼着性命，也要护她周全。"

那一男一女越走越近。只见那女子容貌甚是文秀，虽然身有残疾，仍可说得上是个美女，那大汉却是满脸横肉，形相凶狠。两人都是四十来岁年纪。胡斐一身武功，便是遇到江湖上最厉害的巨寇大贼环攻，也是无所畏惧，但这时却不由自主的心中怦怦乱跳，自觉武功有时而穷，对付这种人，武功未必便能管用。

那两人走到胡斐身前七八丈处，忽然折而向左，又走了十余丈，站定身子。那大汉朗声叫道："慕容师兄，我夫妇依约前来，便请露面相见吧！"

他站立之处距胡斐并不甚远，突然开口说话，声音又大，只把他吓了一跳。那大汉说了两遍，无人答话。胡斐心道："这里除了咱们四人，再没旁人，哪里还有什么慕容师兄？这两人原来是一对夫妻。"

那驼背女子细声细气的道："慕容师兄既然不肯现身，我夫妇迫得无礼了。"

胡斐暗暗好笑："这叫做一报还一报。适才我到药王庄来拜访，说什么你们也不理睬，这时候别人也给一个软钉子你们碰碰。"只见那女子从怀中取出一束草来，伸到灯笼中去点燃了，立时发出一股浓烟，过不多时，林中便白雾弥漫，烟雾之中微有檀香气息，倒也并不难闻。

胡斐听她说"迫得无礼"四字，知道这股烟雾定然厉害，但自己却也不感到有何不适，想必是口中含了药丸之功，转头向程灵素望了一眼。这时她也正回眸瞧他，目光中充满了关注之色。胡斐心中感激，微微点了点头。

那烟雾越来越浓，突然大树下的竹篓中有人大声打了个喷嚏。

胡斐大吃一惊："怎么竹篓中有人？我挑了半天一点也没知情。那么我跟程姑娘的说话，都让他听去了？"自忖对毒物医药之道虽然一窍不通，但练了这许多年武功，决不能挑着一个人走这许多路而茫然不觉，除非这是个死人，那又作别论。他心中大是惊奇，只听竹箩中那人又连打几个喷嚏，箩盖掀开，跃了出来。但见他长袍儒巾，正是日间所见在小山上采药的那个老者。

这时他衣衫凌乱，头巾歪斜，神情甚是狼狈，已没半点日间所见的儒雅神态，一见到那男女二人，怒声喝道："好啊，姜师弟，薛师妹，你们下手越来越阴毒了。"

那夫妇俩见他这般模样，也似颇出意料之外。那大汉冷笑说道："还说我们下手阴毒？你躲在竹箩之中，谁又料得到了？慕容师兄……"他话未说完，那老者嗅了几下，神色大变，急从怀中摸出一枚药丸，放入口中。

那驼背女子将散发浓烟的草药一足踏灭，放回怀中，说道："大师兄，来不及啦，来不及啦！"

那老者脸如土色，颓然坐在地下，过了半晌，说道："好，算我栽了。"

那大汉从怀中摸出一个青色瓷瓶，举在手里，道："解药便在这里。你师侄中了你的毒手，得拿解药来换啊。"那老者道："胡说八道！你们说是小铁哥么？我几年没见他了，下什么毒手？"那驼背女子道："你约我们到这里，只是要说这句话么？"转头向那大汉说道："铁山，咱们走吧。"说着掉头便走。那大汉尚有犹豫，道："小铁……"那女子道："他恨咱们入骨，宁可自己送了性命，也决不肯饶过小铁。这些年来，难道你还想不通？"那大汉想走又不肯走，说道："大师兄，咱们多年以前的怨恨，到这时何必再放在心上？小弟奉劝一句，还是交换解药，把这个结子也同时解开了吧！"这几句话说得甚是诚恳。

那老者问道："薛师妹，小铁中了什么毒？"那女子冷笑一声，并不回答。那大汉道："大师兄，到这地步，也不用假惺惺了。小弟恭贺你种成了七心海棠……"那老者大声道："谁种成了七心海棠？难道小铁中的是七心海棠之毒？我没有啊，我没有啊。"他说这几句话时神情惶急，恐惧之意见于颜色。

两夫妇对望了一眼，心中均想："难道他假装得这般像？"那女子道："好，慕容师兄，废话少说。你约我们到这里来相会，有什么吩咐？"那老者摇头道："我没有约啊。是你们把我搬到这里来，怎么反说是我相约？"说到这里，又气又愧，突然飞起一腿，将竹箩踢出了六七丈外。

那女子冷冷的道："难道这封信也不是你写的？师兄的字迹，我生平瞧得也不算少了。"说着从怀中取出一张纸笺，左手一扬，那纸笺便向老者飞了过去。那老者伸手欲接，突然缩手，跟着一掌发出，掌风将那纸笺在空中挡了一挡，左手中指一弹，发出了一枚暗器。这暗器是一枚长约三寸的透骨钉，射向纸笺，拍的一声，将纸笺钉在树上。

胡斐暗自寒心："跟这些人打交道，对方说一句话，喷一口气，都要提防他下毒。这老者不敢用手去接笺，自是怕笺上有毒了。"只见驼背女子提高灯笼。火光照耀纸笺，白纸上两行大字，胡斐虽在远处，也看得清楚，见纸上写着道：

"姜薛两位：三更后请赴黑虎林，有事奉商，知名不具。"

那两行字笔致枯瘦，却颇挺拔，字如其人，和那老者的身形隐隐然有相类之处。

那老者"咦"的一声，似乎甚是诧异。

那大汉问道："大师兄，有什么不对了？"那老者冷冷的道："这信不是我写的。"此言一出，夫妇两人对望了一眼。那驼背女子冷笑了一声，显是不相信他的说话。那老者道："信上的笔迹，倒真和我的书法甚是相像，这可奇了。"他伸左手摸了摸颏下胡须，勃然怒道："你们把我装在竹箩之中，抬到这里，到底干什么来啦？"那女子道："小铁中了七心海棠之毒，你到底给治呢，还是不给治？"那老者道："你拿得稳么？当真是七心……七心海棠么？"说到"七心海棠"四字时声音微颤，语音中流露了强烈的恐惧之意。

胡斐听到这里，心中渐渐明白，定是另外有一个高手从中播弄，以致这三人说来说去，言语总是不能接榫。那么这高手是谁呢？

他不自禁的转头向身旁程灵素望了一眼,但见她一双朗若明星的大眼在黑暗中炯炯发光。难道这个面黄肌瘦的小姑娘竟有这般能耐?这可太也令人难以相信!

他正自凝思,猛听得一声大喝,声音呜呜,极是怪异,忙回过头来,只见那老者和那对夫妇已欺近在一起,各自蹲着身子,双手向前平推,六掌相接,口中齐声"呜呜"而呼。老者喝声峻厉,大汉喝声粗猛,那驼背女子的喝声却高而尖锐。三人的喝声都是一般曼长,连续不断。突然之间,喝声齐止,只见那老者纵身后跃,寒光一闪,发出一枚透骨钉,将灯笼打灭,跟着那大汉大叫一声:"啊哟!"显是中了老者的暗算,身上受伤。

这时林中黑漆一团,只觉四下里处处都是危机,胡斐顺手拉着程灵素的手向后一扯,自己已挡在她的身前。这一挡他实是未经思索,只觉凶险迫近,非尽力保护这个弱女子不可,至于凭他之力是否保护得了,却绝未想到。

那大汉叫了这一下之后,立即寂然无声,树林中虽然共有五人,竟是没半点声息。

胡斐又听到了草间的虫声,听到远处猫头鹰的咕咕而鸣。忽然之间,一只软软的小手伸了过来,握住了他粗大的手掌。胡斐身子一颤,随即知道这是程灵素的手,只觉柔嫩纤细,倒像十一二岁女童的手掌一般。

在一片寂静之中,眼前忽地升起两股袅袅的烟雾,一白一灰,两股烟像两条活蛇一般,自两旁向中央游去,互相撞击。同时嗤嗤的轻响不绝,胡斐在黑暗中睁大了眼睛观看,隐约见到左右各有一点火星。一点火星之后是那个老者,另一点火星之后是那驼背女子。两人各自蹲着身子,用力鼓气将烟雾向对方吹去,自是点燃了药草,发出毒烟,要令对方中毒。

两人吹了好一会,林中烟雾弥漫,愈来愈浓。突然之间,那老者"咦"的一声,抬头瞧着先前钉在大树上的那张纸笺。胡斐见那纸笺微微摇晃,上面发出闪闪光芒,竟是写着发光的几行字。那夫妇二人也大是惊奇，转头瞧去，只见那几行字写道：

"字谕慕容景岳、姜铁山、薛鹊三徒知悉：尔等互施残害，不念师门之谊，余甚厌之，宜即尽释前愆，继余遗志，是所至嘱。余临终之情，素徒当为详告也。僧无嗔绝笔。"

那老者和女子齐声惊呼："师父死了么？程师妹，你在哪里？"

程灵素轻轻挣脱了胡斐的手，从怀里取出一根蜡烛，晃火折点燃了，缓步走出。

老者慕容景岳、驼背女子薛鹊都是脸色大变，厉声道："师父的《药王神篇》呢？是你收着么？"程灵素冷笑道："慕容师兄、薛师姊，师父教养你们一生，恩德如山，你们不关怀他老人家生死，却只问他的遗物，未免太过不情。姜师兄，你怎么说？"

那大汉姜铁山受伤后倒在地下，听程灵素问及，抬起头来，怒道："小铁之伤，定是你下的毒手，这里一切，也必是你这丫头从中捣鬼！快将《药王神篇》交出来！"程灵素凝目不语。慕容景岳喝道："师父偏心，定是交了给你！"薛鹊道："小师妹，你将神篇取出来，大伙儿一同观看吧。"口吻中诱骗之意再也明白不过。

程灵素说道："不错，师父的《药王神篇》确是传了给我。"她顿了一顿，从怀中又取出一张纸笺来，说道："这是师父写给我的谕字，三位请看。"说着交给薛鹊。薛鹊伸手待接，姜铁山喝道："师妹，小心！"薛鹊猛地省悟，退后了一步，向身前的一棵大树一指。

程灵素叹了口气，在头发上拔下一枚银簪，插在笺上，手一扬，连簪带笺飞射出去，钉在树上。

胡斐见她这一下出手，功夫甚是不弱，心想："真想不到这么一个瘦弱幼女，竟会跟这三人是同门的师兄妹。"眼望纸笺，借着她手中蜡烛的亮光，见笺上写道：

"字谕灵素知悉：余死之后，尔即传告师兄师姊。三人中若有念及老僧者，尔以《药王神篇》示之。无悲恸思念之情者，恩义已绝，非我徒矣。切切此嘱。僧无嗔绝笔。"

慕容景岳、姜铁山、薛鹊三人看了这张谕字，面面相觑，均思自己只关念着师父的遗物，对师父因何去世固然不问一句，更无半分哀痛悲伤之意。三人只呆了一瞬之间，突然大叫一声，同时发难，齐向程灵素扑来。

胡斐叫道："灵姑娘小心！"飞纵而出，眼见薛鹊的双掌已拍到程灵素面前，忙运掌力向前击出，单掌对双掌，腾的一声，将薛鹊震出二丈以外，右掌随即回转，一勾一带，刁住姜铁山的手腕，运起太极拳的"乱环诀"，借势一抛，姜铁山一个肥大的身躯直飞了出去，掷得比薛鹊更远，结结实实的摔在地下。

原来这两人虽然擅于下毒，武功却非一流高手！

他回过身来，待要对付慕容景岳，只见他晃了两晃，忽地一交跌倒，俯在地下，再也站不起来。

薛鹊气喘吁吁的道："小师妹，你伏下好厉害的帮手啊，这小伙子是谁？"

胡斐接口道："我姓胡名斐，贤夫妇有事尽管找我便是……"程灵素顿足道："你还说些什么？"

胡斐一怔，只见姜铁山慢慢站起身来，夫妇俩向胡斐狠狠望了一眼，相互扶持，跌跌撞撞的出了树林。

大铁镬盛满了热水，镬中坐着一个赤裸着上身的男子，镬中水气不断喷冒。程灵素道："你到灶下加些柴火！"

第十章　七心海棠

程灵素吹灭了蜡烛，放入怀中，一声不响。胡斐道："灵姑娘，你这慕容师兄怎么了？"程灵素"嘿"的一声，并不回答。过了半晌，胡斐又问一句，程灵素又是"哼"的一下。胡斐低声道："怎么？你心里不痛快吗？"程灵素幽幽的道："我说的话，你没一句放在心上？"

胡斐一怔，这才想起，她和自己约法三章，自己可一条也没遵守："她要我不跟旁人说话，我不但说话，还自报姓名。她要我不许动武，我却连打两人。她叫我不得离开她身子三步，咳，我离开她十步也不止了……"越想越是歉然，道："真对不起，只因为我见这三人很是凶狠，只怕伤到了你，心中着急，所以什么都忘了。"

程灵素"嗤"的一笑，语音突转柔和，道："那你全是为了我啦！自己忘得干干净净，却把错处都推在旁人身上，好不害臊！胡大哥，你为什么要自报姓名？这对夫妻最会记恨，一找上了你，阴魂不散，难缠得紧。他们明打不过你，暗中下起毒来，千方百计，神出鬼没，你这可是防不胜防。"

胡斐只听得心中发毛，心想她的话倒非张大其辞，但事已如此，怕也枉然。程灵素又问："你干么把姓名说给他夫妇知道？"胡斐轻轻一笑，并不回答。程灵素道："你打了他们二人，只怕他们找上我，是不是？你要把一切都揽在自己身上。胡大哥，你为什么一直待我这样好？"最后这两句话说得甚是温柔，胡斐在黑暗中虽瞧不见她的面容，但想来也必是神色柔和，当下也很诚恳的道："你一直照顾我，使我避却危难。将心比心，我自然当你是好朋友啦。"

程灵素很是高兴，笑道："你真的把我当作好朋友么？那么我先救你一命再说。"胡斐吃了一惊，道："什么？"程灵素道："得点个火，那灯笼呢？"俯身去摸薛鹊丢下的那只灯笼，但黑暗之中一时摸不到，不知她是丢在哪一处草丛之中。胡斐道："你怀里不是还有半截蜡烛么？"程灵素笑道："你要小命儿不要？这是用七心海棠做的蜡烛啊……嗯，嗯，在这儿了。"她在草丛中摸到了灯笼，晃火折点燃了，黑黝黝的森林之中，登时生起一团淡黄的光亮，将两人罩在灯笼光下。

胡斐听到姜铁山夫妇和慕容景岳接连几次说起"七心海棠"四字，似乎那是一件极厉害的毒物，灯笼光下见慕容景岳俯伏在地，一动也不动，似乎已然僵毙，心下登时省悟，"啊"的一声叫了出来，说道："若非我鲁莽出手，那姜铁山夫妇也给你制服了。"程灵素微微一笑，道："你是为我的一分好心，胡大哥，我还是领你的情。"

胡斐望着她似乎弱不禁风的身子，心下好生惭愧："她年纪还小我几岁，但这般智计百出，我枉然自负聪明，哪里及得上她半分。"这时已明白其中道理，程灵素的蜡烛乃是用剧毒的药物制成，点燃之后，发出的毒气既无臭味，又无烟雾，因此连慕容景岳等三个使毒的大行家也堕其术中而不自觉。自己若不贸然出手，那么姜铁山夫妇多闻了一会蜡烛的毒气，必定晕倒。但那时两人正夹攻程灵素，出手凌厉，只怕尚未晕倒，她已先受其害。

程灵素猜到他的心思，说道："你用手指碰一下我肩头的衣服。"胡斐不明她的用意，但依言伸出食指，轻轻在她肩上抚了一下，突然食指有如火炙，不禁全身都跳了起来。程灵素见他这一跳情形极是狼狈，格格一阵笑，说道："他夫妇若是抓住我的衣服，那滋味便是这般了。"

胡斐将食指在空中摇了几摇,只觉炙痛未已,说道:"好家伙!你衣衫上放了什么毒药?这么厉害?"程灵素道:"这是赤蝎粉,也没什么了不起。"胡斐伸食指在灯笼的火光下一看,只见手指上已起了一个个细泡,心想:"黑暗之中,幸亏我没碰到她的衣衫,否则那还了得。"

程灵素道:"胡大哥,你别怪我叫你上当。我是要你知道,下次碰到我这三个师兄师姊,当真要处处提防。你武功自然比他们高明得太多,但你瞧瞧你的手掌。"

胡斐伸掌一看,不见有何异状。程灵素道:"你在灯笼前照照。"胡斐伸掌到灯笼之前,只见掌心隐隐似有一层黑气,心中一惊,道:"他……他们两人练过毒砂掌么?"程灵素淡淡的道:"毒手药王的弟子,岂有不练毒砂掌之理?"

胡斐"啊"的一声,道:"原来尊师无嗔大师,才是真正的毒手药王。他老人家去世了么?怎么你这几位师兄师姊如此无情无义?"

程灵素轻轻叹了口气,到大树上拔下银簪和透骨钉,将师父的两张字谕折好,放回怀中。这时第一张字谕上发光的字迹已隐没不见,只露出"知名不具"所写的那两行黑字。

胡斐道:"这字条是你写的?"程灵素道:"是啊,师父那里有我大师兄手抄的药经。他的字我看得熟了。只是这几行字学得不好,得其形而不能得其神。他的书法还要峻峭得多。"胡斐武功虽强,但自幼无人教他读书,因此说到书法什么,那是一窍不通,听她这么说,一句话也接不上去。

程灵素道:"师父的手谕向来是用三炼矾水所写,要在火上一烘,方始显现,我又用虎骨的骨髓描了一遍,黑暗之中便发闪光了。你瞧!"说着熄了灯火,纸笺上果然现出她师父手谕闪光字迹,待得点亮灯笼,闪光之字隐没,看到的只是程灵素所写的短简。这短简自是写在手谕的两行之间。因此同是一张纸笺,光亮时现短简,黑暗中见手谕,说穿了毫不希奇。但慕容景岳等正自全神贯注，互相激斗，突见师父的手谕在树上显现，自不免要大吃一惊，而程灵素再手持蜡烛走出，一时之间，他们只想着师父所遗的那部《药王神篇》，纵然细心，也不会再防到她手中蜡烛会散发毒气了。

这些诡异之事一件件的揭开，胡斐恍然大悟，脸上流露出又明白了一件事的喜色。

程灵素笑道：“你中了毒砂掌，怎么反而高兴了？”胡斐笑道："你答允救我一命的，有药王的高足在此，我还担心些什么？”程灵素嫣然一笑，忽然鼓气一吹，又将灯笼吹灭了，只听她走到竹箩之旁，瑟瑟索索的发出一些轻微的响声，不知她在竹箩中拿些什么，过了一会，回来点燃了灯笼。

胡斐眼前斗然一亮，见她已换上了一套白衫蓝裤。程灵素笑道："这衣衫上没有毒粉了，免得你提心吊胆，唯恐一个不小心，碰到了我的衣服。”胡斐叹了口气，道："你什么都想到了。我年纪是活在狗身上的，有你十成中一成聪明，那便好了。”

程灵素道："我学了使用毒药，整日便在思量打算，要怎么下毒，旁人才不知觉，又要防人反来下毒，挖空心思，便想这种事儿。咳，哪及得上你心中海阔天空，自由自在？”说着轻轻叹了口气，拉过胡斐的右手，用银簪在他每根手指上刺了一个小孔，然后双手两根大拇指自他掌心向手指挤迫，小孔中流出的血液，带有紫黑之色。她针刺的部位恰到好处，竟是不感痛楚，推挤黑血，手势又极是灵巧，过不多时，出来的血液渐变鲜红。

这时伏在地下的慕容景岳突然身子一动。胡斐道："醒啦！”程灵素道："不会醒的，至少还有三个时辰。”胡斐道："刚才我把他挑了来，这人就像死了一般，我一点也不知道。他僵是僵得到了家，我的傻可也傻得到了家。”程灵素微笑道："你口口声声说自己傻，那才教不傻呢。”

隔了一会，胡斐道："他们老是问什么《药王神篇》，那是一部药书，是不是？”程灵素道："是啊，这是我师父花了毕生心血所著的一部书。给你瞧瞧吧!"伸手入怀,取出一个小小包袱,打开外面的布包,里面是一层油纸,油纸之内,才是一部六寸长、四寸宽的黄纸书。程灵素用银簪挑开书页,只见每一页上都密密麻麻的写满了蝇头小楷,不言可知,这书每一页上都染满剧毒,无知之人随手一翻,非倒大霉不可。

胡斐见她对自己推心置腹,什么重大的秘密也不隐瞒,心中自是欢喜,只是见了这部毒经心中发毛,似觉多瞧得几眼,连眼睛也会中毒,不自禁的露出畏缩之意。程灵素将药书包好,放回怀中,然后取出一个黄色小瓶,倒出一些紫色粉末,敷在胡斐手指的针孔上,在他手臂关节上推拿几下,那些粉末竟从针孔中吸了进去。

胡斐喜道:"大国手,这般的神乎其技,我从未见过。"程灵素笑道:"那算什么?你若见我师父给人开膛剖腹、接骨续肢的本事,那才叫神技呢。"胡斐悠然神往,道:"是啊,尊师虽然擅于使毒,但想来也必擅于治病救人,否则怎能称得'药王'二字?"

程灵素脸上现出喜容,道:"我师父若是听到你这几句话,他一定会喜欢你得紧,要说你是他的少年知己呢。咳,只可惜他老人家已不在了。"说着眼眶不自禁的红了。

胡斐道:"你那驼背师姊说你师父偏心,只管疼爱小徒弟,这话多半不假,我看也只你一人,才记着师父。"程灵素道:"我师父生平收了四个徒儿,这四人给你一晚上都见到了。慕容景岳是我大师兄,姜铁山是二师兄,薛鹊是三师姊。师父本来不想再收徒儿了,但见我三位师兄师姊闹得太不像话,只怕他百年之后无人制得他们,三人为非作歹,更要肆无忌惮,害人不浅,因此到得晚年,又收了我这个幼徒。"她顿了一顿,又道:"我这三个师兄师姊本性原来也不坏,只为三师姊嫁了二师兄,大师兄和他俩结下深仇,三个人谁也不肯干休,弄到后来竟然难以收拾。"

胡斐点头道:"你大师兄也想要娶你三师姊,是不是?"程灵素道:"这些事过去很久了,我也不大明白。只知道大师哥本来是有师嫂的,三师姊喜欢大师哥,便把师嫂毒死了。"胡斐"啊"的一声，只觉学会了下毒的功夫，实是害多利少，自然而然的会残忍起来。

程灵素又道："大师哥一气之下，给三师姊服了一种毒药，害得她驼了背，跛了脚。二师哥暗中一直喜欢着三师姊，她虽然残废，却并不嫌弃，便和她成了婚。也不知怎么，他们成婚之后，大师哥却又想念起三师姊的诸般好处来，竟然又去缠着她。我师父给他们三人弄得十分心烦，不管怎么开导教训，这三人反反覆覆，总是纠缠不清。倒是我二师哥为人比较正派，对妻子始终没有贰心。他们在这洞庭湖边用生铁铸了这座药王庄，庄外又种了血矮栗，原先本是为了防备大师哥纠缠，后来他夫妇俩在江湖上多结仇家，这药王庄又成了他们避仇之处了。"

胡斐点头道："原来如此。怪不得江湖上说到毒手药王时说法不同，有的说是个秀才相公，有的说是个粗豪大汉，有的说是个驼背女子，更有人说是个老和尚。"程灵素道："真正的毒手药王，其实也说不上是谁。我师父挺不喜欢这个名头。他说：'我使用毒物，是为了治病救人，称我"药王"，那是愧不敢当，上面再加"毒手"二字，难道无嗔老和尚是随便杀人的么？'只因我师父使用毒物出了名，我三位师兄师姊又使得太滥，有时不免误伤好人，因此'毒手药王'这四个字，在江湖上名头弄得十分响亮。师父不许师兄师姊泄露各人身份姓名，这么一来，只要什么地方有了离奇的下毒案件，一切帐便都算在'毒手药王'四字头上，你瞧冤是不冤？"

胡斐道："那你师父该当出头辩个明白啊。"程灵素叹道："这种事也是辩不胜辩……"说到这里，已将胡斐的五只手指推拿敷药完毕，站起身来，道："咱们今晚还有两件事要办，若不是……"说到这里突然住口，微微一笑。

胡斐接口道："若不是我不听话，这两件事就易办得很，现下不免要大费手脚。"

程灵素笑道："你知道就好啦，走吧！"胡斐指着躺在地下的慕容景岳道:"又要请君入笼?"程灵素笑道:"劳您的大驾。"胡斐抓起慕容景岳背上衣服,将他放入竹篓,放在肩上挑起。

程灵素在前领路,却是向西南方而行,走了三里模样,来到一座小屋之前,叫道:"王大叔,去吧!"屋门打开,出来一个汉子,全身黑漆漆的,挑着一副担子。胡斐心想:"又有奇事出来啦!"有了前车之鉴,哪里还敢多问,当下紧紧跟在程灵素身后,当真不离开她身边三步。程灵素回眸一笑,意示嘉许。

那汉子跟随在二人之后,一言不发。程灵素折而向北,四更过后,到了药王庄外。

她从竹篓中取出三大丛蓝花,分给胡斐和那汉子每人一丛,于是径越血矮栗而过,到了铁铸的圆屋外面,叫道:"二师哥,三师姊,开不开门?"连问三声,圆屋中寂无声息。

程灵素向那汉子点点头。那汉子放下担子,担子的一端是个风箱。他拉动风箱,烧红炭火,镕起铁来,敢情是个铁匠。胡斐看得大奇。又过片刻,只见那汉子将烧红的铁汁浇在圆屋之上,摸着屋上的缝隙,一条条的浇去,原来竟是将铁屋上启闭门窗的通路一一封住。姜铁山和薛鹊虽在屋中,想是忌惮程灵素厉害,竟然不敢出来阻挡。

程灵素见铁屋的缝隙已封了十之八九,屋中人已无法突围而出,向胡斐招招手。两人向东越过血矮栗,向西北走了数十丈,只见遍地都是大岩石。程灵素数着脚步,北行几步,又向西几步,轻声道:"是了!"点了灯笼一照,见两块大岩石之间有个碗口大小的洞穴,洞上又用一块岩石凌空搁着。程灵素低声道:"这是他们的通气孔。"取出那半截蜡烛点燃了,放在洞口,与胡斐站得远远地瞧着。

蜡烛点着后,散出极淡的轻烟,随着微风,袅袅从洞中钻了进去。

瞧了这般情景,胡斐对程灵素的手段更是敬畏,但想到铁屋中人给毒烟这么一熏,哪里还有生路?不禁心生怜悯之念:"这淡淡轻烟本已极难知觉,便算及时发现,堵上气孔,最后还是要窒息而死,只差在死得迟早而已。难道我眼看着她干这等绝户灭门的毒辣行径,竟不加阻止么?"

只见程灵素取出一把小小团扇,轻煽烛火,蜡烛上冒出的轻烟尽数从岩孔中钻了进去,胡斐再也忍耐不住,霍地站起,说道:"灵姑娘,你那师兄师姊,与你当真有不可解的怨仇么?"程灵素道:"没有呀。"胡斐道:"你师父传下遗命,要你清理门户,是不是?"程灵素道:"眼下还没到这个地步。"胡斐道:"那……那……"心中激动,不知如何措辞,一时说不下去了。

程灵素抬起头来,淡淡的道:"什么啊?瞧你急成这副样子!"胡斐定了定神道:"倘若你师哥师姊……并无非杀不可的过恶,还是给他们留一条改过自新的道路。"程灵素道:"是啊,我师父原也这么说。"顿了一顿,说道:"可惜你见不到我师父了,否则你们一老一少,一定挺说得来。"口中说话,手上团扇仍是不住搧动。

胡斐搔了搔头,指着蜡烛道:"这毒烟……这毒烟不会致人死命么?"程灵素道:"啊,原来咱们胡大哥在大发慈悲啦。我是要救人性命,不是在伤天害理。"说着转过头来,微微一笑,神色颇是妩媚。胡斐满脸通红,心想自己又做了一次傻瓜,虽不懂喷放毒烟为何反是救人,心中却甚感舒畅。

程灵素伸出左手小指,用指甲在蜡烛上刻了一条浅印,道:"请你给我瞧着,别让风吹熄了,点到这条线上就熄了蜡烛。"将团扇交给胡斐,站直身子,四下察看,倾听声息。胡斐学着她样,将轻烟煽入岩孔。

程灵素在十余丈外兜了个圈子,没见什么异状,坐在一块圆岩之上,说道:"今晚引狼来踏我花圃的,是二师哥的儿子,叫做小铁。"胡斐"啊"了一声。道:"他也在这下面么?"说着向岩孔中指了指。程灵素笑道:"是啊!咱们费这么大劲,便是去救他。先熏晕了师哥师姊,做起事来不会碍手碍脚。"胡斐心道:"原来如此。"

程灵素道："二师哥和三师姊有一家姓孟的对头，到了洞庭湖边已有半年，使尽心机，总是解不了铁屋外的血矮栗之毒，攻不进去。死在洞庭湖畔的那两个人，十九便是孟家的。我种的蓝花，却是血矮栗的克星，二师哥他们一直不知，直到你和锺爷身上带了蓝花，不怕毒侵，他们这才惊觉。"胡斐道："是了，我和锺二哥来的时候，听到铁屋中有人惊叫，必是为此。"程灵素点点头，说道："这血矮栗的毒性，本是无药可解，须得经常服食树上所结的栗子，才不受那树气息的侵害。幸好血矮栗毒性虽然厉害，倒也不易为害人畜，因为只要有这么一棵树长着，周围数十步内寸草不生，虫蚁绝迹，一看便知。"胡斐道："怪不得这铁屋周围连草根也没半条。我把两匹马的口都扎住了，还是避不了毒质，若不是你相赠蓝花……"说到这里，想起今晚的莽撞，不自禁暗暗惊心，心道："无怪江湖上一提到'毒手药王'便谈虎色变，锺二哥极力戒备，确非无因。"

程灵素道："我这蓝花是新试出来的品种，总算承蒙不弃，没在半路上丢掉。"胡斐微笑道："这花颜色娇艳，很是好看。"程灵素道："幸亏这蓝花好看，倘若不美，你便把它抛了，是不是？"胡斐一时不知所对，只说："唔……唔……"心中在想："倘若这蓝花果真十分丑陋，我会不会仍然藏在身边？是否幸亏花美，这才救了我和锺二哥的性命？"

正在此时，一阵风吹了过来，胡斐正自寻思，没举扇挡住蜡烛，烛火一闪，登时熄了。胡斐轻轻叫声："啊哟！"忙取出火折，待要再点蜡烛，只听程灵素在黑暗中道："算啦，也差不多够了。"胡斐听她语气中颇有不悦之意，心想她叫我做什么事，我总是没做得妥贴，似乎一切全都漫不经心，歉然道："真对不起，今晚不知怎的，我总是失魂落魄的。"程灵素默然不语。

胡斐道："我正在想你这句话，没料到刚好有一阵风来。灵姑娘，我想过了，你送我这蓝花之时，我全没知这是救命之物，但既是人家一番好意给的东西,我自会好好收着。"程灵素听他这几句话说得恳切,"嗯"了一声。

在黑暗之中,两人相对坐着,过了一会,胡斐道:"我从小没爹没娘,难得有谁给我什么东西。"程灵素道:"是啦,我也从小没爹没娘,还不是活得这么大了?"说着点燃了灯笼,说道:"走吧!"

胡斐偷眼瞧她脸色,似乎并没生气,当下不敢多问,跟随在后。

两人回到铁屋之前,见那铁匠坐在地下吸烟。程灵素道:"王大叔,劳您驾凿开这条缝!"所指之处,正是适才她要铁匠焊上了的。那铁匠也没问什么原由,拿出铁锤铁凿,叮叮当当的凿了起来,不到一顿饭时分,已将焊上的缝凿开。程灵素说道:"开门吧!"

那铁匠用铁锤东打打,西敲敲,倒转铁锤,用锤柄一撬,当的一声,一块大铁板落了下来,露出一个六尺高、三尺宽的门来。这铁匠对铁屋的构造似乎了如指掌,伸手在门边一拉,便有一座小小的铁梯伸出,从门上通向内进。

程灵素道:"咱们把蓝花留在外面。"三人将身上插的一束蓝花都抛在地下。程灵素正要跨步从小铁梯走进屋去,轻轻嗅了一下,道:"胡大哥,怎么你身上还有蓝花?别带进去。"胡斐应道:"噢!"从怀中摸出一个布包,打了开来,说道:"你鼻子真灵,我包在包里你也知道。"

那布包中包着他的家传拳经刀谱,还有一些杂物,日间程灵素给他的那棵蓝花也在其内,只是包了大半日,早已枯萎了。胡斐检了出来,放在铁门板上。程灵素见他珍而重之的收藏着这棵蓝花,知他刚才果然没说假话,很是欢喜,向他嫣然一笑,道:"你没骗人!"胡斐一楞,心道:"我何必骗你?"程灵素指着铁屋的门道:"里面的人平时服食血栗惯了,这蓝花正是克星,他们抵受不住。"提起灯笼,踏步进内。胡斐和王铁匠跟着进去。

走完铁梯,是一条狭窄的甬道,转了两个弯,来到一个小小厅堂。只见墙上挂着书画对联，湘妃竹的桌椅，陈设甚是雅致。胡斐暗暗纳罕："那姜铁山形貌粗鲁，居处却是这等的所在，倒像是到了秀才书生的家里。"程灵素毫不停留，一直走向后进。胡斐跟着她走进一间厨房模样的屋子，眼前所见，不由得大吃一惊。

只见姜铁山和薛鹊倒在地下，不知是死是活。当七心海棠所制蜡烛的轻烟从岩孔中透入之时，胡斐已料到定然有此情景，倒也不以为异，奇怪的是一只大铁镬盛满了热水，镬中竟坐着一个青年男子。这人赤裸着上身，镬中水汽不断喷冒，看来这水虽非沸腾，却已甚热，说不定这人已活活煮死。

胡斐一个箭步抢上前去，待要将那人从镬中拉起，程灵素道："别动！你瞧他……瞧他身上还有没有衣服。"胡斐探首到镬中一看，道："他穿着裤子。"程灵素脸上微微一红，点了点头，走近镬边，探了探那人鼻息，道："你到灶下加些柴火！"

胡斐吓了一跳，向那人再望一眼，认出他便是引了狼群来践踏花圃之人，只见他双目紧闭，张大了口，壮健的胸脯微微起伏，果然未死，但显已晕去，失了知觉，问道："他是小铁？他们的儿子？"程灵素道："不错，我师哥师姊想熬出他身上的毒质，但没有七心海棠的花粉，总是治不好。"胡斐这才放心，见灶中火势微弱，于是加了一根硬柴，生怕水煮得太热，小铁抵受不住，不敢多加。程灵素笑道："多加几根，煮不熟，煨不烂的。"胡斐依言，又拿两条硬柴塞入灶中。

程灵素伸手入镬，探了探水的冷热，从怀中摸出一个小小药瓶，倒出些黄色粉末，塞在姜铁山和薛鹊鼻中。

稍待片刻，两人先后打了几个喷嚏，睁眼醒转，只见程灵素手中拿着一只水瓢，从镬中挹了一瓢热水倒去，再从水缸中挹了一瓢冷水加在镬中。夫妇俩对望了一眼，初醒时那又惊又怒的神色立时转为喜色，知道她既肯出手相救，独生爱子便是死里逃生。两人站起身来，默然不语，心中各是一股说不出的滋味：爱子明明是中了她的毒手，此刻她却又来相救，向她道谢是犯不着，但是她如不救，儿子又活不成；再说，她不过是小师妹，自己儿子的年纪还大过她，哪知师父偏心，传给她的本领远胜过自己夫妇，接连受她克制，竟是缚手缚脚，没半点还手的余地。

程灵素一见水汽略盛，便舀去一瓢热水，加添一瓢冷水，使姜小铁身上的毒质逐步熬出。熬了一会，她忽向王铁匠道："再不动手，便报不了仇啦！"王铁匠道："是！"在灶边拾起一段硬柴，夹头夹脑便向姜铁山打去。

姜铁山大怒，喝道："你干什么？"一把抓住硬柴，待要还手。薛鹊道："铁山，咱们今日有求于师妹，这几下也挨不起么？"姜铁山一呆，怒道："好！"松手放开了硬柴。王铁匠一柴打了下去，姜铁山既不闪避，也不招架，挺着头让他猛击一记。王铁匠骂道："你抢老子田地，逼老子给你铸造铁屋，还打得老子断了三根肋骨，在床上躺了半年，狗娘养的，想不到也有今日。"骂一句，便用硬柴猛击一下。他打了几十年铁，虽然不会武功，但右臂的打击之力何等刚猛，打得几下，硬柴便断了。

姜铁山始终不还手，咬着牙任他殴击。

胡斐从那王铁匠的骂声听来，知他曾受姜铁山夫妇极大的欺压，今日程灵素伸张公道，让他出了这口恶气，倒也是大快人心之举。王铁匠打断了三根硬柴，见姜铁山满脸是血，却咬着牙齿一声不哼，他是个良善之人，觉得气也出了，虽然当年自己受他父子殴打远惨于此，但也不为已甚，将硬柴往地下一抛，向程灵素抱拳道："程姑娘，今日你替我出了这口气，小人难以报答。"程灵素道："王大叔不必多礼。"转头向薛鹊道："三师姊，你们把田地还了王大叔，冲着小妹的面子，以后也别找他报仇，好不好？"薛鹊低沉着嗓子道："我们这辈子永不踏进湖南省境了。再说，这种人也不会教我们念念不忘。"程灵素道："好，就是这样。王大叔，你先回去吧，这里没你的事了。"

王铁匠满脸喜色，拾起折在地下的半截硬柴，心道："你这恶霸当年打得老子多惨！这半截带血硬柴，老子是要当宝贝一般的藏起来了。"又向程灵素和胡斐行了一礼，转身出去。

胡斐见到这张朴实淳厚的脸上充满着小孩子一般的喜色，心中一动，忽地记起佛山镇北帝庙中的惨剧。那日恶霸凤天南被自己制住，对锺阿四的责骂无辞可对，但自己只离开片刻，锺阿四全家登时尸横殿堂。这姜铁山夫妇的奸诈凶残不在凤天南之下，未必会信守诺言，只怕程灵素一去，立时会对王铁匠痛下毒手。他想到此处，追到门口，叫道："王大叔，我有句话跟你说。"王铁匠站定脚步，回头瞧着他。胡斐道："王大叔，这姓姜的夫妻不是好人。你赶紧卖了田地，走得远远的，别在这里多耽。他们的手段毒辣得紧。"

王铁匠一怔，很舍不得这住了几十年的家乡，道："他们答应了永不踏进湖南省境。"胡斐道："这种人的说话，也信得过么？"王铁匠恍然大悟，连说："对，对！我明儿便走！"他跨出铁门，转头又问："你贵姓？"胡斐道："我姓胡。"王铁匠道："好，胡爷，咱们再见了，你这一辈子可得好好待程姑娘啊。"

这次轮到胡斐一怔，问道："你说什么？"王铁匠哈哈一笑，道："胡爷，王铁匠又不是傻子，难道我还瞧不出么？程姑娘人既聪明，心眼儿又好，这份本事更加不用提啦。人家对你一片真心，这一辈子你可得多听她话。"说着哈哈大笑。胡斐听他话中有因，却不便多说，只得含糊答应，说道："再见啦。"王铁匠道："胡爷，再见，再见！"收拾了风箱家生，挑在肩头便走。他走出几步，突然放开嗓子，唱起洞庭湖边的情歌来。

只听他唱道：

"小妹子待情郎——恩情深，

你莫负了妹子——一段情，

你见了她面时——要待她好，

你不见她面时——天天要十七八遍挂在心！"

他的嗓子有些嘶哑，但静夜中听着这曲情歌，自有一股荡人心魄的缠绵味道。胡斐站在门口，听得歌声渐渐远去，隐没不闻，这才回到厨房。

只见姜小铁已然醒转，站在地下，全身湿淋淋的，上身已披了衣衫。姜家三人对程灵素又是忌惮，又是怀恨，但对她用药使药的神技，不自禁的也有一股艳羡之意。三人冷冷的站着，并不道谢，却也不示敌意。

程灵素从怀中取出三束白色的干草药，放在桌上，道："你们离开此间之时，那孟家一干人定会追踪拦截。这三束醒酬香用七心海棠炼制过，足以退敌，但不致杀人再增新仇。"

姜铁山听到这里，脸现喜色，说道："小师妹，多谢你帮我想得周到。"胡斐心想："她救活你儿子性命，你不说一个谢字，直到助你退敌，这才称谢，想来这敌人定然甚强。却不知孟家的人是哪一路英雄好汉，连这对用毒的高手也一筹莫展，只有困守在铁屋之中。"

程灵素说道："小铁，中了鬼蝙蝠剧毒那两人，都是孟家的吧？你下手好狠啊！"她说这话之时，向小铁一眼也没瞧。

姜小铁吓了一跳，心想："你怎知道？"嗫嚅着道："我……我……"姜铁山道："小师妹，小铁此事大错，愚兄已责打他过了。"说着走过去拉起小铁的衣衫，推着他身子转过后背来，露出满背鞭痕，血色殷然，都是新结的疤。

程灵素给他疗毒之时，早已瞧见，但想到使用无药可解的剧毒，实是本门大忌，不得不再提及。她所以知道那两人是小铁所毒死，也是因见到他背上鞭痕，这才推想而知。她想起先师无嗔大师的谆谆告诫："本门擅于使毒，旁人深痛绝恶，其实下毒伤人，比之兵刃拳脚却多了一层慈悲心肠。下毒之后，如果对方悔悟求饶，立誓改过，又或是发觉伤错了人，都可解救。但若一刀将人杀了，却是人死不能复生。因此凡是无药可解的剧毒，本门弟子决计不可用以伤人，对方就是大奸大恶，总也要给他留一条回头自新之路。"心想这条本门的大戒,二师哥三师姊对小铁也一定常自言及,不知他何以竟敢大胆犯规?见他背上鞭痕累累,纵横交叉,想来父母责打不轻,这次又受沸水熬身之苦,也是一番重惩,于是躬身施礼,说道:"师哥师姊,小妹多有得罪,咱们后会有期。"

姜铁山还了一揖,薛鹊只哼了一声,却不理会。程灵素也不以为意,向胡斐作个眼色,相偕出门。

两人跨出大门,姜铁山自后赶上,叫道:"小师妹!"程灵素回过头来,见他脸上有为难之色,欲言又止,已知其意,问道:"二师哥有何吩咐?"姜铁山道:"那三束醒醐香,须得有三个功力相若之人运气施为,方能拒敌。小铁功力尚浅,愚兄想请师妹……"说到这里,虽极盼她留下相助,总觉说不出口,"想请师妹……"几个字连说了几遍,接不下话。

程灵素指着门外的竹笼道:"大师哥便在这竹笼之中。小妹留下的海棠花粉,足够替他解毒。二师哥何不乘机跟他修好言和,也可得一强助?"姜铁山大喜,他一直为大师哥的纠缠不休而烦恼,想不到小师妹竟已安排了这个一举两得的妙计,既退强敌,又解了师兄弟间多年的嫌隙,忙连声道谢,将竹笼提进门去。

胡斐从铁门板上拾起那束枯了的蓝花,放入怀中。程灵素晃了他一眼,向姜铁山挥手道别,说道:"二师哥,你头脸出血,身上毒气已然散去,可别怪小妹无礼啊。"姜铁山一楞,登时醒悟,心道:"她叫王铁匠打我,固是惩我昔日的凶横,但也未始不无善意。鹊妹毒气未散,还得给她放血呢!"想起事事早在这个小师妹的算中,自己远非其敌,终于死心塌地,息了抢夺师父遗著《药王神篇》的念头。

程灵素和胡斐回到茅舍,锺兆文兀自沉醉未醒。这一晚整整忙了一夜,此时天已大明。程灵素取出解药,要胡斐喂给锺兆文服下,然后两人各拿了一把锄头,将花圃中践踏未尽的蓝花细细连根锄去,不留半棵,尽数深埋入土。

·317·

程灵素道:"我先见狼群来袭,还道是孟家的人来抢蓝花,后来见小铁项颈中挂了一大束药草,才猜到他的用意。"胡斐道:"他怎么中了你七心海棠之毒?黑暗中我没瞧得清楚。"程灵素道:"我用透骨钉打了他一钉,钉上有七心海棠的毒质,还带着那封假冒大师哥的信,约他们在树林中相会。那透骨钉是大师哥自铸的独门暗器,二师哥三师姊向来认得,自是没有怀疑。"胡斐道:"你大师哥的暗器,你却从何处得来?"程灵素笑道:"你倒猜猜。"胡斐微一沉吟,道:"啊!是了,那时你大师哥已给你擒住,昏晕在竹箩之中,暗器是从他身上搜出来的。"程灵素笑道:"不错。大师哥见了我的蓝花后早已起疑,你们向他问路,他便跟踪而来,正好自投竹箩。"

两人说得高兴,一齐倚锄大笑,忽听得身后一个声音说道:"什么好笑啊?"两人回过头来,只见钟兆文迷迷糊糊的站在屋檐下,脸上红红的尚带酒意。胡斐一凛,道:"灵姑娘,苗大侠伤势不轻,我们须得便去。这解药如何用法,请你指点。"程灵素道:"苗大侠伤在眼目,那是人身最柔嫩之处,用药轻重,大有斟酌。不知他伤得怎样?"这一句话可问倒了胡斐。他一意想请她去施救,只是素无渊源,人家又是个年轻女子,便像姜铁山那样,那一句相求的话竟然说不出口来。

程灵素微笑道:"你若求我,我便去。只是你也须答应我一件事。"胡斐大喜,忙道:"答应得,答应得。什么事啊?"程灵素笑道:"这时还不知道,将来我想到了便跟你说,就怕你日后要赖。"胡斐道:"我赖了便是个贼王八!"程灵素一笑,道:"我收拾些替换衣服,咱们便走。"胡斐见她身子瘦瘦怯怯,低声道:"你一夜没睡,只怕太累了。"程灵素轻轻摇头,翩然进房。

钟兆文哪知自己沉睡半夜,已起了不少变故,一时之间胡斐也来不及向他细说,只说解药已经求到,这位程姑娘是治伤疗毒的好手,答应同去给苗人凤医眼。钟兆文还待要问,程灵素已从房中出来,背上负了一个小包,手中捧着一小盆花。

这盆花的叶子也和寻常海棠无异，花瓣紧贴枝干而生，花枝如铁，花瓣上有七个小小的黄点。胡斐道："这便是大名鼎鼎的七心海棠了？"程灵素捧着送到他面前，胡斐吓了一跳，不自禁的向后退了一步。程灵素噗哧一笑，道："这花的根茎花叶，均是奇毒无比，但不加制炼，不会伤人。你只要不去吃它，便死不了。"胡斐笑道："你当我是牛羊么，吃生草生花？"将那盆花接了过来。程灵素扣上板门。

三人来到白马寺镇上，向药材铺取回寄存的兵刃。锺兆文取出银两，买了三匹坐骑，不敢耽搁，就原路赶回。

那白马寺是个小镇，买到三匹坐骑已经很不容易，自不是什么骏马良驹，行到天黑也不过赶了两百来里。三人贪赶路程，错过了宿头，眼见三匹马困乏不堪，已经不能再走，只得在一座小树林中就地野宿。

程灵素实在支持不住了，倒在胡斐找来的一堆枯草上，不久便即睡去。锺兆文叫胡斐也睡，说自己昨晚已经睡过，今晚可以守夜。

胡斐睡到半夜，忽听得东边隐隐有虎啸之声，一惊而醒。那虎啸声不久便即远去，胡斐却再也难以入睡，说道："锺二哥你睡吧，反正我睡不着，后半夜我来守。"

他打坐片刻，听程灵素和锺兆文呼吸沉稳，睡得甚酣，心想："这一次多管闲事，耽搁了好几天，追寻凤天南便更为不易了，却不知他去不去北京参与掌门人大会？"东思西想，不能宁定，从怀中取出布包，打了开来，又将那束蓝花包在包里，忽然想起王铁匠所唱的那首情歌，心中一动："难道她当真对我很好，我却没瞧出来么？"

正自出神，忽听得程灵素笑道："你这包儿中藏着些什么宝贝？给我瞧瞧成不成？"胡斐回过头来，淡淡月光之下，只见她不知何时已然醒来，坐在枯草之上。

胡斐道："我当是宝贝，你瞧来或许不值一笑。"将布包摊开了送到她面前，说道："这是我小时候平四叔给我削的一柄小竹刀，这是我结义兄长赵三哥给的一朵红绒花；这是我祖传的拳经刀谱……"指到袁紫衣所赠的那只玉凤，顿了一顿，说道："这是朋友送的一件玩意儿。"

那玉凤在月下发出柔和的莹光，程灵素听他语音有异，抬起头来，说道："是一个姑娘朋友吧？"胡斐脸上一红，道："是！"程灵素笑道："这还不是价值连城的宝贝吗？"说着微微一笑，将布包还给胡斐，径自睡了。

胡斐呆了半响，也不知是喜是愁，耳边似乎隐隐响起了王铁匠的歌声：

"你不见她面时——天天要十七八遍挂在心！"

金庸作品集 15

飞狐外传 下

金庸 著

图书在版编目(CIP)数据

飞狐外传/金庸著. —广州：广州出版社，2011.11（2020.05重印）
ISBN 978-7-5462-0615-8

Ⅰ.①飞… Ⅱ.①金… Ⅲ.①侠义小说－中国－当代 Ⅳ.①I247.5

中国版本图书馆CIP数据核字（2011）第228101号

广东省版权局版权合同登记图字：19-2012-019号

本书版权由查良镛（金庸）先生授权广州市朗声图书有限公司在中国大陆（不包括香港、澳门、台湾地区）专有使用

版权所有・侵权必究

敬告读者

　　为了维护读者、著作权人和出版发行者的合法权益，本书采用了新型数码防伪技术。正版图书的定价标示处及外包装盒上均贴有完好的防伪标签。刮开涂层，可见到一组数码，您可以通过两种途径查验真伪。

1. 拨打全国免费电话4008301315，按语音提示从左到右依次输入相应数码并按#键结束。
2. 扫描防伪标上的二维码，按提示输入相应数码。

　　读者如发现盗版图书，可向当地"扫黄打非"办公室、新闻出版局、工商管理部门、公安机关、技术监督部门举报，或直接与我们联系。

　　联系电话：020-34297719　13570022400

　　我们对举报盗版、盗印、销售盗版图书等侵权行为的有功人员将予以重奖。

广州市朗声图书有限公司

衬页印章／陈豫锺「素情自处」：清乾隆五十八年刻。程灵素的一生澹泊而有节制。胡斐是「热肠人」，程灵素则能「素情自处」。

左图／居廉《迎春、樱桃、望春图》：黄色的是迎春花，不算是名贵花卉，但在春天开得早，当时没有其他花卉，人们折来作瓶供，聊作点缀；花枝柔软，可让园艺家任意蟠缠。淡蓝的是望春花，也享不到春光的真正灿烂。淡红的是樱桃花，美丽而迅速凋谢。借用图中的花卉以象征书中马春花与苗夫人，花开花落匆匆，却也有过一段凄艳的时光。

郎世宁绘「乾隆帝像」：乾隆时年二十六岁，刚登基不久。图上题「心写治平」四字，现藏美国克里夫兰美术馆。

乾隆元年八月吉日

右图／郎世宁绘「乾隆皇后」：皇后是傅恒的亲姊姊，傅恒即福康安的父亲。

左图／郎世宁绘「乾隆贵妃」：「心写治平」图中除乾隆、皇后外，另有十一名妃嫔，相貌都差不多，大概乾隆喜欢这一类容貌的女子。

镶宝石金壶：
壶上雕有龙形，是明朝皇宫中的物品。福康安的母亲用镶宝石的金壶装了有毒参汤害死马春花，她的壶上不会有龙形花纹，但说不定她情人乾隆皇帝送了她一把皇宫内院的金壶。

协办大学士吏部尚书陕甘
总督一等嘉勇公福康安
金川领兵已著伟名几霎封疆
吏肃政成解围擒逆能人不能
崇封珠锡嘉尔忠诚

福康安像：
录自《御笔平定台湾二十功臣像赞》。
该图卷为乾隆皇帝为表彰
平定台湾林爽文起义的功臣而制，
贾全绘制，乾隆御题。

清代北京正阳门外、正阳桥一带的情景。日本《唐土名胜图会》中所绘。

俞致贞《铁干海棠》：

俞致贞，当代画家，铁干海棠的花蕊不止七颗，所以不是「七心海棠」。程灵素一死，世上再也没有「七心海棠」了。然而由此图可以见到海棠花的模样。铁干海棠即木桃。

《诗经》：「投我以木桃，报之以琼瑶，匪报也，永以为好也。」

送情人一枝铁干海棠，包含着绵绵情意。

8

目录

第十一章	恩仇之际	323
第十二章	古怪的盗党	345
第十三章	北京众武官	393
第十四章	紫罗衫动红烛移	419
第十五章	华拳四十八	443
第十六章	龙潭虎穴	479
第十七章	天下掌门人大会	497
第十八章	宝刀银针	541
第十九章	相见欢	573
第二十章	恨无常	617
后记		659

盗党中一个老者纵身下马,手持雷震挡奇形兵器,一语不发,便向徐铮脸上砸去。马春花眼见丈夫抵敌不过,手抱着一对双生子,心中十分焦急。

第十一章　恩仇之际

次日一早，三人上马又行，来时两人马快，只奔驰了一日，回去时却到次日天黑，方到苗人凤所住的小屋之外。

锺兆文见屋外的树上系着七匹高头大马，心中一动，低声道："你们在这里稍等，我先去瞧瞧。"绕到屋后，听得屋中有好几人在大声说话，悄悄到窗下向内一张，只见苗人凤用布蒙住了眼，昂然而立，厅门口站着几条汉子，手中各执兵刃，神色甚是凶猛。锺兆文环顾室内，不见兄长兆英、兄弟兆能的影踪，心想他二人责在保护苗大侠，却不知何以竟会离去，心中不禁忧疑。

只听得那五个汉子中一人说道："苗人凤，你眼睛也瞎了，活在世上只不过是多受些儿活罪。依我说啊，还不如早点自己寻个了断，也免得大爷们多费手脚。"苗人凤哼了一声，并不说话。又有一名汉子说道："你号称打遍天下无敌手，在江湖上也狂了几十年啦。今日乖乖儿爬在地下给大爷们磕几个响头，爷们一发善心，说不定还能让你多吃几年窝囊饭。"

苗人凤低哑着嗓子道："田归农呢？他怎么没胆子亲自来跟我说话？"首先说话的汉子笑道："料理你这瞎子，还用得着田大爷自己出马么？"苗人凤涩然说道："田归农没来？他连杀我也没胆么？"

便在此时，锺兆文忽觉得肩头有人轻轻一拍，他吃了一惊，向前纵出半丈，回过头来，见是胡斐和程灵素两人，这才放心。胡斐走到他身前，向西首一指，低声道："锺大哥和三哥在那边给贼子围上啦，你快去相帮。我在这儿照料苗大侠。"锺兆文知他武功了得，又挂念着兄弟，当下从腰间抽出判官笔，向西疾驰而去。

他这么一纵一奔，屋中已然知觉。一人喝道："外边是谁？"胡斐笑道："一位是医生，一个是屠夫。"那人怒喝："什么医生屠夫？"胡斐笑道："医生给苗大侠治眼，屠夫杀猪宰狗！"那人怒骂一声，便要抢出。另一名汉子一把拉住他臂膀，低声说道："别中了调虎离山之计。田大爷只叫咱们杀这姓苗的，旁的事不用多管。"那人喉头咕噜几声，站定脚不动了。胡斐原怕苗人凤眼睛不便吃亏，要想诱敌出屋，逐一对付，哪知他们却不上这当。

苗人凤道："小兄弟，你回来了？"胡斐朗声道："在下已请到了毒手药王他老人家来，苗大侠的眼准能治好。"

他说"毒手药王"，原是虚张声势，恫吓敌人，果然屋中五人尽皆变色，一齐回头，却见门口站着一个粗壮少年，另有一个瘦怯怯的姑娘，哪里有什么"毒手药王"？

苗人凤道："这里五个狗崽子不用小兄弟操心，你快去相助锺氏三雄。贼子来的人不少，他们要倚多为胜。"

胡斐还未回答，只听得背后脚步声响，一个清朗的声音说道："苗兄料事如神，我们果然是倚多为胜啦！"

胡斐回头一望，吃了一惊，只见高高矮矮十几条汉子，手中各持兵刃，慢慢走近。此外尚有十余名庄客僮仆，高举火把。锺氏三雄双手反缚，已被擒住。一个中年相公腰悬长剑，走在各人前头。胡斐见这人长眉俊目，气宇轩昂，正是数年前在商家堡中见过的田归农。当年胡斐只是个黄皮精瘦的童子，眼下身形相貌俱已大变，田归农自然不认得他。

苗人凤仰头哈哈一笑，说道："田归农，你不杀了我，总是睡不安稳。今天带来的人可不少啊！"田归农道："我们是安份守己的良民，怎敢要人性命？只不过前来恭请苗大侠到舍下盘桓几日。谁叫咱们有故人之情呢。"这几句话说得轻描淡写，可是洋洋自得之情溢于言表，今日连威震湘鄂的锺氏三雄都已被擒，苗人凤双目已瞎，此外更无强援，哪里更有逃生的机会？至于站在门口的胡斐和程灵素，他自然没放在眼角之下，便似没这两个人一般。

胡斐见敌众我寡，锺氏三雄一齐失手，看来对方好手不少，如何退敌救人，实是不易。他游目察看敌情，田归农身后站着两个女子。此外有一个枯瘦老者手持点穴橛，另一个中年汉子拿着一对铁牌，双目精光四射，看来这两人都是劲敌。此外有七八名汉子拉着两条极长极细的铁链，不知有什么用途。

胡斐微一沉吟，便即省悟："是了！他们怕苗大侠眼瞎后仍是十分厉害，这两条铁链明明是绊脚之用，欺他眼睛不便，七八人拉着铁链远远一绊一围，他武功再强，也非摔倒不可。"他向田归农望了一眼，胸口忍不住怒火上升，心想："你诱拐人家妻子，苗大侠已饶了你，竟要一个毒计接着一个，非将人置之死地不可。如此凶狠，当真禽兽不如。"

其实田归农固然阴毒，却也有不得已的苦衷，自从与苗人凤的妻子南兰私奔之后，想起她是当世第一高手的妻子，每日里食不甘味，寝不安枕，一有什么风吹草动，便疑心是苗人凤前来寻仇。

南兰初时对他是死心塌地的热情痴恋，但见他整日提心吊胆，日日夜夜害怕自己的丈夫，不免生了鄙薄之意。因为这个丈夫苗人凤，她实在不觉得有什么可怕。在她心中，只要两心真诚的相爱，便是给苗人凤一剑杀了，那又有什么？她看到田归农对他自己性命的顾念，远胜于珍重她的情爱。她是抛弃了丈夫，抛弃了女儿，抛弃了名节来跟随他的，而他却并不以为这是世界上最宝贵的。

因为害怕，于是田归农的风流潇洒便减色了，于是对琴棋书画便不大有兴致了，便很少有时候伴着她在妆台前调脂弄粉了。他大部份时候在练剑打坐。

这位官家小姐，却一直是讨厌人家打拳动刀的。就算武功练得跟苗人凤一般高强，又值得什么？何况，她虽然不会武功，却也知道田归农永远练不到苗人凤的地步。

田归农却知道，只要苗人凤不死，自己一切图谋终归是一场春梦,什么富可敌国的财宝,什么气盖江湖的权势,终究不过是镜中花、水中月罢了!

因此虽然是自己对不起苗人凤,但他非杀了这人不可。现在,苗人凤的眼睛已弄瞎了,他武功高强的三个助手都已擒住了,室内有五名好手在等待自己下手的号令,屋外有十多名好手预备截拦,此外,还有两条苗人凤看不见的长长的铁链……

程灵素靠在胡斐的身边,一直默不作声,但一切情势全瞧在眼里。她缓缓伸手入怀,摸出了半截蜡烛,又取出火折。只要蜡烛一点着,片刻之间,周围的人全非中毒晕倒不可。她向身后众人一眼也不望,晃亮了火折,便往烛芯上凑去,在夜晚点一枝蜡烛,那是谁也不会在意的事。

哪知背后突然飕的一声,打来了一枚暗器。这暗器自近处发来,既快且准,程灵素猝不及防,蜡烛竟被暗器打成两截,跌在地下。她吃了一惊,回过头来,只见一个十六岁左右的小姑娘厉声道:"你给我规规矩矩的站着,别捣鬼!"

众人目光一时都射到了程灵素身上,均有讶异之色。程灵素见那暗器是一枚铁锥,淡淡的道:"捣什么鬼啊?"心中却暗自着急:"怎么这个小姑娘居然识破了我的机关?这可有点难办了。"

田归农只斜晃一眼,并不在意,说道:"苗兄,跟我们走吧!"

他手下一名汉子伸手在胡斐肩头猛力一推,喝道:"你是什么人?站开些。这里没热闹瞧。"他见胡程二人貌不惊人,还道是苗人凤的邻居。胡斐也不还手,索性装傻,便站开一步。

苗人凤道:"小兄弟,你快走,别再顾我!只要设法救出锺氏三雄,苗某永感大德。"胡斐和锺氏三雄均是大为感动:"苗大侠仁义过人,虽然身处绝境,仍是只顾旁人,不顾自己。"

田归农心中一动,向胡斐横了一眼,心想:"难道这小子还会有什么门道?"喝道:"请苗大侠上路。"

这六个字一出口,屋中五人刀枪并举,同时向苗人凤身上五处要害杀去。

小屋的厅堂本就不大,六个人挤在里面,眼见苗人凤无可闪避,岂知他双掌一错,竟是硬生生从两人之间挤了过去。五人兵刃尽数落空,喀喇喇几声响,一张椅子被两柄刀同时劈成数块。

苗人凤回转身来,神威凛凛的站在门口,他赤手空拳,眼上包布,却堵住门不让五个敌人逃走。胡斐本待冲入相援,但见他回身这么一站,已知他有恃无恐,纵无不胜,一时也不致落败。

那五名汉子心中均道:"我们五个人联手,今日若还对付不了一个瞎子,此后还有什么脸面再在江湖行走?"

苗人凤叫道:"小兄弟,你再不走,更待何时?"胡斐道:"苗大侠放心,凭这些狗崽子,还挡不了我的路!"苗人凤说道:"好,英雄年少,后生可畏!"说了这几个字,突然抢入人丛,铁掌飞舞,肘撞足踢,威不可当。

室中这五人均非寻常之辈,一见苗人凤掌力沉雄,便各退开,靠着墙壁,俟隙进击。混乱中桌子倾倒,室中灯火熄灭。屋外两人高举火把,走到门口,因苗人凤双目既瞎,有无火光全是一样,那五人却可大占便宜。

突听一人大吼一声,挺枪向苗人凤刺去,这一枪对准他的小腹,去势极是狠辣。苗人凤右腿横跨,伸掌欲抓枪头,哪知西南角上一人悄没声的伏着,倏地挥刀砍出,噗的一声,正中他右腿。原来这人颇有智计,知道苗人凤全仗耳朵听敌,闻风辨器。他屏住呼吸,一动不动的蹲着,苗人凤激斗方酣,自不知他的所在,直候到苗人凤的右腿伸到自己跟前,这才一刀砍落。

屋内屋外众人见苗人凤受伤,一齐欢呼。

锺兆英喝道:"小兄弟,快去救苗大侠,再待一会可来不及了。"

便在此时,苗人凤左肩又中了一鞭。他心中想:"今日之势,若无兵刃,空手杀不出重围。"

胡斐也早已看清楚局面,须得将手中单刀抛给苗人凤,他方能制胜,但门外劲敌不少,自己没了兵刃,却也难以抵挡,如何两全,一时彷徨无计,眼见情势紧急,不暇细思,叫道:"苗大侠接刀!"运起内力,呼的一声,将单刀掷了进去。这一掷力道奇猛,室中五个敌人便要伸手来接,手腕非折断不可,只有苗人凤一人,才接得了这一掷。

哪知此时苗人凤的左膀正伸到西南角处诱敌,待那人又是一刀砍出,手腕一翻,夹手已将单刀抢过,听着胡斐单刀掷来的风势,刀背对刀背一碰,当的一响,火花四溅,竟将掷进来的单刀砸出门去,叫道:"你自己留着,且瞧我瞎子杀贼。"

他身上虽受了两处伤,但手中有了兵刃,情势登时大不同,呼呼两刀,将五名敌人逼得又贴住了墙壁。

屋中五人素知"苗家剑"的威名,但精于剑术之人极少会使单刀,均想你纵然夺得一把刀,未必比空手更强,各人吆喝一声,挺着兵刃又上。只见门外亮光一闪,又掷进一把刀来,这一次却是掷给那单刀被夺的汉子。那人伸手接住,他适才兵刃脱手,颇觉脸上无光,非立功难以挽回颜面,当下舞刀抢攻,向苗人凤迎面砍去。

苗人凤凝立不动,听得正面刀来,左侧鞭至,仍是不闪不架,待得刀鞭离身不过半尺,猛地转身,刷的一刀,正中持鞭者右臂,手臂立断,钢鞭落地。那人长声惨呼。持刀者吓了一跳,伏身向旁滚开。

胡斐心中一动:"这一招'鹞子翻身刀'明明是我胡家刀法,苗大侠如何会使?而他使得居然比我更是精妙!"

屋中其余四人一楞之下,有人开口叫了起来:"苗瞎子也会使刀!"

田归农猛地记起:当年胡一刀和苗人凤曾互传刀法剑法,又曾交换刀剑比武,心中一凛,叫道:"他使的是胡家刀法,与苗家剑全然不同。大伙儿小心些!"

苗人凤哼了一声,说道:"不错,今日叫鼠辈见识胡家刀法的厉害!"踏上两步,一招"怀中抱月",回刀一削,乃是虚招,跟着"闭门铁扇",单刀一推一横,又有一人腰间中刀,倒在地下。

胡斐又惊又喜："他使的果然是我胡家刀法！原来这两招虚虚实实，竟可以如此变化！"要知苗人凤得胡一刀亲口指点刀法的妙诣要旨，他武功根底又好，比之胡斐单从刀谱上自行琢磨，所知自然更为精深。

但见苗人凤单刀展开，寒光闪闪，如风似电，吆喝声中，一招"沙僧拜佛"，一人花枪折断，斜肩被劈，跟着"上步摘星刀"，又有一人断腿跌倒。

田归农叫道："钱四弟，出来，出来！"他见苗人凤大展神威，这时屋中只剩下了一个使单刀的"钱四弟"，即令有人冲入相援，也未必能操胜算，决意诱他出屋用铁链擒拿。但苗人凤拦住屋门，那姓钱的如何能够出来？

苗人凤知道此人便是阴毒手法砍伤自己右腿之人，决不容他如此轻易逃脱，钢刀晃动，将他逼在屋角之中，猛的一刀"穿手藏刀"砍将出去，呛啷一响，那人单刀脱手。这人极是狡猾，乘势在地下一滚，穿过桌底，想欺苗人凤眼不见物，便此逃出屋去。苗人凤顺手抓起一张板凳，用力掷出。那人正好从桌底滚出，砰的一声，板凳撞正他的胸口。这一掷力道何等刚猛，登时肋骨与凳脚齐断，那人立时昏死过去。

苗人凤片刻间连伤五人，总算他知这些人全是受田归农指使，与自己无冤无仇，因此未下杀手，每人均使其身受重伤而止。但霎时之间五名好手一齐倒地，屋外众人无不骇然，均想："这人号称打遍天下无敌手，果然了得！若他眼睛不瞎，我辈今日都死无葬身之地了。"

田归农朗声笑道："苗兄，你武功越来越高，小弟佩服得紧。来来来，小弟用天龙剑领教领教你的胡家刀法！"接着使个眼色，那些手握铁链的汉子上前几步，余人却退了开去。

苗人凤道："好！"他也料到田归农必有阴险的后着，但形格势禁，非得出屋动手不可。

胡斐突然说道:"且慢!姓田的,你要领教胡家刀法,何必苗大侠亲自动手,在下指点你几路,也就是了!"

田归农见他适才掷刀接刀的手法劲力,已知他不是平常少年,但究也没怎么放在心上,向他横了一眼,冷笑道:"你是何人?胆敢在田大爷面前口出狂言?"

胡斐道:"我是苗大侠的朋友,适才见苗大侠施展胡家刀法,心下好生钦佩,记住了他几下招数,就想试演一番。阁下手中既然有剑,只好劳你大驾,给我喂喂招了!"

田归农气得脸皮焦黄,还没开口,胡斐喝道:"看刀!"一招"穿手藏刀",当胸猛劈过去,正是适才苗人凤用以打落姓钱的手中兵刃这一招。田归农举剑封架,当的一响,刀剑相交。田归农身子一晃,胡斐却退了一步。

要知田归农是天龙门北宗的掌门人,一手天龙剑法自幼练起,已有四十年的造诣,功力自比胡斐深厚得多。两人这一较内力,胡斐竟自输了一筹。但田归农见对方小小年纪,膂力竟如此沉雄,满以为这一剑要将他单刀震飞,内伤呕血,哪知他只退了一步,脸上若无其事,倒也不禁暗自惊诧。

苗人凤站在门口,听得胡斐上前,听得刀削的风势,又听得两人刀剑相交,胡斐倒退,说道:"小兄弟,你这招'穿手藏刀'使得一点不错。可是胡家刀法的要旨端在招数精奇,不在以力碰力。请你退开,让我瞎子来收拾他!"

胡斐听到"胡家刀法的要旨端在招数精奇,不在以力碰力"这两句话,心念一动,暗道:"苗大侠这两句话令我茅塞顿开,跟敌人硬拼,那是以己之短,攻敌之长。"又想起当年赵半山在商家堡讲解武学精义,正与苗人凤的说法不谋而合,心中一喜之下,大声道:"且慢!苗大侠适才所使刀法我只试了一招,还有十几招未试。"转过头来,向田归农道:"这一招'穿手藏刀',你知道厉害了么?"

田归农喝道:"浑小子,还不给我滚开!"

胡斐说道："好，你不服气，待我把胡家刀法一一施展，若是我使得不对，打你不过，我跟你磕头。倘若你输了呢？"田归农满肚子没好气，喝道："我也跟你磕头！"

胡斐笑道："那倒不用！你若不敌胡家刀法，那就须立时将锺氏三雄放了。这三位武功修为，可比你高明得太多。若说单打独斗，你决非三位锺兄敌手。单凭人多，那算什么英雄？"他这番话一则激怒对方，二则也是替锺氏三雄出气。

三锺双手被缚，听了这几句话，心中甚是感激。

田归农行事本来潇洒，但给胡斐这么一激，竟是大大的沉不住气，心想："你想输了给我磕头？有这么便宜事！今日叫你的小命难逃我的剑底。"当下左袖一拂，左手捏个剑诀，斜走三步，他心中虽怒，却不莽进，使的竟是正规的天龙门一字剑法。

众人见首领出手，一齐退开，手执火把的高高举起，围成一个明晃晃的火圈。

胡斐叫道："'怀中抱月'，本是虚招，下一招'闭门铁扇'！"口中吆喝，单刀一推一横，正与苗人凤适才所使的一模一样。田归农身子一闪，横剑急刺。胡斐叫道："苗大侠，下一招怎么？我对付不了啦！"

苗人凤听他叫出"怀中抱月"与"闭门铁扇"两招的名字，也不怎么惊异，因胡家刀法的招数外表上看去，和武林中一般大路刀法并无多大不同，只是变化奇妙，攻则去势凌厉，守则门户严谨，攻中有守，守中有攻，令人莫测高深，这时听胡斐急叫，眉头一皱，叫道："沙僧拜佛。"

胡斐依言一刀劈去。田归农长剑斜刺，来点胡斐手腕。

苗人凤叫道："鹞子翻身！"他话未说完，胡斐已使"鹞子翻身"砍去。田归农吃了一惊，急忙退开一步，嗤的一声，长袍袍角已被刀锋割去一块。他脸上微微一红，刷刷刷连刺三剑，迅捷无伦，心想："难道你苗人凤还来得及指点？"

苗人凤一惊，暗叫要糟。却听胡斐笑道："苗大侠，我已避了他三剑,怎地反击?"苗人凤顺口道:"关平献印!"胡斐道:"好!"果然是一刀"关平献印"。

这一刀劈去,势挟劲风,威力不小,但苗人凤先已叫出,田归农是武林一大宗派的掌门,所学既精,人又机灵,早已抢先避开。胡斐跟着一刀削去,这一招是"夜叉探海"。他刀到中途,苗人凤也已叫了出来:"夜叉探海!"

十余招一过,田归农竟被迫得手忙脚乱,全处下风,一瞥眼见旁观众人均有惊异之色,当下剑法一变,快击快刺。胡斐展开生平所学,以快打快。苗人凤口中还在呼喝:"上步抢刀,亮刀势,观音坐莲,浪子回头……"众人只见胡斐刀锋所向,竟与苗人凤叫的若合符节,无不骇然。

其实这事也不希奇。明末清初之时,胡苗范田四家武功均有声于世。苗人凤为一代大侠,专精剑术,对天龙门剑术熟知于胸,这时田胡两人相斗,他眼睛虽然不见,一听风声即能辨知二人所使的大致是何招术。胡斐出招进刀,其实是依据自己生平所学全力施为,若是听到苗人凤指点再行出刀,在这生死系于一发的拼斗之际,哪里还来得及?只是他和苗人凤所学的胡家刀法系出同源,全无二致。苗人凤口中呼喝和他手上施为,刚好配得天衣无缝,倒似是预先排演纯熟、在众人之前试演一般。

田归农暗想:"莫非这人是苗人凤的弟子?要不然苗人凤眼睛未瞎,装模作样的包上一块白布,实则瞧得清清楚楚?"想到此处,不禁生了怯意。胡斐的单刀却越使越快。

这时苗人凤再也无法听出两人的招数,已然住口不叫,心中却在琢磨:"这少年刀法如此精奇,不知是哪一位高手的门下?"

若是他双目得见,看到胡斐的胡家刀法使得如此精纯,自早料到他是胡一刀的传人了!

众人围着的圈子越离越开,都怕被刀锋剑刃碰及。

胡斐一个转身,却见程灵素站在圈子之内,满脸都是关注之情,不知怎的,竟在这酣斗之际,脑海中飘过了王铁匠向他所唱的四句情歌，不禁向她微微一笑，突然转头喝道："'怀中抱月'，本是虚招！"

话声未毕，当的一声，田归农长剑落地，手臂上满是鲜血，踉跄倒退，身子晃了两晃，喷出一口血来。

原来"怀中抱月"，本是虚招，下一招是"闭门铁扇"。这两招一虚一实，当晚苗人凤和胡斐各已使了一次，田归农自是瞧得明白，激斗中猛听得"怀中抱月，本是虚招"这八字，自然而然的防他下一招"闭门铁扇"。哪知道胡家刀法妙在虚实互用，忽虚忽实，这一招"怀中抱月"却突然变为实招，胡斐单刀回抱，一刀砍在他的腕上，跟着刀中夹掌，在他胸口结结实实的猛击一掌。

胡斐笑道："你怎地如此性急，不听我说完？我说：'怀中抱月，本是虚招，变为实招，又有何妨？'你听了上半截，没听下半截！"

田归农胸口翻腾，似乎又要有大口鲜血喷出，知道今日已一败涂地，又怕苗人凤眼睛其实未瞎，强行运气忍住，一指锺氏三雄，命手下人解缚，随即将手一挥，转过身去，忍不住又是一口血吐出。

那放锥的小姑娘田青文是田归农之女，是他前妻所生，她见父亲身受重伤，急忙抢上扶住，低声道："爹，咱们走吧？"田归农点点头。

众人群龙无首，人数虽众，却已全无斗志。苗人凤抓起屋中受伤五人，一一掷出。众人伸手接住，转身便走。

程灵素叫道："小姑娘，暗器带回家去！"右手一扬，铁锥向田青文飞去。

田青文竟不回头，左手向后一抄接住，手法极是伶俐。哪知锥甫入手，她全身一跳，立即将铁锥抛在地下，左手连连挥动，似乎那铁锥极其烫手一般。

胡斐哈哈一笑，说道："赤蝎粉！"程灵素回以一笑，她果然是在铁锥上放了赤蝎粉。

片刻之间，田归农一行人去得干干净净，小屋之前又是漆黑一团。

钟兆英朗声道:"苗大侠,贼子今日败去,不会再来。我三兄弟维护无力,大是惭愧,望你双目早日痊可。"又向胡斐道:"小兄弟,我三锤交了你这位朋友,他日若有差遣,愿尽死力!"三人一抱拳,径自快步去了。

胡斐知他三人失手被擒,脸上无光,当下不便再说什么。苗人凤心中恩怨分明,口头却不喜多言,只是拱手还礼,耳听得田归农一行人北去,钟氏三雄却是南行。

程灵素道:"你两位武功惊人,可让我大开眼界了。苗大侠,请你回进屋去,我瞧瞧你的眼睛。"

当下三人回进屋中。胡斐搬起倒翻了的桌椅,点亮油灯。程灵素轻轻解开苗人凤眼上的包布,手持烛台,细细察看。

胡斐不去看苗人凤的伤目,只是望着程灵素的神色,要从她脸色之中,看出苗人凤的伤目是否有救。但见程灵素的眼珠晶莹清澈,犹似一泓清水,脸上只露出凝思之意,既无难色,亦无喜容,直是教人猜度不透。

苗人凤和胡斐都是极有胆识之人,但在这一刻间,心中的惴惴不安,尤甚于身处强敌环伺之中。

过了半晌,程灵素仍是凝视不语。苗人凤微微一笑,说道:"这毒药药性厉害,又隔了这许多时刻,若是难治,姑娘但说不妨。"程灵素道:"要治到与常人一般,并不为难,只是苗大侠并非常人。"胡斐奇道:"怎么?"程灵素道:"苗大侠人称'打遍天下无敌手',武功如此精强,目力自亦异乎寻常,再者内力既深,双目必当炯炯有神,凛然生威。倘若给我这庸医治得失了神采,岂不可惜?"

苗人凤哈哈大笑,说道:"这位姑娘吐属不凡,手段自是极高的了。但不知跟一嗔大师怎生称呼?"程灵素道:"原来苗大侠还是先师的故人……"苗人凤一怔,道:"一嗔大师亡故了么?"程灵素道:"是。"

苗人凤霍地站起,说道:"在下有言要跟姑娘说知。"

胡斐见他神色有异,心中奇怪,又想:"程姑娘的师父毒手药王法名叫做'无嗔',怎么苗大侠称他为'一嗔'?"

只听苗人凤道:"当年尊师与在下曾有小小过节,在下无礼,曾损伤过尊师。"程灵素道:"啊,先师左手少了两根手指,那是给苗大侠用剑削去的?"苗人凤道:"不错。虽然这番过节尊师后来立即便报复了,算是扯了个直,两不吃亏,但前晚这位兄弟要去向尊师求救之时,在下却知是自讨没趣,枉费心机。今日姑娘来此,在下还道是奉了尊师之命,以德报怨,实所感激。可是尊师既已逝世,姑娘是不知这段旧事的了?"程灵素摇头道:"不知。"

苗人凤转身走进内室,捧出一只铁盒,交给程灵素,道:"这是尊师遗物,姑娘一看便知。"

那铁盒约莫八寸见方,生满铁锈,已是多年旧物。程灵素打开盒盖,只见盒中有一条小蛇的骨骸,另有一个小小磁瓶,瓶上刻着"蛇药"两字,她认得这种药瓶是师父常用之物,但不知那小蛇的骨骸是何用意。

苗人凤淡淡一笑,说道:"尊师和我言语失和,两人动起手来。第二天尊师命人送了这只铁盒给我,传言道:'若有胆子,便打开盒子瞧瞧,否则投入江河之中算了。'我自是不受他激,一开盒盖,里面跃出这条小蛇,在我手背上咬了一口,这条小蛇剧毒无比,我半条手臂登时发黑。但尊师在铁盒中附有蛇药,我服用之后,性命是无碍的,这一番痛苦却也难当之至。"说着哈哈大笑。

胡斐和程灵素相对而哂,均想这番举动原是毒手药王的拿手好戏。

苗人凤道:"咱们话已说明,姓苗的不能暗中占人便宜。姑娘好心医我,料想起来决非一嗔大师本意,烦劳姑娘一番跋涉,在下就此谢过。"说着一揖,站起身来走到门边,便是送客之意。

胡斐暗暗佩服,心想苗人凤行事大有古人遗风,豪迈慷慨,不愧"大侠"两字。

程灵素却不站起，说道："苗大侠，我师父早就不叫'一嗔'了啊。"苗人凤道："什么？"

程灵素道："我师父出家之前，脾气很是暴躁。他出家后法名'大嗔'，后来修性养心，颇有进益，于是更名'一嗔'。倘若苗大侠与先师动手之时，先师不叫一嗔，仍是叫作大嗔，这铁盒中便只有毒蛇而无解药了。"苗人凤"啊"的一声，点了点头。

程灵素道："他老人家收我做徒儿的时候，法名叫作'微嗔'。三年之前，他老人家改作了'无嗔'。苗大侠，你可把我师父太小看了。"苗人凤又是"啊"的一声。程灵素道："他老人家撒手西归之时，早已大彻大悟，无嗔无喜，哪里还会把你这番小小旧怨记在心上？"

苗人凤伸手在大腿上一拍，说道："照啊！我确是把这位故人瞧得小了。一别十余年，人家岂能如你苗人凤一般丝毫没有长进？姑娘你贵姓？"

程灵素抿嘴一笑，道："我姓程。"从包袱中取出一只木盒，打开盒盖，拿出一柄小刀，一枚金针，说道："苗大侠，请你放松全身穴道。"苗人凤道："是了！"

胡斐见程灵素拿了刀针走到苗人凤身前，心中突起一念："苗大侠和那毒手药王有仇。江湖上人心难测，倘若他们正是安排恶计，由程姑娘借治伤为名，却下毒手，岂不是我胡斐第二次又给人借作了杀人之刀？这时苗大侠全身穴道放松，只须在要穴中轻轻一针，即能制他死命。"正自踌躇，程灵素回过头来，将小刀交了给他，道："你给我拿着。"忽见他脸色有异，当即会意，笑道："苗大侠放心，你却不放心吗？"胡斐道："倘若是给我治伤，我放一百二十个心。"程灵素道："你说我是好人呢，还是坏人？"

这句话单刀直入的问了出来，胡斐绝无思索，随口答道："你自然是好人。"程灵素很是欢喜，向他一笑。她肌肤黄瘦，本来算不得美丽，但一笑之下，神采焕发，犹如春花初绽。胡斐心中更无半点疑虑,报以一笑。程灵素道:"你真的相信我了吧?"说着脸上微微一红,转过脸去,不敢再和他眼光相对。

胡斐曲起手指,在自己额角上轻轻打了个爆栗,笑道:"打你这胡涂小子!"心中忽然一动:"她问:'你真的相信我了吧?'为什么要脸红?"王铁匠所唱的那几句情歌,斗然间在心底响起:"小妹子待情郎——恩情深,你莫负了小妹子——一段情……"

程灵素提起金针,在苗人凤眼上"阳白穴"、眼旁"睛明穴"、眼下"承泣穴"三处穴道逐一刺过,用小刀在"承泣穴"下割开少些皮肉,又换过一枚金针,刺在破孔之中,她大拇指在针尾一控一放,针尾中便流出黑血来。原来这一枚金针中间是空的。眼见血流不止,黑血变紫,紫血变红。胡斐虽是外行,也知毒液已然去尽,欢呼道:"好啦!"

程灵素在七心海棠上采下四片叶子,捣得烂了,敷在苗人凤眼上。苗人凤脸上肌肉微微一动,接着身下椅子格的一响。

程灵素道:"苗大侠,我听胡大哥说,你有一位千金,长得挺是可爱,她在哪里啊?"苗人凤道:"这里不太平,送到邻舍家去了。"程灵素用布条给他缚在眼上,说道:"好啦!三天之后,待得疼痛过去,麻痒难当之时,揭开布带,那便没事了。现下请进去躺着歇歇。胡大哥,咱们做饭去。"

苗人凤站起身来,说道:"小兄弟,我问你一句话。辽东大侠胡一刀,是你的伯父呢还是叔父?"要知胡斐以胡家刀法击败田归农,苗人凤虽未亲睹,但听得出他刀法上的造诣大非寻常,若不是胡一刀的嫡传,决不能有此功夫。他知胡一刀只生一子,而那儿子早已给人杀死,抛入河中,因此猜想胡斐必是胡一刀的侄子。

胡斐涩然一笑,道:"这位辽东大侠不是我的伯父,也不是我叔父。"苗人凤甚是奇怪,心想胡家刀法素来不传外人,何况这少年确又姓胡,又问道:"那位胡一刀胡大侠,你叫他作什么?"

胡斐心中难过,只因不知苗人凤和自己父亲究竟有甚关连,不愿便此自承身份,道:"胡大侠?他早逝世多年了,我哪有福份来叫他什么?"心中在想:"我这一生若有福份叫一声爹爹妈妈,能得他们亲口答应一声,这世上我还希求些什么?"

苗人凤心中纳罕,呆立片刻,微微摇头,回进卧室。

程灵素见胡斐脸有黯然之色,要逗他高兴,说道:"胡大哥,你累了半天,坐一忽儿吧!"胡斐摇头道:"我不累。"程灵素道:"你坐下,我有话跟你说。"胡斐依言坐下,突觉臀下一虚,喀的一响,椅子碎得四分五裂。程灵素拍手笑道:"五百斤的大牯牛也没你重。"

胡斐下盘功夫极稳,虽然坐了个空,但双腿立时拿桩,并没摔倒,心中觉得奇怪。程灵素笑道:"那七心海棠的叶子敷在肉上,痛于刀割十倍,若是你啊,只怕叫出我的妈来啦。"胡斐一笑,这才会意,原来适才苗人凤忍痛,虽是不动声色,但一股内劲,早把椅子坐得脆烂了。

两人煮了一大镬饭,炒了三盘菜,请苗人凤出来同吃。苗人凤道:"能喝酒么?"程灵素道:"能喝,什么都不用忌。"苗人凤拿出三瓶白干来,每人面前放了一瓶,道:"大家自己倒酒喝,不用客气。"说着在碗中倒了半碗,仰脖子一饮而尽。胡斐是个好酒之人,陪他喝了半碗。

程灵素不喝,却把半瓶白干倒在种七心海棠的陶盆中,说道:"这花得用酒浇,一浇水便死。我在种醍醐香时悟到了这个道理。师兄师姊他们不懂,一直忙了十多年,始终种不活。"剩下的半瓶分给苗胡二人倒在碗中,自己吃饭相陪。

苗人凤又喝了半碗酒,意兴甚豪,问道:"胡兄弟,你的刀法是谁教的?"胡斐答道:"没人教,是照着一本刀谱上的图样和解说学的。"苗人凤"嗯"了一声。胡斐道:"后来遇到红花会的赵三当家,传了我几条太极拳的要诀。"苗人凤一拍大腿,叫道:"是千臂如来赵半山赵三当家了?"胡斐道:"正是。"苗人凤道:"怪不得,怪不得。"胡斐道:"怎么?"苗人凤道:"久慕红花会陈总舵主豪杰仗义，诸位当家英雄了得，只可惜豹隐回疆，苗某无缘得见，实是生平憾事。"胡斐听他语意之中对赵半山极是推重，心下也感欢喜。

苗人凤将一瓶酒倒干，举碗饮了，霍地站起，摸到放在茶几上的单刀，说道："胡兄弟，昔年我遇到胡一刀大侠，他传了我一手胡家刀法。今日我用以杀退强敌，你用以打败田归农，便是这路刀法了。嘿嘿，真是好刀法啊，好刀法！"蓦地里仰天长啸，跃出户外，提刀一立，将那一路胡家刀法施展开来。

只见他步法凝稳，刀锋回舞，或闲雅舒徐，或刚猛迅捷，一招一式，俱是势挟劲风。胡斐凝神观看，见他所使招数，果与刀谱上所记一般无异，只是刀势较为收敛，而比自己所使，也缓慢得多。胡斐只道他是为了让自己看得清楚，故意放慢。

苗人凤一路刀法使完，横刀而立，说道："小兄弟，以你刀法上的造诣，胜那田归农是绰绰有余，但等我眼睛好了，你要和我打成平手，却尚有不及。"

胡斐道："这个自然。晚辈怎是苗大侠的敌手？"苗人凤摇头道："这话错了。当年胡大侠以这路刀法，和我整整斗了五天，始终不分上下。他使刀之时，可比你缓慢得多，收敛得多。"胡斐一怔，道："原来如此？"苗人凤道："是啊，与其以主欺客，不如以客犯主。嫩胜于老，迟胜于急。缠、滑、绞、擦、抽、截，强于展、抹、钩、刹、砍、劈。"

原来以主欺客，以客犯主，均是使刀之势，以刀尖开砸敌器为"嫩"，以近柄处刀刃开砸敌器为"老"；磕托稍慢为"迟"，以刀先迎为"急"，至于缠、滑、绞、擦等等，也都是使刀的诸般法门。

苗人凤收刀还入，拿起筷子，扒了两口饭，说道："你慢慢悟到此理，他日必可称雄武林，纵横江湖。"

胡斐"嗯"了一声，举着筷子欲夹不夹，心中思量着他那几句话，筷子停在半空。程灵素用筷子在他筷子上轻轻一敲，笑道："饭也不吃了吗？"胡斐正自琢磨刀诀，全身的劲力不知不觉都贯注右臂之上。程灵素的筷子敲了过来，他筷子上自然而然的生出一股反震之力，嗒的一声轻响，程灵素的一双筷子竟尔震为四截。她"啊"的一声轻呼，笑道："显本事么？"

胡斐忙陪笑道："对不起，我想着苗大侠那番话，不禁出了神。"随手将手中筷子递了给她。程灵素接过来便吃，胡斐却喃喃念着："嫩胜于老，迟胜于急，与其以主欺客……"一抬头，见她正用自己使过的筷子吃饭，竟是丝毫不以为忤，不由得脸上一红，欲待拿来代她拭抹干净，为时已迟，要道歉几句吧，却又太着形迹，于是到厨房去另行取了一双筷子。

他扒了几口饭，伸筷到那盘炒白菜中去夹菜，苗人凤的筷子也刚好伸出，轻轻一拨，将他的筷子挡了开去，说道："这是'截'字诀。"胡斐道："不错！"举筷又上，但苗人凤的一双筷子守得严密异常，不论他如何高抢低拨，始终伸不进盘子之中。

胡斐心想："动刀子拼斗之时，他眼睛虽然不能视物，但可听风辨器，从兵刃劈风的声音之中，辨明了敌招的来路。这时我一双小小的筷子，伸出去又无风声，他如何能够察觉？"

两人进退邀击，又拆了数招，胡斐突然领悟，原来苗人凤这时所使招数，全是用的"后发制人"之术，要待双方筷子相交，他才随机应变，这正是所谓"以客犯主"、"迟胜于急"等等的道理。

胡斐一明此理，不再伸筷抢菜，却将筷子高举半空，迟迟不落，双眼凝视着苗人凤的筷子，自己的筷子一寸一寸的慢慢移落，终于碰到了白菜。那时的手法可就快捷无伦，一夹缩回，送到了嘴里。苗人凤瞧不见他筷子的起落，自是不能拦截，将双筷往桌上一掷，哈哈大笑。

胡斐自这口白菜一吃，才真正踏入了第一流高手的境界，回想适才花了这许多力气才胜得田归农，霎时之间又是欢喜，又是惭愧。

程灵素见他终于抢到白菜，笑吟吟的望着他，心下也十分代他高兴。

苗人凤道："胡家刀法今日终于有了传人，唉，胡大哥啊胡大哥！"说到这里，语音甚是苍凉。

程灵素瞧出他与胡斐之间，似有什么难解的纠葛，不愿他多提此事，于是问道："苗大侠，你和先师当年为了什么事情结仇，能说给我们听听吗？"

苗人凤叹了口气道："这一件事我到今日还是不能明白。十八年前，我误伤了一位好朋友，只因兵刃上喂有剧毒，见血封喉，竟尔无法挽救。我想这毒药如此厉害，多半与尊师有关，因此去向尊师询问。尊师一口否认，说道毫不知情，想是我一来不会说话，二来心情甚恶，不免得罪了尊师，两人这才动手。"

胡斐一言不发，听他说完，隔了半晌，才问道："如此说来，这位好朋友是你亲手杀死的了？"苗人凤道："正是。"胡斐道："那人的夫人呢？你斩草除根，一起杀了？"

程灵素见他手按刀柄，脸色铁青，眼见一个杯酒言欢的局面，转眼间便要转为一场腥风血雨。她全不知谁是谁非，但心中绝无半点疑问："如果他二人动手砍杀，我得立时助他。"这个"他"到底是谁，她心中自是清清楚楚的。

苗人凤语音甚是苦涩，缓缓的道："他夫人当场自刎殉夫。"胡斐道："那条命也是你害的了？"苗人凤凄然道："正是！"

胡斐站起身来，森然道："这位好朋友姓甚名谁？"苗人凤道："你真要知道？"胡斐道："我要知道。"苗人凤道："好，你跟我来！"大踏步走进后堂。胡斐随后跟去。程灵素紧跟在胡斐之后。

只见苗人凤推开厢房房门，房内居中一张白木桌子，桌上放着两块灵牌，一块写着"义兄辽东大侠胡公一刀之灵位"，另一块写着"义嫂胡夫人之灵位"。

胡斐望着这两位灵牌，手足冰冷，全身发颤。他早就疑心父母之丧，必与苗人凤有重大关连，但见他为人慷慨豪侠，一直盼望自己是疑心错了。但此刻他直认不讳，可是他既说"我误伤了一位好朋友"，神色语气之间，又是含着无限隐痛，一霎时间，不知该当如何才好。

苗人凤转过身来,双手负在背后,说道:"你既不肯说和胡大侠有何干连,我也不必追问。小兄弟,你答应过照顾我女儿的,这话可要记得。好吧,你要替胡大侠报仇,便可动手!"

胡斐举起单刀,停在半空,心想:"我只要用他适才教我'以客犯主'之诀,缓缓落刀,他决计躲闪不了,那便报了杀父杀母的大仇!"

然见他脸色平和,既无伤心之色,亦无惧怕之意,这一刀如何砍得下去?突然间大叫一声,转身便走。程灵素追了出来,捧起那盆七心海棠,取了随身包袱,随后赶去。

胡斐一口气狂奔了十来里路,突然扑翻在地,痛哭起来。程灵素落后甚远,隔了良久,这才奔到,见到他悲伤之情,知道此时无可劝慰,于是默默坐在他的身旁,且让他纵声一哭,发泄心头的悲伤。

胡斐直哭到眼泪干了,这才止声,说道:"灵姑娘,他杀死的便是我的爹爹妈妈,此仇不共戴天。"

程灵素呆了半晌,道:"那咱们给他治眼,这事可错了。"胡斐道:"治他眼睛,一点也不错。待他双眼好了,我再去找他报仇。"他顿了一顿,道:"只是他武功远胜于我,非得先把武艺练好了不可。"程灵素道:"他既用喂毒的兵刃伤你爹爹,咱们也可一报还一报。"

胡斐觉得她全心全意的护着自己,心中好生感激,但想到她要以厉害毒药去对付苗人凤,说也奇怪,反而不自禁的凛然感到惧意。

他心中又想:"这位灵姑娘聪明才智,胜我十倍,武功也自不弱,但整日和毒物为伍,总是……"他自己也不知"总是……"什么,心底只隐隐的觉得不妥。

胡斐和程灵素同处患难,比往日更增亲密。马春花却有点儿神不守舍,只是低头默默沉思。忽听得屋外脚步声响,胡斐往窗孔中一望,叫道:"啊哟,不好!"

第十二章　古怪的盗党

他大哭一场之后，胸间郁闷发泄了不少，眼见天已黎明，正可赶路，刚要站起身来，突然叫了声"啊哟！"

原来他心神激荡，从苗人凤家中急冲而出，竟将随身的包袱留下了，倘再回头去取，此时实不愿和苗人凤会面。

程灵素幽幽的道："别的都没什么，就是那只玉凤凰丢不得。"胡斐给她说中心事，脸上一红，说道："你在这儿稍等，我赶回去拿包袱，否则连今晚吃饭住店的银子也没有了。"程灵素道："我有银子，连金子也有。"说着从怀中取出两小锭黄金来。胡斐道："最要紧的是我家传的拳经刀谱，决计丢不得。"程灵素伸手入怀，取出他那本拳经刀谱来，淡淡的道："可是这本？"

胡斐又惊又喜，道："你真细心，什么都帮我照料着了。"程灵素道："就可惜那只玉凤给我在路上丢了，当真过意不去。"胡斐见她脸色郑重，不像是说笑，心中一急，道："我回头找找去，说不定还能找到。"说着转头便走。程灵素忽道："咦，这里亮晃晃的是什么东西？"伸手到青草之中，拾起一件饰物，莹然生光，正是那只玉凤。

胡斐大喜，笑道："你是女诸葛，小张良，小可甘拜下风。"程灵素道："见了这玉凤，瞧你欢喜得什么似的。还给你吧！"于是将刀谱和玉凤都还了给他，说道："胡大哥，咱们后会有期。"

胡斐一怔，道："你生气了么？"程灵素道："我生什么气？"

但眼眶一红，珠泪欲滴，转过了头去。胡斐道："你……你要到哪里去？"程灵素道："我不知道。"胡斐道："怎么不知道？"程灵素道："我没爹没娘，师父又死了，又没人送什么玉凤凰、玉麒麟给我，我……我怎知道到哪里去。"说到这里，泪水终于流了下来。

胡斐自和她相识以来，见她心思细密，处处占人上风，任何难事到了手上，无不迎刃而解，但这时见她悄立晓风之中，残月斜照，怯生生的背影微微耸动，心中不由得大生怜惜之心，说道："灵姑娘，我送你一程。"

程灵素背着身子，拉衣角拭了拭眼泪，说道："我又不到哪里去，你送我做什么？你要我医治苗人凤的眼睛，我已经给治好啦。"

胡斐要逗她高兴，说道："可是还有一件事没做。"程灵素转过身来，问道："什么？"胡斐道："我求你医治苗人凤，你说也要求我一件事的。什么事啊，你还没说呢。"

程灵素究是个年轻姑娘，突然破涕为笑，道："你不提起，我倒忘了，这叫做自作孽，不可活。好，我要你干什么，你都得答应，是不是？"胡斐确是心甘情愿的为她无论做什么事，昂然道："只要我力所能及，无不从命。"

程灵素伸出手来，道："好，那只玉凤凰给了我。"胡斐一呆，心中大是为难，但他终究是个言出必践之人，当即将玉凤递了过去。程灵素不接，道："我要来干什么？我要你把它砸得稀烂。"

这一件事胡斐可万万下不了手，呆呆的怔在当地，瞧瞧程灵素，又瞧瞧手中玉凤，不知如何是好，袁紫衣那俏丽娇美的身形面庞，刹那间在心头连转了几转。

程灵素缓步走近，从他手里接过玉凤，给他放入怀中，微笑道："从今以后，可别太轻易答应人家。世上有许多事情，口中虽然答应了，却是无法办到的呢。好吧，咱们可以走啦！"胡斐心头怅惘，感到一股说不出的滋味，给她捧着那盆七心海棠，跟在后面。

行到午间,来到一座大镇。胡斐道:"咱们找家饭店吃饭,然后去买两头牲口。"话犹未了,只见一个身穿缎子长袍、商人模样的中年汉子走上前来,抱拳说道:"这位是胡爷么?"胡斐从未见过此人,还礼道:"不敢,正是小可。请问贵姓,不知如何识得小可?"那人微笑道:"小人奉主人之命,在此恭候多时,请往这边用些粗点。"说着恭恭敬敬的引着二人到了一座酒楼之中。

酒楼中店伴也不待那人吩咐,立即摆上酒馔。说是粗点,却是十分丰盛精致的酒席。胡斐和程灵素都感奇怪。但见那商人坐在下首相陪,一句不提何人相请,二人也就不问,随意吃了些。

酒饭已罢,那商人道:"请两位到这边休息。"下了酒楼,早有从人牵了三匹大马过来。三人上了马,那商人在前引路,驰出市镇,行了五六里,到了一座大庄院前。但见垂杨绕宅,白墙乌门,气派甚是不小。

庄院门前站着六七名家丁,见那商人到来,一齐垂手肃立。那商人请胡斐和程灵素到大厅用茶,桌上摆满了果品细点。胡斐心想:"我若问他何以如此接待,他不到时候,定不肯说,且让他弄足玄虚,我只随机应变便了。"当下和程灵素随意谈论沿途风物景色,没去理睬那人。那商人只是恭敬相陪,对两人的谈论竟不插口半句。

用罢点心,那商人说道:"胡爷和这位姑娘旅途劳顿,请内室洗澡更衣。"胡斐心想:"听他口气,似不知程姑娘的来历,如此更妙。他如果敢向毒手药王的弟子下毒,正好自讨苦吃。"当下随着家丁走进内堂。另有仆妇前来侍候程灵素往后楼洗沐。

两人稍加休息,又到大厅,你看我,我看你,但见对方身上衣履都是焕然一新。程灵素低声笑道:"胡大哥,过新年吗?打扮得这么齐整。"胡斐见她脸上薄施脂粉,清秀之中微增娇艳之色,笑道:"你却像新娘子一般呢。"程灵素脸上一红,转过了头不理。胡斐暗悔失言,但偷眼相瞧,她脸上却不见有何怒色,目光中只是露出又顽皮又羞怯的光芒。

这时厅上又已丰陈酒馔,那商人向胡斐敬了三杯酒,转身入内,回出时手捧托盘,盘中放着一个红布包袱,打开包袱,里面是一本泥金笺订成的簿子,封皮上写着"恭呈胡大爷印斐哂纳"九个字。他双手捧着簿子,呈到胡斐面前,说道:"小人奉主人之命,将这份薄礼呈交胡大爷。"

胡斐并不接簿,问道:"贵主人是谁?何以赠礼小可?"那商人道:"敝上吩咐,不得提他名字,将来胡大爷自然知晓。"胡斐好生奇怪,接过锦簿,翻开一看,只见第一页写道:"上等水田四百一十五亩七分",下面详细注明田亩的四至和坐落,又注明佃户为谁,每年缴租谷若干等等。

胡斐大奇,心想:"我要这四百多亩水田干什么?"再翻过第二页,见写道:"庄子一座,五进,计楼房十二间,平房七十三间。"下面也以小字详注庄子东南西北的四至,以及每间房子的名称,花园、厅堂、厢房,以至灶披、柴房、马厩等等,无不书写明白。再翻下去,则是庄子中婢仆的名字,日用金银、粮食、牲口、车轿、家具、衣着等等,无不具备。

胡斐翻阅一过,大是迷惘,将簿子交给程灵素,道:"你看。"程灵素看了一遍,也猜不透是什么用意,笑道:"恭喜发财,恭喜发财!"

那商人道:"敝上说仓卒之间,措备不周,实是不成敬意。"顿了一顿,说道:"待会小人陪胡大爷,到房舍各处去瞧瞧。"胡斐问道:"你贵姓?"那商人道:"小人姓张。这里的田地房产,暂时由小人替胡大爷经管。胡大爷瞧着有什么不妥,只须吩咐便是。田地房屋的契据,都在这里,请胡大爷收管。"说着又呈上许多文据。胡斐道:"你且收着。常言道:无功不受禄。如此厚礼,我未必能受呢。"那商人道:"胡大爷太谦了。敝上只说礼数太薄,心中着实过意不去。"

胡斐自幼闯荡江湖,奇诡怪异之事,见闻颇不在少,但突然收到这样一份厚礼,而送礼之人又避不见面,这种事却从没听见过。

看这姓张的步履举止，决计不会武功，谈吐中也毫无武林人物的气息，瞧来他只是奉人之嘱，不见得便知内情。"

　　酒饭已罢，胡斐和程灵素到书房休息。但见书房中四壁图书，几列楸枰，架陈瑶琴，甚是雅致。一名书僮送上清茶后退了出去，房中只留下胡程二人。

　　程灵素笑道："胡员外，想不到你在这儿做起老爷来啦。"胡斐想想，也是不禁失笑，但随即皱眉说道："我瞧送礼之人定有歹意，只是实在猜不出这人是谁？如此做法有什么用意？"程灵素道："会不会是苗人凤？"胡斐摇头道："这人虽和我有不共戴天的深仇，但我瞧他光明磊落，实是一条好汉，不致干这等鬼鬼祟祟的勾当。"程灵素道："你助他退敌，他便送你一份厚礼，一来道谢，二来盼望化解仇怨，恐怕倒是一番美意。"胡斐道："姓胡的岂能瞧在这金银田产份上，忘了父母大仇？不，不！苗人凤不会如此小觑了我。"程灵素伸了伸舌头，道："那倒是我小觑了你啦。"

　　两人商量了半日，瞧不出端倪，决意便在此住宿一宵，好歹也要探寻出一点线索。到了晚间，胡斐在后堂大房中安睡，程灵素的闺房却设在花园旁的楼上。胡斐一生之中从未住过如此富丽堂皇的屋宇，而这屋宇居然属于自己，更是匪夷所思。

　　他睡到二更时分，轻轻推窗跃出，窜到屋面，伏低身子一望，见西面后院中灯火未熄，于是展开轻身功夫，奔了过去。足钩屋檐，一个"倒卷珠帘"，从窗缝中向内张望，只见那姓张的滴滴笃笃的打着算盘，正自算帐，另一个老家人在旁相陪。那姓张的写几笔帐，便跟那家人说几句话，说的都是工薪柴米等等琐事。

　　胡斐听了半天，全无头绪，正要回身，忽听得东边屋面上一声轻响。他翻身站直，手握刀柄，只见来的却是程灵素。她做个手势，胡斐纵身过去。程灵素悄声道："我前前后后都瞧过了，没半点蹊跷。你看到什么没有？"胡斐摇了摇头。两人分别回房，这一晚各自提防，反覆思量，都没睡得安稳。

　　次晨起身，早有僮仆送上参汤燕窝，跟着便是面饺点心，胡斐

·351·

却另有一壶状元红美酒。胡斐心想："有灵姑娘为伴，谈谈讲讲，倒也颇不寂寞。在这里住着，说得上无忧无虑，快乐逍遥。"

蓦地转念："那姓凤的恶霸杀了锺阿四全家，我不伸此冤，有何面目立于天地之间？"想到此处，胸间热血沸腾，便向程灵素说道："咱们这就动身了吧？"程灵素也不问他要到何处，答道："好，是该动身了。"

两人回进卧室，换了旧时衣服。胡斐对那姓张的商人道："我们走了！"说了这一句，拔步便走。那姓张的大是错愕，道："这……这……怎么走得这般快？胡大……胡大爷，小人去备路上使费，您请等一会。"待他进去端了一大盘金锭银锭出来，胡程二人早已远去。

二人跨开大步，向北而行，中午时分到了一处市集，一打听，才知昨晚住宿之处叫作义堂镇。胡斐取出银子买了两匹马，两人并骑，谈论昨日的奇事。

程灵素道："咱们白吃白喝，白住白宿，半点也没有损到什么。这样说来，那主人似乎并没安着歹心。"胡斐道："我总觉这件事阴阳怪气，很有点儿邪门。"程灵素笑道："我倒盼这种邪门的事儿多遇上些，一路上阴阳怪气个不停。喂，胡大爷，你到底是去哪里啊？"胡斐道："我要上北京。你也同去玩玩，好不好？"程灵素笑道："好是没什么不好，就只怕有些儿不便。"胡斐奇道："什么不便？"程灵素笑道："胡大爷去探访那位赠玉凤的姑娘，还得随身带个使唤的丫鬟么？"

胡斐正色说道："不，我是去追杀一个仇人。此人武功虽不甚高，可是耳目众多，狡狯多智，盼望灵姑娘助我一臂之力。"于是将佛山镇上凤天南如何杀害锺阿四全家，如何庙中避雨相遇，如何给他再度逃走等情一一说了。

程灵素听他说到古庙邂逅、凤天南黑夜兔脱的经过时，言语中有些不尽不实，说道："那位赠玉凤的姑娘也在古庙之中，是不是啊?"胡斐一怔,心想她聪明之极,反正我也没做亏心之事,不用瞒她,于是索性连如何识得袁紫衣、她如何连夺三派掌门人之位、她如何救助凤天南等情,也从头至尾说了。

程灵素问道:"这位袁姑娘是个美人儿,是不是?"胡斐微微一怔,脸都红了,说道:"算是很美吧。"程灵素道:"比我这丑丫头好看得多,是不是?"

胡斐没防到她竟会如此单刀直入的询问,不由得颇是尴尬,道:"谁说你是丑丫头了?袁姑娘比你大了几岁,自然生得高大些。"程灵素一笑,说道:"我八岁的时候,拿妈妈的镜子来玩。我姊姊说:'丑八怪,不用照啦!照来照去还是个丑八怪。'哼!我也不理她,你猜后来怎样?"

胡斐心中一寒,暗想:"你别把姊姊毒死了才好。"说道:"我不知道。"

程灵素听他语音微颤,脸有异色,猜中了他的心思,道:"你怕我毒死姊姊吗?那时我还只八岁呢。嗯,第二天,家中的镜子通统不见啦。"胡斐道:"这倒奇了。"程灵素道:"一点也不奇,都给我丢到了井里。"她顿了一顿,说道:"但我丢完了镜子,随即就懂了。生来是个丑丫头,就算没了镜子,还是丑的。那井里的水面,便是一面圆圆的镜子,把我的模样给照得清清楚楚。那时候啊,我真想跳到井里去死了。"她说到这里,突然举起鞭子狂抽马臀,向前急奔。

胡斐纵马跟随,两人一口气驰出十余里路,程灵素才勒住马头。胡斐见她眼圈红红的,显是适才哭过来着,不敢朝她多看,心想:"你虽没袁姑娘美貌,但决不是丑丫头。何况一个人品德第一,才智方是第二,相貌好不好乃是天生,何必因而伤心?你事事聪明,怎么对此便这地看不开?"瞧着她瘦削的侧影,心中大起怜意,说道:"我有一事相求,不知你肯不肯答允,不知我是否高攀得上?"

程灵素身子一震,颤声道:"你……你说什么?"胡斐从她侧后望去,见她耳根子和半边脸颊全都红了,说道:"你我都无父母亲人,我想和你结拜为兄妹,你说好么?"

程灵素的脸颊刹时间变为苍白,大声笑道:"好啊,那有什么不好?我有这么一位兄长,当真是求之不得呢?"

胡斐听她语气中含有讥讽之意,不禁颇为狼狈,道:"我是一片真心。"程灵素道:"我难道是假意?"说着跳下马来,在路旁撮土为香,双膝一曲,便跪在地上。胡斐见她如此爽快,也跪在地上,向天拜了几拜,相对磕头行礼。

程灵素道:"人人都说八拜之交,咱们得磕足八个头……一、二、三、四、……七、八……嗯,我做妹妹,多磕两个。"果然多磕了两个头,这才站起。

胡斐见她言语行动之中,突然间微带狂态,自己也有些不自然起来,说道:"从今而后,我叫你二妹了。"程灵素道:"对,你是大哥。咱们怎么不立下盟誓,说什么有福共享、有难同当?"胡斐道:"结义贵在心盟,说不说都是一样。"程灵素道:"啊,原来如此。"说着跃上了马背,这日直到黄昏,始终没再跟胡斐说话。

傍晚二人到了安陆,刚驰马进入市口,便有一名店小二走上来牵住马头,说道:"这位是胡大爷吧?请来小店歇马。"胡斐奇道:"你怎知道?"店小二笑道:"小人在这儿等了半天啦。"于是在前引路,让着二人进了一家房舍高敞的客店。上房却只留了一间,于是又开了一间,茶水酒饭也不用吩咐,便流水价送将上来。胡斐问那店小二,是谁叫他这般侍候。那店小二笑道:"义堂镇的胡大爷,谁还能不知道么?"次晨结帐,掌柜的连连打躬,说道早已付过了,只肯收胡斐给店伴的几钱银子赏钱。

一连几日,都是如此。胡斐和程灵素虽都是极有智计之人,但限于年纪阅历,竟是瞧不透这一门江湖伎俩。

到第四日动身后,程灵素道:"大哥,我连日留心,咱们前后无人跟随,那必是有人在前途说了你的容貌服色,命人守候。咱们来个乔装改扮,然后从旁察看,说不定便能得悉真相。"胡斐喜道:"此计大妙。"

两人在市上买了两套衣衫鞋帽,行到郊外,在一处无人荒林之中改扮。程灵素用头发剪成假须,黏在胡斐唇上,将他扮成个四十来岁的中年汉子,自己却穿上长衫,头戴小帽,变成个瘦瘦小小的少年男子。两人一看,相对大笑。到了前面市集,两人更将坐骑换了驴子。胡斐将单刀包入包袱,再买了一根旱烟管,吸了几口,吞烟吐雾,这一副神色,旁人便眼力再好,也决计认他不出。

这日傍晚到了广水,只见大道旁站着两名店伴,伸长了脖子东张西望,胡斐知他们正在等候自己,不禁暗笑,径去投店,掌柜的见这二人模样寒酸,招呼便懒洋洋地,给了他们两间偏院。那两名店伴直等到天黑,这才没精打采的回店。胡斐叫了一人进来,跟他有一搭没一搭的瞎扯,想从他口中探听些消息。刚说得几句闲话,忽然大道上马蹄声响,听声音不止一乘。那店伴喜道:"胡大爷来啦。"飞奔出店。

胡斐心道:"胡大爷早到啦,跟你说了这会子话,你还不知道。"当下走到大堂上去瞧热闹。只听得人声喧哗,那店伴大声道:"不是胡大爷,是镖局子的达官爷。"跟着走进一个趟子手来,手捧镖旗,在客店外的竹筒中一插。

胡斐看那镖旗时,心中一愕,只见那镖旗黄底黑线,绣着一匹背生双翼的骏马,当年在商家堡中,曾见过这镖旗一面,认得是飞马镖局的旗号,心想这镖局主人百胜神拳马行空已在商家堡烧死,不知眼下何人充任镖头。看那镖旗残破褪色,已是多年未换,那趟子手也是年老衰迈,没什么精神,似乎飞马镖局的近况未见得怎生兴旺。

跟着镖头进来,却是雄赳赳气昂昂的一条汉子,但见他脸上无数小疤,胡斐认得他是马行空的弟子徐铮。在他之后是一个穿着劲装的少妇,双手各携一个男孩,正是马行空的女儿马春花。

胡斐和她相别数年，这时见她虽然仍是容色秀丽，但已掩不住脸上的风霜憔悴。两个男孩不过四岁左右，却是雪白可爱，尤其两人相貌一模一样，显是一对孪生兄弟。只听一个孩子道："妈，我饿啦，要吃面面。"马春花低头道："好，等爹洗了脸，大伙儿一起吃。"

胡斐心道："原来他师兄妹已成了亲，还生下两个孩子。"那年他在商家堡为商老太所擒，被商宝震用鞭子抽打，马春花曾出力求情，此事常在心头。今日他乡邂逅，若不是他不愿给人认出真面目，早已上去相认道故了。

开客店的对于镖局子向来不敢得罪，虽见飞马镖局这单镖只是一辆镖车，各人衣饰敝旧，料想没多大油水，但掌柜的还是上前殷勤接待。

徐铮听说没了上房，眉头一皱，正要发话，趟子手已从里面打了个转出来，说道："朝南那两间上房不明明空着吗？怎地没了？"

掌柜的陪笑说道："达官爷见谅。这两间房前天就有人定下了，已付了银子，说好今晚要用。"徐铮近年来时运不济，走镖常有失闪，因此一肚皮的委屈，听了此言，伸手在帐台上用力一拍，便要发作。马春花忙拉拉他衣袖，说道："算啦，胡乱住这么一宵，也就是了。"

徐铮还真听妻子的话，向掌柜的狠狠瞪了一眼，走进了朝西的小房。马春花拉着两个孩子，低声道："这单镖酬金这么微薄，若不对付着使，还得亏本。不住上房，省几钱银子也是好的。"徐铮道："话是不错，但我就瞧着这些狗眼看人低的家伙生气。"

原来马行空死后，徐铮和马春花不久成婚，两人接掌了飞马镖局。徐铮的武功威名固然不及师父，而他生就一副直肚直肠，江湖上的场面结交更是施展不开，三四年中连碰了几次钉子，每次均亏马春花多方设法，才赔补弥缝了过去。但这么一来，飞马镖局的生意便一落千丈，大买卖是永不上门的了。这一次有个盐商要送一笔银子上北直隶保定府去，为数只有九千两，托大镖局带嫌酬金贵，这才交了给飞马镖局。徐铮夫妇向来一同走镖，马春花以家中没可靠的亲人，放心不下孩子，便带同了出门，谅来这区区九千两银子，在路上也不会有什么风险。

胡斐向镖车望了一眼，走到程灵素房中，说道："二妹，这对镖头夫妇是我的老相识。"于是将商家堡中如何跟他们相遇的事简略说了。

程灵素道："你认不认他们？"胡斐道："待明儿上了道，到荒僻无人之处，这才上前相认。"程灵素笑道："荒僻无人之处？啊，那可了不得！他们不当你这小胡子是劫镖的强人才怪。"胡斐一笑，道："这支镖不值得胡大寨主动手。程二寨主，你瞧如何？"程灵素笑道："瞧那镖客身上无钱，甚是寒伧。你我兄弟盗亦有道，不免拍马上前，送他几锭金子便了。"胡斐哈哈一笑。他确是有赠金之心，只是要盘算个妥善法儿，赠金之时须得不失了敬意。

两人用过晚膳，胡斐回房就寝，睡到中夜，忽听得屋面上喀的一声轻响。他虽在睡梦之中，仍是立即惊觉，翻身坐起，跨步下炕，听得屋上共有二人。那二人轻轻一击掌，径从屋面跃落。胡斐站到窗口，心想："这两个人是什么来头，竟是如此大胆，旁若无人？"伸手指戳破窗纸，往外张望，见两人都是身穿长衫，手中不执兵刃，推开朝南一间上房的门，便走了进去，跟着火光一闪，点起灯来。

胡斐心想："原来这两人识得店主东，不是歹人。"回到炕上，忽听得踢跶踢跶拖鞋皮响，店小二走到上房门口，大声喝道："是谁啊？怎地三更半夜的，也不走大门，就这么窜了下来？"他口中呼喝，走进上房，一脚刚踏进，便"啊哟"一声大叫，跟着砰的一响，又是"我的妈啊，打死人啦"叫了起来，原来给人摔了出来，结结实实的跌在院子之中。

这么一吵闹，满店的人全醒了。两个长衫客中一人站在上房门口，大声说道："我们奉鸡公山王大寨主之命，今晚踩盘子、劫镖银来着,找的是飞马镖局徐镖头。闲杂人等,事不干己,快快回房安睡,免得误伤人命。"

徐铮和马春花早就醒了,听他如此叫阵,不由得又惊又怒,心想任他多厉害的大盗,也决不能欺到客店中来,这广水又不是小地方,这等无法无天,可就从未见过。徐铮接口大声道:"姓徐的便在这里,两位相好的留下万儿。"那人大笑道:"你把九千两纹银,一杆镖旗,双手奉送给大爷,也就是了,问大爷什么万儿?咱们前头见。"说着拍拍两声击掌,两人飞身上屋。

徐铮右手一扬,两枝钢镖激射而上。后面那人回手一抄,一手接住,跟着向下掷出,当的一声响,火星四溅,一齐落在徐铮身前一尺之处,两枝镖都钉入了院子中的青石板里,这一手劲力,徐铮就万万不能。只听两人在屋上哈哈大笑,跟着马蹄声响,向北而去。

店中店伙和住客待那两个暴客远去,这才七张八嘴的纷纷议论,有的说快些报官,有的劝徐铮不如绕道而行。

徐铮默不作声,拔起两枝钢镖,回到房中,见镖上也无记号。夫妻俩低声商量,瞧这两人武功颇为不凡,该是武林中的成名人物,怎会瞧中这一支小镖?虽然明知前途不吉,但一支镖出了门,规矩是有进无退,决不能打回头,否则镖局子就算是自己砸了招牌。徐铮气愤愤的道:"黑道上朋友越来越是欺人啦,往后去咱们这口饭还能吃么?我拼着性命不要,也得给他们干上了。这两个孩子……"马春花道:"咱们跟黑道上的无冤无仇,最多不过是银子的事,还不致有人命干系,带着孩子也不妨。"但在她心底,早已在深深后悔,实不该让这两个幼儿陪着父母干冒江湖上的风险。

胡斐和程灵素隔着窗子,一切瞧得清清楚楚,心下也是暗暗奇怪,觉得这一路而来,不可解之事甚多,满以为乔装改扮之后,便可避过追踪,岂知第一天便遇到飞马镖局这件奇事。

次日清晨,飞马镖局的镖车一起行,胡斐和程灵素便不即不离的跟随在后。徐铮见他二人跟踪不舍,越看路道越是不对,料他二人定是贼党,不时回头怒目而视。胡程二人却装作不见。

中午打尖,胡程二人也和飞马镖局一处吃牛肉面饼。行到傍晚,离武胜关约有四十来里,只听得马蹄声响,两骑马迎面飞驰而来。马上乘客身穿灰布长袍,从镖车旁一掠而过,直奔过胡程二人身旁,这才靠拢并驰,纵声长笑,听声音正是昨晚的两个暴客。

胡斐道:"待得他们再从后面追上,不出几里路,便要动手了。"话犹未毕,忽听前面马蹄声响,又有两乘马从身旁掠过,马上乘客身手矫健,显是江湖人物。胡斐道:"奇怪,奇怪!"行不到一里路,又有两乘马迎面奔来,跟着又有两乘马。

徐铮见了这等大势派,早已把心横了,不怒反笑,说道:"师妹,师父曾说,绿林中一等一的大寨,兴师动众劫那一等一的大镖,那才派到六个好手探盘子,今日居然连派到八位高人,后面又有两位阴魂不散的跟着,只怕咱们这路镖保的不是纹银九千两,而是九百万、九千万两!"

马春花猜不透敌人何以如此大张旗鼓,来对付这支微不足道的小镖,但越是不懂,越是戚然有忧,对徐铮和趟子手道:"待会情势不对,咱们带了孩子逃命要紧。这九千两银子嘛,数目不大,总还能张罗着赔得起。"徐铮昂然道:"师父一世英名,便这么送在咱这个不成材的弟子手中吗?"马春花凄然道:"总得瞧孩子份上。今后我两口子耕田务农,吃一口苦饭,也不做这动刀子拼命的勾当啦。"

说到这里,忽听得身后蹄声奔腾,回头一望,尘土飞扬,那八乘马一齐自后赶了上来。呜的一声长鸣,一枝响箭从头顶飞过,跟着迎面也有八乘马奔来。

胡斐道:"瞧这声势,这帮子人只怕是冲着咱们而来。"程灵素点头道:"田归农!"胡斐道:"咱们的改扮终究不成,还是给认出了。"

这时前面八乘马,后面八乘马一齐勒缰不动,已将镖局子一行人和胡程二人夹住在中间。

徐铮翻身下马，亮出单刀，抱拳道："在下徐……"只说了三个字，前面八乘马中一个老者突然飞跃下马，纵身而前，手中持着一件奇形兵刃，一语不发，便向徐铮脸上砸去。

　　胡斐和程灵素勒马在旁，见那老者手中兵刃甚是奇怪，前面一个横条，弯曲如蛇，横条后生着丁字形的握手，那横条两端尖利，便似一柄变形的鹤嘴锄模样。胡斐不识此物，问程灵素道："那是什么？"

　　程灵素还未回答，身后一名大盗笑道："老小子，教你一个乖，这叫做雷震挡。"程灵素接口道："雷震挡不和闪电锥同使，武功也是平常。"

　　那大盗一呆，不再作声，斜眼打量程灵素，心想这瘦小子居然也知道闪电锥。原来老者是他师兄，这大盗自己所使的便是闪电锥。他二人的师父右手使闪电锥，左手使雷震挡，一攻一守，变化极尽奇妙。但这两件兵刃一短一长，双手共使时相辅相成，威力固然甚大，但也十分艰难，他师兄弟二人各得师父一只手的技艺，始终学不会两件兵刃同使。他二人自幼便在塞外，初来中原未久，而他的闪电锥又是藏在袖中，并未取出，不意给程灵素一语道破来历，不禁惊诧无已。他哪知程灵素的师父毒手药王无嗔大师见闻广博，平时常和这个最钟爱的小弟子讲述各家各派武功，因此她虽然从未见过雷震挡，但一听其名，便知尚有一把闪电锥。

　　但见那老者将兵刃使得轰轰发发，果然有雷震之威。徐铮单刀上的功夫虽也不弱，但被那雷震挡裹住了，渐渐施展不开。

　　只听得前后十五名大盗你一言，我一语，出言讥嘲："什么飞马镖局？当年马老镖头走镖，才称得上'飞马'二字，到了姓徐的手里，早该改称狗爬镖局啦！""这小子学了两手三脚毛，不在家里抱娃娃，却到外面来丢人现世。""喂，姓徐的，快跪下来磕三个响头，我们大哥便饶了你的狗命。""走镖走得这么寒蠢，连九千两银子也保，不如买块豆腐来自己撞死了罢！""神拳无敌马老镖头当年赫赫威名，武林中无人不服，这脓包小子真是对不住师父。""我瞧他夫人比他强上十倍，当真是一枝鲜花插在牛粪里！好教人瞧着生气。"

胡斐听了各人言语，心想这群大盗对徐铮的底细摸得甚是清楚，不但知道他的师承来历，还知他一共保了多少镖银，说话之中对他固是极尽尖酸刻薄，但对马春花和她过世的父亲却毫无得罪之处，甚至还显得颇为尊敬。胡斐虽然不识雷震挡，但那老者功力不弱，出手既狠且准，却是一眼便知，不由得暗自奇怪："这老头儿虽不能说是江湖上的第一流好手，但如此武功，必是个颇有身份的成名人物。瞧各人的作为，决非冲着这区区九千两银子而来。但若是田归农派来跟我为难，却又何必费这么大的劲儿去对付徐铮？"

马春花在旁瞧得焦急万分，她早知丈夫不是人家对手，然而自己上前相助，只不过多引一个敌人下场，于事丝毫无补，两个儿子无人照料，却势必落入盗众手中。眼睁睁的瞧着丈夫越来越是不济，突见那老者将蛇形兵器往前疾送，圈转回拉，徐铮单刀脱手，飞上半天，她"啊"的一声叫了出来。

那老者左足横扫，徐铮急跃避过。那单刀从半空落将下来，盗众中一人举起长剑，往上一撩，一柄钢刀登时断为两截。那盗伙身手好快，长剑跟着一劈一削，又将尚未落地的两截断刀斩成四截。他手中所持的固是极锋利的宝剑，而出手之迅捷，更是使人目为之眩。群盗齐声喝采。

瞧这情势，哪里是拦路劫镖，实是对徐铮存心戏弄！单是这手持长剑的大盗一人，打败徐铮夫妇便已绰绰有余，何况同伙共有一十六人，看来个个都是好手，个个笑傲自若，便如十六头灵猫围住了一只小鼠，要戏耍个够，才分而吞噬。

徐铮红了双眼，双臂挥舞，招招都是拼命的拳式，但那老者雷震挡的铁柄长逾四尺，徐铮如何欺得近身去？数招之间，只听得嗤的一声响，雷震挡的尖端划破了徐铮裤脚，大腿上鲜血长流，接着又是一响，徐铮左臀中挡。那老者抬起一腿，将他踢翻在地，一脚踏住，冷笑道："我也不要你性命，只要废了你的一对招子，罚你不生眼睛，太也胡涂。"徐铮又是害怕，又是愤怒，胸口气为之塞，说不出话来。

马春花叫道："众位朋友，你们要镖银，拿去便是。我们跟各位往日无冤，近日无仇，何必赶尽杀绝？"那使剑的大盗笑道："马姑娘，你是好人，不用多管闲事。"

马春花道："什么多管闲事？他是我丈夫啊。"使雷震挡的老者道："我们就是瞧着他太也不配，委曲了才貌双全的马姑娘，这才千里迢迢的赶来。这个抱不平非打不可！"

胡斐和程灵素越听越是奇怪，均想："这批大盗居然来管人家夫妻的家务事，还说什么打抱不平，当真好笑。"两人对望一眼，目光中均含笑意。

便在此时，那老者举起雷震挡，挡尖对准徐铮右眼，戳了下去。马春花大叫一声，抢上相救，呼的一响，马上一个盗伙手中花枪从空刺下，将她拦住。两个小孩齐叫："爸爸！"向徐铮身边奔去。

突然间一个灰影一晃，那老者手腕上一麻，急忙翻挡迎敌，手里蓦然间轻了，原来手中兵刃竟已不知去向，惊怒中抬起头来，只见那灰影跃上马背，自己的独门兵刃雷震挡却已给他拿在手中舞弄，白光闪闪，转成一个圆圈。

如此倏来倏去，一瞬之间上马下马，空手夺了他雷震挡的，正是胡斐！

众盗相顾骇然，顷刻间寂静无声，竟无一人说话，人人均为眼前之事惊得呆了。过了半晌，各人才纷纷呼喝，举刀挺杖，奔向胡斐。

胡斐大叫道："是线上的合字儿吗？风紧，扯呼，老窑里来了花门的，三刀兔儿爷换着走，咱们胡子上开洞，财神菩萨上山！"群盗又是一怔，听他说的黑话不像黑话，不知瞎扯些什么。

那雷震挡被夺的老者怒道："朋友，你是哪一路的，来搅这趟浑水干么？"

胡斐道："兄弟专做没本钱买卖，好容易跟上了飞马镖局的九千两银子，没想到半路里杀出来十六个程咬金。各位要分一份，这不叫人心疼么？"那老者冷笑道："哼，朋友别装蒜啦，乘早留下个万儿来是正经。"

徐铮于千钧一发之际逃得了性命，搂住了两个儿子。马春花站在他的身旁，睁着一双大眼望住胡斐，一时之间还不明白眼前到底发生了何事。她只道胡斐和程灵素也必都是盗伙一路，哪知他却和那老者争了起来。

只见胡斐伸手一抹上唇的小胡子，咬着烟袋，说道："好，我跟你实说了罢。神拳无敌马行空是我师弟，师侄的事儿，老人家不能不管。"

胡斐此语一出，马春花吃了一惊，心想："哪里出来了这样一个师伯？我从没听爹爹说过，而且这人年纪比爹爹轻得多，哪能是师伯？"

程灵素在一旁见他装腔作势，忍不住要笑出声来，但见他大敌当前，身在重围，仍能漫不在意的言笑自若，却也不禁佩服他的胆色。

那老者将信将疑，哼的一声，说道："尊驾是马老镖头的师兄？年岁不像啊，我们也没听说马老镖头有什么师兄。"胡斐道："我门中只管入门先后，不管年纪大小。马行空是什么大人物了，还用得着冒充他师兄么？"

先入师门为尊的规矩，武林中许多门派原都是有的。那老者向马春花望了一眼，察看她的脸色，转头又问胡斐道："没请教尊驾的万儿。"胡斐抬头向天，说道："我师弟叫神拳无敌马行空，区区在下便叫歪拳有敌牛耕田。"群盗一听，尽皆大笑。

这一句话明显是欺人的假话，那老者只因他空手夺了自己的兵刃，才跟他对答了这一阵子话，否则早就出了手。他性子本便躁急,听到"牛耕田"这三字,再也忍耐不住,虎吼一声,便向胡斐扑来。

胡斐勒马一闪,雷震挡一晃,那老者手中倏地多了一物,举手一看,却不是雷震挡是什么?物归原主,他本该欢喜,然而这兵刃并非自己夺回,却是对方塞入自己手中,瞧也没瞧清,莫名其妙的便得回了兵刃。

众盗齐声喝采,叫道:"褚大哥好本事!"都道是他以空手入白刃的功夫抢回。这姓褚的老者却自知满不是那回事,当真是哑子吃黄连,说不出的苦。他微微一怔,说道:"尊驾插手管这档子事,到底为了什么?"

胡斐道:"老兄倒请先说说,我这两个师侄好好一对夫妻,何以要各位来打抱不平?"那老者说道:"多管闲事,于尊驾无益。我好言相劝,还是各行各路罢!"众盗均感诧异:"褚大哥平日多么霹雳火爆的性儿,今日居然这般沉得住气。"

胡斐笑道:"你这话再对也没有了,多管闲事无益,咱们大伙儿各行各路。请啊,请啊!"那老者退后三步,喝道:"你既不听良言,在下迫得要领教高招!"说着雷震挡一举,护住了胸口。

胡斐道:"单打独斗,有什么味道?可是人太多了,乱糟糟的也不大方便。这样吧,我牛耕田一人,斗斗你们三位。"说着提旱烟管向那使长剑的一指,又向那老者的师弟一指。

那使剑的相貌英挺,神情傲慢,仰天笑道:"好狂妄的老小子!"那姓褚的老者却早知胡斐决非易与之辈,一对一的跟他动手,也真没把握,他既自愿向三人挑战,正是求之不得,说道:"聂贤弟,上官师弟,他是自取其死,怨不得旁人,咱三个便一齐陪他玩玩。"

那姓聂的兀自不愿,说道:"谅这老小子怎是褚大哥的对手?要不,你师兄弟一齐出马,让大伙儿瞻瞻仰仰塞外'雷电交作'的绝技!"群盗轰然叫好。

胡斐摇头道："年纪轻轻，便这般胆小，见不得大阵仗，可惜啊可惜。"

那姓聂的长眉一挑，跃下马来，低声道："褚大哥请让一步，小弟独自来教训教训这狂徒。"胡斐道："你要教训我歪拳有敌牛耕田，那也成。可是咱哥儿俩话说在先，倘若我牛耕田输了，你要宰要杀，任凭处置。不过要是小兄弟你有一个失闪，那便如何？"那姓聂的冷笑道："那是你痴心妄想。"胡斐笑道："说不定老天爷保佑，小兄弟你竟有个三长两短，七荤八素，那便如何？"那姓聂的喝道："谁跟你胡说八道？若我输了，也任凭你老小子处置便是。"

胡斐道："任凭我老小子处置，那可不敢当，只是请各位宽洪大量，别再来管我师侄小夫妻俩的家务，这个抱不平，咱们就别打了吧！"那姓聂的好不耐烦，长剑一摆，闪起一道寒光，喝道："便是这样！"

胡斐目光横扫众盗，说道："这位聂家小兄弟的话，作不作准？倘若他输了，你们各位大爷还打不打抱不平？"

程灵素听到这里，再也忍耐不住，终于噗的一声，笑了出来，心想他自己小小年纪，居然口口声声叫人家"小兄弟"，别人为了"鲜花插在牛粪上"，因而兴师动众的来打抱不平，此事已十分好笑，而他横加插手，又不许人家打抱不平，更是匪夷所思。

盗众素知那姓聂的剑术精奇，手中那口宝剑更是削铁如泥的利刃，出手斗这乡下土老儿小胡子，定是有胜无败。众人此行原本嘻嘻哈哈，当作一件极有趣的玩闹，途中多生事端，正是求之不得，于是纷纷说道："你小胡子若是赢了一招半式，咱们大伙儿拍屁股便走，这个抱不平是准定不打的了！"胡斐道："诸位说的是人话，就是这么办，这抱不平打不打得成，得瞧我小胡子的玩艺儿行不行。看招！"猛地举起旱烟管，往自己衣领中一插，跃下马来，一个踉跄，险些摔倒。

众人听他一声喝："看招！"又见他举起烟管，都道他要以烟管当作兵器,哪知他竟将烟管插在衣领之中,又见他下马的身法如此笨拙狼狈,旁观的十五个大盗之中,倒有十二三人笑了出来。

那姓聂的喝道:"你用什么兵刃,亮出来吧!"胡斐道:"黄牛耕田,得用犁耙!褚大寨主,你手里这件家生倒像个犁耙,借来使使!"说着伸手出去,向那姓褚的老者借那雷震挡。

那老者见了他也真有些忌惮,倒退两步,怒道:"不借!谅你也不会使!"胡斐右手手掌朝天,始终摆着个乞讨的姿势,又道:"借一借何妨?"突然手臂一长一搭,那老者举挡欲架,不知怎的,手中忽空,那雷震挡竟又已到了胡斐手中。

那老者一惊非小,倒窜出一丈开外,脸上肌肉抽搐,如见鬼魅。要知胡斐这路空手夺人兵刃的功夫,乃是他远祖飞天狐狸潜心钻研出来的绝技。当年飞天狐狸辅佐闯王李自成起兵打天下,凭着这手本领,不知夺过多少英雄好汉手中的兵器,当真是来无影,去无踪,神出鬼没,诡秘无比,"飞天狐狸"那四字外号,一半也是由此而来。

那姓聂壮汉见胡斐手中有了兵器,提剑便往他后心刺来。胡斐斜身闪开,回了一挡,跟着自左侧抢上,雷震挡回掠横刺。

姓褚的老者只瞧得张大了口,合不拢来,原来胡斐所使的招数,竟是他师父亲授的"六十四路轰天雷震挡法",一模一样,全无二致。他那姓上官的师弟更是诧异,明明听得胡斐连雷震挡的名字也不识,使出来的挡法,却和师哥全然相同。他二人哪想得到胡斐武功根底既好,人又聪明无比,瞧了那姓褚老者与徐铮打斗,早将招数记在心中。何况他所使招数虽然形似,其中用劲和变化的诸般法门,却绝不相干。

那姓聂的这时再也不敢轻慢,剑走轻灵,身手甚是便捷。胡斐所用兵刃全不顺手,兼之有意眩人耳目,招招依着那姓褚老者的武功法门而使,更加多了一层拘束,但见敌人长剑施展开来,寒光闪闪,剑法实非凡俗。他一面招架,心下寻思:"这十六人看来都是硬手,倘若一拥而上,我和二妹纵能脱身,徐铮一家四口一定糟糕,只有打败了这人,挤兑得他们不能动手,方是上策。"突见对手长剑一沉,知道不妙,待想如何变招,当的一声,雷震挡的一端已被利剑削去。

盗众眼见胡斐举止邪门,本来心中均自嘀咕,忽见那姓聂的得利,齐声欢呼。姓聂的精神一振,步步进逼。胡斐从褚姓老者那里学得的几招挡法,堪堪已经用完,心想再打下去马脚便露,眼见雷震挡被削去一端,心念一动,回挡斜砸,敌人长剑圈转,当的一声响,另一端也削去了。

胡斐叫道:"好,你这般不给褚大爷面子,毁了他成名的兵刃,未免太也不够朋友!"

姓聂的一怔,心想这话倒也有理。突然当的又是一响,胡斐竟将半截挡柄砸到他剑锋上去,手中只余下尺来长的一小截,又听他叫道:"会使雷震挡,不使闪电锥,武功也是稀松平常。"说着将一小截挡柄递出,便如破甲锥般使了出来。

姓上官的大盗先听他说闪电锥,不由得一惊,但瞧了他几路锥法,横戳直刺,全不是那一回事,这才放心,大声笑道:"这算哪一门子的闪电锥?"胡斐道:"你学的不对,我的才对。"说着连刺急戳。其实他除单刀之外,什么兵器都不会使,这闪电锥只是装模作样,所厉害者全在一只左手,近身而搏,左手勾打锁拿,当真是"一寸短,一寸险"。

那姓聂的手中虽有利剑,竟是阻挡不住,被他攻得连连倒退,猛地里"啊"的一声大叫,两人同时向后跃开。只见胡斐身前晶光闪耀,那口宝剑已到了他的手里。

胡斐左膝一跪,从大道旁抓起一块二十来斤的大石,右手持剑,剑尖抵地,剑身横斜,左手高举大石,笑道:"这口宝剑锋利得紧,我来砸它几下,瞧是砸得断,砸不断?"说着作势便要将大石往剑身上砸去。

纵是天下最锋利的利剑,用大石砸在它平板的剑身上,也非一砸即断不可。那姓聂的对这口宝剑爱如性命,见了这般惨状,登时吓得脸色苍白，叫道："在下认输便是。"

胡斐道："我瞧这口剑好，未必一砸便断。"说着又将大石一举。

那姓聂的叫道："尊驾若是喜欢，拿去便是，别损伤了宝物。"

胡斐心想此人倒是个情种，宁可剑入敌手也不愿剑毁，于是不再嬉笑，双手横捧宝剑，送到他身前，说道："小弟无礼，多有得罪。"

那人大出意外，只道胡斐纵不毁剑，也必取去，要知如此利刃，当世罕见，有此一剑，平添了一倍功夫，武林中人有谁不爱？当下也伸双手接过，说道："多谢，多谢！"惶恐之中，掩不住满脸的喜出望外之情。

胡斐知道夜长梦多，不能再耽，翻身上马，向群盗拱手道："承蒙高抬贵手，兄弟这里谢过。"这句话却说得甚是诚恳。向徐铮和马春花叫道："走吧！"徐铮夫妇惊魂未定，赶着镖车，纵马便走。胡斐和程灵素在后押队，没再向后多望一眼，以免又生事端，耳听得群盗低声议论，却不纵马来追。

四人一口气驰出十余里，始终不见有盗伙追来。

徐铮勒住马头，说道："尊驾出手相救，在下甚是感激，却何以要冒充在下的师伯？"胡斐听他语气中甚有怪责之意，微笑道："顺口说说而已，兄弟不要见怪。"徐铮道："尊驾贴上这两撇胡子，逢人便叫兄弟，也未免把天下人都瞧小了。"胡斐一愕，没想到这个莽撞之人，竟会瞧得出来。程灵素低声道："定是他妻子瞧出了破绽。"

胡斐略一点头，凝视马春花，心想她瞧出我胡子是假装，却不知是否认出了我是谁。

徐铮见了他这副神情，只道自己妻子生得美丽，胡斐途中紧紧跟随，早便不怀好意。他被盗党戏弄侮辱了个够，已存必死之意，心神失常，放眼但觉人人是敌，大声喝道："阁下武艺高强，你要杀我，这便上吧！"说着一弯腰，就从趟子手的腰间拔出单刀，立马横刀，向着胡斐凛然傲视。

胡斐不明他的心情，欲待解释，忽觉背后马蹄声急，一骑快马狂奔而至。这匹马虽无袁紫衣那白马的神骏，却也是少有的名驹，片刻间便从镖队旁掠过。胡斐一瞥之下，认得马上乘客便是十六盗伙之一。

程灵素道："咱们走吧，犯不着多管闲事，打抱不平。"岂知"多管闲事，打抱不平"这八个字，正触动徐铮的忌讳，他眼中如要喷出火来，便要纵马上前相拼。马春花急叫："师哥，你又犯胡涂啦！"徐铮一呆。

程灵素一提马缰，跟着伸马鞭在胡斐的坐骑臀上抽了一鞭，两匹马向北急驰而去。胡斐回头叫道："马姑娘，可记得商家堡么？"

马春花斗然间满脸通红，喃喃道："商家堡，商家堡！我怎能不记得？"她心摇神驰，思念往事，但脑海中半分也没出现胡斐的影子。她是在想着另外一个人，那个华贵温雅的公子爷……

胡程二人纵马奔出三四里，程灵素道："大哥，打抱不平的又追上来啦。"胡斐也早已听到来路上马蹄杂沓，共有十余骑之多，说道："当真动手，咱们寡不敌众，又不知这批人是什么来头。"程灵素道："我瞧这些人未必便真是强盗。"胡斐点头道："这中间古怪很多，一时可想不明白。"

这时一阵西风吹来，来路上传来一阵金刃相交之声。胡斐惊道："给追上了。"程灵素道："我瞧那些人的心意，那位马姑娘决计无碍，他们也不会伤那徐爷的性命，不过苦头是免不了要吃的了。"胡斐竭力思索，皱眉道："我可真是不明白。"

忽听得马蹄声响，斜刺往西北角驰去，走的却不是大道，同时隐隐又传来一个女子的呼喝之声。

胡斐驰马上了道旁一座小丘，纵目遥望，只见两名盗伙各乘快马，手臂中都抱着一个孩子。马春花徒步追赶，头发散乱，似乎在喊："还我孩子，还我孩子！"隔得远了，听不清楚。那两个盗党兵刃一举，忽地分向左右驰开。马春花一呆，两个孩子都是一般的心头之肉，不知该向哪一个追赶才是。

胡斐瞧得大怒，心想："这些盗贼当真是无恶不作。"叫道："二妹，快来！"明知寡不敌众，若是插手，此事实极凶险，但眼见这种不平之事，总不能置之不理，于是纵马追了上去。但相隔既远，坐骑又没盗伙的马快，待追到马春花身旁，两个大盗早已抱着孩子不知去向。只见马春花呆呆站着，却不哭泣。

胡斐叫道："马姑娘别着急，我定当助你夺回孩子。"其实这时"马姑娘"早已成了"徐夫人"，但在胡斐心中，一直便是"马姑娘"，脱口而出，全没想到改口。

马春花听了此言，精神一振，便要跪将下去。胡斐忙道："请勿多礼，徐兄呢？"马春花道："我追赶孩子，他却给人缠住了。"

程灵素驰马奔到胡斐身边，说道："北面又有敌人。"胡斐向北望去，果见尘土飞扬，又有八九骑奔来。胡斐道："敌人骑的都是好马，咱们逃不远，得找个地方躲一躲。"游目四顾，一片空旷，并无藏身之处，只西北角上有一丛小树林。

程灵素马鞭一指，道："去那边。"向马春花道："上马吧！"马春花道："多谢姑娘！"跃上马背，坐在她的身后。程灵素笑道："你眼光真好，危急中还能瞧出我是女扮男装。"三人两骑，向树林奔去。

只奔出里许，盗党便已发觉，只听得声声呼哨，南边十余骑，北边八九骑，两头围了上来。

胡斐一马当先，抢入树林，见林后共有六七间小屋，心想再向前逃，非给追上不可，只有在屋中暂避。奔到屋前，见中间是座较大的石屋，两侧的都是茅舍。他伸手推开石屋的板门，里面一个老妇人卧病在床，见到胡斐时惊得说不出话来，只是"啊，啊"的低叫。

程灵素见那些茅舍一间间都是柴扉紧闭，四壁又无窗孔，看来不是人居之所，踢开板门一望，见屋中堆满了柴草，另一间却堆了许多石头。原来这些屋子是石灰窑贮积石灰石和柴草之处。

程灵素取出火折，打着了火，往两侧茅舍上一点，拉着马春花进了石屋，关上了门，又上了门闩。

这几间茅舍离石屋约有三四丈远，柴草着火之后，人在石屋中虽然炽热，但可将敌人挡得一时，同时石屋旁的茅舍尽数烧光，敌人无藏身之处，要进攻便较不易。

马春花见她小小年纪，却是当机立断，一见茅舍，毫不思索的便放上了火，自己却要待进了石屋之后，想了一会，方始明白她的用意，赞道："姑娘，你好聪明！"

茅舍火头方起，盗众已纷纷驰入树林，马匹见了火光，不敢奔近，四周团团站定。

马春花进了石屋，惊魂略定，却悬念儿子落入盗手，不知此刻是死是活。她虽是著名拳师之女，自幼便随父闯荡江湖，不知经历过多少风险，但爱儿遭掳，不由得珠泪盈眶。她伸袖拭了拭眼泪，向程灵素道："妹子，你和我素不相识，何以犯险相救？"

这一句也真该问，要知这批大盗个个武艺高强，人数又众，便是她父亲神拳无敌马行空亲自遇上了，也决计抵敌不住。这两人无亲无故，竟然将这桩事拉在自己身上，岂不是白白赔了性命？至于胡斐自称"歪拳有敌牛耕田"她自然知道是戏弄群盗之言。她父亲的武功是祖父所传，并无同门兄弟。

程灵素微微一笑，指着胡斐的背，说道："你不认得他么？他却认得你呢。"

胡斐正从石屋窗孔中向外张望，听得程灵素的话，回头一笑，随即转身伸手，从窗孔中接了一枝钢镖、一枝甩手箭进来，抛在地下，说道："咱们没带暗器，只好借用人家的了。一、二、三、四……五、六……这里南边共是六人。"转到另一边窗孔中张望，说道："一、二、三……北边七人，可惜东西两面瞧不见。"

回头向屋中一望，见屋角砌着一只石灶，心念一动，拿起灶上铁锅，右手握住锅耳，左手拿了锅盖，突然从窗孔中探身出去，向

・371・

东瞧了一会,又向西瞧了一会。这么一来,他上半身尽已露在敌人暗器的袭击之下,但那铁锅和锅盖便似两面盾牌,护住了左右。只听得叮叮当当、的的笃笃一阵响亮,他缩身进窗,哈哈大笑。只见锅盖上钉着四五件暗器,铁锅中却又抄着五六件,什么铁莲子、袖箭、飞锥、丧门钉等都有。那锅口已缺了一大块,却是给一块飞蝗石打缺了的。

胡斐说道:"前后左右,一共是二十一人。我没瞧见徐兄和两个孩子,推想起来,尚有二人分身对付徐兄,有两人抱着孩子,对方共是二十五人了。"程灵素道:"二十五人若是平庸之辈,自然不足为患,可是这一批……"胡斐道:"二妹,你可知那使雷震挡的是什么来头?"

程灵素道:"我听师父说起过有这一路外门兵器,说道擅使雷震挡、闪电锥的,都是塞北白家堡一派。可是那使宝剑的这人,剑术明明是浙东的祁家剑。一个是塞北,一个是浙东,嗯,大哥,你听出了他们的口音么?"

马春花接口道:"是啊,有的是广东口音,还有湖南湖北的,也有山东山西的。"程灵素道:"天下决没这么一群盗伙,会合了四面八方的这许多好手,却来抢劫区区九千两银子。"

马春花听到"区区九千两银子"一句话,脸上微微一红。飞马镖局开设以来,的确从没承保过这样一支小镖。

胡斐道:"为今之计,须得先查明敌人的来意,到底是冲着咱兄妹而来呢,还是冲着马姑娘而来。"他初时见了敌人这般声势,只道定是田归农一路,但盗伙的所作所为,却处处针对着徐铮、马春花夫妇,显然又与苗人凤、田归农一事无关。

马春花道:"那自然是冲着飞马镖局。这位大哥贵姓?请恕小妹眼拙。"胡斐伸手撕下唇上黏着的胡子,笑道:"马姑娘,你不认得我了么?"

马春花望着他那张壮健之中微带稚气的脸,看来年纪甚轻,却想不起曾在那里见过。

胡斐笑道："商少爷，请你去放了阿斐，别再难为他了。"马春花一怔，樱口微张，却无话说。胡斐又道："阿斐给你吊着，多可怜的，你先去放了他，我再给你握一回，好不好？"

当年胡斐在商家堡给商宝震吊打，极是惨酷，马春花瞧得不忍，恳求释放。商宝震对她钟情，虽然恼恨胡斐，却也允其所请，但要握一握她的手为酬，马春花也就答应。虽然其时胡斐已经自脱捆缚，但马春花为他求情之言却句句听得明白，当时小小的心灵之中，便存着一份深深的感激，直到此刻，这份感激仍是没消减半分。

为了报答当年那两句求情之言，他便是要送了自己性命，也所甘愿。今日身处险地，心中反而高兴，因为当年受苦最深之时，曾有一位姑娘出言为他求情，到这时候，自己竟能在这位姑娘危难之际来尽心报答。

马春花听了那两句话，飞霞扑面，叫道："啊，你是阿斐，商家堡中的阿斐！"顿了一顿，又道："你是胡大侠胡一刀之子，胡斐胡兄弟。"

胡斐微笑着点了点头，但听她提到自己父亲的名字，又想起了幼年之事，心中不禁一酸。

马春花道："胡兄弟你……你……须得救我那两个孩子。"胡斐道："小弟自当竭力。"略一侧身，道："这是小弟的结义妹子，程灵素姑娘。"

马春花刚叫了一声"程姑娘"，突然砰的一声大响，石屋的板门被什么巨物一撞，屋顶泥灰扑簌簌直落。好在板门坚厚，门闩粗大，没给撞开。

胡斐在窗孔中向外张去，见四个大盗骑在马上，用绳索拖了一段树干，远远驰来，奔到离门丈许之处，四人同时放手一送，树干便砰的一声，又撞在门上。

胡斐心想："大门若是给撞开了，盗众一拥而入，那可抵挡不住。"当下手中暗扣一枚丧门钉，一枝甩手箭，待那四名大盗纵马远去后回头又来,大声喝道:"老小子手下留情,射马不射人。"

眼看四骑马奔到三四丈开外,他右手连扬,两枚暗器电射而出,呼呼两响,分别钉入当先两匹马的顶门正中。两匹马叫也没叫一声,立时倒毙。马背上的两名大盗翻滚下鞍。后面两乘马给树干一绊,跟着摔倒。马上乘客纵身跃起,没给压着。

旁观的盗众齐声惊呼,奔上察看,只见两枚暗器深入马脑,射入处只余一孔,连箭尾也没留在外面,这一下手劲,当真是罕见罕闻。群盗个个都是好手,如何不知那小胡子确是手下留情,这两件暗器只要打中头胸腹任何一处,哪里还有命在?群盗一愕之下,呼哨连连,退到了十余丈外,直至对方暗器决计打不到的处所,这才聚在一起,低声商议。

胡斐适才出其不意的忽发暗器,如果对准了人身,群盗中至少也得死伤三四人,局势自可和缓,但胡斐不明对方来历,不愿贸然杀伤人命,以至结下了不可解的深仇,何况马春花二子落入敌手,徐铮下落不明,双方若能善罢,自是上策。

群盗一退,胡斐回过身来,见板门已给撞出了一条大裂缝,心想再撞得两下,便无法阻敌攻入了。

马春花道:"胡兄弟,程家妹子,你们说怎么办?"胡斐皱眉道:"这些盗伙你一个也不认识么?"马春花摇头道:"不识。"胡斐道:"若说是令尊当年结下的仇家,他们言语之中,对令尊却甚是敬重。如果有意和你为难,因而掳去两个孩子,一来你一个人也不识,二来他们对你并无半句不敬的言语。对徐大哥嘛,他们确是十分无礼,但要和徐大哥过不去,可不用这般兴师动众啊。"

马春花道:"不错。盗众之中,不论哪一个,武功都胜过我师哥。只要有一两人出马,便已足够了。"胡斐点头道:"事情的确古怪,但马姑娘也不用太过担心,瞧他们的作为,并无伤人之意,倒似在跟徐大哥开玩笑似的。"马春花想到"一朵鲜花插在牛粪上"这些话,脸上又是一红。

两人在这边商议,程灵素已慰抚了石屋中的老妇,在铁锅中煮起饭来。

三人饱餐了一顿,从窗孔中望将出去,但见群盗来去忙碌,不知在干些什么,因被树木挡住了,瞧不清行动。

胡斐和程灵素低声谈论了一阵,都觉难以索解。程灵素道:"这事跟义堂镇上的胡大财主可有干连么?"胡斐道:"我是一点也不知道。"他顿了一顿,说道:"与其老是闷在葫芦里,我们还不如现出真面目来,倘若两事有甚干连,我们也好打定主意应付,免得马姑娘的丈夫儿子受这无妄之灾。"程灵素点了点头。胡斐黏上了小胡子,与程灵素两人走到门边,打开了大门。

群盗见有人出来,怕他们突围,十余乘马四下散开,逼近屋前。

胡斐叫道:"各位倘是冲着我姓胡的而来,我胡斐和义妹程灵素便在此处,不须牵连旁人!"说着拍的一声,把烟管一折两段,扯下唇上的小胡子,将脸上化装尽数抹去。程灵素也摘下了小帽,散开青丝,露出女孩儿家的面目。

群盗脸上均现惊异之色,万没想到此人武功如此了得,竟是个二十岁未满的少年。群盗你望我,我望你,一时打不定主意。

突有一人越众而出,面白身高,正是那使剑的姓聂大盗。他向胡斐一抱拳,说道:"尊驾还剑之德,在下没齿不忘。我们的事跟两位绝无关连,两位尽管请便,在下在这儿恭送。"说着翻身下马,在马臀上轻轻一拍,那马走到胡斐跟前停住,看来这大盗是连坐骑也奉送了。

胡斐抱拳还礼,说道:"马姑娘呢?你们答应了不打这抱不平的。"那姓聂的答道:"抱不平是不敢打了。我兄弟们只邀请马姑娘北上一行,决不敢损伤马姑娘分毫。"

胡斐笑道:"若是好意邀客,何必如此大惊小怪。"转头叫道:"马姑娘,人家邀你去作客,你去是不去?"马春花走出门来,说道:"我和各位素不相识,邀我作甚?"

盗众中有人笑道:"我兄弟们自然不识马姑娘,可是有人识得你啊。"马春花大声道:"我的孩子呢?快还我孩子来。"那姓聂的道:"两位令郎安好无恙,马姑娘尽可放心。我们出全力保护,尚恐有甚失闪,怎敢惊吓了两位万金之体的小公子?"

程灵素向胡斐瞧了一眼,心想:"这强盗说话越来越客气了。这徐铮左右不过个镖头,他生的儿子是什么万金之体了?"只见马春花突然红晕满脸,说道:"我不去!快还我孩子来!"也不等群盗回答,径自回进了石屋。

胡斐见马春花行动奇特,疑窦更增,说道:"马姑娘和在下交情非浅,不论为了何事,在下决不能袖手旁观。"

那姓聂的道:"尊驾武功虽强,但双拳难敌四手。我们弟兄一共有二十五人,待到晚间,另有强援到来。"

胡斐心想:"这人所说的人数,和我所猜的一点不错,总算没有骗我。管他强援是谁,我岂能舍马姑娘而去?但二妹却不能平白无端的让她在此送了性命。"于是低声道:"二妹,你先骑这马,突围出去,我一人照料马姑娘,那便容易得多。"

程灵素知他顾念自己,说道:"咱们结拜之时,说的是'有难共当'呢,还是'有难先逃'?"胡斐道:"你和马姑娘从不相识,何必为她犯险?至于我,那可不同。"程灵素的眼光始终没望他一眼,道:"不错,我何必为她犯险?可是我和你难道也是从不相识么?"

胡斐心中大是感激,自忖一生之中,甘愿和自己同死的,平四叔是会的,赵半山也会的,(奇怪得很,一瞬之间,心中忽地掠过一个古怪的念头:苗人凤也会的)今日又有一位年轻姑娘安安静静的站在自己身旁,一点也不踌躇,只是这么说:"活着,咱们一起活,要死,便一起死!"

那姓聂的大盗等了片刻,又说道:"弟兄们决不敢有伤马姑娘半分,对两位却不存顾忌。两位又何必没来由的自处险地?尊驾行事光明磊落,在下佩服得紧。咱们后会有期,今日便此别过如何?"胡斐道:"你们放不放马姑娘走?"

那姓聂的摇了摇头,还待相劝,群盗中已有许多人呼喝起来:

"这小子不识好歹,聂大哥不必再跟他多费唇舌!""这叫做天堂有路你不走,地狱无门自进来。""傻小子,凭你一人,当真有天大的本事么?"

突见白光一闪,一件暗器向胡斐疾射过来。那姓聂的大盗跃起身来一把抓住,却是一柄飞刀。

胡斐道:"尊驾好意,兄弟心领,从此刻起,咱们谁也不欠谁的情。"说着拉着程灵素的手,翻身进了石屋。

但听得背后风声呼呼,好几件暗器射来,他用力一推大门,托托托几声,几件暗器都钉上了门板。群盗大声呼哨,冲近门前。

胡斐抢到窗孔,拾起桌上的钢镖,对准攻得最近的大盗掷了出去。他仍不愿就此而下杀手,这一镖对准了那大盗肩头。

那大盗"啊"的一声,肩头中镖。这人极是凶悍,竟自不退,叫道:"众兄弟,今日连这一个小子也收拾不下,咱们还有脸回去吗?"群盗连声吆喝,四面冲上。只听得东边和西边的石墙上同时发出撞击之声,显然这两面因无窗孔,盗众不怕胡斐发射暗器,正用重物撞击,要破壁而入。

胡斐连发暗器,南北两面的盗伙向后退却,东西面的撞击声却丝毫不停。

程灵素取出七心海棠所制蜡烛,又将解药分给胡斐、马春花和病倒在床的妇人,叫他们含在嘴里,一待敌人攻入,便点起蜡烛,熏倒敌人。

但程灵素的毒药对付少数敌人固然应验如神,敌人大举来攻,对之不免无济于事。预备这枝蜡烛,也只是尽力而为,能多伤得一人便减弱一分敌势,至于是否能冲出重围,实在毫无把握。

便在此时,秃的一响,西首的石壁已被攻破一洞,只是群盗害怕胡斐厉害,却无人胆敢孤身钻进,但破洞势将愈凿愈大,总能一拥而入。胡斐见情势紧迫,暗器又已使完,在石屋中四下打量,要找些什么重物来投掷伤敌。

程灵素叫道:"大哥,这东西再妙不过。"说着俯身到那病妇的床边,伸手在地下一按,双手举起,两手掌上白白的都是石灰。原来乡人在此烧石灰,石屋中积有不少。

胡斐叫道:"妙极!"嗤的一声,扯下长袍的一块衣襟,包了一大包石灰,猛地缩身一冲,竟从破孔中钻了出去,闭住眼睛,右手一扬,一包石灰撒出,立即钻回石屋。

群盗正自计议如何攻入石屋,如何从破孔中冲进而不致为胡斐所伤,哪料得到他反客为主,竟从破洞中攻将出来?这一大包石灰四散飞扬,白雾茫茫,站得最近的三名大盗眼中登时沾上,剧痛难当,一齐失声大叫。

胡斐突袭成功,一转身,程灵素又递了两个石灰包给他。胡斐道:"好!"从石灶上扳下一块大石,伸左手高高举起,飞身一跃,忽喇喇一声响,屋顶撞破了一个大洞。

他二次跃起时从屋顶中钻出,两个石灰包扬处,群盗中又有人失声惊呼。程灵素连包几个石灰包,放在铁锅中递上屋顶,胡斐东南西北一阵抛打,群盗又叫又骂,退入林中。

这一役群盗七八人眼目受伤,一时不敢再逼近石屋。

如此相持了一个多时辰,群盗不敢过来,胡斐等却也不敢冲杀出去,一失石屋的凭借,那便无法以少抗众。

胡斐和程灵素有说有笑,两人同处患难,比往日更增亲密。马春花却有点儿神不守舍,只是低头默默沉思,既不外望敌人,对胡程两人的说话也似听而不闻。

胡斐道:"咱们守到晚间,或能乘黑逃走。今夜倘若走不脱,二妹,那要累得你送一条小命了,至于我歪拳有敌牛耕田这老小子的老命,嘿,嘿!"说着伸手指在上唇一摸,笑道:"早知跟姓牛的无关,这撇胡子倒有点舍不得了。"

程灵素微微一笑,低声道:"大哥,待会如果走不脱,你救我呢,还是救马姑娘?"

胡斐道:"两个都救。"程灵素道:"我是问你,倘若只能救出一个,另一个非死不可,你便救谁?"

胡斐微一沉吟,说道:"我救马姑娘。我跟你同死!"

程灵素转过头来,低低叫了声:"大哥!"伸手握住了他手。

胡斐心中一震,忽听得屋外脚步声响,往窗孔中一望,叫道:"啊哟,不好!"

只见群盗纷纷从林中跃出,手上都拖着树枝柴草,不住往石屋周围掷来,瞧这情势,显是要行火攻。胡斐和程灵素手握着手,相互看了一眼,从对方的眼色之中,两人都瞧出处境已是无望。

马春花忽然站到窗口,叫道:"喂,你们领头的人是谁?我有话跟他说。"

群盗中站出一个瘦瘦小小的老者,说道:"马姑娘有话,请吩咐小人吧!"马春花道:"我过来跟你说,你可不得拦着我不放。"那老者道:"谁有这么大胆,敢拦住马姑娘了?"

马春花脸上一红,低声道:"胡兄弟,程家妹子,我出去跟他们说几句话再回来。"胡斐忙道:"啊,使不得,强盗贼骨头,怎讲信义?马姑娘你这可不是自投虎口?"

马春花道:"困在此处,事情总是不了。两位高义,我终生不忘。"

胡斐心想:"她是要将事情一个儿承当,好让我两人不受牵累。她孤身前往,自是凶多吉少,救人不救彻,岂是大丈夫所为?"眼看马春花甚是坚决,已伸手去拔门闩,说道:"那么我陪你去。"马春花脸上又是微微一红,道:"不用了。"

程灵素实在猜测不透,马春花何以会几次三番的脸红?难道她对胡大哥竟也有情?想到此处,不由得自己也脸红了。

胡斐道:"好,既是如此,我去擒一个人来,作为人质。"马春花道:"胡兄弟,不必……"话未说完,胡斐已右手提起单刀,左手一推大门,猛地冲了出去。群盗齐声大呼。

胡斐展开轻功,往斜刺里疾奔。群盗齐声呼叫:"小子要逃命啦!""石屋里还有人,四下里兜住。""小心,提防那小子使诡。"呼喝声中，胡斐的人影便如一溜灰烟般扑到了群盗之中。

两名盗伙握刀来拦，胡斐头一低，从两柄大刀下钻了过去，左手一勾，想拿左首那人手腕。岂知那人手脚甚是滑溜，单刀横扫，胡斐迫得举刀一封，竟没拿到。这么稍一耽搁，又有三名大盗扑了上来，两条钢鞭，一条链子枪，登时将胡斐围在垓心。

胡斐大喝一声，提刀猛劈，当当当三响过去，两条钢鞭落地，链子枪断为两截，这三刀使的是极刚极猛之力，虽打落了敌人三般兵刃，但他的单刀也是刃口卷边，难以再用。

盗众见他如此神勇，不自禁的向两旁让开。

那老者喝道："让我来会会英雄好汉！"赤手空拳，猱身便上。胡斐一惊："此人身手沉稳，大是劲敌。"左手一扬，叫道："照镖！"

那老者住足凝神，待他钢镖掷来。哪知胡斐这一下却是虚招，左足一点，身子忽地飞起，越过两名大盗的头顶，右臂一长，已将一名大盗揪下马来。他抓住了这大盗的脉门，跟着翻身上马，从人丛中硬闯出来。

那马被胡斐一脚踢在肚腹，吃痛不过，向前急窜。盗众呼喝叫骂，有的乘马，有的步行，随后追赶。那马奔出数丈，胡斐只听得脑后风生，一低头，两枚铁锥从头顶飞过，去势奇劲，发锥的实是高手。

胡斐在马上转过身来，倒骑鞍上，将那大盗举在胸前，叫道："发暗器啊，越多越好！"那大盗给扣住脉门，全身酸软，动弹不得。胡斐哈哈大笑，伸脚反踢马腹，只踢了一脚，那马扑地倒了，原来当他转身之前，马臀上先已中了一枚铁锥，穿腹而入。胡斐一纵落地，横持大盗，一步步的退入石屋。

群盗怕他加害同伴，竟是不敢一拥而上。群盗枉自有二十余名好手，却给他一人倏来倏去，横冲直撞，不但没伤到他丝毫，反给他擒去一人。群盗相顾气沮，心下固自恼怒，却也不禁暗暗佩服。

马春花喝采道："好身手，好本事！"缓步出屋，向群盗中走去，竟是空手不持兵刃。

群盗见她走近，纷纷下马，让出一条路来。马春花不停步的向前，直到离石屋二十余丈之处的树林边，这才立定。

胡斐和程灵素在窗中遥遥相望，见马春花背向石屋，那老者站在她面前说话。程灵素道："大哥，你说她为什么走得这么远？若有不测，岂不是相救不及？"胡斐"嗯"了一声，他知程灵素如此相问，其实心中早已有了答案。

果然，程灵素接着就把答案说了出来："因为她和群盗说话，不愿给咱两个听见！"胡斐又是"嗯"的一声。他知道程灵素的猜测不错，可是，那又为什么？

胡斐和程灵素听不到马春花和群盗的说话，但自窗遥望，各人的神情隐约可见。

程灵素道："大哥，这盗魁对马姑娘说话的模样，可恭敬得很哪，竟没半点飞扬嚣张。"胡斐道："不错，这盗魁很有涵养，确是个劲敌。"程灵素说道："我瞧不是有涵养，倒像是仆人跟主妇禀报什么似的。"胡斐也已看出了这一节，心中隐隐觉得不对，但想这事甚为尴尬，不愿亲口说出。

程灵素瞧了一会，又道："马姑娘在摇头，她定是不肯跟那盗魁去。可是她为什么……"突然侧过头来，瞧着胡斐的脸，心中若有所感，又回头望向窗外。

胡斐道："你要说什么？你说她为什么……怎地不说了？"程灵素道："我不知道该不该问你。问了出来，怕你生气。"胡斐道："二妹，你跟我在这儿同生共死，咱们之间还有什么不能说的？我什么都不会瞒你。"程灵素道："好！马姑娘跟那盗魁说话，为什么不是发恼，却要脸红？这还不奇，为什么连你也要脸红？"

胡斐道："我在疑心一件事，只是尚无佐证，现下还不便明言。二妹，你大哥光明磊落，决无不可对人言之事。你信得过我么？"程灵素见他神色恳切，心中很是高兴，微笑道："那你是在代她脸红了。旁人的事，我管不着。只要你很好，那就好了。"胡斐道:"我初识马姑娘之时,是个十三四岁的拖鼻涕小厮。她见我可怜,这才给我求情……"说到这里,抬头出了会神,只见天边晚霞如火烧般红,轻声说道:"该不该这样,我不知道。但我相信她是好人……她良心是挺好的。"

这时他身后那大盗突然一声低哼,显是穴道被点后酸痛难当。胡斐转身在他"章门穴"上一拍,又在他"天池穴"上推拿了几下,解开了他的穴道,说道:"事出无奈,多有得罪,请勿见怪。尊驾高姓大名。"

那大盗浓眉巨眼,身材魁梧,对胡斐怒目而视,大声道:"我学艺不精,给你擒来,要杀要剐,便可动手,多说些什么?"

胡斐见他硬气,倒钦服他是条汉子,笑道:"我跟尊驾从没会过,无冤无仇,岂有相害之意?只是今日之事处处透着奇怪,在下心中不明,老兄能不能略加点明?"那大盗厉声道:"你当我汪铁鹗是卑鄙小人么?凭你花言巧语,休想套问得出我半句口供。"

程灵素伸了伸舌头,笑道:"你不肯说姓名,这不是说了么?原来是汪铁鹗汪爷,久仰久仰。"汪铁鹗呸的一声,骂道:"黄毛小丫头,你懂得什么?"

程灵素不去理他,向胡斐道:"大哥,这是个浑人。不过他鹰爪雁行门的前辈武师,跟小妹颇有点交情。周铁鹪、曾铁鸥他们见了我都很恭敬。你就不用难为他。"说着向胡斐眨了眨眼睛。

汪铁鹗大是奇怪,道:"你识得我大师兄、二师兄么?"语气登时变了。程灵素道:"怎么不识?我瞧你的鹰爪功和雁行刀都没学得到家。"汪铁鹗道:"是!"低了头颇为惭愧。

原来鹰爪雁行门是北方武学中的一个大门派。门中大弟子周铁鹪、二弟子曾铁鸥在江湖上成名已久。程灵素曾听师父说起过,知道他门中这一代的弟子,取名第三字多用"鸟"旁,这时听汪铁鹗一报名,又见他使的是雁翎刀,自然一猜便中。至于汪铁鹗的武功没学到家,更是不用多说,他武功倘若学得好了,又怎会给胡斐擒来？但汪铁鹗脑筋不怎么灵，听程灵素说得头头是道，居然便深信不疑。

程灵素道："你两位师哥怎么没跟你一起来？我没见他们啊。"其实她并不识得周铁鹪、曾铁鸥，但想这两人威名不小，若在盗群之中，必是领头居首的人物，但那瘦老人和其余几个盗首都不使刀，想来周曾二人必不在内。这一下果然又猜中了。汪铁鹗道："周师哥和曾师哥都留在北京。干这些小事，怎能劳动他两位的大驾？"言下甚有得意之色。

程灵素心道："他二人留在北京，难道这伙盗党竟是从北京来的？我再诓他一诓。"于是轻描淡写的道："天下掌门人大会不久便要开啦。你们鹰爪雁行门定要在会里大大露一露脸。你总要回北京赶这个热闹吧？"汪铁鹗道："那还用说？差使一办妥，大伙全得回去。"

胡斐和程灵素心中都是一怔："什么差使？"程灵素道："贵寨众位当家的受了招安，给皇上出力，那是光祖耀宗的事哪。"不料这一猜测可出了岔儿，程灵素只道他们都是盗伙，却在办差，那不是受了招安是什么？哪知汪铁鹗一对细细的眼睛一翻，说道："什么招安？你当我们真是盗贼么？"程灵素暗叫："不好！"微微一笑，说道："你们装作是黑道上的朋友，大家心照不宣，又何必点穿？"

她虽然掩饰得似乎丝毫没露痕迹，但汪铁鹗终于起了疑心，程灵素再用言语相逗，他只是瞪着眼睛，一言不发。

胡斐忽道："二妹，你既识得这位汪兄的师哥，咱们不便再行留难。汪兄，你请回吧！"汪铁鹗愕然站起。

胡斐打开石室的木门，说道："得罪莫怪，后会有期。"汪铁鹗不知他要使什么诡计，不敢跨步。程灵素拉拉胡斐的衣角，连使眼色。胡斐一笑道："小弟胡斐，我义妹程灵素，多多拜上周曾两位武师。"说着轻轻往汪铁鹗身后一推，将他推出门外。汪铁鹗大惑不解，仍是迟疑着并不举步，回头一望，却见木门已然关上，这才向前走了几步,跟着又倒退几步,生怕胡斐在自己背后发射暗器,待退到五六丈外,见石室中始终没有动静,这才转身,飞也似的奔入树林。

程灵素道:"大哥,我是信口开河啊,谁识得他的周铁鸡、曾铁鸭了,你怎地信以为真,放了他去?"胡斐道:"我瞧这些人决不敢伤害马姑娘。再说,汪铁鹗是个浑人,这些盗伙未必看重他。他们真要对马姑娘有什么留难,也不会顾惜这个浑人。"程灵素赞道:"你想得极是……"话犹未了,窗孔中望见马春花缓步而回,群盗恭恭敬敬的送到林边,不再前行,任她独自回进石屋。

胡程二人眼中露出询问之色,但均不开口。马春花道:"他们都称赞胡兄弟武功既高,人又仁义,实是位少年英雄。"胡斐谦逊了几句,见她呆呆出神,没再接说下文,也不便再问。

隔了半晌,马春花道:"胡兄弟,程家妹子,你们走吧。我的事……你们两位帮不了忙。"胡斐道:"你未脱险境,我怎能舍你而去?"马春花道:"我在这里没有危险,他们不敢对我怎样。"胡斐心想:"这两句话只怕确是实情,但让她孤身留在这里,怎能安心?"

但见她脸上一阵红,一阵白,忽然泫然欲泣,忽而嘴角边露出微笑,胡斐和程灵素相顾发怔。石室内外,一片寂静。

胡斐拉拉程灵素的衣角,两人走到窗边,向外观望。胡斐低声道:"二妹,你说怎么办?"程灵素低声道:"大仁大义的少年英雄说怎么办,黄毛丫头便也怎么办。"胡斐悄声道:"我疑心着一件事,可是无论如何不便亲口问她,这般僵持下去,终也不是了局。"程灵素道:"我猜上一猜。你说有个姓商的,当年对她颇有情意,是不是?"胡斐道:"是啊,你真聪明。我疑心这伙人都是受商宝震之托而来,因此对马姑娘甚是客气,对她丈夫却不断的讪笑羞辱。"程灵素道:"看来马姑娘对那姓商的还是未免有情。"胡斐道:"因此我就不知道怎么办了。"

两人说话之时，没瞧着对方，只是口唇轻轻而动，马春花坐在屋角，不会听到。

眼见得晚霞渐淡，天色慢慢黑了下来，突然间西首连声胡哨，有几乘马奔来。程灵素道："又来了帮手。"胡斐侧耳一听，道："怎地有一人步行？"果然过不多时，一个人飞步奔近，后面四骑马成扇形散开着追赶。但马上四人似乎存心戏弄，并没催马，口中吆喝呼哨，始终离前面奔逃之人两三丈远。那人头发散乱，脚步跄踉，显已筋疲力尽。

胡斐看清了那人面目，叫道："徐大哥，到这里来！"说着打开木门，待要赶出去接应，但为时已然不及，四骑马从旁绕了上来，拦住徐铮的去路。林中盗众也一涌而出。

胡斐若是冲出，只怕群盗乘机抢入屋来，程灵素和马春花便要吃亏，只好眼睁睁瞧着徐铮给群盗围住。胡斐纵声叫道："倚多为胜，算什么英雄好汉？"纵马追来的四个汉子中一人叫道："不错，我正要单打独斗，会一会神拳无敌的高徒，斗一斗飞马镖局的徐大镖头。"胡斐听这声音好熟，凝目一望，失声叫道："是商宝震！"

程灵素道："这姓商的果真来了！"但见他身形挺拔，白净面皮，确是比满脸疤痕的徐铮俊雅十倍，又见他从马背上翻鞍而下，身法潇洒利落，心想："他和马姑娘才算是一对儿，无怪那些人要打什么抱不平，说什么鲜花插在牛粪上。"她究竟是年轻姑娘，忍不住叫道："马家姊姊，那姓商的来啦！"马春花"嗯"的一声，似乎没懂得程灵素在说些什么。

这时群盗已围成了老大一个圈子，遮住了从石室窗中望出去的目光。程灵素道："大哥，这里瞧不见，咱们上屋顶去。"胡斐道："好！"

两人跃上屋顶，望见徐铮和商宝震怒目相向。商宝震手提一柄厚背薄刃的单刀，徐铮却是空手。程灵素道："这可不公平。"胡斐尚未答话，只听商宝震大声道："徐爷，商某跟你动手，用不着倚多为胜,也不能欺你空手。你用刀,我空手,这么着你总不吃亏了吧?"说着提刀一掷,竟把手中单刀柄前刃后的向徐铮掷去。

徐铮伸手接住,呼呼喘气,说道:"在商家堡中,你对我师妹这般模样,你当我没生眼睛么?你今日空群而来,为的是什么,姓徐的不必多说。商宝震,你拿刀子吧!"商宝震高声说道:"我便凭一双肉掌,斗你的单刀。众位大哥,如我伤在他的刀下,只怨我狂妄自大,任谁不得相助。"

程灵素道:"他为什么这般大声?显是要说给马姑娘听了。他空手斗人家单刀,不但是在心上人面前逞能,还要打动她的心。"胡斐叹了一口气。程灵素道:"大哥,你说马姑娘盼望谁胜?"胡斐摇头道:"我不知道。"程灵素道:"一个是丈夫,一个是外人,眼下正在为了她拼命,她却躲在屋里理也不理。我说马姑娘私心之中,只怕还在盼望这位商少爷得胜呢。"胡斐心中的想法也是如此,但仍是摇头道:"我不知道。"

徐铮见商宝震定然不肯用兵刃,单刀一横,说道:"反正姓徐的陷入重围,今日也不想活着回去了。"刷的一刀,往商宝震头顶砍落。商宝震武功本就高出他甚多,当年在商家堡向他讨教拳脚,只是装腔作势,这数年中跟着八卦门中的师伯师叔王氏兄弟痛下苦功,八卦刀和八卦掌的功夫更是精进。徐铮奔逃了半日,气力衰竭,手中虽然多了一口刀,但在商宝震八卦掌击、打、劈、拿之下,不数招便落下风。

胡斐皱眉道:"这姓商的甚是狡猾……"程灵素道:"你要不要出手?"胡斐道:"我是为助马姑娘而来,但是……但是……我可真不知她心意如何?"程灵素对马春花甚是不满,说道:"马姑娘决无危险,你好心相助,她可未必领你这个情。咱们不如走吧!"胡斐见徐铮的单刀给商宝震掌力逼住了,砍出去时东倒西歪,已是全然不成章法,瞧着甚是凄惨,说道:"二妹,你说的是,这件事咱们管不了。"

他跃下屋顶,回入石室,说道:"马姑娘,徐大哥快支持不住了，那姓商的只怕要下毒手。"马春花呆呆出神，"嗯"了一声。胡斐怒火上冲，便不再说，向程灵素道："二妹，咱们走吧！"马春花似乎突然从梦中醒觉，问道："你们要走？上哪里去？"胡斐昂然道："马姑娘，你从前为我求情，我一直感激，但你对徐大哥这般……"

他话未说完，猛听得远处一声惨叫，正是徐铮的声音，跟着商宝震纵声长笑，笑声中充满了得意之情。群盗轰然喝采："好八卦掌！"

马春花一惊，叫道："师哥！"向外冲出。胡斐恨恨的道："情人打死了丈夫，正合心意！"程灵素见他愤恨难当，柔声安慰道："这种事你便有天大的本事，也没法子管。"胡斐道："她若是不爱她师哥，又何必和他成亲？"程灵素道："那定是迫于父亲之命了。"胡斐摇头道："不，她父亲早烧死在商家堡中了。便算曾有婚约，也可毁了，总胜过落得这般下场。"

忽听得人丛中又传出徐铮的一声呻吟，胡斐喜道："徐大哥没死，瞧瞧去。"说着拉着程灵素的手走出石屋，急步挤入盗群之中。

说也奇怪，没多久之前，群盗和胡斐一攻一守，列阵对垒，但这时群盗只注视马春花、商宝震、徐铮三人，对胡程二人奔近竟都不以为意。

胡斐低头看徐铮时，只见他胸口一大滩鲜血，气息微弱，显是给商宝震掌力震伤了内脏，转眼便要断气。马春花呆呆站在他的身前，默不作声。

胡斐弯下腰去，俯身在徐铮耳边，低声道："徐大哥，你有什么未了之事，兄弟给你办去。"徐铮望望妻子，望望商宝震，苦笑了一下，低声道："没有。"胡斐道："我去找到你的两个孩子，抚养他们成人。"他和徐铮全无交情，只是眼见他落得这般下场，激于义愤，忍不住要挺身而出。

徐铮又苦笑了一下，低声说了一句话，只因气息太微，胡斐听不明白，于是把右耳凑到他的口边，只听他低声道："孩子……孩子……嫁过来之前……早就有了……不是我的……"一口气呼出,不再吸进,便此气绝。

胡斐恍然大悟:"怪不得马姑娘要和他成亲,原来火烧商家堡后,这姓商的不知去向,而她有了身孕,却不能不嫁。怪不得两个孩子玉雪可爱,与徐大哥的相貌半分也不像。"他伸腰站起,无话可说,耳听得马蹄声响,又有两乘马驰近。每匹马上坐着一个汉子,每人怀里安安稳稳的各抱一个马春花的孩子。

马春花瞧瞧徐铮,又瞧瞧商宝震,说道:"商少爷,我当家的是你打死的?"商宝震道:"刀子还在他手里,我可没占他的便宜。"马春花点点头,从徐铮右手中取下单刀,说道:"这是你家传的八卦刀,我在商家堡中见过的。"商宝震微笑道:"你好记心,多亏你还记得。"马春花道:"我怎么不记得?商家堡的事,好像便都在眼前一般。"

程灵素侧目瞧着胡斐,只见他满脸通红,胸口不住起伏,强忍怒气,却不发作。

马春花提着八卦刀,赞道:"好刀!"慢慢走到商宝震身前。商宝震嘴边含笑,目光中蕴着情意,伸手来接。马春花倒过刀锋,便似要将刀柄递给他,突然间白光一闪,刀头猛地转过,波的一声轻响,刺入了商宝震腰间。

商宝震一声大叫,一掌拍出,将马春花击得倒退数步,说道:"你……你……你……为什么……"一句话没说完,向前一扑,便已毙命。

这一下人人出其不意,本来商宝震击死徐铮,马春花为夫报仇,谁都应该料想得到,但马春花对徐铮之死没显示半分伤心,和商宝震一问一答,又似乎欢然叙旧,突然间刀光一闪,已是白刃刺敌。

群盗一愕之间,尚未叫出声来,胡斐在程灵素背后轻轻一推,拉着马春花的手臂,急速退入了石屋。群盗一阵喧哗,待欲拦阻,已然慢了一步。适才之事实在太过突兀,群盗显然要计议一番,并不立时便向石屋进攻，反而退了开去。

胡斐向马春花叹道："先前我错怪你了，你原不是这样的人。"马春花不答，独自呆坐在屋角之中。程灵素对她自也全然改观，柔声安慰她几句。马春花双目向前直视，嗯也不嗯一声。

胡斐向程灵素使个眼色，两人又并肩站在窗前。胡斐道："马姑娘为夫报仇，杀了敌人个措手不及，可是这么一来，我更加不懂了。"程灵素也是大感不解，本来商宝震一到，一切都已真相大白，但现下许多事情立时又变得十分古怪。马春花竟会亲手将商宝震杀死，是不是她眼见丈夫惨死，突然天良发现？如果群盗确是商宝震邀来，那么他一死之后，盗众定要群相愤激，叫嚣攻来，但群盗除了惊奇之外，何以并无异举？

胡斐凝神思索了一会，说道："二妹，这中间有很多难解之处，咱两人贸然插手，说不定反而害了好人。马姑娘是一定不肯说的了，我去问那盗魁去。"程灵素道："他怎肯说？"胡斐道："我去试试！"程灵素道："千万得小心了！"胡斐道："理会得。"开了屋门，缓步而出，向盗众走去。

群盗见他孤身出来，手中不携兵刃，脸上均有惊异之色。

胡斐走到离群盗六七丈远处，站定说道："在下有一句机密之言，要和贵首领说。"说着在身上拍了拍，示意不带利器。

群盗中一条粗壮汉子喝道："大伙儿都是好兄弟，有话尽说不妨，何必鬼鬼祟祟？"胡斐笑道："各位都是英雄好汉，领头的自然更是一位了不起的人物，难道跟我说句话都不敢么？"

那瘦削老人右手摆了摆，说道："'了不起的人物'这六个字，那可不敢当。我瞧你小兄弟倒是位少年英雄，后生可畏，后生可畏！"他话中称赞胡斐，但满脸是老气横秋之色。胡斐拱手道："老爷子，请借一步说话。"说着向林中空旷之处走去。

那瘦老人斜眼微睨，适才马春花手刃商宝震之事，太也令人震惊，他心神兀自未宁，生怕胡斐也暗藏毒计，不敢便此跟随过去，但若不去，又未免过于示弱，当下全神戒备，一步步的走近。

胡斐抱拳道："晚辈姓胡名斐，老爷子你尊姓大名。"那老者不答，道："尊驾有何说话？"胡斐笑道："没什么。我要跟老爷子讨教几路拳脚。"

那老者没想到他竟会说出这句话来，勃然变色，道："好小子，你骗我过来，便要说这一句话吗？"胡斐笑道："老爷子且勿动怒，我是想跟你赌一个玩意儿。"

那老者哼的一声，转身便走。胡斐道："我早料你不敢！我便是站在原地不动，你也打我不过。"那老者怒道："你说什么？"胡斐道："我双脚钉在地下，半寸不得移动，你却可任意走动，咱们这般比比拳脚，你说谁赢谁输？"

那老者见他迭献身手，夺雷震挡，擒汪铁鹗，抢剑还剑，接发暗器，事事眩人耳目，若说单打独斗，还当真有点胆怯，但听他竟敢大言不惭，说双足不动而和自己相斗，这样的事江湖上可从未听见过。他是河南开封府八极拳的掌门人，人既稳练，武功又高，因此这次同来的三十余人之中以他为首，心想对方答允双足不动，自己已立于不败之地，这份便宜是稳稳占了，当下并不恼怒，反而高兴，笑道："小兄弟出了这个新花样来考较老头子，好，这几根老骨头便跟着你熬熬。咱们许不许用暗器哪？"胡斐微笑道："以武会友，用什么暗器？"那老者心想："我便打他不过，只须退开三步，他脚步不能移动，谅他手臂能有多长？最不济也是个平手。"说了声："好！"

胡斐道："晚辈与老爷子素不相识，这次多管闲事，实是胡闹。晚辈只要输了一招半式，我和义妹二人立刻便走。"那老者心想："他若一味护着马姑娘，此事终是不了。我们倘若恃众强攻，势必多伤人命，如伤着马姑娘，更是大大不妥，还是善罢为妙。"于是说道："是啊！这事原本跟旁人绝不相干。马姑娘此后富贵荣华，直上青云，你既跟她有交情，只有代她欢喜。"

胡斐搔了搔后脑，道："我便是不明白。老爷子倘若任让一招,晚辈要请老爷子说明其中的原委。"

那老者微一沉吟,说道:"好,便是这样。"见胡斐双足一站,相距一尺八寸,岳峙渊渟,沉稳无比,不禁心中一动:"说不定还真输与他了。"说道:"咱们话说明在先,我若输了,只好对你说,但你决不能跟第二人说起。"胡斐道:"我义妹可须跟她明言。"那老者心想:"干柴烈火好煮饭,干兄干妹好做亲。你们干兄干妹,何等亲密?就算口中答应了不说,也岂有不说之理?"便道:"第三人可决计不能说了。"胡斐道:"好!便是这样。我又怎知准能赢得你老人家?"

那老者身形一起,微笑道:"有僭了!"左手挥掌劈出,右拳成钩,正是八极拳中的"推山式"。胡斐顺手一带,觉他这一掌力道甚厚,说道:"老爷子好掌力!"

群盗见两人拉开架子动手,纷纷赶了过来,但见两人脸上各带微笑,当下站定了观斗。那八极拳的八极乃是"翻手、揲腕、寸恳、抖展",共分"搂、打、腾、封、踢、蹬、扫、挂"八式,讲究的是狠捷敏活。那老者施展开来,但见他翻手之灵、揲腕之巧、寸恳之精、抖展之速,的是名家高手的风范。群盗看得暗暗佩服,心想他以八极拳扬威大河南北,成名三十余载,果有真才实学,绝非浪得虚声。

只见那老者一步三环、三步九转、十二连环、大式变小式、小式变中盘,"骑马式"、"鱼鳞式"、"弓步式"、"磨膝式",在胡斐身旁腾挪跳跃,拳脚越来越快。

胡斐却只是一味稳守,见式化式,果然双足没移动分毫。斗到分际,那老者只感拳掌出去之时渐趋滞涩,似有一股黏力阻在他拳掌之间,心中暗叫:"不好!"待要后跃退开,对方不能追击,便算是没有输赢,哪知他左掌回抽,胡斐右手已抓住他的右掌,同时左手成拳,在他右肘底一下轻揉。

那老者大惊,运劲一挣没能挣脱,便知自己右臂非断不可,心中正自冰凉,胡斐突然松手跃开,脚步一个踉跄,说道:"老爷子掌力沉雄,佩服,佩服。"

　　那老者心中雪亮,好生感激,对方非但饶他一臂不断,还故意脚步踉跄,装得打成平手,使自己不致在众兄弟前失了面子,保全自己一生令名,实是恩德非浅,于是过去携了胡斐之手,笑道:"小兄弟英雄了得,咱们到这边说话。"

隔房一群武官在大赌牌九,听声音都是熟人。汪铁鹗笑道:"胡大哥。咱们过去瞧瞧。"引着胡斐和程灵素走向隔房。

第十三章　北京众武官

　　两人走到树林深处，胡斐眼见四下无人，只道他要说了，哪知那老者一跃上树，向他招手。胡斐跟着上去，坐在枝干之上。那老者道："在这里说清静些。"胡斐应道："是。"

　　那老者脸露微笑，说道："先前听得阁下自报尊姓大名，姓胡名斐。不知这个斐字，是斐然成章之'斐'呢，是一飞冲天之'飞'呢，还是是非分明之'非'？"胡斐听他吐属斯文，道："草字之斐，是一个'文'字上面加一个'非'字。"那老者道："在下姓秦，草字耐之，一生寄迹江湖，大英雄大豪杰会过不少，但如阁下这般年纪，武功造诣竟已到了这等地步，实是生平未见。"他顿了一顿，又道："阁下宅心忠厚，识见不凡，更是武林中极为希有。小兄弟，老汉算是服了你啦！"

　　胡斐道："秦爷，晚辈有一事请教。"秦耐之道："你不用太谦啦，这么着，我叨长你几岁，称你一声兄弟，你便叫我一声秦大哥。你既手下容情，顾全了我这老面子，那你问什么，我答什么便是。"

　　胡斐忙道："不敢不敢，兄弟见秦大哥有一招是身子向后微仰，上盘故示不稳，左臂置于右臂上交叉轮打，翻成阳拳，然后两手成阴拳打出。这一招变化极是精妙，做兄弟的险些便招架不住，心中甚是仰慕。"

　　秦耐之心中一喜，他拳脚上输了，依约便得将此行真情和盘托出，只道胡斐便要诘问此事，哪知他竟是请教自己的得意武功，对方所问，正是他赖以成名的八极拳中八大绝招之一，于是微微一笑，说道："那是敝派武功中比较有用的一招，叫作'双打奇门'。"于是跟着解释这一招中的精微奥妙。胡斐本性好武，听得津津有味，接着又请教了几个不明的疑点。

武林中不论那一门那一派，既能授徒传技，卓然成家，总有其独到成就，那八极拳当有清雍乾年间，武林中名头甚响，声势也只稍逊于太极、八卦诸门。胡斐和秦耐之过招之时，留心他的拳招掌法，这时所问的全是八极拳中的高妙之作。秦耐之起初还恐本门秘奥泄露于人，解释时十分中只说七分，然听对方所问，每一句都搔着痒处，神态又极恭谨，教他忍不住要倾囊吐露，又想，反正他武功强胜于我，学了我的拳法，也仍不过是强胜于我，又有什么大不了？而胡斐有时稍抒己见，又对八极拳的长处更有锦上添花之妙。

两人这么一谈论，竟说了足足半个时辰，群盗远远望着，但见秦耐之双手比划，使着他得意的拳招，胡斐有时也出手进招，两人有说有笑，甚是亲热，显是在钻研拳术武功。众人瞧了半天，听不见两人的说话，虽觉诧异，却也就不再瞧了。

又说了一阵，秦耐之道："胡兄弟，八极拳的拳招是很了不起的，只可惜我没学得到家，折在你的手下。"胡斐道："秦大哥说哪里话来？咱们当真再斗下去，也不知谁胜谁败。兄弟对贵派武功佩服得紧。今日天色已晚，一时之间也请教不了许多，日后兄弟到北京来，定当专诚拜访，长谈几日。此刻暂且别过。"说着双手一拱，便要下树。

秦耐之一怔，心道："咱们有约在先，我须得说明此行的原委，但他只和我讲论一番武功，即便告辞，天下宁有是理？是了，这少年是给我面子，他既讲交情，我岂可说过的话不算？"当即说道："兄弟且慢。咱哥儿俩不打不成相识，这会子的事，乘这时说个明白，也好有个了断啊。"

胡斐道："不错，兄弟和那商宝震商大哥原也相识的，想不到马姑娘竟会突然出手，给丈夫报仇。"于是把在商家堡中如何结识马春花和商宝震之事，详详细细的说了一遍。

秦耐之心道："好啊，我还没说，你倒先说了。这少年行事，处处教人心服。"说道："古人一饭之恩，千金以报。马姑娘于胡兄弟有代为求情之德，你不忘旧恩，正是大丈夫本色。你不明马姑娘何以毫不留情的杀了商宝震，难道那两个孩子，是商宝震生的么？"胡斐搔头道："我听徐铮临死之时，说这两个孩儿不是他的亲生儿子。"秦耐之一拍膝头，道："原来他倒也不是傻子。"

胡斐一时便如堕入五里雾中。秦耐之道："小兄弟，你在商家堡之时，可曾见到有一位贵公子么？"

胡斐一听，登时如梦初醒。只因那日晚间，他亲眼见到商宝震和马春花在树下手拉手的说话，一心以为两人互有情意，而马春花和那贵公子一见钟情、互缠痴恋这一场孽缘，他却全然不知。那日火烧商家堡后，他见到马春花和那贵公子在郊外偎倚说话，眉梢眼角之间互蕴深情，他虽瞧在眼里，却是丝毫不明其中含意，因此始终没想到那贵公子身上，这时经秦耐之一点明，才恍然大悟，说道："那八卦门的王氏兄弟……"秦耐之道："不错，那次是八卦门王氏兄弟跟随福公子去商家堡的。"

在胡斐心坎儿中，福公子是何等样人，早已甚为淡漠，但王氏兄弟的八卦刀和八卦掌，一招一式，却记得清清楚楚，说道："福公子，福公子……嗯，这位福公子相貌清雅，倒和那两个小孩儿有点相像。"

秦耐之叹了一口气，道："福公子荣华富贵，说权势，除了皇上便是他；说豪富，他要多少皇上便给多少。可是他人到中年，却有一件事大大不足，那便是膝下无儿。"

胡斐听他说得那福公子如此威势，心中一震，道："那福公子，便是福康安么？"秦耐之道："不是他是谁？那正是平金川大帅，做过正白旗满洲都统，盛京将军，云贵总督，四川总督，现任太子太保，兵部尚书，总管内务府大臣的福公子，福大帅！"

胡斐道:"嗯,那两个小孩儿,便是这位福公子的亲生骨肉。他是差你们来接回去的了?"秦耐之道:"福大帅此时还不知他有了这两个孩子。便是我们,也是适才听马姑娘说了才知。"

胡斐点了点头,心想:"原来马姑娘跟他说话之时脸红,便是为此,她所以吐露真情,是要他们不得伤了孩子。她为了爱惜儿子,这件事虽不光采,却也不得不说。"只听秦耐之又道:"福大帅只是差我们来瞧瞧马姑娘的情形,但我们揣摩大帅之意,最好是迎接马姑娘赴京。马姑娘这时丈夫已经故世,无依无靠,何不就赴京去和福大帅相聚?她两个儿子父子相逢,从此青云直上,大富大贵,岂不强于在镖局子中低三下四的厮混?胡兄弟,你便劝劝马姑娘?"

胡斐心中混乱,听他之言,倒也有理,只是其中总觉有甚不妥,至于什么不妥,一时却又说不上来。

他沉吟半晌,问道:"那商宝震呢?怎么跟你们在一起了?"秦耐之道:"商宝震得王氏兄弟的举荐,也在福大帅府中当差。因他识得马姑娘,是以一同南下。"胡斐脸色一沉,道:"如此说来,他打死徐铮徐大哥,是出于福大帅的授意?"秦耐之忙道:"那倒不是,福大帅贵人事忙,怎知马姑娘已和那姓徐的成婚?他只是心血来潮,想起了旧情,派几个当差的南来打探一下消息。此刻已有两个兄弟飞马赴京赶报喜讯,福大帅一知他竟有两位公子,这番高兴自是不用说的了。"

这么一说,胡斐心头许多疑团,一时尽解。只觉此事怨不得马春花,也怨不得福康安,商宝震杀徐铮固然不该,可是他已一命相偿,自也已无话可说,只是想到徐铮一生忠厚老实,明知二子非己亲生,始终隐忍不言,到最后却又落得如此下场,深为恻然,长长叹了口气,说道:"秦大哥,此事已分剖明白,算是小弟多管闲事。"轻轻一纵,落在地下。

秦耐之见他落树之时,自己丝毫不觉树干摇动,竟是全没在树上借力,若不细想,那也罢了,略一寻思,只觉得这门轻功实是深邃难测,自己再练十年,也是决计不能达此境界,不知他小小年纪,何以竟能到此地步?他又是惊异,又感沮丧,待得跃落地下,见胡斐早已回进石屋去了。

程灵素在窗前久待胡斐不归,早已心焦万分,好容易盼得他归来,见他神色黯然,似乎十分难过,当下也不相询,只是和他说些闲话。

过不多时,汪铁鹗提了一大锅饭、一大锅红烧肉送来石屋,还有三瓶烧酒。胡斐将酒倒在碗里便喝。程灵素取出银针,要试酒菜中是否有毒。胡斐道:"有马姑娘在此,他们怎敢下毒?"马春花脸上一红,竟不过来吃饭。胡斐也不相劝,闷声不响的将三瓶烧酒喝了个点滴不剩,吃了一大碗肉,却不吃饭,醉醺醺靠在桌上,纳头便睡。

胡斐次晨转醒,见自己背上披了一件长袍,想是程灵素在晚间所盖。她站在窗口,秀发被晨风一吹,微微飞扬。

胡斐望着她苗条背影,心中混和着感激和怜惜之意,叫了声:"二妹!"程灵素"嗯"的一声,转过身来。胡斐见她睡眼惺忪,大有倦色,道:"你一晚没睡吗?啊,我忘了跟你说,有马姑娘在此,他们不敢对咱们怎样。"程灵素道:"马姑娘半夜里悄悄出屋,至今未回。她出去时轻手轻脚,怕惊醒了你,我也便假装睡着。"胡斐微微一惊,转过身来,果见马春花所坐之处只剩下一张空凳。

两人打开屋门,走了出去,树林中竟是寂然无人,数十乘人马,在黑夜中退得干干净净。树上缚着两匹坐骑,自是留给胡程二人的。

再走出数丈,只见林中堆着两个新坟,坟前并无标志,也不知哪一个是徐铮的,哪一个是商宝震的。胡斐心想:"虽然一个是丈夫,一个是杀丈夫的仇人,但在马姑娘心中,恐怕两人也无多大差别,都是爱着她而她并不爱的人,都是为了她而送命的不幸之人。"想到此处,不由得喟然长叹,于是将秦耐之的说话都转述给程灵素听。

程灵素听了,也是黯然叹息,过了一会,说道:"原来那瘦老头儿是八极拳的掌门人秦耐之。他有个外号,叫作八臂哪吒。这种人在权贵门下作走狗,品格儿很低,咱们今后不用理他。"胡斐道:"是啊。"

程灵素道:"马姑娘心中喜欢福公子,徐铮便是活着,也只有徒增苦恼。他小小一个倒霉的镖师,怎能跟人家兵部尚书、统兵大元帅相争?"胡斐道:"不错,倒还是死了干净。"于是在两座坟前拜了几拜,说道:"徐大哥、商公子,你们生前不论和我有恩有怨,死后一笔勾销。马姑娘从此富贵不尽,你们两位死而有知,也不用再记着她了。"

二人牵了马匹,缓步出林。程灵素道:"大哥,咱们到哪儿去?"胡斐道:"先找到客店,让你安睡半日,再说别的,可别累坏了我的妹子!"程灵素听他说"我的妹子",心中说不出的欢喜,转头向他甜甜一笑。

在前途镇上客店之中,程灵素大睡半日,醒转时已是午后未刻。她独自出店,说要去买些物事,回来时手上捧了两个大纸包,笑道:"大哥,你猜我买了些什么?"胡斐见纸上印着"老九福衣庄"的店号,道:"咱们又来黏胡子乔装改扮么?"

程灵素打开纸包,每一包中都是一件崭新的衣衫,一男一女,男装淡青,女装嫩黄,均甚雅致。晚饭后程灵素叫胡斐试穿,衣袖长了两寸,腋底也显得太肥,于是取出剪刀针线,便在灯下给他修剪。

胡斐道:"二妹,我说咱们得上北京瞧瞧。"程灵素抿嘴一笑,道:"我早知道你要上北京啊,所以买两件好一点儿的衣衫,否则乡下大姑娘进京,不给人笑话么?"胡斐笑道:"你真想得周到。咱们两个乡下人便要进京去会会天子脚底下的人物,瞧瞧福大帅的掌门人大会之中,到底有些什么英雄豪杰。"这两句话说得轻描淡写,语意之中，却自有一股豪气。

程灵素手中做着针线，说道："你想福大帅开这个天下掌门人大会，安着什么心眼儿？"胡斐道："那自是网罗人才之意了，他要天下英雄，都投到他的麾下。可是真正的大英雄大豪杰，却未必会去。"程灵素微笑道："像你这等少年英雄，便不会去了。"胡斐道："我算是哪一门子的英雄？我说的是苗人凤这一流的成名人物。"他忽地叹了口气，道："倘若我爹爹在世，到这掌门人大会中去搅他个天翻地覆，那才叫人痛快呢。"

程灵素道："你去跟这福大帅捣捣蛋，不也好吗？我瞧还有一个人是必定要去的。"胡斐道："谁啊？"程灵素微笑道："这叫作明知故问了。你还是给我爽爽快快的说出来的好。"

胡斐早已明白她的心意，也不再装假，说道："她也未必一定去。"顿了一顿，又道："这位袁姑娘是友是敌，我还弄不明白呢。"程灵素道："如果每个敌人都送我一只玉凤儿，我倒盼望遍天下都是敌人才好……"

忽听得窗外一个女子声音说道："好，我也送你一只！"声音甫毕，嗤的一响，一物射穿窗纸，向程灵素飞来。

胡斐拿起桌上程灵素裁衣的竹尺，向那物一敲，击落在桌，随手一掌拨去，烛光应风而灭。接着听得窗外那人说道："挑灯夜谈，美得紧哪！"

胡斐听话声依稀便是袁紫衣的口音，胸口一热，冲口而出："是袁姑娘么？"却听步声细碎，顷刻间已然远去。

胡斐打火重点蜡烛，只见程灵素脸色苍白，默不作声。胡斐道："咱们出去瞧瞧。"

程灵素道："你去瞧吧！"胡斐"嗯"了一声，却不出去，拿起桌上那物看时，却是一粒小小石子，心想："此人行事神出鬼没，不知何时蹑上了我们，我竟是毫不知觉。"明知程灵素要心中不快，但忍不住推开窗子，跃出窗外一看，四下里自是早无人影。

他回进房来，搭讪着想说什么话。程灵素道："天色不早，大哥你回房安睡去吧！"胡斐道："我倒还不倦。"程灵素道："我却倦了，明日一早便得赶路呢。"胡斐道："是。"自行回房。

这一晚他翻来覆去，总是睡不安枕，一时想到袁紫衣，一时想到程灵素，一时却又想到马春花、徐铮和商宝震。直到四更时分，这才朦朦胧胧的睡去。

第二天还未起床，程灵素敲门进来，手中拿着那件新袍子，笑嘻嘻的道："快起来，外面有好东西等着你。"将袍子放在桌上，翩然出房。

胡斐翻身坐起，披上身子一试，大小长短，无不合式，心想昨晚我回房安睡之时，她一只袖子也没缝好，看来等我走后，她又缝了多时，于是穿了新衫，走出房来，向程灵素一揖，说道："多谢二妹。"程灵素道："多谢什么？人家还给你送了骏马来呢。"

胡斐一惊，道："什么骏马？"走到院子中一看，只见一匹遍身光洁如雪的白马系在马桩之上，正是昔年在商家堡见到赵半山所骑、后来袁紫衣乘坐的那匹白马。

程灵素道："今儿一早我刚起身，店小二便大呼小叫，说大门给小偷儿半夜里打开了，不知给偷了什么东西。但前后一查，非但一物不少，院子里反而多了一匹马。这是缚在马鞍子上的。"说着递过一个小小绢包，上面写着："胡相公程姑娘同拆。"字迹甚是娟秀。

胡斐打开绢包，不由得呆了，原来包里又是一只玉凤，竟和先前留赠自己的一模一样，心中立想："难道我那只竟是失落了，还是给她盗了去？"伸手到怀中一摸，触手生温，那玉凤好端端的便在怀中，取出来一看，两只玉凤果然雕琢得全然相同，只是一只凤头向左，一只向右。

绢包中另有一张小小白纸，纸上写道："马归原主，凤赠侠女。"胡斐又是一呆："这马又不是我的，怎说得上'马归原主'？难道要我转还给赵三哥么？"于是将简帖和玉凤递给程灵素："袁姑娘也送了一只玉凤给你。"

程灵素一看简帖上的八字，说道："我又是什么侠女了？不是给我的。"胡斐道："包上不是明明写着'程姑娘'？她昨晚又说：'好，我也送你一只！'"程灵素淡然道："既是如此，我便收下。这位袁姑娘如此厚爱，我可无以为报了。"

两人一路北行，途中再没遇上何等异事，袁紫衣也没再现身，但在胡斐和程灵素心中，何时何刻均有个袁紫衣在。窗下闲谈，窗外便似有袁紫衣在窃听；山道驰骑，山背后便似有袁紫衣躲着。两人都绝口不提她的名字，但口里越是回避，心中越是不自禁的要想到她。

两人均想："到了北京，总要遇见她了。"有时，盼望快些和她相见；有时，却又盼望跟她越迟相见越好。

到北京的路程本来很远，两人又是迟迟而行，长途跋涉，风霜交侵，程灵素显得更加憔悴了。

但是，北京终于到了，胡斐和程灵素并骑进了都门。

进城门时胡斐向程灵素望了一眼，隐隐约约间似乎看到一滴泪珠落在地下的尘土之中，只是她将头偏着，没能见到她的容色。

胡斐心头一震："这次到北京来，可来对了吗？"

其时正当乾隆中叶，四海升平。京都积储殷富，天下精华，尽汇于斯。

胡斐和程灵素自正阳门入城，在南城一家客店之中要了两间客房，午间用过面点，相偕到街道各处闲逛，但见熙熙攘攘，瞧不尽的满眼繁华。两人不认得道路，只在街上随意乱走。

逛了个把时辰，胡斐买了几串冰糖葫芦，与程灵素各自拿在手中，边走边吃。忽听得路边小锣当当声响，有人大声吆喝，却是空地上有一伙人在演武卖艺。胡斐喜道："二妹，瞧瞧去。"

两人挤入人丛，只见一名粗壮汉子手持一柄单刀，抱拳说道："兄弟使一路四门刀法，要请各位大爷指教。有一首'刀诀'言道：'御侮摧锋决胜强，浅开深入敌人伤。胆欲大兮心欲细，筋须舒分臂须长。彼高我矮堪常用，敌偶低时我即扬。敌锋未见休先进，虚刺伪扎引诱诓。引彼不来须卖破，眼明手快始为良。浅深老嫩皆磕打，进退飞腾即躲藏。功夫久练方云熟，熟能生巧大名扬。'"

胡斐听了，心想："这几句刀诀倒是不错，想来功夫也必是强的。"只见那个汉子摆个门户，单刀一起，展抹钩剁，劈打磕扎，使了起来，自"大鹏展翅"、"金鸡独立"，以至"独劈华山"、"分花拂柳"，一招一式，使得倒是有条不紊，但脚步虚浮，刀势斜晃，功夫实是不足一哂。

胡斐暗暗好笑，心道："早便听人说，京师之人大言浮夸的居多，这汉子吹得嘴响，使出来可全不是那回子事。"正要和程灵素离去，人群中突然一人哈哈大笑，喝道："兀那汉子，你使的是什么狗屁刀法？"

使刀的汉子大怒，收刀回视，说道："我这路是正宗四门刀，难道不对了么？倒要请教。"

人群中走出一条大汉，笑道："好，我来教你。"这人身穿武官服色，躯高声雄，甚是威武。他走上前去，接过那卖解汉子手中单刀，一瞥眼突然见到胡斐，呆了一呆，喜道："胡大哥，你也到了北京？哈哈，你是当今使刀的好手，就请你来露一露，让这小子开开眼界，教他知道什么才是刀法。"当他从人圈中出来之时，胡斐和程灵素早已认出，此人正是鹰爪雁行门的汪铁鹗。他在围困马春花时假扮盗伙，原来却是现任有功名的武官。

胡斐知他心直口快，倒非奸猾之辈，微微一笑，道："小弟的玩意儿算得什么？汪大哥，还是你显一手。"

汪铁鹗知道自己的武功和胡斐可差得太远，有他在这里，哪里还有自己卖弄的份儿？将单刀往地下一掷，笑道："来来来，胡大哥，这位姑娘是姓……姓……姓程，对了，程姑娘，咱们同去痛饮三杯。两位到京师来，在下这个东道是非做不可的了。"说着拉了胡斐的手，便闯出人丛。

那卖武的汉子怎敢和做官的顶撞？讪讪的拾起单刀，待三人走远，又吹了起来。

汪铁鹗一面走，一面大声说道："胡大哥，咱们这叫做不打不成相识，你老哥的武艺，在下实在是佩服得紧。赶明儿我给你去跟福大帅说说，他老人家一见了你这等人才，必定欢喜重用，那时候啊，兄弟还得仰仗你照顾呢……"说到这里，忽然放低声音，道："那位马姑娘啊，我们接了她母子三人进京之后，现下住在福大帅府中，当真是享不尽的荣华富贵。福大帅什么都有了，就是没有儿子，这一下，那马姑娘说不定便扶正做了大帅夫人，哈哈，哈哈！你老哥早知今日，跟我们那一场架也不会打的了吧？"他越说越响，在大街上旁若无人的哈哈大笑。

胡斐听着心中却满不是味儿，暗想马春花在婚前和福康安早有私情，那两个孩子也确是福康安的亲骨血，眼下她丈夫已故，再去和福康安相聚，也没什么不对，但一想到徐铮在树林中惨死的情状，总是不免黯然。

说话之间，三人来到一座大酒楼前。酒楼上悬着一块金字招牌，写着"聚英楼"三个大字。

酒保一见汪铁鹗，忙含笑上来招呼，说道："汪大人，今儿来得早，先在雅座喝几杯吧？"汪铁鹗道："好！今儿我请两位体面朋友，酒菜可得特别丰盛。"酒保笑道："那还用吩咐？"引着三人在雅座中安了个座儿，斟酒送菜，十分殷勤，显然汪铁鹗是这里常客。

胡斐瞧酒楼中的客人，十之六七都是穿武官服色，便不是军官打扮，也大都是雄赳赳的武林豪客模样，看来这酒楼是以做武人生意为大宗的了。

京师烹调，果然大胜别处，此时正当炎暑，酒保送上来的酒菜精美可口，却不肥腻。胡斐连声称好。汪铁鹗要挣面子，竟是叫了满桌的菜肴。

两人对饮了十几杯，忽听得隔房涌进一批人来，过不多时，便呼卢喝雉，大赌起来。一人大声喝道："九点天杠！通吃！"胡斐听那口音甚熟，微微一怔。汪铁鹗笑道："是熟朋友！"大声道："秦大哥，你猜是谁来了？"胡斐立时想起，那人正是八极拳的掌门人秦耐之，只听他隔着板壁叫道："谁知你带的是什么猪朋狗友？一块儿滚过来赌几手吧？"汪铁鹗笑道："你骂我不打紧，得罪了好朋友，可叫你吃不住兜着走呢！"站起身来，拉着胡斐的手说道："胡大哥，咱们过去瞧瞧。"

两人走到隔房，一掀门帘，只听秦耐之吆喝道："三点，梅花一对，吃天，赔上门！"他一抬头，猛然见到胡斐，呆了一呆，喜道："啊，是你，想不到，想不到！"将牌一推，站起身来，伸手在自己额角上打了几个爆栗，笑道："该死，该死！我胡说八道，怎知是胡大哥驾到，来来来，你来推庄。"

胡斐眼光一扫，只见房中聚着十来个武官，围了一桌在赌牌九，秦耐之正在做庄。这十来个人，倒有一大半是扮过拦劫飞马镖局的大盗而和自己交过手的，使雷震挡姓褚的，使闪电锥姓上官的，使剑姓聂的，都在其内。

众人见他突然到来，嘈成一片的房中刹时间寂静无声。

胡斐抱拳作个四方揖，笑道："多谢各位相赠坐骑。"众人谦逊几句。那姓聂的便道："胡大哥，你来推庄，你有没带银子来？小弟今儿手气好，你先使着。"说着将三封银子推到他面前。

胡斐生性极爱结交朋友，对做官的虽无好感，但见这一干人对自己极是尊重，而他本来又喜欢赌钱，笑道："还是秦大哥推庄，小弟来下注碰碰运气。聂大哥，你先收着，待会输干了再问你借。"转头问程灵素道："二妹，你赌不赌？"程灵素抿嘴笑道："我不赌，我帮你捧银子回家。"

秦耐之坐回庄家，洗牌掷骰。胡斐和汪铁鹗便跟着下注。众武官初时见到胡斐，均不免颇为尴尬，但几副牌九一推，见他谈笑风生，绝口不提旧事，大伙也便各自凝神赌博，不再介意。

胡斐有输有赢，进出不大，心下盘算："今日是八月初九，再过六天就是中秋，那天下掌门人大会是福大帅所召，定于中秋节大宴。凤天南这奸贼身为五虎门掌门人，他便是不来，在会中总也可探听到些这奸贼的讯息端倪。眼前这班人都是福大帅的得力下属，不妨跟他们结纳结纳。我不是什么掌门人，但只要他们带携，在会上陪那些掌门人喝一杯总是行的。"当下不计输赢，随意下注，牌风竟是甚顺，没多久已赢了三四百两银子。

赌了一个多时辰，天色已晚，各人下注也渐渐大了起来。忽听得靴声橐橐，门帘掀开，走进三个人来。汪铁鹗一见，立时站直身子，恭恭敬敬的叫道："大师哥，二师哥，你两位都来啦。"围在桌前赌博的人也都纷纷招呼，有的叫"周大爷，曾二爷"，有的叫"周大人，曾大人"，神色之间都颇为恭谨。

胡斐和程灵素一听，心道："原来是鹰爪雁行门的周铁鹪、曾铁鸥到了，这两人威风不小啊。"打量二人时，见那周铁鹪短小精悍，身长不过五尺，五十来岁年纪，却已满头白发。曾铁鸥年近五十，身子高瘦，手中拿着一个鼻烟壶，马褂上悬着一条金链，颇有些旗人贵族的气派。胡斐一看那第三个人，心中微微一怔，原来是当年在商家堡中会过面的天龙门殷仲翔，只见他两鬓斑白，已老了不少。殷仲翔的眼光在胡斐脸上掠过，见他只是个乡下人，毫没在意。要知当年两人相见之时，胡斐只是个十三四岁的孩子，这时身量一高，脸容也变了，哪里还认得出来？

秦耐之站起身来，说道："周大哥，曾二哥，我给你引见一位朋友，这位是胡大哥，挺俊的身手，为人又极够朋友，今儿刚上北京来。你们三位多亲近亲近。"周铁鹪向胡斐点了点头，曾铁鸥笑了笑，说声："久仰！"两人武功卓绝，在京师享盛名已久，自不将这样一个乡下少年瞧在眼里。

汪铁鹗瞧着程灵素，心中大是奇怪："你说跟我大师哥、二师哥相识，怎地不招呼啊？"他哪想到程灵素当日乃是信口胡吹。程灵素猜到他的心思，微微一笑，点了点头，眨眨眼睛。汪铁鹗只道其中必有缘故,当下也不敢多问。

秦耐之又推了两副庄,便将庄让给了周铁鹪。这时曾铁鸥、殷仲翔等一下场,落注更加大了。胡斐手气极旺,连买连中,不到半个时辰,已赢了近千两银子。周铁鹪这个庄却是极霉,将带来的银子和庄票输了十之七八,这时一把骰子掷下来,拿到四张牌竟是二三关,赔了一副通庄,将牌一推,说道:"我不成,二弟,你来推。"

曾铁鸥的庄输输赢赢,不旺也不霉,胡斐却又多赢了七八百两,只见他面前堆了好大一堆银子。曾铁鸥笑道:"乡下老弟,赌神菩萨跟你接风,你来做庄。"

胡斐道:"好!"洗了洗牌,掷过骰子,拿起牌来一配,头道八点,二道一对板凳,竟吃了两家。

周铁鹪输得不动声色,曾铁鸥更是潇洒自若,抽空便说几句俏皮话。殷仲翔发起毛来,不住的喃喃咒骂,后来输得急了,将剩下的二百来两银子孤注一掷,押在下门,一开牌出来,三点吃三点,九点吃九点,竟又输了。殷仲翔脸色铁青,伸掌在桌上一拍,砰的一声,满桌的骨牌、银两、骰子都跳了起来,破口骂道:"这乡下小子骰子里有鬼,哪里便有这等巧法,三点吃三点,九点吃九点?便是牌旺,也不能旺得这样!"

秦耐之忙道:"殷大哥,你可别胡言乱语,这位胡大哥是好朋友!"

众人望望殷仲翔,望望胡斐,见过胡斐身手之人心中都想:殷仲翔说他赌牌欺诈,他决计不肯干休,这场架一打,殷仲翔准要倒大霉。

不料胡斐只笑了笑,道:"赌钱总有输赢,殷大哥推庄罢。"殷仲翔霍地站起,从腰间解下佩剑,众人只道他要动手,却不劝阻。

要知武官们赌钱打架,实是稀松平常。哪知殷仲翔将佩剑往桌上一放,说道:"我这口剑少说也值七八百两银子,便跟你赌五百两!"那佩剑的剑鞘金镶玉嵌,甚是华丽,单是瞧这剑鞘,便已价值不菲。

胡斐笑道："好！该赌八百两才公平。"殷仲翔拿过骨牌骰子，道："我只跟你这乡下小子赌，不受旁人落注，咱们一副牌决输赢！"胡斐从身前的银子堆中取过八百两，推了出去，道："你掷骰吧！"

殷仲翔双掌合住两粒骰子，摇了几摇，吹一口气，掷了出来，一粒五，一粒四，共是九点。他拿起第一手的四张牌，一看之下，脸有喜色，喝道："乡下小子，这一次你弄不了鬼吧！"左手一翻，是副九点，右手砰的一翻，竟是一对天牌。

胡斐却不翻牌，用手指摸了摸牌底，配好了前后道，合扑着排在桌上。殷仲翔喝道："乡下小子，翻牌！"他只道已经赢定，一伸臂便将八百两银子攞到了身前。汪铁鹗叫道："别性急，瞧过牌再说。"胡斐伸出三根手指，在自己前两张牌上轻轻一拍，又在后两张牌上一拍，手掌一扫，便将四张合着的牌推入了乱牌之中，笑道："你赢啦！"殷仲翔大是得意，正要夸口，突然"咦"的一声惊叫，望着桌子，登时呆住了。

众人顺着他目光瞧去，只见朱红漆的桌面之上，清清楚楚的印着四张牌的阳纹，前两张是一对长三，后两张一张三点，一张六点，合起来竟是一对"至尊宝"，四张牌纹路分明，雕在桌上点子一粒粒的凸起，显是胡斐三根指头这么一拍，便以内力在红木桌上印了下来。聚赌之人个个都是会家，一见如此内力，不约而同的齐声喝采。

殷仲翔满脸通红，连银子带剑，一齐推到胡斐身前，站起身来，转头便走。胡斐拿起佩剑，说道："殷大哥，我又不会使剑，要你的剑何用？"双手递了过去。

殷仲翔却不接剑，说道："请教尊驾的万儿。"胡斐还未回答，汪铁鹗抢着道："这位朋友姓胡名斐。"殷仲翔喃喃的道："胡斐，胡斐？"突然一惊，说道："啊，在山东商家堡中……"胡斐笑道："不错，在下曾和殷爷有过一面之缘，殷爷却不记得了。"殷仲翔脸如死灰，接过佩剑往桌上一掷，说道："怪不得，怪不得！"掀开门帘，大踏步走了出去。

一时房中众武官纷纷议论，称赞胡斐的内力了得，又说殷仲翔输钱输得寒蠢，太没风度。

周铁鹪缓缓站起身来，指着胡斐身前那一大堆银子道："胡兄弟，你这里一共有多少银子？"胡斐道："四五千两吧！"周铁鹪搓着骨牌，在桌上慢慢推动，慢慢砌成四条，然后从怀中摸出一个大封袋来，放在身前，道："来，我跟你赌一副牌。若是我赢，赢了你这四五千两银子和佩剑。若是你牌好，把这个拿去。"

众人见那封袋上什么字也没写，不知里面放着些什么，都想，他好容易赢了这许多银子，怎肯一副牌便输给你？又不知你这封袋里是什么东西，要是只有一张白纸，岂不是做了冤大头？哪知胡斐想也不想，将面前大堆银子尽数推了出去，也不问他封袋中放着什么，说道："赌了！"

周铁鹪和曾铁鸥对望一眼，各有嘉许之色，似乎说这少年潇洒豪爽，气派不凡。

周铁鹪拿起骰子，随手一掷，掷了个七点，让胡斐拿第一手牌，自己拿了第三手，轻描淡写的一看，翻过骨牌，拍拍两声，在桌上连击两下。众人呆了一呆，跟着欢呼叫好，原来四张牌分成一前一后的两道，平平整整的嵌在桌中，牌面与桌面相齐，便是请木匠来在桌面上挖了洞，将骨牌镶嵌进去，也未必有这般平滑。但这一手牌点子却是平平，前五后六。

胡斐站起身来，笑道："周大爷，对不起，我可赢了你啦！"右手一挥，拍的一声响，四张牌同时从空中掷了下来，这四张牌竟然也是分成前后两道，平平整整的嵌入桌中，牌面与桌面相齐。周铁鹪以手劲直击，使的是他本门绝技鹰爪力，那是他数十年苦练的外门硬功，原已非同小可，岂知胡斐举牌凌空一掷，也能嵌牌入桌，这一手功夫更是远胜了，何况周铁鹪连击两下，胡斐却只凭一掷。

众人惊得呆了,连喝采也都忘记。周铁鹪神色自若,将封袋推到胡斐面前,说道:"你今儿牌风真旺。"众人这时才瞧清楚了胡斐这一手牌,原来是八八关,前一道八点,后一道也是八点。

胡斐笑道:"一时闹玩,岂能作真!"随手将封袋推了回去。周铁鹪皱眉道:"胡兄弟,你倘若不收,那是损我姓周的赌钱没品啦!这一手牌如是我赢,我岂能跟你客气?这是我今儿在宣武门内买的一所宅子,也不算大,不过四亩来地。"说着从封袋中抽出一张黄澄澄的纸来,原来是一张屋契。旁观众人都吃了一惊,心想这一场赌博当真豪阔得可以,宣武门内一所大宅子,少说也值得六七千两银子。

周铁鹪将屋契推到胡斐身前,说道:"今儿赌神菩萨跟定了你,没得说的。牌局不如散了吧。这座宅子你要推辞,便是瞧我姓周的不起!"胡斐笑道:"既是如此,做兄弟的却之不恭。待收拾好了,请各位大哥过去大赌一场。"众人轰然答应。周铁鹪拱了拱手,径自与曾铁鸥走了。汪铁鹗见大师哥片刻之间将一座大宅输去,竟是面不改色,他一颗心反而扑通扑通的跳个不定。

当下胡斐向秦耐之、汪铁鹗等人作别,和程灵素回到客店。程灵素笑道:"你命中注定要作大财主,便推也推不掉,在义堂镇置下了良田美地,哪知道第一天到北京,又赢了一所大宅子。"胡斐道:"这姓周的倒也豪气,瞧他瘦瘦小小,貌不惊人,那一手鹰爪力可着实不含糊,想不到官场之中还有这等人物。"程灵素道:"你赢的这所宅子拿来干么呀?自己住呢,还是卖了它?"胡斐道:"说不定明天一场大赌,又输了出去,难道赌神菩萨当真是随身带吗?"

次晨两人起身,刚用完早点,店伙带了一个中年汉子过来,道:"胡大爷,这位大爷有事找你。"胡斐见这人戴了一副墨镜,长袍马褂,衣服光鲜,指甲留得长长的,却不相识。

这人右腿半曲,请了个安,道:"胡大爷,周大人吩咐,问胡大爷什么时候有空,请过宣武门内瞧瞧那座宅子。小人姓全,是那宅子的管家。"胡斐好奇心起,向程灵素道:"二妹,咱们这便瞧瞧去。"

那姓全的恭恭敬敬引着二人来到宣武门内。胡斐和程灵素见那宅子朱漆大门、黄铜大门钉、石库门墙、青石踏阶,着实齐整。一进大门,自前厅、后厅、偏厅,以至厢房、花园,无不陈设考究,用具毕备。那姓全的道:"胡大爷倘若合意,便请搬过来。曾大人叫了一桌筵席,说今晚来向胡大爷恭贺乔迁。周大人、汪大人他们都要来讨一杯酒喝。"

胡斐哈哈大笑,道:"他们倒想得周到,那便一齐请吧!"全管家道:"小人理会得。"躬身退了出去。

程灵素待他走远,道:"大哥,这座宅子只怕二万两银子也不止。这件事大不寻常。"胡斐点头道:"不错,你瞧这中间有什么蹊跷?"程灵素微笑道:"我想总是有个人在暗暗喜欢你,所以故意接二连三,一份一份的送你大礼。"

胡斐知她在说袁紫衣,脸上一红,摇了摇头。程灵素笑道:"我是跟你说笑呢。我大哥慷慨豪侠,也不会把这些田地房产放在心上。这送礼之人,决不是你的知己,否则的话,还不如送一只玉凤凰。这送礼的若不是怕你,便在想笼络你。嗯,谁能有这么大手笔啊?"胡斐凛然道:"是福大帅?"

程灵素道:"我瞧是有点儿像。他手下用了这许多人物,有哪一个及得上你?再说,马姑娘既然得他宠幸,也总得送你一份厚礼。他们知你性情耿直,不能轻易收受豪门的财物,于是派人在赌台上送给你。"

胡斐道:"嗯。他们消息也真灵。我们第一天到北京,就立刻让我大赢一场。"程灵素道:"我们又没乔装改扮,多半一切早就安排好了,只等我们到来。跟汪铁鹗相遇是碰巧,在聚英楼中一赌,讯息报了出去,周铁鹪拿了屋契就来了。"胡斐点头道:"你猜得有理。昨晚周铁鹪只要有意输给我,那一注便算是我输了,他再赌下去,总有法子教我赢了这座宅子。"

程灵素道:"那你怎生处置?"胡斐道:"今晚我再跟他们赌一场,想法子把宅子输出去,瞧我有没有这个手段。"程灵素笑道:"两家都要故意赌输,这一场交手,却也热闹得紧呢。"

当日午后申牌时分,曾铁鸥着人送了一席极丰盛的鱼翅燕窝席来。那姓全的管家率领仆役,在大厅上布置得灯烛辉煌,喜气洋洋。

汪铁鹗第一个到来。他在宅子前后左右走了一遭,不住口的称赞这宅子堂皇华美,又大赞胡斐昨晚赌运亨通,手气奇佳。胡斐心道:"这汪铁鹗性直,瞧来不明其中的过节,待会我将这宅子输了给他,瞧他的两个师兄如何处置,那倒有一场好戏瞧呢。"

不久周铁鹪、曾铁鸥师兄弟俩到了,姓褚、姓上官、姓聂的三人到了。过不多时,秦耐之哈哈大笑的进来,说道:"胡兄弟,我给你带了两位老朋友来,你猜猜是谁?"

只见他身后走进三个人来。最后一人是昨天见过的殷仲翔,经了昨晚之事,他居然仍来,倒是颇出胡斐意料之外。其余两人容貌相似,都是精神矍铄的老者,看来甚是面善,胡斐微微一怔,待看到两人脚步落地时脚尖稍斜向里,正是八卦门功夫极其深厚之象,当即省悟,抢上行礼,说道:"王大爷、王二爷两位前辈驾到,真是想不到。商家堡一别,两位精神更加健旺了。"原来这两人正是八卦门王剑英、王剑杰兄弟。

十二人欢呼畅饮,席上说的都是江湖上英雄豪杰之事。殷仲翔提到当年在商家堡中,众人如何被困铁厅,身遭火灼之危,如何亏得胡斐智勇双全,奋身解围。秦耐之、周铁鹪等听了,更是大赞不已。程灵素目澄如水,脉脉的望着胡斐,心想这些英雄事迹,你自己从来不说。

筵席散后,眼见一轮明月涌将上来,这天是八月初十,虽已立秋,仍颇炎热,那是叫作"桂花蒸"。全管家在花园亭中摆设了瓜果,请众人乘凉消暑。胡斐道:"各位先喝杯清茶,咱们再来大赌一场。"众人轰然叫好,来到花园的凉亭中坐下。

没讲论得几句,忽听得廊上传来一阵喧哗,却是有人在与全管家大声吵嚷,接着全管家"啊哟"一声大叫,砰的一响,似乎被人踢了个筋斗。

只见一条铁塔似的大汉飞步闯进亭来,伸手在桌上一拍,呛啷啷一阵响亮,茶杯果盘等物,摔得一地。那大汉指着周铁鹪,粗声道:"周大哥,这却是你的不是了。这座宅子我卖给你一万二千两银子,那可是半卖半送,冲着你周大哥的面子,做兄弟的还能计较么?不料一转眼间,你却拿去转送了别人,我这个亏可吃不起!大家来评评这个理,我姓德的能做这冤大头么?"

周铁鹪冷冷的道:"你钱不够使,好好的说便了。这里是好朋友家里,你来胡闹什么?"那黑大汉一张脸胀得黑中泛红,伸手又往桌上拍去。周铁鹪左手一勾一带,将他两只手腕都牢牢抓住了,别瞧周铁鹪身材矮小,站起来不过刚及那大汉的肩膀,但那大汉双手被他一抓,犹似给一个铁箍箍住了,竟是挣扎不脱。

周铁鹪拉着他走到亭外,低声跟他说了几句话。那大汉兀自不肯依从,呶呶不休。周铁鹪恼了起来,双臂运力往前一推。那大汉站立不定,向后跌出几步,撞在一株梅树之上,喀喇一声,撞断了老大两根桠枝。周铁鹪喝道:"姓德的莽夫,给我在外边侍候着,不怕死的便来啰苏!"那大汉抚着背上的痛处,低头趋出。

曾铁鸥哈哈大笑,说道:"这莽夫惯常扫人清兴,大师哥早就该好好揍他一顿。"周铁鹪微笑道:"我就瞧着他心眼儿还好,也不跟他一般见识。胡大哥,倒教你见笑了。"胡斐道:"好说,好说。既是这宅子他卖便宜了,兄弟再补他些银子便是。"周铁鹪忙道:"胡大哥说哪里话来?这件事兄弟自会料理,不用你操心。倒是那个莽撞之徒,无意中得罪了胡大哥,他原不知胡大哥如此英雄了得,既做下了事来,此刻实是后悔莫及。兄弟便叫他来向胡大哥敬酒赔礼,冲着兄弟和这里各位的面子,胡大哥便不计较这一遭如何?"

胡斐笑道:"赔礼两字,休要提起。既是周大哥的朋友,请他一同来喝一杯吧!"周铁鹪站起身来,说道:"胡大哥是少年英雄,我们全都诚心结交你这位朋友。那莽夫做错了事,我们大伙儿全派他的不是。胡大哥大人大量,务请不要介怀。"胡斐道:"些些小事何必挂齿?周大哥说得太客气了。"周铁鹪一躬到地,说道:"兄弟先行谢过。"曾铁鸥和秦耐之也同时起身作揖,说道:"我们一齐多谢了。"胡斐忙站起还礼。周铁鹪道:"我去叫那莽夫来,跟胡大哥赔罪。"说着转身出外。

胡斐和程灵素对望了一眼,均想:"这莽夫虽然行为粗鲁了些,但周铁鹪这番赔礼的言语,却未免过于郑重。不知这黑大汉是何门道?"

过了片刻,只听得脚步声响,园中走进两个人来。周铁鹪携着一人之手,哈哈笑道:"莽夫啊莽夫,快敬胡大哥三杯酒!你们这叫不打不成相识,胡大哥答应原谅你啦。他大丈夫一言既出,驷马难追。今日便宜了你这莽夫!"

胡斐霍地站起,飘身出亭,左足一点,先抢过去挡住了那人的退路,铁青着脸,厉声说道:"姓周的,你闹什么玄虚?我若不手刃此人,我胡斐枉称顶天立地的男子汉!"

进园来这人,正是广东佛山镇上杀害锺阿四全家的五虎门掌门人凤天南!

胡斐此时已然心中雪亮,原来周铁鹪安排下圈套,命一个莽夫来胡闹一番,然后套得他的言语,要自己答应原谅一个莽夫。他想起锺阿四全家惨死的情状,热血上涌,目光中似要迸出火来。

周铁鹪道:"胡大哥,我跟你直说了罢。义堂镇上的田地房产,全是这莽夫送的。这一座宅子和家俬,也全是这莽夫买的。他跟你赔不是之心,说得上是诚恳之极了。大丈夫拿得起放得下,过去的小小怨仇,何必放在心上?凤老大,快给胡大哥赔礼吧!"

胡斐见凤天南双手抱拳,意欲行礼,双臂一张,说道:"且慢！"向程灵素道："二妹，你过来！"程灵素快步走到他的身边，并肩站着。胡斐朗声说道："各位请了！姓胡的结交朋友，凭的是意气相投，是非分明。咱们吃喝赌博，那算不了什么，便是市井小人，也岂不相聚喝酒赌钱？大丈夫义气为先，以金银来讨好胡某，可把胡某人的人品瞧得一钱不值了！"

曾铁鸥笑道："胡大哥可误会了。凤老大赠送一点薄礼，也只是略表敬意，哪里敢看轻老兄了？"

胡斐右手一摆，说道："这姓凤的在广东作威作福，为了谋取邻舍一块地皮，将人家一家老小害得个个死于非命。我胡斐和锺家非亲非故，但既伸手管上了这件事，便跟这姓凤的恶棍誓不并存于天地之间。倘若要得罪朋友，那也是势非得已，要请各位见谅。周大哥，这张屋契请收下了。"从怀中摸出套着屋契的信封，轻轻一挥，那信封直飘到周铁鹪面前。

周铁鹪只得接住，待要交还给他，却想凭着自己手指上的功夫，难以这般平平稳稳的将信封送到他面前。

只听胡斐朗声道："这里是京师重地，天子脚底下的地方，这姓凤的又不知有多少好朋好友，但我胡斐今晚豁出了性命，定要动一动他。是姓胡的好朋友便不要拦阻，是姓凤的好朋友，大伙儿一齐上吧！"说罢双手叉腰一站。他明知北京城中高手如云，这凤天南既敢露面，自然是有备而来，别说另有帮手，单是王氏兄弟、周曾二人，那便极不好斗，但他心中愤慨已极，早将生死置之度外。

周铁鹪哈哈一笑，说道："胡大哥既然不给面子，我们这和事老是做不成啦。凤老大你这便请罢，咱们还要喝酒赌钱呢。"

胡斐好容易见到凤天南，哪里还容他脱身？双掌一错，便向凤天南扑去。

周铁鹪眉头一皱，道："这也未免太过份了吧！"左臂横伸拦阻，右手却翻成阴掌，暗伏了一招"倒曳九牛尾"的擒拿手，意欲抓住胡斐手腕，就势回拖。

胡斐既然出手，早把旁人的助拳打算在内，但心想："你们面子上对我礼貌周到，我对你们也就决不先行出手。"眼见周铁鹪伸手抓来，更不还手，让他一把抓住腕骨，扣住了自己的脉门。

周铁鹪大喜，暗想："秦耐之、凤老大他们把这小子的本事夸上了天去，早知不过如此，何必跟他这般低声下气？"口中仍是说道："不要动手！"运劲急拖，斗然间只觉胡斐的腕骨坚硬如铁，猛地里涌到一股反拖之力，以硬对硬，周铁鹪立足不定，立即松手，一个踉跄，向前跌出三步。

这擒拿手拖打，是鹰爪雁行门中最拿手得意的功夫，胡斐偏偏就在这功夫上，挫败了这一门的掌门大师兄。

两人交换这一招，只是瞬息间的事。凤天南已扭过身躯，向外便奔。胡斐扑过去疾劈一掌，凤天南回手抵住。

曾铁鸥道："好好儿的喝酒赌钱，何必伤了和气？"右手五根手指成鹰爪之势，抓向胡斐背心。他似乎是好意劝架，其实却是施了杀手。但见胡斐一意向凤天南进攻，对身后的袭击竟似不知，那姓聂的忍不住叫道："胡大哥，小心！"擦的一响，曾铁鸥五指已落在胡斐背上，但着指之处，似是抓到了一块又韧又厚的牛筋。胡斐背上肌肉一弹，便将他五根手指弹开。

眼见周曾两人拦阻不住，殷仲翔从斜刺里窜到，更不假作劝架，挥拳向胡斐面门打去。胡斐头一低，左掌搭上了他的背心，吐气扬声，"嘿"的一声，殷仲翔的身子直飞出去，撞向凤天南背心。这一下胡斐原没想能撞到凤天南，但他只要闪身避开，殷仲翔的脑袋便撞上一座假山，势在非伸手相救不可，这么缓得一缓，便逃不脱了。岂知这凤天南实在老奸巨猾，眼见殷仲翔出力救援自己，却不顾他的死活，反而左足在他肩头一借力，跃向围墙。只听得砰的一响，殷仲翔撞上假山，满头鲜血，立时晕死过去。

旁观众人个个都是好手，凤天南这一下太过卑鄙，如何瞧不出来？王氏兄弟本欲出手，只是忌惮胡斐了得，未必讨得了好，正自迟疑，眼见凤天南只顾逃命，反害朋友，兄弟俩对望一眼，脸上各现鄙夷之色，便不肯再出手了。

胡斐心想："让这奸贼逃出了围墙之外，那便多了一番手脚。何况围墙外他定有援兵。"见他双足刚要站上墙头，立即纵身跃起，抢上拦截。

凤天南刚在墙头立定，突见身前多了一人，月光下看得明白，正是死对头胡斐，这一惊当真是非同小可，右腕翻处，一柄明晃晃的匕首自下撩上，向他小腹疾刺过去。

胡斐急起左腿，足尖踢中他的手腕，那匕首直飞起来，落到了墙外。凤天南出手也是狠辣异常，在这围墙顶上尺许之地近身肉搏，招数更是凌厉，一匕首没刺中，左拳跟着击出。胡斐更不回手，前胸一挺，运起内劲，硬挡了他这一拳，砰的一声，凤天南被自己的拳力震了回来，立足不定，摔下围墙。

胡斐跟着跃下，举足踏落。凤天南一个打滚避过，双足使劲，再度跃向墙头。胡斐这一次不容他再在墙头立足，双手一挥，"一鹤冲天"，跟着窜高，却比凤天南高了数尺，落下时正好骑在他的肩头，双腿夹住了他的头颈。凤天南呼吸闭塞，自知无幸，闭目待死。

胡斐叫道："奸贼！今日教你恶贯满盈！"提起手掌，便往他天灵盖拍落。

三人默默无言,各怀心事,但听得窗外雨点打在残荷竹叶之上,淅沥有声,烛泪缓缓垂下。程灵素拿起烛台旁的小银筷,夹下烛心。室中一片寂静。

第十四章　紫罗衫动红烛移

　　突觉背后金刃掠风，一人娇声喝道："手下留人！"喝声未歇，刀锋已及后颈。这一下来得好快，胡斐手掌不及拍下，急忙侧头，避开了背后刺来的一刀，回臂反手，去勾背后敌人的手腕。那人身手矫捷，一刺不中，立时变招，刷刷两匕首，分刺胡斐双胁。胡斐转不过身来，只得纵身离了凤天南肩头，向前一扑。那人如影随形，着着进逼。

　　胡斐怒道："袁姑娘，干么总是跟我为难？"回过头来，只见手持匕首那人紫衫雪肤，头包青巾，正是袁紫衣。

　　月光下但见她似嗔似笑，说道："我要领教胡大哥空手入白刃的功夫！"胡斐道："来日方长，不忙在此刻。"纵身扑向凤天南时，袁紫衣猱身而上，匕首直指他咽喉。

　　这一招攻其不得不救，胡斐只得沉肘反打，斜掌劈她肩头。霎时之间，两人以快打快，交换了十来招，但见刀光闪动，掌影飞舞，招招都瞧得人惊心动魄。

　　周铁鹪、曾铁鸥、王氏兄弟等都不识得袁紫衣，突然见她在凤天南命在顷刻之际现身相救，武功又如此高强，无不惊诧。

　　但见这两人出手奇快，众人瞧得眼都花了，猛听得胡斐一声呼叱，两人同时翻上围墙，跟着又同时跃到了墙外。

　　袁紫衣的匕首翻飞击刺，招招不离胡斐的要害，出手之狠辣凌厉，直如性命相搏一般。胡斐哪敢怠慢，凝神接战，耳听得凤天南纵声长笑，叫道："胡家小兄弟，老哥哥失陪了，咱们后会有期。"笑声愈去愈远，黑夜中遥遥听来，便似枭鸣。

胡斐大怒，急欲抢步去追，却给袁紫衣缠住了，脱身不得。他心中越发恚怒，喝道："袁姑娘，在下跟你无怨无仇……"一言未毕，白光闪动，匕首已然及身。

高手过招，生死决于俄顷，万万急躁不得，胡斐的武功只比袁紫衣稍胜半筹，但一个空手，一个有刀，形势已然扯平，他眼睁睁的见仇人再次逃走，一分心，竟给刺中了左肩。

嗤的一声，匕首划破肩衣，这时袁紫衣右手只须乘势一沉，胡斐肩头势须重伤筋骨，哪知她手腕斜翻，反向上挑。胡斐肩上只感微微一凉，丝毫未损，心中一怔："你又何必手下容情？"

袁紫衣格格娇笑，倒转匕首，向他掷了过去，跟着自腰间撤出软鞭，笑道："胡大哥，咱们真刀真枪的较量一场。"

胡斐正要伸手去接匕首，忽听墙头程灵素叫道："用单刀吧！"将他单刀掷下。原来程灵素见他赤手空拳，生怕失利，已奔进房去将他的兵刃拿了出来。

袁紫衣叫道："好体贴的妹子！"突然软鞭挥起，掠向高墙。程灵素纵身跃入，袁紫衣的软鞭在墙头搭住，一借力，便如一只大鸟般飞了进去，月光下衣袂飘飘，宛若仙子凌空。她身子尚未落地，呼的一鞭，向程灵素背心击了过去，叫道："程家妹子，接我三招。"

程灵素侧身低头，让过了一鞭，但袁紫衣变招奇快，左回右旋，登时将她裹在鞭影之中。

胡斐知道程灵素决不是她敌手，此刻若去追杀凤天南，生怕袁紫衣竟下杀手，纵然失去机缘，也只索罢了，当下跃进园中，挺刀叫道："你要较量，便较量！"袁紫衣道："好体贴的大哥！"回过软鞭，来卷胡斐的刀头。

两人各使称手的兵刃，这一搭上手，情势与适才又自不同。胡斐使的是家传胡家刀法，刚中有柔，柔中有刚，迅捷时似闪电奔雷，沉稳处如渊渟岳峙。袁紫衣的鞭法也是纵横灵动，大是名手风范。顷刻之间,两人已拆了三十余招,当真是鞭挥去如灵蛇矫夭,刀砍来若猛虎翻扑。

秦耐之、周铁鹪、王氏兄弟等瞧着无不骇然:"这两人小小年纪,武功上竟有这等造诣!"其实两人这时比拼兵刃,都还只使出六七成功夫,胡斐见袁紫衣每每在要紧关头故意不下杀着,自己刀下也就容让几分,一面打,一面思量:"她如此对我,到底是何用意?"

适才周铁鹪、曾铁鸥、殷仲翔三人出手对付胡斐,均没讨得了好去,众武官心知单打独斗,不是他对手,眼见袁紫衣缠住了他,正是下手的良机,各人使个眼色,装作凝目观战,却散在两人身周,慢慢逼近,便要合击胡斐。

凡是武学高手,出手时无不眼观六路,耳听八方,周铁鹪等这般神态,胡斐自都瞧在眼里,不禁暗暗焦急:"这批人便要一拥而上,我脱身虽然不难,却分不出手来照顾二妹了。"一瞥之间,见程灵素站在一旁,倒是神色自若,心想:"只有先将袁姑娘打退,再来对付旁人。"言念及此,刷刷连砍三刀,均是胡家刀法中的厉害家数。

袁紫衣一避二挡,喝采道:"好刀法!"突然回过长鞭,竟不抵挡胡斐刺向自己腰间的刀尖,一招"凤凰三点头",向曾铁鸥、周铁鹪、秦耐之三人的面门各点一点。

这一招来得好不突兀,三人急忙后跃,曾铁鸥终于慢了一步,鞭端在额头擦过,带出了一条血痕。便在此时,胡斐的刀尖距她腰间也已不过尺许,眼见她忽然出鞭为自己退敌,当即右臂一稳,单刀不进不退,停住不动。在如此急遽之间,将兵刃稳得犹似在半空中钉住了一般,可比径刺敌人难上十倍。

袁紫衣一双妙目望定胡斐,说道:"你怎么不刺?"忽听得曾铁鸥叫道:"好体贴的哥哥妹妹啊!"学的是旗人恶少的贫嘴声调。

袁紫衣俏脸一沉,收鞭围腰,向胡斐道:"胡大哥,这几位英雄好汉,你给我引见引见。"胡斐道:"好!这位是八极拳的掌门人秦耐之秦大爷,这位是鹰爪雁行门的掌门人周铁鹪周大爷……"跟着将王剑英、王剑杰兄弟,曾铁鸥、汪铁鹗等一一引见了。这时王剑杰已将殷仲翔救醒,只听他不住口的咒骂凤天南,说什么"如此无耻卑鄙之徒,咱哥儿俩不能算完"。胡斐最后道:"这位是袁姑娘。"心念一动,又道:"袁姑娘是少林韦陀门、广西八仙剑、湖南易家湾九龙鞭三派的总掌门。"

众人一听,都是耸然动容,虽想胡斐不会打诳,但脸上均有不信之色。

袁紫衣微笑道:"你没说得明白。邯郸府昆仑刀、彰德府天罡剑、保定府哪吒拳这三门,也请区区做了掌门人。"胡斐道:"哦,原来姑娘又荣任了三家掌门,恭喜恭喜。"

袁紫衣笑道:"多谢!这一次我上北京来,原是想做十家总掌门,但湖北武当山的无青子道长我打他不过,河南少林寺的大智禅师我不敢去招惹。刚好这里有三位掌门人在此。喂,褚老师,你塞北雷电门的掌门老师麻老夫子到了北京么?"

那使雷震挡的姓褚武师单名一个轰字,听她问到师父,说道:"家师向来不来内地走动,有什么事,都交给弟子们办。"袁紫衣道:"好,你是大师兄,可算得上是半个掌门人。这么着,今晚我就夺三个半掌门人。十家总掌门做不成,九家半也将就着对付了。"

此言一出,周铁鹪等无不变色。秦耐之抱拳一拱,哈哈一笑,说道:"少林韦陀门的掌门万鹤声万大哥,跟在下有数十年的交情,却不知如何将掌门之位传给姑娘了?"袁紫衣道:"万大爷死啦,他师弟刘鹤真打不过我,三个徒弟更是脓包。咱们拳脚刀枪上分高下,这掌门之位不让也得让。秦老师,我先领教你的八极拳功夫,再跟周老师、王老师、褚老师他们三位过招。我当上了九家半总掌门,也好到那天下掌门人大会中去风光风光。"

这几句话,竟是毫没将周、秦、王、褚众高手瞧在眼里。她这么一叫阵,周铁鹪、王剑英等都是天下闻名的武学好手,纵然命丧当场,也决不能退缩。

周铁鹪道:"我们鹰爪雁行门自先师谢世,徒弟们个个不成器,先师的功夫十成中学不到一成。姑娘肯赐教诲,敝派上下哪一个不感光宠?只是师兄弟们都是蠢材,只练了些先师传下的功夫,别派的功夫却不会练。"袁紫衣笑道:"这个自然。我若不会鹰爪雁行门的功夫,怎能当得鹰爪雁行门的掌门?周老师大可放心。"

周铁鹪和曾铁鸥都是气黄了脸,师兄弟对望一眼,均想:"便是再强的高手,也从没敢轻视鹰爪雁行门的。你仗着谁的势头,到北京城来撒野?"

他们收了凤天南的重礼,为他出头排解,没能办成,也不过扫兴而已,毕竟事不干己,并不怎么放在心上。可是这姑娘竟敢来硬抢掌门之位,如此欺上头来,岂可不认真对付?

秦耐之知道今晚已非动手不可,适才见袁紫衣的功夫和胡斐是在伯仲之间,自己却曾败在胡斐手下,要想讨一个巧,让她先斗周王诸人,耗尽了力气,自己再来检便宜,当下说道:"周老师、王老师的功夫比兄弟深得多,兄弟躲在后面吧!"

袁紫衣笑道:"你不说我也知道,你的功夫不如他们,我要挑弱的先打,好留下力气,对付强的。外边草地上滑脚,咱们到亭中过招。上来吧!"身形一晃,进了亭子,双足并立,沉肩塌胯,五指并拢,手心向上,在小腹前虚虚托住,正是"八极拳"的起手式"怀中抱月"。

秦耐之吃了一惊:"本派武功向来流传不广,但这一招'怀中抱月',左肩低,右肩高,左手斜,右手正,显是已得本派的心传,她却从何学来?"向胡斐斜睨一眼,又想:"那日我跟他动手,当然不使起手式,后来和他讲论本门拳法,这一招也未提到。自不是他传给这女子了。"心中惊疑,脸上却不动声色,说道:"既是如此,待小老儿搬开桌子凳子,免得碍手碍脚。"

袁紫衣道:"秦老师这话差了。本门拳法'翻手、揲腕、寸恳、抖展'八极,'搂、打、腾、封、踢、蹬、扫、挂'八式,变化为'闪、长、跃、躲、拗、切、闭、拨'八法,四十九路八极拳，讲究的是小巧腾挪，若是嫌这桌子凳子碍事，当真与敌人性命相搏之时，难道也叫敌人先搬开桌椅么？"她这番话宛然是掌门人教训本门小辈的口吻，而八极拳的诸种法诀，却又说得一字不错。

秦耐之脸上一红，更不答话，弯腰跃进亭中，一招"推山式"，左掌推了出去。

袁紫衣摇了摇头，说道："这招不好！"更不招架，只是向左踏了一步，秦耐之身前便是桌子挡住，这一掌推不到她身上。他变招却也迅速，"抽步翻面锤"、"鹞子翻身"、"劈挂掌"，连使三记绝招。袁紫衣右足微提，左臂置于右臂上交叉轮打，翻成阳拳，跟着便快如电闪般以阴拳打出，正是八极拳中的第四十四式"双打奇门"，这原是秦耐之的得意招数，可是袁紫衣这一招出得快极，秦耐之猝不及防，急忙斜身闪避，砰的一下，撞到了桌上，桌上茶碗登时打翻了三只。袁紫衣笑道："小心！"左缠身、右缠身、左双撞、右双撞、一步三环、三步九转，那八极拳的招数便如雨点般打了过去。

秦耐之奋力招架，眼看她使的招数固是本门拳法，但忽快忽慢、偏左偏右，却又与本门功夫大不相同。袁紫衣道："你怎地只招架，不还手？你使的是八极拳，可不是挨揍拳！"秦耐之骂道："小贱人！"一招"青龙出水"，左拳成钩，右拳呼的一声打了出去。袁紫衣应以一招"锁手攒拳"，突然右肘一摆，翻手抓住了他的右腕，向他背上扭转，左手同时上前，四指前、拇指后，已拿住了他的"肩贞穴"，顺势向前一送，将他按到了桌上，正好将他嘴巴按到了茶碗上，喝道："吃茶！"

她使这一手"分筋错骨手"本来平平无奇，几乎不论哪一门哪一派都会练到，只是出手奇速，秦耐之手腕刚一碰到她的手指，全身已被制住，不禁又惊又怒，又骂道："小贱人！"

袁紫衣双手使个冷劲，喀喇一声，秦耐之右肩关节立时脱臼。袁紫衣放开他手腕，坐在圆凳上微微冷笑，说道："这掌门人之位你让是不让？"秦耐之只疼得满额都是冷汗，一言不发，快步出亭。

王剑英上前左手托住他右臂，右手抓住他头颈，一推一送，将他肩头关节还入臼窝，转头说道："袁姑娘的八极拳功夫果然神妙，我领教领教你的八卦掌。"说着踏步进亭。

袁紫衣见他步履凝稳，心知是个劲敌。本来凡是练"游身八卦掌"之人，必定步法飘逸，行路犹如足不点地一般，但他脚步落地极重，尘土飞扬，那是"自重至轻、至轻返重"，根基坚实无比，他数十年的功力，决非自己所能望其项背。

胡斐快步走到亭中，拿起茶杯喝了一口，低声道："此人厉害，不可轻敌。"袁紫衣眼皮低垂，细声道："我多次坏你大事，你不怪我么？"这一句话胡斐却答不上来，说是不怪，可是她接连三次将凤天南从自己手底下救出；说是怪她罢，瞧着她若有情、若无情的眼波，却又怎能怪得？

袁紫衣见胡斐走入亭来教自己提防，早是芳心大慰，她本心存惊疑，生怕斗不过这位八卦门的高手，这时精神一振，勇气倍增，低声道："你放心！"足尖一登，跃上一张圆凳，说道："王老师，八卦门的武功，讲究足踏八卦方位，乾、坤、巽、坎、震、兑、离、艮，咱们便在这些凳上过过招。"王剑英道："好！"慢慢踏上圆凳，双手互圈，一掌领前，一掌居后。胡斐又向袁紫衣瞧了一眼，退出亭子。

袁紫衣道："素闻八卦门中王氏兄弟英杰齐名，待会王老师败了之后，令弟还打不打呢？"

王剑英生性凝重，听了这话却也忍不住气往上冲，依她说来，似乎还没动手，自己已然败定。他本就不善言辞，盛怒之下，更是结结巴巴的说不出话。王剑杰怒道："小丫头胡说八道，你只须在我大哥手下接得一百招，咱兄弟俩从此不使八卦掌。"须知王氏兄弟望重武林，寻常武师连他们的十招八招也接不住。王剑杰一出口竟说到一百招，却也是丝毫没小觑了她。

袁紫衣斜眼相睨，冷冷的道："我击败令兄之后，算不算八卦门的掌门？你还打不打？"王剑杰道："你先吹什么？打得赢我哥哥再说不迟。"袁紫衣道："我便是要问一个明白。"

王剑杰尚未答话，王剑英问道："尊师是谁？"袁紫衣道："你问我师承干么？"她乌溜溜的眼珠骨碌一转，已明其意，说道："嗯，王老师是动了真怒，要下杀手，所以先问一问我师父。我师父名头太响，说出来吓坏了你。我不抬师父出来。你尽管使你八卦门的绝招。常言道不知者不罪，你便打死了我，我师父也不怪你。"

这几句话正说中了王剑英的心事，他见袁紫衣先和胡斐相斗，跟着制住秦耐之，出手着实不俗，定是大有来头，若是下重手伤了她，她师父日后找场，多半极难应付，听她这般说，便道："这里各位都是见证。"呼的一掌，迎面击出，掌力未施，身随掌起，踏坤奔离，足下已移动了方位。别瞧他身躯肥大，八卦门轻功一使出，竟如飞燕掠波一般。

袁紫衣斜掌卸力，自艮追震，手上使的固是八卦掌，脚下踏的也是八卦方位。王剑英连劈数掌，都给她一一卸开。两人绕着圆桌，在十二只石凳上奔驰旋转，倒似小儿捉迷藏一般，但越转越快，衣襟生风。

王剑英心想："这丫头心思灵巧，诱得我在石凳上跟她隔桌换掌。她掌力原本不能跟我相比，但中间挡着一张圆桌，便不怕我沉猛的掌力。"又想："这丫头武功甚杂，居然将我门中的八卦掌使得头头是道，我何必用寻常掌法跟她纠缠？"猛地里一声长啸，脚步错乱，手掌歪斜，竟使出了他父亲威震河朔王维扬的家传绝技"八阵八卦掌"来。

这一路掌法王维扬只传两个儿子，连外姓的弟子如商剑鸣等也均不传，那是在八卦掌中夹了八阵图之法：天阵居乾为天门，地阵居坤为地门，风阵居巽为风门，云阵居坎为云门，飞龙居震为飞龙门，虎翼居兑为虎翼门，鸟翔居离为鸟翔门，蛇盘居艮为蛇盘门；天地风云为四正门，龙虎鸟蛇为四奇门；乾坤艮巽为阖门，坎离震兑为开门。这四正四奇，四开四阖，用到武学之上，霎时之间变化奇幻,虽是在小小一个凉亭之中,隐隐有布阵而战之意。

这八阵八卦掌袁紫衣别说没有学过,连听也没有听过,只因这是王维扬的不传之秘,以她师父武学之渊博当世无双,却也是有所未知。袁紫衣只接得数掌,登时眼花缭乱,暗暗叫苦。胡斐站在亭外掠阵,也知情势不妙,只是袁紫衣大言在先,说要夺八卦门掌门,自己决不能插手相助,眼见王剑英越打越占上风,正没做理会处,忽见袁紫衣左足一登,跃上桌面,说道:"凳子上施展不开,咱们在桌上斗斗。王老师,可不许踏碎了茶碗果碟。"

王剑英一言不发,跟着上了桌面,这时两人相距近了,袁紫衣无可取巧,对方拍击过来的掌拳,势须硬接硬架,但脚下却占了便宜。原来桌上放着十二只茶碗,四盘果子,全是散落乱置,这可不同梅花桩、青竹阵每一处落足点均有规律,王剑英的八阵八卦掌在平地上施展威力最强,一上梅花桩,变化既受限制,威力便已相应减弱。这时在这桌面之上,更生怕不小心踏碎了茶碗果盘,为这刁钻的丫头所笑,当下尽量不移脚步,一味催动掌力,自忖不凭脚步掌法之妙,单靠深厚的内功,就能将她毁在一双肉掌之下。

但听得掌风呼呼,亭畔的花朵为他掌力所激,片片落英,飞舞而下。

当袁紫衣跃上桌面之时,早已计及利害,眼见对方一掌掌如疾风骤雨般击到,她只是足不停步的前窜后跃,并不和他对掌拆解,知道只要和对方雄浑的掌力一黏住,那便脱不了身,只见王剑英右掌虚晃,左掌斜引,右掌正要劈出,她左足尖轻轻一挑,一只茶碗向他扑面飞去。王剑英吃了一惊,闪身避开,袁紫衣料到他趋避的方位,双足连挑,七八只茶碗接二连三的飞将过去。王剑英避开了三只,终于避不开第四、五只,拍拍两声,打中了他肩头。他出掌劈开第七、八只,碗中的茶水茶叶却淋了他满头满脸,跟着第九、十只茶碗又击中胸口。

王剑英、王剑杰齐声怒吼,旁观的汪铁鹗、褚轰、殷仲翔等也忍不住惊呼,只见最后两只茶碗直奔王剑英双眼。他愤怒已极,猛力一掌击出。袁紫衣踢茶碗扰敌,原本是等他这一掌,这良机如何肯予错过？当下身躯一闪,已伸手抓住他的右腕,左手在他的臂弯里"曲池穴"一拿,一扭一推,喀的一响,王剑杰大叫"啊哟"声中,王剑英臂骱已脱。

这一手仍只是寻常"分筋错骨手",说不上什么奇妙的家数,只是她出手如电,王剑英竟是闪避不了,至贻终身之羞。

王剑杰双手一拍,和身向袁紫衣背后扑去。胡斐推出一掌,将他震退三步,说道:"王兄且慢!说好是一个斗一个。"

王剑英面色惨白,僵在桌上。袁紫衣心想:"若是轻易放了他,他兄弟回头找场,我可斗他们不过!"竟是下手不容情,乘着他无力抗御之时,喀喇一声,将他左臂的关节也卸脱了,一指点在他太阳穴上,喝道:"你这八卦门的掌门让是不让？"

王剑英闭目待死,更不说话。王剑杰喝道:"快放我兄长,你要做掌门,做你的便是。"袁紫衣道:"说话可要算数？"王剑杰道:"算数,算数。"袁紫衣这才微微一笑,跃下桌子。王剑杰负起兄长,头也不回的快步走出。

周铁鹪道:"姑娘连夺两家掌门,果然是聪明伶俐,却不知留下什么妙计,要施在我姓周的身上？"这话明明说她不过是使诡计取胜,说不上是真实本领。袁紫衣道:"对付你鹰爪雁行门,还用得着智计？你师兄弟三个是一齐上呢,还是周老师一人跟我过招？"周铁鹪淡淡一笑,说道:"袁姑娘此言,真是门缝里看人,把北京城里的武师们全都瞧得扁了。周某打从十三岁上起,从来便是单打独斗。"袁紫衣道:"嗯,那你十三岁前,便不是英雄好汉,专爱两个打一个。"周铁鹪道:"嘿,我自十三岁起始学艺。"袁紫衣道:"是英雄好汉,生来便是英雄好汉,有的人武艺再高,始终不过是窝囊废。周老师,我可不是说你。"不知怎的,她对于王剑英、王剑杰兄弟,心中还存着三分佩服,见了周铁鹪大剌剌地自视极高的神气,却是说不出的讨厌。

周铁鹪几时受过旁人这等羞辱？心中狂怒，嘴里却只哼了一声。汪铁鹗叫了起来："小丫头，跟我大师哥说话，可得客气些。"

袁紫衣知他是个浑人，也不理睬，对周铁鹪道："拿出来，放在桌上。"周铁鹪愕然道："什么？"袁紫衣道："铜鹰铁雁牌。"

一听到"铜鹰铁雁牌"五字，周铁鹪涵养功夫再高，也已不能装作神色自若，大声道："啊哈！我门中的事，你倒真知道得不少。"伸手从腰带上解下一个锦囊，放在桌上，喝道："铜鹰铁雁牌便在这里，你今日先取我姓周的性命，再取此牌。"袁紫衣道："拿出来瞧瞧，谁知道是真是假。"

周铁鹪双手微微发颤，解开锦囊，取出一块四寸长、两寸宽的金牌来，牌上镶着一只探爪铜鹰，一只斜飞铁雁，正是鹰爪雁行门中世代相传的掌门信牌，凡是本门弟子，见此牌如见掌门本人。

原来鹰爪雁行门在明末天启、崇祯年间，原是武林中一大门派，几代掌门人都是武功卓绝，门规也极严谨。但传到周铁鹪、曾铁鸥等人手里时，诸弟子为满清权贵所用，染上了京中豪奢的习气，武功已远不如前人。后来直到嘉庆年间，鹰爪雁行门中出了几个了不起的人物，该门方始中兴。

袁紫衣道："看来像是真的，不过也说不定。"原来她适才和王剑英一番剧斗，虽然侥幸反败为胜，内力却已大耗，这时故意扯淡，一来要激怒对手，二来也是歇力养气。

周铁鹪见多识广，如何不知她的心意？当下更不多言，双手一振一压，突然跃上凉亭之顶，说道："咱们越打越高，我便在这亭子顶上领教高招。"须知他的门派以鹰爪雁行为名，自是一擅鹰爪擒拿，二擅雁行轻功。他跃上亭顶，存心故居险地，便于施展轻功，与对手作一番生死搏击，同时令她无法取巧行诡，更有一着是要使胡斐不能在危急中出手相助。在周铁鹪心中，袁紫衣武功虽高，终不过是女流之辈，真正的劲敌却是胡斐。

他哪知擒拿和轻功这两门，也正是袁紫衣的专长绝技，他若是见过她和易吉在高桅顶上斗鞭时那一路惊世骇俗的轻功，也不会跃上这凉亭之顶了。

胡斐见了他这一纵一跃，虽然轻捷，却决不能和袁紫衣的身手相比，登时便宽了心，转过头来，两人相视一笑。

袁紫衣故意并不炫示，老老实实的跃上亭顶，说道："看招！"双手十指拿成鹰爪之式，斜身扑击。

拳术的爪法，大路分为龙爪、虎爪、鹰爪三种。龙爪是四指并拢，拇指伸展，腕节屈向手心；虎爪是五指各自分开，第二、第三指骨向手心弯曲；鹰爪是四指并拢，拇指张开，五指的第二、第三指骨向手心弯曲。三种爪法各有所长，以龙爪功最为深奥难练。

周铁鹪见她所使果然是本门家数，心想："你若用古怪武功，我尚有所忌，你真的使鹰爪雁行功，那可是自寻死路了。"当下双手也成鹰爪，反手钩打。

众人仰首而观，只见两人轻身纵跃，接近时擒拿拆打数招，立即退开。这一晚四场激斗，以这一场最为好看，但也以这一场最为凶险。月光之下，亭檐亭角，两个人真如一双大鸟一般，翻飞搏击。

蓦地里两人欺近身处，喀喀数响，袁紫衣一声呼叱，周铁鹪长声大叫，跌下亭来。

周铁鹪如何跌下，只因两人手脚太快，旁观众人之中，只有胡斐和曾铁鸥看清楚了。周铁鹪激斗中使出绝招"四雁南飞"，以连环腿连踢对手四脚，踢到第二腿时被袁紫衣以"分筋错骨手"抢过去卸脱了左腿关节。他这一招双腿此起彼落，中途无法收势，左腿虽已受伤，右腿仍然踢出，袁紫衣对准他膝盖踹了一脚，右腿受伤更重。旁人却只见他摔下时肩背着地，落下后竟不再站起。这凉亭并不甚高，以周铁鹪的轻身功夫，纵然失手，跃下后决不致便不能起身，难道竟是已受致命重伤？

汪铁鹗素来敬爱大师兄，大叫："师哥！"奔近前去，语声中已带着哭音。他俯身扶起周铁鹪，让他站稳。但周铁鹪两腿脱臼，哪里还能站立？汪铁鹗扶起他后双手放开。周铁鹪呻吟一声，又要摔倒。曾铁鸥低声骂道："蠢材！"抢前扶起。他武功在鹰爪雁行门中也算是顶尖儿的好手，只是不会推拿接骨之术，抱起周铁鹪，便要奔出。

周铁鹪喝道："取了鹰雁牌。"曾铁鸥登时省悟，抢进凉亭，伸手往圆桌上去取金牌，突然头顶风声飒然，掌力已然及首。曾铁鸥右手抱着师兄，左手不及取牌，只得反掌上迎，哪知这一架却架了个空。眼前黑影一晃，一人从凉亭顶上翻身而下，已将桌上金牌抓在手中，喝道："打输了想赖么？"正是袁紫衣。

曾铁鸥又惊又怒，抱着周铁鹪，僵在亭中，不知该当和袁紫衣拼命，还是先请人去治大师兄再说？

胡斐上前一步，说道："周兄双腿脱了臼，若不立刻推上，只怕伤了筋骨。"也不等周曾两人答话，伸手拉住周铁鹪的左腿，一推一送，喀的一声，接上了臼，跟着又接上了右腿关节，再在他腰侧穴道中推拿数下。周铁鹪登时疼痛大减。

胡斐向袁紫衣伸出手掌，笑道："这铜鹰铁雁牌也没什么好玩，你还了周大哥吧！"袁紫衣听他说到"也没什么好玩"六字，嫣然一笑，将金牌放在他掌心。

胡斐双手捧牌，恭恭敬敬的递到周铁鹪面前。周铁鹪伸手抓起，说道："两位的好处，姓周的但教有一口气在，终有报答之时。"说着向袁紫衣和胡斐各望一眼，扶着曾铁鸥转身便走。向袁紫衣所望的那一眼，目光中充满了怨毒，瞧向胡斐的那一眼，却显示了感激之情。

袁紫衣毫没在意，小嘴一扁，秀眉微扬，向着使雷震挡的褚轰说道："褚大爷，你这半个掌门人，咱们还比不比划？"

到了此时，褚轰再笨也该有三分自知之明，领会得凭着自己这几手功夫，决不能是她敌手，抱拳说道："敝派雷电门由家师执掌，区区何敢自居掌门？姑娘但肯赐教，便请驾临塞北，家师定是欢迎得紧。"他这几句话不亢不卑，却把担子都推到了师父肩上。

袁紫衣"嘿嘿"一笑，左手摆了几摆，道："还有哪一位要赐教?"

殷仲翔等一齐抱拳,说道:"胡大爷,再见了。"转身出外,各存满腹疑团,不知这武功如此高强的少女到底是什么路道。

胡斐亲自送到大门口,回到花园来时,忽听得半空中打了个霹雳,抬头一看,只见乌云满天,早将明月掩没。

袁紫衣道:"当真是天有不测风云,人有旦夕祸福。想不到胡大哥游侠风尘,一到京师,却面团团做起富家翁来。"

听她一提起此事,不由得胡斐气往上冲,说道:"袁姑娘,这宅第是那姓凤奸人的产业,我便是在这屋中多待一刻,也是玷辱了,告辞!"回头向程灵素道:"二妹,咱们走!"

袁紫衣道:"这三更半夜,你们却到哪里去?你不见变了天,转眼便是一场大雨么?"她刚说了这句话,黄豆般的雨点便已洒将下来。

胡斐怒道:"便是露宿街头,也胜于在奸贼的屋檐下躲雨。"说着头也不回的往外便走。程灵素跟着走了出去。

忽听袁紫衣在背后恨恨的道:"凤天南这奸人,原本是死有余辜。我恨不得亲手割他几刀!"

胡斐站定身子,回头怒道:"你这时却又来说风凉话?"袁紫衣道:"我心中对这凤天南的怨毒,胜你百倍!"顿了一顿,咬牙切齿的道:"你只不过恨了他几个月,我却已恨了他一辈子!"说到最后这几个字时,语音竟是有些哽咽。

胡斐听她说得悲切,丝毫不似作伪,不禁大奇,问道:"既是如此,我几回要杀他,何以你又三番四次的相救?"袁紫衣道:"是三次!决不能有第四次。"胡斐道:"不错,是三次,那又怎地?"

两人说话之际,大雨已是倾盆而下,将三人身上衣服都淋得湿了。

袁紫衣道:"你难道要我在大雨中细细解释?你便是不怕雨,你妹子娇怯怯的身子,难道也不怕么?"胡斐道:"好,二妹,咱们进去说话。"

当下三人走到书房之中,书僮点了蜡烛,送上香茗细点,退了出去。这书房陈设甚是精雅。东壁两列书架,放满了图书。西边一排长窗,茜纱窗间绿竹掩映,隐隐送来桂花香气。南边墙上挂着一幅董其昌的仕女图;一副对联,是祝枝山的行书,写着白乐天的两句诗:"红蜡烛移桃叶起,紫罗衫动柘枝来。"

胡斐心中琢磨着袁紫衣那几句奇怪的言语,哪里去留心什么书画?何况他读书甚少,就算看了也是不懂。程灵素却在心中默默念了两遍,瞧了一眼桌上的红烛,又望了一眼袁紫衣身上的紫罗衫,暗想:"对联上这两句话,倒似为此情此景而设。可是我混在这中间,却又算什么?"

三人默默无言,各怀心事,但听得窗外雨点打在残荷竹叶之上,淅沥有声,烛泪缓缓垂下。程灵素拿起烛台旁的小银筷,夹下烛心。室中一片寂静。

胡斐自幼飘泊江湖,如此伴着两个红妆娇女,静坐书斋,却是生平第一次。

过了良久,袁紫衣望着窗外雨点,缓缓说道:

"十九年前,也是这么一个下雨天的晚上,在广东省佛山镇,一个少妇抱着一个女娃娃,冒雨在路上奔跑。她不知道到什么地方去好,因为她已给人逼得走投无路。她的亲人,都给人害死了,她自己又受了难当的羞辱。如果不是为了怀中这个小女儿,她早就跳在河里自尽了。

"这少妇姓袁,名叫银姑。这名字很乡下气,因为她本来是个乡下姑娘。她长得很美,虽然有点黑,然而眉清目秀,又俏又丽,佛山镇上的青年子弟给她取了个外号,叫作'黑牡丹'。她家里是打鱼人家,每天清早,她便挑了鱼从乡下送到佛山的鱼行里来。有一天,佛山镇的凤大财主凤天南摆酒请客,银姑挑了一担鱼送到凤府里去。这真叫作天有不测风云,人有旦夕祸福,这个鲜花一般的大姑娘偏生给凤天南瞧见了。

"姓凤的妻妾满堂，但心犹未足，强逼着玷污了她。银姑心慌意乱，鱼钱也没收，便逃回了家里。谁知便是这么一回孽缘，她就此怀了孕，她父亲问明情由，赶到凤府去理论。凤老爷反而大发脾气，叫人打了他一顿，说他胡言乱语，撒赖讹诈。银姑的参气了一肚气回得家来，就此一病不起，拖了几个月，终于死了。银姑的伯伯叔叔说她害死了亲生父亲，不许她戴孝，不许她向棺材磕头，还说要将她装在猪笼里，浸在河里淹死。

"银姑连夜逃到了佛山镇上，挨了几个月，生下了一个小女孩。母女俩过不了日子，只好在镇上乞讨。镇上的人可怜她，有的就施舍些银米周济，背后自不免说凤老爷的闲话，说他作孽害人。只是他势力大，谁也不敢当着他面提起此事。

"镇上鱼行中有一个伙计向来和银姑很说得来，心中一直在偷偷的喜欢她，于是他托人去跟银姑说要娶她为妻，还愿意认她女儿当作自己女儿。银姑自然很高兴，两人便拜堂成亲。哪知有人讨好凤老爷，去禀告了他。

"凤老爷大怒，说道：'什么鱼行的伙计这么大胆，连我要过的女人他也敢要？'当下派了十多个徒弟到那鱼行伙计家里，将正在喝喜酒的客人赶个清光，把台椅床灶捣得稀烂，还把那鱼行伙计赶出佛山镇，说从此不许他回来。"

砰的一响，胡斐伸手在桌上用力一拍，只震得烛火乱晃，喝道："这奸贼恁地作恶多端！"

袁紫衣一眼也没望他，泪光莹莹，向着窗外，沉浸在自己所说的故事之中，轻轻叹了口气，说道：

"银姑换下了新娘衣服，抱了女儿，当即追出佛山镇去。那晚天下大雨，把母女俩全身都打湿了。她在雨中又跌又奔的走出十来里地，忽见大路上有一个人俯伏在地。她只道是个醉汉，好心要扶他起来，哪知低头一看，这人满脸血污，早已死了，竟便是那个跟她拜了堂的鱼行伙计。原来凤老爷命人候在镇外，下手害死了他。

"银姑伤心苦楚,真的不想再活了。她用手挖了个坑,埋了丈夫,当时便想往河里跳去,但怀中的女娃子却一声声哭得可怜。带着她一起跳吧,怎忍心害死亲生女儿?撇下她吧,这样一个婴儿留在大雨之中,也是死路一条。她思前想后,咬了咬牙,终于抱了女儿向前走去,说什么也得把女儿养大。"

程灵素听到这里,泪水一滴滴的流了下来,听袁紫衣住口不说了,问道:"袁姊姊,后来怎样了?"

袁紫衣取手帕抹了抹眼角,微微一笑,道:"你叫我姊姊,该当把解药给我服了吧?"程灵素苍白的脸一红,低声道:"原来你早知道了。"斟过一杯清茶,随手从指甲中弹了一些淡黄色的粉末在茶里。

袁紫衣道:"妹子的心地倒好,早便在指甲中预备了解药,想神不知鬼不觉的便给我服下。"说着端过茶来,一饮而尽。程灵素道:"你中的也不是什么致命的毒药,只是要大病一场,委顿几个月,使得胡大哥去杀那凤天南时,你不能再出手相救。"袁紫衣淡淡一笑,道:"我早知中了你的毒手,只是你如何下的毒,我始终想不起来。进这屋子之后,我可没喝过一口茶,吃过半片点心。"

胡斐心头暗惊:"原来袁姑娘虽然极意提防,终究还是着了二妹的道儿。"

程灵素道:"你和胡大哥在墙外相斗,我掷刀给大哥。那口刀的刀刃上有一层薄薄毒粉,你的软鞭上便沾着了,你手上也沾着了。待会得把单刀软鞭都在清水中冲洗干净。"袁紫衣和胡斐对望一眼,均想:"如此下毒,真是教人防不胜防。"

程灵素站起身来,敛衽行礼,说道:"袁姊姊,妹子跟你赔不是啦。我实不知中间有这许多原委曲折。"袁紫衣起身还礼,道:"不用客气,多蒙你手下留情,下的不是致命毒药。"两人相对一笑,各自就坐。

胡斐道："如此说来，那凤天南便是你……你的……"

袁紫衣道："不错，那银姑是我妈妈，凤天南便是我的亲生之父。他虽害得我娘儿俩如此惨法，但我师父言道：'人无父母，何有此身？'我拜别师父、东来中原之时，师父吩咐我说：'你父亲作恶多端，此生必遭横祸。你可救他三次性命，以了父女之情。自此你是你，他是他，不再相干。'胡大哥，在佛山镇北帝庙中我救了他一次，那晚湘妃庙中救了他一次，今晚又救了他一次。下回若再撞在我手里，我先要杀了他，给我死了的苦命妈妈报仇雪恨。"说着神色凛然，眼光中满是恨意。

程灵素道："令堂过世了么？"袁紫衣道："我妈妈逃出佛山镇后，一路乞食向北。她只想离开佛山越远越好，永不要再见凤老爷的面，永不再听到他的名字。在道上流落了几个月，后来到了江西省南昌府，投入了一家姓汤的府中去做女佣……"胡斐"哦"了一声，道："江西南昌府汤家，不知和那甘霖惠七省汤大侠有干系没有？"

袁紫衣听到"甘霖惠七省汤大侠"八字，嘴边肌肉微微一动，道："我妈便是死在汤……汤大侠府上的。我妈死后第三天，我师父便接了我去，带我到回疆，隔了一十八年，这才回来中原。"

胡斐道："不知尊师的上下怎生称呼？袁姑娘各家各派的武功无所不会，无所不精，尊师必是一位旷世难逢的奇人。那苗大侠号称'打遍天下无敌手'，也不见得有这等本事！"

袁紫衣道："家师的名讳因未得她老人家允可，暂且不能告知，还请原谅。再说，我自己的名字也不是真的，不久胡大哥和程家妹子自会知道。至于那位苗大侠，我们在回疆也曾听到过他的名头。当时红花会的无尘道长很不服气，定要到中原来跟他较量较量，但赵半山赵三叔……"她说到"赵三叔"三字时，向胡斐抿嘴一笑，意思说："又给你讨了便宜去啦！"续道："赵半山知道其中原委，说苗大侠所以用这外号，并非狂妄自大，却是另有苦衷，听说他是为报父仇，故意激使辽东的一位高手前来找他。后来江湖上纷纷传言，他父仇已报，曾数次当众宣称，决不敢用这个名号，说道：'什么打遍天下无敌手，这外号儿狗屁不通。大侠胡一刀的武功，就比我高强得多了！'"

胡斐心头一凛，问道："苗人凤当真说过这句话？"

袁紫衣道："我自然没亲耳听到，那是赵……赵半山说的。无尘道长听了这话，雄心大起，却又要来跟那位胡一刀比划比划。后来打听不到这位胡大侠身在何方，也只得罢了。那一年赵半山来到中原，遇见了你，回去回疆后，好生称赞你英雄了得。只是那时我年纪还小，他们说什么我也不懂。这次小妹东来，文四婶便要我骑了她的白马来，她说：'倘若遇到那位姓胡的少年豪杰，便把我这匹坐骑赠了于他。'"

胡斐奇道："这位文四婶是谁？她跟我素不相识，何以赠我这等重礼？"

袁紫衣道："说起文四婶来，当年江湖上大大有名。她便是奔雷手文泰来文四叔的娘子，姓骆名冰，人称'鸳鸯刀'的便是。她听赵半山说及你在商家堡大破铁厅之事，又听说你很喜欢这匹白马，当时便埋怨他道：'三哥，既有这等人物，你何不便将这匹马赠了与他？难道你赵三爷结交得少年英雄，我文四娘子结交不得？'"

胡斐听了，这才明白袁紫衣那日在客店中留下柬帖，说什么"马归原主"，原来乃是为此，心中对骆冰好生感激，暗想："如此宝马，万金难求。这位文四娘子和我相隔万里，只凭他人片言称许，便即割爱相赠，这番隆情高义，我胡斐当真是难以为报了。"又问："赵三哥想必安好。此间事了之后，我便想赴回疆一行，一来探访赵三哥，二来前去拜见众位前辈英雄。"

袁紫衣道："那倒不用。他们都要来啦。"

胡斐一听大喜，伸手在桌上一拍，站起身来，说不出的心痒难搔。程灵素知他心意，道："我给你取酒去。"出房吩咐书僮，送了七八瓶酒来。胡斐连尽两瓶，想到不久便可和众位英雄相见，豪气横生，连问："赵三哥他们何时到来？"

袁紫衣脸色郑重，说道："再隔四天，便是中秋，那是天下掌门人大会的正日。这个大会是福康安召集的。他官居兵部尚书、总管内务府大臣，执掌天下兵马大权，皇亲国戚个个属他该管，却何以要来和江湖上的豪客打交道？"

胡斐道："我也一直在琢磨此事，想来他是要网罗普天下英雄好汉，供朝廷驱使，便像是皇帝用考状元、考进士的法子来笼络读书人一般。"袁紫衣道："不错，当年唐太宗见应试举子从考场中鱼贯而出，喜道：'天下英雄，入我彀中矣。'福康安开这个大会，自也想以功名利禄来引诱天下英雄。可是他另有一件切肤之痛，却是外人所不知的。福康安曾经给赵半山、文四叔、无尘道长他们逮去过，这件事你可知道么？"

胡斐又惊又喜，仰脖子喝了一大碗酒，说道："痛快，痛快！我却没听说过，无尘道长、文四爷他们如此英雄了得，当真令人倾倒。"

袁紫衣抿嘴笑道："古人以汉书下酒，你却以英雄豪杰大快人心之事下酒。若是说起文四叔他们的作为，你便是千杯不醉，也要叫你醉卧三日。"胡斐倒了一碗酒，说道："那便请说。"

袁紫衣道："这些事儿说来话长，一时之间也说不了。大略而言，文四叔他们知道福康安很得当今皇帝乾隆的宠爱，因此上将他捉了去，胁迫皇帝重建福建少林寺，又答应不害红花会散在各省的好汉朋友，这才放了他出来。"

胡斐一拍大腿，说道："福康安自然以为是奇耻大辱。他招集天下武林各家各派的掌门人，想是要和文四爷他们再决雌雄了？"袁紫衣道："对了！此事你猜中了一大半。今年秋冬之交，福康安料得文四叔他们要上北京来，是以先行招集各省武林好手。他自在十年前吃了那个大苦头之后，才知他手下兵马虽多，却不足以与武林豪杰为敌。"胡斐鼓掌笑道："你夺了这九家半掌门，原来是要先杀他一个下马威。"

袁紫衣道："我师父和文四叔他们交情很深。但小妹这次回到中原,却是为了自己的私事。我先到广东佛山,要瞧瞧凤老爷到底是怎样一个人物,也是机缘巧合,不但救了他的性命,还探听到了天下掌门人大会的讯息。我有事未了,不能赶去回疆报讯,于是也不怕胡大哥见笑,一路从南到北,胡闹到了北京,也好让福康安知晓,他的什么劳什子掌门人大会,未必能管什么事。"

胡斐心念一动:"想是赵三哥在人前把我夸得太过了,这位姑娘不服气,以致一路上尽是伸量我。"向袁紫衣瞪了一眼,说道:"还有,也好让赵半山他们知道,那个姓胡的少年,未必真有什么本事。"

袁紫衣格格而笑,说道:"咱们从广东较量到北京,我也没能占了你的上风。胡大哥,日后我见到赵半山时,你猜我要跟他说什么话?"胡斐摇头道:"我不知道。"袁紫衣正色道:"我说:'赵三叔,你的小义弟名不虚传,果然是一位英雄好汉!'"

胡斐万万料想不到,这个一直跟自己作对为难的姑娘,竟会当面称赞起自己来,不由得满脸通红,大是发窘,心中却甚感甜美舒畅。从广东直到北京,风尘行旅,间关千里,他脑海之中无日不有袁紫衣的影子在,只是每想到这位又美丽动人又刁钻古怪的姑娘,七分欢喜之中,不免带着两分困惑,一分着恼。今夜一夕长谈,嫌隙尽去,原来中间竟有这许多原委,怎不令他在三分酒醉之中,再加上了三分心醉?

这时窗外雨声已细,一枝蜡烛也渐渐点到了尽头。胡斐又喝了一大碗酒,说道:"袁姑娘,你说有事未了,不知有用得着我的地方吗?"袁紫衣摇头道:"多谢了,我想不用请你帮忙。"她见胡斐脸上微有失望之色,又道:"若是我料理不了,自当再向你和程家妹子求救。胡大哥,再过四天,便是掌门人大会之期,咱三个到会中去扰他一个落花流水,演一出'三英大闹北京城',你说好是不好?"

胡斐豪气勃发,叫道:"妙极,妙极!若不挑了这掌门人大会,赵三哥、文四爷、文四奶奶他们结交我这小子又有什么用?"

程灵素一直在旁听着,默不作声,这时终于插口道:"'双英闹北京',也已够了,怎地拉扯上我这个不中用的家伙?"

袁紫衣搂着她娇怯怯的肩头,说道:"程家妹子,快别这么说。你的本事胜我十倍。我只敢讨好你,不敢得罪你。"

程灵素从怀中取出那只玉凤,说道:"袁姊姊,你和我大哥之间的误会也说明白啦,这只玉凤还是你拿着。要不然,两只凤凰都给了我大哥。"

袁紫衣一怔,低声道:"要不然,两只凤凰都给了我大哥!"

程灵素说这两句话时原无别意,但觉袁紫衣品貌武功,都是头挑人才,一路上听胡斐言下之意,早已情不自禁的对她十分倾心,只是为了她数度相救凤天南,这才心存芥蒂,今日不但前嫌尽释,而且双方说来更是大有渊源,那还有什么阻碍?但听袁紫衣将自己这句话重说了一遍,倒似是自己语带双关,有"二女共事一夫"之意,不由得红晕双颊,忙道:"不,不,我不是这个意思。"袁紫衣道:"不是什么意思?"程灵素如何能够解释,窘得几乎要掉下泪来。

袁紫衣道:"程家妹子,你在那单刀之上,为何不下致命的毒药?"程灵素目中含泪,愤然道:"我虽是毒手药王的弟子,但生平从未杀过一个人。难道我就能随随便便的害么?何况……何况你是他的心上人,他整天除了吃饭睡觉,念念不忘,便是在想着你。我怎会当真害你?"说到这里,泪珠儿终于夺眶而出。

袁紫衣一愕,站起身来,飞快的向胡斐掠了一眼,只见他脸上显得甚是忸怩尴尬。程灵素这一番话,突然吐露了他的心事,实是大出他意料之外,不免甚是狼狈,但目光之中,却是满含款款柔情。

袁紫衣上排牙齿一咬下唇,向程灵素柔声道:"你放心!终不能两只凤凰都给了他!"蓦地里纤手一扬,噗的一声,扇灭了烛火,穿窗而出,登高越房而去。

胡斐和程灵素都是一惊,奔到窗边去看时,但见宿雨初晴,银光泻地,早已不见袁紫衣的人影。

两人心头,都在咀嚼她临去时那一句话:"你放心,终不能两只凤凰都给了他!"

福康安万料不到屏风之后竟藏得有个男人，大吃一惊。马春花笑道："这位兄弟姓胡，单名一个斐字。他年纪虽轻，却是武功卓绝，你手下那些武士，没一个及得他上。"

第十五章　华拳四十八

两人并肩站在黑暗之中，默然良久，忽听得屋瓦上喀的一声响。胡斐大喜，只道袁紫衣去而复回，情不自禁的叫道："你……你回来了！"忽听得屋上一个男子的声音说道："胡大爷，请你借一步说话。"听声音却是那个爱剑如命的聂姓武官。

胡斐道："此间除我义妹外并无旁人，聂兄请进来喝一杯酒。"

这姓聂的武官单名一个钺字，那日胡斐不毁他的宝剑，一直心中好生感激，当袁紫衣和秦耐之、王剑英、周铁鹪三人相斗之时，他见胡斐暗中颇有偏袒袁紫衣之意，是以始终默不作声，这时听胡斐这般说，便从屋顶跃下，说道："胡大哥，你的一位旧友命小弟前来，请胡大哥大驾过去一谈。"

胡斐奇道："我的旧友？那是谁啊？"聂钺道："小弟奉命不得泄露，还请原谅。胡大哥见面自知。"胡斐向程灵素望了一眼，道："二妹，你在此稍待，我天明之前必回。"程灵素转身取过他的单刀，道："带兵刃么？"胡斐见聂钺腰间未系宝剑，道："既是旧友见招，不用带了。"

当下两人从大门出去，门外停着一辆两匹马拉的马车，车身金漆纱围，甚是华贵。胡斐寻思："难道又是凤天南这厮施什么鬼计？这次再教我撞上，纵是空手，也一掌将他毙了。"

两人进车坐好，车夫鞭子一扬，两匹骏马发足便行。马蹄击在北京城大街的青石板上，响声得得，静夜听来，分外清晰。京城之中，宵间本来不许行车驰马，但巡夜兵丁见到马车前的红色无字灯笼，侧身让在街边，便让车子过去了。

约莫行了半个时辰，马车在一堵大白粉墙前停住。聂钺先跳下车，引着胡斐走进一道小门，沿着一排鹅卵石铺的花径，走进一座花园。这园子规模好大，花木繁茂，亭阁、回廊、假山、池沼，一处处观之不尽，亭阁之间往往点着纱灯。

胡斐暗暗称奇："凤天南这厮也真神通广大，这园子不是一二百万两银子，休想买得到手。他在佛山积聚的造孽钱，当真不少。"但转念又想："只怕未必便是姓凤的奸贼。他再强也不过是广东一个土豪恶霸，怎能差遣得动聂钺这般有功名的武官？"

寻思之际，聂钺引着他转过一座假山堆成的石障，过了一道木桥，走进一座水阁，阁中点着两枝红烛，桌上摆列着茶碗细点。聂钺道："贵友这便就来，小弟在门外相候。"说时转身出门。

胡斐看这阁中陈设时，但见精致雅洁，满眼富贵之气，宣武门外的那所宅第本也算得上华丽，但和这小阁相比，却又是相差不可以道里计了。西首墙上悬了一个条幅，正楷书着一篇庄子的《说剑》，下面署名的竟是当今乾隆皇帝之子成亲王。这篇文字是后人伪作，并非庄子所撰，胡斐自也不知，坐了一会觉得无聊，便从头默默诵读，好在文句浅显，倒能明白："昔赵文王喜剑，剑士夹门而客三千余人，日夜相击于前，死伤者岁百余人，好之不厌……"心想："福大帅召集天下掌门人大会，不知是否在学这赵文王的榜样？"待读到"……臣之剑，十步一人，千里不留行。王大说之曰：天下无敌矣。庄子曰：夫为剑者示之以虚，开之以利，后之以发，先之以至……"他心道："庄子自称能十步杀一人，千里不留行，那自是天下无敌了，看来这庄子是在吹牛。至于'示虚开利，后发先至'那几句话，确是武学中的精义，不但剑术是这样，刀法拳法又何尝不是？"

忽听得背后脚步之声细碎，隐隐香风扑鼻，他回过身来，见是一个美貌少妇，身穿淡绿纱衫，含笑而立，正是马春花。

胡斐恍然大悟："原来这里是福康安的府第，我怎会想不到？"只见马春花上前道个万福，笑道："胡兄弟，想不到咱们又在京中相见，请坐请坐。"说着亲手捧茶，从果盒中拿了几件细点，放在他的身前，又道："我听说胡兄弟到了北京，好生想念，急着要见见你，要多谢你那一番相护的恩德。"

胡斐见她发边插着一朵小小白绒花，算是给徐铮戴孝，但衣饰华贵，神色间喜溢眉梢，哪里是新丧丈夫的寡妇模样？于是淡淡的道："其实都是小弟多事，早知是福大帅派人来相迎徐大嫂，也用不着在石屋中这么一番担惊了。"

马春花听他口称"徐大嫂"，脸上微微一红，道："不管怎么，胡兄弟义气深重，我总是十分感激的。奶妈，奶妈，带公子爷出来。"

东首门中应声进来两个仆妇，携着两个孩儿。两孩向马春花叫了声："妈！"靠在她的身旁。两个孩儿面貌一模一样，本就玉雪可爱，这一衣锦着缎，挂珠戴玉，更加显得娇贵了。马春花笑道："你们还认得胡叔叔么？胡叔叔在道上一直帮着咱们，快向胡叔叔磕头啊。"二孩上前拜倒，叫了声："胡叔叔！"

胡斐伸手扶起，心想："今日你们还叫我一声叔叔，过不多时，你们便是威风赫赫的皇亲国戚，哪里还认得我这草莽之士？"

马春花道："胡兄弟，我有一事相求，不知你能答允么？"胡斐道："大嫂，当日在商家堡中，小弟被商宝震吊打，蒙你出力相救，此恩小弟深记心中，终不敢忘。日前在石屋中小弟助你抗拒群盗，虽则是多管闲事，瞎起忙头，不免教人好笑，但在小弟心中，总算是报答了你昔日的一番恩德。今日若知是你见招，小弟原也不会到来。从今而后，咱们贵贱有别，再也没什么相干了。"这一番话侃侃而言，显是对她颇为不满。

马春花叹道："胡兄弟，我虽然不好，却也不是趋炎附势之人。所谓'一见钟情'，总是前生的孽缘……"她越说声音越低，慢慢低下了头去。

胡斐听她说到"一见钟情"四字,触动了自己的心事,登时对她不满之情大减,说道:"你要我做什么事?其实,福大帅还有什么事不能办到,你却来求我?"马春花道:"我是为这两个孩儿求你,请你收了他们为徒,传他们一点武艺。"胡斐哈哈一笑,道:"两位公子爷尊荣富贵,又何必学什么武艺?"马春花道:"强身健体,那也是好的。"

正说到此处,忽听得阁外一个男人声音说道:"春妹,这当儿还没睡么?"马春花脸色微变,向门边的一座屏风指了指,胡斐当即隐身在屏风之后。只听得靴声橐橐,一人走了进来。

马春花道:"怎么你自己还不睡?不去陪伴夫人,却到这里作什么?"那人伸手握住了她手,笑道:"皇上召见商议军务,到这时方退。你怪我今晚来得太迟了么?"

胡斐一听,便知这是福康安了,心想自己躲在这里,好不尴尬,他二人的情话势必传进耳中,欲不听而不可得,何况眼前情势似是来和马春花私相幽会,若是给他发觉,于马春花和自己都大大不妥,察看周围情势,欲谋脱身之计。

忽听得马春花道:"康哥,我给你引见一个人。这人你也曾见过,只是想必早已忘了。"跟着提高声音叫道:"胡兄弟,你来见过福大帅。"

胡斐只得转了出来,向福康安一揖。福康安万料不到屏风之后竟藏得有个男人,大吃一惊,道:"这……这……"

马春花笑道:"这位兄弟姓胡,单名一个斐字,他年纪虽轻,却是武功卓绝,你手下那些武士,没一个及得他上。这次你派人接我来京时,这位胡兄弟帮了我不少忙,因此我请了他来。你怎生重重酬谢他啊?"

福康安脸上变色,听她说完,这才宁定,道:"嗯,那是该谢的,那是该谢的。"左手向胡斐一挥道:"你先出去吧,过几日我自会传见。"语气之间,微现不悦,若不是碍着马春花的面子,早已直斥他擅闯府第、见面不跪的无礼了。马春花道:"胡兄弟……"

胡斐憋了一肚子气，转身便出，心想："好没来由，半夜三更的来受这番羞辱。"聂钺在阁门外相候，伸了伸舌头，低声道："福大帅刚才进去，见着了么？"胡斐道："马姑娘给我引见了，说要福大帅酬谢我什么。"聂钺喜道："只须得马姑娘一言，福大帅岂有不另眼相看的？日后小弟追随胡大哥之后，那真是再好不过。"他佩服胡斐武功和为人，这几句话倒是衷心之言。

当下两人从原路出去，来到一座荷花池之旁，离大门已近，忽听得脚步声响，有几人快步追了上来，叫道："胡大爷请留步。"

胡斐愕然停步，见是四名武官，当先一人手中捧着一只锦盒。那人道："马姑娘有几件礼物赠给胡大爷，请你赐收。"胡斐正没好气，说道："小人无功不受禄，不敢拜领。"那人道："马姑娘一番盛意，胡大爷不必客气。"胡斐道："请你转告马姑娘，便说她的隆情厚意，姓胡的心领了。"说着转身便走。

那武官赶上前来，神色甚是焦急，道："胡大爷，你若必不肯受，马姑娘定要怪罪小人。聂大哥，你……你便劝劝胡大爷。我实在是奉命差遣……"胡斐心道："瞧你步履矫捷，身法稳凝，也是一把好手，何苦为了功名利禄，却去做人家低三下四的奴才。"

聂钺接过锦盒，只觉盒子甚是沉重，想来所盛礼品必是贵重之物。那武官陪笑道："请胡大爷打开瞧瞧，就是只收一件，小人也感恩不浅。"聂钺道："胡大哥，这位兄弟所言也是实情，倘若马姑娘因此怪责，这位兄弟的前程就此毁了。你就胡乱收受一件，也好让他有个交代。"

胡斐心道："冲着你的面子，我便收一件拿去周济穷人也是好的。"于是伸手揭开锦盒之盖，只见盒里一张红缎包着四四方方的一块东西，缎子的四角折拢来打了两个结。胡斐皱着眉头，道："那是什么？"那武官道："小人不知。"胡斐心想："这礼物不知是否整块的？"伸手便去解那缎子的结。

刚解开了一个结，突然间盒盖一弹，拍的一响，盒盖猛地合拢，将他双手牢牢夹住，霎时间但觉剧痛彻骨，腕骨几乎折断，原来这盒子竟是精钢所铸，中间藏着极精巧极强力的机括，盒外包以锦缎，是以瞧不出来。

盒盖一合上，登时越收越紧，胡斐急忙气运双腕与抗，若是他内力稍差，只怕双腕已断，饶是如此，一口气也是丝毫松懈不得。四个武官见他中计，立时拔出匕首，二前二后，抵在他的前胸后背。

聂钺惊得呆了，忙道："干……干什么？"那领头的武官道："福大帅有令，捕拿刁徒胡斐。"聂钺道："胡大爷是马姑娘请来的客人，怎能如此相待？"那武官冷笑道："聂大哥，你便问福大帅去。咱们当差的怎知道这许多？"

聂钺一怔，道："胡大哥你放心，其中必有误会。我便去报知马姑娘，她定能设法救你。"那武官喝道："站住！福大帅密令，决不能泄漏风声，让马姑娘知道。你有几颗脑袋？"聂钺满头都是黄豆大的汗珠，心想："这盒子是我亲手递给胡大哥的，我岂不是成了奸诈小人？但福大帅既有密令，又怎能抗命？"

那武官将匕首轻轻往前一送，刀尖割破胡斐衣服，刺到肌肤，喝道："快走吧！"

那钢盒是西洋巧手匠人所制，弹簧机括极是霸道，上下盒边的锦缎一破，便露出锋利的刃口，原来盒盖的两边，竟是两把利刃。

聂钺见胡斐手腕上鲜血迸流，即将伤到筋骨，心想："胡大哥便是犯了弥天大罪，也不能以此卑鄙手段对付。"他对胡斐一直敬仰，这时见此惨状，又自愧祸出于己，突然伸手抓住钢盒，手指插入盒缝，用力一扳，盒盖张开，胡斐双手登得自由。

便在此时，那为首武官一匕首刺了过去。聂钺的武功本在此人之上，只是双手尚在钢盒之中，竟然无法闪避，"啊"的一声惨呼，匕首入胸，立时毙命。

在这电光石火般的一瞬之间，胡斐吐一口气，胸背间登时缩入数寸，立即纵身而起，三柄匕首直划下来，两柄落空，另一柄却在他右腿上划了一道血痕。胡斐双足齐飞，此时性命在呼吸之间，哪里还能容情？右足足尖前踢，左足足跟后撞，人在半空之中，已将两名武官踢毙。

刺死聂钺的那武官不等胡斐落地,一招"荆轲献图",径向胡斐小腹上刺来,这一下势挟劲风,甚是凌厉。胡斐左足自后翻上,腾的一下,踹在他的胸口。那武官扑通一声,跌入了荷池,十余根肋骨齐断,眼见是不活的了。

另一名武官见势头不好,"啊哟"一声,转头便走。胡斐纵身过去,夹颈提将起来,一掌便要往他天灵盖击落,月光下只见他眼中满是哀求之色,心肠一软:"他和我无冤无仇,不过是受福康安的差遣,何必伤他性命?"

当下提着他走到假山之后,低声喝问:"福康安何以要拿我?"那武官道:"实……实在不知道。"胡斐道:"这时他在哪里?"那武官道:"福大帅……福大帅从马姑娘的阁子中出来,嘱咐了我们,又……又回进去了。"胡斐伸手点了他的哑穴,说道:"命便饶你,明日有人问起,你便说这姓聂的也是我杀的。倘若你走漏消息,他家小有甚风吹草动,我将你全家杀得干干净净。"那武官说不出话,只是点头。

胡斐抱过聂钺的尸身,藏在假山窟里,跪下拜了四拜,再将其余两具尸身踢在草丛之中,然后撕下衣襟,裹了两腕的伤口,腿上的刀伤虽不厉害,口子却长,这时忍不住怒火填膺,拾起一把匕首,便往水阁而来。

胡斐知道福康安府中卫士必众,不敢稍有轻忽,在大树、假山、花丛之后瞧清楚前面无人,这才闪身而前。将近水阁的桥边,只见两盏灯笼前导,八名卫士引着福康安过来。幸好花园中极富丘壑之胜,到处都可藏身,胡斐身子一缩,隐在一株石笋之后,只听福康安道:"你去审问那姓胡的刁徒,细细问他跟马姑娘怎生相识,是什么交情,半夜里到我府中,是为了什么。这件事不许泄漏半点风声。审问明白之后,速来回报。至于那刁徒呢,嗯,乘着今晚便毙了他,此事以后不可再提。"

他身后一人连声答应,道:"小人理会得。"福康安又道:"若是马姑娘问起,便说我送了他三千两银子,遣他回家里去了。"那人又道:"是,是!"胡斐越听越怒,心想原来福康安只不过疑心我和马姑娘有甚私情,竟然便下毒手,终于害了聂钺的性命。

这时候胡斐若是纵将出去,立时便可将福康安毙于匕首之下,但他心中虽怒,行事却不莽撞,自忖初到京师,诸事未明,而福康安手掌天下兵马大权,声威赫赫,究是不敢贸然便出手行刺,于是伏在石笋之后,待福康安一行去远。

那受命去拷问胡斐之人口中轻轻哼着小曲,施施然的过来。胡斐探身长臂,陡地在他胁下一点。那人也没瞧清敌人是谁,身子一软,扑地倒了。胡斐再在他两处膝弯里点了穴道,然后快步向福康安跟去,远远听得他说道:"这深更半夜的,老太太叫我有什么事?是谁跟她老人家在一起?"一名侍从道:"公主今日进宫,回府后一直和老太太在一起。"福康安"嗯"了一声,不再言语。

胡斐跟着他穿庭绕廊,见他进了一间青松环绕的屋子。众侍从远远的守在屋外。胡斐绕到屋后,钻过树丛,只见北边窗中透出灯光。他悄悄走到窗下,见窗子是绿色细纱所糊,心念一动,悄没声的折了一条松枝,挡在面前,然后隔着松针从窗纱中向屋内望去。

只见屋内居中坐着两个三十来岁的贵妇,下首坐着一个六十来岁老妇,那老妇的左侧,又坐着两个妇人。五个女子都是满身纱罗绸缎,珠光宝气。福康安先屈膝向中间两个贵妇请安,再向老妇请安,叫了声:"娘!"另外两个妇人见他进来,早便站起。

原来福康安的父亲傅恒,是当今乾隆之后孝贤皇后的亲弟。傅恒的妻子是满洲出名的美人,入宫朝见之时给乾隆看中了,两人有了私情,生下的孩子便是福康安。傅恒由于姊姊、妻子、儿子三重关系,深得乾隆的宠幸,出将入相,一共做了二十三年的太平宰相,此时已经逝世。

傅恒共有四子。长子福灵安,封多罗额驸,曾随兆惠出征回疆有功,升为正白旗满洲副都统,已死。次子福隆安,封和硕额驸,做过兵部尚书和工部尚书,封公爵。第三子便是福康安。他两个哥哥都做驸马,他最得乾隆恩遇,反而不尚公主,不知内情的人便引以为奇,其实他是乾隆的亲生骨肉,怎能再做皇帝的女婿?这时他身任兵部尚书,总管内务府大臣,加太子太保衔。傅恒第四子福长安任户部尚书,后来封到侯爵。当时满门富贵极品,举朝莫及。

屋内居中而坐的贵妇便是福康安的两个公主嫂嫂。二嫂和嘉公主能说会道,善伺人意,是乾隆的第四女,自幼便极得乾隆的宠爱,没隔数日,乾隆便要召她进宫,说话解闷。她和福康安实虽兄妹,名属君臣,因此福康安见了她也须请安行礼。其余两个妇人一个是福康安的妻子海兰氏,一个是福长安的妻子。

福康安在西首的椅上坐下,说道:"两位公主和娘这么夜深了,怎地还不安息?"老夫人道:"两位公主听说你有了孩儿,欢喜得了不得,急着要见见。"福康安向海兰氏望了一眼,微微一笑,说道:"那女子是汉人,还没学会礼仪,因此没敢让她来叩见公主和娘。"

和嘉公主笑道:"康老三看中的,那还差得了么?我们也不要见那女子,你快叫人领那两个孩儿来瞧瞧。父皇说,过几日叫嫂子带了进宫朝见呢。"

福康安暗自得意,心想这两个粉装玉琢的孩儿,皇上见了定然喜爱,于是命丫鬟出去吩咐侍从,立即抱两位小公子来见。

和嘉公主又道:"今儿我进宫去,母后说康老三做事鬼鬼祟祟,在外边生下了孩儿,几年也不去找回来,把大家瞒得好紧,小心父皇剥你的皮。"福康安笑道:"这两个孩儿的事,也是直到上个月才知道的。"

说了一会子话,两名奶妈抱了那对双生孩儿进来。福康安命兄弟俩向公主、老太太、太太、婶婶磕头。两个孩儿很是听话,虽然睡眼惺忪,还是依言行礼。

众人见这对孩子的模样儿长得竟无半点分别,一般的圆圆脸蛋,眉目清秀。和嘉公主拍手笑道:"康老三,这对孩儿跟你是一个印模子里出来的。你便是想赖了不认帐，可也赖不掉。"海兰氏对这件事本来心中不悦，但见这对双生孩儿实在可爱，忍不住搂在怀里，着实亲热。老夫人和公主们各有见面礼品。两个奶妈扶着孩儿，不住的磕头谢赏。

两位公主和海兰氏等说了一会子话，一齐退出。老夫人和福康安带领双生孩儿送公主出门，回来又自坐下。

老夫人叫过身后的丫鬟，说道："你去跟那马姑娘说，老太太很喜欢这对孩儿，今晚便留他们伴老太太睡，叫马姑娘不用等他两兄弟啦。"那丫鬟答应了。老夫人拉开桌边的抽屉，取出一把镶满了宝石的金壶，放在桌上，说道："拿这壶参汤去赏给马姑娘，说老太太一定好好照看她的孩子，叫她放心！"福康安手中正捧了一碗茶，一听此言，脸色大变，双手一颤，一大片茶水泼了出来，溅在袍上，怔怔的拿着茶碗良久不语。只见那丫鬟捧了金壶，放在一只金漆提盒之中，提着去了。

这时两个孩儿倦得要睡，不住口的叫："妈妈，妈妈，要妈妈。"老夫人道："好孩子别吵，乖乖的跟着奶奶。奶奶给糖糖糕糕吃。"两个孩儿哭叫："不要糖糖糕糕！不要奶奶！要妈妈！"老夫人脸一沉，挥手命奶妈将孩子带了下去，又使个眼色，众丫鬟也都退出，屋内只剩下福康安母子二人。

隔了好一会，母子俩始终没交谈半句。老夫人凝望儿子。福康安却望着别处，不敢和母亲的目光相接。

过了良久，福康安叹了口长气，说道："娘，你为什么容不得她？"老夫人道："那还用问么，这女子是汉人，居心便就叵测。何况又是镖局子出身，使刀抡枪，一身的武功。咱们府中有两位公主，怎能和这样的人共居？十年前皇上身历大险，也便是为了一个异族的美女，难道你便忘了？让这种毒蛇一般的女子处在肘腋之间，咱们都要寝食不安。"

福康安道："娘的话自然不错。孩儿初时也没想要接她进府，只是派人去瞧瞧，送她些银两。哪知她竟生下了两个儿子，这是孩儿的亲骨血,那便又不同了。"

老夫人点头道:"你年近四旬,尚无所出,有这两个孩子自然很好。咱们好好抚养两个孩儿长大,日后他们封侯袭爵,一生荣华富贵,他们的母亲也可安心了。"

福康安沉吟半晌,低声道:"孩儿之意,将那女子送往边郡远地,从此不再见面,那也是了,想不到母亲……"老夫人脸色一沉,说道:"枉为你身居高官,连这中间的利害也没想到?她的亲生孩儿在咱们府中,她岂有不生事端的?这种江湖女子把心一横,什么事也做得出来。"福康安点了点头。老夫人道:"你命人将她厚于葬殓,也算是尽了一番心意……"福康安又点了点头,应道:"是!"

胡斐在窗外越听越是心惊,初时尚不明他母子二人话中之意,待听到"厚于葬殓"四字,这一惊当真是非同小可,心道:"原来他二人恁地歹毒,定下阴谋毒计,夺了孩子,竟然还要谋死马姑娘。此事十分紧急,片刻延挨不得,乘着他二人毒计尚未发动,须得立即去告知马姑娘,连夜救她出府。"当下悄悄走出,循原路回向水阁,幸喜夜静人定,园中无人行走,杀死点倒的卫士也尚未给人发觉。胡斐心中焦急,走得极快,心中却自踌躇:"马姑娘对这福康安一见钟情,他二人久别重逢,正自情热,怎肯听了我这一番话,便此逃出府去?要怎生说得她相信才好?"

心中计较未定,已到水阁之前,但见门外已多了四名卫士,心想:"哼,他们已先伏下了人,怕她逃走!"当下不敢惊动,绕到阁后,轻身一纵,跃过水阁外的一片池水,只见阁中灯火兀自未熄,凑眼过去往缝中一望,不由得呆了。

只见马春花倒在地下,抱着肚子不住呻吟,头发散乱,脸上已全无血色,服侍她的丫鬟仆妇却一个也不在身边。

胡斐见了这情景,登时醒悟:"啊哟,不好!终究还是来迟了一步。"急忙推窗而入,俯身看时,只见她气喘甚急,脸色铁青,眼睛通红,如要滴出血来。

马春花见胡斐过来,断断续续的道:"我……我……肚子痛……胡兄弟……你……"说到一个"你"字,再也无力说下去。胡斐在她耳边低声道:"刚才你吃了什么东西?"马春花眼望茶几上的一把镶满了红蓝宝石的金壶,却说不出话。

胡斐认得这把金壶,正是福康安的母亲装了参汤,命丫鬟送给她喝的,心道:"这老妇人心计好毒,她要害死马姑娘,却要留下那两个孩子,是以先将孩子叫去,这才送参汤来。否则马姑娘拿到参汤,知是极滋补的物品,定会给儿子喝上几口。"又想:"嗯,福康安一见送出参汤,脸色立变,茶水泼在衣襟之上,他当时显然已知参汤之中下了毒,居然并不设法阻止,事后又不来救。他虽非亲手下毒,却也和亲手下毒一般无异。"不禁喃喃的道:"好毒辣的心肠!"

马春花挣扎着道:"你……你……快去报知……福大帅,请大夫,请大夫瞧瞧……"胡斐心道:"要福大帅请大夫,只有再请你多吃些毒药。眼下只有要二妹设法解救。"于是揭起一块椅披,将那盛过参汤的金壶包了,揣在怀中,听水阁外并无动静,抱起马春花,轻轻从窗中跳了出去。

马春花吃了一惊,叫道:"胡……"胡斐忙伸手按住她嘴,低声道:"别作声,我带你去看医生。"马春花道:"我的孩子……"

胡斐不及细说,抱着她跃过池塘,正要觅路奔出,忽听得身后衣襟带风,两个人奔了过来,喝道:"什么人?"胡斐向前疾奔,那两人也提气急追。

胡斐跑得甚快,斗然间收住脚步。那两人没料到他会忽地停步,一冲便过了他的身前。胡斐窜起半空,双腿齐飞,两只脚足尖同时分别踢中两人背心"神堂穴"。两人哼都没哼一声,扑地便倒。看这两人身上的服色,正是守在水阁外的府中卫士。

胡斐心想这么一来,踪迹已露,顾不到再行掩饰行藏,向府门外直冲出去。但听得府中传呼之声此伏彼起,众卫士大叫:"有刺客,有刺客!"

他进来之时沿路留心,认明途径,当下仍从鹅卵石的花径奔向小门,翻过粉墙,那辆马车倒仍是候在门外。他将马春花放入车中,喝道:"回去。"那车夫已听到府中吵嚷,见胡斐神色有异,待要问个明白,胡斐砰的一掌,将他从座位上击了下来。

便在此时,府中已有四五名卫士追到,胡斐提起缰绳,得儿一声,赶车便跑。几名卫士追了十余丈没追上,纷纷叫道:"带马,带马。"

胡斐催马疾驰,奔出里许,但听得蹄声急促,二十余骑马先后追来。追兵骑的都是好马,越追越近。胡斐暗暗焦急:"这是天子脚底下的京城,可不比寻常,再一闹便有巡城兵马出动围捕,就算我能脱身,马姑娘却又如何能救?"

黑暗之中,见追来的人手中都拿着火把。车中马春花初时尚有呻吟之声,这时却已没了声息,胡斐好生记挂,问道:"马姑娘,肚痛好些了么?"连问数声,马春花都没回答。一回头,只见火炬照耀,追兵又近了些。忽听得飕的一声响,有人掷了一枚飞蝗石过来,要打他后心。胡斐左手一抄接住,回手掷去,但听得一人"啊哟"一声呼叫,摔下马来。

这一下倒将胡斐提醒了,最好是发暗器以退追兵,可是身边没携带暗器,追来的福府卫士又学了乖,不再发射暗器。他好生焦急:"回到宣武门外路程尚远,半夜里一干人如此大呼小叫,如何不惊动官兵?"情急智生,忽然想起怀中的金壶,伸手隔着椅披使劲连捏数下,金壶上镶嵌的宝石登时跌落了八九块,他将宝石取在手中,火把照耀下瞧得分明,右手连扬,宝石一颗颗飞出,八颗宝石打中了五名卫士,宝石虽小,胡斐的手劲却大,打中头脸眼目,疼痛非常。这么一来,众卫士便不敢太过逼近。

胡斐透了一口长气,伸手到车中一探马春花的鼻息,幸喜尚有呼吸,只听得她低声呻吟一声,脸颊上却是甚为冰冷,眼见离住所已不在远,当下挥鞭连催,驰到一条岔路之上。住所在东,他却将马车赶着向西,转过一个弯,立时回身抱起马春花,挥马鞭连抽数鞭,身子离车纵起,伏在一间屋子顶上。只见马车向西直驰,众卫士追了下去。

胡斐待众人走远,这才从屋顶回入宅中,刚越过围墙,只听程灵素道:"大哥,你回来了!有人追你么?"胡斐道:"马姑娘中了剧毒,快给瞧瞧。"他抱着马春花,抢先进了厅中。

程灵素点起蜡烛,见马春花脸上灰扑扑的全无血色,再捏了捏她的手指,见陷下之后不再弹起,轻轻摇了摇头,问道:"中的什么毒?"胡斐从怀中取出金壶,道:"在参汤里下的毒。这是盛参汤的壶。"程灵素揭开壶盖,嗅了几下,说道:"好厉害,是鹤顶红。"

胡斐道:"能救不能?"程灵素不答,探了探马春花的心跳,说道:"若不是大富大贵之家,也不能有这般珍贵的金壶。"胡斐恨恨的道:"不错,下毒的是宰相夫人,兵部尚书的母亲。"程灵素道:"啊,我们这一行人中,竟出了如此富贵的人物。"

胡斐见她不动声色,似乎马春花中毒虽深,尚有可救,心下稍宽。程灵素翻开马春花的眼皮瞧了瞧,突然低声"啊"的一声。胡斐忙问:"怎么?"程灵素道:"参汤中除了鹤顶红,还有番木鳖。"胡斐不敢问"还有救没有?"却问:"怎生救法?"

程灵素皱眉道:"两样毒药夹攻,这一来便大费手脚。"返身入室,从药箱中取出两颗白色药丸,给马春花服下,说道:"须得找个清静的密室,用金针刺她十三处穴道,解药从穴道中送入体内,若能马上施针,定可解救。只是十二个时辰之内,不得移动她身子。"

胡斐道:"福康安的卫士转眼便会寻来,不能在这里用针。咱们得去乡下找个荒僻所在。"程灵素道:"那便得赶快动身,那两粒药丸只能延得她一个时辰的性命。"说着叹了口气,又道:"我这位同行宰相夫人的心肠虽毒,下毒的手段却低。这两样毒药混用,又和在参汤之中,毒性发作便慢了,若是单用一样,马姑娘这时哪里还有命在?"胡斐匆匆忙忙的收拾物件,说道:"当今之世,还有谁能胜得过咱们药王姑娘的神技?"

程灵素微微一笑,正要回答,忽听得马蹄声自远而近,奔到了宅外。胡斐抽出单刀,说道:"说不得,只好厮杀一场。"心中暗自焦急:"敌人定然愈杀愈多,危急中我只能顾了二妹,可救不得马姑娘。"

程灵素道:"京师之中,只怕动不得蛮。大哥,你把桌子椅子堆得高高的搭一个高台。"胡斐不明其意,但想她智计多端,这时情势急迫,不及细问,于是依言将桌子椅子都叠了起来。

程灵素指着窗外那株大树道:"你带马姑娘上树去。"胡斐还刀入鞘,抱着马春花,走到窗外树下,纵身跃上树干,将马春花藏在枝叶掩映的暗处。

但听得脚步声响,数名卫士越墙而入,渐渐走近,又听得那姓全的管家出去查问,众卫士厉声呼叱。

程灵素吹熄烛火,另行取出一枝蜡烛,点燃了插在烛台之上,关上了窗子,这才带上门走出,在地下拾了一块石块,跃上树干,坐在胡斐身旁。胡斐低声道:"共有十七个!"程灵素道:"药力够用!"

只听得众卫士四下搜查,其中有一人的口音正是殷仲翔。众卫士忌惮胡斐了得,又道袁紫衣仍在宅中,不敢到处乱闯,也不敢落单,三个一群、四个一队的搜来。

程灵素将石块递给胡斐,低声道:"将桌椅打下来!"胡斐笑道:"妙计!"石块飞入,击在中间的一张桌子上。那桌椅堆成的高台登时倒塌,砰嘭之声,响成一片。

众卫士叫道:"在这里,在这里!"大伙倚仗人多,争先恐后的一拥入厅,只见厅上桌椅乱成一团,便似有人曾经在此激烈斗殴,但不见半个人影。众人正错愕间,突然头脑晕眩,立足不定,一齐摔倒。胡斐道:"七心海棠,又奏奇功!"

程灵素悄步入厅,吹灭烛火,将蜡烛收入怀中,向胡斐招手道:"快走吧!"胡斐负起马春花,越墙而出,只转出一个胡同,不由得叫一声苦,但见前面街头灯笼火把照耀如同白昼,一队官兵正在巡查。

胡斐忙折向南行,走不到半里,又见一队官兵迎面巡来。他心想:"福大帅府有刺客之事,想已传遍九城,这时到处巡查严密,要混到郊外荒僻的处所,倒是着实不易。"但听得背后人声喧哗,又是一队官兵巡来。

胡斐见前后有敌,无地可退,向程灵素打个手势,纵身越墙,翻进身旁的一所大宅子。程灵素跟着跳了进去。

落脚处甚是柔软,却是一片草地,眼前灯火明亮,人头涌涌。两人都吃了一惊:"料不到这里也有官兵。"听得墙外脚步声响,两队官兵聚在一起,在势已不能再跃出墙去,只见左首有座假山,假山前花丛遮掩,胡斐负着马春花抢了过去,往假山后一躲。

突然间假山后一人长身站起,白光闪动,一柄匕首当胸扎到。

胡斐万料不到这假山后面竟有敌人埋伏,如此悄没声的猛施袭击,仓卒之间只得摔下背上的马春花,伸左手往敌人肘底一托,右手便即递拳。这人手脚竟是十分了得,回肘斜避,匕首横扎,左手施出擒拿手法,反勾胡斐的手腕,化解了他这一拳。最奇的是他脸上蒙了一块黄布,始终一言不发。

胡斐心想:"你不出声,那是最妙不过。"耳听得官兵便在墙外,他只须张口一呼,那便大事不妙。

两个人近身肉搏,各施杀手。胡斐瞧出他的武功是长拳一路,出招既狠且猛,武功造诣竟不在秦耐之、周铁鹪一流之下,何况手中多了兵刃,更占便宜。直拆到第九招上,胡斐才欺进他怀中,伸指点了他胸口的"鸠尾穴"。那人极是悍勇,虽然穴道被点,仍飞右足来踢,胡斐又伸指点了他足胫的"中都穴",这才摔倒在地,动弹不得。

程灵素碰了碰胡斐的肩头,向灯光处一指,低声道:"像是在做戏。"胡斐抬头看去,但见空旷处搭了老大一个戏台,台下一排排的坐满了人,灯火辉煌,台上的戏子却尚未出场。其时正当乾隆鼎盛之世，北京城中官宦人家有什么喜庆宴会，往往接连唱戏数日，通宵达旦，亦非异事。

胡斐吁了口气，拉下那汉子脸上蒙着的黄布，隐约可见他面目粗豪，四十来岁年纪，低声道："这汉子想是乘着人家有喜事，抽空子偷鸡摸狗来着，所以一声也不敢出。"程灵素点了点头，悄声道："只怕不是小贼。"胡斐微笑道："京师之中，连小贼也这般了得。"心中暗自嘀咕："瞧这人身手，决非寻常的鼠窃狗盗，若不是存心做一件大案，便是来寻仇杀人，也是他合该倒霉，却给我无意之间擒住了。"程灵素低声道："咱们不如便在这大户人家寻一处空僻柴房或是阁楼，躲他十二个时辰。"胡斐道："我看也只有如此。外边查得这般紧，如何能够出去？"

便在此时，戏台上门帘一掀，走出一个人来。那人穿着寻常的葛纱大褂，也没勾脸，走到台口一站，抱拳施礼，朗声说道："各位师伯师叔、师兄弟姊妹请了！"胡斐听他说话声音洪亮，瞧这神情，似乎不是唱戏。又听他道："此刻天将黎明，转眼又是一日，再过三天，便是天下掌门人大会的会期。可是咱们西岳华拳门，直到此刻，还是没推出掌门人来。这一件事可实在不能再拖。如何办理，请各支派的前辈们示下。"

台下人丛中站起一个身穿黑色马褂的老者，咳嗽了几声，说道："华拳四十八，艺成行天涯。咱们西岳华拳门三百年来，一直分为艺字、成字、行字、天字、涯字五个支派，已有三百年没总掌门了。虽说五派都是好生兴旺，但师兄弟们总是各存门户之见，人人都说：'我是艺字派的，我是成字派的。'从不说我是西岳华拳门的。没想到别派的武师们，却从不理会你是艺字派还是成字派，总当咱们是西岳华拳门的门下。咱们这一门人数众多，打从老祖宗手上传下来的玩艺儿也真不含糊，可是干么远远不及少林、武当、太极、八卦这些门派名声响亮呢？还不是因为咱们分成了五个支派，力分则弱，那有什么说的。"

那老者满口都是陕北的土腔,说到这里,咳嗽几声,叹了一口长气,又道:"若不是福大帅召开这个天下掌门人大会,咱们西岳华拳门不知要到哪一年哪一月,才有掌门人出来呢。幸好有这件盛举,总算把这位掌门人给逼出来了。我老朽今日要说一句话:咱们推举这位掌门人,不单是要他到大会之中给西岳华拳门争光,还要他将本门好好整顿一番。从此五支归宗,大伙儿齐心合力,使得华拳门在武林中抖一抖威风,吐一吐豪气。"台下众人齐声喝采,更有许多人劈劈拍拍的鼓起掌来。

胡斐心想:"原来是西岳华拳门在这里聚会。"他张目四望,想要找个隐僻的所在,但各处通道均在灯火照耀之下,园中聚着的总有二百来人,只要一出去,定会给人发现,低声道:"只盼他们快些举了掌门人出来,西岳华拳也好,东岳泰拳也好,越早散场越好。"

只听得台上那人说道:"蔡师伯的话,句句是金石良言。晚辈忝为艺字派之长,胆敢代本派的全体师兄们说一句,待会推举了掌门人出来,我们艺字派全心全意听从掌门人的言语。他老人家说什么便是什么,艺字派决无一句异言。"台下一人高声叫道:"好!"声音拖得长长的,便如台上的人唱了一句好戏,台下看客叫好一般,其中讥嘲之意,却也甚是明显。

台上那人微微一笑,说道:"其余各派怎么说?"只见台下一个个人站起,说道:"咱们成字派决不敢违背掌门人的话。""他老人家吩咐什么,咱们行字派一定照办。""天字派遵从号令,不敢有违。""涯字派是小弟弟,大哥哥们带头干,小弟弟决不能有第二句话。"

台上那人道:"好!各支派齐心一致,那真是再好也没有了。眼下各支派的支长,各位前辈师伯师叔,都已到齐,只有天字派姬师伯没来。他老人家捎了信来,说派他令郎姬师兄赴会。但等到此刻,姬师兄还是没到。这位师兄行事素来神出鬼没,说不定这当儿早已到了,也不知躲在什么地方……"说到这里,台上台下一齐笑了起来。

胡斐俯到那汉子耳边，低声道："你姓姬，是不是？"那汉子点了点头，眼中充满了迷惘之色，实不知这一男二女是什么路道。

台上那人说道："姬师兄一人没到，咱们足足等了他一天半夜，总也对得住了，日后姬师伯也不能怪责咱们。现下要请各位前辈师伯师叔们指点，本门这位掌门人是如何推法。"

众人等了一晚，为的便是要瞧这一出推举掌门人的好戏，听到这里，都是兴高采烈，台下各人也不依次序，纷纷叫嚷："凭功夫比试啊！""谁也不服谁，不凭拳脚器械，那凭什么？""真刀真脚，打得人人心服，自然是掌门人了。"

那姓蔡的老者站起身来，咳嗽一声，朗声道："本来嘛，掌门人凭德不凭力，后生小子玩艺儿再高明，也不能越过德高望重的前辈去。"他顿了一顿，眼光向众人一扫，又道："可是这一次情形不同啦。在天下掌门人大会之中，既是英雄聚会，自然要各显神通。咱们西岳华拳门倘是举了个糟老儿出去，人家能不能喝一句采，赞一句：'好，华拳门的糟老头儿德高望重，老而不死'？"众人听得哈哈大笑。程灵素也禁不住抿住了嘴，心道："这糟老头儿倒会说笑话。"

那姓蔡的老者大声道："华拳四十八，艺成行天涯。可是几百年来，华拳门这四十八路拳脚器械，没一个人能说得上路路精通。今日之事，哪一位玩艺儿最高，哪一位便执掌本门。"众人刚喝得一声采，忽然后门上擂鼓般的敲起门来。

众人一愕，有人说道："是姬师兄到了！"有人便去开门。灯笼火把照耀，涌进来一队官兵。

胡斐右手按定刀柄，左手握住了程灵素的手，两人相视一笑，虽是危机当前，两人反而更加心意相通。

但当相互再望一眼时，程灵素却黯然低下了头去，原来她这时忽然想到了袁紫衣："我和大哥一同死在这里，不知袁姑娘便会怎样？"她心知胡斐这时也一定想到了袁紫衣："我和二妹一同死在这里，不知袁姑娘便会怎样？"

领队的武官走到人丛之中，查问了几句，听说是西岳华拳门在此推举掌门人，那武官的神态登时变得十分客气，但还是提着灯笼，到各人脸上照看一遍，又在园子前后左右巡查。

胡斐和程灵素缩在假山之中，眼见那灯笼渐渐照近，心想："不知这武官的运气如何？若是他将灯笼到假山中来一照，说不得，只好请他当头吃上一刀。"

忽听得台上那人说道："哪一位武功最高，哪一位便执掌本门。这句话谁都听见了。众位师伯师叔、师兄姊妹，便请一一上台来显显绝艺。"他这句话刚说完，众人眼前一亮，便有一个身穿淡红衫子的少妇跳到台上，说道："行字派弟子高云，向各位前辈师伯师兄们讨教。"众人见她露的这一手轻功姿式美妙，兼之衣衫翩翩，相貌又好，不禁都喝了一声采。那武官瞧得呆了，哪里还想到去搜查刺客？

台下跟着便有一个少年跳上，说道："艺字派弟子张复龙，请高师姊指教。"高云道："张师兄不必客气。"右腿半蹲，左腿前伸，右手横掌，左手反钩，正是华拳中出手第一招"出势跨虎西岳传"。张复龙提膝回环亮掌，应以一招"商羊登枝脚独悬"。两人各出本门拳招，斗了起来。二十余合后，高云使招"回头望月凤展翅"，扑步亮掌，一掌将张复龙击下台去。

那武官大声叫好，连说："了不起，了不起！"只见台下又有一名壮汉跃上，说了几句客气话，便和高云动手。这一次却是高云一个失足，给那壮汉推得摔个筋斗。那武官说道："可惜，可惜！"没兴致再瞧，率领众官兵出门又搜查去了。

程灵素见官兵出门，松了口气，但见戏台上一个上，一个下，斗之不已，不知闹到什么时候，才选得掌门人出来。看胡斐时，却见他全神贯注的凝望台上两人相斗，程灵素心想："这两人的拳脚打得虽狠，也不见得有多高明，大哥为什么瞧得这么出神？"低声道："大哥，过了大半个时辰啦，得赶快想个法儿才好。再不施针用药,便要耽误了。"胡斐"嗯"了一声,仍是目不转瞬的望着台上。

不久一人败退下台,另一人上去和胜者比试。说是同门较艺,然而相斗的两人定是不同支派的门徒,虽非性命相搏,但胜负关系支派的荣辱,各人都是全力以赴。这时门中高手尚未上场,眼前这些人也不是真的想能当上掌门人,只是华拳门五个支派向来明争暗斗,乘此机会,以往相互有过节的便在台上好好打上一架,因此拳来脚去,倒是着实热闹。

程灵素见胡斐似乎看得呆了,心想:"大哥天性爱武,一见别人比试便什么都忘了。"伸手在他背上轻轻一推,低声道:"眼下情势紧迫,咱们闯出去再说。这些人都是武林中的好汉,动以江湖义气,他们未必便会去禀报官府。"胡斐摇了摇头,低声道:"别的事也还罢了,福大帅的事,他们怎能不说?那正是立功的良机。"程灵素道:"要不,咱们冒上一个险,便在这儿给马姑娘用药,只是天光白日的耽在这儿,非给人瞧见不可。"说到后来,语音中已是十分焦急。她平素甚是安详,这时若非当真紧迫,决不致这般不住口的催促。

胡斐"嗯"了一声,仍是目不转睛的瞧着台上两人比武。程灵素轻轻叹了口气,低声道:"待会救不了马姑娘,可别怪我。"胡斐忽道:"好,虽然瞧不全,也只得冒险试上一试。"程灵素一怔,问道:"什么?"胡斐道:"我去夺那西岳华拳的掌门人。老天爷保佑,若能成功,他们便会听我号令。"

程灵素大喜,连连摇晃他的手臂,说道:"大哥,这些人如何能是你对手?一定成功,一定成功!"胡斐道:"只是苦在我须得使他们的拳法,一时三刻之间,哪里记得了这许多?对付庸手也还罢了,少时高手上台,这几下拳法定不管使,非露出马脚不可。他们若知我不是本门弟子,纵然得胜,也不肯推我做掌门人。"说到这里,不禁又想起了袁紫衣。她各家各派的武功似乎无一不精,倘若她在此处,由她出马,定比自己有把握得多。其实,他心中若不是念兹在兹的有个袁紫衣,又怎想得到要去夺华拳门的掌门?

但听得"啊哟"一声大叫,一人摔下台来。台下有人骂道:"他妈的,下手这么重!"另一人反唇相稽:"动上了手,还管什么轻重?你有本事,上去找场子啊。"那人粗声道:"好,咱哥儿俩便比划比划。"另一人却只管出言阴损:"我不是你十八代候补掌门人的对手,不敢跟您老人家过招。"

胡斐站起身来,说道:"倘若到了时辰,我还没能夺得掌门人,你便在这儿给马姑娘施针用药,咱们走一步瞧一步。"拿起那姓姬汉子蒙脸的黄布,蒙在自己脸上。

程灵素"嗯"了一声,微笑道:"人家是九家半总掌门,难道你便连一家也当不上?"她这句话一出口,立即好生后悔:"为什么总是念念不忘的想着袁姑娘,又不断提醒大哥,叫他也是念念不忘?"只见胡斐昂然走出假山,瞧着他的背影,又想:"我便是不提醒,他难道便有一刻忘了?"但见他大踏步走向戏台,不禁又是甜蜜,又是心酸。

胡斐刚走到台边,却见一人抢先跳了上去,正是刚才跟人吵嘴的那个大汉。胡斐心想:"待这两人分出胜败,又得耗上许多功夫,多耽搁一刻,马姑娘便多一刻危险。"当下跟着纵起,半空中抓住那汉子的背心,说道:"师兄且慢,让我先来。"

胡斐这一抓施展了家传大擒拿手,大拇指扣住那大汉背心第九椎节下的"筋缩穴",小指扣住了他第五椎节下的"神道穴"。这大汉虽然身躯粗壮,却哪里还能动弹?胡斐乘着那一纵之势,站到了台口,顺手一挥,将那大汉掷了下去,刚好令他安安稳稳的坐入一张空椅之中。

他这一下突如其来的显示了一手上乘武功,台下众人无不惊奇,倒有一半人站起身来。但见他脸上蒙了一块黄布,面目看不清楚,也不知是老是少,只是背后拖着一条油光乌亮的大辫,显是年纪不大。这般年纪而有如此功力,台下愈是见多识广的高手,愈是诧异。

胡斐向台上那人一抱拳，说道："天字派弟子程灵胡，请师兄指教。"

程灵素在假山背后听得清楚，听他自称"程灵胡"，不禁微笑，但心中随即一酸："倘若他真当是我的亲兄长，倒是免却了不少烦恼。"

台上那人见胡斐这等声势，心下先自怯了，恭恭敬敬的还礼道："小弟学艺不精，还请程师兄手下留情。"胡斐道："好说，好说！"当下更不客套，右腿半蹲，左腿前伸，右手横掌，左手反钩，正是华拳中出手第一招"出势跨虎西岳传"。那人转身提膝伸掌，应以一招"白猿偷桃拜天庭"，这一招守多于攻，全是自保之意。胡斐扑步劈掌，出一招"吴王试剑劈玉砖"。那人仍是不敢硬接，使一招"撤身倒步一溜烟"。胡斐不愿跟他多耗，便使"斜身拦门插铁闩"，这是一招拗势弓步冲拳，左掌变拳，伸直了猛击下去，右拳跟着冲击而出。那人见他拳势沉猛，随手一架。胡斐手臂上内力一收一放，将他轻轻推下台去。

只听得台下一声大吼，先前被胡斐掷下的那名大汉又跳了上来，喝道："奶奶的，你算是什么东西……"胡斐抢上一步，使招"金鹏展翅庭中站"双臂横开伸展。那大汉竟是无法在台口站立，被胡斐的臂力一逼，又摔了下去。这一次胡斐恼他出言无礼，使了三分劲力，但听得喀喇一响，那大汉压烂了台前的两张椅子。

他连败二人之后，台下众人纷纷交头接耳，都向天字派的弟子探询这人是谁的门下，但天字派的众弟子却无一人得知。艺字派的一个前辈道："这人本门的武功不纯，显是带艺投师的，十之八九，是姬老三新收的门徒。"成字派的一个老者道："那便是姬老三的不是了，他派带艺投师的门徒来争夺掌门人之位，岂不是反把本门武功比了下去？"

原来所谓"姬老三"，便是天字派的支长。他武功在西岳华拳门中算得第一，只是十年前两腿瘫了，现下虽然不良于行，但威名仍是极大，同门师兄弟对他都是忌惮三分。众人见这个"天字派的程灵胡"武功了得,而姬老三派来的儿子姬晓峰始终没有露面,都道他便是姬老三的门徒,却哪知姬晓峰早给胡斐点中了穴道,躺在假山后面动弹不得。那姬老三武功一强,为人不免骄傲,对同门谁也没瞧在眼中,双腿瘫痪后闭门谢客,将一身武功都传给了儿子。这一次华拳门五个支派的好手群聚北京,凭武功以定掌门,姬晓峰对这掌门之位志在必得。他武功已赶得上父亲的九成,但性格却远不及父亲的光明磊落。他悄悄的躲在假山之后,要瞧明白了对手各人的虚实,然后出来一击而中,不料阴错阳差,却给胡斐制住,他只道这是别个支派的阴谋,暗中伏下高手来对付自己。适才他和对手只拆得数招,即被点中穴道,一身武功全没机会施展,父亲和自己的全盘计较,霎时间付于流水,心下恚怒之极,只盼能上台去再和胡斐拼个你死我活。但听得胡斐在台上将各支派好手一个个打了下来,看来再也无人能将他制服,于是加紧运气急冲穴道,要手足速得自由。

但胡斐的点穴功夫是祖传绝技,姬晓峰所学与之截然不同。他平心静气的潜运内力,也决不能自解被闭住的穴道,何况这般狂怒忧急,蛮冲急攻?一轮强运内力之后,突然间气入岔道,登时晕了过去。要知姬老三所练的功夫过于刚狠,兼之躐等求进,终于在坐功时走火入魔,以致双足瘫痪。姬晓峰这时重蹈乃父覆辙,凶险犹有过之。

程灵素全神贯注的瞧着胡斐在戏台上与人比拳,但见他一招一式,果然全是新学来的"西岳华拳",心道:"大哥于武学一门,似乎天生便会的。这西岳华拳招式繁复,他只在片刻之间瞧人拆解过招,便都学会了。"

便在此时,忽听得身旁那大汉低哼一声,声音甚是异样。程灵素转头看时,只见他双目紧闭,舌头伸在嘴外,已被牙齿咬得鲜血直流,全身不住颤抖,犹似发疟一般。程灵素知他是急引内力强冲穴道,以致走火岔气,此时若不救治,重则心神错乱,疯癫发狂,轻则肢体残废,武功全失。她心想:"我们和他无冤无仇,何必为了救一人而反害一人?"于是取出金针,在他阴维脉的廉泉、天突、期门、大横四处穴道中各施针刺。

过了一会,姬晓峰悠悠醒转,见程灵素正在替自己施针,低声道:"多谢姑娘。"程灵素做个手势,叫他不可作声。

只听得胡斐在台上朗声说道:"掌门之位,务须早定,这般斗将下去,何时方是了局?各位师伯师叔、师兄师弟,愿意指教的可请三四位同时上台。弟子若是输了,决无怨言。"众人一听,都想这小子好狂,本来一个人不敢上台的,这时纷纷联手上台邀斗。其实胡斐新学的招数究属有限,再斗下去势必露出破绽,群殴合斗却可取巧,混乱中旁人不易看出,再则如此车轮战的斗将下去,自己纵然内力充沛,终须力尽,而施救马春花却是刻不容缓,是以非速战速决不可。

他催动掌力,转眼又击了几人下台。西岳华拳门的五派弟子之中,天字派弟子都道他是奉了姬支长之命而来,因此无人上台与他交手,其余四个支派中的少壮强手,尽已败在他的拳脚之下。至于一般名宿高手,自忖实无取胜把握,为了顾全数十年的令名,谁也不肯上去挑战。后来艺字派、成字派、行字派三派中各出一名拳术最精的壮年好手,联手上台,但十余合后还是尽数败了下来。这一来,四派前辈名宿,青年弟子,尽皆面面相觑,谁也不敢挺身上台。

却见那身穿黑马褂的姓蔡老者站了起来,说道:"程师兄,你武功高强,果然令人佩服。但老朽瞧你的拳招,与本门所传却有点儿似是而非,嗯嗯,可说是形似而神非,这个……这个味道大大不同。"

胡斐心中一凛,暗想:"这老儿的眼光果然厉害,我所用拳招虽是西岳华拳,但震人下台、摔人倒地的内劲,自然跟他们华拳全不相干。"要知西岳华拳是天下著名的外门武功,其中精微奥妙之处,岂是胡斐瞧几个人对拆过招便能领会?何况他所见到的又不是该门高手,自不免学得形似而神非。这时实逼处此,只得硬了头皮说道："华拳四十八，艺行成天涯。若不是各人所悟不同，本门何以会分成五个支派？武学之道，原无定法。我天字派悟到的拳理略略与众不同，也是有的。"他想倘能将天字派拉得来支持自己，便不至孤立无援。果然天字派的众弟子听他言语中抬高本派，心中都很舒服，便有人在台下大声附和。

那姓蔡老者摇头道："程师兄，你是姬老三门下不是？是带艺投师的不是？老朽眼睛没有花，瞧你的功夫，十成之中倒有九成不是本门的。"胡斐道："蔡师伯，你这话弟子可不敢苟同。本门若要在天下掌门人大会之中，与少林、武当、太极、八卦那些大派争雄，一显西岳华拳门的威风，便须融会贯通，推陈出新。弟子所学的内劲，一大半是我师父这十几年来闭门苦思、别出心裁所创，的确颇有独到之处。蔡师伯若是认为弟子不成，便请上台来指点一招。"

那姓蔡的老者有些犹豫，说道："本门有你老弟这般杰出的人材，原是大伙的光采，老朽欢喜也还来不及，还能有什么话说？只是老朽心中存着一个疑团，不能不说。这样罢，请程老弟在台上练一套一路华拳，这是本门的基本功夫，这里十几位老兄弟个个目光如炬，是便是，不是便不是，谁也不能胡说。你老弟只要真的精熟本门武功，老朽第一个便欢天喜地的拥你为掌门。"

果然姜是老的辣，胡斐和人动手过招，尚能借着似是而非的华拳施展本身武功，但要他空手练一路拳法，抬手踢腿之际，真伪立判，再也无所假借。何况他偷学来的拳招只是一鳞半爪，并非成套，如何能从头至尾的使一路拳法？

胡斐虽是饶有智计，听了他这番话竟是做声不得，正想出言推辞，忽听假山后一人叫道："蔡师伯，你何以总是跟我们天字派为难？这位程师兄是我爹爹的得意弟子，他进我门已有一十二年，难道连这套一路华拳也不会练？"只见一人迈步走到台前，正是天字派中的头挑脚色姬晓峰。凡是天字派有事，他总代父亲出面处理接头，隐然已是该派的支长，因此没一个不认得。

姬晓峰跃上台去，抱拳说道："家父闭门隐居，将一身本事都传给了这位程师兄，一十二年来为的便是今日。这位程师哥武功胜我十倍，各位有目共睹，还有什么话说？"众人一听，再无怀疑，人人均知姬老三怪僻好胜，悄悄调教了一个好徒弟，待得艺成之后，突然显示于众人之前，原和他的脾气相合。再说姬晓峰素来剽悍雄强，连他也对胡斐心服，哪里还有什么假的？

那姓蔡的老者还待再问，姬晓峰朗声道："蔡师伯既要考较我天字派的功夫，弟子便代程师哥练一套，请蔡师伯指点。"也不待蔡老者回答，双腿一并，使出"晓星当头即走拳"，跟着"出势跨虎西岳传"、"金鹏展翅庭中站"、"韦陀献杵抱胸前"、"把臂拦门横铁闩"、"魁星仰斗撩绿襕"，一招招的练了起来。但见他上肢是拳、掌、钩、爪回旋变化，冲、推、栽、切、劈、挑、顶、架、撑、撩、穿、摇十二般手法伸屈回环，下肢自弓箭步、马步、仆步、虚步、丁步五项步型变出行步、倒步、迈步、偷步、踏步、击步、跃步七般步法，沉稳处似象止虎踞，迅捷时如鹰搏兔脱。台下人人是本门弟子，无不熟习这路拳法，但见他造诣如此深厚，尽皆叹服。连各支派的名宿前辈，也是不住价的点头。只见他一直练到"凤凰旋窝回身转"、"腿蹬九天冲铁拳"、"英雄打虎收招势"，最后是"拳罢庭前五更天"，招招法度严密，的是好拳！

他双手一收，台下震天价喝起一声采来。

自姬晓峰一上台，胡斐心中便自奇怪，不知程灵素用什么法子，逼得他来跟自己解围，待见他练了这路拳法，心中也赞："西岳华拳非同小可，此人只要能辅以内劲，便成名家。"可是见他拳法一练完，登时气息粗重，全身微微发颤，竟似大病未愈，或是身受重伤一般。台下众人未曾发觉，胡斐便站在他的身后，却看得清清楚楚，又见他背上汗透衣衫，实非武功高强之人所应为，心中更增了一层奇怪。

姬晓峰定了定神，说道："还有哪一位师伯师叔、师兄师弟，愿和程师哥比试的，便请上台。"他连问三声，无人应声。天字派的一群弟子都大声叫了起来:"恭喜程师哥荣任西岳华拳门的掌门人!"众人跟着欢呼。胡斐执掌华拳门一事便成定局。

姬晓峰向胡斐一抱拳,说道:"恭喜,恭喜!"胡斐抱拳还礼,只见他眼光中充满了怨毒之情,但记挂着马春花的病情,也没心绪去理会,说道:"姬师弟,你快找间静室,领咱们两位师妹去休息。"姬晓峰点点头,跃下台来,但双足着地时,一个踉跄,险险摔倒。

胡斐走到台口,说道:"各位辛苦了一晚,请各自回去休息。明日晚间,咱们再商大计,总须在天下掌门人大会之中,让华拳门扬眉吐气。"他这句话倒非虚言,心中对华拳门实是存了几分感激。在众官兵围捕之下,若不是机缘凑巧,越墙而入时他们正在推举掌门,多半马春花便免不了毒发身死,倒毙长街之上。如有机缘能替华拳门争些光采,他也真愿意出力。

众人闻言,纷纷站起身来,口中都在议论胡斐的功夫。有的更说姬老三深谋远虑,一鸣惊人;有的赞扬姬晓峰这一路拳使得实是高明。天字派的众弟子更是兴高采烈,得意非凡。有几个前辈名宿想过来跟胡斐攀谈,胡斐却双手一拱,跟着姬晓峰直入内堂。程灵素扶了马春花混在人丛之中,跟了进去。

这座大宅子是华拳门中一位居官的旗人所有。胡斐既为掌门,本宅主人自是对他招待得十分殷勤。胡斐始终不揭开蒙在脸上的黄布,直到与程灵素、马春花、姬晓峰三人进了内室,才除下黄布,说道:"姬大哥,多谢你啦!这掌门人之位,我定会让给你。"姬晓峰哼了一声,却不答话。胡斐去看马春花时,只见她黑气满脸,早已人事不知,鼻孔中出气多进气少,当真是命若游丝。

程灵素抱着马春花平卧床上,取出金针,隔着衣服替她在十三处穴道中都打上了,每枝金针尾上都围上了一团棉花。她手脚极快,却毫不忙乱。胡斐见她神色沉静平和,这才放了一半心。

过了一盏茶功夫,金针尾上缓缓流出黑血,沾在棉花之上,原来金针中空，以此拔出毒质。程灵素舒了一口气，微微一笑，从药瓶中取出一粒碧绿的丸药递给姬晓峰，说道："姬大哥，你到自己房里休息吧。这药丸连服十粒，你身体内的毒质便会去尽。"姬晓峰接过了药丸，一声不响的出房而去。

胡斐这才明白，原来程灵素是以她看家本领，逼得姬晓峰不得不听号令，笑道："药王姑娘无往而不利。你用毒药做好事，尊师当年只怕也有所不及。"

程灵素微笑不答，其实这一次她倒不是用药硬逼，那是先助姬晓峰通解穴道，去了走火入魔的危难，再在他身上施一点药物。这药物一上身后麻痒难当，于身子却无多大损害，所谓连服十粒的解药，也只是治金创外伤的止血生肌丸，姬晓峰并无外伤，服了等于不服。但姬晓峰哪里知道？听她说得毒性厉害无比，自不敢不俯首听令，即令有所疑心，也不能以自己的性命来试一试真假。程灵素心中在说："我向师父发过誓，这一生之中，决不用毒药害一个无辜之人，好教人知道毒手药王手段虽辣，却不做半件坏事。"

她拿了一柄镊子，换过沾了毒血的棉花，低声道："大哥，你累了一夜，便在这榻上歇歇，养一会儿神。有我照料着马姑娘，你放心便是。"胡斐也真倦了，斜身倚在榻上。程灵素道："你这位掌门老师傅有件事可得小心在意。这十二个时辰之中，不能有人进来滋扰马姑娘，也不许她开口说话，否则她内气一岔，毒质不能拔净，只要留下少许，那便是前功尽弃。"

胡斐笑道："西岳华拳掌门人程灵胡，谨奉太上掌门人程灵素号令，一切凛遵，不敢有违。"程灵素笑道："我能是你的太上掌门人吗？那位……"说到这里，斗然住口，俯身去看马春花的伤势。

过了半晌，她回过头来，见胡斐并未闭目入睡，呆呆的望着窗外出神，问道："你在想什么？"胡斐道："我想他们明日见了我的真面目，一看年纪不对，不知有什么话说？好在只须挨过十二个时辰，咱们拍手便去，虽然对不起他们，心中不安，但事出无奈，那也只好……只好……"程灵素笑道："也只好狗急跳墙了。"胡斐笑道："是啊！跳墙而入，想不到竟碰上了这么一回奇事。"

程灵素凝目向胡斐望了一会，说道："好！便是这样。"胡斐奇道："什么便是这样？"程灵素道："咱们在路上扮过小胡子，这一次你便扮个大胡子。再给你胡子上染上一点颜色，包管你大上二十岁年纪。你要当姬晓峰的师兄，总得年近四十才行啊。"

胡斐拍掌大喜，说道："我正发愁，和福康安这么正面一闹，再也不能去瞧瞧那个天下掌门人大会。你若能给我装上一部天衣无缝的大胡子，我程灵胡便堂堂正正，以西岳华拳掌门人的身份，到会中去见识见识。"程灵素叹道："掌门人大会是不用去了，混得过明天，让马姑娘太平无事，也就是啦。到会中涉险，那可犯不着。"

胡斐豪气勃发，说道："二妹，我只问你：这部胡子能不能装得像？"

程灵素微微一笑，道："要扮年老之人，装部胡子有何难处？难是难在举手投足，说话神情，无一不是老年而非少年。纵是精神矍铄、身负武功的老英雄，却也和年青力壮之人不同。"胡斐道："你大哥尽力而为。只须瞒得过一时，也就是了。"程灵素道："好，咱们便试一试。这一次我却扮个老婆婆，跟着你到掌门人大会之中瞧瞧热闹。"

胡斐哈哈大笑，逸兴横飞，说道："二妹，咱老兄妹俩活了这一大把年纪，行将就木，这场热闹可不能不赶。"程灵素低声喝道："声音轻些！"但见马春花在床上动了一下，幸好没有惊醒。胡斐伸了伸舌头，弯起食指，在自己额上轻击一下，说道："该死！"

程灵素取出针线包来，拿出一把小剪刀，剪下自己鬓边几缕秀发，再从药箱中取出些药料，在茶碗中用清水调匀，将头发浸在药里，说道："你歇一会儿，待软头发变成硬胡子，我便叫你。"

胡斐便在榻上合眼，心中对这位义妹的聪明机智，说不出的欢喜赞叹。睡梦之中，一会儿见马春花毒发身死，形状可怖；一会儿自己抓住福康安，狠狠的责备他心肠毒辣；又一会儿自己给众卫士擒住了，拼命挣扎，却不能脱身。

忽听得一个声音在耳边柔声道:"大哥,你在作什么梦?"胡斐一跃而起,揉了揉眼睛,微一凝神,说道:"我来照料马姑娘,该当由你睡一忽儿了。"程灵素道:"先给你装上胡子,这才放心。"拿起浆硬了的一条条头发,用胶水给他黏在颏下和腮边。这一番功夫好不费时,直黏了将近一个时辰,眼见红日当窗,方才黏完。

胡斐揽镜一照,不由得哑然失笑,只见自己脸上一部络腮胡子,虬髯戟张,不但面目全非,而且大增威武,心中很是高兴,笑道:"二妹,我这模样儿挺美啊,日后我真的便留上这么一部大胡子。"

程灵素想说:"只怕你心上人未必答应。"但话到口边,终于忍住了。她忙了一晚,到这时心力交困,眼见马春花睡得安稳,再也支持不住,伏在桌上便睡着了。

十年之后,胡斐念着此日之情,果真留了一部络腮大胡子,那自不是程灵素这时所能料到了。

胡斐从榻上取过一张薄被,裹住了她身子,轻轻抱着她横卧榻上,拉薄被替她盖好,再将黄布蒙住了脸,走到姬晓峰房外,叫道:"姬兄,在屋里么?"

姬晓峰哼了一声,道:"是哪一位?有什么事?"胡斐推门进去。姬晓峰一见是他,"啊"的一声低呼,从椅中跃起身来。

胡斐道:"姬兄,我这是跟你陪不是来啦。"姬晓峰木然不答,眼光中显是敌意极深。胡斐道:"有一件事我得跟姬兄说个明白,小弟决计无意做贵派的掌门人,只是机缘凑合,小弟又迫于无奈,这才坏了姬兄的大事。"于是将马春花如何中毒、如何受官兵围捕、如何越墙入来躲避、如何为了救治人命这才上台出手等情一一说了,只是马春花为何人所害、追捕他的乃是福康安一节,却略过了不说。姬晓峰静静听着,脸色稍见和缓,等胡斐说完,仍只"嗯"的一声,并不接口说话。

胡斐又道:"大丈夫言出如山,若是十天之内,我不将掌门人之位让你，教我丧生刀剑之下，千载之后仍受江湖好汉唾骂。"武林中人死于刀剑之下，原属寻常，但若为天下英雄所不齿，却是最感羞耻之事。

姬晓峰听他发下这个重誓，说道："这掌门人之位，我也不用你让。你武功胜我十倍，这是我知道的。但你实非本门中人，却来执掌门户，自是令人心中不服。"胡斐道："是了。待这次掌门人大会一过，我将前后真相郑重宣布，在贵门各位前辈面前谢罪。然后让贵门各位弟子再凭武功以定掌门，这么办好不好？"姬晓峰心想："本门之中，无人能胜得了我。这般自行争来，自比他拱手相让光采得多。"于是点头道："这倒是可行。可是程大哥……"

胡斐笑道："我姓胡，我义妹才姓程。"说着揭去蒙在脸上的黄布。姬晓峰见他满颊虬髯，根根见肉，貌相甚是威武，不禁暗自赞叹，说道："胡大哥，本门的几位前辈很难说话，日后你揭示真相，只怕定有一场风波。虽然你武功高强，原也不怕，但好汉敌不过人多。咱们西岳华拳门遇上了门户大事，那是有名的阴魂不散，死缠烂打。"胡斐笑道："这事我也想到了。后日掌门人大会之中，我当尽力为西岳华拳门挣一个大大的彩头，将功赎罪，想来各位前辈也可见谅了。"

姬晓峰点点头，叹了口气，说道："可惜我身中剧毒，不敢多耗力气，否则倒可把本门拳法，演几套给胡兄瞧瞧。胡兄记在心里，事到临头，便不易露出马脚。"

胡斐呵呵而笑，站起来向姬晓峰深深一揖，说道："姬兄，我代义妹向你陪罪了。"姬晓峰还了一礼，心中却大为不怿："我被她下了毒，却有什么可笑的？"心下这般想，脸上便颇有悻悻之色。胡斐道："姬兄，我义妹在你身上下毒，伤口在哪里？"姬晓峰卷起左手袖子，只见他上臂肿起了鸡蛋大的一块，肌肉发黑，伤口有小指头大小，隐隐渗出黑血，果如是中了剧毒一般。

胡斐心想："二妹用药，当真是神乎其技。不知用了什么药物，弄得他手臂变成这般模样。倘若我身上有了这样一个伤口，自也会寝食不安。"问道:"姬兄觉得怎样?"姬晓峰道:"这一块肉麻木不仁,全无知觉。"胡斐心道:"原来是下了极重的麻药。"一伸手抓住他手臂,俯口便往他创口上吮吸。姬晓峰大惊,叫道:"使不得,使不得!你不要命了吗?"只是给他双手抓住了,竟自动弹不得,心中惊疑不定:"如此剧毒,中在手臂已是这样厉害,他一吮入口,岂不立毙?我和他无亲无故,他何必舍命相救?"

胡斐吮了几口,将黑血吐在地下,哈哈笑道:"姬兄不必惊疑,这毒药是假的!"姬晓峰不明其意,问道:"什么?"胡斐道:"我义妹和你素不相识,岂能随便下毒手害你?她只是跟你开个玩笑,给你放上些无害的麻药而已。你瞧我吮在口中,总可放心了吧。"

姬晓峰虽然服了程灵素所给的解药,心下一直惴惴,不知这解药是否当真有效,毒性即使能解,是否会留下后患,伤及筋骨,这时听胡斐一说,不由得惊喜交集,道:"胡兄,你……你对我明言,难道便不怕我不听指使么?"胡斐道:"丈夫相交,贵在诚信。我见姬兄大有义气,何必令你多耽几日心事?"姬晓峰大喜,拍案说道:"好,我交了你这位朋友。胡兄便是得罪了当今天子,犯下弥天大罪,小弟也要跟你出力,决不敢皱一皱眉头。"

胡斐道:"多谢姬兄厚意,我所得罪的那人,虽然不是当今天子,但和天子的权势也差不了多少。姬兄,昨晚我见你所练的一路华拳,其中一招返身提膝穿掌,赶步、击步之后,那一下跃步,何以在半空中方向略变?"胡斐所说的那一招,名叫"野马回乡攒蹄行",一招之中动作甚是繁复。

姬晓峰听他一说,暗道:"好厉害的眼光!昨晚我练这一路华拳,从头至尾精神贯注,只有在这一招'野马回乡攒蹄行'上,跃起时忽然想到臂上所中剧毒,不免心神涣散。若是和他对敌动手,这破绽立时便给他抓住了。"说道:"胡兄眼光当真高明,小弟佩服得紧,那一招确是练得不大妥当。"于是重行使了一遍。胡斐点头道:"这才对了。否则照昨晚姬兄所使,只怕敌人可以乘虚而入。"

姬晓峰既知并未中毒,精神一振,于是将一十二路西岳华拳,从头至尾的演了出来。胡斐依招学式,虽不能在一时之间尽数记全,但也即领会到了每一路拳法的精义所在,说道:"贵派的拳法博大精深,好好钻研下去,确是威力无穷。我瞧这一十二路华拳,只须精通一路,便足以扬名立万。"

姬晓峰听他称赞本派武功,很是高兴,说道:"是啊。本门中相传有两句话,说道:'华拳四十八,艺成行天涯'。四十八路功夫,分为一十八路登堂拳,一十二路入室拳,还有一十八路刀枪剑棍的器械功夫。本门弟子别说'艺成'两字,便是能将四十八路功夫尽数学全了的,也是寥寥无几。"

两人说到武艺,谈论极是投契,演招试式,不知不觉间已到午后。主人派来服侍胡斐的侍仆数次要请他吃饭,但见二人练得起劲,站在一旁,不敢开口。待得姬晓峰使一招旋风脚,跃起半空横踢而出,门外突然有人喝采道:"好一招'风卷霹雳上九天'!"胡斐一看,却是那姓蔡的老者,当下含笑抱拳,上前招呼。

【注】

一、清朝相国夫人下毒,确有其事。袁枚《随园诗话》卷一有记:"余长姑嫁慈溪姚氏。姚母能诗,出外为女傅。康熙间,某相国以千金聘往教女公子。到府住花园中,极珠帘玉屏之丽。出拜两妹容态绝世,与之语,皆吴音,年十六七,学琴学诗颇聪颖。夜伴女傅眠,方知待年之女,尚未侍寝于相公也。忽一夕二女从内出,面微红。问之,曰:堂上夫人赐饮。随解衣寝。未二鼓,从帐内跃出,抢地呼天,语呶呶不可辨。颠仆片时,七窍流血而死。盖夫人赐酒时,业已酖之矣。姚母踉跄弃资装即夜逃归。常告人云,二女年长者尤可惜,有自嘲一联云:'量浅酒痕先上面,兴高琴曲不和弦。'批本云:'某相国者,明珠也。'"

二、福康安为人淫恶。伍拉纳(乾隆时任闽浙总督)之子批注《随园诗话》,有云:"福康安至淫极恶,作孽太重,流毒子孙,可以戒矣。"按该批注当作于嘉庆年间。

胡斐一手各抱一个孩子,从胡同中抢到横街,只见一辆骡车停在街心,车夫位上并肩坐着两人,车上装满了粪桶。

第十六章　龙潭虎穴

这姓蔡的老者单名一个威字，在华拳门中辈份甚高。他见胡斐去了脸上所蒙黄布后，原来是这等模样的一个大胡子，细细向他打量了几眼，抱拳道："启禀掌门，福大帅有文书到来。"

胡斐心中一凛："这件事终于瞒不过了，且瞧他怎么说？"脸上不动声色，只"嗯"了一声。却听蔡威道："这文书是给小老儿的，查问本门的掌门人推举出了没有？其中附了四份请帖，请掌门人于中秋正日，带同本门三名弟子，前赴天下掌门人大会……"

胡斐听到这里，松了一口气，心道："原来如此，倒吓了我一跳。别的也没什么，只是这一日一晚之中，马姑娘不能移动，福康安这文书若是下令抓人来着，马姑娘的性命终于还是送在他手上了。"

他生怕福康安玩甚花样，还是将那文书接了过来，细细瞧了一遍，说道："蔡师伯、姬师弟，便请你们两位相陪，再加上我师妹，咱们四个赴掌门人大会去。"蔡威和姬晓峰大喜，连连称谢。侍仆上前禀道："请程爷、蔡爷、姬爷三位出去用饭。"

胡斐点点头，正要去叫醒程灵素，忽听得她在房中叫道："大哥，请过来。"胡斐道："两位先请，我随后便来。"听她叫声颇为焦急，当下快步走到房中，一掀门帘，便听得马春花低声叫唤："我孩子呢？叫他哥儿俩过来啊……我要瞧瞧孩子……他哥儿俩呢？"

程灵素秀眉紧蹙，低声道："她一定要瞧孩子，这件事不妙。"

胡斐道："那两个孩子落在那心肠如此狠毒的老妇手中，咱们终须设法救了出来。"程灵素道："马姑娘很是焦躁，立时要见，见不着孩子，便哭喊叫唤。这于她病势大大不妥。"胡斐沉吟道："待我去劝劝。"程灵素摇头道："她神智不清，劝不了的。除非马上将孩子抱来，否则她心头郁积，毒血固然不能尽除，药力也无法达于脏腑。"

胡斐绕室彷徨，一时苦无妙策，说道："便是冒险再入福大帅府去抢孩子，最快也得等到今晚。"程灵素吓了一跳，道："再进福府去，那不是送死么？"胡斐苦笑了一下，他何尝不知昨晚闹出了这么惊天动地的一件大事，今日福康安府中自是戒备森严，便要踏进一步也是千难万难，如何能再抢得这两个孩子出来？若有数十个武艺高强之人同时下手，或者尚能成事，只凭他单枪匹马，再加上程灵素，最多加上姬晓峰，三个人难道真有通天的本事？

过了良久，只听得马春花不住叫唤："孩子，快过来，妈心里不舒服。你们到哪儿去了？到哪儿去了？"胡斐皱眉道："二妹，你说怎么办？"程灵素摇头道："她这般牵肚挂肠，不住口的叫唤，不到三日，不免毒气攻心。咱们只有尽力而为，当真救不了，那也是天数使然。"胡斐道："先吃饭去，一会再来商量。"

饭后程灵素又替马春花用了一次药，只听她却叫起福康安来："康哥，康哥，怎地你不睬我啊？你把咱们的两个乖儿子抱过来，我要亲亲他哥儿俩。"只把胡斐听得又是愤怒，又是焦急。

程灵素拉了拉他衣袖，走到房外的小室之中，脸色郑重，说道："大哥，我跟你说过的话，有不算的没有？"胡斐好生奇怪："干么问起这句话来？"摇头道："没有啊。"程灵素道："好。我有一句话，你好好听着。倘若你再进福康安府中去抢马姑娘的儿子，你另请名医来治她的毒罢。我马上便回南方去。"

胡斐一愕，尚未答话，程灵素已翩然进房。胡斐知她这番话全是为了顾念着他，料他眼看如此情势，定会冒险再入福府，此举除了赔上一条性命之外，决无好处。他自己原也想到，可是此事触动了他的侠义心肠，忆起昔年在商家堡被擒吊打，马春花不住出言求情。有恩不报，非丈夫也，他已然决意一试，但程灵素忽出此言，倘若自己拼死救了两个孩子出来，程灵素却一怒而去，那可又糟了。

一时之间踌躇无计，信步走上大街，不知不觉间便来到福康安府附近，但见每隔五步十步，便是两个卫士，人人提着兵刃，守卫严密之极，别说闯进府去，只要再走近几步，卫士便要过来盘查。

胡斐不敢多耽，心中闷闷不乐，转过两条横街，见有一座酒楼，便上楼去独自小酌。刚喝得两杯，忽听隔房中一人道："汪大哥，今儿咱们喝到这儿为止，待会就要当值，喝得脸上酒糟一般的，可不大美。"另人哈哈大笑道："好，咱们再干三杯便吃饭。"

胡斐一听此人声音，正是汪铁鹗，心想："天下事真有这般巧，居然又在这里撞上他。"转念一想，却也不足为奇，他们说待会便要当值，自是去福康安府轮班守卫。这是福府附近最考究的一家酒楼，他们在守卫之前，先来喝上三杯，那也平常得紧。倘若汪铁鹗这种人当值之前不先舒舒服服的喝上一场，那才叫奇呢。

只听另一人道："汪大哥，你说你识得胡斐。他到底是怎么样一个人？"胡斐听他提到自己名字，不禁一凛，更是凝神静听。

只听汪铁鹗长长叹了口气，道："说到胡斐此人，小小年纪，不但武艺高强，而且爱交朋友，真是一条好汉子。可惜他总是要和大帅作对，昨晚更闯到府里去行刺大帅，真不知从何说起？"那人笑道："汪大哥，你虽识得胡斐，可是偏没生就一个升官发财的命儿，否则的话，咱们喝完了酒，出得街去，偏巧撞见了他，咱哥儿俩将他手到擒来，岂不是大大的一件功劳？"汪铁鹗笑道："哈哈，你倒说得轻松写意！凭你张九的本领哪，便是有二十个，也未必能拿得住他。"那张九一听此言，心中恼了，说道："那你呢，要几个汪铁鹗才拿得住他？"汪铁鹗道："我是更加不成啦，便有四十个我这种脓包，也不管用。"张九冷笑道："他当真便有三头六臂，说得这般厉害？"

胡斐听他二人话不投机，心念一动，眼见时机稍纵即逝，当下更不再思，揭过门帘，踏步走进邻房，说道："汪大哥，你在这儿喝酒啊！喂，这位是张大哥。小二，小二，把我的座儿搬到这里来。"

汪铁鹗和张九一见胡斐，都是一怔，心想："你是谁？咱们可不相识啊？"汪铁鹗虽听着他话声有些熟稔，但见他虬髯满脸，哪想得到是他？胡斐又道："刚才我遇见周铁鹪周大哥、曾铁鸥曾二哥，在聚英楼喝了几杯，还说起你汪大哥呢。"汪铁鹗含糊答应，竭力思索此人是谁，听他说来，和周师哥、曾师哥他们都是熟识，应该不是外人，怎地一时竟想不起来？不住在心中暗骂自己胡涂。

店伴摆好座头。胡斐道："今儿小弟作东，很久没跟汪大哥、张大哥喝一杯了。"掏出十两银子向店伴一抛，道："给存在柜上，有拿手精致的酒菜，只管作来。"那店伴见他手面豪阔，登时十分恭谨，一叠连声的吩咐了下去。

不久酒菜陆续送上，胡斐谈笑风生，说起来秦耐之，殷仲翔，王剑英、王剑杰兄弟这干人都很熟络，一会儿说武艺，一会儿说赌博，似乎个个都是他的知交朋友。汪铁鹗老大纳闷，人家这般亲热，倘若开口问他姓名，那可是大大失礼，但此人到底是谁，便是想破了脑袋，也想不到半点因头。张九只道胡斐是汪铁鹗的老友，见他出手爽快，来头显又不小，自也乐得叨扰他一顿。

喝了一会酒，菜肴都已上齐，汪铁鹗实在忍耐不住了，说道："你这位大哥恕我无礼，我越活越是胡涂啦。"说着伸手在自己的额头上重重一击，又道："一时之间我竟想不起你老哥的名字来，真是该死之极了。"

胡斐笑道："汪大哥真是贵人多忘事。昨儿晚上，你不是还在舍下吃饭吗？只可惜一场牌九没推成，倒弄得周大哥跟人家动手过招，伤了和气。"汪铁鹗一怔，道："你……你……"胡斐笑道："小弟便是胡斐！"

此言一出，汪铁鹗和张九猛地一齐站起，惊得话也说不出来。

胡斐笑道："怎么？小弟装了一部胡子，汪大哥便不认得了么？"汪铁鹗低声道："悄声！胡大哥，城中到处都在找你，你怎敢如此大胆,居然还到这里来喝酒?"胡斐笑道:"怕什么?连你汪大哥也不认得我,旁人怎认得出来。"汪铁鹗道:"北京城里是不能再耽了,你快快出城去吧?盘缠够不够?"

胡斐道:"多谢汪大哥古道热肠,小弟银子足用了。"心想:"此人性子粗鲁,倒是个厚道之人。"那张九却脸上变色,低下了头一言不发。

汪铁鹗又道:"今日城门口盘查得紧,你出城时别要露出破绽,还是我和张大哥送你出城为妙。那位程姑娘呢?"胡斐摇头道:"我暂且不出城。我还有一笔帐要跟福大帅算一算。"张九听到这里,脸上神色更是显得异样。

汪铁鹗道:"胡大哥,我本领是远远的不及你,可是有一句良言相劝。福大帅权势熏天,你便当真跟他有仇,又怎斗他得过?我吃他的饭,在他门下办事,也不能一味护着你。今日冒个险送你出城。你快快走吧。"胡斐道:"不成,汪大哥,你可知我为什么得罪了福大帅?"汪铁鹗道:"我不知道,正想问你。"

胡斐当下将福康安如何在商家堡结识马春花,如何和她生下两个孩子,昨晚马春花如何中毒等情一一低声说了,又说到自己如何相救,马春花如何思念儿子,命在垂危,自己虽然干冒万险,也要将那两个孩子救了出来去交给她。

汪铁鹗愈听愈怒,拍桌说道:"原来这人心肠如此狠毒!胡大哥,你英雄侠义,当真令人好生钦佩。可是福大帅府中戒备严密,不知有多少高手四下守卫,要救那两孩子,这会儿是想也休想。只好待这件事松了下来,慢慢再想法子。"胡斐道:"我却有个计较在此,咱们借用了张大哥的服色,让我扮成卫士,黑夜之中,由你领着到府里去动手。"

张九脸色大变,霍地站起,手按刀柄。胡斐左手持着酒杯喝了口酒,右手正伸出筷子去夹菜,斗然间左手一扬,半杯酒泼向张九眼中。张九"啊"的一声惊呼,伸手去揉。胡斐筷子探出,在他胸口"神藏"和"中庭"两穴上各戳了一下。张九身子一软,登时倒在椅上。

店小二听得声音，过来察看。胡斐道："这位总爷喝醉了，得找个店房歇歇。"店小二道："过去五家门面，便是安远老店。小人扶这位总爷过去吧！"胡斐道："好！"又赏了他五钱银子。那店小二欢天喜地，扶着张九到那客店之中。胡斐要了一间上房，闩上了门，伸指又点了张九身上三处穴道，令他十二个时辰之中，动弹不得。

汪铁鹗心中犹似十五个吊桶打水，七上八落，眼见胡斐行侠仗义，做事爽快明决，不禁甚是佩服，但想到干的是如此一桩奇险之事，心中又是惴惴不安。胡斐除下身上衣服，给张九换上，自己却穿上了他的一身武官服色，好在两人都是中等身材，穿着倒也合身。

汪铁鹗道："我是申正当值，过一会儿时候便到了。"胡斐道："你给张九告个假，说他生了病，不能当差。我在这儿等你，到晚间二更天时，你来接我。"汪铁鹗呆了半晌，心想只要这一句话儿答应下来，一生便变了模样，要做个铁铮铮的汉子，什么荣华富贵，就是一笔勾销；但若一心一意为福大帅出力，不免是非不分，于心不安。

胡斐见他迟疑，说道："汪大哥，这件事不是一时可决，你也不用此刻便回我话。"汪铁鹗点了点头，径自出店去了。胡斐躺在炕上，放头便睡，他知道眼前实是一场豪赌，不过下的赌注却是自己的性命。

到二更天时，汪铁鹗或者果真独个儿悄悄来领了自己，混进福康安府中。但这么一来，汪铁鹗的性命便是十成中去了九成。他跟自己说不上有什么交情，跟马春花更是全无渊源，为了两个不相干之人而甘冒生死大险，依着汪铁鹗的性儿，他肯干？他自幼便听从周铁鹪的吩咐，对这位大师兄奉若神明，何况又在福康安手下居官多年，这"功名利禄"四字，于他可不是小事。

若是一位意气相投的江湖好汉，胡斐决无怀疑。但汪铁鹗却是个本事平庸、浑浑噩噩的武官。

如果他决定升官发财，那么二更不到，这客店前后左右，便会有上百名好手包围上来，自己纵然奋力死战，也定然不免。

这其间没有折衷的路可走。汪铁鹗不能两不相帮，此事他若不告发，张九日后怎会不去告他？

胡斐手中已拿了一副牌九，这时候还没翻出来。要是输了，那便输了自己的性命。这副牌是好是坏，全凭汪铁鹗一念之差。他知道汪铁鹗不是坏人，但要他冒险实在太大，求他的实在太多，而自己可没半点好处能报答于他……

汪铁鹗这样的人可善可恶，谁也不能逆料。将性命押在他的身上，原是险着，但除此之外，实无别法。福康安府中如此戒备，若是无人指引相助，决计混不进去。

他一着枕便呼呼大睡，这一次竟连梦也没有做。他根本不去猜测这场豪赌结果会如何。

牌还没翻，谁也不知道是什么牌。瞎猜有什么用？

他睡了一个多时辰，朦胧中听得店堂有人大声说话，立时醒觉，坐了起来。只听那人说道："不错，我正要见'玄'字号的那位总爷。喝醉了么？有公事找他。你去给我瞧瞧。"

胡斐一听不是汪铁鹗的声音，心下凉了半截，暗道："嘿嘿，这一场大赌终究是输了。"提起单刀，轻轻推窗向外一望，只见四下里黑沉沉的并无动静，当下翻身上屋，伏在瓦面，凝神倾听。

汪铁鹗一去，胡斐知他只有两条路可走：若以侠义为重，这时便会单身来引自己偷入福府；倘若惜身求禄，必定是引了福府的武士前来围捕。他既然不来，此事自是糟了。但客店四周，竟然无人埋伏，倒也颇出胡斐意料之外。要知前来围捕的武士不来则已，来则必定人数众多，一二个高手尚可隐身潜伏，不令自己发现踪迹，人数一多，便是透气之声也能听见了。

他见敌人非众，稍觉宽心。但见窗外烛光晃动，店小二手里拿着一只烛台，在门外说道："总爷，这里有一位总爷要见您老人家。"胡斐翻身从窗中进房,落地无声,说道:"请进来吧!"店小二推开房门,将烛台放在桌上,陪笑道:"那一位总爷酒醒了吧?若是还没妥贴,要不给做一碗醒酒汤喝?"胡斐随口道:"不用!"眼光盯在店小二身后那名卫士脸上。

只见他约莫四十来岁年纪,灰扑扑一张脸蛋,丝毫不动声色,胡斐心道:"好厉害的脚色!孤身进我房来,居然不露半点戒惧之意。难道你当真有过人的本领,绝没将我胡斐放在心上吗?"只听那卫士道:"这位是张大哥么?咱们没见过面,小弟姓任,任通武,在左营当差。"胡斐道:"原来是任大哥,幸会幸会。大伙儿人多,平日少跟任大哥亲近。"任通武道:"是啊。上头转下来一件公事,叫小弟送给张大哥。"说着从身边抽出一件公文来。

胡斐接过一看,见公文左角上赫然印着"兵部正堂"四个红字,封皮上写道:"即交安远客店,巡捕右营张九收拆,速速不误。"胡斐上次在福府中上了个大当,双手为钢盒所伤,这一回学了乖,不即开拆公文,先小心捏了捏封套,见其中并无古怪,又想到苗人凤为拆信而毒药伤目,当下将公文垂到小腹之前,这才拆开封套,抽出一张白纸,就烛光一看,不由得惊疑交集。

原来纸上并无一字,却画了一幅笔致粗陋的图画。图中一个吊死鬼打着手势,正在竭力劝一人悬梁上吊。当时迷信,有人悬梁自尽,死后变鬼,必须千方百计引诱另一人变鬼,他自己方得转世投胎,后来的死者便是所谓替死鬼了。这说法虽然荒诞不经,但当时却是人人皆知。

胡斐凝神一想,心念一动,问道:"任大哥今晚在大帅府中轮值?"任通武道:"正是!小弟这便要去。"说着转身欲行。胡斐道:"且慢!请问这公事是谁差任大哥送来?"任通武道:"是我们林参将差小弟送来。"

胡斐到这时已是心中雪亮:原来汪铁鹗自己拿不定主意,终究还是去和大师哥周铁鹪商量。周铁鹪念着胡斐昨晚续腿还牌之德,想出了这个计较,他不让汪铁鹗犯险,却辗转的差了个替死鬼来。

由这人领胡斐进福府，不论成败，均与他师兄弟无涉，因此信上非但不署姓名，连字迹也不留一个，以防万一事机不密，牵连于他。这一件公文他夹在交给左营林参将的一叠文件之中，转了几个手，谁也不知这公文自何而来。林参将一见是"兵部正堂"的公事，不敢延搁，立即差人送来。周铁鹪早知左营的卫士今晚全体在福府中当值守卫，那林参将不管派谁送信，胡斐均可随他进府。

这中间的原委曲折胡斐虽然不能尽知，却也猜了个八不离九，心下暗笑周铁鹪老奸巨猾，在京师混了数十年的人，行事果然与众不同，但对他相助的一番好意，却也暗暗感激，当下说道："上头有令，命兄弟随任大哥进府守卫。"跟着又道："他妈的，今儿本是轮到我休假，半夜三更的，又把人叫了去。"

任通武笑道："大帅府中闹刺客，大伙儿谁都得辛苦些。好在那一份优赏总是短不了。"胡斐笑道："回头领到了钱，小弟作东，咱哥儿俩到聚英楼去好好乐他一场。任大哥，你是好酒好赌，还是好色？"任通武哈哈大笑，说道："这酒色财气四门，做兄弟的全都打从心眼儿里欢喜出来。"胡斐在他肩上一拍，显得极是亲热，笑道："咱俩意气相投，当真是相见恨晚了。小二，小二，快取酒来！"

任通武踌躇道："今晚要当差，若是参将知道咱们喝酒，只怕不便。"胡斐低声道："喝三杯，参将知道个屁！"说话间，店小二已取过酒来，夜里没什么下酒之物，只切了一盆卤牛肉。

胡斐和任通武连干三杯，掷了一两银子在桌上，说道："余下的是赏钱！"店小二大喜，正要道谢。任通武一把将银子抢过，笑道："张大哥这手面也未免阔得过份，咱们在福大帅府中当差的，喝几杯酒还用给钱？走吧！时候差不多啦。"左手拉着胡斐，向外抢出，右手将银子塞入怀里。店小二瞧在眼里，却是敢怒而不敢言。要知福康安府里的卫士在北京城里横行惯了，看白戏、吃白食，浑是闲事，便是顺手牵羊拿些店铺里的物事，小百姓又怎敢作声？

胡斐一笑，心想此人贪财好酒，倒是容易对付，当下与他携手出店。将出店门时，忽听得屋顶上喀的一声轻响，声音虽极细微，但胡斐听在耳里，便知有异，低声道："任大哥，我忘了一件物事，请你稍待。"一转身，便回进自己房中，黑暗中只见一个瘦削的身形越窗而出，身法甚是快捷，依稀便是周铁鹪。

胡斐大奇："他又到我房中来干么？"微一沉吟，揭开床帐，探手到张九鼻孔边一试，果然呼吸已止，竟是被周铁鹪使重手点死了。胡斐心中一寒："此人当真是心思周密，下手毒辣。本来若不除去张九，定会泄漏他师兄弟俩的机关，只是没料到我前脚才出门，他后脚便进来下手，连片刻喘息的余裕也没有。"既是如此，他反而放心，知道周铁鹪对己确是一片真心，不致于诱引自己进了福府，再令人围上动手。

于是将张九身子一翻，让他脸孔朝里，拉过被子窝好了，转身出房，说道："任大哥，劳你等候，咱们走吧。"任通武道："自己弟兄，客气什么？"两人并肩而行，大摇大摆的走向福康安府。

只见福府门前站着二十来名卫士，果是戒备不同往日。胡斐跟着任通武走到门口，一名千总低声喝道："威震——"任通武接口道："——四海！"那千总点了点头，说道："今儿大伙得多加点劲。"任通武道："那还会错么？"胡斐道："老总，你说今晚会不会有刺客再进府来？"那千总笑道："除非他吃了豹子胆、老虎心。"胡斐哈哈一笑，进了大门。

到达中门时，又是一小队卫士守着。一名千总低喝口令："威震——"任通武答道："——绝域！"那千总道："任通武，这人面生得很，是谁啊？"任通武道："是右营的张大哥，你没见过么？"那千总"嗯"了一声，道："这部胡子长得倒是挺威风的。"

两人折而向左，穿过两道边门，到了花园之中。园门口又是一小队卫士，那口令却变成了"威震——千秋"。胡斐心想："倘若我不随任通武进来，便算过了大门，也不能过二门。即使我探听到了'威震四海'的口令，也想不到每一道门的口令各有变化。"

进了花园，胡斐已识得路径，心想夜长梦多，早些下手，也好让马春花早一刻安心，又想："二妹见我这么久不回去，必已料到我进了福府，定也忧心。"当下加快脚步，向福康安之母的住所走去。任通武很是诧异，道："张大哥，你到哪里去？"胡斐道："上头派我保护太夫人，说道决计不可令太夫人受到惊吓。你不知道么？"任通武道："原来如此！"

便在此时，前面两名卫士悄没声的巡了过来。左首一人低声喝道："报名！"任通武道："左营任通武！"胡斐道："右营张九！"那人"啊"的一声，手按刀柄，喝道："什么？你是谁？"

胡斐心中一凛，知道此人和张九熟识，事已败露，凑到他耳边，低声道："我是胡斐！"那人惊得呆了，一时手足无措。胡斐伸指一戳，点中了他的穴道，左手手肘顺势一撞，又打中了另一名卫士的穴道。任通武惊惶失措，道："你……你……干什么？"胡斐冷冷的道："大丈夫行不改姓，坐不改名，我姓胡名斐的便是。"一面说，一面将两名穴道被点的卫士掷入了花丛。

任通武吸一口气，刷的一声，拔出了腰刀。胡斐笑道："人人都已瞧见，是你引我进府来的。你叫嚷起来，有何好处？还不如乖乖的别作声。"任通武又惊又怕，哪里还说得出话来。

胡斐道："你要命的，便跟着我来。"任通武这时六神无主，只得跟在他身后，眼见他一伸手一回肘，便打倒了两名武功比自己高得多的卫士，若是与他动手，徒然送了性命，只盼他别闹出什么事来，连累了自己。但胡斐既然进得府来，岂有不闹事之理？任通武这般痴想，也不过在无法之中自行宽慰而已。

胡斐快步走到相国夫人的屋外，只见七八名卫士站在门口，若是向前硬闯，未必能迅速过得这一关，心念一动，绕着走到屋侧，提声喝道："任通武，你干什么？闯到太夫人屋里来，想造反么？"这一喝更令任通武摸不着半点头脑，结结巴巴的道："我……我……"

胡斐喝道："快停步，你图谋不轨么？"众卫士听他吆喝，吃了一惊，一齐奔了过来。胡斐伸掌托在任通武的背上，掌力一送，他那庞大的身躯飞了出去，砰的一声，撞在窗格之上，登时木屑纷飞。胡斐叫道："拿住他，拿住他！快快！"

众卫士一拥而上，都去捉拿任通武。胡斐大叫："莫惊吓了太夫人！这反贼胆子倒是不小。"一面叫嚷，一面冲进房去。只见太夫人双手各拉着一个孩子，惊问："什么事？"那两孩子兀在啼哭，叫着："我要妈妈，我要妈妈。"胡斐道："有刺客！小人保护太夫人和两位公子爷出去。"太夫人多见事故，一凛之下，心中起疑，喝道："你是谁？刺客在哪里？"胡斐不敢多耽，又恼恨她心肠毒辣，下手毒害马春花，当即抢上一步，反手便是一掌。

这太夫人贵为相国夫人，当今皇帝是她情郎，三个儿子都做尚书，两个媳妇是金枝玉叶的公主，出世以来，哪里受过这般殴辱？胡斐虽知她心肠之毒，不下于大奸巨恶，但终究念她是个年老妇人，不欲便此伤她性命，这一掌只使了一分力气。饶是如此，她右颊已高高肿起，满口鲜血，跌落了两枚牙齿，惊怒之下，几乎晕了过去。

胡斐俯身对两个孩子道："我带你们去见妈妈。妈妈想念你们得紧。"两个孩儿登时笑逐颜开，伸出四条小手臂，要胡斐抱了去见母亲。胡斐左臂一长，一臂抱起两个孩子，便在此时，已有两名卫士奔进屋来。

胡斐心想，若不借重太夫人，实难脱身，伸右手抓住太夫人衣领，喝道："太夫人在我掌握之中，你们上来，大家一齐都死！"说着抢步便往外闯。

这时几名卫士已将任通武擒住，眼睁睁的见胡斐一手抱了两个孩子，一手拉着太夫人直往外奔。众卫士投鼠忌器，哪敢上前动手？只是连声呼哨，紧跟在他身后四五步之处，手中刀剑距他背心不过数尺，虽见他无法分手抵御，但终究不敢递上前去。胡斐心中也是暗暗叫苦，眼见园中众卫士四面八方的聚集，自己带着一老二少，拖拖拉拉，哪里能出府门？敌人纵然心存顾忌，但只要有人大胆上前，自己总不能当真便将太夫人打死。

无法可施之下，只有急步向前。这一来双方成了僵持之局，众卫士固然不敢上前动手，胡斐却也不能脱出险地，时候一长，卫士越集越多，处境便越是危险。一时苦无善策，只有豁出了性命不要，走一步便算一步，但听得叫嚷传令之声，四下呼应。他一手抱着孩子，一手拖着老夫人，行走不快，只是往黑暗处闯去。

便在此时，忽见左首火光一闪，有人大声叫道："刺客行刺公主！要烧死公主啦，要烧死公主啦！"胡斐一怔，听叫嚷之声正是周铁鹪。但见浓烟火焰，从左边的一排屋中冲天而起。那和嘉公主是当今皇帝的亲生爱女，若有失闪，福康安府中合府卫士都有重罪。只听周铁鹪又叫道："大家快去救火，莫伤了公主，我来救太夫人。"周铁鹪在福康安手下素有威信，众卫士又在惊惶失措之下，听他叫声威严，自有一股慑人之势，于是一窝蜂的向公主的住所奔去。

胡斐已知这是他调虎离山之计，好替自己脱困，心下好生感激。只见周铁鹪疾奔而至，一刀搂头砍到。胡斐向旁一闪，喝道："好厉害！"将太夫人向他一推。周铁鹪扶住太夫人，负在背上。胡斐一手抱了一个孩子。脚下登时快了，只听周铁鹪又提气叫道："刺客来得不少，各人紧守原地，保护大帅和两位公主，千万不可中了刺客的调虎离山之计。"众卫士一听"调虎离山"四字，心下均各凛然，不敢再追。

胡斐疾趋花园后门，翻墙而出，却只叫得一声苦，但见东面西面，都是黑压压的一片，站满了卫士。他抱了两个孩子，越过一大片空地，抢进了一条胡同。众卫士大呼："拿刺客，拿刺客！"自后追来。

胡斐奔完胡同，转到一条横街，只见前面一辆骡车停在街心。胡斐一跃上车，叫道："快赶，快赶！重重赏你银子！"车夫位上并肩坐着两人。右边一个身材瘦削的汉子一提缰绳，鞭子拍的一响，骡子拉着车子便跑。

胡斐喘息稍定，只觉奇臭冲鼻，定睛一看，见车上装满了粪桶，原来那是挨门沿户替人倒粪的一辆粪车，心想："怪不得半夜三更的，竟有一辆骡车在这儿？"回头望时，见众卫士大声呐喊，随后赶来。

他心念一动，提起一只粪桶，向后掷了过去。这一掷力道极猛，两名奔在最先的卫士登时给粪桶撞倒，淋漓满身，一时竟然爬不起来。其余众卫士见状，一齐住足。这些人都是精选的悍勇武士，刀山枪林吓他们不到，但大粪桶当头掷来，却是谁也不敢尝一尝这般滋味。

那骡子足不停步的向前直跑，但过不多时，后面人声隐隐，众卫士又赶了上来。须知福康安是当朝兵部尚书，执掌天下兵马大权，府中卫士个个均非庸手，给胡斐接连两晚闹了个天翻地覆，众卫士的脸皮往哪里搁去？因此一见粪车跑远，粪桶已投掷不到，各人踏过满地粪水，锲而不舍的继续追赶。

胡斐心下烦恼："倘若我便这么回去，岂不是自行泄露了住处？马姑娘未脱险境，怎能引鬼上门？但若不回住处，却又躲到哪里去？"便这么寻思之际，众卫士又追得近了些，只是害怕粪桶，不敢十分逼近，各人均想："咱们便是这么远远跟着，难道在这北京城中，你还能插翅飞去？"

转眼之间，骡车驰到一个十字路口，只见街心又停着一辆粪车。胡斐所乘的车子驰着靠近，赶骡子的车夫伸臂向胡斐一招，喝道："过去！"纵身一跃，坐上了另一辆粪车。胡斐抱着两个孩子跟着跃过。先前车上的另一个汉子接过缰绳，竟是毫不停留，向西边岔道上奔了下去。胡斐所乘的骡车却向东行。

待得众卫士追到，只见两辆一模一样的粪车，一辆向东，一辆向西，却不知刺客是在哪一辆车中。众人略一商议，当下兵分两路，分头追赶。

胡斐听了那身材瘦削的汉子那一声呼喝，又见了这一跃的身法,已知是程灵素前来接应,喜道:"二妹,原来是你!"程灵素"哼"的一声,并不答话。胡斐又问:"马姑娘怎样?病势没转吧?"程灵素道:"不知道。"胡斐知她生气了,柔声道:"二妹,我没听你话,原是我的不是,请你原谅这一次。"程灵素道:"我说过不给她治病,便不治病。难道我说的不是人话么?"

说话之间,又到了一处岔道,但见街中心仍是停着一辆粪车。这一次程灵素却不换车,只是唿哨一声,做个手势,两辆粪车分向南北,同时奔行。众卫士追到时面面相觑,大呼:"邪门!邪门!"只得又分一半人北赶,一半人南追。

北京城中街道有如棋盘,一道道纵通南北,横贯东西,因此行不到数箭之地,便出现一条岔道,每处十字路口,必有一辆粪车停着。程灵素见众卫士追得近了,便不换车,以免纵起跃落时给他们发觉,若是相距甚远,便和胡斐携同两孩换一辆车,使骡子力新,奔驰更快。这样每到一处岔道,众卫士的人数便减少了一半,到得后来,稀稀落落的只有五六人追在后面。这五六人也已奔得气喘吁吁,脚步慢了很多。

胡斐又道:"二妹,你这条计策真是再妙不过,倘若不是雇用深夜倒粪的粪车,寻常的大车一辆辆停在街心,给巡夜官兵瞧见了,定会起疑。"程灵素冷笑道:"起疑又怎么样?反正你不爱惜自己,便是死在官兵手中,也是活该。"胡斐笑道:"我死是活该,只是累得姑娘伤心,那便过意不去。"程灵素冷笑道:"你不听我话,自己爱送命,才没人为你伤心呢。除非是你那个多情多义的袁姑娘……她又怎么不来助你一臂之力?"胡斐道:"她没知道我会这样傻,竟会闯进福大帅府中去。天下只有一位姑娘,才知道我会这般蛮干胡来,也只有她,才能在紧急关头救我性命。"

这几句话说得程灵素心中舒服慰贴无比,哼了一声,道:"当年救你性命的是马姑娘,所以你这般念念不忘,要报她大恩。"胡斐道:"在我心中,马姑娘怎能跟我的二妹相比?"

程灵素在黑暗中微微一笑,道:"你求我救治马姑娘,什么好听的话都会说。待得不求人家了，便又把我的说话当作耳边风。"胡斐道："倘若我说的是假话，教我不得好死。"程灵素道："真便真，假便假，谁要你赌咒发誓了？"她这句话口气松动不少，显是胸中的气恼已消了大半。

再过一个十字路口，只见跟在车后的卫士只剩下两人。胡斐笑道："二妹，你拉一拉缰，我变个戏法你瞧。"程灵素左手一勒，那骡子倏地停步。在后追赶的两名卫士奔得几步，与骡车已相距不远。胡斐提起一只空粪桶，猛地掷出，噗的一响，正好套在一名卫士的头上。另一名卫士吃了一惊，"啊"的一声大叫，转身便逃。

程灵素见了这滑稽情状，忍不住噗哧一声，笑了出来。便在这一笑之中，满腔怒火终于化为乌有。

胡斐和她并肩坐在车上，接过缰绳，这时距昨晚居住之处已经不远，后面也再无卫士追来。两人再驰一程，便即下车，将车子交给原来的车夫，又加赏了他一两银子，命他回去。各人抱了一个孩子，步行而归，越墙回进居处，当真是神不知，鬼不觉，却有谁知道这两人适才正是从福大帅府中大闹而回？

马春花见到两个孩子，精神大振，紧紧搂住了，眼泪便如珍珠断线般流下。两个孩子也是大为高兴，只叫"妈妈！"

程灵素瞧着这般情景，眼眶微湿，低声道："大哥，我不怪你啦。咱们原该把孩子夺来，让他们母子团聚。"胡斐歉然道："我没听你的吩咐，心中总是抱憾。"程灵素嫣然一笑，道："咱们第一天见面，你便没听我吩咐。我叫你不可离我身边，叫你不可出手，你听话了么？"

马春花见到孩子后，心下一宽，痊可得便快了，再加程灵素细心施针下药，体内毒气渐除。只是她问起如何到了这里，福康安何以不见？胡斐和程灵素却不明言。两个孩子年纪尚小，也说不出一个所以然来。

胡斐将假胡子染成黄色，脸皮也涂得淡黄，倒似生了黄疸病一般，打扮得又豪阔又俗气。程灵素扮成个弓腰曲背的中年妇人，来到福康安府前。

第十七章　天下掌门人大会

转眼过了数日，已是中秋。这日午后，胡斐带同程灵素、蔡威、姬晓峰三人，径去福康安府中，赴那天下武林掌门人大会。

胡斐这一次的化装，与日前虬髯满腮，又自不同。他剪短了胡子，又用药染成黄色，脸皮也涂成了淡黄，倒似生了黄胆病一般，满身锦衣灿烂，翡翠鼻烟壶、碧玉班指、泥金大花折扇，打扮得又豪阔又俗气。程灵素却扮成个中年妇人，弓背弯腰，满脸皱纹，谁又瞧得出她是个十七八岁的大姑娘？胡斐对蔡威说是奉了师父之命，不得在掌门人大会中露了真面目。蔡威唯唯而应，也不多问。

到得福康安府大门口，只见卫士尽撤，只有八名知客站在门边迎宾。胡斐递上文书。那知客恭而敬之的迎了进去，请他四人在东首一席上坐下。

同席的尚有四人，互相一请问，却原来是猴拳大圣门的。程灵素见那掌门老者高顶尖嘴，红腮长臂，确是带着三分猴儿相，不由得暗暗好笑。

这时厅中宾客已到了一大半，门外尚陆续进来。厅中迎宾的知客都是福康安手下武官，有的竟是三四品的大员，若是出了福府，哪一个不是声威煊赫的高官大将，但在大帅府中，却不过是清客随员一般，比之僮仆厮养也高不了多少。

胡斐一瞥之间，只见周铁鹪和汪铁鹗并肩走来。两人喜气洋洋，服色顶戴都已换过，显已升了官。周汪二人走过胡斐和程灵素身前，自没认出他们。

只听另外两个武官向周汪二人笑嘻嘻的道："恭喜周大哥、汪大哥，那晚这场功劳实在不小。"汪铁鹗高兴得裂开了大嘴，笑道："那也只是碰巧罢啦，算得什么本领？"又有一个武官走了过来，说道："一位是记名总兵，一位是实授副将，嘿嘿，了不起，了不起。福大帅手下的红人，要算你两位升官最快了。"周铁鹪淡淡一笑，道："平大哥取笑了。咱兄弟俩无功受禄，怎比得上平大哥在战阵上挣来的功名？"那武官正色道："周大哥勇救相国夫人，汪大哥力护公主。万岁爷亲口御封，小弟如何比得？"

但见周汪二人所到之处，众武官都要恭贺奉承几句。各家掌门人听到了，有的好奇心起，问起二人如何立功护主。众武官便加油添酱、有声有色的说了起来。胡斐隔得远了，只隐约听到个大概：原来那一晚胡斐夜闯福府，勇劫双童。周铁鹪老谋深算，不但将一场祸事消弭于无形，反而因为先得讯息，装腔作势，从胡斐手中夺回相国夫人，又叫汪铁鹗抢先去保护公主。那相国夫人是乾隆皇帝的情人，公主是皇帝的爱女，这一场功劳立得轻易之极。

但在皇帝眼中，却比战阵中的冲锋陷阵胜过百倍，因此金殿召见，温勉有加，将他二人连升数级。相国夫人、和嘉公主、福康安又赏了不少珠宝金银。一晚之间，周汪二人大红而特红。人人都说数百名刺客夜袭福大帅府，若不是周汪二人力战，相国夫人和公主性命不保。众卫士为了掩饰自己无能，将刺客的人数越说越多，倒似是众卫士以寡敌众，舍命抵挡，才保得福康安无恙。结果人人无过有功。福康安虽然失了两个儿子，大为烦恼，但想起十年前自己落入红花会手中的危难，这一晚有惊无险，刺客全数杀退，反而大赏卫士。官场惯例原是如此，瞒上不瞒下，皆大欢喜。

胡斐和程灵素对望几眼，都不禁暗暗好笑。他二人都算饶有智计，但决计想不到周铁鹪竟会出此一着，平白无端得了一场富贵。

胡斐心想："此人计谋深远，手段毒辣，将来飞黄腾达，在官场中前程无限。"

纷扰间，数十席已渐渐坐满。胡斐暗中一点数，一共是六十二桌，每桌八人，分为两派，则来与会的共是一百二十四家掌门人，寻思："天下武功门派，竟是如此繁多，而拒邀不来与会的，恐怕也是不少。"又见有数席只坐着四人，又有数席一人也无，不自禁的想到了袁紫衣："不知她今日来是不来？"

程灵素见他若有所思，目光中露出温柔的神色，早猜到他是在想起了袁紫衣，心中微微一酸，忽见他颊边肌肉一动，脸色大变，双眼中充满了怒火，顺着他目光瞧去时，只见西首第四席上坐着一个身材魁梧的老者，手中握着两枚铁胆，晶光闪亮，滴溜溜地转动，正是五虎门的掌门人凤天南。

程灵素忙伸手拉了拉他衣袖。胡斐登时省悟，回过头来，心道："你既来此处，终须逃不出我手心。嘿，凤天南你这恶贼，你道我大闹大帅府后，决计不敢到这掌门人大会中来，岂知我偏偏来了。"

午时已届，各席上均已坐齐。胡斐游目四顾，但见大厅正中悬着一个锦障，钉着八个大金字："以武会友，群英毕至。"锦障下并列四席，每席都是只设一张座椅，上铺虎皮，却尚无人入座，想来是为王公贵人所设。

程灵素道："她还没来。"胡斐明知她说的是袁紫衣，却顺口道："谁没来？"程灵素不答，只是自言自语："她既当了九家半总掌门，总不能不来。"

又过片时，只见一位二品顶戴的将军站起身来，声若洪钟的说道："请四大掌门人入席。"众卫士一路传呼出去："请四大掌门人入席！""请四大掌门人入席！""请四大掌门人入席！"

厅中群豪心中均各不解："这里与会的，除了随伴弟子，主方迎宾知客的人员之外，个个都是掌门人，怎地还分什么四大四小？"

这时大厅中一片肃静,只见两名三品武官引着四个人走进厅来,一直走到锦障下的虎皮椅旁,分请四人入座。

看这四人时,见当先一人是个白眉老僧,手中撑着一根黄杨木的禅杖,面目慈祥,看来没一百岁,也有九十岁。第二人是个七十来岁的道人,脸上黑黝黝地,双目似开似闭,形容颇为委琐。这一僧一道,貌相判若云泥,老和尚高大威严,一望而知是个有道高僧。那道人却似个寻常施法化缘、画符骗人的茅山道士,不知何以竟也算是"四大掌门人"之一?

第三人是个精神矍铄的老者,六十余岁年纪,双目炯炯闪光,两边太阳穴高高鼓起,显是内功深厚。他一进厅来,便含笑抱拳,和这一个那一个点头招呼,一百多个掌门人中,看来倒有八九十人跟他相识,当真是交游遍天下。各人不是叫"汤大爷",便是称"汤大侠",只有几位年岁甚高的武林名宿,才叫他一声"甘霖兄!"

胡斐心想:"这一位便是号称'甘霖惠七省'的汤沛汤大侠了。袁姑娘的妈妈便曾蒙他收容过。此人侠名四播,武林中都说他仁义过人,想不到今日也受了福康安的笼络。"

但见他不即就座,走到每一席上,与相识之人寒暄几句,拉手拍肩,透着极是亲热。待走到胡斐这一桌时,一把拉住大圣猴拳门的掌门人,笑道:"老猴儿,你也来啦?嘿嘿,怎么席上不给预备一盆蟠桃儿?"

那掌门人却对他甚是恭敬,笑道:"汤大侠,有七年没见您老人家啦。一直没来跟您老人家请安问好,实在该打。您越老越健旺,真是难得。"汤沛伸手在他肩头一拍,笑道:"你花果山水帘洞的猴子猴孙、猴婆猴女,大小都平安吧?"那掌门人道:"托汤大侠的福,大伙儿都安健。"

汤沛哈哈一笑,向姬晓峰道:"姬老三没来吗?"姬晓峰俯身请了个安,说道:"家严没来。家严每日里记挂汤大侠,常说服了汤大侠赏赐的人参养荣丸后,精神好得多了。"汤沛道:"你是住在云侍郎府上吗？明儿我再给你送些来。"姬晓峰哈腰相谢。汤沛向胡斐、程灵素、蔡威三人点点头，走到别桌去了。

那大圣猴拳门的掌门人道："汤大侠的外号叫作'甘霖惠七省'，其实呢，岂止是七省而已？那一年俺保的一支十八万两银子的丝绸镖在甘凉道上失落了，一家子急得全要跳井，若不是汤大侠挺身而出，又软又硬，既挨面子，又动刀子，'酒泉三虎'怎肯交还这一支镖呢？"跟着便口沫横飞，说起了当年之事。原来他受了汤沛的大恩，没齿不忘，一有机会，便要宣扬他的好处。

这汤沛一走进大厅，真便似"大将军八面威风"，人人的眼光都望着他。那"四大掌门人"的其余三人登时黯然无光。

第四人作武官打扮，穿着四品顶戴，在这大厅之中，官爵高于他的武官有的是，但他步履沉稳，气度威严，隐然是一派大宗师的身份。只见他约莫五十岁年纪，方面大耳，双眉飞扬有棱，不声不响的走到第四席上一坐，如渊之渟，如岳之峙，凝神守中，对身周的扰攘宛似不闻不见。胡斐心道："这也是一位非同小可的人物。"

他初来掌门人大会之时，满腔雄心，没将谁放在眼中，待得一见这四大掌门人，登时大增戒惧，寻思："汤大侠和那武官任谁一人，我都未必抵敌得过。那和尚和道人排名尚在他二人之上，自然也非庸手。今日我的身份万万泄漏不得，别说一百多个掌门人个个都是顶儿尖儿的高手，只消这'僧、道、侠、官'四人齐上，制服我便绰绰有余。"他惧意一生，当下只是抓着瓜子慢慢嗑着，不敢再东张西望，生怕给福康安手下的卫士们察觉了。

过了好一会，汤沛才和众人招呼完毕，回到自己座上。却又有许多后生晚辈，一个个赶着过去跟他磕头请安。汤沛家资豪富，仗义疏财，随在他身后的门人弟子带着大批红封包，凡是从未见过面的晚辈向他磕一个头，便给四两银子作见面礼。又乱了一阵，方才见礼已罢。

只听得一位二品武官喝道："斟酒！"在各席伺候的仆役提壶给各人斟满了酒。那武官举起杯来，朗声说道："各派掌门的前辈武师,远道来到京城,福大帅极是欢迎。现下兄弟先敬各位一杯,待会福大帅亲自来向各位敬酒。"说着举杯一饮而尽。众人也均干杯。

那武官又道:"今日到来的,全是武林中的英雄豪杰。自古以来,从未有过如此盛事。福大帅最高兴的,是居然请到了四大掌门人一齐光临,现下给各位引见。"他指着第一席的白眉老僧道:"这位是河南嵩山少林寺方丈大智禅师。千余年来,少林派一直是天下武学之源。今日的天下掌门人大会,自当推大智禅师坐个首席。"群豪一齐鼓掌。少林派分支庞大,此日与会的各门派中,几有三分之一是源出少林,众人见那武官尊崇少林寺的高僧,尽皆欢喜。

那武官指着第二席的道人说道:"除了少林派,自该推武当为尊了。这一位是武当山太和宫观主无青子道长。"武当派威名甚盛,为内家拳剑之祖。群豪见这道人委靡不振,形貌庸俗,都是暗暗奇怪。有些见闻广博的名宿更想:"自从十年前武当派掌门人马真逝世,武当高手火手判官张召重又死在回疆,没听说武当派立了谁做掌门人啊。这太和宫观主无青子的名头,可没听见过。"

第三位汤沛汤大侠的名头人人皆知,用不着他来介绍,但那武官还是说道:"这位甘霖惠七省汤大侠,是'三才剑'的掌门人。汤大侠侠名震动天下,仁义盖世,无人不知,不用小弟多饶舌了。"他说了这几句话,众人齐声起轰,都给汤沛捧场。这情景比之引见无青子时固是大大不同,便是少林寺方丈大智禅师,也是有所不及。

胡斐听得邻桌上的一个老者说道:"武林之中,有的是门派抬高了人,有的是人抬高了门派。那位青什么道长,只因是武当山太和宫的观主,便算是天下四大掌门人之一,我看未必便有什么真才实学吧?至于'三才剑'一门呢,若不是出了汤大侠这样一位百世难逢的人物,在武林中又能占到什么席位呢?"一个壮汉接口道:"师叔说得是。"胡斐听了也暗暗点头。

众人乱了一阵,目光都移到了那端坐第四席的武官身上。唱名引见的那武官说道:"这一位是我们满洲的英雄。这位海兰弼海大人,是镶黄旗骁骑营的佐领,辽东黑龙门的掌门人。"海兰弼的官职比他低,当那二品武官说这番话时,他避席肃立,状甚恭谨。

胡斐邻桌那老者又和同桌的人窃窃私议起来:"这一位哪,却是官职抬高门派了。辽东黑龙门,嘿嘿,在武林中名不见经传,算哪一回子的四大掌门?只不过四大掌门人倘若个个都是汉人,没安插一个满洲人,福大帅的脸上须不好看。这一位海大人最多只是有几百斤蛮力,怎能和中原各大门派的名家高手较量?"那壮汉又道:"师叔说得是。"这一次胡斐心中却颇不以为然,暗想:"你莫小觑了这一位满洲好汉,此人英华内敛,稳凝端重,比你这糟老头儿只怕强得多呢。"

那四大掌门人逐一站起来向群豪敬酒,各自说了几句谦逊的话。大智禅师气度雍然,确有领袖群伦之风。汤沛妙语如珠,只说了七八句话,却引起三次哄堂大笑。无青子和海兰弼都不善辞令。无青子一口湖北乡下土话,尖声尖气,倒有一大半人不懂他说些什么。胡斐暗自奇怪:"这位道长说话中气不足,怎能为武当派这等大派的掌门,多半他武艺虽低,辈份却高,又有人望,为门下众弟子所推重。"

当下厨役送菜上来,福大帅府宴客,端的是非比寻常,单是那一坛坛二十年的状元红陈绍,便是极难尝到的美酒。胡斐酒到杯干,一口气喝了二十余杯。程灵素见他酒兴甚豪,只是抿嘴微笑,偶尔回头,便望凤天南一眼,生怕他走得没了影踪。

吃了七八道菜,忽听得众侍卫高声传呼:"福大帅到!"猛听得呼呼数声,大厅上众武官一齐离席肃立,霎时之间,人人都似变成了一尊尊石像,一动也不动了。各门派的掌门人都是武林豪客,没见过这等军纪肃穆的神态,都不由得吃了一惊,三三两两的站起身来。

只听得靴声橐橐,几个人走进厅来。众武官齐声喝道:"参见大帅!"一齐俯身,半膝跪了下去。福康安将手一摆,说道:"罢了！请起！"众武官道："谢大帅！"拍拍数声，各自站起。

胡斐心道："福康安治军严整，大非平庸之辈。无怪他数次出征，每一次都打胜仗。"只见他满脸春风，神色甚喜，又想："这人全无心肝，两个儿子给人抢了去，竟是漫不在乎。"

福康安命人斟了一杯酒，说道："各位武师来京，本部给各位接风，干杯！"说着举杯而尽。群豪一齐干杯。

这一次胡斐只将酒杯在唇边碰了一碰，并不饮酒。他心中恼恨福康安心肠毒辣，明知母亲对马春花下毒，却不相救，因此不愿跟他干杯。

福康安说道："咱们这个天下掌门人大会，万岁爷也知道了。刚才皇上召见，赐了二十四只杯子，命本部转赐给二十四位掌门人。"他手一挥，众人捧上三只锦盒，在桌上铺了锦缎，从盒中取出杯来。

只见第一只盒中盛的是八只玉杯，第二只盒中是八只金杯，第三只盒中取出的是八只银杯，分成三列放在桌上。玉气晶莹、金色灿烂、银光辉煌。杯上凹凹凸凸的刻满了花纹，远远瞧去，只觉甚是考究精细，大内高手匠人的手艺，果是不同。

福康安道："这玉杯上刻的是蟠龙之形，叫作玉龙杯，最是珍贵。金杯上刻的是飞凤之形，叫作金凤杯。银杯上刻的是跃鲤之形，叫作银鲤杯。"

众人望着二十四只御杯，均想："这里与会的掌门人共有一百余人，御杯却只有二十四只，却赐给谁好？难道是拈阄抽签不成？再说，那玉龙杯自比银鲤贵重得多，却又是谁得玉的，谁得银的？"

只见福康安取过四只玉杯，亲手送到四大掌门人的席上，每人一只，说道："四位掌门是武林首领，每人领玉龙杯一只。"大智禅师等一齐躬身道谢。

福康安又道："这里尚余下二十只御杯，本部想请诸位各献绝艺，武功最强的四位分得四只玉杯，可与少林、武当、三才剑、黑龙门四门合称'玉龙八门'，是天下第一等的大门派。其次八位掌门人分得八只金杯，那是'金凤八门'。再其次八位分得八只银杯，那是'银鲤八门'。从此各门各派分了等级次第，武林中便可少了许多纷争。至于大智禅师、无青子道长、汤大侠、海佐领四位，则是品定武功高下的公证，各位可有异议没有？"

许多有见识的掌门人均想："这哪里是少了许多纷争？各门各派一分等级次第，武林中立时便惹出无穷的祸患。这二十四只御杯势必你争我夺。天下武人从此争名以斗，自相残杀，刀光血影，再也没有宁日了。"

可是福大帅既如此说，又有谁敢异议？早有人随声附和，纷纷喝采。

福康安又道："得了这二十四只御杯的，自然要好好的看管着。若是给别门别派抢了去、偷了去，那玉龙八门、金凤八门、银鲤八门，跟今日会中所定，却又不同了哇！"这番话说得又明白了一层，却仍有不少武人附和哄笑。

胡斐听了福康安的一番说话，又想起袁紫衣日前所述他召开这天下掌门人大会的用意，心道："初时我还道他只是延揽天下英雄豪杰，收为己用，哪知他的用意更要毒辣得多。他是存心挑起武林中各门派的纷争，要天下武学之士，只为了一点儿虚名，便自相残杀，再也没余力来反抗满清。"正想到这里，只见程灵素伸出食指，沾了一点茶水，在桌上写了个"二"，又写了个"桃"字，写后随即用手指抹去。

胡斐点了点头，这"二桃杀三士"的故事，他是曾听人说过的，心道："古时晏婴使'二桃杀三士'的奇计，只用两枚桃子，便使三个桀傲不驯的勇士自杀而死。今日福康安要学矮子晏婴。只不过他气魄大得多，要以二十四只杯子，害尽了天下武人。"他环顾四周，只见少壮的武人大都兴高采烈，急欲一显身手，但也有少数中年和老年的掌门人露出不以为然的神色，显是也想到了争杯之事，后患大是不小。

但见大厅上各人纷纷议论，一时声音极是嘈杂，只听邻桌有人说道:"王老爷子,你神拳门的武功出类拔萃,天下少有人敌,定可夺得一只玉龙杯了。"那人谦道:"玉龙杯是不敢想的,倘若能捧得一只金凤杯回家,也可以向孩子们交差啦!"又有人低声冷笑说道:"就怕连银鲤杯也沾不到一点边儿,那可就丢人啦。"那姓王的老者怒目而视,说风凉话的人却泰然自若,不予理会。一时之间,数百人交头接耳,谈的都是那二十四只御杯。

忽听得福康安身旁随从击了三下掌,说道:"各位请静一静,福大帅尚有话说。"大厅上嘈杂之声,渐渐止歇,只因群豪素来不受约束,不似军伍之中令出即从,隔了好一阵,方才寂静无声。

福康安道:"各位再喝几杯,待会酒醉饭饱,各献绝艺。至于比试武艺的方法,大家听安提督说一说。"

站在他身旁的安提督腰粗膀宽,貌相威武,说道:"请各位宽量多用酒饭,筵席过后,兄弟再向各位解说。请,请,兄弟敬各位一杯。"说着在大杯中斟了一满杯,一饮而尽。

与会的群雄本来大都豪于酒量,但这时想到饭后便有一场剧斗,人人都不敢多喝,除了一些决意不出手夺杯的高手耆宿之外,都是举杯沾唇,作个意思,便放下了酒杯。

酒筵丰盛无比,可是人人心有挂怀,谁也没心绪来细尝满桌山珍海味,只是想到待会便要动手,饭却非吃饱不可,因此一干武师,十之八九都是酒不醉而饭饱。

待得筵席撤去,安提督击掌三下。府中仆役在大厅正中并排放了八张太师椅,东厅和西厅也各摆八张。大厅的八张太师椅上铺了金丝绣的红色缎垫,东厅椅上铺了绿色缎垫,西厅椅上铺了白色缎垫。三名卫士捧了玉龙杯、金凤杯、银鲤杯,分别放在大厅、东厅和西厅的三张茶几上。

安提督见安排已毕,朗声说道:"咱们今日以武会友,讲究点到为止,谁跟谁都没冤仇,最好是别伤人流血。不过动手过招的当中,刀枪没眼,也保不定有什么失手。福大帅吩咐了,哪一位受轻伤的,送五十两汤药费,重伤的送三百两,不幸丧命的,福大帅恩典，抚恤家属纹银一千两。在会上失手伤人的，不负罪责。"众人一听，心下都是一凉："这不是明着让咱们拼命么？"

安提督顿了一顿，又道："现下比武开始，请四大掌门人入座。"

四名卫士走到大智禅师、无青子、汤沛、海兰弼跟前，引着四人在大厅的太师椅上居中坐下。八张椅上坐了四人，每一边都还空出两个座位。

安提督微微一笑，说道："现下请天下各家各派的掌门高手，在福大帅面前各显绝艺。哪一位自忖有能耐领得银鲤杯的，请到西厅就座；能领金凤杯的，请到东厅就座。若是自信确能艺压当场，可和四大掌门人并列的，请到大厅正中就座。二十位掌门人入座之后，余下的掌门人哪一位不服，可向就座的挑战，败者告退，胜者就位，直到无人出来挑战为止。各位看这法儿合适么？"

众人心想："这不是摆下了二十座擂台吗？"虽觉大混战之下死伤必多，但力强者胜，倒也公平合理。许多武师便大声说好，无人异议。

这时福康安坐在左上首一张大椅中。两边分站着十六名高手卫士，周铁鹪和王剑英都在其内，严密卫护，生怕众武师龙蛇混杂，其中隐藏了刺客。

程灵素伸手肘在胡斐臂上轻轻一敲，嘴角向上一努，胡斐顺着她眼光向上看去，只见屋角一排排的站满了卫士，都是手握兵刃。看来今日福康安府中戒备之严，只怕还胜过了皇宫内院，府第周围，自也是布满了精兵锐士。胡斐心想："今日能找到凤天南那恶贼的踪迹，心愿已了，无论如何不可泄漏了形迹，否则只怕性命难保。待会若能替华拳门夺到一只银鲤杯，也算是对得起这位姬兄了。只是我越迟出手越好，免得多引人注目。"

哪知他心中这么打算，旁人竟也都是这个主意。只不过胡斐怕的是被人识破乔装，其余武师却均盼旁人斗了个筋疲力尽，自己最后出手，坐收渔人之利，是以安提督连说几遍："请各位就座！"那二十张空椅始终空荡荡地，竟无一个武师出来坐入。

俗语说得好:"文无第一,武无第二"。凡是文人,从无一个自以为文章学问天下第一,但学武之士,除了修养特深的高手之外,决计不肯甘居人后。何况此日与会之人都是一派之长,平素均是自尊自大惯了的,就说自己名心淡泊,不喜和人争竞,但所执掌的这门派的威望却决不能堕了。只要这晚在会中失手,本门中成千成百的弟子今后在江湖上都要抬不起头来,自己回到本门之中,又怎有面目见人?只怕这掌门人也当不下去了。当真是人同此心,心同此意:"我若不出手,将来尚可推托交代。若是出手,非夺得玉龙杯不可。要一只金凤杯、银鲤杯,又有何用?"因此众武师的眼光,个个都注视着大厅上那四张空着的太师椅,至于东厅和西厅的金凤杯和银鲤杯,竟是谁都不在意下。

僵持了片刻,安提督干笑道:"各位竟都这么谦虚?还是想让别个儿累垮了,再来检个现成便宜?那可不合武学大师的身份啊。"这几句话似是说笑,其实却是道破了各人心事,以言相激。

果然他这句话刚说完,人丛中同时走出两个人来,在两张椅中一坐。一个大汉身如铁塔,一言不发,却把一张紫檀木的太师椅坐得格格直响。另一个中等身材,颏下长着一部黄胡子,笑道:"老兄,咱哥儿俩那是抛砖引玉。冲着眼前这许多老师父、大高手,咱哥儿难道还能把两只玉龙杯捧回家去吗?你可别把椅子坐烂了,须得留给旁人来坐呢。"那黑大汉"嘿"的一声,脸色难看,显然对他的玩笑颇不以为然。

一个穿着四品顶戴的武官走上前来,指着那大汉朗声道:"这位是'二郎拳'的掌门人黄希节黄老师。"指着黄胡子道:"这位是'燕青拳'的掌门人欧阳公政欧阳老师。"

胡斐听得邻桌那老者低声道:"好哇,连'千里独行侠'欧阳公政,居然也想取玉龙杯。"胡斐心中微微一震,原来那欧阳公政自己安上个外号叫作"千里独行侠",其实是个独脚大盗,空有侠盗之名,并无其实,在武林中名头虽响,声誉却是极为不佳,胡斐也曾听到过他的名字。

这两人一坐上,跟着一个道人上去,那是"昆仑刀"的掌门人西灵道人。只见他脸含微笑,身上不带兵刃,似乎成竹在胸,极有把握,众人都有些奇怪:"这道士是'昆仑刀'的掌门人,怎地不带单刀?"

厅上各人正眼睁睁的望着那余下的一张空椅,不知还有谁挺身而出。安提督说道:"还有一只玉杯,没谁要了么?"

只听得人丛中一人叫道:"好吧!留下给我酒鬼装酒喝!"一个身裁高瘦的汉子踉踉跄跄而出,一手拿酒壶,一手拿酒杯,走到厅心,晕头转向的绕了两个圈子,突然倒转身子,向后一跌,摔入了那只空椅之中。这一下身法轻灵,显是很高明的武功。大厅中不乏识货之人,早有人叫了起来:"好一招'张果老倒骑驴,摔在高桥上'!"原来这人是"醉八仙"的掌门人千杯居士文醉翁,但见他衣衫褴褛,满脸酒气,一副令人莫测高深的模样。

安提督道:"四位老师胆识过人,可敬可佩。还有哪一位老师,自信武功胜得过这四位中任何一位的,便请出来挑战。若是无人挑战,那么二郎拳、燕青拳、昆仑刀、醉八仙四门,便得归于'玉龙八门'之列了。"

只见东首一人抢步而上,说道:"小人周隆,愿意会一会'千里独行侠'欧阳老师。"这人满身肌肉虬起,身材矮壮,便如一只牯牛相似。

胡斐对一干武林人物都不相识,全仗旁听邻桌的老者对人解说。好在那老者颇以见多识广自喜,凡是知道的,无不抢先而说。只听他道:"这位周老师是'金刚拳'的掌门人,又是山西大同府兴隆镖局的总镖头。听说欧阳公政劫过他的镖,他二人很有过节。我看这位周老师下场子,其意倒不一定是在玉龙杯。"

胡斐心想:"武林中恩恩怨怨,牵缠纠葛,就像我自己,这一趟全是为凤天南那恶贼而来。各门各派之间,只怕累世成仇已达数百年的也有不少。难道都想在今日会中了断么?"想到这里,情不自禁的望了凤天南一眼，只见他不住手的转动两枚铁胆，却不发出半点声息，神色甚是宁定。胡斐在福康安府中闹了两晚，九城大索，凤天南料想他早已逃出北京，高飞远走，哪想得到他英雄侠胆，竟又会混进这龙潭虎穴的掌门人大会中来？

周隆这么一挑战，欧阳公政笑嘻嘻的走下座位，笑道："周总镖头，近来发财？生意兴隆？"

周隆年前所保的八万两银子一支镖给他劫了，始终追不回来，赔得倾家荡产，数十年的积蓄一旦而尽，如何不恨得牙痒痒地？当下更不打话，一招"双劈双撞"直击出去。欧阳公政还了一招燕青拳中的"脱靴转身"，两人登时激斗起来。周隆胜在力大招沉，下盘稳固，欧阳公政却以拳招灵动、身法轻捷见长。周隆一身横练功夫，对敌人来招竟不大闪避，肩头胸口接连中了三拳，竟是哼也没哼一声，突然间呼的一拳打出，却是"金刚拳"中的"迎风打"。欧阳公政一笑闪开，飞脚踹出，踢在他的腿上。周隆"抢背大三拍"就地翻滚，摔了一交，却又站起。

两人拆到四五十招，周隆身上已中了十余下拳脚，冷不防鼻上又中了一拳，登时鼻血长流，衣襟上全是鲜血。欧阳公政笑道："周老师，我只不过抢了你镖银，又没抢你老婆，说不上杀父之仇、夺妻之恨。这就算了吧！"周隆一言不发，扑上发招。欧阳公政仗着轻功了得，侧身避开，口中不断说着轻薄言语，意图激怒对方。

酣战中周隆小腹上又被踢中了一脚，他左手按腹，满脸痛苦之色，突然之间，右手"金钩挂玉"，抢进一步，一招"没遮拦"，结结实实的锤中在敌人胸口。但听得喀喇一响，欧阳公政断了几根肋骨，摇摇晃晃，一口鲜血喷了出来。

他知周隆恨己入骨，一招得胜，跟着便再下毒手，这时自己已无力抵御，当下强忍疼痛，闪身退下，苦笑道："是你胜了……"周隆待要追击，汤沛说道："周老师，胜负已分，不能再动手了。你请坐吧。"周隆听得是汤沛出言，不敢违逆，抱拳道："小人不敢争这玉龙杯!"抽身归座。

众武师大都瞧不起欧阳公政的为人,见周隆苦战获胜,纷纷过来慰问。欧阳公政满脸惭色,却不敢离座出府,他自知冤家太多,这时身受重伤,只要一出福大帅府,立时便有人跟出来下手,周隆第一个便要出来,只得取出伤药和酒吞服,强忍疼痛,坐着不动,对旁人的冷嘲热讽,只作不闻。

胡斐心道:"这周隆看似戆直,其实甚是聪明,凭他的功夫,那玉龙杯是决计夺不到的,一战得胜,全名而退。'金刚拳'虽不能列名为'玉龙八门',但在江湖上却谁也不能小看了。"

只听汤沛说道:"周老师既然志不在杯,有哪一位老师上来坐这椅子?"

这一只空椅是不战而得,倒是省了一番力气,早有人瞧出便宜,两条汉子分从左右抢了过去。眼看两人和太师椅相距的远近都是一般,谁的脚下快一步,谁便可以抢到。哪知两人来势都急,奔到椅前,双肩一撞,各自退了两步。便在此时,呼的一声,一人从人丛中窜了出来,双臂一振,如大鸟般飞起,轻轻巧巧的落在椅中。他后发而先至,竟抢在那两条汉子的前面,这一份轻功可实在要得漂亮。人丛中轰雷价喝了声采。

那互相碰撞的两个汉子见有人抢先坐入椅中,向他一看,齐声叫道:"啊,是你!"不约而同的向他攻了过去。那人坐在椅中,却不起身,左足砰的一下踢出,将左边那汉子踢了个筋斗,右手一长,扭住右边汉子的后领,一转一甩,将他摔了一交。他身不离椅,随手打倒两人。众人都是一惊:"这人武功忒地了得!"

安提督不识此人,走上两步,问道:"阁下尊姓大名?是何门何派的掌门人?"

那人尚未回答,地下摔倒的两个汉子已爬起身来,一个哇哇大叫,一个破口乱骂,抡拳又向他打去。从二人大叫大嚷的言语中听来,似乎这人一路上侮弄戏耍,二人早已很吃了他的苦头。那人借

·513·

力引力,左掌在左边汉子的背心上一推,右足弯转,拍的一声,在右边汉子的屁股上踢了一脚。两人身不由主的向前一冲。幸好两人变势也快,不等相互撞头,四只手已伸手扭住,只是去势急了,终于站不住脚,一齐摔倒。

左边那汉子叫道:"齐老二,咱们自己的帐日后再算,今日并肩子上,先料理了这厮再说。"右边的汉子道:"不错!"一跃而起,便从腰间抽出了一柄匕首。

胡斐听得邻座那老者自言自语:"'鸭形门'的翻江凫一死,传下的两个弟子实在太不成器。"叹息了一声,不再往下解释。

胡斐见两个汉子身法甚是古怪,好奇心起,走过去拱一拱手,说道:"请问前辈,这两位是'鸭形门'的么?"那老者笑了笑,道:"阁下面生得紧啊。请教尊姓大名?"胡斐还未回答,蔡威已站起身来,说道:"我给两位引见。这位是敝门新任掌门人程灵胡程老师,这位是'先天拳'掌门人郭玉堂郭老师。你们两位多亲近亲近。"

郭玉堂识得蔡威,知道华拳门人才辈出,是北方拳家的一大门派,不由得对胡斐肃然起敬,忙起立让坐,说道:"程老师,我这席上只有四人,要不要到这边坐?"胡斐道:"甚好!"向大圣门的猴形老儿告了罪,和程灵素、姬晓峰、蔡威三人将杯筷挪到郭玉堂席上,坐了下来。"先天拳"一派来历甚古,创于唐代,但历代拳师传技时各自留招,千余年来又没出什么出类拔萃的英杰,因之到得清代,已趋式微。郭玉堂自知武功不足以与别派的名家高手争胜,也没起争夺御杯之意,心安理得的坐在一旁,饮酒观斗,这时听胡斐问起,说道:"'鸭形拳'的模样很不中瞧,但马步低,下盘稳,水面上的功夫尤其了得。当年翻江凫在世之日,河套一带是由他称霸了。翻江凫一死,传下了两个大弟子,这拿匕首的叫做齐伯涛,那拿破甲锥的叫做陈高波。两人争做掌门人已争了十年,谁也不服谁。这次福大帅请各家各派的掌门人赴会,嘿,好家伙,师兄弟俩老了脸皮,可一起来啦!"

只见齐伯涛和陈高波各持一柄短兵刃，左右分进，坐在椅中那人却仍不站起，骂道："没出息的东西，我在兰州跟你们怎么说了？叫你们别上北京，却偏偏要来。"这人头尖脸小，拿着一根小小旱烟管，呼噜呼噜的吸着，留着两撇黄黄的鼠须，约莫五十来岁年纪。

安提督连问他姓名门派，他却始终不理。胡斐见他手脚甚长，随随便便的东劈一掌，西踢一腿，便将齐陈二人的招数化解了去，武功似乎并不甚高，但招数却极怪异，问郭玉堂道："郭老师，这位前辈是谁啊？"郭玉堂皱眉道："这个……这个……"他可也不认识，不由得脸上有些讪讪的，旁人以武功见负自惭，他却以识不出旁人的来历为羞。

只听那吸旱烟的老者骂道："下流胚子，若不是瞧在我那过世的兄弟翻江鼋脸上，我才不理你们的事呢。翻江鼋一世英雄，收的徒弟却贪图功名利禄，来赶这趟浑水。你们到底回不回去？"陈高波挺锥直戳，喝道："我师父几时有你这个臭朋友了？我在师父门下七八年，从来没见过你这糟老头子！"那老者骂道："翻江鼋是我小时玩泥沙、捉虫蚁的朋友，你这娃娃知道什么？"突然左手一伸，拍的一下，打了他一个耳刮子。这时齐伯涛已攻到他的右侧，那老者抬腿一踹，正好踹中他的面门，喝道："你师父死了，我来代他教训。"

大厅上群雄见三人斗得滑稽，无不失笑。但齐伯涛和陈高波当真是大浑人两个，谁都早瞧出来他们决不是老者的对手，二人却还是苦苦纠缠。那老者说道："福大帅叫你们来，难道当真是安着好心么？他是要挑得你们自相残杀，为了几只喝酒嫌小、装尿不够的杯子，大家拼个你死我活！"这句话明着是教训齐陈二人，但声音响朗，大厅上人人都听见了。

胡斐暗暗点头，心想："这位前辈倒是颇有见识，也亏得他有这副胆子，说出这几句话来。"

果然安提督听了他这话，再也忍耐不住，喝道："你到底是谁？在这里胡说八道的捣乱？"总算他还碍着群雄的面子,当他是邀来的宾客,否则早就一巴掌打过去了。

那老者裂嘴一笑,说道:"我自管教我的两个后辈,又碍着你什么了?"旱烟管伸出,叮叮两响,将齐陈手中的匕首和破甲锥打落,将旱烟管往腰带中一插,右手扭住齐伯涛的左耳,左手扭住陈高波的右耳,扬长而出。说也奇怪,两人竟是服服贴贴的一声不作,只是歪嘴闭眼,忍着疼痛,神情极是可笑。原来那老者两只手大拇指和食指扭住耳朵,另外三指却分扣两人脑后的"强间""风府"两穴,令他们手足俱软,反抗不得。

胡斐心道:"这位前辈见事明白,武功高强,他日江湖上相逢,倒可和他相交。齐陈二人若能得他调教,将来也不会如此没出息了。"

安提督骂道:"混帐王八羔子,到大帅府来胡闹,当真是活得不耐烦了……"忽然波的一声,人丛中飞出一个肉丸,正好送在他的嘴里。安提督一惊之下,骨碌一下,吞入了肚中,登时目瞪口呆,说不出话来,虽然牙齿间沾到一些肉味,却不清楚到底吞了什么怪东西下肚,又不知这物事之中是否有毒,自是更不知这肉丸是何人所掷了。这一下谁也没瞧明白,只见他张大了口,满脸惊惶之色,一句话没骂完,却没再骂下去。

汤沛向着安提督的背心,没见到他口吞肉丸,说道:"江湖上山林隐逸之士,所在多有,原也不足为奇。这位前辈很清高,不愿跟咱们俗人为伍,那也罢了。这里有一张椅子空着,却有哪一位老师上来坐一坐?"

人丛中一人叫道:"我来!"众人只闻其声,不见其人,过了好一会,才见人丛中挤出一个矮子来。只见这人不过三尺六七寸高,满脸虬髯,模样甚是凶横。有些年轻武师见他矮得古怪,不禁笑出声来。那矮子回过头来,怒目而视,眼光炯炯,自有一股威严,众人竟自不敢笑了。

那矮子走到二郎拳掌门人黄希节身前，向着他从头至脚的打量。黄希节坐在椅上，犹似一座铁塔，比那矮子站着还高出半个头。那矮子对他自上看到下，又自下看到上，却不说话。黄希节道："看什么？要跟我较量一下么！"那矮子哼了一声，绕到椅子背后，又去打量他的后脑。黄希节恐他在身后突施暗算，跟着转过头去，那矮子却又绕到他正面，仍是侧了头，瞪眼而视。那四品武官说道："这位老师是陕西地堂拳掌门人，宗雄宗老师！"

黄希节给他瞧得发毛，霍地站起身来，说道："宗老师，在下领教领教你的地堂拳绝招。"哪知宗雄双足一登，坐进了他身旁空着的椅中。黄希节哈哈一笑，说道："你不愿跟我过招，那也好！"坐回原座。宗雄却又纵身离座，走到他跟前，将一颗冬瓜般的脑袋，转到左边，又转到右边，只是瞧他。

黄希节怒喝道："你瞧什么？"宗雄道："适才饮酒之时，你干么瞧了我一眼，又笑了起来？你笑我身材矮小，是不是？"黄希节笑道："你身材矮小，跟我有什么相干？"宗雄大怒，喝道："你还讨我便宜！"黄希节奇道："咦，我怎地讨你便宜了？"宗雄道："你说我身材矮小，跟你有什么相干？嘿嘿，我生得矮，那只跟我老子相干，你不是来混充我老子吗？"此言一出，大厅中登时哄堂大笑。

福康安正喝了一口茶，忍不住喷了出来。程灵素伏在桌上，笑得揉着肚子。胡斐却怕大笑之下，黏着的胡子落了下来，只得强自忍住。

黄希节笑道："不敢，不敢！我儿子比宗老师的模样儿俊得多了。"宗雄一言不发，呼的一拳便往他小肚上击去。黄希节早有提防，他身材虽大，行动却甚是敏捷，一跃而起，跳在一旁。只听喀喇一响，宗雄一拳已将一张紫檀木的椅子打得碎裂。这一拳打出，大厅上笑声立止，众人见他虽然模样丑陋，言语可笑，但神力惊人，倒是不可小觑了。

宗雄一拳不中，身子后仰，反脚便向黄希节踢去。黄希节左脚缩起，"英雄独立"，跟着还了一招"打八式跺子脚"。宗雄就地滚倒，使了地堂拳出来，手足齐施，专攻对方的下三路。黄希节连使"扫堂腿"、"退步跨虎势"、"跳箭步"数招，攻守兼备。但他的"二郎拳"的长处是在拳掌而非腿法，若与常人搏击，给他使出"二郎担山掌"、"盖马三拳"等绝招来，凭着他拳快力沉，原是不易抵挡，而他所练腿法，也是窝心腿、撩阴腿等用以踢人上盘中盘，这时遇到宗雄在地下滚来滚去，生平所练的功夫尽数变了无用武之地，不但拳头打人不着，踢腿也无用武处，只是跳跃而避。过不多时，膝弯里已被宗雄接连踢中数腿，又痛又酸之际，宗雄双腿一绞，黄希节站立不住，摔倒在地。

宗雄纵身扑上，哪知黄希节身子跌倒，反而有施展余地，一拳击出，正中对方肩头，将宗雄击出丈余。宗雄一个打滚，又攻了回来。黄希节跪在地下，瞧准来势，左掌右拳，同时击出，宗雄斜身滚开。两人着地而斗，只听得砰砰之声不绝，身上各自不断中招。但两人都是皮粗肉厚之辈，很挨得起打击，你打我一拳，我还你一脚，一时竟分不出胜负。这般搏击，宗雄已占不到便宜，蓦地里黄希节卖个破绽，让宗雄滚过身来，拼着胸口重重挨上一拳，双手齐出，抓住他的脖子，一翻身，将他压在身下，双手使力收紧。宗雄伸拳猛击黄希节胁下，但黄希节好容易抓住敌人要害，如何肯放？宗雄透不过气来，满脸胀成紫酱，击出去的拳头也渐渐无力了。

群雄见二人蛮打烂拼，宛如市井之徒打架一般，哪还有丝毫掌门人的身份，都是摇头窃笑。

眼见宗雄渐渐不支，人丛中忽然跳出一个汉子，擂拳往黄希节背上击去。安提督喝道："退下，不得两个打一个。"但那人拳头已打到了黄希节背心。黄希节吃痛，手一松，宗雄翻身跳起，人丛中又有一人跳出，长臂抡拳，没头没脑的向那汉子打去。原来这两人一个是宗雄的大弟子，一个是黄希节的儿子，各自出来助拳，大厅上登时变成两对儿相殴。

旁观众人呐喊助威，拍手叫好。一场武林中掌门人的比武较艺，竟变成了耍把戏一般，庄严之意，荡然无存。

宗雄吃了一次亏，不敢再侥幸求胜，当下严守门户，和黄希节斗了个旗鼓相当。黄希节的儿子临敌经验不足，接连给对方踢了几个筋斗。他一怒之下，从靴筒中拔出一柄短刀，便向敌人剁去。宗雄的弟子吃了一惊，他身上没携兵刃，抢过汤沛身旁那张空着的太师椅，舞动招架。

这场比武越来越不成模样。安提督喝道："这成什么样子？四个人通统给我退下。"但宗雄等四人打得兴起，全没听见他的说话。

海兰弼站起身来，道："提督大人的话，你们没听见么？"黄希节的儿子一刀向对手剁去，却剁了个空。海兰弼一伸手，抓住他的胸口，顺手向外掷出，跟着回手抓住宗雄的弟子，也掷到了天井之中。众人一呆之下，但见海兰弼一手一个，又已抓住宗雄和黄希节，同时掷了出去。四人跌成一团，头晕脑胀之下，乱扭乱打，直到几名卫士奔过去拆开，方才罢手，但人人均已目肿鼻青，兀自互相叫骂不休。

海兰弼这一显身手，旁观群雄无不惕然心惊，均想："这人身列四大掌门，果然有极高的武功，这么随手一抓一掷，就将宗黄二人如稻草般抛了出去。"要知宗雄和黄希节虽然斗得狼狈，但两人确有真实本领，在江湖上也都颇有声望，实非等闲之辈。

海兰弼掷出四人后，回归座位。汤沛赞道："海大人好身手，令人好生佩服。"海兰弼笑道："可叫汤大侠见笑了，这几个家伙可实在闹得太不成话。"

这时侍仆搬开破椅，换了一张太师椅上来。"昆仑刀"掌门人西灵道人本来一直脸含微笑，待见海兰弼露了这手功夫，自觉难以和他并列，忝居"玉龙八门"的掌门人之一，不由得有些局促不安起来。那一旁"醉八仙"掌门人千杯居士文醉翁，却仍是自斟自饮，醉眼模糊，对眼前之事恍若不闻不见。

安提督说道："福大帅请各位来此，乃是较量武功，以定技艺高下，可千万别像适才这几位这般乱打一气，不免贻笑大方。"只听宗雄在廊下喝道："什么贻笑大方？贻哭小方？你懂武功不懂？

咱们来较量较量。"安提督只作没听见,不去睬他,说道:"这里还有两个座位,哪一位真英雄、真好汉上来乘坐?"

宗雄大怒,叫道:"你这么说,是骂我不是真英雄了?难道我是狗熊?"他不理会适才曾被海兰弼掷跌,当即从廊下纵了出来,向安提督奔去,突然间脚步踉跄,跌了个筋斗。原来一名卫士伸足一绊,摔了他一交。宗雄大怒,转过身来找寻暗算之人时,那卫士早已躲开。宗雄喃喃咒骂,不知是谁暗中绊他。

这时众人都望着中间的两张太师椅,没谁再去理会宗雄。原来一张空椅上坐着一个穿月白僧袍的和尚,唱名武官报称是蒙古哈赤大师,另一张空椅上却挤着坐了两人。

这两人相貌一模一样,倒挂眉,斗鸡眼,一对眼珠紧靠在鼻梁之旁,约莫四十来岁年纪,服饰打扮没半丝分别,显然是一对孪生兄弟。这两人容貌也没什么特异,但这双斗鸡眼却衬得形相甚是诡奇。唱名武官说道:"这两位是贵州'双子门'的掌门人倪不大、倪不小倪氏双雄。"

众人一听他俩的名字,登时都乐了,再瞧二人的容貌身形,真的再也没半分差异,也不知倪不大是哥哥呢,还是倪不小是哥哥。如果一个叫倪大,一个倪小,那自是分了长幼,但"不大"似乎是小,"不小"似乎是大,却又未必尽然。只见两人双手都拢在衣袖之中,好像天气极冷一般。众人指指点点的议论,有的更打起赌来,有的说倪不大居长,有的说倪不小为大,但到底哪一个是倪不大,哪一个是倪不小,却又是谁也弄不清楚。两兄弟神色木然,四目向前直视,两人都非瘦削,但并排坐在一张椅中,丝毫不见挤迫,想来自幼便这么坐惯了的。福康安凝目瞧着二人,脸含微笑,也是大感兴味。

众人正议论间,忽地眼前一亮,只见人丛中走出一个女子来。这女子身穿淡黄罗衫,下身系着葱绿裙子,二十一二岁年纪,肤色白嫩,颇有风韵。唱名武官报道:"凤阳府'五湖门'的掌门人桑飞虹姑娘!"众武师突然见到一个美貌姑娘出场,都是精神一振。

郭玉堂对胡斐道:"五湖门的弟子都是做江湖卖解的营生,世代相传,掌门人一定是女子。便是有武艺极高、本领极大的男弟子,也不能当掌门人。只是这位桑姑娘年纪这样轻,恐怕不见得有什么真实功夫吧?"

只见桑飞虹走到倪氏昆仲面前,双手叉腰,笑道:"请问两位倪爷,哪一位是老大?"两人摇了摇头,并不回答。桑飞虹笑道:"便是双生兄弟,也有个早生迟生,老大老二。"倪氏昆仲仍旧摇了摇头。桑飞虹道:"咦,这可奇啦!"指着左首那人道:"你是老大?"那人摇了摇头。她又指着右首那人道:"那么你是老大了?"那人又摇了摇头。桑飞虹皱眉道:"咱们武林中人,讲究说话不打诳语。"右首那人道:"谁打诳了?我不是他哥哥,他也不是我哥哥。"桑飞虹道:"你二位可总是双生兄弟吧?"两人同时摇了摇头。

这几下摇头,大厅上登时群情耸动,他二人相貌如此似法,决不能不是双生兄弟。

桑飞虹哼了一声道:"这还不是打诳?你们若不是双生兄弟,杀了我头也不信。那么谁是倪不大?"左首那人道:"我是倪不大。"桑飞虹道:"好,是你先出世呢还是他先出世?"倪不大皱眉道:"你这位姑娘缠夹不清,你又不是跟咱兄弟攀亲,问这个干么?"桑飞虹走惯江湖,对他这句意含轻薄之言也不在意,拍手笑道:"好啦,你自己招认是兄弟啦!"倪不大道:"咱们是兄弟,可不是双生兄弟。"桑飞虹伸食指点住腮边,摇头:"我不信。"倪不大道:"你不信就算了。谁要你相信?"

桑飞虹甚是固执,说道:"你们是双生兄弟,有什么不好?为什么不肯相认?"倪不小道:"你一定要知道其中缘由,跟你说了,那也不妨。但咱兄弟有个规矩,知道了我们出身的秘密之后,须得挨咱兄弟三掌,倘若自知挨不起的,便得向咱兄弟磕三个响头。"

桑飞虹实在好奇心起,暗想:"他们要打我三掌,未必便打得到了,我先听听这秘密再说。"于是点头道:"好,你们说罢!"

倪氏兄弟忽地站起，两人这一站，竟无分毫先后迟速之差，真如是一个人一般。桑飞虹得意洋洋的道："这还不是双生兄弟？当真骗鬼也不相信！"只见他二人双手伸出袖筒，眼前金光闪了几闪，原来二人十根手指上都套着又尖又长的金套，若是向人抓来，倒是不易抵挡的利器。倪氏兄弟身形晃动，伸出手指，便向桑飞虹抓到。

桑飞虹吃了一惊，急忙纵身跃开，喝道："干什么？"

倪不大站在东南角，倪不小站西北角上，两个人手臂伸开，每根手指上加了尖利的金套，都有七八寸长，登时将桑飞虹围在中间。

安提督忙道："今日会中规矩，只能单打独斗，不许倚多为胜。"

倪不小那双斗鸡眼的两颗眼珠本来聚在鼻梁之旁，忽然横向左右一分，朝安提督白了一眼，冷冷的道："安大人，你可知咱哥儿俩是哪一门哪一派啊？"安提督道："你两位是贵州'双子门'吧？"倪不大的眼珠也倏地分开，说道："咱'双子门'自来相传，所收的弟子不是双生兄弟，便是双生姊妹，和人动手，从来就没单打独斗的。"

安提督尚未答话，桑飞虹抢着道："照啊，你们刚才说不是双生兄弟，这会儿自己又承认了。"倪不小道："我们不是双生兄弟！"

众人听了他二人反反覆覆的说话，都觉这对宝贝兄弟有些儿痴呆。桑飞虹格格一笑，道："不和你们歪缠啦，反正我又不想要这玉龙杯！"说着便要退开。倪不小双手一拦，说道："你已问过我们的身世，是受我们三掌呢，还是向咱兄弟磕三个头？"桑飞虹秀眉微蹙，说道："你们始终说不明白，又说是兄弟，又说不是双生兄弟。天下英雄都在此，倒请大家评评这个理看。"

倪不大道："好，你一定要听，便跟你说了。"倪不小道："我们两个一母同胞。"倪不大道："一母同胞共有三人。"倪不小道："我两人是三胞胎中的两个。"倪不大道："所以说虽是兄弟，却不是双生兄弟。"倪不小道："大哥哥生下娘胎就一命呜呼。"倪不大道:"我们二人同时生下,不分先后。"倪不小道:"双头并肩,身子相连。"倪不大道:"一位名医巧施神术,将我兄弟二人用刀剖开。"倪不小道:"因此上我二人分不出谁是哥哥,谁是弟弟。"倪不大道:"我既不大,他也不小!"

他二人你一句,我一句,一口气的说将下来,中间没分毫停顿,语气连贯,音调相同,若有人在隔壁听来,决计不信这是出于二人之口。大厅上众人只听得又是诧异,又是好笑,人人均想这事虽然奇妙,却也并非事理所无,不由得尽皆惊叹。

桑飞虹笑道:"原来如此,这种天下奇闻,我今日还是第一次听到。"倪不小道:"你磕不磕头?"桑飞虹道:"头是不磕的。你要打,便动手吧,我可没答应你不还手。"

倪不大、倪不小两兄弟互相并不招呼,突然间金光晃动,二十根套着尖利金套的手指疾抓而至。桑飞虹身法灵便,竟从二十根长长的手爪之间闪避了开去。倪氏兄弟自出娘胎以来,从未分开过一个时辰,所学武功也纯是分进合击之术,两个人和一个人绝无分别,便如是一个四手四足二十根手指的单人一般,两人出手配合得丝丝入扣,倪不大左手甫伸,倪不小的右手已自侧方包抄了过来。桑飞虹身法虽是滑溜之极,但十余招内,竟是还不得一招,眼见情势甚是危急,这局面无法长久撑持,只要稍有疏神,终须伤在他两兄弟的爪下。

厅上旁观的群雄之中,许多人忍不住呼喝起来:"两个打一个,算是英雄呢还是狗熊?""两个大男人合斗一个年轻姑娘,可真是要脸得紧!""人家姑娘是空手,这两位爷们手指上可带着兵刃呀!""小兄弟,你上去相助一臂之力,说不定人家大姑娘对你由感生情呢,哈哈!"

正嘈闹间,倪不大和倪不小突然同时"咦"的一声呼叫,并肩跃在左首,凝目望向福康安,脸上充满惊喜的神色。众人一齐顺着他二人目光瞧去,但见福康安笑吟吟的坐在椅中,一手拉着一个孩儿，低声跟两人说话。这两个孩儿生得玉雪可爱，相貌全然相同，显然也是一对双生兄弟，但与倪不大、倪不小兄弟相比，二俊二丑，衬托得加倍分明。众人看了，又均是一乐。

胡斐和程灵素却同时心头大震，原来这两个孩儿正是马春花的儿子，不知如何又给福康安夺了回来？胡程二人跟着便想："孩儿既给他夺回，那么我们的行藏也早便给他识破了。"程灵素向胡斐使个眼色，示意须当及早溜走。胡斐点了点头，心想："对方若已识破，自然暗中早有布置，此时已走不脱了。只能随机应变，再作道理。"

倪不大、倪不小兄弟仔细打量那两个孩儿，如痴如狂，直是神不守舍的模样。桑飞虹笑道："这两个孩儿很好，你们可要收他们做弟子么？"这两句话，恰正说中了倪氏兄弟的心事。要知武林之中，徒固择师，师亦择徒。要遇上一位武学深湛的明师固是不易，但要收一个聪明颖悟、勤勉好学的徒弟，也非有极好的机缘不可。"双子门"的技艺武功必须两人同练同使，虽然可收两个年龄身材、性情资质都差不多的徒儿共学，但总是以双生兄弟最为佳妙。因双生兄弟人不但神智身体都一模一样，同时往往心意隐隐相通，临敌之时，自然而然能发出令人出乎意料之外的威力。因此"双子门"的武师要收一对得意弟子，可比常人要难上百倍。这时倪氏兄弟见到福康安这对双生儿子，看来资质根骨，无一不是上上之选，当真是心痒难搔，说不出的又是欢喜，又是难过。

福康安笑嘻嘻的低声道："看这两位师父，他们也是双生的同胞兄弟。他两位的相貌，不是完全相同么？你们猜，这二人之中，哪一位是哥哥？"原来福康安夺回这对孩子后，心下甚喜，忽然见到倪氏兄弟的模样，于是叫了孩子俩出来瞧瞧。

两个孩儿凝视着倪氏兄弟，他二人本身是双生兄弟，另具一种旁人所无的特异感觉，本来极易分辨倪氏兄弟谁大谁小，但这二人同时出世，连体而分，两个孩儿却也无法辨别。群雄瞧瞧大的一对，又瞧瞧小的一对，都是笑嘻嘻的低声谈论。

突然之间，倪氏兄弟大喝一声，猛地里分从左右向福康安迎面抓来。福康安大吃一惊，尚未想到闪避，站在身旁的两名卫士早扑了上去迎敌。哪知倪氏兄弟的身法极为怪异，奔到中途，原来站在左首的倪不大转而向右，右首的倪不小转而向左，交叉易位，霎眼间便将两名卫士抛在身后。他二人袭击福康安只是虚招，一人伸出左脚，一人伸出右脚，双足齐飞，砰的一响，踢在福康安座椅的椅脚上。座椅向后仰跌，福康安的身子便摔了出去。众卫士惊叱之下，有的抢上拦截，有的奔过来挡在福康安身前，更有的伸手过去相扶。倪氏兄弟却一手一个，已将两个孩子挟在胁下，返身跃出。

大厅上登时大乱，只听得砰砰砰砰，啊哟啊哟的数声，四名抢过来拦截的卫士已被倪氏兄弟踢翻。眼见他二人挟着一对孩儿正要奔到厅口，忽然间人影一晃，两个人快步抢到，伸手袭向二人的后心。

这二人所出招数迥不相同。海兰弼一手抓向倪不小的后颈，又快又准，汤沛却是向倪不大的后腰拍出一掌绵掌。这两招刚柔有别，却均是十分厉害的招数，正是攻敌之不得不救。倪氏兄弟听得背后风声劲急，急忙回掌招架，拍拍两声，倪不小身子一晃，倪不大脚下一个踉跄，嘴里喷出一口鲜血，两人同时放下了手中孩儿。

便这么缓得一缓，王剑英和周铁鹪双双抢到，抱起了孩儿。王周二人的武功远在倪氏兄弟之上，这对孩儿一入二人之手，倪氏兄弟再也无法抢到了。

福康安惊魂略定，怒喝："大胆狂徒，抓下了。"海兰弼和汤沛抢上两步，一出擒拿手，一使锁骨法，分别将倪氏兄弟扣住。倪氏兄弟适才跟他们一交拳掌，均已受了内伤，此时竟是无法抗拒。

海汤二人拿住倪氏兄弟，正要转身，忽见檐头人影一晃，飘下两个人来。大厅中蜡烛点得明晃晃地，无异白昼，但众人一见这两人，无不背上感到一阵寒意，宛似黑夜独行，在深山夜墓之中撞到了活鬼一般。

这二人身裁极瘦极高，双眉斜斜垂下，脸颊又瘦又长，正似传说中勾魂拘魄的无常鬼一般，说也奇怪，二人相貌也是一模一样，竟然又出现了一对双生兄弟。

他二人身法如电，一个出掌击向海兰弼，另一个击向汤沛。海汤二人各自出掌相迎。但听得波波两声轻响过去，海兰弼全身骨节格格乱响，汤沛却晃了几晃。

群雄正自万分错愕，一直稳坐太师椅中的"醉八仙"掌门人文醉翁猛地一跃而起，尖声惊叫："黑无常，白无常！"

那双瘦子手掌和海汤二人相接，目光如电，射到文醉翁脸上，左首一人冷冷的道："你作恶多端，今日还想逃命么？"猛地里两人掌力向外一吐，海汤二人各退一步，这对瘦子已抢起倪氏兄弟。右首那人说道："这二人跟咱兄弟无亲无故，瞧在大家都是双生兄弟份上，救了他们性命。"左首那人抱拳团团一拱手，朗声道："红花会常赫志、常伯志兄弟，向天下英雄问好！"

海兰弼和汤沛跟二人对了一掌，均感胸口气血翻涌，心下暗暗骇异，微一调息，正欲上前再战，忽听到"常赫志、常伯志"两人的姓名，都不禁"咦"的一声，停了脚步。

常氏兄弟头一点，抓起倪氏兄弟，上了屋檐，但听得"啊哟！""哼！""哎！"之声，一路响将过去，终于渐去渐远，隐没无声，那自是守在屋顶的众卫士一路上给他兄弟驱退，或是摔下屋来。

海兰弼和汤沛都觉手掌上有麻辣辣之感，提起一看，忍不住又都"啊"的一声，低低惊呼。原来两人手掌均已紫黑，这才想起西川双侠"黑无常、白无常"常氏兄弟的黑沙掌天下驰名，闻名已久，今日一会，果然是非同小可。

福康安召开这次天下掌门人大会，用意之一，本是在对付红花会群雄，岂知众目睽睽之下，常氏兄弟倏来倏去，竟是如入无人之境。他心下极是恼怒，沉着脸一言不发，目光向居中的几只太师椅一瞥，只见少林寺的大智禅师垂眉低目，不改平时神态；武当派的无青子脸带惶惑，似有惧色。那文醉翁直挺挺的站着，一动也不动，双目向前瞪视，常氏兄弟早已去远，他兀自吓得魂不附体。

这一幕胡斐瞧得清清楚楚，他听到"红花会"三字，已是心中怦怦而跳，待见常氏兄弟说来便来，说去便去，将满厅武师视如无物，更是心神俱醉，心中只是想着一个念头："这才是英雄豪杰！"

桑飞虹一直在旁瞧着热闹，见了这当口文醉翁还是吓成这个模样，她少年好事，伸手在他臂上轻轻一推，笑道："坐下吧，一对无常鬼早去啦！"哪知她这么一推，文醉翁应手而倒，再不起来。桑飞虹大吃一惊，俯身一看，但见他满脸青紫之色，早已胆裂而死，忙叫道："死啦，死啦，这人吓死啦！"

大厅上群雄一阵骚动，这文醉翁先前坐在太师椅中自斟自饮，将谁都不瞧在眼里，大有"老子天下第一"之概，想不到常氏兄弟一到，只一句话，竟尔活生生的将他吓死。

郭玉堂叹道："死有余辜，死有余辜！"胡斐道："郭前辈，这姓文的生平品行不佳么？"郭玉堂摇头道："岂但是品行不佳而已，奸淫掳掠，无所不为。我本不该说死人的坏话，但事实俱在，也不必讳言。我早料到他决计不得善终，只是竟会给黑白无常一下子吓死，可谁也意想不到。"另一人插口道："想是常氏兄弟曾寻他多时，今日冤家狭路，重又撞见。"郭玉堂道："以前这姓文的一定曾给常氏兄弟逮住过，说不定还发下过什么重誓。"那人摇头道："自作孽，不可活。"郭玉堂道："这叫作是非只为多开口，烦恼皆因强出头。他若是稍有自知之明，不去想得什么玉龙御杯，躲在人群之中，西川双侠也不会见到他啊。"

说话之际，人丛中走出一个老者来，腰间插着一根黑黝黝的大烟袋，走到文醉翁尸身之旁，哭道："文二弟，想不到你今日命丧鼠辈之手。"

胡斐听得他骂"西川双侠"为鼠辈，心下大怒，低声道："郭前辈，这老儿是谁？"郭玉堂道："这是开封府'玄指门'的掌门人，复姓上官，叫作上官铁生，自己封了个外号，叫什么'烟霞散人'。他和文醉翁一鼻孔出气，自称'烟酒二仙'！"胡斐见他一件大褂上光滑晶亮,满是烟油,腰间的烟筒甚是奇特,装烟的窝儿几乎有拳头大小,想是他烟瘾奇重,哼了一声道:"这种烟鬼,还称得上是个'仙'字?"

上官铁生抱着文醉翁的尸身干号了几声,站起身来,瞪着桑飞虹怒道:"你干么毛手毛脚,将我文二弟推死了?"桑飞虹大出意外,道:"他明明是吓死的,怎地是我推死的?"上官铁生道:"嘿嘿,好端端一个人,怎么会吓死?定是你暗下阴毒手段,害了我文二弟性命。"

原来他见文醉翁一吓而死,江湖上传扬开来,声名大是不好,"醉八仙"这一门,只怕从此再无抬头之日,因此硬派是桑飞虹暗下毒手。须知武林人物被人害死,那是寻常之事,不致于声名有累。桑飞虹年岁尚轻,不懂对方嫁祸于己的用意,惊怒之下,辩道:"我跟他素不相识,何必害他?这里千百对眼睛都瞧见了,他明明是吓死的。"

坐在太师椅中的蒙古哈赤大师一直楞头楞脑的默不作声,这时突然插口道:"这位姑娘没下毒手,我是瞧得清清楚楚的。那两个恶鬼一来,这位文爷便吓死了。我听得他叫道:'黑无常、白无常!'"他声音宏大,说到"黑无常、白无常"这六个字时,学着文醉翁的语调,更是十分古怪。众人一楞之下,哄堂大笑起来。

哈赤却不知众人因何而笑,大声道:"难道我说错了么?这两个无常鬼生得这般丑恶,怪模怪样的,吓死人也不希奇。你可别错怪了这位姑娘。"

桑飞虹道:"是么!这位大师也这么说。他自是吓死的,关我什么事了?"

上官铁生从腰间拔出旱烟筒,装上一大袋烟丝,打火点着了,吸了两口,斗然间一股白烟迎面向她喷去,喝道:"贱婢,你明明是杀人凶手,却还要赖?"

桑飞虹见白烟喷到,急忙闪避,但为时不及,鼻中已吸了一些白烟进去,头脑中微微发晕,听他出口伤人,再也忍耐不住,回骂道:"缠夹不清的老鬼,难道我怕了你吗?你说是我杀的,连你一起杀了,便又怎么样?"左掌虚拍,右足便往他腰间里踢去。

那哈赤和尚大声道:"老头儿,你别冤枉好人,我亲眼目睹,这文爷明明是给那两个恶鬼吓死的……"

胡斐见这和尚傻里傻气,性子倒是正直,只是他开口"恶鬼",闭口"恶鬼",听来极不顺耳,不由得心中有气,要待想个法儿,给他一点小小苦头吃吃,忽见西首厅中走出一个青年书生来,笔直向哈赤和尚走去。这人约莫二十五六岁年纪,身材瘦小,打扮得颇为俊雅,右手摇着一柄折扇,走到哈赤跟前,说道:"大和尚,你有一句话说错了,得改一改口。"哈赤瞪目道:"什么话说错了?"

那书生道:"那两位不是'恶鬼',乃是赫赫有名的'西川双侠'常氏昆仲,相貌虽生得特异,但武功高强,行侠仗义,江湖之上,人人钦仰。"这几句话只把胡斐听得心中大悦,心道:"这位书生相公能说得出这样几句话来,人品大是不凡,倒要跟他结交结交。"

哈赤道:"那文爷不是叫他们'黑无常、白无常'吗?黑无常、白无常怎么不是恶鬼?"那书生道:"他二位姓常,名字之中,又是一位有个'赫'字,一位有个'伯'字,因此前辈的朋友们,开玩笑叫他二位为黑无常、白无常。这外号儿若非有身份的前辈名宿,却也不是随便称呼得的。"

他二人一个瞪着眼睛大呼小叫,一个斯斯文文的给他解说,那一边上官铁生和桑飞虹却已动上了手。莫看桑飞虹适才给倪氏兄弟逼得只有招架闪避,全无还手之力,实在"双子门"的武功两人合使,太过怪异,这时她一对一的和上官铁生过招,竟是丝毫不落下风。那上官铁生看似空手,其实手中那支旱烟管乃镔铁打就,竟当作了点穴橛使。他"玄指门"原擅打人身三十六大穴,只是桑飞虹身法过于滑溜,始终打不到她的穴道,有几次过于托大,险险还被她飞足踢中。

但听得他嗤溜溜的不停吸烟,吞烟吐雾,那根烟管竟被他吸得渐渐的由黑转红,原来那大烟斗之中藏着许多精炭,他一吸一吹,将镔铁烟斗渐渐烧红。这么一来,一根寻常烟管变成了一件极厉害的利器,打得稍近,桑飞虹便感手烫面热,衣带裙角更给烟斗炙焦了。她心中一慌,手脚稍慢,蓦地里上官铁生一口白烟直喷到她脸上,桑飞虹只感头脑一阵晕眩,登时天旋地转,站立不定,身子一晃,摔倒在地。原来上官铁生所吸的烟草之中,混有极猛烈的迷药,他一来平时吸惯,二来口鼻之中另有解药。

那书生站在一旁跟哈赤和尚说话,没理会身旁的打斗,忽然间鼻中闻到一股异香,其中竟混有黑道中所使的迷香在内,不由得大怒。一瞥眼间,只见上官铁生的烟管已点向桑飞虹膝弯穴道,嗤的一声响,烟焰飞扬,焦气触鼻,她裙子已烧穿了一个洞。桑飞虹受伤,大叫一声,上官铁生第二下又打向她的腰间。

那书生怒喝:"住手!"上官铁生一怔之间,那书生一弯腰,已除下了哈赤和尚的一对鞋子,返身向上官铁生烧红了的烟斗上夹去。

那书生这几下手脚当真是如风似电,哈赤和尚一怔之下,大叫:"你……你脱了我鞋子干么?"他喊叫声中,那书生已用两只鞋子的鞋底夹住了那烧得通红的镔铁烟斗,一挣一扭,绕到上官铁生身后。嗤嗤几声响,上官铁生衣袖烧焦,他右臂吃痛,只得撒手。那书生连鞋带烟管往外一抖,摔了出去,抢步去看桑飞虹,只见她双目紧闭,昏迷不醒。

拍拍两响,哈赤的一对鞋子跌在酒席之上,汤水四溅,那烟管却对准了郭玉堂飞去,力劲势急。郭玉堂叫声:"啊哟!"急欲闪避,只是那烟管来得太快,又是出其不意,一时不及躲让,眼见那通红炙热的铁烟斗便要撞到他的面门。胡斐伸手抓起一双筷子,力透筷端,半空中将烟管夹住了。

这几下兔起鹘落,变化莫测,大厅上群豪呆了一呆,这才齐声喝采。那书生向胡斐点头一笑,谢他相助,免致无意伤人,转过头来,皱了眉望着桑飞虹,不知如何解救,一顿之下,向上官铁生喝道:"这里大伙儿比武较艺,你怎地用起迷药来啦?快取解药出来!"

上官铁生被他夺去烟管,知道这书生出手敏捷,自己又没了兵刃,不敢再硬,只阴阴的道:"谁用迷药啦?这丫头定力太差,转了几个圈子便晕倒了,又怪得谁来?"旁观众人不明真相,倒也不便编派谁的不是。

却见西厅席上走出一个腰弯弓背的中年妇人,手中拿着一只酒杯,含了一口酒,便往桑飞虹脸上喷去。那书生道:"啊,这……这是解药么?"那妇人不答,又喷了一口酒,喷到第三口时,桑飞虹睁开眼来,一时不明所以。

上官铁生道:"哈,这丫头可不是自己醒了?怎地胡说八道,说我使迷药?堂堂福大帅府中,说话可得检点些。"那书生反手一记耳光,喝道:"先打你这下三滥的奸徒。"上官铁生一低头,这一掌居然并没打中。那书生打得巧妙,这"烟霞散人"却也躲得灵动。

桑飞虹伸手揉了揉眼睛,已然醒悟,一跃而起,左掌探出,拍向上官铁生胸口,骂道:"你用毒烟喷人!"

上官铁生斜身闪开,向那中年妇人瞪了一眼,心中又惊又怒:"此人怎能解我的独门迷药?我跟你无冤无仇,何以来多管闲事?"

桑飞虹向那书生点了点头,道:"多谢相公援手。"那书生指着那妇人道:"是这位女侠救醒你的。"

那妇人冷冷的道:"我不会救人。"转身接过胡斐手中的筷子,夹着那根铁烟管,交在上官铁生手里,仍是嘶哑着嗓子道:"这次可得拿稳了。"

这一来,那书生、桑飞虹、上官铁生全都胡涂了,不知这妇人是何路道,她救醒了桑飞虹,却又将烟管还给上官铁生,难道她是个滥好人,不分是非的专做好事么?只见她头发花白,脸色蜡黄,体质极是衰弱,不似身有武功,待要仔细打量时,那妇人已转过身子，回归席上。这妇人正是程灵素所乔装改扮。要知若不是毒手药王的高弟，也决不能在顷刻之间，便解了上官铁生所使的独门迷药。

哈赤一直不停口的大叫："还我鞋子来，还我鞋子来！"但各人心有旁骛，谁也没有理他。哈赤大恼，伸手往那书生背心扭去，喝道："还我鞋子不还？"那书生身子一侧，让了开去，笑道："大和尚，鞋子烧焦啦？"哈赤足下无鞋，甚是狼狈，奔到酒席上去检起，只是一对鞋子酒水淋漓，里里外外都是油腻，怎能再穿？可是不穿又不成，只得勉强套在脚上，转头去找那书生的晦气时，却已寻不到他的踪影。

但见上官铁生和桑飞虹又已斗在一起。哈赤转了几个圈子，不见书生，只得回去坐在太师椅中，喃喃道："直娘贼，今日也真晦气，撞见了一对无常鬼，又遇上了一个秀才鬼。"口中千贼万贼的骂个不停。

他骂了一阵，见上官铁生和桑飞虹越斗越快，一时也分不出高下，无聊起来，便住口不骂了，却觉脚上油腻腻的十分难受，忍不住又破口骂了出来。

突然间只听得众人哈哈大笑，哈赤瞪目而视，不见有何可笑之处，却见众人的目光一齐望着自己，哈赤摸了摸脸，低头瞧瞧身上衣服，除了一双鞋子之外，并无什么特异，怒道："笑什么？有什么好笑？"众人却笑得更加厉害了。哈赤心道："好吧，龟儿子，你们笑你们的，老子可不来理会。"一本正经的坐在椅中，只道自己见怪不怪，其怪自败，众人瞎笑一阵，自会止歇，岂知大厅中笑声越来越响。桑飞虹虽在恶斗，但偶一回头之际，却也忍不住抿嘴嫣然。

哈赤目瞪口呆，心慌意乱，实不知众人笑些什么，东张西望，情状更是滑稽。桑飞虹终于耐不得了，笑道："大和尚，你背后是什么啊？"哈赤一跃离椅，回过头来，只见那书生稳稳的坐在他椅背之上，指手划脚，做着哑剧，逗引众人发笑。原来他在椅背上已坐了甚久，默不作声的做出各种怪模怪样。

哈赤大怒，喝道："秀才鬼，你干么作弄我？"那书生耸耸肩头，做个手势，意谓："我没作弄你啊。"哈赤喝道："那你干么坐在这里？"那书生指指茶几上的八只玉龙杯，做个取而藏之怀内的手势，意思说："我想取这玉龙杯。"哈赤又道："你要争夺御杯？"那书生点了点头。哈赤道："这里还有空着的座位，干么不坐？"那书生指指厅上的群豪，左手连扬，右手握拳虚击己头，跟着缩肩抱头，作极度害怕状。众人轰笑声中，哈赤道："你怕人打，不敢坐，又为什么坐在我的椅背上？"那书生虚踢一脚，双手虚击拍掌，身子滑下，坐在椅中，这意思十分明显："我将你一脚踢开，占了你的椅子。"他身子一滑下，登时笑声哄堂。

福康安、安提督等见这场比武闹得怪态百出，与原意大相径庭，心中都感不快，但见这书生刁钻古怪，哈赤和尚偏又忠厚老实，两人竟似事先串通了来演一出双簧戏一般，也禁不住微笑。这时那对双生孩儿已由王剑英、王剑杰兄弟护送到了后院，若是尚在大厅，孩子们喜欢热闹，更要哈哈大笑了。

程灵素低声对胡斐道："这人的轻功巧妙之极。"胡斐道："是啊，他身法奇灵，另成一派，我生平还没见过。"程灵素道："似乎存心捣蛋来着。"胡斐缓缓点头，不再说话。

这时会中有识之士也都已看出，这书生明着是跟哈赤玩闹，实则是在搅扰福康安这天下掌门人大会，要令他一个庄严肃穆的英豪聚会，变成百戏杂陈的胡闹之场。

只见那书生从怀中取出一柄折扇指着哈赤，说道："哈赤和尚，你不可对我无礼。此扇之中，藏着你的老祖宗。"哈赤侧过了头，瞧瞧折扇，不见其中有何异状，摇头道："不信你的瞎说！"那书生突然打开折扇，向着他一扬，一本正经的道："你不信？那就清清楚楚的瞧一瞧。"

众人一看他的折扇，无不笑得打跌，原来白纸扇面上画着一只极大的乌龟。这只乌龟肚皮朝天，伸出长长的头颈，努力要翻转身来，但看样子偏又翻不转，神情极是滑稽。

胡斐忍住笑望程灵素一眼，两人更加确定无疑，这书生乃是有备而来，存心捣乱。不由得对他都暗自佩服，须知在这龙潭虎穴之中，天下英豪之前，这般搅局，实具过人胆识。

哈赤大怒，吼声如雷，喝道："你骂我是乌龟？臭秀才当真活得不耐烦了！"那书生不动声色，说道："做乌龟有什么不好？龟鹤延龄，我说你长命百岁啊。"哈赤道："呸，乌龟是骂人的话。老婆偷汉子，那便是做乌龟了。"那书生道："失敬，失敬！原来大和尚还娶得有老婆！不知娶了几个？"

汤沛见福康安的脸色越来越是不善，正要出来干预，突见哈赤怒吼一声，伸手便往那书生背心抓去。这一次那书生竟是没能避开，被他提起身子，重重的往地下一摔。原来哈赤是蒙古的摔跤高手，蒙古摔跤之技，共分大抓、中抓、小抓三门，各有厉害绝技。哈赤是中抓门的掌门人，最擅长腰腿之劲，抓人胸背，百发百中。

那书生被他一抓一摔，眼看要吃个小亏，哪知明明见到他是背脊向下，落地时却是双脚先着。他腿上如同装上机括，一着地立刻弹起，笑嘻嘻的站着，说道："你摔我不倒。"哈赤道："再来！"那书生道："好，再来！"走近身去，突然伸出双手，扭住他的胸口。众人都是大为奇怪，哈赤魁梧奇伟，那书生却瘦瘦小小，何况哈赤擅于摔跤，人人亲见，那书生和他相斗，若不施展轻功，便当以巧妙拳招取胜，怎地竟是以己之短，攻敌之长？

哈赤当即伸手抓书生肩头，出脚横扫。那书生向前一跌，搂住了哈赤粗大的脖子，双足足尖同时往哈赤膝盖里踢去。哈赤双腿一软，向前跪倒。但他虽败不乱，反手抓住那书生的背心，将他扭过来压在身下。那书生大叫："不得了，不得了！"从他腋窝底下探头出来，伸伸舌头，装个鬼脸。

此时胡斐、汤沛、海兰弼等高手心下都已雪亮，这书生精于点穴打穴，哈赤绝不是他的对手，而且这书生于摔跤相扑之术也甚娴熟，虽然膂力不及哈赤，可是手脚滑溜，扭斗时每每从绝境中脱困而出。他所以不将哈赤打倒，显是对他不存敌意，只是借着他玩闹笑乐，要令福康安和四大掌门人脸上无光。

另一边桑飞虹展开小巧功夫，和上官铁生游斗不休。她凤阳府五湖门最擅长的武功乃是"铁莲功"，鞋尖上包以尖铁，若是踢中要害，立可取人性命。上官铁生浪荡江湖数十年，如何不省得她的厉害？每见她鞋尖踢来，急忙引身闪避。他是江湖上的成名人物，和这年轻姑娘斗了近百招，竟然丝毫不占上风，眼见她鸳鸯腿、拐子腿、圈弹腿、钩扫腿、穿心腿、撞心腿、单飞腿、双飞腿，层出不穷，越来越快，心下焦躁起来，看来若要取胜，须得重施故技，于是老气横秋的哈哈一笑，说道："横踢竖踢，有什么用？"装作漫不在乎，凑口到烟管上去深深吸了一下。

桑飞虹见他吸烟，已自提防，急忙抢到上风，防他喷烟。

上官铁生吸了这口烟后，又拆得数招，渐渐双目圆瞪，向前直视，眼中露出疯狗般的凶光，突然"胡胡"大叫，向桑飞虹扑了过去。桑飞虹见了这神情，心中害怕，不敢正面与斗，闪身避在一旁。上官铁生足不停步的向前直冲，"胡"的一声大叫，却向福康安扑了过去。

站在福康安身边最近的卫士是鹰爪雁行门的曾铁鸥，忽见上官铁生犯上作乱，急忙抢上勾住他手腕，向外一甩。上官铁生一个踉跄，跌了出去，眼睛发直，向东首席上冲了过去，乱抓乱打，竟是疯了。

胡斐斜眼瞧着程灵素，见她似笑非笑，方始明白她适才将烟管还给上官铁生的用意，原来她于顷刻之间，在烟斗之中装上了另一种厉害迷药，即以其人之道，还治其人之身，令这一生以迷药害人的上官铁生，在自己的烟管中吸进迷药。这迷药入脑，登时神智迷乱，如癫如狂，他原来口中所含的解药全不管用。

东首席上的好手见他冲到，自即出手将他赶开。上官铁生在地下打了个滚，忽然抱住一张桌子的桌腿，张口乱啃乱咬。众人见了这等情景，都是暗暗惊怖，谁也笑不出来，不知他何以会突然如此。

众人一时默不作声,大厅之上,只听得哈赤在"小畜生、贼秀才"的骂不绝口。那书生道:"我劝你别骂了吧。"哈赤怒道:"我骂你便怎样?贼秀才!"那书生道:"谅你也不敢骂福大帅,你有种的,便骂一声贼大帅。"

哈赤气恼头上,不加考虑,随口便大声骂道:"贼大帅!"话一出口,才知不妙,但已经收不回转,急得只道:"我……我不是骂他,是……是……骂你!"那书生笑道:"我又不做大帅,你骂我贼大帅干么?"

哈赤上了这个当,生怕福康安见责,只急得额头青筋暴现,满脸通红,和身扑了下来,那书生乘他心神恍惚,侧身一让,揪着他右臂借力一送,哈赤一个肥大的身躯飞了出去。

上官铁生正抱住桌腿狂咬,哈赤摔将下来,腾的一响,恰好压在他背上。

上官铁生"胡胡"大叫,抱牢他双臂,一口往他的光头大脑袋上咬落。哈赤吃痛,振臂欲将他摔开。哪知一个人神智胡涂之后,竟会生出平素所无的巨力出来,哈赤的膂力本来比他强得多,这时却脱不出他的搂抱,只给他咬得满头鲜血淋漓,直痛得哇哇急叫。

那书生哈哈大笑,叫道:"妙极,妙极!"他一面鼓掌,一面慢慢退向放着八只玉龙杯的茶几,突然间衣袖一拂,抓起两只玉龙杯,对桑飞虹道:"御杯已得,咱们走吧!"

桑飞虹一怔,她和这书生素不相识,但见他对自己一直甚是亲切,不自禁的点了点头,随着他飞奔出外。

福康安身旁的六七名卫士大呼:"捉奸细!捉奸细!""拿住了!""拿住偷御杯的贼!"一齐蜂拥着追了出来。

群豪见这少年书生在众目睽睽之下,竟尔大胆取杯欲行,无不惊骇,早有人跟着众卫士喝了起来:"放下玉杯!""什么人,这般胡闹?""是哪一家哪一派的混帐东西?"

适才常赫志、常伯志兄弟从屋顶上冲入,救去了贵州双子门倪氏兄弟,福康安府中卫士在大门外又增添人员,这时听见大厅中一片吆喝之声,门外的卫士立时将门堵住。安提督一声令下,数十名卫士将那少年书生和桑飞虹前后围住。

那书生笑道:"谁敢上来,我就将玉杯一摔,瞧它碎是不碎。"众卫士倒也不敢贸然上前,生怕他当真豁出了性命胡来,将御赐的玉杯摔碎了。各人手执兵刃,将二人包围了个密不通风。

桑飞虹受邀来参与这掌门人大会,只是来赶一个热闹,并无别意,突然间闯出这个大祸来,只吓得脸色惨白,一颗心几乎要跳出了腔子。

胡斐对程灵素对望一眼,程灵素缓缓的摇了摇头。两人虽对那少年书生甚有好感,但这时身陷重围之中,如果出手相救,只不过白饶上两条性命,于事无补。眼看这局势无法长久僵持,海兰弼正大踏步走将过去,他一出手,那书生和桑飞虹定然抵挡不住。

那书生高举玉杯,笑吟吟的道:"桑姑娘,这一次咱们可得改个主意啦,你若是将玉杯往地下摔去,说不定还没碰到地上,已有快手快脚的家伙抢着接了去。咱们不如这样吧,你听我叫一二三,叫到'三'字,喀喇一响,就在手中捏碎了。"桑飞虹不由自主的点了点头,心中却在暗骂自己,为什么跟他素不相识,却事事听他指使。

海兰弼走上前去,原是打算在他摔出玉杯时快手接过,听他这几句话一说,登时停住了脚步。

汤沛哈哈一笑,走到书生跟前,说道:"小兄弟,你贵姓大名啊?今日在天下英雄之前大大的露了一下脸,当真是耸动武林。你不留下个名儿,那怎么成?"那书生笑道:"在下一不为名,二不为利,只觉这玉杯儿好玩,想拿回家去玩玩,玩得厌了,便即奉还。"

汤沛笑道:"小兄弟,你的武功很特异,老哥哥用心瞧了半天,也瞧不出一个门道来。尊师是哪一位啊?说起来或许大家都有交情。年轻人开个小玩笑,也没什么大不了,冲着老哥哥这点小面子，福大帅也不能怪罪，还是入席再喝酒吧。"说着侧头向众卫士道："大伙儿退开些！这位兄弟是好朋友，他开个玩笑，却来这么兴师动众的，不让人家笑话咱们太过小气么？"众卫士听他这么说，都退开了两步。

那书生笑道："姓汤的，我可不入你这笑面老虎的圈套。你再走近一步，我便把玉杯捏碎了。你若是真有担当，便让我把玉杯借回家去，把玩三天。三日之后，一准奉还。"

众人心想："你拿了玉杯一出大门，却到哪里再去找你？什么三日之后一准奉还，谁来信你？"各人的目光一齐望着汤沛，瞧他如何回答。

只见他又是哈哈一笑，说道："那又有什么打紧？小兄弟，你手里这只玉杯嘛，主儿的名份还没定。老哥哥却蒙福大帅的恩典先赏了一只。这样吧，我自己的那只借给你，你爱玩到几时便几时，什么时候玩得厌了，带个信来，我再来取回就是了。"说着走到放玉杯的几前，先取过一块铺在桌上的大锦缎，兜在左手之上，然后取过一只玉龙杯，放在锦缎上，郑而重之的走到那书生跟前，说道："你拿去吧！"

这一着大出人人的意料之外。众人只道他嘴里说得漂亮，实则是在想乘机夺回书生手中的玉杯，哪知他借杯之言并非虚话，反而又送一只玉杯过去。

那书生也是颇为诧异，笑道："你外号儿叫作'甘霖惠七省'，果然是慷慨得紧。两只玉杯一模一样，也不用掉了。桑姑娘的玉杯，就算是向这位海大人借的。汤大侠，烦你作个中保。海大人，请你放心，三日之后桑姑娘若是不交还玉杯，你唯汤大侠是问。"汤沛笑道："好吧！把事儿都揽在我身上，姓汤的一力承当。桑姑娘，你总不该叫我为难罢？"说着向桑飞虹走近了一步。

桑飞虹嗫嚅着道："我……我……"眼望那少年书生，不知如何回答才是。

汤沛左肘突然一抖，一个肘锤，撞在她右腕腕底。桑飞虹

"啊"的一声惊呼,玉杯脱手向上飞出,便在此时,汤沛右手抓起锦缎上玉杯,左手锦缎挥出,已将那少年上身裹住。右手食指连动,隔着锦缎点中了他"云门"、"曲池"、"合谷"三处穴道,跟着伸手接住空中落下的玉杯,左足飞出,踢倒了桑飞虹,足尖顺势在她膝弯里一点。那"云门穴"是在肩头,"曲池穴"在肘弯,"合谷穴"在大拇指与食指之间,三穴被点,那书生自肩至指,一条肩膀软瘫无力,再也不能捏碎玉杯了。

这几下兔起鹘落,直如变戏法一般,众人还没有看清楚怎地,汤沛已打倒二人,手捧三只玉龙杯,放回几上。待他笑吟吟的坐回太师椅中,大厅上这才采声雷动。

郭玉堂摸着胡须,不住价连声赞叹:"这一瞬之间打倒两人,已是极为不易,更难的是三个人手里都有一只玉杯,只要分寸拿捏差了厘毫,任谁一只玉杯都会损伤,那么这一次大会便不免美中不足,更难得的是这一副胆识。程老弟,你说是不是?"

胡斐点头道:"难得,难得。"他见了适才犹如雷轰电闪般的一幕,不由得雄心顿起,暗想:"这姓汤的果是艺业不凡,若有机缘,倒要跟他较量较量。"又想:"那少年书生和桑姑娘失手被擒,就算保得性命,也要受尽折磨,怎生想个法儿相救才好。"

这时众卫士已取过绳索,将那书生和桑飞虹绑了,推到福康安跟前,听由发落。福康安将手一挥,说道:"押在一旁,慢慢再问,休得阻了各位英雄的兴头。安提督,你让大家比下去吧!"安提督道:"是!"当即传下号令,命群豪继续比试。

胡斐见这些人斗来斗去,并无杰出的本领,念着马春花的两个儿子不知如何重被夺回,马春花不知是否又遭危难,也无心绪去看各人争斗。

来来去去比试了十多人,忽听得门外卫士大声叫道:"圣旨到!"

福康安识得当先那人是乾清宫的太监刘之余，只见他走到厅门口，却不进厅，便在门前站定，展开圣旨宣读，规矩不对，心中登时便起了疑心。

第十八章 宝刀银针

群豪听了，均是一愕。福康安府中上下人等却都是司空见惯，知道皇上心血来潮，便是半夜三更也有圣旨，因此不以为奇，当即摆下香案。福康安站起身来，跪在滴水檐前接旨。自安提督以下，人人一齐跪倒。胡斐当此情景，只得跟着跪下，心中暗暗咒骂。

只听得靴声橐橐，院子中走进五个人来，当先一人是个老太监。福康安识得他是乾清宫的太监刘之余，身后跟着四名内班宿卫。那刘之余走到厅门口，却不进厅，便在门前站定，展开圣旨，宣读道："兵部尚书福康安听旨：适才擒到男女贼人各一，着即带来宫中，钦此！"

福康安登时呆了，心想："皇上的信息竟如此之快。他要带两名贼人去干什么？"一抬头，只见刘之余挤眉弄眼，神气很是古怪，又想平素太监传旨，定是往大厅正中向外一站，朝南宣读，这一次却是朝里宣旨。这刘之余是宫中老年太监，决不能错了规矩，其中必有缘故，于是站起身来，说道："刘公公，请坐下喝茶，瞧一瞧这里英雄好汉们献演身手。"刘之余欣然道："好极，好极！"突然间眉头一皱，道："多谢福大帅啦，茶是不喝了，皇上等着回覆。"

福康安一瞧这情景，恍然而悟，知他受了身后那几名卫士的挟制，假传圣旨，这四名卫士不是反叛，便是旁人假扮的，当下不动声色，笑道："陪着你的几位大哥是谁啊？怎地面生得紧。"刘之余苦笑道："这个……那个……嘿嘿，他们是外省新来的。"

福康安更是心中雪亮，须知内班宿卫日夜在皇帝之侧，若非亲贵，便是有功勋的世臣子弟，外省来的武人哪里能当？心想："只有调开这四人，刘太监方不受他们挟持。"说道："既是如此，四位侍卫大哥便把贼人带走吧！"说着向绑在一旁的少年书生和桑飞虹一指。

四名侍卫中便有一人走上前来，去牵那书生。福康安道："且慢！这位侍卫大哥贵姓？"按照常情，福康安对宫中侍卫客气，称一声"侍卫大哥"，但当侍卫的官阶比他低得多，必定上前请安。这侍卫却大刺刺的不理，只说："俺姓张！"福康安道："张大哥到宫中几时了？怎地没会过？"

那侍卫尚未回答，刘之余身后一个身材肥胖的侍卫突然右手一扬，银光闪闪，一件梭子般的暗器射了出来，飞向放置玉龙杯的茶几。这暗器去势峻急，眼见八只玉杯要一齐打碎。众卫士纷纷呼喝，善于发射暗器的便各自出手，只见袖箭、飞镖、铁莲子、铁蒺藜，七八件暗器齐向银梭射去。那肥胖的侍卫双手连扬，也是七八件暗器一齐射出。

只听得叮叮之声不绝，众卫士的暗器一齐碰落。那银梭飞到茶几，钩住了一只玉龙杯。说也奇怪，这梭子在半空中竟会自行转弯，钩住玉龙杯后斜斜飞回，又回到那侍卫手中。

众人眼见这般怪异情景，无不愕然。胡斐见了那胖侍卫这等发射暗器的神技，忍不住叫道："赵三哥！"

原来那胖侍卫正是千臂如来赵半山所乔装改扮。那个去救书生的侍卫，却是红花会中的鬼见愁石双英。这一干人早便在福康安府外接应，见那少年书生失手被擒，正好太监刘之余在府门外经过，便擒了来假传圣旨。但这些江湖上的豪杰之士终究不懂宫廷和官场规矩，一进福康安府便露出马脚。赵半山见福康安神色和言语间已然起疑，不待他下令拿人，先下手为强，当即发出一枚飞燕银梭，抢了一只玉杯。这飞燕银梭是他别出心裁的一种暗器，梭作弧形，掷出后能飞回手来。

他一抢到玉杯，猛听得有人叫了声"赵三哥"，这叫声中真情流露，似乎乍逢亲人一般，举目向叫声来处瞧去，却不见有熟识之人。要知胡斐和他睽别多年，身形容貌均已大变，别说他已乔装改扮，就是没有改装，乍然相逢，也未必认得出来。

处身在这龙潭虎穴之中，一瞥间没瞧见熟人，决无余裕再瞧第二眼，他双臂连扬，但听得嗤嗤之声不绝，每响一下，便有一枝红烛被暗器打熄，顷刻间大厅中黑漆一团。只听得他大声叫道："福康安看镖！"跟着有两人大声惨叫，显已中了他的暗器。但听得乒乒乓乓，响起一片兵刃之声，原来已有两名卫士抢上将石双英截住。

赵半山叫道："走吧，不可恋战！"他知身处险地，大厅之上高手如云，一击不中便当飘然远引，救人之事，只得徐图后计，眼下借着黑暗中一片混乱，尚可脱身，若是时机一过，连自己也会陷身其中。但这时石双英已被绊住，跟着又有两人攻到，别说救人，连他自己也走不脱了。

胡斐当那少年书生为汤沛擒获之时，即拟出手相救，只是厅上强敌环伺，单是正中太师椅上所坐的那四大掌门，自己对每一个都无制胜把握，突见赵半山打灭满厅灯火，当下更不犹豫，立即纵身抢到那少年书生身旁。汤沛出手点穴，胡斐看得分明，所点的是"云门"、"曲池"、"合谷"三穴，这时一俯身间，便往那书生肩后"天宗穴"上一拍，登时解了他的"云门穴"，待要再去推拿他"天池穴"时，头顶突然袭来一阵轻微掌风。

胡斐左手一翻，迎着掌风来处还了一掌，只觉敌人掌势来得快极，拍的一声轻响，双掌相交。胡斐身子一震，不由自主的倒退半步，心中大吃一惊："此人掌力恁地浑厚！"只得拼全力相抗，但觉对方内力无穷无尽的源源而来。胡斐暗暗叫苦，心想："比拼掌力，非片刻间可决胜败，灯烛少时便会点起，看来我脱身不易了。"对掌比拼，心中动念，都只是电光石火般的一霎间之事，忽听得那少年书生低声道:"多谢援手!"竟已跃起身来。

他这一跃起,胡斐立时醒悟:"我只解了他的云门穴,他的曲池、合谷两穴,原来是跟我对掌之人解了。那么此人是友非敌。"他一想到此节,对方也同时想到:"我只解了他曲池、合谷两穴,尚有云门穴未解,原来是跟我对掌之人解了。那么此人是友非敌。"两人心念相同,当即各撤掌力。

那少年书生抓起躺在身旁的桑飞虹,急步奔出,叫道:"福康安已被我宰了!少林派众位好汉攻东边,武当派众位好汉攻西边!大伙儿杀啊!杀啊!"黑暗中但听得兵刃乱响,厅上固是乱成一团,人人心中也是乱成一团。

众卫士听到福大帅被害,无不吓出一身冷汗,又听得"少林派众位好汉攻东边,武当派众位好汉攻西边"的喊声,这两大门派门人众多,难道当真反叛了?

忽听得周铁鹪的声音叫道:"福大帅平安无恙,别上了贼子的当。"待得众卫士点亮灯烛,赵半山、石双英,以及少年书生和桑飞虹都已不知去向。

只见福康安端坐椅中,汤沛和海兰弼挡在身前,前后左右,六十多名卫士如肉屏风般团团保护。在这等严密防守之下,便是有千百名高手同时攻到,一时三刻之间也伤他不到半根毫毛,何况只是三数个刺客?但也因他手下卫士人人只想到保护大帅,赵半山和那少年书生等才得乘黑逃走。否则他数人武功再强,也决不能这般轻易的全身而退。

众人见福康安脸带微笑,神色镇定,大厅上登时静了下来;又见少林派掌门人大智禅师和武当派掌门人无青子安坐椅中,都知那书生这一番喊叫,只不过是扰乱人心。

福康安笑道:"贼子胡言乱语,禅师和道长不必介意。"安提督走到福康安面前请安,说道:"卑职无能,竟让贼子逃走,请大帅降罪。"福康安将手一摆,笑道:"这都是我累事,算不得是你们没本事。大家顾着保护我,也不去理会毛贼了。"他心中甚是满意,觉得众卫士人人尽责,以他为重,竭力保护,又道:"几个小毛贼来捣乱一番,算得什么大事?丢了一只玉龙杯,嗯,那也好,瞧是哪一派的掌门人日后去夺将来,再擒获了这劫杯毛贼,这只玉龙杯便归他所有。这一件事又斗智又斗力,比之在这里单是较量武功,不是更有意思么?"

群豪大声欢呼,都赞福大帅安排巧妙。胡斐和程灵素对望一眼,心下也不禁佩服福康安大有应变之才,失杯的丑事轻轻掩过,而且一翻手间,给红花会伏下了一个心腹大患。武林中自有不少人贪图出名,会千方百计的去设法夺回玉龙杯,不论成功与否,都是使红花会树下不少强敌。

福康安向安提督道:"让他们接下去比试吧!"安提督躬身道:"是!"转过身来,朗声说道:"福大帅有令,请天下英雄继续比试武艺,且瞧余下的三只御赐玉杯,归属谁手。"他虽是说"福大帅有令",但还是用了一个"请"字,那是对群豪甚表尊重,以客礼相待之意。

福康安吩咐道:"搬开一张椅子!"便有一名卫士上前,将空着的太师椅搬开了一张,厅心留下三张空椅。众人这时方始发觉,"昆仑刀"掌门人西灵道人已不知何时离椅,想是他眼见各家各派武功高出自己之人甚多,与其被人赶下座位,还不如自行退位,免得出丑露乖。

这时胡斐思潮起伏,心中存着许多疑团:"福康安的一对双生儿子如何又被他夺回?我冒充华拳门掌门人,是不是已被发觉?对方迟迟不予揭破,是不是暗中已布置下极厉害的陷阱?我适才替那少年书生解穴,黑暗中与人对掌,此人内力浑厚,非同小可,他也出手助那书生,自是大厅上群豪之一,却不知是谁?"

他明知在此处多耽得一刻,便多增一分凶险,但一来心中存着这许多疑团未解;二来眼见凤天南便在身旁,好容易知道了他的下落,岂肯又让他走了?三来也要瞧一瞧余下的三只玉龙杯由哪派的掌门人所得。

其实，这些都只是他脑子里所想到的原因，真正的原因，却是在心中隐隐约约觉得的：袁紫衣一定会来。既知她要来，他就决计不走。便有天大的危险，也吓他不走。

这时厅上又有两对人在比拼武功。四个人都使兵刃。胡斐一看，见四人的武功比之以前出手的都高。不久一个使三节棍的败了下去，另一个使流星锤的上来。听那唱名武官报名，是太原府的"流星赶月"童怀道。胡斐想起数月前与锤氏三雄交手，曾听他们提过"流星赶月童老师"的名头。这童怀道在双锤上的造诣果然甚是深厚，只十余合便将对手打败了，接着上来的两人也都不是他敌手。

高手比武，若非比拼内力，往往几个照面便分胜败，而动到兵刃，生死决于俄顷，比之较量拳脚更是凶险得多。双方比试者并无深仇大怨，大都是闻名不相识，功夫上一分高低，稍逊一筹者便即知难而退，谁都不愿干冒性命之险而死拼到底。因之在福康安这些只识武学皮毛的人眼中，比试的双方都是自惜羽毛，数合间便有人退下，反不及黄希节、桑飞虹、欧阳公政、哈赤和尚等一干人猛打狠殴的好看。但武功高明之人却看得明白，出赛者的武功越来越高，要取胜是越来越不容易，许多掌门人原本跃跃欲试的，这时都改变了主意，决定袖手旁观。有时两个人斗得似乎没精打采、平淡无奇，而汤沛、海兰弼这些高手却喝起采来。一般不明其理的后辈，不是瞠目结舌，呆若木鸡，便是随声附和，假充内行。

饶是出赛者个个小心翼翼，但一入场子，总是力求取胜，兵刃无眼，还是有三个掌门人毙于当场，七个人身受重伤。总算福康安威势慑人，死伤者门下的弟子即时不敢发作，但武林中冤冤相报的无数腥风血雨，都已在这一日中伏下了因子。

清朝顺治、康熙、雍正三朝，武林中反清义举此起彼伏，百余年来始终不能平服，但自乾隆中叶以后，武林人士自相残杀之风大盛，顾不到再来反清，使清廷去了一大隐忧。虽然原因多般，但这次天下掌门人大会实是一大主因。后来武林中有识之士出力调解弥缝，仍是难使各家各派泯却仇怨。不明白福康安这个大阴谋之人，还道满清气运方盛，草莽英雄自相攻杀，乃天数使然。

流星赶月童怀道以一对流星双锤，在不到半个时辰之内连败五派掌门高手，其余的掌门人惮于他双锤此来彼往、迅捷循环的攻势，一时无人再上前挑战。

便在此时，厅外匆匆走进一名武官，到福康安面前低声禀告了几句。福康安点了点头，那武官走到厅口，大声道："福大帅有请天龙门北宗掌门人田老师进见。"厅外又有武官传呼出去："福大帅有请天龙门北宗掌门人田老师进见。"

胡斐和程灵素对望一眼，心头都是微微一震："他也来了！"

过不多时，只见田归农身穿长袍马褂，微笑着缓步进来，身后跟随着高高矮矮的八人。他走到福康安身前，躬身请安。福康安欠了欠身，拱手还礼，微笑着道："田老师好，请坐吧！"

群豪一见，都想："天龙门武功名震天下，已历百年，自明末以来，胡苗范田四家齐名，代代均有好手。这姓田的气派不凡，福大帅对他也是优礼有加，与对别派的掌门人不同。却不知他是否真有惊人艺业？"每一派与会的均限四人，他却带了八名随从，何况这般大模大样的迟迟而至，群豪虽然震于他的威名，心中却均有不平之意。

田归农和少林、武当两派掌门人点头为礼，看来相互间均不熟识，但他和甘霖惠七省汤沛却极是熟络。汤沛拍着他肩膀笑道："贤弟，做哥哥的一直牵记着你，心想怎么到这当儿还不到来？倘若你竟是到得迟了，拿不到一只玉龙杯，做哥哥的这一只如何好意思捧回家去？你天龙门若是不得玉杯，哪一天你高兴起来，找老哥哥来比划比划，我除了双手奉上玉杯，再没第二句话好说，岂不糟糕？"跟着将福大帅嘱令各派比试武功以取御杯的事，向他说了一遍。

田归农笑道:"兄弟如何敢和大哥相比?我天龙门倘得福大帅恩典,蒙大哥照拂,能在天下英雄之前不太出丑丢脸,也已喜出望外了。"说着两人一齐大笑。他话是说得谦虚,但神色之间,显是将玉龙杯看作了囊中之物。汤沛和人人都很亲热,但对待田归农的神情却又与众不同。听他二人称呼语气,似乎还是拜把子的兄弟。

胡斐心想:"这姓田的和我交过手,武功虽比这些人都高,却未必能及得上汤沛和海兰弼,要说一定夺到玉龙杯,未免是将天下英雄都瞧得小了。"想起他暗算苗人凤的无耻卑鄙行径,已自打定了主意:"他不得玉龙杯便罢,若是侥幸夺得,好歹要他在天下群雄之前,大大的出一个丑。"他和田归农在苗人凤家中交过手,以祖传刀法,打得他口吐鲜血,大败而走,何况其时胡斐未得苗人凤的指点,未悟胡家刀法中的精义要诀。此刻他单以刀法而论,天下几乎无人胜得过他,即是与苗人凤、赵半山这等第一流的高手相比,也已不遑多让,田归农自然远非其敌。

当田归农进来之时,大厅的比试稍停片刻,这时兵刃相击之声又作。田归农坐在椅中,手持酒杯观斗,神色极是闲雅,眼看有人胜,有人败,他只是脸带微笑,无动于中,有时便跟汤沛说几句闲话。众人都已看出,他面子上似是装作高人一等,不屑和人争胜,实则是以逸待劳,要到最后的当口方才出手,在旁人精疲力竭之余,再行施展全力一击。

流星赶月童怀道坐在太师椅中,见良久无人上来挑战,突然一跃而起,走到田归农身前,说道:"田老师,姓童的领教你的高招。"众人都是一楞。自比试开始以来,总是得胜者坐在太师椅中,由人上前挑战,岂知童怀道却是走下座来,反去向田归农求斗。

田归农笑道:"不忙吧?"手中仍是持着酒杯。童怀道说道:"反正迟早都是一斗,乘着我这时还有力气,向田老师领教领教。也免得你养精蓄锐,到最后来检现成便宜。"他心直口快,想到什么,便说了出口,再无顾忌。群豪中便有二十余人喝起采来。这些人见着田归农这等大刺刺的模样，早感不忿。

田归农哈哈一笑，眼见无法推托，向汤沛笑道："大哥，兄弟要献丑了。"汤沛道："恭祝贤弟马到成功！"

童怀道转过头来，直瞪着汤沛，粗声道："汤老师，福大帅算你是四大掌门之一，请你作公证来着，这一个'公'字，未免有点儿不对头吧？"汤沛被他直言顶撞，不免有些尴尬，强笑道："在下哪里不公了？请童老师指教。"童怀道说道："我跟田老师还没比试，你就先偏了心啦，说什么'恭祝贤弟马到成功'。天下英雄在此，这可是人人听见的。"

汤沛心中大怒，近二三十年来，人人见了他都是汤大侠前、汤大侠后，从无一人敢对他如此挺撞，更何况是在大庭广众之间这般的直斥其非，但他城府甚深，仍是微微一笑，说道："我也恭祝童老师旗开得胜。"

童怀道一怔，心想两人比试，一个旗开得胜，一个马到成功，天下决无是理，但他既这般说，却也无从辩驳，便大声道："汤老师，祝你也是旗开得胜，马到成功！"群豪一听，一齐轰笑起来。

田归农向汤沛使个眼色，意思说："大哥放心，这无礼莽撞之徒，兄弟一定好好的教训教训他。"当下缓步走到厅心，道："童老师请上吧！"

童怀道见他不卸长袍，手中又无兵刃，愈加愤怒，说道："田老师要以空手接在下这对流星锤么？"

田归农极工心计，行事自便持重，自忖如能在三招两式之内将他打倒，在天下群雄之前大显威风，自是再妙不过，但看对方身躯雄伟，肌肉似铁，实非易与之辈。笑道："童老师名满晋陕，江湖上好汉哪一个不知流星赶月的绝技，在下便使兵刃，也未必是童老师的对手。"右手一招，他大弟子曹云奇双手捧着一柄长剑，呈了上来。

田归农接过了剑，左手一摆，笑道："请吧！"童怀道见他剑未出鞘，心想你已兵刃在手，你爱什么时候拔剑，那是你自己的事，

・551・

当下手指搭住锤链中心向下一转,一对流星锤直竖上来,那锤链竟如是两根铁棒一般。群豪齐声称赞:"好功夫!"

喝采声中,他左锤仍是竖在半空,右锤平胸已然直击出去,但这一锤飞到离田归农胸口约有尺半之处,倏地停留不进,左锤迅捷异常的自后赶了上来,直击田归农的小腹。前锤虚招诱敌,后一锤才是全力出击,他一上来便使出"流星赶月"的成名绝技。

田归农微微一惊,斜退一步,长剑指出,竟是连着剑鞘刺了过去。童怀道大怒,心道:"你不除剑鞘,分明是瞧我不起。"当下手上加劲,将一对铁锤舞成一团黑光。他这对双锤一快一慢,一虚一实,而快者未必真快,慢者也未必真慢,虚虚实实,变化多端。田归农长剑始终不出鞘,但一招一式,仍是依着"天龙剑"的剑法。

拆得三十余招,田归农已摸清楚对方锤法的路子,陡然间长剑一探,疾点童怀道左腿膝弯"曲泉穴"。这一招并非剑法,长剑连鞘,竟是变作判官笔用。童怀道吃了一惊,退后两步。田归农长剑横砸,击他大腿,这一下却是将剑鞘当铁锏使,这一招"柳林换锏",原是锏法。他在两招之间,自剑法变为笔法,又自笔法变为锏法。

童怀道心中一慌,左手流星锤倒卷上来,左手在锤链上一推,铁锤向田归农眉心直撞过去。这是一招两败俱伤的打法,拼着大腿受剑鞘一砸,铁锤却也要击中了他。

田归农没料到对方竟不闪避攻着,剑鞘距他大腿不过数寸,却觉劲风扑面,铁锤已飞了过来,若是两下齐中,对方最多废了一条腿,自己却是脑浆迸裂之祸,百忙中倒转长剑,往他锤链中搭去。这一下转攻为守,登居劣势。童怀道流星锤一收,锤链已卷住长剑,往里一夺,跟着右锤横击过去。

眼见田归农兵刃被制,若要逃得性命,长剑非撒手不可,只听得刷的一声,青光一闪,长剑竟已出鞘,剑尖颤处,童怀道右腕中剑。原来他以锤链卷住长剑,一拉一夺之下,恰好将剑鞘拔脱。田归农乘机挥剑伤敌,跟着抢上两步,左手食指连动,点中了他胸口三处要穴。

童怀道全身酸麻,两枚流星锤砸将下来,打得地下砖屑纷飞。田归农还剑入鞘,笑吟吟的道:"承让!承让!"坐入了童怀道先前坐过的太师椅中。

他虽得胜,但厅上群豪都觉这一仗赢得侥幸,颇有狡诈之意,并非以真实本领取胜,因此除了汤沛等人寥寥几下采声,谁都没喝采叫好。

童怀道穴道被点后站着不动,摆着个挥锤击人的姿式,横眉怒目,模样极是可笑。田归农却不给他解穴,坐在椅中自行跟汤沛说笑,任由童怀道出丑露乖,竟是视若无睹。厅上自有不少点穴打穴名家,心中均感不忿,但谁都知道,只要一出去给童怀道解了穴,便是跟田归农和汤沛过不去。田归农还不怎样,那甘霖惠七省汤沛却是名头太大,那些点穴打穴名家十九是老成持重之辈,都不愿为这事而得罪汤沛。但眼见童怀道傻不楞登的站在那里,许多人都不禁为他难受。

西首席上一条大汉霍地站起,手中拖了一根又粗又长的镔铁棍,迈步出来,那铁棍拖过砖地,呛啷啷直响。他走到田归农面前,大声喝道:"姓田的,你给人家解穴道啊,让他僵在这里干什么?"田归农微笑道:"阁下是谁?"那大汉道:"我叫李廷豹,你听见过没有?"

他这一下自报姓名,声如霹雳,震得众人耳中都是嗡嗡作响。群豪一听此人便是李廷豹,都是微感诧异。原来李廷豹是五台派的掌门大弟子,在陕西延安府开设镖局,以五郎棍法驰名天下,他的"五郎镖局"在北七省也是颇有声名。众人心想他既是出名的镖头,自是精明强干,老于世故,不料竟是这样的一个莽夫。

田归农坐在椅中,并不抬身,五台派李廷豹的名字,他自是听见过的,但他假作讶色,摇头道:"没听见过。阁下是哪一家哪一派的啊?"李廷豹大怒,喝道:"五台派你听见过没有?"田归农仍是摇头，脸上却显得又是抱歉，又是惶恐，说道："是五台？不是七台、八台么？"他将"八台"两字，故意念得跟"王八蛋"的"八蛋"相似，厅上一些年轻人忍不住便笑将起来。

好在李廷豹倒没觉察，说道："是五台派！大家是武林一脉，你快解开童老师的穴道。"田归农道："你跟童老师是好朋友么？"李廷豹道："不是！我跟他素不相识。但你这般作弄人，太不成话。我瞧不过眼。"田归农皱眉道："我只会点穴，当年师父没教我解穴。"李廷豹道："我不信！"

福康安、安提督等一干人听着他二人对答，很觉有趣，均知田归农是在作弄这个浑人。这些亲贵大官看着众武师比武，原是当作一桩赏心乐事，便如看戏听曲、瞧变戏法一般，一连串不停手的激烈打斗之后，有个小丑来插科打诨，倒也兴味盎然。

田归农一眼瞥见福康安笑嘻嘻的神气，更欲凑趣，便道："这样吧！你在他膝弯里用力踢一脚，便解开了他穴道。"李廷豹道："当真？"田归农道："师父以前这样教我，不过我自己也没试过。"

李廷豹提起右足，在童怀道膝弯里一踢。他这一脚力道用得不大，但童怀道还是应脚而倒，滚在地下，翻了几个转身，手足姿式丝毫不变，只是以直立变为横躺。原来李廷豹是上了当，要救人反而将人踢倒。

福康安哈哈大笑，众贵官跟着笑了起来。群豪本来有人想斥责田归农的，但见福康安一笑，都不敢出声了。

笑声未绝，忽听得呼呼呼三响，三只酒杯飞到半空，众人一齐抬头瞧去，只见三杯互相碰撞，乒乓两声，撞得粉碎。众人目光顺着酒杯的碎片望下地来，只见童怀道已然站起，手中握着一只酒杯，说道："哪一位英雄暗中相助，童怀道终身不忘大德。"说着将酒杯揣在怀中，狠狠瞧了田归农一眼，急奔出厅。

原来有人掷杯飞空互撞，乃是要引开各人的目光，当众人一齐瞧着空中的三只酒杯之时，他却又以一只酒杯掷去，打在童怀道背心的"筋缩穴"上，解开了他被点的穴道。

这一下厅上许多高手都被瞒过,大家均知这一下功夫甚是高明,却谁也不知是何人出手。

汤沛拿过两只酒杯,斟满了酒,走到胡斐席前,说道:"这位兄台面生得很哪!请教尊姓大名,阁下飞杯解穴的功夫,在下钦佩得紧。"

胡斐适才念着童怀道是锺氏三雄的朋友,又见田归农辱人太甚,动了侠义心肠,虽知身在险地,却忍不住出手替他解开穴道,哪知汤沛目光锐利,竟然瞧破。胡斐说道:"在下是华拳门的,敝姓程,草字灵胡。汤大侠说什么飞杯解穴,在下可不懂了。"汤沛呵呵笑道:"阁下何必隐瞒?这一席上不是少了四只酒杯么?"胡斐心想:"看来他也不是瞧见我飞掷酒杯,只不过查到我席上少了四只酒杯而已。"于是转头向郭玉堂道:"郭老师,原来你身怀绝技,飞掷酒杯,解了那姓童的穴道。佩服佩服!"

郭玉堂最是胆小怕事,唯恐惹祸,忙道:"我没掷杯,我没掷杯。"

汤沛识得他已久,知他没这个能耐,一看他同席诸人,只华拳门的蔡威成名已久,但素知他暗器功夫甚是平常,于是将右手的一杯酒递给胡斐,笑道:"程兄,今日幸会!兄弟敬你一杯。"说着举杯和他的酒杯轻轻一碰。

只听得乒的一响,胡斐手中的酒杯忽地碎裂,热酒和瓷片齐飞,都打在胡斐胸口。原来汤沛在这一碰之中,暗运潜力,胡斐的武功如何,只这一碰便可试了出来。不料两杯相碰,华拳门掌门人程灵胡似乎半点内功也没有,酒杯粉碎之下,酒浆瓷片都溅向他一边。汤沛手中酒杯固然完好无损,衣上也不溅到半点酒水。汤沛微笑道:"对不起!"自行回归入座,心想:"这小老儿稀松平常,那么飞杯解穴的却又是谁?"

只见田归农和李廷豹已在厅心交起手来。田归农手持长剑,青光闪闪,这次剑已出鞘,不敢再行托大。李廷豹使开五郎棍法,一招招"推窗望月"、"背棍撞钟"、"白猿问路"、"横拦天门",只见他圈、点、劈、轧、挑、撞、撒、杀,招熟力猛,使将出来极有威势。群豪瞧得暗暗心服,这才知五郎镖局近十多年来声名极响,李总镖头果是有过人的技艺。田归农的天龙剑自也是武林中的一绝,激斗中渐渐占到了上风,但要在短时内取胜,看来着实不易。

酣斗之中,田归农忽地衣襟一翻,呛啷一声,从长衣下拔出一柄短刀。烛火之下,这刀光芒闪烁不定,远远瞧去,如宝石,如琉璃,如清水,如寒冰。

只见李廷豹使一招"倒反乾坤",反棍劈落,田归农以右手长剑一拨。李廷豹铁棍向前直送,正是一招"青龙出洞",这一招从锁喉枪法中变来,乃是奇险之着。但他使得纯熟,时刻分寸,无不拿捏得恰到好处,正是从奇险中见功力。田归农却不退闪,左手单刀上撩,当的一响,镔铁棍断为两截。田归农乘他心中慌乱,右手剑急刺而至,在他手腕上一划,筋脉已断。

李廷豹大叫一声,抛下铁棍。他腕筋既断,一只右手从此便废了。他一生单练五郎棍,棍棒功夫必须双手齐使,右手一废,等如是武功全失。霎时之间,想起半生苦苦挣来的威名一败涂地,镖局子只好关门,自己钱财来得容易,素无积蓄,一家老小立时便陷入冻馁之境;又想起自己生性暴躁,生平结下冤家对头不少,别说仇人寻上门来无法对付,便是平日受过自己气的同行后辈、市井小人,冷嘲热讽起来又怎能受得了?他是个直肚直肠之人,只觉再多活一刻,这口气也是咽不下去,左手拾起半截铁棍,咚的一声,击在自己脑盖之上,登时毙命。

大厅上众人齐声惊呼,站立起来,大家见他提起半截铁棍,都道必是跟田归农拼命,哪料到竟会自戕而死。这一个变故,惊得人人都说不出话来。安提督道:"扫兴,扫兴!"命人将尸身抬了下去。

李廷豹如是在激斗中被田归农一剑刺死,那也罢了,如此这般逼得他自杀,众人均感气愤。

西南角上一人站了起来，大声说道："田老师，你用宝刀削断铁棍，胜局已定，何必再断他手筋？"田归农道："兵器无眼，倘若在下学艺不精，给他扫上一棍，那也是没命的了。"那人冷笑道："如此说来，你是学艺很精的了？"田归农道："不敢！老兄如是不服，尽可下场指教。"那人道："很好！"

这人使的也是长剑，下场后竟是不通姓名，刷刷两剑，向田归农当胸直刺。田归农仍是右剑左刀，拆不七八合，当的一声，宝刀又削断了他的长剑，跟着一剑刺伤了他左胸。

群豪见他出手狠辣，接二连三的有人上来挑战，这些人大半不是为了争夺玉龙杯，只觉李廷豹死得甚惨，要挫折一下田归农的威风。可是他左手宝刀实在太过厉害，不论什么兵刃，碰上了便即断折，到后来连五行轮、独脚铜人这些怪异兵刃也都出场，但无一能当他宝刀的锋锐。

有人出言相激，说道："田老师，你武功也只平平，单靠一柄宝刀，那算的是什么英雄？你有种的，便跟我拳脚上见高下。"田归农笑道："这宝刀是我天龙门世代相传的镇门之宝。今日福大帅要各家各派较量高下。我是天龙门的掌门人，不用本门之宝，却用什么？"

他出手之际，也真是不留情面，宝刀一断人兵刃，右手长剑便毁人手足，连败十余人后，旁人见上去不是断手，便是折足，无不身受重伤，虽有自恃武功能胜于他的，但想不出抵挡他宝刀的法门，个个畏惧束手。

汤沛见无人再上来挑战，呵呵笑道："贤弟，今日一战，你天龙门威震天下，我做哥哥的脸上也有光采。来来来，我敬你一杯庆功酒！"

胡斐向程灵素瞧了一眼，程灵素缓缓摇头。胡斐自也十分恼恨田归农的强横，但一来不敢泄露身份，适才飞杯掷解童怀道的穴道，几乎已被汤沛看破；二来这柄宝刀如此厉害，实是生平从所未见的利器，若是上去相斗，先已输了七成。又想："当日他率众去苗人凤家中之时，何以不携这柄宝刀？那时如果他宝刀在手，说不定我已活不到今日了。"他不知天龙门这把宝刀由南北二宗轮值执掌，当时却尚在南宗的掌门人手中。

只见田归农得意扬扬的举起酒杯，正要凑到唇边，忽听得嗤的一声，一粒铁菩提向他酒杯飞了过去，想是有人发暗器要打破他的酒杯。

田归农视若不见，仍是举杯喝酒。曹云奇叫道："师父，小心！"田归农待那铁菩提飞到身前，伸出手指，嗒的一声轻响，将铁菩提弹出厅门。众人见他露了这手，虽然不直他的为人，却也有人禁不住叫了声："好！"

那粒铁菩提疾飞而出，厅门中正好走进一个人来。那人见暗器飞向自己胸口，也是伸指一弹，说道："便这般迎接客人么？"那铁菩提经他一弹，立时发出尖锐的破空之声，向田归农飞回。从声音听来，这一弹之力实是惊人，比田归农厉害多了。

田归农一惊之下，不敢伸手去接，身子向右一闪。他身后站着一名福康安的卫士，听得风声，铁菩提已到身前，不及闪让，忙伸手抄住，但听喀的一响，中指骨已然折断，疼得"啊"的一声大叫。

众人见小小一枚铁菩提，竟能在一弹之下将人指骨折断，此人指力的凌厉，实是罕见罕闻，一齐注目向他瞧去。

只见此人极瘦极高，左手拿着只虎撑，肩头斜挂药囊，一件青布长袍洗得褪尽了颜色，拖着双破烂泥泞的布鞋，装束打扮，便是乡镇间常见的走方郎中，只是目光炯炯，顾盼似电，五官奇大，粗眉、大眼、大鼻、大口、双耳招风、颧骨高耸，这副相貌任谁一见之后都永远不会忘记，头发已然花白，至少已有五十来岁，脸上生满了黑斑。他身后跟着二人，似是他弟子或是厮仆，神态极是恭谨。

胡斐和程灵素见了当先那人还不怎样，一看到他身后二人，却是吃了一惊。原来一个老书生,正是程灵素的大师兄慕容景岳;另一个驼背跛足的女子,却是她三师姊薛鹊。胡斐和程灵素对瞧一眼,都是大奇:"怎么他两个死对头走到了一起?薛鹊的丈夫姜铁山却又不在?"程灵素见胡斐眼光中露出疑问之色,知他是问那个走方郎中是谁,便缓缓的摇了摇头,她可也不认识。

忽听得"啊哟"一声惨叫,那指头折断的卫士跌倒在地,不住打滚,将一只手掌高高举起。众人初时均感奇怪:"既然身为福大帅的卫士,自有相当武功,怎地断了一根指头也抵受不起?"待见到他那只手掌其黑如墨,才知原来是中了剧毒。

这次天下各家各派掌门人大聚会,福府众卫士雄心勃勃,颇有和各派好手一争雄长之意,要显得在京中居官的英雄确有真才实学,决不输于各地的草莽豪杰。这手指折断的卫士归周铁鹪该管,他见此人如此出丑,眉头一皱,上前喝道:"起来,起来!这一点儿苦头也挨不起,太不成话啦!"那人对周铁鹪很是惧怕,忙道:"是,是!"挣扎着待要站起,突然身子一晃,晕了过去。周铁鹪从酒席上取过一双筷子,夹起那颗铁菩提一看,见上面刻着一个"柯"字,脸色微变,朗声说道:"兰州柯子容柯三爷,你越来越长进啦。这铁菩提上喂的毒药可厉害得紧哪!"

只见人丛中站起一个满脸麻子的大汉,说道:"周老爷你可别血口喷人。这枚铁菩提是我所发,那是不错,我只是瞧不过人家狂妄自大,要打碎人家手中酒杯。我柯家暗器上决计不许喂毒,世代相传,向为禁例,柯子容再不肖,也不敢坏了祖宗的家规。"周铁鹪见闻广博,也知柯家擅使七般暗器,但向来严禁喂毒,当下沉吟不语,只道:"这可奇了!"

柯子容道:"让我瞧瞧!"走过来拿起那枚铁菩提一看,道:"这是我的铁菩提啊,这上面怎会有毒……啊哟!"突然间大叫一声,将铁菩提投在地下,右手连挥,似乎受到烈火烧炙一般。只见他脸色惨白,要将受伤的手指送到口中吮吸,周铁鹪疾出一掌,斫中他的小臂,叫道:"吸不得!"挡住他手指入口,看他大拇指和食指两根手指时，都已肿了起来，色如淡墨。柯子容全身发颤，额角上黄豆大的汗珠一滴滴的渗了出来。

那走方郎中向着慕容景岳道："给这两人治一治。"慕容景岳道："是！"从怀中取出一盒药膏，在柯子容和那卫士手上涂了一些。柯子容颤抖渐止，那卫士也醒了转来。

群豪这才醒悟，柯子容发铁菩提打田归农的酒杯，田归农随手弹出，又给那走方郎中弹回。但走方郎中就这么一弹，已在铁菩提上喂了极厉害的毒药。这等下毒的本领，江湖上恐怕只有一人。厅上不少人已在窃窃私议："毒手药王，毒手药王！莫非是毒手药王？"

周铁鹪走近前去，向那走方郎中一抱拳，说道："阁下尊姓大名？"那人微微一笑，并不回答。慕容景岳道："在下慕容景岳，这是拙荆薛鹊。"他顿了一顿，才道："这位是咱夫妇的师父，石先生，江湖上送他老人家一个外号，叫作'毒手药王'！"

这"毒手药王"四字一出口，旁人还都罢了，要知与会的不是一派掌门，多半便是各派的耆宿长老，大都知道"毒手药王"乃是当世使毒的第一高手，慕容景岳就算不说，也早猜想是他。但这四个字听在程灵素和胡斐耳中，实是诧异无比。程灵素更为气恼，心想这人不但假冒先师名头，而这句话出诸大师兄之口，尤其令她悲愤难平。另一件事也使她甚是奇怪：三师姊薛鹊原是二师兄姜铁山之妻，两人所生的儿子也已长大成人，何以这时大师兄却公然称她为"拙荆"？她料知这中间必已发生极重大的变故，眼下难以查究，唯有静观其变。

周铁鹪虽然勇悍，但听到"毒手药王"的名头，还是不禁变了色，抱拳说了句："久仰！久仰！"石先生伸出手去，笑道："阁下尊姓大名，咱俩亲近亲近。"周铁鹪霍地退开一步，抱拳道："在下周铁鹪，石前辈好！"他胆子再大，也决不敢去和毒手药王拉手。

石先生呵呵大笑，走到福康安面前，躬身一揖，说道："山野闲人，参见大帅！"这时福康安身旁的卫士已将毒手药王的来历禀告了他，福康安眼见他只是手指轻弹铁菩提，便即伤了两人，知道此人极是了得,当下微微欠身,说道:"先生请坐!"

石先生带同慕容景岳、薛鹊夫妇在一旁坐了。附近群豪纷纷避让,谁也不敢跟他三人挨近,霎时之间,他师徒三人身旁空荡荡地清出了一大片地方。

一名武官走了过去,离石先生五尺便即站定,将争夺御杯以定门派高下的规矩说了,话一说完,立即退开,唯恐沾染到他身上的一丝毒气。

石先生微笑道:"尊驾贵姓?"那武官道:"敝姓巴。"石先生道:"巴老爷,你何必见我这等害怕?老夫的外号叫作'毒手药王',虽会下毒,也会用药治病啊。巴老爷脸上隐布青气,腹中似有蜈蚣蛰伏,若不速治,十天后只怕性命难保。"那武官大吃一惊,将信将疑,道:"肚子里怎会有蜈蚣?"石先生道:"巴老爷最近可曾和人争吵?"

北京城里做武官的,和人争吵乃是家常便饭,那自然是有的,那姓巴的武官惊道:"有啊!难道……难道那狗贼向我下了毒手?"石先生从药囊中取出两粒青色药丸,说道:"巴老爷若是信得过,不妨用酒吞服了这两粒药。"

那武官给他说得心中发毛,隐隐便觉肚中似有蜈蚣爬动,当下更不多想,接过药丸丢在嘴里,拿起一碗酒,骨嘟嘟的喝下去,过不多时,便觉肚痛,胸口烦恶欲呕,"哇"的一声,呕了许多食物出来。

石先生抢上三步,伸手在他胸口按摩,喝道:"吐干净了!别留下了毒物!"那武官拼命呕吐,一低头,只见呕出来的秽物之中有三条两寸长的虫子蠕蠕而动,红头黑身,正是蜈蚣。那武官大叫:"三条……三条蜈蚣!"一惊之下,险险晕去,忙向石先生拜倒,谢他救命之恩。廊下仆役上来清扫秽物。群豪无不叹服。

胡斐不信人腹中会有蜈蚣,但亲眼目睹,却又不由得不信。程灵素在他耳边低声道:"别说三条小蜈蚣,我叫你肚里呕出三条青蛇出来也成。"胡斐道:"怎么?"程灵素道:"给你服两粒呕吐药丸,我袖中早就暗藏毒虫。"胡斐低声道:"是了,乘我呕吐大作、肚痛难当之际,将毒虫丢在秽物之中,有谁知道?"程灵素微微一笑,道:"他抢过去给那武官按摩胸口,倘若没这一着,戏法就不灵。"胡斐低声道:"其实这人武功很是了得,大可不必玩这种玄虚。"程灵素语声放到极低,说道:"大哥,这大厅上所有诸人之中,我最惧怕此人。你千万得小心在意。"胡斐自跟她相识以来,见她事事胸有成竹,从未说过"惧怕"两字,此刻竟是说得这般郑重,可见这石先生实在非同小可,又想此人冒了她先师之名出来招摇,败坏她先师的名头,她终究不能袖手不理。

只听得石先生笑道:"我虽收了几个弟子,可是向来不立什么门派。今日就跟各位前辈学学,也来开宗立派,侥幸捧得一只银鲤杯回家,也好让弟子们风光风光。"缓步走将过去,大模大样的在田归农身旁太师椅中一坐,却哪里是得一只银鲤杯为已足,显是要在八大门派中占一席地。

他这么一坐,凭了"毒手药王"数十年来的名声,手弹铁菩提的功力,伤人于指顾间的下毒手法,这一只玉龙杯就算是拿定了,谁也不会动念去跟他挑战,可也没谁动念去跟他说话。

一时之间,大厅静了一片。少林派的掌门方丈大智禅师忽道:"石先生,无嗔和尚跟你怎么称呼?"石先生道:"无嗔?不知道,我不认得。"脸上丝毫不动声色。大智禅师双手合什,说道:"阿弥陀佛!"石先生道:"怎么?"大智禅师又宣了一声佛号:"阿弥陀佛!"石先生便不再问。

自他师徒三人进了大厅,程灵素的目光从没离开过他三人,只见石先生慢慢转过头去,和田归农对望了一眼。两人神色木然,目光中全无示意,但程灵素心念一动,已然明白:"他两人早已相识。田归农知道我师父的名字,知道'无嗔大师'才是真正的'毒手药王'。这位少林高僧却也知道。"忽又想到:"田归农用来毒瞎苗人凤的断肠草,原来就是这人给的。"

田归农宝刀锋利，石先生毒药厉害，坐稳了两张太师椅，八只玉龙杯之中，只有一只还没主人。群豪均想："是否能列入八大门派，全瞧这最后一只玉龙杯由谁抢得。"真所谓人同此心，顷刻之间，人丛中跃出七八人来，一齐想去坐那张空椅，三言两语，便分成四对斗了起来。少选败者退下，胜者或接续互斗，或和新来者应战，此来彼往的激斗良久，只听得门外更鼓打了四更，相斗的四人败下了两人，只剩下两个胜者互斗。

这两人此时均以浑厚掌力比拼内功，久久相持不决，比的是高深武功，外形看来却是平淡无奇。福康安很不耐烦，接连打了几个呵欠，说道："瞧得闷死人了！"这句话声音甚轻，但正在比拼内功的两人却都清清楚楚的听入耳中。两人脸色齐变，各自撤掌，退后三步。一个道："咱们又不是耍猴儿戏的，到这里卖弄花拳绣腿，叫官老爷们喝采！"另一个道："不错！回家抱娃娃去吧！"两人说着呵呵而笑，携手出了大厅。

胡斐暗暗点头："这二人武功甚高，识见果然也高人一等。只可惜乱哄哄之中没听到他们的名字。"转头问郭玉堂时，他也不识这两个乡下土老儿一般的人物。

郭玉堂说道："他们上来之时，安提督问他们姓名门派，两人都是笑了笑没说。"胡斐心想："这两位高手犹如神龙见首不见尾，连姓名也没留下。"

他正低了头和郭玉堂悄声说话，程灵素忽然轻轻碰了碰他手肘，胡斐抬起头来，只听得一名武官唱名道："这位是五虎门掌门人凤天南凤老爷！"但见凤天南手持熟铜棍，走上去在空着的太师椅中一坐，说道："哪一位前来指教。"胡斐大喜，心想："这厮的武功未达一流高手之境，居然也想来夺玉龙杯，先让他出一番丑，再来收拾他，那更妙了。"

只见凤天南接连打败了两人，正自得意洋洋，一个手持单刀的人上去挑战。这个人的武艺可就高了，只三招一过，胡斐心道：

"这恶贼决不是对手!"

果然凤天南吼叫连连,迭遇险招。那使单刀的似乎不为已甚,只盼他知难而退,并不施展杀手,因此虽有几次可乘之机,却都使了缓招。但凤天南只是不住倒退,并不认输,突然间横扫一棍,那使单刀的身形一矮,铜棍从他头顶掠过。他正欲乘势进招,忽地叫声:"啊哟!"就地一滚,跟着跃了起来,但落下时右足一个踉跄,站立不定,又摔倒在地,怒喝:"你使暗器,不要脸!"

凤天南拄棍微笑,说道:"福大帅又没规定不得使暗器。上得场来,兵刃拳脚,毒药暗器,悉听尊便。"

那使单刀的卷起裤脚,只见膝头下"犊鼻穴"中赫然插着一枚两寸来长的银针。这"犊鼻穴"正当膝头之下,俗名膝眼,两旁空陷,状似牛鼻,因以为名,正是大腿和小腿之交的要紧穴道,此穴中针,这条腿便不管用了。

群豪都是好生奇怪,眼见适才两人斗得甚紧,凤天南绝无余暇发射暗器,又没见他抬臂扬手,这枚银针不知如何发出?

那使单刀的拔下银针,恨恨退下。又有一个使鞭的上来,这人的铁鞭使得犹如暴风骤雨一般,二十余招之内,一招紧似一招,竟不让凤天南有丝毫喘息之机。他眼见凤天南棍法并不如何了得,倒是那无影无踪的银针甚是难当,因此上杀招不绝,决不让他缓手来发射暗器,哪知斗到将近三十招时,凤天南棍法渐乱,那使鞭的却又是"啊哟"一声大叫,倒退开去,从自己小腹上拔出一枚银针,伤口血流如注,伤得竟是极重。

厅上群豪无不惊诧,似凤天南这等发射暗器,实是生平所未闻。若说是旁人暗中相助,众目睽睽之下,总会有人发现。眼下这两场相斗,都是凤天南势将不支之时,突然之间对手中了暗器。难道凤天南竟会行使邪法,心念一动,银针便会从天飞到?

偏有几个不服气的,接连上去跟他相斗。一人全神贯注的防备银针,不提防给他铜棍击中肩头,身负重伤,另外三人却也都给他"无影银针"所伤。一时大厅之上群情耸动。

胡斐和程灵素眼见凤天南接二连三以无影银针伤人，凝神观看，竟是瞧不出丝毫破绽。胡斐本想当凤天南兴高采烈之时，突然上前将他杀死，一来为佛山镇上锺阿四全家报仇，二来好显扬华拳门的名头，但瞧不透这银针暗器的来路，只有暂且袖手，若是贸然上前争锋，只要一个措手不及，非但自取其辱，抑且有性命之忧。

程灵素猜到他的心意，缓缓摇了摇头，说道："这只玉龙杯，咱们不要了吧？"胡斐向蔡威和姬晓峰道："这位凤老师的武功，还不怎样，只是……"姬晓峰点头道："是啊，他放射的银针可实在邪门，无声无息，无影无踪，竟是没半点先兆，直至对方一声惨叫，才知是中了他的暗器。"蔡威道："除非是头戴钢盔，身穿铁甲，才能跟他斗上一斗。"

蔡威这句话不过是讲笑，哪知厅上众武官之中，当真有人心怀不服，命人去取了上阵用的铁甲，全身披挂，手执开山大斧，上前挑战。

这名武官名叫木文察，当年随福康安远征青海，搴旗斩将，立过不少汗马功劳，乃是清军中的一员出名的满洲猛将，这时手执大斧走到厅中，威风凛凛，杀气腾腾，同僚袍泽齐声喝采。福康安也赐酒一杯，先行慰劳。

两人一接上手，棍斧相交，当当之声，震耳欲聋，两般沉重的长兵器攻守抵拒，卷起阵阵疾风，烛光也给吹得忽明忽暗。木文察身穿铁甲，转动究属极不灵便，但仗着膂力极大，开山巨斧舞将开来，实是威不可当。

周铁鹪、曾铁鸥和王剑英、王剑杰四人站在福康安身前，手中各执兵刃，生怕巨斧或是铜棍脱手甩出，伤及大帅。

斗到二十余合，凤天南拦头一棍扫去，木文察头一低，顺势挥斧去砍对方右腿，忽听得拍的一声轻响，旁观群豪"哦"的一下，齐声呼叫。两人各自跃开几步，但见地下堕着一个红色绒球，正是从木文察头盔上落下，绒球上插着一枚银针，闪闪发亮。

想是木文察低头挥斧之时，凤天南发出无影银针，只因顾念他是福大帅爱将，不敢伤他身子。那绒球以铅丝系在头盔之上，须得射断铅丝，绒球方能落下，虽然两人相距甚近，但仓卒间竟能射得如此之准，不差毫厘，实是了不起的暗器功夫。

木文察一呆之下，已知是对方手下容情，这一针倘是偏低数寸，从眉心间贯脑而入，这时焉有命在？便是全身铁甲，又有何用？他心悦诚服，双手抱拳，说道："多承凤老师手下留情。"凤天南恭恭敬敬的请了个安，说道："小人武艺跟木大人相差甚远，这些发射暗器的微末功夫，在疆场之上那是绝无用处。倘若咱俩骑马比试，小人早给大人一斧劈下马来了。"木文察笑道："好说，好说。"

福康安听凤天南说话得体，不敢恃艺骄其部属，心下甚喜，说道："这位凤老师的玩艺儿很不错。"将手中的碧玉鼻烟壶递给周铁鹪，道："赏了他吧！"凤天南忙上前谢赏。

木文察贯甲负斧，叮叮当当的退了下去。群豪纷纷议论。

人丛中忽然站起一人，朗声道："凤老师的暗器功夫果然了得，在下来领教领教。"众人回头一看，只见他满脸麻皮，正是适才发射铁菩提而中毒的柯子容。他手上涂了药膏后，这时毒性已解。

他兰州柯家以七般暗器开派，叫做"柯氏七青门"。哪七种暗青子？便是袖箭、飞蝗石、铁菩提、铁蒺藜、飞刀、钢镖、丧门钉，号称"箭、蝗、菩、藜、刀、镖、钉"七绝。虽然这七种暗器都是极常见之物，但他家传的发射手法与众不同，刀中夹石，钉中夹镖，而且数种暗器能在空中自行碰撞，射出时或正或斜，令人极难挡避。若在空旷之处相斗，还能窜开数丈，然后看准暗器来路，或加格击，或行躲闪，但在这大厅之上，地位窄小，却是极难对付了。

凤天南将鼻烟壶郑而重之的用手帕包好，放入怀中，显得对福康安尊敬之极，这才朗声说道："这位柯老师要跟在下比试暗器，大厅之上，暗器飞掷来去，若是误伤了各位大人，那可吃罪不起。"

周铁鹪笑道:"凤老师不必多虑,尽管施展便是。咱们做卫士的,难道尽吃饭不管事么?"凤天南含笑抱拳,说道:"得罪,得罪!"胡斐心想:"无怪这恶贼独霸一方,历久不败。他交结官府,确是心思周密,手段十分高明。"

只见柯子容除了长袍,露出全身黑色紧身衣靠。他这套衣裤甚是奇特,到处都是口袋和带子,这里盛一袋钢镖,那里插三把飞刀,自头颈以至小腿,没一处不装暗器,胸前固然有袋,背上也有许多小袋。福康安哈哈大笑,说道:"亏他想得出这套古怪装束,周身倒如刺猬一般。"

只见柯子容左手一翻,从腰间取出一只形似水勺的兵器来,只是勺口锋利,有如利刃。原来那是他家传的独门兵器,有一个特别名称,叫做"石沉大海"。这"石沉大海"一物二用,本身有三十六路招数,用法介乎单刀和板斧之间,但另有一般妙用,可以抄接暗器。敌人不论何种暗器发射过来,他这铁勺一兜一抄,便接了过去,宛似石沉大海般无影无踪,他反可从勺中取过敌人暗器,随即还击。这"石沉大海"不属于十八般兵器之列,乃是旁门的兵刃,江湖上也有称之为"借箭勺"的,意谓可借敌人之箭而用。

他这兵器一取出,厅上群豪倒有一大半不识得。凤天南笑道:"柯老师今日让我们大开眼界。"胡斐却想:"同是暗器名家,赵三哥潇洒大方,身上不见一枚暗器,却是取之不绝,用之不尽,这姓柯的未免显得小家气了。"

只见柯子容铁勺一翻,斜劈凤天南肩头。凤天南侧身让开,还了一棍,两人便斗将起来。那柯子容口说是跟他比试暗器,但勺法精妙,步步进逼,竟是不放暗器。

斗了一阵,柯子容叫道:"看镖!"飕的一响,一枚钢镖飞掷而出。凤天南年纪已然不轻,多年来养尊处优,身材也极肥胖,但少年时的功夫竟没丝毫搁下,纵跃灵活,轻轻一闪,便把钢镖让了开去。柯子容又叫道:"飞蝗石,袖箭!"这一次是两枚暗器同时射了出来。凤天南低头避开一枚,以铜棍格开一枚。只听柯子容又叫道:"铁蒺藜,打你左肩!飞刀,削你右腿!"果然一枚铁蒺藜掷向他左肩,一柄飞刀削向他的右腿。凤天南先行得他提示,轻轻巧巧的便避过了。

众人心想,这柯子容忒也老实,怎地将暗器的种类去路,一一先跟他说了?哪知他掷出八九枚暗器后,口中呼喝越来越快,暗器也越放越多,呼喝却非每次都对了。有时口中呼喝用袖箭射左眼,其实却是发飞蝗石打右胸。众人这才明白,原来他口中呼喝乃是扰敌心神,接连多次呼喝不错,突然夹一次骗人的叫唤,只要稍有疏神,立时便会上当。倘若暗器去路和呼喝全然不同,对方便可根本置之不理,恶在对的多而错的少,只偶尔在六七次正确的呼喝之中,夹上一次使诈,那就极为难防。

郭玉堂道:"柯家七青门的暗器功夫,果是另有一功,看来他口中的呼喝,也是从小练起,其厉害之处,实不输于钢镖飞刀。他这'七青门'之名,要改为'八青门'才合。"姬晓峰道:"但这般诡计多端,不是名门大派的手段。"

程灵素手中玩弄着从烟霞散人处夺来的大烟袋,说道:"那凤老师怎地还不发射银针?这般搞下去,终于要上了这姓柯的大当为止。"姬晓峰道:"我瞧这姓凤的似乎是成竹在胸,他发射暗器是贵精不贵多,一击而中,便足制胜。"程灵素"嗯"的一声,道:"比暗器便比暗器,这柯子容啰里啰唆的缠夹不清。"

这时大厅上空,十余枚暗器飞舞来去,好看煞人。周铁鹪等严加戒备,保护大帅。安提督等大官身侧,也各有高手卫士防卫。众卫士不但防柯子容发射的镖箭飞来误伤,还恐群豪之中混有刺客,乘乱发射暗器,竟向大帅下手。

程灵素忽道:"这姓柯的太过讨厌,我来开他个玩笑。"只听得柯子容叫道:"铁蒺藜,打你左臂!"程灵素学着他的声调语气,也叫道:"肉馒头,打你的嘴巴!"右手在烟斗上凑了一下,随手一扬,一枚小小的暗器果然射向他的嘴巴。这暗器飞去时并无破空之声,看来份量甚轻,只是上面带有一丝火星。俗语道:"肉馒头打狗，有去无回。"众人听到"肉馒头，打你的嘴巴"八字，已是十分好笑，何况她学的声调语气，跟柯子容的呼喝一般无二，早有数十人笑了起来。

柯子容见暗器来得奇特，提起"借箭勺"一抄，兜在勺中，左手便伸入勺中检起，欲待还敬，突然间"嘭"的一声巨响，那暗器炸了开来。众人大吃一惊，柯子容更是全身跳起。但见纸屑纷飞，鼻中闻到一阵硝磺气息，却哪里是暗器，竟是一枚孩童逢年过节玩耍的小爆竹。众人一呆之下，随即全堂哄笑。

柯子容全神贯注在凤天南身上，生恐他偷发无影银针，虽然遭此侮弄，却是目不斜视，不敢搜寻投掷这枚爆竹之人，只是骂道："有种的便来比划比划，谁跟你闹这些顽童行径？"

程灵素站起身来，笑嘻嘻的走到东首，又取出一枚爆竹，在烟袋中点燃了，叫道："大石头，打你的七寸。"常言道："打蛇打七寸"，蛇颈离首七寸，乃是毒蛇致命之处，这一次竟是将他比作了毒蛇。众人哄笑声中，那爆竹飞掷过去。这一回他再不上当。程灵素这爆竹又掷得似乎太早，柯子容手指弹出一枚丧门钉，将爆竹打回，嘭的一响，爆竹在空中炸了。

程灵素又掷一枚，叫道："青石板，打你的硬壳。"那是将他比作乌龟了。柯子容心想："你是要激怒我，好让那姓凤的乘机下手，我偏不上你的当。"当下又弹出一枚丧门钉，将爆竹弹开，仍是在半空炸了。

安提督笑着叫道："两人比试，旁人不得滋扰。"又见柯子容这两枚丧门钉跌落时和安放玉龙杯的长几相距太近，对身旁的两名卫士道："过去护着御杯，别让暗器打碎了。"两名卫士应道："是！"走到长几之前，挡在御杯之前。

程灵素笑嘻嘻的回归座位，笑道："这家伙机伶得紧，上了一回当，第二次不肯伸手去接爆竹。"胡斐暗自奇怪："二妹明知凤天南是我对头，却偏去作弄那姓柯的，不知是何用意？"

柯子容见人人脸上均含笑意，急欲挽回颜面，暗器越射越多。

凤天南手忙脚乱，已自难以支持，突然间伸手在铜棍头上一抽。柯子容只道他要发射银针，急忙纵身跃开，却见他从铜棍中抽出一条东西，顺势一挥，那物如雨伞般张了开来，成为一面轻盾。这轻盾极软极薄，似是一只纸鹞，盾面黑黝黝地，不知是用人发还是用什么特异质料编织而成，盾上绘着五个虎头，张口露牙，神态威猛。众人一见，心中都道："他是五虎门的掌门人，'五虎门'这名称，原来还是从这盾牌而来。"

只见他一手挥棍，一手持盾，将柯子容源源射来的暗器尽数挡开。那些镖箭刀石虽然来势强劲，但竟是打不穿这面轻软盾牌，看来这轻盾的质地实是坚韧之极。

胡斐一见到他从棍中抽出轻盾，登时醒悟，自骂愚不可及："他在铜棍中暗藏机关，这等明白的事，先前如何猜想不透？他这银针自然也是装在铜棍之中，激斗时只须一按棍上机括，银针激射而出，谁能躲闪得了？人人只道发射暗器定须伸臂扬手，他却只须在铜棍的一定部位一捏，银针射出，自是神不知鬼不觉了。"

想明此节，精神为之一振，忌敌之心尽去，但见凤天南边打边退，渐渐退向一列八张太师椅之前，猛听得柯子容一声惨叫，凤天南纵声长笑。柯子容倒退数步，手按胯下，慢慢蹲下身去，再也站不起来。凤天南却笑吟吟的坐入太师椅中。

两名卫士上前去，扶起柯子容，只见他咬紧牙关，伸手从胯下拔出一枚银针，针上染满鲜血。银针虽细，因是打中下阴要穴，受伤大是不轻。他已不能行走，在两名卫士搀扶下踉跄而退。

汤沛忽然鼻中一哼，冷笑道："暗箭伤人，非为好汉！"凤天南转过头去，说道："汤大侠可是说我么？"汤沛道："我说的是暗箭伤人，非为好汉。大丈夫光明磊落，何以要干这等勾当？"凤天南霍地站起喝道："咱们讲明了是比划暗器，暗器暗器，难道还有明的么？"

汤沛道："凤老师要跟我比划比划，是不是？"凤天南道："汤大侠名震天下，小人岂敢冒犯？这姓柯的想是汤大侠的至交好友了?"汤沛沉着脸道:"不错,兰州柯家跟在下有点儿交情。"凤天南道:"既是如此,小人舍命陪君子,汤大侠划下道儿来吧!"

两人越说越僵,眼见便要动手。胡斐心道:"这汤沛虽然交结官府,却还有是非善恶之分。"

安提督走了过来,笑道:"汤大侠是比试的公证,今日是不能大显身手的。过几日小弟作东,那时请汤大侠露一手,让大伙儿开开眼界。"汤沛笑道:"那先多谢提督大人赏酒了。"转头向凤天南横了一眼,提起自己的太师椅往地下一蹾,再提起来移在一旁,和凤天南远离数尺,这才坐下,似乎不屑与他靠近。

这一移椅,只见青砖上露出了四个深深的椅脚脚印,厅上烛光明亮如同白昼,站得较近的都瞧得清清楚楚,这一手功夫看似不难,其实是蕴蓄着数十年修为的内力。霎时之间,厅上采声雷动。站在后面的人没瞧见,急忙查问,等得问明白了,又挤上前来观看。

凤天南冷笑道:"汤大侠这手功夫帅极了!在下再练二十年也练不成。可是天外有天,人上有人,在真正武学高手看来,那也平平无奇。"汤沛道:"凤老师说得半点也不错,在武学高手瞧来,真是一文钱也不值。不过只要能胜得过凤老师,我也心满意足了。"

安提督笑道:"你们两位尽斗什么口?天也快亮啦!七只玉龙杯,六只已有了主儿。咱们今晚定了玉龙杯的名分,明晚再来争金凤杯和银鲤杯。还有哪一位英雄,要上来跟凤老师比划?"他提起嗓子连叫三遍,大厅上静悄悄地没人答腔。安提督向凤天南道:"恭喜凤老师,这只玉龙杯归了你啦!"

胡斐坐倒在庙门外的一块大石上，凝望着圆性所去之处，心中一片空白，似乎在想千百种物事，却又似什么也不想。也不知过了多少时候，忽听得前面小路上隐隐传来一阵马蹄声。

第十九章　相见欢

忽听得一人叫道："且慢，我来斗一斗凤天南。"只见一个形貌委琐的黄胡子中年人空手跃出，唱名的武官唱道："西岳华拳门掌门人程灵胡程老师！"

凤天南站起身来，双手横持铜棍，说道："程老师用什么兵刃？"

胡斐森然道："那难说得很。"突然猱身直上，欺到端坐在太师椅中的田归农身前，左手食中两根手指"双龙抢珠"，戳向田归农双目。

这一着人人都是大出意料之外。田归农虽然大吃一惊，应变仍是奇速，双手挥出，封住来招。哪知他快，胡斐更快，双手一圈，已变"怀中抱月"，分击他两侧太阳穴。田归农不及起身迎敌，双手外格，以挡侧击。

胡斐乘他双手提起挡架，腋下空虚，一翻手，已抓住他腰间宝刀的刀柄，刷的一响，青光闪处，宝刀已入手中，乘势转身，砍向凤天南手中的铜棍。

刀是宝刀，招是快招，只听得嚓嚓嚓三声轻响，跟着当啷啷两声，凤天南的熟铜棍中间断下两截，掉在地下。原来胡斐在瞬息之间连砍三刀，凤天南未及变招，手中兵刃已变成四段，双手各握着短短的一截铜棍，鞭不像鞭，尺不像尺，实是尴尬异常。

凤天南惊惶之下，急忙向旁跃开三步。便在此时，站在厅门口

·575·

的汪铁鹗朗声说道："九家半总掌门到。"

胡斐心头一凛，抬头向厅门看去，登时惊得呆了。

只见门中进来一个妙龄尼姑，缁衣芒鞋，手执云帚，正是袁紫衣。只是她头上已无一根青丝，脑门处并有戒印。

胡斐双眼一花，还怕是看错了人，迎上一步，看得清清楚楚，却不是袁紫衣是谁？

霎时间胡斐只觉天旋地转，心中乱成一片，说道："你……你是袁……"

袁紫衣双手合什，黯然道："小尼圆性。"

胡斐兀自没会过意来，突然间背心"悬枢穴"和"命门穴"两处穴道疼痛入骨，脚步一晃，摔倒在地，手中宝刀也撒手抛出。

袁紫衣怒喝："住手！"急忙抢上，拦在胡斐身后。

自胡斐夺刀断棍、九家半总掌门现身，以至胡斐受伤倒地，只顷刻之间的事。厅上众人尽皆错愕之际，已是奇变横生。

程灵素见胡斐受伤，心下大急，急忙抢出。袁紫衣俯身正要扶起胡斐，见程灵素纵到，当即缩手，低声道："快扶他到旁边！"右手云帚在身后一挥，似是挡架什么暗器，护在胡程二人身后。

程灵素半扶半抱的携着胡斐，快步走回席位，泪眼盈盈，说道："大哥，你怎样了？"胡斐苦笑道："背上中了暗器，是悬枢和命门。"程灵素这时也顾不得男女之嫌，忙拂起他长袍和里衣，见他悬枢和命门两穴上果然各有一个小孔，鲜血渗出，暗器已深入肌骨。

袁紫衣道："那是镀银的铁针，没有毒，你放心。"举起云帚，先从帚丝丛中拔出一枚银针，然后将云帚之端抵在胡斐悬枢穴上，轻轻向外一拉，起了一枚银针出来，跟着又起出了他命门穴中的银针。原来云帚丝丛之中装着一块极大的磁铁。

胡斐道："袁姑娘……你……你……"袁紫衣低声道："我一直瞒着你，是我不好。"顿了一顿，又道："我自幼出家，法名叫做

'圆性'。我说'姓袁',一则是我娘的姓,二则便是将'圆性'两字颠倒过来。'紫衣',那便是缁衣芒鞋的'缁衣'!"

胡斐怔怔的望着她,欲待不信此事,但眼前的袁紫衣明明是个妙尼,隔了半晌,才道:"你……你为什么要骗我?"

圆性低垂了头,双眼瞧着地下,轻轻的道:"我奉师父之命,从回疆到中原来,单身一人,若作僧尼之装,长途投宿打尖甚是不便,因此改作俗家打扮。我头上装的是假发,饮食不沾荤腥,想是你没瞧出来。"

胡斐不知说什么好,终于轻轻叹了口气。

安提督朗声说道:"还有哪一位来跟五虎门凤老师比试?"胡斐这时心神恍惚,黯然魂销,对安提督的话竟是听而不闻。安提督连问了三遍,见无人上前跟凤天南挑战,向福康安道:"回大帅:这七只玉龙御杯,便赏给这七位老师?"福康安道:"很好,很好!"

其时天已黎明,窗格中射进朦胧微光,经过一夜剧争,七只玉龙杯的归属才算定局。厅上群豪纷纷议论:"红花会抢去的那只玉龙杯,不知哪一派掌门有本事夺得回来?""嘿,任他本领再强,也不能跟红花会斗啊。""红花会陈总舵主武功绝顶,还有无尘道人、赵半山、文泰来、常氏兄弟,哪一个不是响当当的脚色?谁想去夺杯,那不是老寿星上吊,嫌命长么?"

又有人瞧着圆性窃窃私议:"怎么这个俏尼姑竟是九家半总掌门?真是邪门。""是那九家半?怎么还有半个掌门人的?""她要是真的武功高强,怎地又不去夺一只玉龙杯?""嘿,人家凤老师的银针,她惹得起么?他手中铜棍给砍成了四段,还能施放银针,败中取胜,了不起。"另一个不服气,说道:"那也不见得!华拳门那黄胡子听到九家半总掌门进来,吃了一惊,这才着了那姓凤的道儿。否则的话,也不知谁胜谁败。"又一个道:"看来还是那田归农差劲,他天龙门的镇门之宝给人空手夺了去,这会儿居然厚着脸皮,又将宝刀捡了回去。"另一人道:"不错!华拳门当然胜过了天龙门。"

安提督走到长几之旁，捧起了托盘，往中间一站，朗声说道："万岁爷恩典，钦赐玉龙御杯，着少林派掌门人大智禅师、武当派掌门人无青子道人、三才剑掌门人汤沛、黑龙门掌门人海兰弼、天龙门掌门人田归农……"说到这里，顿了一顿，低声向石先生道："石老师，贵门派和大名怎么称呼？"石先生微微一笑道："草字万嗔，至于门派嘛，就叫作药王门吧。"安提督续道："……药王门掌门人石万嗔，五虎门掌门人凤天南收执。谢恩！"

听到"谢恩"两字，福康安等官员一齐站起。武林群豪中有些懂礼数的便站了起来，有些却坐着不动，直到众卫士喝道："都站起来！"这才纷纷起立。大智禅师和无青子各以僧道门中规矩行礼。汤沛、海兰弼等跪下磕头。

安提督待各人跪拜已毕，笑道："恭喜，恭喜！"将托盘递了过去。大智禅师等七人每人伸手取了一只玉龙杯。

突然之间，七个人手上犹似碰到了烧得通红的烙铁，实在拿捏不住，一齐松手。乒乒乓乓一阵清脆的响声过去，七只玉杯同时在青砖地上砸得粉碎。

这一下变故，不但七人大惊失色，自福康安以下，无不群情耸动，齐问："怎样？怎样？"顷刻之间，七人握过玉杯的手掌都是又焦又肿，灸痛难当，不住的在衣服上拂擦。海兰弼伸指到口中吮吸止痛，突然间大声怪叫，原来舌头上也剧痛起来。

胡斐向程灵素望了一眼，微微点头。他此时方才明白，原来程灵素在掷打柯子容的第二枚和第三枚爆竹之中，装上了赤蝎粉之类的毒药，爆竹在七只玉龙杯上空炸开，毒粉便散在杯上。这一个布置意谋深远，丝毫不露痕迹，此刻才见功效。

只见程灵素吞烟吐雾，不住的吸着旱烟管，吸了一筒，又装一筒，半点也无得意之色。她左掌中暗藏药丸，递了两颗给胡斐，两颗给圆性，低声道："吞下！"两人知她必有深意，依言服了。

这时人人的目光都瞧着那七人和地下玉杯的碎片，惊愕之下，大厅上寂静无声。

圆性忽地走到厅心,云帚指着汤沛,朗声说道:"汤沛,这是皇上御赐的玉杯,你如此胆大妄为,竟敢暗施诡计,尽数砸碎。你心存不轨,和红花会暗中勾结,要拆散福大帅的天下掌门人大会。你这般大逆不道,目无长上,天下英雄都容你不得!"

她一字一句,说得清脆响朗。这番话辞意严峻,头头是道,又说他跟红花会暗中勾结。众人正在茫无头绪之际,忽听得她斩钉截铁的说了出来,真所谓先入为主,无不以为实是汤沛所为。

福康安心中怒极,手一挥,王剑英、周铁鹪等高手卫士都围到了汤沛身旁。

饶是汤沛一生经历过不少大风大浪,此刻也是脸色惨白,既惊且怒,身子发颤,喝道:"小妖尼,这种事也能空口白赖、胡说八道么?"

圆性冷笑道:"我是胡说八道之人么?"她向着王剑英道:"八卦门的掌门人王老师。"转头向周铁鹪道:"鹰爪雁行门的掌门人周老师,你们都认得我是谁。这九家半的总掌门我是不当的了。可是我是胡说八道之人呢,还是有担当、有身份之人?你们两位且说一句。"

王剑英和周铁鹪自圆性一进大厅,心中便惴惴不安,深恐她将夺得自己掌门之位的真情抖露出来。他二人是福康安身前最有脸面的卫士首领,又是北京城中武师的顶儿尖儿人物,倘若众人知悉他二人连掌门之位也让人夺了去,今后怎生做人?这时听得圆性称呼自己为本门掌门人,又说"这九家半的总掌门我是不当的了",那显是点明,给她夺去的掌门之位重行归还原主,当真是如同临刑的斩犯遇到皇恩大赦一般,心中如何不喜?圆性这么相询,又怎敢不顺着她意思回答?何况他二人听了她这番斥责汤沛的言语之后,原也疑心八成是汤沛暗中捣鬼,否则好端端地七只玉杯,怎会陡然间一齐摔下跌碎。

王剑英当即恭恭敬敬的说道:"您老人家武艺超群,在下甚是敬服，为人又宽洪大量，实是当世武林中的杰出人材。"周铁鹪日前给她打败，心下虽然十分记恨，但实在怕她当众抖露丑事，也道："在下相信您老人家言而有信，顾全大体，尊重武林同道的颜面，若非万不得已，决不揭露成名人物的阴私。"他这几句话其实说的都是自己之事，求她顾住自己面子，但在旁人听来，自然都以为句句说的是汤沛。

众人听得福康安最亲信的两个卫士首领这般说，他二人又都对这少年尼姑这般恭谨，口口声声的"您老人家"，哪里还有怀疑？

福康安喝道："拿下了！"王剑英、周铁鹪和海兰弼一齐伸手，便要擒拿汤沛。

汤沛使招"大圈手"，内劲吞吐，逼开了三人，叫道："且慢！"向福康安道："福大帅，小人要和她对质几句，若是她能说得出真凭实据，小人甘领大帅罪责，死而无怨。否则这等血口喷人，小人实是不服。"

福康安素知汤沛的名望，说道："好，你便和她对质。"

汤沛瞪视圆性，怒道："我和你素不相识，何故这等妄赖于我？你究是何人？"

圆性道："不错，我和你素不相识，无怨无仇，何必平白的冤枉你？只是我跟红花会有深仇大恨。你既加盟入了红花会，混进掌门人大会中来捣鬼，我便非揭穿你的阴谋诡计不可。你交友广阔，相识遍天下，交结旁的朋友，也不关我事，你交结红花会匪徒，我却容你不得。"

胡斐在一旁听着，心下存着老大疑团，他明知圆性和红花会众英雄渊源甚深，这砸碎玉杯之事，又明明是程灵素做下的手脚，却不知她何以要这般诬陷汤沛？他心中转了几个念头，猛然想起，圆性曾说她母亲被凤天南逼迫离开广东之后，曾得汤沛收留。难道她母亲之死，竟和汤沛有关？

他自从蓦地里见到那念念不忘的俊俏姑娘竟是一个尼姑，便即神魂不定，始终无法静下来思索，脑海中诸般念头此去彼来，犹似乱潮怒涌，连背上的伤痛也忘记了。

福康安十年前曾为红花会群雄所擒，大受折辱，心中恨极了红花会人物，这一次招集各派掌门人聚会，主旨之一便是为了对付红花会，这时听了圆性一番言语，心想这姓汤的爱交江湖豪客，红花会的匪首个个是武林中的厉害脚色，若是跟他私通款曲，结交来往，那是半点不奇，若无交往，反倒希奇了。

只听汤沛说道："你说我结交红花会匪首，是谁见来？有何凭证？"

圆性向安提督道："提督大人，这奸人汤沛，有跟红花会匪首来往的书信。你能设法查对笔迹真假么？"安提督道："可以！"转头向身旁的武官吩咐了几句。那武官走向一旁方桌，翻开卷宗，取出几封信来，乃是汤沛写给安提督的书信，信中答应来京赴会，并作会中比武公证。

汤沛有恃无恐，暗忖自己结交虽广，但行事向来谨细，并不识得红花会人物，这尼姑便是捏造书信，笔迹一对便知真伪，当下只是微微冷笑。

圆性冷冷的道："甘霖惠七省汤沛汤大侠，你帽子之中，藏的是什么？"

汤沛一愕，说道："有什么？帽子便是帽子。"他取下帽子，里里外外一看，绝无异状，为示清白，便交给了海兰弼。海兰弼看了看，交给安提督。安提督也仔细看了看，道："没什么啊。"圆性道："请提督大人割开来瞧瞧。"

满洲风俗，遇有盛宴，例有大块白煮猪肉，各人以自备解手刀片割而食，因此安提督身边亦携有解手刀。他听圆性这般说，便取出刀子，割开汤沛小帽的线缝，只见帽内所衬棉絮之中，果然藏有一信。安提督"哦"的一声，抽了出来。

汤沛脸如土色，道："这……这……"忍不住想过去瞧瞧，只听刷刷两声，王剑英和周铁鹪抽刀拦住。

安提督展开信笺，朗声读过："下走汤沛，谨拜上陈总舵主麾下：所嘱之事，自当尽心竭力，死而后已，盖非此不足以报知遇之大恩也。唯彼伧既大举集众，会天下诸门派掌门人于一堂，自必戒备森严。下走若不幸有负所托，便当血溅京华，以此书此帽拜见明公耳。下走在京，探得……"他读到这里，脸色微变，便不再读下去，将书信呈给了福康安。

福康安接过来看下去，只见信中续道："……探得彼伧身世隐事甚夥，如能相见，一一面陈。举首西眺，想望风采。何日重囚彼酋于六和塔顶，再掳彼伧于紫禁城中，不亦快哉！"

福康安愈读愈怒，几欲气破胸膛。

原来十年前乾隆皇帝在杭州微服出游，曾为红花会群雄设计擒获，囚于六和塔顶，后来福康安又在北京禁城中为红花会所俘。这两件事乾隆和福康安都引为毕生奇耻大辱，凡是当年预闻此事的官员侍卫，都已被乾隆逐年来借故诛戮灭口。此两事又因关涉到红花会总舵主陈家洛的身世隐事，是以红花会亦秘而不宣，江湖上知者极少。事隔十年，福康安创痛渐淡。岂知汤沛竟在信中又揭开了这个大疮疤。福康安又想：信内"探得彼伧身世隐事甚夥"云云，又不知包含着多少丑闻阴私？福康安是乾隆的私生子，单是这一件事，胆敢提到一句的人便足以灭门杀身。

福康安虽然向来镇静，这时也已气得脸色焦黄，双手颤抖，随手接过安提督递上来汤沛的另一封书信，一看之下，两封信上的字迹却并不甚似，但盛怒之际，已无心绪去细加核对。

汤沛见自己小帽之中竟会藏着一封书信，惊惶之后微一凝思，已是恍然，知是圆性暗中做下的手脚；自是她处心积虑，买了一顶一模一样的小帽，伪造书信，缝在帽中，然后在自己睡觉或是洗澡之际换了一顶。

他听安提督读信读了一半，不禁满背冷汗，心想今日大祸临头，再见他竟尔不敢再读书信的后半，却呈给了福康安亲阅，可想而知，信中更是写满了大逆不道的言语。他心想："今日要辩明这不白之冤，惟有查明这小尼姑的来历。"侧头细看圆性，蓦地一惊:"这尼姑好生面熟,从前见过的。"陡然想起,叫道:"你……你是银姑……银姑的女儿!"圆性冷笑道:"你终于认出来了。"

汤沛大叫:"福大帅,这尼姑是小人的仇家。她设下圈套,陷害于我。大帅,你千万信她不得。"

圆性道:"不错,我是你的仇家。我母亲走投无路,来到你家。你这人面兽心的汤大侠,见我母亲美貌,竟使暴力侵犯于她,害得我母亲悬梁自尽。这事可是有的?"

汤沛心知若是在天下英雄之前承认了这件丑行,自然从此声名扫地,再也无颜见人,但权衡轻重,宁可直认此事,好令福康安相信这小尼姑是挟仇诬陷,于是点头道:"不错,确有此事。"

群豪对汤沛本来甚是敬重,都当他是个扶危解困、急人之难的大侠,虽听他和红花会勾结,但红花会群雄声名极好,武林中众所仰慕,汤沛即使入了红花会,也丝毫无损于其"大侠"两字的令誉,这时却听得他亲口直认逼奸难女,害人自尽,不由得大哗。许多直性子的登时便大声斥责,有的骂他"伪君子",有的骂他"衣冠禽兽",有的说他自居"大侠",实是不识羞耻。

圆性待人声稍静,冷冷的道:"我一直想杀了你这禽兽,替亡母报仇,可是你武功太强,我斗你不过,只有日夜在你屋顶窗下窥伺。嘿嘿,天假其便,给我听到你跟红花会赵半山、常氏兄弟、石双英这些匪首的阴谋私议。适才抢夺玉龙杯的那个少年书生,便是红花会总舵主陈家洛的书僮心砚,是也不是?"众人一听,又是一阵嘈乱。

福康安也即想起:"此人正是心砚。他好大的胆子,竟不怕我认他出来!"

汤沛道:"我怎认得他?倘若我跟红花会勾结,何以又出手擒住他?"

圆性嘿嘿冷笑,说道:"你手脚做得如此干净利落,要是我事先没听到你们暗中的密议,也决计想不到这阴谋。我问你,你汤大侠的点穴手法另具一功,你下手点了人家穴道之后,本来旁人再也无法解得开。可是适才你点了那红花会匪徒的穴道,何以大厅上灯火齐熄?那匪徒身上的穴道又何以忽然解了,得以逃去?"汤沛张口结舌,道:"这个……这个……想是暗中有人解救。"

圆性厉声道:"暗中解救之人,除了汤沛汤大侠,天下再无第二个。当时除你之外,还有谁站在那人的身边?"

胡斐心想:"她言辞锋利,汤沛实是百口难辩。那少年书生的穴道,明明是我解的。但我只解了一半,另一半不知是何人所解,但想来决不会是汤沛。"

只听得圆性又道:"福大帅,这汤沛和红花会匪徒计议定当,假装将那匪徒心砚擒获,放在你身旁,再由另一批匪徒打灭烛火,那心砚便乘乱就近向你行刺。这批匪徒意料之中,众卫士见那书生已被点了穴道,动弹不得,自不会防他行刺。天幸福大帅洪福齐天,逢凶化吉。众卫士又忠心耿耿,防卫周密,烛火灭熄之后,立即一齐挡在大帅身前保护,贼人的奸计才不得逞。"汤沛大叫:"你胡说八道,哪有此事?"

福康安回想适才的情景,对圆性之言不由得信了个十足十,暗叫:"好险!"向王剑英和周铁鹪道:"你们很好,回头升你们的官。"

圆性乘机又道:"王大人,周大人,适才贼人的奸计是否如此?"王剑英和周铁鹪均想:"这小尼姑是得罪不得的。何况我们越是说得凶险,保护大帅之功越高,回头封赏越大。"于是一个说:"那书生确是曾扑到大帅身前来,幸好未能成功。"另一个说:"黑暗之中,的确有人过来,功夫厉害得很,我们只好拚了命抵挡……却没想到竟是汤沛,当真凶险得紧。"

汤沛难以辩解,只得对圆性道:"你……你满口胡言!适才你又不在厅上,如何得知?"圆性并不回答,回头向着凤天南上上下下的打量。

凤天南是她亲生之父,可是曾逼得她母亲颠沛流离,受尽了苦楚,最后不得善终。她曾发下誓愿,要救他三次,以尽父女之情,然后再取他性命,替苦命的亡母报仇。她既诬陷了汤沛,原可再将凤天南扳陷在内,但向他瞧了两眼,心中终是不忍,一时拿不定主意。

圆性这么一犹豫,汤沛老奸巨猾,登时瞧出她脸色迟疑不定,又见她眼光不住的溜向凤天南,心念一动,两下里一凑合,登即料定这事全是凤天南暗中布下的计谋,叫道:"凤天南,原来是你从中捣鬼!你要我暗中助你,令你五虎门在掌门人大会中压倒群雄,这时却又叫你女儿来陷害于我。"凤天南一惊,道:"我女儿?她……她是我女儿?"群豪听了两人之言,无不惊奇。

汤沛冷笑道:"你还在这里假痴假呆,装作不知。你瞧瞧这小尼姑,跟当年的银姑有什么分别?"

凤天南双眼瞪着圆性,怔怔的说不出话来,但见她虽作尼姑装束,但秀眉美目,宛然便是昔日的渔家女银姑。

原来当年银姑带了女儿从广东佛山逃到湖北,投身汤沛府中为佣。汤沛这人外表道貌岸然,一副仁人义士的模样,实则行止甚是不端,见银姑美貌,便强逼她相从。银姑羞愤之下,悬梁而死。

圆性却蒙峨嵋派中一位辈份极高的尼姑救去,带到天山,自幼便给她落发,授以武艺。那位尼姑的住处和天池怪侠袁士霄及红花会群雄不远,平日切磋武学,时相过从。圆性天质极佳,她师父的武功原已极为高深繁复,但她贪多不厌,每次见到袁士霄,总是缠着他要传授几招,而从陈家洛、霍青桐直至心砚,红花会群雄无人不是多多少少的传过她一些功夫。天池怪侠袁士霄老来寂寞,对她传授尤多。袁士霄于天下武学,几乎说得上无所不知,何况再加上十几位明师,是以圆性艺兼各派之所长,她人又聪明机警,以智巧补功力不足,若不是年纪太轻,内功修为尚浅,直已可跻一流高手之境。

这一年圆性禀明师父,回中土为母报仇,鸳鸯刀骆冰便托她带来白马,遇到胡斐时赠送于他。只是赵半山将胡斐夸得太好,圆性少年性情，心下不服，这才有途中和胡斐数度较量之事。不料两人见面后惺惺相惜，心中情苗暗苗。圆性待得惊觉，已是柔肠百转，难以自遣了。她自行约制，不敢多和胡斐见面，只是暗中跟随。后来见他结识了程灵素，她既感自伤，亦复自慰，自己是方外之人，终身注定以青灯古佛为伴，当年拜师之时，曾立下重誓，为师父的衣钵传人，师恩深重，决计不敢有背。程灵素聪明智慧，犹胜于己，对胡斐更是一往情深，胡斐得以为侣，原亦大佳。因此上留赠玉凤，微通消息，但暗地里却已不知偷弹了多少珠泪。

她此番东来报仇，大仇人是甘霖惠七省汤沛，心想若是暗中行刺下毒，原亦不难，但此人一生假仁假义，沽名钓誉，须得在天下好汉之前揭破他的假面具，那比将他一剑穿心更是痛快。

适逢福康安正要召开天下掌门人大会，分遣人手前往各地，邀请各家各派的掌门人赴京与会。圆性查知福康安此举的用意，一来是收罗江湖豪杰，以功名财帛相羁縻，用以对付红花会群雄；二来是挑拨离间，使各派武师相互争斗，不致共同反抗满清。她细细筹划，要在掌门人大会之中先揭露汤沛的真相，再杀他为母报仇，如能在会中大闹一场，使福康安奸计不逞，那不但帮了红花会诸伯叔一个大忙，不枉他们平日的辛苦教导，抑且是造福天下武林了。

在湖北汤沛老家，他门人子侄固然不少，便是养在家中的闲汉门客也有数十人之多，要混进他府中极是不易，但到了北京，汤沛住的不过是一家上等客店，圆性改作男装，进出客店，谁也不在意下。她偷听了汤沛几次谈话，知他热中功名，亟盼乘机巴结上福康安，就此平步青云，于是设下计谋，伪造书信，偷换小帽。再加上程灵素碎玉龙杯、胡斐救心砚等几件事一凑合，汤沛便有苏张之舌也已辩解不来。

她原来打算将凤天南也陷害在内，但父女天性，虽说他无恶不作，对己实无半分父女之情，可是话到嘴边终是说不出口。

汤沛此刻病急乱投医，便如行将溺死之人，就是碰到一根稻草，也是紧抓不放，叫道："凤天南，你说，她是不是你的女儿？"

凤天南缓缓点了点头。汤沛大声道："福大帅，他父女俩设下圈套，陷害于我。"凤天南怒道："我为什么要害你？"汤沛道："只因我逼死了你的妻子。"凤天南冷笑道："嘿嘿，你逼死的那个女子，谁说是我妻子？凤某到了手便丢，这种女子……"他说到这里，忽然见到圆性冷森森的目光凝视着自己，不禁打个寒战，不敢再说。

汤沛道："好，事已如此，我也不必隐瞒。那无影银针，是你放的还是我放的？你若能放，那便射我一枚试试。"

他此言一出，群豪又大哗起来。

胡斐背上中针，略一定神之后，已知那银针决非凤天南所发，当时他刀断铜棍，正面对着凤天南，圆性进来时他心神恍惚，背心便中银针，那定是在他身后之人偷袭。他见汤沛初时和凤天南争吵，说他"暗箭伤人，不是好汉"，始终没疑心到汤沛身上，料想若不是海兰弼所为，便是那个委委琐琐的武当掌门无青子做了手脚，哪料到竟是汤凤二人故意布下疑阵，掩人耳目。

原来凤天南从佛山镇北逃，经过湖北时曾在汤沛家中住过几天，无意中听到两个仆人谈到广东佛山的风土人情，不由得关心，赏了那两仆十几两银子，细问情由，竟探听到了银姑之事。凤天南对银姑犹如过眼云烟，自不将这件事放在心上，一笑了之，也不跟汤沛提起。来北京时，一路之上曾设法讨好胡斐，义堂镇的大宅田地，便是他所送的了，到得北京后又使了不少银子，请了周铁鹪出面化解。

但胡斐侠义心肠，虽然锺阿四跟他无亲无故，却是死缠到底，不肯罢休。凤天南心想，此人不除，自己这一生终是寝食难安，当下去跟汤沛商量，怕他不肯相助，故意危言耸听，说胡斐定要到掌门人大会中来捣乱。汤沛初时还不肯插手，凤天南便提到银姑之事，暗示汤沛若不相助，说不得要将这件事抖露出来，但若汤沛能设法除了胡斐，他回到佛山重整基业，每年送他一万两银子。

汤沛交结朋友，花费极大。他为了博仁义之名，又不能像凤天南这般开赌场、霸码头，公然的巧取豪夺，听凤天南答应每年相送一万两银子，自不免心动，再加上顾忌银姑之事败露，于是答应相助。

汤沛甚工心计，靴底之中，装设有极为精巧的银针暗器，他行路足跟并不着地，足跟若在地下一碰，足尖上便有银针射出，当真是无影无踪，人所难测。他想既然相助凤天南，索性大助一番，让他捧一只玉龙杯回到佛山，声威大振之下，每年相赠的酬金自也不止是一万两银子了。凤天南在会中连败高手，全是汤沛暗放银针。银针既细，他踏足发针之技又是巧妙异常，虽在众目睽睽之下，竟无一人发觉，便连程灵素这等心思周密之人，也没看出端倪。

不料变生不测，凭空闯了一个小尼姑进来，一番言语，将汤沛紧紧的缠在网里，竟是丝毫抗辩不得。他危急之中，突然发觉这尼姑是凤天南的女儿，不管三七二十一，便将这事说出来。他想逼死弱女、比武作弊事小，勾结红花会、图谋叛乱的罪名却是极大，两害相权取其轻，当下便向凤天南父女反击。

凤天南一听汤沛之言，便知他的用意，大声说道："我知道了你勾结红花会、意图不轨的奸谋，你便想偷放银针，暗中助我，卖一个好，盼望我不向福大帅揭露。嘿嘿，可是我凤大南赤胆忠心，一心报国，岂肯受你这种奸贼收买……"

汤沛听他竟然反咬一口，料他必定越说越是不堪，暴怒之下，双足一登，四枚银针激射而出，一齐射进了他小腹。

凤天南大叫一声，抱住肚子，弯下腰来，咕咚一声，摔倒在地。圆性急忙抢上扶住，叫道："爹，爹……你……怎么啦？"

王剑英、周铁鹪等见汤沛此时尚要行凶，一齐拥上，将他抓住。汤沛也不反抗，只叫："冤枉，冤枉！冤孽，冤孽！"他心知福康安甚是多疑，此事纵然辩明，也决计放不过自己，何况铁案似山，无论如何辩明不了，总是自己生平作的恶事太多，到头来遭此报应。

圆性将凤天南扶起,只见他双眼一翻,已然气绝而死。

厅上早已乱成一团,谁也听不见谁的说话。

福康安心想:"这汤沛定然另有同谋之人,那小尼姑多半也知他信内之言,虽说奸谋由她揭露,却也不能留下活口,任她宣泄于外。"于是低声向安提督道:"关上了大门,谁都不许出去,拿下了逐个儿审问。"

胡斐见势不对,纵身抢到圆性身边,低声道:"快走!迟了便脱不了身啦。"圆性点了点头,两人走到程灵素身旁。圆性突然伸出一指,点在蔡威胁下,跟着又在他肩头和背心的重穴上连点两指。蔡威登时跌倒。

姬晓峰一怔,道:"你……"圆性道:"胡大哥,是此人泄漏机密,暗中将福康安的两个儿子送了回去。"胡斐"啊"的一声,怒道:"此人如此可恶!"伸足在蔡威背心上重重踢了一脚,这一脚虽不取了他性命,但蔡威自此筋脉大损,已与废人无异。混乱之中,他二人对付蔡威,旁人也未知觉。胡斐对姬晓峰道:"姬兄快走。一切多谢。咱们后会有期。"姬晓峰见情势不对,拱了拱手,抢步出门。

只听安提督叫道:"大家各归原座,不可嘈吵!"

程灵素装了一筒烟,狂喷了几口,跟着又走到厅左厅右,一面喷烟,一面掂起了脚在人丛中瞧热闹。忽然有人叫道:"啊哟,肚子好痛!"他叫声甫歇,四周都有人叫了起来:"啊哟,啊哟!肚痛,肚痛。"程灵素回到胡斐和圆性身边,使个眼色,抱住肚子叫道:"啊唷,好痛,好痛,中了毒啦!"

那自称"毒手药王"的石万嗔肚中也剧烈疼痛,急忙取出一束药草,打火点燃了。他点燃药草,原是意欲解毒,程灵素早料到了此着,躲在人丛中叫道:"毒手药王放毒,毒手药王放毒!"胡斐跟着叫道:"快,快制住他,毒手药王要毒死福大帅。"

一片混乱之中,众人哪里还能分辨到底毒从何来,心中震于"毒手药王"的威名,认定他一出手便是下毒,何况自己肚中正在痛不可当,眼见他手中药草已经点燃,烧出白烟,料想这烟自然剧毒无比,中者立毙,谁也不敢走近制止。只听飕飕飕响声不绝,四面八方的暗器都向石万嗔射了过去。

那石万嗔的武功也真了得,虽然在霎时之间成为众矢之的,竟是临危不乱,一矮身,掀翻一张方桌,横过来挡在身前,只听得辟辟拍拍,犹似下了一层密密的冰雹,数十枚暗器尽数打在桌面之上。他大声叫道:"有人在茶酒之中下了毒药,和我何干?"

此番前来赴会的江湖豪客之中,原有许多人想到福康安招集天下掌门人聚会,只怕暗中安排下阴谋毒计,要将武林中的好手一网打尽。须知"儒以文乱法,侠以武犯禁",历来人主大臣,若不能网罗文武才士以用,便欲加之斧钺而灭,以免为患民间,扇动天下。这时听到石万嗔大叫:"有人在茶酒之中下了毒药",个个心惊肉跳,至于福康安自己和众卫士其实也是肚中疼痛,旁人自然不知。

当下厅上更加大乱起来,许多人低声互相招呼:"快走快走,福大帅要毒死咱们。""要命的快逃!""快回寓所去服解毒药物。"

程灵素在烟管中装了药物,喷出毒烟,大厅上人人吸进,无一得以幸免。这毒烟倒不是致命之物,但吸进者少不免头疼腹痛,痛上大半个时辰方罢。这一招大是厉害,不但使众卫士疑心石万嗔下毒,更使群豪以为福康安有意暗害,大乱之中,她和胡斐、圆性便可乘机脱身。

眼见群豪纷纷夺门而走,但圆性却正和汤沛斗得甚是激烈。

原来汤沛乘着混乱,打倒了拿住他的卫士,便欲逃走,却给圆性抢上截住。汤沛为人虽然奸恶,武功修为却是极高,心下恼恨圆性阴谋诬陷,一柄青钢剑招势凌厉,剑剑刺向她的要害。圆性左手持着云帚,右手舞动软鞭,也是立意要将这杀母之仇毙于鞭下。

说到武功,圆性胜在鞭法精妙,汤沛却是内力浑厚得多,一二百招之内难分胜负,长斗下去还是汤沛会占到上风,只是他吸了毒烟,肚腹剧痛,也道中了厉害的毒药,生怕一经使力,毒性发作更快,加之众卫士虎视在旁,若非人人肚痛,早已一拥而上。他眼见圆性鞭法精妙,一时杀她不得,心中慌乱,急欲脱身。

但圆性如何肯让他逃走?她事先服了程灵素所给的解药,不怕毒烟,只是对汤沛脚底所发的无影银针却是颇为忌惮。她虽是有备而来,云帚中安上了一块专破镀银铁针的大磁石,但那银针究属太细,施放时又是无影无踪,绝无半点先兆,因此不敢过分逼近,只是舞动软鞭远攻。

这时王剑英、周铁鹪等早已保护福康安退入后堂。福康安传下号令,紧闭府门,谁都不许出去,一面急召太医,服食解毒药物。

群豪见府中卫士要关闭府门,更加相信福康安存心加害,此时面临生死关头,也顾不得背负一个"犯上作乱"的罪名,当即蜂拥而出。众卫士举兵刃拦阻,群豪便即还手冲门。自大厅以至府门须经三道门户,每一道门边都是乒乒乓乓的斗得甚是激烈。这次大会聚集了武林各家各派的高手,虽然真正第一流的清高之士并不赴会,但到来的却也均非寻常,众人齐心外冲,众卫士如何阻拦得住?

安提督按住了肚子,向大智禅师、无青子、田归农等一干高手说道:"奸人捣乱会场,各位但请安坐勿动。福大帅爱才下士,求贤若渴,对各位极是礼敬。各位千万不可起疑。"

海兰弼道:"这姓汤的是罪魁祸首,先拿他下来再说。"呛啷啷一响,从身边抖出黑龙双杖,走向厅心,攻向汤沛。

胡斐见圆性久战汤沛不下,在府中多耽一刻,便是多一分危机,顾不得身上有伤,抽出单刀,便也上前夹攻。汤沛大叫:"看我的银针!"胡斐、圆性、海兰弼三人都是一惊,凝神提防。

汤沛猛地纵起,破窗而出。圆性和胡斐一齐跃起,待要追出,只见银光闪动,一丛银针激射而至。胡斐倒翻一个筋斗避开。圆性急舞云帚,挡住射向身前的银针。就是这么慢得一慢,汤沛已逃得不知去向。只听"啊哟,啊哟!"砰、砰、砰数响,屋顶跌下三名卫士来,均是企图阻拦汤沛而被他一一刺落。

程灵素叫道:"毒死福大帅的凶手,你们怎地不捉?"众卫士大惊,都问:"福大帅被毒死了?"程灵素一扯圆性和胡斐的衣袖,低声道:"快走!"三人冲向厅门。

出门之际,胡斐和圆性不自禁都回过头来,向尸横就地、被人践踏了一阵的凤天南看去。胡斐心想:"你一生作恶,今日终遭此报。"圆性的心情却是杂乱得多:"你害得我可怜的妈妈好苦。可是你……你终究是我亲生的爹爹。"

三人奔出大门,几名卫士上来拦阻。圆性挥软鞭卷倒一人,胡斐左掌拍在一人肩头,掌力一吐,将那卫士震出数丈,跟着右脚反踢,又踢飞了一名卫士。

此刻天已大明,府门外援兵陆续赶到。三人避入了一条小胡同中。胡斐道:"马姑娘失了爱子,不知如何?"圆性道:"那姓蔡的老头派人将马姑娘和两个孩儿送给福康安,我途中拦截,一人难以分身,只救了马姑娘出来。"胡斐道:"那好极了。多谢你啦!"

圆性道:"我将马姑娘安置在城西郊外一所破庙之中,往返转折,由此到得迟了。"胡斐沉吟道:"那蔡威不知如何得悉马姑娘的真相,难道是我们露了破绽么?"程灵素道:"定是他偷偷去查问马姑娘。马姑娘昏昏沉沉之中,便说了出来。"

胡斐道:"必是如此。福康安在会中倒没下令捉我。"圆性道:"若不是程家妹子施这巧计,只怕你难以平安出此府门。"胡斐点了点头道:"咱们今日搞散福康安的大会,教他图谋成空,只可惜让汤沛逃了。"转头对圆性道:"这恶贼身败名裂,姑娘……你的大仇已报了一半,咱们合力找他,终不成他能逃到天边。"

圆性黯然不语,心想我是出家人,现下身份已显,岂能再长时跟你在一起。

程灵素道:"少时城门一闭,到处盘查,再要出城便难了。咱们还是赶紧出城。"

当下三人回到下处取了随身物品,牵了骆冰所赠的白马。程灵素笑道:"胡大爷,你赢来的这所大宅,只好还给那位周大人啦。"胡斐笑道:"他帮了咱们不少忙,且让他升官之后,再发笔财。"他虽强作笑语,但目光始终不敢和圆性相接。

三人知道追兵不久便到,不敢在宅中多作逗留,赶到城门,幸好闭城之令尚未传到。出得城来,由圆性带路,来到马春花安身的破庙。

那座庙宇远离大路,残瓦颓垣,十分破败,大殿上的神像青面凹首,腰围树叶,手里拿了一束青草放在口中作咀嚼之状,原来是尝百草的神农氏。圆性道:"程家妹子,到了你老家来啦,这是座药王庙。"

三人走进厢房,只见马春花卧在炕上的稻草之中,气息奄奄,见了三人也不相识,只是不住口的低声叫唤:"我的孩儿呢,我的孩儿呢?"

程灵素搭了搭她的脉,翻开她眼皮瞧了瞧。三人悄悄退出,回到殿上。程灵素低声道:"不成啦!她受了震荡,又吃惊吓,再加失了孩子,三件事夹攻,已活不到明日此刻。便是我师父复生,只怕也已救她不得。"

胡斐瞧了马春花的情状,便是程灵素不说,也知已是命在顷刻,想起商家堡中她昔日相待之情,不禁怔怔的流下泪来。他自在福康安府中见到袁紫衣成了尼姑圆性,心中一直郁郁,此刻眼泪一流,触动心事,竟是再也忍耐不住,呜呜咽咽的哭了起来。

程灵素和圆性如何不明白他因何伤心?程灵素道:"我再去瞧瞧马姑娘。"缓步走进厢房。

圆性给他这么一哭,眼圈也早红了,颤声说道:"胡大哥,多谢你待我的一片……一片……"说到这里,不知如何再接续下去。

胡斐泪眼模糊的抬起头来,道:"你……你难道不能……不能还俗吗?待杀了那姓汤的,报了父母大仇,不用再做尼姑了。"

圆性摇头道:"千万别说这样亵渎我佛的话。我当年对师父立下重誓,皈依佛祖。身入空门之人,再起他念,已是犯戒,何况……何况其他?"说着长长叹了口气。

两人呆对半晌,心中均有千言万语,却不知从何说起。

圆性低声道:"程姑娘人很好,你要好好待她。你以后别再想着我,我也永远不会再记到你。"

胡斐心如刀割,道:"不,我永远永远要想着你,记着你。"圆性道:"徒然自苦,复有何益?"一咬牙,转身走出庙门。

胡斐追了出去,颤声道:"你……你到哪里去?"圆性道:"你何必管我?此后便如一年之前,你不知世上有我,我不知世上有你,岂不干净?"

胡斐一呆,只见她飘然远去,竟是始终没转头回顾。胡斐身子摇晃,站立不定,坐倒在庙门外的一块大石之上,凝望着圆性所去之处,唯见一条荒草小路,黄沙上印着她浅浅的足印。

他心中一片空白,似乎在想千百种物事,却又似什么也不想。

也不知过了多少时候,忽听得前面小路上隐隐传来一阵马蹄声。胡斐一跃而起,心中第一个念头便是:"她又回来了。"但立即知道是空想,圆性去时并未骑马,何况所来的又非一乘一骑。但听蹄声并非奔驰甚急,似乎也不是追兵。

过了片时,蹄声渐近,九骑马自西而来。胡斐凝目一看,只见马上一人相貌俊秀,四十岁不到年纪,却不是福康安是谁?

胡斐一见福康安,心下狂怒不可抑止,暗想:"此人执掌天下兵马大权。满清欺压汉人,除了当今皇帝乾隆之外,罪魁祸首,便要数到此人了。他对马姑娘负情薄义,害得她家破人亡,命在顷刻。他以兵部尚书之尊,忽然来到郊外,随身侍从自必都是一等一的高手,我虽然只有二妹相助,也要挫挫他的威风。纵使杀他不了,便是吓他一吓,也是好的。"当下走到路心,双手在腰间一叉,怒目向着福康安斜视。

乘马的九人忽见有人拦路,一齐勒马。

但见福康安不动声色,显是有恃无恐,只说声:"劳驾!"胡斐戟指骂道："你做的好事！你还记得马春花么？"

福康安脸色忧郁，似有满怀心事，淡淡的道："马春花？我不记得是谁。"

胡斐更加愤怒，冷笑道："嘿嘿，你跟马春花生下两个儿子，不记得了么？你派人杀死她的丈夫徐铮，不记得了么？你母子两人串通，下毒害死了她，也不记得了么？"

福康安缓缓摇了摇头，说道："尊驾认错人了。"他身旁一个独臂道人哈哈笑道："这是个疯子，在这里胡说八道，什么马春花、牛秋花。"

胡斐更不打话，纵身跃起，左拳便向福康安面门打去。这一拳乃是虚势，不待福康安伸臂挡架，右手五指成虎爪之形，拿向他的胸口。他知道如果一击不中，福康安左右卫士立时便会出手，因此这一拿既快且准，有如星驰电掣，实是他生平武学的力作，料想福康安身旁的卫士本事再高，也决计不及抢上来化解这一招迅雷不及掩耳的虎爪擒拿。

福康安"噫"的一声，径不理会他的左拳，右手食指和中指陡然伸出，成剪刀之形，点向他右腕的"会宗穴"和"阳池穴"，出手之快，指法之奇，胡斐生平从所未见。

在这电光石火般的一瞬之间，胡斐心头猛地一震，立即变招，五指一勾，便去抓他两根点穴的手指，只消抓住了一扭，非教他指骨折断不可。岂知福康安武功俊极，竟不缩手，其余三根手指一伸，翻成掌形，手臂不动，掌力已吐。

凡是伸拳发掌，必先后缩，才行出击，但福康安这一掌手臂已伸在外，竟不弯臂，掌力便即送出，招数固是奇幻之极，内力亦是雄浑无比。

胡斐大骇，这时身当虚空，无法借力，当下左掌急拍，砰的一响，和福康安双掌相交，刹那间只感胸口气血翻腾，借势向后飘出两丈有余。他吸一口气，吐一口气，便在半空之中，气息已然调匀，轻飘飘的落在地下，仍是神完气足，稳稳站定。只听得八九个声音齐声喝采:"好!"

看那福康安时,但见他身子微微一晃,随即坐稳,脸上闪过一丝惊讶,立时又回复了先前郁郁寡欢的神气。

胡斐自纵身出击至飘身落地,当真只是一霎眼间,可是这中间两人虚招、擒拿、点穴、扭指、吐掌、拚力、跃退、调息,实已交换了七八式最精深的武学变化。相较之下虽是胜败未分,但一个出全力以搏击,一个随手挥送,潇洒自如,胡斐显已输了一筹。

胡斐万料不到福康安竟有这等精湛超妙的武功,怔怔的站着,心中又是惊奇,又是佩服,可又掩不住满腔愤怒之情。

只听那独臂道人笑道:"傻小子,知道认错人了吗?还不磕头陪罪?"

胡斐侧头细看,这人明明是福康安,只是装得满脸风尘之色,又换上了一身敝旧衣衫,但始终掩不住那股发号施令、统率豪雄的尊贵气象,如果这人相貌跟福康安极像,难道连大元帅的气度风华也学得如此神似?

胡斐呆了一呆,心想:"这一干人如此打扮,必是另有阴谋,我可不上这个当。"纵声叫道:"福康安,你武功很好,我比你不上。可是你做下这许多伤天害理之事,我明知不敌,终是放你不过,你记住了。"

福康安淡淡的道:"小兄弟,你武功很俊啊。我可不是福康安。你尊姓大名?"胡斐怒道:"你还装模作样,戏耍于我,难道你不知道我名字么?"

福康安身后一个四十来岁的高大汉子朗声说道:"小兄弟,你气概很好,当真是少年英雄,佩服佩服。"胡斐向他望了一眼,但见他双目中神光闪烁,威风凛凛,显是一位武功极强的高手,心中油然而生钦服之心,说道:"阁下如此人才,何苦为满洲贵官作鹰犬?"那大汉微微一笑,道:"北京城边,天子脚下,你胆敢说这样的话,不怕杀头么?"胡斐昂然道:"今日事已至此,杀头便杀,又怕怎地?"

要知胡斐本来生性谨细，绝非莽撞之徒，只是他究属少年，血气方刚，眼看马春花被福康安害得这等惨法，激动了侠义之心，一切全豁了出去，什么也不理会了。

也说不定由于他念念不忘的美丽姑娘忽然之间变成了一个尼姑，令他觉得世情惨酷，人生悲苦，要大闹便大闹一场，最多也不过杀头丧命，又有什么大不了？

他手按刀柄，怒目横视着这马上九人。只见那独臂道人一纵下马，也没见他伸手动臂，只是眼前青光一闪，他手中已多了一柄长剑，拔剑手法之快，实是生平从所未见。

胡斐暗暗吃惊："怎地福康安手下收罗了这许多高手人物？昨日掌门人大会之中，如有这些人在场镇压，说不定便闹不成乱子。"他生怕独臂道人挺剑刺来，斜身略闪，拔刀在手。那道人笑道："看剑！"但见青光闪动，在一瞬之间，竟已连刺八剑。

这八剑迅捷无比，胡斐哪里瞧得清剑势来路，只得顺势挥刀招架。他家传的胡家刀法实是非同小可，那独臂道人八剑虽快，还是一一被他挡住。八剑来，八刀挡，当当当当当当当当，连响八下，清晰繁密，干净利落，胡斐虽然略感手忙脚乱，但第九刀立即自守转攻，回刀斜削出去。那独臂道人长剑一掠，刀剑粘住，却半点声音也不发出来。

马上诸人又是齐声喝采："好剑法，好刀法！"

福康安道："道长，走吧，别多生事端了。"那道人不敢违拗主子之言，应道："是！"可是他见胡斐刀法精奇，斗得兴起，颇为恋恋不舍，翻身上马，说道："好小子，刀法不错啊！"胡斐心中钦佩，道："好道人，你的剑法更好！"但跟着冷笑道："可惜，可惜！"

那道人瞪眼道："可惜什么？我剑法中有何破绽？"胡斐道："可惜你剑法中毫无破绽，为人却有大大的破绽。一个武林高手，却去做满洲贵官的奴才。"

那道人仰天大笑，说道："骂得好，骂得好！小兄弟，你有胆子再跟我比比剑么？"胡斐道："有什么不敢？最多是比你不过，给你杀了。"那道人道："好，今晚三更，我在陶然亭畔等你。你要是怕了，便不用来。"

胡斐昂然道："大丈夫只怕正人君子，岂怕鹰犬奴才！"

那些人都是大拇指一翘，喝道："说得好！"纵马而去，有几人还是不住的回头。

当胡斐和那独臂道人刀剑相交之时，程灵素已从庙中出来，见到福康安时也是大为吃惊，这时见九人远去，说道："大哥，怎地福康安到了这里？今晚你去不去陶然亭赴约？"

胡斐沉吟道："难道他真的不是福康安？那决计不会。我骂他那些卫士侍从是鹰犬奴才，他们怎地并不生气，反而赞我说得好？"听程灵素又问："今晚去不去赴约？"便道："自然去啊。二妹，你在这里照料马姑娘吧。"程灵素摇头道："马姑娘是没什么可照料的了。她神智已失，支撑不到明天早晨。你约斗强敌，我怎能不去？"

胡斐道："你拆散了福康安苦心经营的掌门人大会，此刻他必已查知其中原委。你若和我同去，岂不凶险？"程灵素道："你孤身赴敌，我如何放心得下？有我在一旁照料，总是多一个帮手。"胡斐知她决定了的事无法违拗，这义妹年纪小小，心志实比自己坚强得多，也只得由她。

程灵素轻声问道："袁……袁姑娘，她走了吗？"胡斐点点头，心中一酸，转过身来，走入庙内。他走进厢房，只听马春花微弱的声音不住在叫："孩子，孩子！福公子，福公子，我要死了，我只想再见你一面。"胡斐又是一阵心酸："情之为物，竟是如此不可理喻。福康安这般待她，可是她在临死之时，还是这样的念念不忘于他。"

两人走出数里，找到一家农家，买了些白米蔬菜，做了饭饱餐一顿，回来在神农庙中陪着马春花，等到初更天时，便即动身。胡斐和程灵素商量，福康安手下的武士邀约比武，定是不怀善意，不如早些前往，暗中瞧瞧他们有何阴谋布置。

那陶然亭地处荒僻，其名虽曰陶然，实则是一尼庵，名叫"慈悲庵"，庵中供奉观音大士。

胡斐和程灵素到得当地，但见四下里白茫茫的一片，都是芦苇，西风一吹，芦絮飞舞，有如下雪，满目尽是肃杀苍凉之气。

忽听"啊"的一声，一只鸿雁飞过天空。程灵素道："这是一只失群的孤雁了，找寻同伴不着，半夜里还在匆匆忙忙的赶路。"忽听芦苇丛中有人接口说道："不错。地匝万芦吹絮乱，天空一雁比人轻。两位真是信人，这么早便来赴约了。"

胡程二人吃了一惊："我们还想来查察对方的阴谋布置，岂知他们早便到处伏下了暗桩，这人出口成诗，看来也非泛泛之辈。"胡斐朗声道："奉召赴约，敢不早来？"

只见芦苇丛中长身站起一个满脸伤疤、身穿文士打扮的秀才相公，拱手说道："幸会，幸会。只是请两位稍待，敝上和众兄弟正在上祭。"胡斐随口答应，心下好生奇怪："福康安半夜三更的，到这荒野之地来祭什么人？"

蓦地里听得一人长声吟道："浩浩愁，茫茫劫。短歌终，明月缺。郁郁佳城，中有碧血。碧亦有时尽，血亦有时灭，一缕香魂无断绝。是耶？非耶？化为蝴蝶。"

吟到后来，声转呜咽，跟着有十余人的声音，或长叹，或低泣，中间还夹杂着几个女子的哭声。

胡斐听了那首短词，只觉词意情深缠绵，所祭的墓中人显是一个女子，而且"碧血"云云，又当是殉难而死，静夜之中，听着那凄切的伤痛之音，触动心境，竟也不禁悲从中来，便想大哭一场。

过了一会，悲声渐止，只见十余人陆续走上一个土丘。

胡斐身旁的那秀才相公叫道："道长，你约的朋友到啦。"那独臂道人说道："妙极，妙极！小兄弟，咱们来拼斗三百合。"说着纵身奔下土丘。胡斐便迎了上去。

那道人奔到离胡斐尚有数丈之处，蓦地里纵身跃起，半空拔剑，借着这一跃之势，疾刺过来。这一刺出手之快，势道之疾，实是威不可当。胡斐见他如此凶悍，激起了少年人的刚强之气，也是纵身跃起，半空拔刀。两人在空中一凑合，当当当当四响，刀剑撞击四下，两人一齐落下地来。

这中间那道人攻了两剑，胡斐还了两刀。两个人四只脚一落地，立时又是当当当当当当六响。土丘之上，采声大作。

那道人剑法凌厉，迅捷无伦，在常人刺出一剑的时刻之中，往往刺出了四五剑。胡斐心想："你会快，难道我便不会。"展开"胡家快刀"，也是在常人砍出一刀的时刻之中砍出了四五刀。相较之下，那道人的剑刺还是快了半分，但剑招轻灵，刀势沉猛，胡斐的刀力，却又比他重了半分。

两人以快打快，什么腾挪闪避，攻守变化，到后来全说不上了，直是闭了眼睛狠斗，只听叮叮当当刀剑碰撞，如冰雹乱落，如众马奔腾，又如数面羯鼓同时击打，繁音密点，快速难言。

那独臂道人一面狠斗，一面大呼："痛快，痛快！"剑招越来越是凌厉。胡斐暗暗心惊，陡逢强敌，当下将生平所学尽数施展出来，刀法之得心应手实是从所未有，自己独个儿练习之时，哪有这等快法？原来他这胡家刀法精微奇奥之处甚多，不逢强敌，数招间即足取胜，其妙处不显，这时给那独臂道人一逼，才现出刀法中的绵密精巧来。

那独臂道人一生不知经历过多少大阵大仗，当此快斗之际，竭力要寻这少年刀法中的破绽，可是只见他刀刀攻守并备，不求守而自守，不务攻却猛攻，每一招之后，均伏下精妙的后着，哪里有破绽可寻？

这独臂道人的功力实比胡斐深厚得多，倘若并非快斗，胡斐和他见招拆招，自求变化，独臂道人此时已然得胜。但越打越快之后，胡斐来不及思索，只是将平素练熟了一套"快刀"使将出来应付。这路"快刀"乃明末大侠"飞天狐狸"所创，传到胡斐之父胡一刀手上，又加了许多变化妙着。此时胡斐持之临敌，与胡一刀亲自出阵已无多大分别，所差者只是火候而已。

不到一盏茶时分，两人已拆解了五百余招，其快可知。时刻虽短，但那道人已是额头见汗，胡斐亦是汗流浃背，两人都可听到对方粗重的呼吸。

此时剧斗正酣，胡斐和那独臂道人心中却都起了惺惺相惜之意，只是剑刺刀劈，招数绵绵不绝，谁也不能先行罢手。

刀剑相交，叮当声中，忽听得一人长声呼哨，跟着远处传来兵刃碰撞和吆喝之声。那独臂道人一声长笑，托地跳出圈子，叫道："且住！小兄弟，你刀法很高，这当口有敌人来啦！"

胡斐一怔之间，只见东北角和东南角上影影绰绰，有六七人奔了过来。黑夜中刀光一闪一烁，这些人手中都持着兵刃。又听得背后传来吆喝之声，胡斐回过头来，见西北方和西南方也均有人奔到，约略一计，少说也有二十人之谱。

独臂道人叫道："十四弟，你回来，让二哥来打发。"那指引胡斐过来的书生手持一根黄澄澄的短棒模样兵刃，本在拦截西北方过来的对手，听到独臂道人的叫唤，应道："好！"手中兵刃一挥，竟然发出呜呜声响，反身奔上小丘，和众人并肩站立。

月光下胡斐瞧得分明，福康安正站在小丘之上，他身旁的十余人中，还有三四个是女子。胡斐大喜："四面八方来的这些人都和福康安为敌，不知是哪一家的英雄好汉？瞧这些人的轻身功夫，武功都非寻常。我和他们齐心协力，将福康安这奸贼擒住，岂不是好？"但转念又想："福康安这恶贼想不到武功竟是奇高，手下那些人又均是硬手，瞧他们这般肆无忌惮的模样，莫非另行安排下阴谋？"

正自思疑不定，只见四方来人均已奔近，一看之下，更是大惑不解,奔来的二十余人之中,半数是身穿血红僧袍的藏僧,余人穿的均是清宫卫士的服色。他纵身靠近程灵素,低声道:"二妹,咱们果然陷入了恶贼的圈套,敌人里外夹攻,无法抵挡。向正西方冲!"

程灵素尚未回答,清宫卫士中一个黑须大汉越众而出,手持长剑,大声说道:"是无尘道人么?久仰你七十二路追魂夺命剑天下无双,今日正好领教。"那独臂道人冷冷的道:"你既知无尘之名,尚来挑战,可算得大胆。你是谁?"

胡斐听了那黑须卫士的话,禁不住脱口叫道:"是无尘道长?"无尘笑道:"正是!赵三弟夸你英雄了得,果然不错。"胡斐惊喜交集,道:"可是……可是,那福康安……我赵三哥呢?"

那黑须大汉回答无尘的话道:"在下德布。"无尘道:"啊,你便是德布。我在回疆听人言道:最近皇帝老儿找到了一只牙尖爪利的鹰犬,叫作什么德布,称做什么'满洲第一勇士',是个什么御前侍卫的头儿。便是你了?"他连说三个"什么",只把德布听得心头火起,喝道:"不错!你既知我名,还敢到天子脚下来撒野,当真是活得不耐烦了……"

他"不耐烦了"四字刚脱口,寒光一闪,无尘长剑已刺向身前。德布横剑挡架,当的一响,双剑相交,嗡嗡之声不绝,显是两人剑上劲力均甚浑厚。无尘赞了声:"也还可以!"剑招源源递出。德布的剑招远没无尘快捷,但门户守得极是严密,偶而还刺一剑,却也十分的狠辣,那"满洲第一勇士"的称号,果然并非幸致。

胡斐曾听圆性说过,红花会二当家无尘道人剑术之精,当世数一数二,想不到自己竟能和他拆到数百招不败,不由得心头暗喜,又想:"幸亏我不知他便是无尘道长,否则震于他的威名,心中一怯,只怕支持不到一百招便败下来了。"又想:"他是红花会英雄,赵三哥的朋友,然则那福康安,难道当真是我认错了人?"

正自凝神观看无尘和德布相斗,两名清宫侍卫欺近身来,喝道:"抛下兵器!"胡斐道:"干什么?"一名侍卫道:"你胆敢拒捕么?"胡斐道:"拒捕便怎样?"那侍卫道:"小贼好横!"举刀砍将过来。胡斐闪身避开,还了一刀。岂知另一名侍卫手中一柄铁锤蓦地里斜刺打到,击在胡斐的刀口之上,此人膂力甚大,兵器又是奇重。胡斐和无尘力战之余,手臂隐隐酸麻,一个拿捏不住,单刀脱手,直飞起来。那人一锤回转,便向他背心横击。

胡斐兵刃离手,却不慌乱,身形一闪,避开了他的铁锤,顺势一个肘槌,撞正他腰眼。那人大声叫道:"啊哟!好小子!"痛得手中铁锤险些跌落。跟着又有两名侍卫上来夹攻,一个持鞭,一个挺着一枝短枪。

程灵素叫道:"大哥,我来帮你。"抽出柳叶刀,欲待上前相助。胡斐道:"不用,且瞧瞧你大哥空手入白刃的手段。"程灵素见他在四个敌人之间游走闪避,情势似乎甚险,但听他说得悠闲自在,又知他武功了得,便站在一旁,挺刀戒备。

胡斐展开从小便学会的"四象步法",东跨一步,西退半步,在四名高手侍卫之间穿来插去。他这"四象步"按着东苍龙、西白虎、北玄武、南朱雀四象而变,每象七宿,又按二十八宿之形再生变化。敌人的四件兵刃有轻有重,左攻右击,可是他步法奇妙,往往在间不容发之际避过敌人兵刃,有时相差不过数寸之微,可就是差着这几寸,便即夷然无损。程灵素初时还担着老大心事,但越瞧越是放心,到后来瞧着他精妙绝伦的步法,竟有点心旷神怡起来。

这四名侍卫都是满洲人,未入清宫之时,号称"关东四杰",都算得是一流高手。胡斐凭着巧妙的"四象步"自保,可是几次乘隙反击,却也未曾得手,每一次都是反遇凶险,一转念间,已明其理,原来适才和无尘道人剧斗,耗力太多,这时元气未复,一到紧要关头,待要动用真力,总是差之厘毫,不能发挥拳招中的精妙之着。他一经想通,当即平心静气,只避不攻,在四名侍卫夹击之下缓缓调匀气息。

那边无尘急攻数十招,都给德布一一挡开,却不禁焦躁起来,暗道:"十年不来中原,今日首次出手便是不利。难道当真老了,不中用了?"其实这德布的武功实是大有过人之处,何况无尘不过心下焦躁,德布却已背上冷汗淋漓,越打越怕,但觉对手招数神出鬼没,出剑之快,实非人力之所能及,暗想自己纵横天下,从未遇到过这般劲敌,待要认输败退,却想今日一败,这"赐穿黄马褂、御前侍卫班领、满洲第一勇士、统领大内十八高手"一长串的衔头却往哪里搁去?想到此处,把心一横,豁出了性命,奋力抵挡。

无尘眼见胡斐赤手空拳,以一敌四,自己手中有剑,却连一个敌人也拾夺不下,他生性最是好胜,这脾气愈老弥甚,当下一剑快似一剑,着着抢攻,步步占先。德布见敌人攻势大盛,剑锋织成了一张光幕,自己周身要害尽在他剑光笼罩之下,自知不敌,数度想要招呼下属上来相助,但一想到"大伙儿齐上"这五个字一出口,一生英名便是付于流水,总是强行忍住,心想自己方当壮年,这独臂道人年事已高,剑招虽狠,自己只要久战不屈,拖得久了,对方气力稍衰,便有可乘之机。

无尘高呼酣战,精神愈长。众侍卫瞧得心下骇然,但见两人剑光如虹,使的是什么招数早已分辨不清。

小丘上众人也是一声不响,静观两人剧斗,眼见无尘渐占上风,都想:"道长英风如昔,神威不减当年,可喜可贺!"

猛听得无尘大叫一声:"着!"当的一响,一剑刺在德布胸口,跟着又是喀喇一声,手中长剑已然折断。原来德布衣内穿着护胸钢甲,这一剑虽然刺中,他却毫无损伤,反而折了对方长剑。无尘一怔之下,德布已一剑刺中他右肩。

小丘上众人大惊,两人疾奔冲下救援。只听得无尘喝道:"牛头掷叉!"手中断剑飞出,刺入了德布的咽喉。德布大叫一声,往后便倒。

无尘哈哈大笑,说道:"是你赢,还是我赢?"德布颈上中了断剑,虽不致命,却已斗志全失,颤声道:"是你赢!"无尘笑道:

"你接得我许多剑招,又能伤我肩头,大是不易!好,瞧在你刺伤我一剑的份上,饶了你的性命!"

两名侍卫抢上扶起德布,退在一旁。

无尘得意洋洋,肩伤虽然不轻,却是漫不在乎,缓缓走上土丘,让人替他包扎伤口,兀自指指点点,评论胡斐的步法。

胡斐内息绵绵,只觉精力已复,深深吸一口气,猛地抢攻,霎息间拳打足踢,但听得"啊哟!""哎呀!"四声呼叫,单刀、铁锤、钢鞭、花枪,四般兵刃先后飞出。胡斐飞足踢倒两人,拳头打晕一人,跟着左掌掌力一吐,将最后一名卫士打得口喷鲜血,十几个筋斗滚了出去。

但听得小丘上众人采声大作。无尘的声音最是响亮:"小胡斐,打得妙啊!"

土丘上采声未歇,又有五名侍卫欺近胡斐身边,却都空手不持兵刃。左边一人说道:"大家空手斗空手!"胡斐道:"好!"刚说得一个"好"字,突觉双足已被人紧紧抱住,跟着背上又有一人扑上,手臂如铁,扼住了他的头颈,同时又有一人抱住了他腰,另外两人便来拉他双手。

原来这一次德布所率领的"大内十八高手"倾巢而出。那"大内十八高手",乃是"四满、五蒙、九藏僧"。乾隆皇帝自与红花会打了一番交道后,从此不信汉人,近身侍卫一个汉人也不用,都是选用满洲、蒙古、西藏的勇士充任。这四满、五蒙、九藏僧,尤为大内侍卫中的精选。这五个蒙古侍卫擅于摔跤相扑之技,胡斐一个没提防,已被缠住。

他一惊之下,随即大喜:"这擒拿手法,正是我家传武功之所长。"但觉双手均被拉住,当下身子向后仰跌,双手顺势用劲,自外朝内一合,砰的一声,拉住他双手的两名侍卫脑门碰脑门,同时昏晕过去。

胡斐双手脱缚,反过来抓住扼在自己颈中的那只手,一扭之下,喀的一声,那人腕骨早断,跟着喀喀两响,又扭断了抱住他腰那侍卫的臂骨。

这五名蒙古侍卫摔跤之技甚是精湛，汉满蒙回藏各族武士中极少敌手。但摔跤讲究的是将对手摔倒压住，胡斐这般小巧阴损的断骨擒拿，却是摔跤的规矩所不许。两名侍卫骨节折断，心中大是不忿，虽已无力再斗，却齐声怒叫："犯规，犯规！"倒是叫得理直气壮。

胡斐笑道："打架还有规矩么？你们五个打我一个，犯不犯规？"两名蒙古侍卫一想不错，五个打一个是先坏了规矩，那"犯规"两字便喊不出口了。

余下那人兀自死命抱住胡斐双腿，一再用劲，要将他摔倒。胡斐喝道："你放不放手？"那人叫道："自然不放。"胡斐左手抓下，捏住了他背心上"大椎穴"。那人登时全身麻软，双手只得松开。胡斐提起他身子，双手使劲，"嘿"的一声，将他掷出数丈之外。但听得扑通一响，水花飞溅，原来他落下之处，竟是生长芦苇的一个烂泥水塘。那人摔得头昏脑胀，陷身污泥之中，哇哇大叫。

胡斐与四名满洲侍卫游斗甚久，打发这五名蒙古侍卫却是兔起鹘落，干净利落。旁观众人但见五名侍卫一拥而上，拖手拉足，将他擒住，跟着便是砰嘭、喀喇、啊哟，"犯规，犯规！"扑通，"哇哇！"诸般怪声不绝。四名侍卫委顿在地，一名侍卫飞越数丈，投身水塘。

这一次小丘上众人不再喝采，却是轰然大笑。

哄笑声中，红云闪处，九名藏僧已各挺兵刃将胡斐团团围住。这九人兵刃各不相同，或使戒刀，或使锡杖，更有些兵刃奇形怪状，胡斐从未见过，自也叫不出名目。眼见这九名藏僧气度凝重，人人一言不发，瞧着这合围之势，步履间既轻且稳，实是劲敌。九僧错错落落，东站一个，西站一个，似是布成了阵势。

胡斐手中没有兵刃，不禁心惊，脑中一闪："向二妹要刀呢，还是夺敌人的戒刀？"

忽听得小丘上一人喝道:"小兄弟,接刀!"只见一柄钢刀自小丘上掷了下来,破空之声,呜呜大作,足见这一掷的劲道大得惊人。胡斐心想:"赵三哥的朋友果然个个武艺精强。要这么一掷,我便办不到。"

这一刀飞来,首当其冲的两名藏僧竟是不敢用兵刃去砸,分向左右一跃闪开。胡斐心念快如电光般的一闪:"这阵法不知如何破得?他二人闪避飞刀,正好乘机扰乱。"

他念头转得极快,那单刀也是来得极快。他心念甫动,白光闪处,一柄背厚刃薄的钢刀挟着威猛异常的破空之声已飞到面前。胡斐却不接刀,手指在刀柄上一搭,轻轻拨动。那钢刀飞来之势甚猛,到他面前时兀自力道强劲,给他拨得掉过方向,激射而上,直冲上天。

九名藏僧均感奇怪,情不自禁的抬头而望。胡斐所争的便在这稍纵即逝的良机,欺身抢到手持戒刀的藏僧身畔,一伸手已将他戒刀夺过,霎时间展开"胡家快刀",手起刀落,一阵猛砍快剁,迅捷如风。这时下手竟不容情,九名藏僧无一得免,不是断臂,便是折足。九僧各负绝艺,只因一时失察,中了诱敌分心之计,顷刻之间,尽皆身受重伤,惨呼倒地。

这一场胡斐可说胜得极巧,也是胜得极险!

一轮快刀砍完,头顶那刀刚好落下,他掷开戒刀,伸手接住,刀一入手,只觉甚是沉重,比寻常单刀重了两倍有余,想见刀主膂力奇大,月光下映照一看,只见刀柄上刻着三字:"奔雷手!"

胡斐大喜,叫道:"多谢文四爷掷刀相助!"

蓦地背后一个苍老的声音叫道:"看剑!"话声未绝,风声飒然,已至背心。胡斐一惊:"此人剑法如此凌厉!"急忙回刀挡架,岂知敌剑已然撤回,跟着又是一剑刺到。胡斐反手再挡,又是挡了个空。

他急欲转身迎敌,但背后那敌人的剑招来得好不迅捷,竟是逼得他无暇转身。他心中大骇,急纵而前,跃出半丈,左足一落地,待要转身,不料敌人如影随形,剑招又已递到。这人在背后连刺五剑,胡斐接连挡了五次空,始终无法回身见敌之面。

胡斐恶斗半宵,和快剑无双的无尘道人战成平手,接着连伤四满、五蒙、九藏僧大内十八高手,不料到后来竟给人一加偷袭,逼得难以转身。

这已是处于必败之势,他惶急之下,行险侥幸,但听得背后敌剑又至,这一次竟不招架,向前一扑,俯卧向地,跟着一个翻身,脸已向天,这才一刀横砍,荡开敌剑。

只听敌人赞道:"好!"左掌拍向他的胸口。胡斐也是左掌拍出,双掌相交,只觉敌人掌力甚是柔和浑厚,但柔和之中,却隐隐藏着一股辛辣的煞气。胡斐猛然想起一事,脱口叫道:"原来是你!"

那人也叫道:"原来是你!"

原来两人手掌相交,均即察觉对方便是在福康安府暗中相救少年书生心砚之人,各自向后跃开数步。

胡斐凝神看时,见那人白须飘动,相貌古雅,手中长剑如水,却是武当派掌门人无青子,不由得一呆,一时不知他是友是敌。

只听无尘道人笑道:"菲青兄,你说我这个小老弟武功如何?"无青子笑道:"能跟无尘道人斗得上五百招,天下能有几人?老道当真是孤陋寡闻,竟不知武林中出了这等少年英雄。"说着长剑入鞘,上前拉着胡斐的手,好生亲热。

胡斐见他英气勃勃,哪里还是掌门人大会中所见那个昏昏欲睡的老道,甚以为奇。

无尘从小丘上走了下来,笑道:"小兄弟,这个牛鼻子,出家以前叫做绵里针陆菲青。你叫他一声大哥吧。"胡斐一惊,心道:"'绵里针陆菲青'当年威震天下,成名已垂数十年,想不到今日有幸和他交手。"急忙拜倒,说道:"晚辈胡斐,叩见道长。"忽听身后一个声音道:"按理说,你原是晚辈,可是,好兄弟,他是我的拜把子老哥啊。"

胡斐一跃而起，只见身后一人长袍马褂，肥肥胖胖，正是千臂如来赵半山。胡斐对这位义兄别来无日不思，伸臂紧紧抱住，叫道："三哥，你可想煞小弟了。"

赵半山拉着他转过身来，让月光照在他的脸上，凝目瞧了半晌，喜道："兄弟，你终于长大成人了。做哥哥的今日亲眼见你连败大内十八高手，实在是欢喜得紧。"

胡斐心中也是欢喜不尽。这时清宫众侍卫早已逃得干干净净。他当下拉了程灵素过来，和无尘、赵半山等引见。

赵半山道："兄弟，程家妹子，我带你们去见我们总舵主。"胡斐吃了一惊，道："陈总舵主……他……老人家也来了么？"无尘笑道："他早挨过你一顿痛骂啦，什么伤天害理，什么负心薄幸，只骂得他狗血淋头。哈哈！我们总舵主一生之中，只怕从未挨过这般厉害的臭骂。"胡斐这一惊更是非同小可，颤声道："那……那福康安……"

陆菲青微笑道："陈总舵主的相貌和福康安果然很像，别说小兄弟和他二人都不相熟，便是日常见面之人，也会认错。"无尘笑道："想当年在杭州城外，总舵主便曾假扮了福康安，擒住那个什么威震河朔王维扬……"

胡斐十分惶恐，道："三哥，你快带我去跟陈总舵主磕头赔罪。"赵半山笑道："不知者不罪。总舵主跟你交了一掌，很称赞你武功了得，又说你气节凛然，背地里说了你许多好话呢。"

两人还未上丘，陈家洛已率领群雄从土丘上迎了下来。胡斐拜倒在地，说道："小人瞎了眼珠，冒犯总舵主，实是罪该……"

陈家洛不等他说完，急忙伸手扶起，笑道："'大丈夫只怕正人君子，哪怕鹰犬奴才？'我今日一到北京，便听到这两句痛快淋漓之言。小兄弟，便凭你这两句话，我们便不枉了万里迢迢的走这一遭。"

当下赵半山拉着他一一给群雄引见。胡斐对这干人心仪已久，今晚亲眼得见，喜慰无已，对文泰来掷刀相助、骆冰赠送宝马，更是连连称谢，恭恭敬敬的交还了文泰来的钢刀，从地下拾起清宫侍卫遗下的一柄单刀，插入了腰间刀鞘。他自己的单刀为铁锤所击，刀口卷边，已然无用。跟着心砚过来向他道谢在福康安府中解穴相救之德。无尘逸兴横飞，指手划脚，谈论适才和胡斐及德布两人的斗剑，说今晚这两场架打得酣畅过瘾，生平少有。

陆菲青笑道："道长，说到武功，咱们这位小兄弟实是十分了得。可是还有一位少年英雄，比他更厉害十倍，你是决计斗他不过的。"无尘又是高兴，又是不服，忙问："是谁，是谁？这人在哪里？"陆菲青摇头道："你决非对手，我劝你还是别找他的好。"无尘道："呸！咱们老哥儿俩分手多年，一见面你就来胡吹。我不信有这等厉害人物。"

陆菲青道："昨晚福康安府中，天下各门各派掌门人大聚会，会中高手如云，各有各的能耐，各有各的绝技。这话不错吧？"无尘道："不错便怎样？"陆菲青道："心砚老弟去捣乱大会，失手被擒。赵三弟这等本事，也只抢得一只玉龙杯。西川双侠常氏兄弟驾临，只救了两个人出来。可是那位少年英雄哪，只不过眼睛一霎，便从七位高手的手中抢下七只玉龙杯，摔在地下砸得粉碎。他只喷得几口气，便叫福康安的掌门人大会烟飞灰灭，风消云散。道长，你斗不斗得过这位少年英雄？"

程灵素知他在说自己，脸儿飞红，躲到了胡斐身后。黑夜之中，人人都在倾听陆菲青说话，谁也没对她留心。

一个少年美妇说道："师父，我们只听说那掌门人大会给人搅散了局，到底是怎么回事？你快说吧！"这美妇是金笛秀才余鱼同之妻李沅芷。

陆菲青于是将一位"少年英雄"如何施巧计砸碎七只玉龙杯，如何喷烟下毒、使得人人肚痛、因而疑心福康安毒害天下英雄，如何众人在混乱中一哄而散，诸般情由，一一说了。群雄听了，无不赞叹。

无尘道："陆兄，你说了半天，这位少年英雄到底是谁，却始终没说。"陆菲青笑道："远在天边，近在眼前，这位程姑娘便是。"拉着胡斐的手，将他轻轻一拉，露出了程灵素的身子。

群雄"啊"的一声，一齐望着她，谁都不信这样一个瘦弱文秀的小姑娘，竟会将福康安这筹划经年的天下掌门人大会毁于指掌之间，可是陆菲青望重武林，岂能信口胡言？这却又不由得人不信。

原来陆菲青于十年前因同门祸变，师兄马真、师弟张召重先后惨死，武当派眼见式微，于是他接掌门户，着意整顿。因恐清廷疑忌，索性便出了家，道号无青子，十年来深居简出，朝廷也就没加注目。

这次福康安召开掌门人大会，一来武当派自来与少林派齐名，是武林中最大门派之一；二来念着武当名手火手判官张召重昔年为朝廷出力的功劳，又不知陆菲青的来历，便敦请武当派掌门人下山。陆菲青年纪虽老，雄心犹在，知道福康安此举必将不利于江湖同道，若是推辞不去，徒惹麻烦，当下孤身赴会，要探明这次大会真相，俟机行事，及至心砚为汤沛所擒，他便暗中出手相救。

陈家洛、霍青桐等红花会群雄自回疆来到北京，却为这日是香香公主逝世十年的忌辰，各人要到她墓上一祭。

福康安的掌门人大会被人搅散，又和武林各门派都结上了冤，自是恼怒异常，便派德布率队在城外各处巡查，见有可疑之人立即格杀擒拿。不意陶然亭畔一战，文泰来、赵半山等尚未出手，大内十八高手已尽数铩羽而遁。

陈家洛等深知清廷官场习气。德布等败得如此狼狈，红花会人物既未惊动皇亲大官，他们回去定是极力隐瞒，无人肯说在陶然亭畔遇敌，决不致调动军马前来复仇。此处虽离京城不远，却尽可放心逗留。群雄和陆菲青是故友重逢，和胡斐、程灵素是新知初会，自各有许多话说。

言谈之间,忽听得远远传来两下掌声,稍停一下,又是连拍三下。那书生打扮的"金笛秀才"余鱼同拍掌三下相应,一停之后,连拍两下。无尘道:"五弟、六弟来啦。"

只见掌声传来处飞驰过来两人,身形高瘦。胡斐在福康安府中见过,知是西川双侠常伯志、常赫志到了。只见他兄弟身后又跟着两人,手中各抱着一个孩子,奔到近处,见是双子门倪不大、倪不小兄弟。他二人手中抱的,竟然是马春花的一对双生儿子。

原来倪不大、倪不小看中了这对孩子,宁可性命不要,也是要去夺来。常氏兄弟原是双生兄弟,听了倪氏兄弟之言,激动心意,乘着掌门人大会一哄而散的大乱,混入福府内院。其时福康安和众卫士腹中正自大痛,均道身中剧毒,人人忙于服药解毒,常氏兄弟又是一等一的高手,毫不费力的打倒了七八名卫士,便又将这对孩子抢了出来。

胡斐见了这对孩子,想起马春花命在顷刻,不由得又喜又悲,猛地想起一事,对陈家洛道:"总舵主,晚辈有个极荒唐的念头,想求你一件事。"陈家洛道:"胡兄弟但说不妨。你我今日虽是初会,但神交已久,但教力之所及,无不依从。"

胡斐只觉这番话极不好意思出口,不禁颇为忸怩,红了脸道:"晚辈这个念头,实在是异想天开,说出来只怕各位见笑。"

陈家洛微笑道:"我辈所作所为,在旁人看来,哪一件不是荒唐之极?哪一件不是异想天开?"

胡斐道:"总舵主既不见怪,我便说了。"指着那两个孩童说道:"这两个孩童是福康安之子,他们的母亲却是命在垂危。"于是从当年在商家堡中如何和马春花相遇一段事说起,直说到马春花中毒不治。只听得群雄血脉贲张,无不大为愤怒。依无尘之见,立时便要赶进北京城中,将这无情无义的福康安一剑刺死。

红花会七当家武诸葛徐天宏道:"昨晚北京闹了这等大事出来,咱们若再贸然进城,福康安定然刺不到,说不定大伙还难以全身而退。"

陈家洛点头道："此刻福康安府门前后，不知有多少军马把守，如何下得了手？单是要混进城门，便是大大不易。我此番和各位兄弟同来，志在一祭，不可为了泄一时之愤，使众兄弟有所损折。胡兄弟，你求我做什么事？"

胡斐道："我见总舵主万里迢迢，从回疆来到北京，只是一祭墓中这位姑娘，情深义重，世所罕见。在下昔日曾受这位马姑娘一言之恩，无以为报，中心不安。眼见她临死之际，挂念两事，死难瞑目。一件是想念她两个爱子，天幸常氏双侠两位前辈已救了出来，另一件却是她想念福康安那奸贼，仍盼和他一叙。虽说她至死不悟，可笑亦复可怜，但情之所钟……"说到这里，心下黯然，已不知如何措词。

陈家洛道："我明白啦！你是要我假冒那个伤天害理、负心薄幸的福康安，去慰一慰这位多情多义的马姑娘？"胡斐低声道："正是！"

群雄觉得胡斐这个荒唐的念头果是异想天开之至，可是谁也笑不出来。

陈家洛眼望远处，黯然出神，说道："墓中这位姑娘临死之际，如能见我一面，那是多么的快活！可惜终难如愿……"转头向胡斐道："好，我便去见见这位马姑娘。"

胡斐好生感激，暗想陈家洛叱咤风云，天下英雄豪杰无不推服，自己只是个无名晚辈，今日初会，便求他去做这样一件荒诞不经之事，话一出口，心中便已后悔，他居然一口答允，以后这位总舵主便是要自己赴汤蹈火，也是在所不辞了。

群雄上了马，由胡斐在前带路，天将黎明时到了药王庙外。

胡斐双手携了孩子，伴同陈家洛走进庙去。只见一间阴森森的小房之中，一灯如豆，油已点干，灯火欲熄未熄。马春花躺在炕上，气息未断。

两个孩子扑向榻上，大叫："妈妈，妈妈！"马春花睁开眼来，见是爱子,陡然间精神一振,也不知哪里来的力气,将两个孩子紧紧搂在怀里,说道:"孩子,孩子,妈想得你好苦!"三个人相拥良久,她转眼见到胡斐,对两个孩子道:"以后你们跟着胡叔叔,好好听他的话……你们……拜了他作义……义……"

胡斐知她心意,说道:"好,我收了他们作义儿,马姑娘,你放心吧!"马春花脸露微笑,道:"快……快磕头,我好……好放心……"两个孩子跪在胡斐面前,磕下头去。

胡斐让他们磕了四个头,伸手抱起两人,低声道:"马姑娘,你还有什么吩咐么?"马春花道:"我死了之后,求你……求你将我葬……葬在我丈夫徐……师哥的坟旁……他很可怜……从小便喜欢我……可是我不喜欢……不喜欢他。"

胡斐突然之间,想起了那日石屋拒敌、商宝震在屋外林中击死徐铮的情景来,心中又是一酸,说道:"好,我一定办到。"没料到她临死之际,竟会记得丈夫,伤心之中倒也微微有些欢喜。他深恨福康安,听马春花记着丈夫,不记得那个没良心的情郎,那是再好不过。哪知马春花幽幽叹了口气,轻轻的道:"福公子,我多想再见你一面。"

陈家洛进房之后,一直站在门边暗处,马春花没瞧见他。胡斐摇了摇头,抱着两个孩儿,悄悄出房,陈家洛缓步走到她的床前。

胡斐跨到院子中时,忽听得马春花"啊"的一声叫。这声叫唤之中,充满了幸福、喜悦、深厚无比的爱恋。

她终于见到了她的"心上人"……

胡斐惘然走出庙门,忽听得笛声幽然响起,是金笛秀才余鱼同在树下横笛而吹。胡斐心头一震,在很久以前,在山东商家堡,依稀曾听人这样缠绵温柔的吹过。

这缠绵温柔的乐曲,当年在福康安的洞箫中吹出来,挑动了马春花的情怀,终于酿成了这一场冤孽。

金笛秀才的笛子声中,似乎在说一个美丽的恋爱故事,却也在抒写这场爱恋之中所包含的苦涩、伤心和不幸。庙门外每个人都怔怔地沉默无言，想到了自己一生之中甜蜜的凄凉的往事。胡斐想到了那个骑在白马上的紫衫姑娘，恨不得扑在地上大哭一场。即使是豪气逼人的无尘道长，也想到了很久很久以前，在很远很远的地方，那个美丽而又狠心的官家小姐，骗得他斩断了自己的一条臂膀……

笛声悠缓地凄凉地响着。

过了好一会儿，陈家洛从庙门里慢慢踱了出来。他向胡斐点了点头。胡斐知道马春花是离开这世界了。她临死之前见到了心爱的两个儿子，也见到了"情郎"。胡斐不知道她跟陈家洛说了些什么，是责备他的无情薄幸呢，还是诉说自己终生不渝的热情？除了陈家洛之外，这世上是谁也不知道了。

胡斐拜托常氏双侠和倪氏昆仲，将马春花的两个孩子先行带到回疆，他料理了马春花的丧事之后，便去回疆和众人聚会。

陈家洛率领群雄，举手和胡斐、程灵素作别，上马西去。

胡斐始终没跟他们提到圆性。奇怪的是，赵半山、骆冰他们也没提起。是不是圆性已经会到了他们，要他们永远别向他提起她的名字？

胡斐追将上去,牵过骆冰所赠的白马,说道:"你骑了这马去吧,你身上有伤,还是……还是……"圆性摇摇头,纵马便行。

第二十章　恨无常

忙乱了半晚,胡斐和程灵素到庙后数十丈的小溪中洗了手脸。程灵素从背后包裹中取出烧饼,两人和着溪中清水吃了。胡斐连番剧斗,又兼大喜大悲,这时只觉手酸脚软,神困力倦,当下躺在溪畔休息了大半个时辰,这才精力稍复,又回去药王庙。

两人回进僧舍,轻轻推开房门,只见马春花死在床上,脸含微笑,神情甚是愉悦。胡斐垂泪道:"她要我将她葬在丈夫墓旁。眼下风声紧急,到处追拿你我二人。这当儿又哪里找棺木去?不如将她火化了,送她骨灰前去安葬。"程灵素道:"是。"

胡斐弯下腰去,伸手正要将马春花的尸身抱起,程灵素突然抓住他手臂,叫道:"且慢!"

胡斐听她语音严重紧迫,便即缩手,问道:"怎么?"程灵素尚未回答,胡斐已听到身后极细微的缓缓呼吸之声,回过头来,只见板门之后赫然躲着两人,却是程灵素的大师兄慕容景岳和三师姊薛鹊。

便在此时,程灵素手一扬,一股褐色的赤蝎粉飞出,打向马春花所躺的床板底下。胡斐心念一动:"床板底下,定是藏着极厉害的敌人。"

但见薛鹊伸手推开房门,正要纵身出来,胡斐行动快极,右手弯处,抱住了程灵素的纤腰,倒纵出门,经过房门时飞起一腿,踢在门板之上。那门板砰的一声向后猛撞,将慕容景岳和薛鹊二人夹在门板和墙壁之间。慕容景岳倒也罢了,薛鹊高高的一个驼背被砖墙挤得痛极,忍不住高声大叫。

胡斐和程灵素刚在门口站定,只见床底下赤雾弥漫,那股赤蝎粉已被人用掌力震了出来,跟着人影闪动,一人长身窜出。只听得呛啷啷、呛啷啷一阵急响,那人提起手中虎撑,当头往胡斐头顶砸下。胡斐一瞥之下,已看清那人面目,正是自称"毒手药王"的石万嗔。

程灵素叫道:"别碰他身子兵刃!"胡斐对她的师兄师姊早是深具戒心,知道这些人周身是毒,沾上了一丝半忽便是后患无穷,当下向左滑开三步,避开了石万嗔的虎撑,刷的一声,单刀出手,一招"谏果回甘",回头反击。这一招回刀砍得快极,石万嗔不及躲闪,危急中虎撑一举,硬架了这一刀,当的一声大响,两人各自向后跃开。石万嗔虎撑中的铁珠只震得呛啷啷、呛啷啷的乱响。

这时慕容景岳和薛鹊已自僧舍中出来,站在石万嗔的身后。石万嗔和胡斐硬接硬架的交了这一招,但觉对方刀法精奇,膂力强劲,自己右臂震得隐隐酸麻,当下不再进击。

胡斐心中,却也暗自称异:"这人擅于用毒,武功竟也这般了得。我这一招'谏果回甘'如此出其不意的反劈出去,他居然接得下来。"

只听慕容景岳说道:"程师妹,见了师叔怎么不快磕头?"程灵素道:"咱们哪里钻出一个师叔来啦?从来没听见过。"

石万嗔冷冷的道:"'毒手神枭'的名字听见过没有?你师父难道从来不敢提我吗?"程灵素道:"'毒手神枭'?这名字倒似乎听见过的。我师父说他从前确是有过一个师弟,只是他滥用毒药害人,无恶不作,早给师祖逐出门墙了。石前辈,那便是你么?"石万嗔微微一笑,淡然道:"咱们这一门讲究使用毒药,既然有了这个'毒'字,又何必假惺惺的硬充好人?姓石的宁可做真小人,不如你师父这般假装伪君子。"

程灵素怒道:"我师父几时害过一条无辜的人命?"石万嗔道:

"你师父害死的人难道少了？他自己自然说他下手毒死之人，个个罪大恶极，死有余辜，可是在旁人看来，却也未必如此。至于死者的家人子女，更是决不这么想。"胡斐心中一凛，暗想："此人这话倒也有几分道理。"

程灵素道："不错。我师父也深悔一生伤人太多，后来便出家做了和尚，礼佛赎罪。他老人家谆谆告诫我们师兄妹四人，除非万不得已，决计不可轻易伤人。晚辈一生，就从未害过一条性命。"

石万嗔冷笑道："假仁假义，又有何益？我瞧你聪明伶俐，倒是我门中的杰出人材。掌门人大会中那几招，要得可漂亮啊，连你师叔也险些着了道儿。"

程灵素道："你自称是我师叔，冒用我师父'毒手药王'的名头。要是真正的'毒手药王'在世，伸手去拿玉龙杯之时，岂能瞧不出杯上已沾了赤蝎粉？我在大厅上喷那'三蜈五蟆烟'，我师父他老人家怎会懵然不觉？"

这两句话只问得石万嗔脸颊微赤，难以回答。要知他少年时和无嗔大师同门学艺，因用毒无节，多伤好人，给师父逐出门墙。此后数十年中，曾和无嗔争斗过好几次。两人都是使毒的大行家，双方所使药物之烈，毒物之奇，可想而知。数次斗法，石万嗔每一回均是屈居下风，若不是无嗔大师始终念着同门之谊，手下留情，早已取了他的性命。在最后一次斗毒之际，石万嗔终于被"断肠草"熏瞎了双目。他逃往缅甸野人山中，以银蛛丝逐步拔去"断肠草"的毒性，双眼方得复明，虽能重见天日，目力却已大损。玉龙杯上沾了赤蝎粉，旱烟管中喷出来的烟雾颜色稍有不同，这些细微之处，他便无法分辨。

何况程灵素栽培成了"万毒之王"的毒草"七心海棠"之后，赤蝎粉中混上了七心海棠叶子的粉末，"三蜈五蟆烟"中加入了七心海棠的花蕊，这一来，两种毒药的异味全失，毒性却更加厉害。

石万嗔在野人山中花了十年功夫，才治愈双目，回到中原时听到无嗔大师的死讯，只道斯人一死，自己便可称雄天下，哪料师兄一个年纪轻轻的关门弟子,竟有如此厉害的功夫?那晚程灵素化装成一个龙钟干枯的老太婆,当世擅于用毒的高手,石万嗔无不知晓,他当真做梦也想不到,这个小老太婆在旁吸几口烟,便令他栽上一个大筋斗。

程灵素这两句话只问得他哑口无言,慕容景岳却道:"师妹,你得罪了师叔,还不磕头谢罪,当真狂妄大胆。他老人家一怒,立时叫你死无葬身之地。我和薛师妹都已投入他老人家的门下,你乖乖献出《药王神篇》,说不定他老人家一欢喜,也收了你这弟子,岂不是好?"

程灵素心中怒极,暗想这师兄师姊背叛师门,投入本派弃徒门下,那是武林中犯规最严的"欺师灭祖"大罪,不论哪一门哪一派,均要处死不贷。可是她脸上不动声色,说道:"原来两位已改投石前辈门下,那么小妹不能再称你们为师兄师姊了。姜师哥呢?他也投入石前辈门下了么?"慕容景岳道:"姜师弟不识时务,不听教诲,已为吾师处死。"

程灵素心中一酸,姜铁山为人梗直,虽然行事横蛮,在她三个师兄姊中却是最为正派,不料竟死于石万嗔之手,又问:"薛三姊,你的儿子小铁呢?他很好吧?"薛鹊冷冷的道:"他也死了。"程灵素道:"不知生的是什么病?"薛鹊怒道:"是我的儿子,要你多管什么闲事?"程灵素道:"是,小妹原不该多管闲事。我还没恭喜两位呢,慕容大哥和薛三姊几时成的亲啊?咱们同门学艺一场,连喜酒也不请小妹喝一杯。"

慕容景岳、姜铁山、薛鹊三人一生恩怨纠葛,凄惨可怖。初时薛鹊苦恋慕容景岳,慕容景岳却另娶了他人。薛鹊一怒之下,便下毒害死了他的妻子。慕容景岳为妻复仇,用毒药毁了薛鹊的容貌,使她身子佝偻,成为一个驼背丑女。姜铁山自来喜欢这个师妹,她虽丑陋不堪,姜铁山却不以为嫌,娶了她为妻。哪知慕容景岳在他们成亲生子之后,却又想起这师妹的种种好处来,不断的向她纠缠,终于和姜铁山反脸成仇。姜薛夫妇迫得铸铁为屋,便是为了抗拒大师兄的侵犯。哪知结局姜铁山终于为石万嗔所杀,而慕容景岳和薛鹊还是结成了夫妇。

程灵素知道这中间的种种曲折,寻思:"二师哥死在石万嗔手下,想是他不肯背叛先师改投他的门下,但也未始不是出于大师哥的从中挑拨。三师姊竟会改嫁大师哥,说不定也有一份谋杀亲夫之罪。"于是叹道:"小铁那日中毒,小妹设法相救,也算花过一番心血。想不到他还是死在'桃花瘴'下,那也是命该如此了。"慕容景岳脸色大变,道:"你怎么知……"说了这四个字,突然住口,和薛鹊对望了一眼。

程灵素道:"小妹也只瞎猜罢了。"原来慕容景岳有一项独门的下毒功夫,乃是在云贵交界之处,收集了"桃花瘴"的瘴毒,制成一种毒弹。姜铁山、薛鹊夫妇和他交手多年,后来也想出了解毒之法。程灵素出言试探,慕容景岳一来此事属实,二来出其不意,便随口承认了。程灵素心下更怒,道:"三师姊你好不狠毒,二师哥如此待你,你竟和大师哥同谋,害死了亲夫亲儿。"须知姜小铁中了慕容景岳的桃花瘴毒弹,薛鹊自有解救之药,她既忍心不救,那么姜铁山、姜小铁父子之死,她虽非亲自下手,却也是同谋。程灵素从慕容景岳冲口而出的四个字中,便猜知了这场人伦惨变的内情。

薛鹊急欲岔开话头,说道:"小师妹,我师有意垂顾,那是你的运气。你还不快磕头拜师?"程灵素道:"我若不拜师,便要和二师哥一样了,是不是?"慕容景岳道:"那倒也未必尽然。你有福不享,别人又何苦来勉强于你?只是那部《药王神篇》,你该交了出来。我师宽大为怀,你在掌门人大会中冒犯他老人家的过处,也可不加追究了。"

程灵素点头道:"这话是不错,只是《药王神篇》乃我师无嗔大师亲手所撰,咱师兄妹三人既然都改投石前辈门下,自当尽弃先师所授的功夫,从头学起。石前辈和先师门户不同,虽不一定胜过先师,但定然各有所长,否则两位也不会另拜明师,又有什么'有福不会享'、'是我的运气'这些话了。那《药王神篇》既已没什么用处,小妹便烧了它吧!"说着从衣包中取出一本黄纸的手抄本来,晃亮火折,便往册子上点去。

石万嗔初时听她说要烧《药王神篇》,心下暗笑:"这《药王神篇》是无嗔贼秃毕生心血之所聚,你岂舍得烧了它?"待见她取出抄本和火折,又想:"似你这等狡狯的小丫头,明知你师兄师姊定要抢夺《药王神篇》,岂有不假造一本伪书来骗人的?在我面前装模作样,那不是班门弄斧么?"因此虽见她点火烧书,竟是微笑不语,理也不理。待那抄本热气一熏,翻扬开来,只见纸质陈旧,抄本中的字迹宛然是无嗔的手迹,不由得吃了一惊,转念想道:"啊哟不好!这丫头多半已将书中文字记得滚瓜烂熟,此书已于她无用,那可万万烧不得!"忙道:"住手!"呼的一掌劈去,一股疾风,登时将火折扑熄了。

程灵素道:"咦,这个我可不懂了。若是石前辈的医药之术胜过先师,此书要来何用?若是不能胜过先师,又怎能收晚辈为弟子?"

慕容景岳道:"我们这位师父的使毒用药,比之先师可高得太多了。但大海不择细流,他山之石,可以攻玉。这《药王神篇》既是花了先师毕生的心血,吾师拿来翻阅翻阅,也可指出其中过误与不足之处啊。"他是秀才出身,说起话来,自有一番文诌诌的强辞夺理。

程灵素点头道:"你的学问越来越长进了。哼!两个躲在门角落里,一个钻在床板底下,想要暗算胡大哥和我。石前辈,有一件事晚辈想要请教,若蒙指明迷津,晚辈双手将《药王神篇》献上,并求前辈开恩,收录晚辈为徒。"

石万嗔知她问的必是一个刁钻古怪的题目,自己未必能答,但见《药王神篇》抓住在她的手里,她只须一举手便能毁去,不愿就此和她破脸,便道:"你要问我什么事?"

程灵素道:"贵州苗人有一种'碧蚕毒蛊'……"石万嗔听到

"碧蚕毒蛊"四字,脸色登时一变,只听她续道:"将碧蚕毒蛊的虫卵碾为粉末,置在衣服器皿之上,旁人不知误触,那便中了蛊毒。这算是苗人的三大蛊毒之一,是么?"

石万嗔点头道:"不错。小丫头知道的事倒也不少。"

他从野人山来到中原,得知无嗔大师已死,便迁怒于他的门人,要尽杀之而后快。不料慕容景岳为人极无骨气,一给石万嗔制住便即哀求饶命,并说师父遗下一部《药王神篇》,落入小师妹之手,愿意拜他为师,引导他去夺取。石万嗔虽恨无嗔大师切骨,但心中对他实是大为敬畏,听说他有遗著,料想其中于使毒的功夫学问,必有无数宝贵之极的法门,当下便收了慕容景岳为徒。其后又听从他的挑拨,杀了姜铁山父子,收录薛鹊。石万嗔和慕容景岳、姜铁山、薛鹊三人都动了手,见他三人武功固是平平,使毒的本领也和他们师父相差极远,听说程灵素只不过是个十七八岁的姑娘,更是毫没放在心上,料想只要见到了,还不手到擒来?

在掌门人大会中着了她的道儿,石万嗔仍未服输,只恨双目受了"断肠草"的损伤,眼力不济,因而没瞧出"赤蝎粉"和"三蜈五蟆烟"来。但胡斐在会中所显露的武功,却令他颇为忌惮。他暗暗跟随在后,当胡斐和程灵素赴陶然亭之约时,师徒三人便躲入药王庙的后院。他三人的主旨是在夺取《药王神篇》,见红花会群雄人多势众,一直隐藏在后院,不敢现身。直至胡程二人送别群雄,又在溪畔饮食休息,他三人才藏身在马春花房中,只待胡程二人进房,准拟一击得手。哪知程灵素极是精乖,在千钧一发之际及时警觉。

这时听程灵素提到"碧蚕毒蛊",心下才大是吃惊:"想不到这小丫头如此了得,她同门的师兄师姊,可远远不及了。"当下全神戒备,已无丝毫轻敌之念。

程灵素又道:"碧蚕毒蛊的虫卵粉末放在任何物件器皿之上,均是无色无臭,旁人决计不易察觉。只不过毒粉不经血肉之躯,毒性不烈,有法可解,须经血肉沾传,方得致命。世上事难两全,毒粉一着人体，却有一层隐隐碧绿之色。石前辈在马姑娘的尸身置毒，若是只放在她衫上，倒是不易瞧得出来，但为了做到尽善尽美，却连她脸上和手上都放置了。"

胡斐听到这里，这才明白，原来这走方郎中用心如此阴险，竟在马春花的尸身放置剧毒，自己和程灵素势必搬动她的尸体，自须中毒无疑，忍不住骂道："好恶贼，只怕你害人反而害己。"

石万嗔虎撑一摇，呛啷啷一阵响声过去，说道："小丫头真是有点眼力，识得我的'碧蚕毒蛊'。汉人之中，除我之外，你是绝无仅有的第二人了，很好，有见识，有本事。你师兄师姊哪里及得上你？"

程灵素道："前辈谬赞。晚辈所不明白的是，先师遗著《药王神篇》中说道，'碧蚕毒蛊'放在人体之上，若要不显碧绿颜色，原不为难，却不知石前辈何以舍此法而不用？"

石万嗔双眉一扬，说道："当真胡说八道。苗人中便是放蛊的祖师，也无此法。你师父从未去过苗疆，知道什么？"程灵素道："前辈既如此说，晚辈原是不能不信，但先师遗著之中，确是传下一法。却不知是前辈对呢，还是先师对。"石万嗔道："是什么法子，你倒说来听听。"程灵素道："晚辈说了，前辈定然不信。是对是错，一试便知。"石万嗔道："如何试法？"程灵素道："前辈取出'碧蚕毒蛊'，下在人手之上，晚辈以先师之法取药混入，且瞧有无碧绿颜色。"

石万嗔一生钻研毒药，听说有此妙法，将信将疑之余，确是亟欲一知真伪，便道："放在谁的手上作试？"程灵素道："自是由前辈指定。"

石万嗔心想："要下在你的手上，你当然不肯。下在那气势虎虎的少年手上，那也不用提起。"微一沉吟，向慕容景岳道："伸左手出来！"慕容景岳跳起身来，叫道："这⋯⋯这⋯⋯师父，别上这丫头的当！"石万嗔沉着脸道："伸左手出来！"

慕容景岳见师父的神色大是严峻，原是不敢抗拒，但想那"碧蚕毒蛊"何等厉害,稍一沾身,便算师父给解药治愈,不致送命,可是这一番受罪,却也定然难当无比,他一只左手伸出尺许,立即又颤抖着缩了回去。石万嗔冷笑道:"好吧,你不从师命,那也由你。"慕容景岳听到"不从师命"四字,脸色更是苍白,原来他拜师时曾立下重誓,若是违背师命,甘受惩处。他们这种人每日里和毒药毒物为伍,"惩处"两字说来轻描淡写,其实中间所包含的惨酷残忍之处,令人一想到便会不寒而栗。

他正待伸手出去,薛鹊忽道:"师父,我来试好了。"坦然伸出了左手。石万嗔道:"偏不要你!瞧他男子汉大丈夫,有没这个种。"

慕容景岳道:"我又不是害怕。我只想这小师妹诡计多端,定是不安好心,犯不着上她的当。"程灵素点头道:"大师哥果然厉害得紧。从前跟着先师的时候,先师每件事要受你的气,眼下拜了个新师父,仍然是徒儿强过了师父。"

石万嗔明知她这番话是挑拨离间,但还是冷冷的向慕容景岳横了一眼。慕容景岳给他这一眼瞧得心中发毛,只得将左手伸了出来。

石万嗔从怀中取出一只黄金小盒,轻轻揭开,盒中有三条通体碧绿的小蚕,蠕蠕而动。他用一只黄金小匙在盒中挑了些绿粉,放在慕容景岳掌心。慕容景岳一条左臂颤抖得更加厉害,脸上充满又怕又怒、又惊又恨的神色,面颊肌肉不住跳动,眼光中流露出野兽般的光芒,似乎要择人而噬。

胡斐心想:"二妹这一着棋,不管如何,总是在他们师徒之间伏了深仇大恨。这慕容景岳日后一有机会,定要向他师父报复今日之仇。"

只见那些绿粉一放上掌心,片刻间便透入肌肤,无影无踪,但掌心中隐隐留着一层青气,似乎揉捏过青草、树叶一般。

石万嗔道:"小妞儿,且瞧你的,有什么法子叫他掌心不显青绿之色。"

程灵素不去理他，却转头向胡斐道："大哥，那日在洞庭湖畔白马寺我和你初次相见，曾和你约法三章，你可还记得么？"胡斐道："记得。"心想："那日她叫我不可说话，不可跟人动武，不可离开她三步之外，可是这三件事，我一件也没做到。"程灵素道："记得就好了，今日你仍当依着这三件事做，千万不能再忘了。"胡斐点了点头。

程灵素道："石前辈，你身边定有鹤顶红和孔雀胆吧？这两种药物和'碧蚕毒蛊'既相克而又相辅。你若不信，请看先师的遗著。"说着翻开那本黄纸小册，送到石万嗔眼前。

石万嗔一看，只见果然有一行字写着道："鹤顶红、孔雀胆二物，和碧蚕卵混用，无色无臭，唯见效较缓。"他想再看下去，程灵素却将书合上了。

石万嗔心想："无嗔贼秃果是博学，这一下须得一试真伪，倘若所言不错，那么这本《药王神篇》也非假书了。"他毕生钻研毒药。近二十年来更是废寝忘食，以求胜过师兄，实已迹近疯狂的地步，此时见到这本残旧的黄纸抄本，便是天下所有的珍宝聚在一起，亦无如此珍贵。他天性原是十分残忍凉薄，和慕容景岳相互利用，本就并无什么师徒之情，又想这番在他掌心试置"碧蚕毒蛊"之后，他日后一有机会，定会反噬，当下全不计及三种剧毒的药物放在一起，事后如何化解，右手食指的指甲一弹，便有一阵殷红色的薄雾散入慕容景岳掌心，跟着中指的指甲一弹，又有一青黑色薄雾散入他掌心。

程灵素见他不必从怀中探取药瓶，指甲轻弹，随手便能将所需毒药放出，手脚之灵便快捷，尚在先师和自己之上，不自禁暗暗惊佩，凝神看他身上，心念一动，已瞧出其中玄妙。原来他一条腰带缝成一格格的小格，匝腰一周，不下七八十格，每一格中各藏药粉。他练得熟了，手掌一伸，指甲中已挑了所需的药粉。练到这般神不知鬼不觉的地步，真不知花了多少功夫，如此一举手便弹出毒粉，对方怎能防备躲避？

那鹤顶红和孔雀胆两种药粉这般散入慕容景岳的掌心，当真是迅雷不及掩耳，哪容他有缩手余地？慕容景岳本已立下心意，决不容这两种剧毒的毒物再沾自己肌肤，拼着和石万嗔破脸，也要抗拒，眼见他对自己如此狠毒，宁可向小师妹屈服，师兄妹三人联手，也胜于此后受他无穷无尽的折磨。哪知石万嗔下毒的手法快如电闪，慕容景岳念头尚未转完，两般剧毒已沾掌心。

但见一红一青的薄雾片刻间便即渗入肌肤，手掌心原有那层隐隐的青绿之色，果然登时不见，已跟平常的肌肤毫无分别。

石万嗔欢叫一声："好！"伸手便往程灵素手中的《药王神篇》抓来。程灵素竟不退缩，只是微微一笑。石万嗔五根手指将和书皮相碰，突然想起："这丫头是那贼秃的关门弟子，书上怎能没有机关？"急忙缩手，心中暗骂："老石啊老石，你若敢小觑了这丫头，便有十条性命，也要送在她手里了。"

慕容景岳掌心一阵麻一阵痒，这阵麻痒直传入心里，便似有千万只蚂蚁同时在咬啮心脏一般，颤声叫道："小师妹快取解药给我。"

程灵素奇道："咦，大师哥，你怎会忘了先师的叮嘱？本门中人不能放蛊，又有九种没解药的毒药决计不能使用。"慕容景岳一听此言，背上登时出了一阵冷汗，说道："鹤顶红、孔……孔……雀胆属于九大禁药，你……你怎地用在我身上？这不是违背先师的训诲么？"

程灵素冷冷的道："大师哥居然还记得先师，居然还记得不可违背先师的训诲，当真是大出小妹的意料之外了。那碧蚕毒蛊是我放在你身上的么？鹤顶红和孔雀胆，是我放在你身上的么？先师谆谆嘱咐咱们，便是遇上生死关头，也决不可使用不能解救的毒药，这是本门的第一大戒。石前辈和大师哥、三师姊都已脱离本门，这些戒条，自然不必遵守。小妹可不敢忘记啊。"

慕容景岳伸右手抓紧左手的脉门，阻止毒气上行，满头冷汗，已是说不出话来。薛鹊右手一翻，伸短刀在慕容景岳左手心中割了两个交叉的十字，图使毒性随血外流，明知这法子救解不得，却也可使毒性稍减，一面说道："小师妹，师父的遗著上怎么说？他老人家既传下了这三种毒物共使的法子，定然也有解救之道。"

程灵素道："薛三姊口中的'师父'，是指哪一位？是小妹的师父无嗔大师呢，还是你们贤夫妇的师父石前辈？"

薛鹊听她辞锋咄咄逼人，心中怒极毒骂，但丈夫的性命危在顷刻，此时有求于她，口头只得屈服，说道："是愚夫妇该死，还望小师妹念在昔日同门之情，瞧在先师无嗔大师的面上，高抬贵手，救他一命。"

程灵素翻开《药王神篇》，指着两行字道："师姊请看，此事须怪不得我。"

薛鹊顺着她手指看去，只见册上写道："碧蚕毒蛊和鹤顶红、孔雀胆混用，剧毒入心，无法可治，戒之戒之。"薛鹊大怒，转头向石万嗔道："师父，这书上明明写着这三种毒药混用，无药可治，你却如何在景岳身上试用？"她虽口称"师父"，但说话的神情已是声色俱厉。

《药王神篇》上这两行字，石万嗔其实并未瞧见，但即使看到了，他也决不致因此而稍有顾忌，这时听薛鹊厉声责问，如何肯自承不知，丢这个大脸？只道："将那书给我瞧瞧，看其中还有什么古怪？"

薛鹊怒极，心知再有犹豫，丈夫性命不保，短刀一挥，将慕容景岳的一条手臂齐肩斩断。要知那三种毒药厉害无比，虽自掌心渗入，但这时毒性上行，单是割去手掌已然无用，幸好三药混用，发作较慢，同时他掌心并无伤口，毒药并非流入血脉，割去一条手臂，暂时保住了性命，否则早已毒发身亡。

薛鹊是无嗔大师之徒，自有她一套止血疗伤的本领，片刻间包扎好了慕容景岳的伤口，手法极是干净利落。

程灵素道："大师哥，三师姊，非是我有意陷害于你。你两位背叛师门，改拜师父的仇人为师，原已罪不容诛，加之害死二师哥父子二人，当真天人共愤。眼下本门传人，只有小妹一人，两位叛师的罪行，若不是小妹手加惩戒，难道任由师父一世英名，身后反而栽在他仇人和徒儿的手中？二师哥父子惨遭横死，若不是小妹出来主持公道，难道任由他二人永远含冤九泉？"

她身形瘦弱，年纪幼小，但这番话侃侃而言，说来凛然生威。

胡斐听得暗暗点头，心想："这两人卑鄙狠毒，早该杀了。"只听她又道："大师哥一臂虽去，毒气已然攻心，一月之内，仍当毒发不治。两位已叛出本门，遭人毒手，本与小妹无关，只是瞧在先师的份上，这里有三粒'生生造化丹'，是师父以数年心血制炼而成，小妹代先师赐你，每一粒可延师兄三年寿命。师兄服食之后，盼你记着先师的恩德，还请扪心自问：到底是你原来的师父待你好，还是新拜的师父待你好？"说着从怀中取出三粒红色药丸，托在手里。

薛鹊正要伸手接过，石万嗔冷笑道："手臂都已砍断，还怕什么毒气攻心？这三粒'死死索命丹'一服下肚，那才是毒气攻心呢。"

程灵素道："两位若是相信新师父的话，那么这三粒丹药原是用不着了。"说罢便要收入怀中。慕容景岳急道："不！小师妹，请你给我。"薛鹊道："多谢小师妹，从今而后，我二人改过自新，重做好人。"低头走到程灵素身前，取过三枚丹药，突然身形一晃，怒喝："石万嗔，你好毒的……"一句话未说完，俯身摔倒在地。

程灵素和胡斐都是大吃一惊，没见石万嗔有何动弹，怎地已下了毒手？程灵素弯下腰来，翻过薛鹊身子，要看她如何被害，是否有救，刚将她身子扳转，突然右手手腕一紧，已被薛鹊抓住。程灵素知道不好，左手待要往她头顶拍落，但右手脉门被她抓住，全身酸麻，竟是动弹不得。薛鹊右手握着短刀，刀尖已抵在程灵素胸口，喝道："将《药王神篇》放下！"程灵素一念之仁，竟致受制，只得将《药王神篇》摔在地下。

胡斐待要上前相救，但见薛鹊的刀尖抵正了程灵素的心口，只要轻轻向前一送，立时没命，心中虽是大急，却不敢动手。

薛鹊紧紧抓着程灵素手腕，说道："师父，弟子助你夺到《药王神篇》，请你将碧蚕毒蛊、鹤顶红、孔雀胆三种药物，放在这小贱人的掌心，瞧她是不是也救不了自己性命。"石万嗔笑道："好徒儿，好徒儿，这法子实在高明。"取出金盒，用金匙挑了碧蚕毒蛊，两枚指甲中藏了鹤顶红和孔雀胆的毒粉，便要往程灵素掌心放落。

慕容景岳重伤之后，虽是摇摇欲倒，却知这是千钧一发的机会，只要程灵素掌心也受了这三种毒药，她若有解药，势须取出自疗，自己便可夺而先用，就算真的没有解药，也是报了适才之仇，叫她作法自毙，当下奋力拦在胡斐身前，防他阻挠石万嗔下毒。

胡斐正当无法可施之际，突见慕容景岳抢在自己身前，左手呼的一拳，便往他面门击去。慕容景岳抬右手招架，胡斐此时情急拼命，哪容他有还招余地，左手拳尚未打实，右手掌出如风，无声息的推在他胸口。这一掌虽无声响，力道却是奇重，只推得慕容景岳直向薛鹊撞去。薛鹊被他一撞，登时摔倒，可是左手仍然牢牢抓住程灵素的手腕不放。

胡斐纵身上前，在薛鹊的驼背心上重重踢了一脚，薛鹊吃痛不过，只得松开了程灵素的手腕。这几下犹似电光石火，实只瞬息间的事，薛鹊手掌刚被震开，石万嗔的手爪已然抓到。胡斐生怕他手中毒药碰到程灵素身子，右手急掠，在他肩头一推。石万嗔反掌擒拿，向他右手抓来。

程灵素急叫："快退！"胡斐若是施展小擒拿手中的"九曲折骨法"，原可将他手掌的五根指头立时扭断，但这人指上带有剧毒，如何敢碰？急忙后跃而避，石万嗔一抓不中，顺手将金匙掷出，跟着手指连弹，毒粉化作烟雾，喷上了胡斐的手背。

胡斐不知自己已然中毒，但想这三人奸险狠毒无比，立心毙之于当场，单刀挥出，白光闪闪，全是进手招数。石万嗔虎撑未及招架，只觉左手上一凉，三根手指已被削断。他又惊又怕，右手又是一弹，弹出一阵烟雾。程灵素惊叫："大哥，退后！"胡斐挡在程灵素身前，不敢向前追击。眼见石万嗔、慕容景岳、薛鹊一齐逃出了庙外。

程灵素握着胡斐的手，心如刀割，自己虽然得脱大难，可是胡斐为了相救自己，手背上已沾上了碧蚕毒蛊、鹤顶红、孔雀胆三种剧毒。《药王神篇》上说得明明白白："剧毒入心，无药可治。"

难道挥刀立刻将他右手砍断，再让他服食"生生造化丹"，延续九年性命？三般剧毒入体，以"生生造化丹"延命九年，此后再服"生生造化丹"也是无效了。

他是自己在这世界上唯一亲人，和他相处了这些日子之后，在她心底，早已将他的一切瞧得比自己重要得多。这样好的人，难道便只再活九年？

程灵素不加多想，脑海中念头一转，早已打定了主意，取出一颗白色药丸，放在胡斐口中，颤声道："快吞下！"胡斐依言咽落，心神甫定，想起适才的惊险，犹是心有余怖，说道："好险，好险！"见那《药王神篇》掉在地下，一阵秋风过去，吹得书页不住翻转，说道："可惜没杀了这三个恶贼！幸好他们也没将你的书抢去。二妹，倘若你手上沾了这三种毒药，那可怎么办？"

程灵素柔肠寸断，真想放声痛哭，可是却哭不出来。

胡斐见她脸色苍白，柔声道："二妹，你累啦，快歇一歇吧！"程灵素听到他温柔体贴的说话，更是说不出的伤心，哽咽道："我……我……"

胡斐忽觉右手手背上略感麻痒，正要伸左手去搔，程灵素一把抓住了他左手手腕，颤声道："别动！"胡斐觉得她手掌冰凉，奇道："怎么？"突然间眼前一黑，咕咚一声，仰天摔倒。

胡斐这一交倒在地下，再也动弹不得，可是神智却极为清明，只觉右手手背上一阵麻，一阵痒，越来越是厉害，惊问："我也中了那三大剧毒么？"

程灵素泪水如珍珠断线般顺着面颊流下，扑簌簌的滴在胡斐衣上,缓缓点了点头。胡斐见此情景,不禁凉了半截,暗想:"她这般难过,我身上所中剧毒,定是无法救治了。"刹时之间,心头涌上了许多往事:商家堡中和赵半山结拜、佛山北帝庙中的惨剧、潇湘道上结识袁紫衣、洞庭湖畔相遇程灵素,以及掌门人大会、红花会群雄、石万嗔……这一切都是过去了,过去了……

他只觉全身渐渐僵硬,手指和脚趾寒冷彻骨,说道:"二妹,生死有命,你也不必难过。只可惜你一个人孤苦伶仃,做大哥的再也不能照料你了。那金面佛苗人凤虽是我的杀父之仇,但他慷慨豪迈,实是个铁铮铮的好汉子。我……我死之后,你去投奔他吧,要不然……"说到这里,舌头大了起来,言语模糊不清,终于再也说不出来了。

程灵素跪在他身旁,低声道:"大哥,你别害怕,你虽中三种剧毒,但我有解救之法。你不会动弹,不会说话,那是服了那颗麻药药丸的缘故。"胡斐听了大喜,眼睛登时发亮。

程灵素取出一枚金针,刺破他右手手背上的血管,将口就上,用力吮吸。胡斐大吃一惊,心想:"毒血吸入你口,不是连你也沾上了剧毒么?"可是四肢寒气逐步上移,全身再也不听使唤,哪里挣扎得了。

程灵素吸一口毒血,便吐在地下,若是寻常毒药,她可以用手指按捺,从空心金针中吸出毒质,便如替苗人凤治眼一般,但碧蚕毒蛊、鹤顶红、孔雀胆三大剧毒入体,又岂是此法所能奏效?她直吸了四十多口,眼见吸出来的血液已全呈鲜红之色,这才放心,吁了一口长气,柔声道:"大哥,你和我都很可怜。你心中喜欢袁姑娘,哪知道她却出家做了尼姑……我……我心中……"

她慢慢站起身来,柔情无限的瞧着胡斐,从药囊中取出两种药粉,替他敷在手背,又取出一粒黄色药丸,塞在他口中,低低的道:"我师父说中了这三种剧毒,无药可治,因为他只道世上没有一个医生,肯不要自己的性命来救活病人。大哥,他不知我……我会待你这样……"

胡斐只想张口大叫："我不要你这样,不要你这样!"但除了眼光中流露出反对的神色之外,实在无法表示。

程灵素打开包裹,取出圆性送给她的那只玉凤,凄然瞧了一会,用一块手帕包了,放在胡斐怀里。再取出一枝蜡烛,插在神像前的烛台之上,一转念间,从包中另取一枝较细的蜡烛,拗去半截,晃火折点燃了,放在后院天井中,让蜡烛烧了一会,再取回来放在烛台之旁,另行取一枝新烛插上烛台。

胡斐瞧着她这般细心布置,不知是何用意,只听她道:"大哥,有一件事我本来不想跟你说,以免惹起你伤心。现下咱们要分手了,不得不说。在掌门人大会之中,我那狠毒的师叔和田归农相遇之时,你可瞧出蹊跷来么?他二人是早就相识的。田归农用来毒瞎苗大侠眼睛的断肠草,定是石万嗔给的。你爹爹妈妈所以中毒,那毒药多半也是石万嗔配制的。"

胡斐心中一凛,只想大叫一声:"不错!"

程灵素道:"你爹爹妈妈去世之时,我尚未出生,我那几个师兄师姊,也还年纪尚小,未曾投师学艺。那时候当世擅于用毒之人,只有先师和石万嗔二人。苗大侠疑心毒药是我师父给的,因之和他失和动手,我师父既然说不是,当然不是了。我虽疑心这个师叔,可是并无佐证,本来想慢慢查明白了,如果是他,再设法替你报仇。今日事已如此,不管怎样,总之是要杀了他……"说到这里,体内毒性发作,身子摇晃了几下,摔在胡斐身边。

胡斐见她慢慢合上眼睛,口角边流出一条血丝,真如是万把钢锥在心中攒刺一般,张口大叫:"二妹,二妹!"可是便如深夜梦魇,不论如何大呼大号,总是喊不出半点声息,心里虽然明白,却是连一根小指头儿也转动不得。

便是这样,胡斐并肩和程灵素的尸身躺在地下,从上午挨到下午,又从下午挨到黄昏。要知那碧蚕毒蛊、鹤顶红、孔雀胆三大剧毒的毒性何等厉害,虽然程灵素替他吸出了毒血,但毒药已侵入过身体,全身肌肉僵硬,非等一日一夜,不能动弹。这几个时辰中他心中之苦，真非常人所能想像。

眼见天色渐渐黑了下来，他身子兀自不能转动，只知程灵素躺在自己身旁，可是想转头瞧她一眼，却是不能。

又过了两个多时辰，只听得远处树林中传来一声声枭鸣，突然之间，几个人的脚步声悄悄到了庙外。只听得一人低声道："薛鹊，你进去瞧瞧。"正是石万嗔的声音。

胡斐暗叫："罢了，罢了！我一动也不能动，只有静待宰割的份儿。二妹啊二妹，你为了救我性命，给我服下麻药，可是药性太烈，不知何时方消，此刻敌人转头又来，我还是要跟你同赴黄泉。虽然死不足惜，可是这番大仇，却是再难得报了。"其实此时麻药的药性早退，他所以肌肉僵硬有如死尸，全是三大剧毒之故。

只听得薛鹊轻轻闪身进来，躲在门后，向内张望。她不敢晃亮火折，黑暗中却又瞧不见什么，侧耳倾听，但觉寂无声息，便回出庙门，向石万嗔说了。

石万嗔点头道："那小子手背上给我弹上了三大剧毒，这当儿不是命赴阴曹，便是一条手臂齐肩切了下来。剩下那小丫头一人，何足道哉！就只怕两个小鬼早已逃得远了。"他话是这么说，仍是不敢托大，取出虎撑呛啷啷的摇动，护住前胸，这才缓步走进庙门。

走到殿上，黑暗中只见两个人躺在地下，他不敢便此走近，拾起一粒石子，向两人投去，只见两人仍是一动不动，当下晃亮火折一看，见地下那两人正是胡斐和程灵素。眼见两人全身僵直，显已死去多时。石万嗔大喜，一探程灵素鼻息，早已颜面冰冷，没了呼吸，再伸手去探胡斐鼻息时，胡斐双目紧闭，凝住呼吸。

石万嗔为人也当真郑重，只觉他颜面微温，并未死透，随手取出一根金针，在程胡两人手心中各自刺了一下，他们若是乔装假死，这么一刺，手掌非颤动不可。程灵素真的已死，胡斐肌肉尚僵，金针虽刺入他掌心知觉最为锐敏之处，亦是绝无反应。

慕容景岳恨恨的道："这丫头吮吸情郎手背的毒药，岂不知情郎没救活，连带送了自己的性命。"

石万嗔急于找那册《药王神篇》，眼见火折将要烧尽，便凑到烛台上去点蜡烛。火焰刚和烛芯相碰，心念一动："这枝蜡烛没点过，说不定有什么古怪。"见烛台下放着半截点过的蜡烛，心想："这半截蜡烛是点过的，定然无妨。"于是拔下烛台上那枝没点过的蜡烛，换上半截残烛，用火折点燃了。

烛光一亮，三人同时看到了地下的《药王神篇》，齐声喜呼。石万嗔撕下一块衣襟，垫在手上，这才隔着布料将册子拾起。凑到烛火旁翻书一看，只见密密写着一行行的蝇头小楷，果然是各种医术和药性，但略一检视，其中治病救伤的医道占了九成以上。说到毒药之时，要旨也阐述解毒救治，至于如何炼毒施毒，以及诸般种植毒草、培养毒虫之法，却说的极为简略。原来无嗔大师晚年深悔一生用毒太多，以致在江湖上得了个"毒手药王"的名号，是以传给弟子的遗书，名为《药王神篇》，乃是一部济世救人的医书。

石万嗔、慕容景岳、薛鹊三人处心积虑想要劫夺到手的，原想是一部包罗万有、神奇奥妙的"毒经"，此时一看，竟是一部医书，纵然其中所载医术精深，于他却是全无用处，石万嗔自是大失所望。

他凝思片刻，对薛鹊道："你搜搜那死丫头的身边，是否另有别的书册。这一部只是医书，没什么用。"说着随手扔在神台之上。薛鹊一搜程灵素的衣衫和包裹，道："没有了。"

慕容景岳猛地想起一事，道："我那师父善写隐形字体，莫非……"这句话一出口，登时好生后悔，暗想："该死！该死！我何必说了出来？任他以为此书无用，我检回去细细探索，岂不是好？"但石万嗔何等机伶，立时醒悟，说道："不错！"又拣起那部《药王神篇》。

一转身间，只见慕容景岳和薛鹊双膝渐渐弯曲，身子软了下来，脸上似笑非笑，神情极是诡异。石万嗔大吃一惊，叫道："怎么啦？七心海棠，七心海棠？难道死丫头种成了七心海棠？这……这蜡烛……"

脑海中犹如电光一闪,想起了少年时和无嗔同门学艺时的情景。有一天晚上,师父讲到天下的毒物之王,他说鹤顶红、孔雀胆、墨蛛汁、腐肉膏、彩虹菌、碧蚕卵、蝮蛇涎、番木鳖、白薯芽等等,都还不是最厉害的毒物,最可怕的是七心海棠。这毒物无色无臭,无影无踪,再精明细心的人也防备不了,不知不觉之间,已是中毒而死。死者脸上始终带着微笑,似乎十分平安喜乐。师父曾从海外得了这七心海棠的种子,可是不论用什么方法,都是种它不活。那天晚上,师兄和他自己都向师父讨了九粒七心海棠的种子。师父微笑道:"幸好这七心海棠难以培植,否则世上还有谁得能平安。"

瞧慕容景岳和薛鹊的情状,正是中了七心海棠之毒,他立即屏住呼吸,伸手按住口鼻,正想细察毒从何来,突然间眼前一黑,再也瞧不见什么。一瞬之间,他还道是蜡烛熄灭,但随即发觉,却是自己双眼陡然间失明。

"七心海棠!七心海棠!"他知道幸亏在进庙之前,口中先含了化解百毒的丹药,七心海棠的毒性一时才不致侵入脏腑,但双目已然抵受不住,竟自盲了。

胡斐事先却给程灵素喂了抵御七心海棠毒性的解药,双目无恙,一切看得清清楚楚,眼见慕容景岳和薛鹊慢慢软倒,眼见石万嗔双手在空中乱抓乱扑,大叫:"七心海棠,七心海棠!"冲出庙去。只听他凄厉的叫声渐渐远去,静夜之中,虽然隔了良久,还听得他的叫声隐隐从旷野间传来,有如发狂的野兽嗥叫一般:"七心海棠!七心海棠!"

胡斐身旁躺着三具尸首,一个是他义结金兰的小妹子程灵素,两个是他义妹的对头、背叛师门的师兄师姊。破庙中一枝黯淡的蜡烛,随风摇曳,忽明忽暗,他身上说不出的寒冷,心中说不出的凄凉。

终于蜡烛点到了尽头,忽地一亮,火焰吐红,一声轻响,破庙中漆黑一团。

胡斐心想："我二妹便如这蜡烛一样，点到了尽头，再也不能发出光亮了。她一切全算到了，料得石万嗔他们一定还要再来，料到他小心谨慎不敢点新蜡烛，便将那枚混有七心海棠花粉的蜡烛先行拗去半截，诱他上钩。她早已死了，在死后还是杀了两个仇人。她一生没害过一个人的性命，她虽是毒手药王的弟子，生平却从未杀过人。她是在自己死了之后，再来清理师父的门户，再来杀死这两个狼心狗肺的师兄师姊。

"她没跟我说自己的身世，我不知她父亲母亲是怎样的人，不知她为什么要跟无嗔大师学了这一身可惊可怖的本事。我常向她说我自己的事，她总是关切的听着。我多想听她说说她自己的事，可是从今以后，那是再也听不到了。

"二妹总是处处想到我，处处为我打算。我有什么好，值得她对我这样？值得她用自己的性命，来换我的性命？其实，她根本不必这样，只须割了我的手臂，用他师父的丹药，让我在这世界上再活九年。九年的时光，那是足够足够了！我们一起快快乐乐的度过九年，就算她要陪着我死，那时候再死不好么？"

忽然想起："我说'快快乐乐'，这九年之中，我是不是真的会快快乐乐？二妹知道我一直喜欢袁姑娘，虽然发觉她是个尼姑，但思念之情，并不稍减。那么她今日宁可一死，是不是为此呢？"

在那无边无际的黑暗之中，心中思潮起伏，想起了许许多多事情。程灵素的一言一语，一颦一笑，当时漫不在意，此刻追忆起来，其中所含的柔情密意，才清清楚楚的显现出来。

"小妹子对情郎——恩情深，
　你莫负了妹子——一段情，
　你见了她面时——要待她好，
　你不见她面时——天天要十七八遍挂在心！"

王铁匠那首情歌，似乎又在耳边缠绕，"我要待她好，可是……可是……她已经死了。她活着的时候，我没待她好，我天天十七八遍挂在心上的，是另一个姑娘。"

天渐渐亮了，阳光从窗中射进来照在身上，胡斐却只感到寒冷，寒冷……

终于，他觉到身上的肌肉柔软起来，手臂可以微微抬一下了，大腿可以动一下了。他双手撑地，慢慢站起身来，深情无限的望着程灵素。突然之间，胸中热血沸腾。"我活在这世上有什么意思？二妹对我这么多情，我却是如此薄幸的待她！我不如跟她一齐死了！"

但一瞥眼看到慕容景岳和薛鹊的尸身，立时想起："爹娘的大仇还未报，害死二妹的石万嗔还活在世上。我这么轻生一死，什么都撒手不管，岂是大丈夫的行径？"

却原来，程灵素在临死之时，这件事也料到了。她将七心海棠蜡烛换了一枝细身的，毒药份量较轻的，她不要石万嗔当场便死，要胡斐慢慢的去找他报仇。石万嗔眼睛瞎了，胡斐便永远不会再吃他的亏。她临死时对胡斐说道，害死他父母的毒药，多半是石万嗔配制的。那或许是事实，或许只是猜测，但这足够叫他记着父母之仇，使他不致于一时冲动，自杀殉情。

她什么都料到了，只是，她有一件事没料到。胡斐还是没遵照她的约法三章，在她危急之际，仍是出手和敌人动武，终致身中剧毒。

又或许，这也是在她意料之中。她知道胡斐并没爱她，更没有像自己爱他一般深切的爱着自己。不如就这样了结。用情郎身上的毒血，毒死了自己，救了情郎的性命。

很凄凉，很伤心，可是干净利落，一了百了，那正不愧为"毒手药王"的弟子，不愧为天下第一毒物"七心海棠"的主人。

少女的心事本来是极难捉摸的，像程灵素那样的少女，更加永远没人能猜得透到底她心中在想些什么。

突然之间，胡斐明白了一件事："为什么前天晚上在陶然亭畔，陈总舵主祭奠那个墓中姑娘时竟哭得那么伤心？"原来，当你想到最亲爱的人永远不能再见面时，不由得你不哭，不由得你不哭得这么伤心。

他将程灵素和马春花的尸身搬到破庙后院。心想:"两人尸身上都沾着剧毒,须得小心,别沾上了。我还没报仇,可死不得!"生起柴火,分别将两人火化了。他心中空空洞洞,似乎自己的身子,也随着火焰成烟成灰,随手在地下掘了个大坑,把慕容景岳和薛鹊夫妇葬了。

眼见日光西斜,程灵素和马春花尸骨成灰,于是在庙中找了两个小小瓦坛,将两人的骨灰收入坛内,心想:"我去将二妹的骨灰葬在我爹娘坟旁,她虽不是我亲妹子,但她如此待我,岂不比亲骨肉还亲么?马姑娘的骨灰,要带去湖北广水,葬在徐大哥的墓旁。"

回到厢房,但见程灵素的衣服包裹兀自放在桌上,凝目瞧了良久,忍不住又掉下泪来。

隔了半晌,这才伸手收拾,见到包中有几件易容改装的用具,胶水假须,一概具备,心想:"我若坦然以本来面目示人,走不上一天,便会遇上福康安派出来追捕的鹰爪,虽然不怕,但一路斗将过去,如何了局?"于是脸上搽了易容药水,黏上三绺长须,将两只骨灰坛包入包裹,扬长出庙。

他一路向南追踪石万嗔。这日中午,在陈官屯一家饭铺中打尖,刚坐定不久,只听得靴声橐橐,走进四名武官来。领先一人瘦长身材,正是鹰爪雁行门的曾铁鸥。胡斐心下微微一惊,侧过了头,心想自己虽已乔装改扮,他未必认得出来,但此人甚是精明,说不定会给他瞧出破绽。

饭铺中的店小二手忙脚乱,张罗着侍候四位武官。

胡斐心想:"这四人出京南下,多半和我的事有关,倒要听他们说些什么。"可是曾铁鸥等四人风花雪月,尽说些没要紧之事,只听得他好生纳闷。便在此时,忽听得店外青石板上笃笃声响,有个盲人以杖探地,慢慢走了进来。

那人一进饭铺,胡斐心中怦怦乱跳,这几日来他一路打探石万嗔的踪迹,追寻而来,查知他相距已经不远,此人盲了双眼,行走不快,迟早终须追上,不料竟在这小镇上的饭店中狭路相逢。只见他衣衫褴褛,面目憔悴,左手兀自摇着那只走方郎中所用的虎撑。

他摸索到一张方桌,再摸到桌边的板凳,慢慢坐了下来,说道:"店家,先打一角酒来。"店小二见他是个乞儿模样,没好气的问道:"你要喝酒,有银子没有?"石万嗔从怀中取出一锭银子,放在桌上。店小二道:"好,我去打酒给你。"

石万嗔一走进饭铺,曾铁鸥便向三个同伴大打手势,示意要上前捉拿。那日掌门人大会之中,程灵素口喷毒烟,使得人人肚痛,群豪疑心福康安在酒水中下毒,福康安等却认定是这"毒手药王"做了手脚。因此福康安派遣大批武官卫士南下,交代了三件要务:第一是追捕红花会群雄和胡斐、程灵素、马春花一行人,寻回福康安的两个儿子,这是第一件要事;第二是捉拿拆散掌门人大会的"罪魁祸首"石万嗔;第三是捉拿得悉重大阴私隐秘的汤沛及尼姑圆性。

这时曾铁鸥眼见石万嗔双目已盲,心下好生欢喜,但犹恐他是假装,慢慢站起身来,说道:"店家,怎地你店里桌椅这么少?要找个座头也没有?"一面说,一面向店小二作手势,命他不可作声。另一名武官接口道:"张掌柜的,今儿做什么生意,到陈官屯来啊?"曾铁鸥道:"还不是运米来么?李掌柜,你生意好?"那武官道:"好什么?左右混口饭吃罢啦。"两人东拉西扯的说了几句。曾铁鸥道:"没座位啦,咱们跟这位大夫搭个座头。"说着便打横坐在石万嗔的桌旁。

其实饭店中空位甚多,但石万嗔并不起疑,对两人也不加理睬。曾铁鸥才知他是真盲,胆子更加大了,向另外两名武官招手道:"赵掌柜,王掌柜,一起过来喝两盅吧,小弟作东。"那两名武官道:"叨扰,叨扰!"也过来坐在石万嗔身旁。

石万嗔眼睛虽盲,耳音仍是极好,听着曾铁鸥等四人满嘴北京官腔,并非本地口音,说的是做生意,但没讲得几句,便露出了马脚。他微一琢磨,已猜到了八九分,站起身来,说道:"店家,我今儿闹肚子,不想吃喝啦,咱们回头见。"曾铁鸥按住他肩头,笑道:"大夫你不忙,咱们喝几杯再走。"石万嗔知道脱身不得,微微冷笑,便又坐下。

一会儿酒菜端了上来,曾铁鸥斟了一杯酒,道:"大夫,我敬你一杯。"石万嗔道:"好好!"举杯喝干,道:"我也敬各位一杯。"右手提着酒壶,左手摸索四人的酒杯,替每人斟上一杯,斟酒之时,指甲轻弹,在各人酒杯中弹上了毒药,手法便捷,却是谁也没瞧出来。

可是他号称"毒手药王",曾铁鸥虽然没见下毒,如何敢喝他所斟之酒,轻轻巧巧的,便将自己一杯酒和石万嗔面前的一杯酒换过了。

这一招谁都看得分明,便只石万嗔没法瞧见。

胡斐心中叹息:"你双眼已盲,还在下毒害人,当真是自作孽,不可活。我又何必再出手杀你?"

他站起身来,付了店帐。只听曾铁鸥笑道:"请啊,请啊,大家干了这杯!"四名武官脸露奸笑,手中什么也没有,一齐说道:"干杯!"只见石万嗔拿着他下了毒药的一杯酒,嘴角边露出一丝狡猾的微笑。胡斐知他料定这四名武官转眼便要毒发身亡,是以兀自还在得意,见到石万嗔这般情状,心中忽生怜悯之感,大踏步走出了饭店。

数日之后,到了沧州乡下父母的坟地。当他幼时,每隔几年,平四叔便带他前来扫墓。三年前他又曾来过一次。每次到这地方,他总要在父母墓前呆呆坐上几天,想着各种各样的事情:如果爹爹妈妈这时候还活着……如果他们瞧见我长得这么高大了……如果爹爹见我这么使刀,不知会说什么……

这日他来到墓地时,天色已经向晚,远远瞧见一个穿淡蓝衫子的女人,一动不动站在他父母墓旁。这块墓地中没别的坟墓,"难道这女子竟是我父母的相识?"

他心中大奇，慢慢走近，只见那女子是个相貌极美的中年妇人，一张瓜子脸儿，秀丽出众，只是脸色过于苍白，白得没半点血色。她见胡斐走来，也是微感讶异，抬起了头瞧着他。

这时胡斐离北京已远，途中不遇追骑，已不再乔装，回复了本来面目，但风尘仆仆，满身都是泥灰。那女子见是个不相识的少年，也不在意，转过了头去。

这么一转头，胡斐却认出她来——她是当年跟着田归农私奔的苗人凤之妻。当年在商家堡，苗人凤的女儿大叫"妈妈"，张开了双臂要她抱，她却硬起心肠，转过了头去。她的相貌胡斐已记不起了。但这么狠心一转头，他永远都忘不了。

他忍不住冷冷的道："苗夫人，你独个儿在这里干什么？"

她陡然间听到"苗夫人"三字，全身一震，慢慢回过身来，脸色更加白了，颤声道："你……你怎知道我……"说了这几个字，缓缓低下了头，下面的话再也说不出来了。

胡斐道："我出世三天，父母便长眠于地下，终身不知父母之爱，但比起你的女儿来，我还是快活得多。那天商家堡中，你硬着心肠不肯抱女儿一抱……不错，我比你的女儿是快活得多了。"

苗夫人南兰身子摇摇欲倒，道："你……你是谁？"

胡斐指着坟墓，说道："我是到这里来叫一声'爹爹，妈妈'，只因他们死了，这才不答我，这才不抱我。"南兰道："你是胡大侠胡一刀……的……的令郎？"胡斐道："不错，我姓胡名斐。我见过金面佛苗大侠，也见过他的女儿。"南兰低声道："他们……他们很好吧？"

胡斐斩钉截铁的道："不好！"

南兰走上一步，道："他们怎么啦？胡相公，求求你，求求你跟我说。"胡斐道："苗大侠为奸人所害，瞎了双目。苗姑娘孤苦伶仃，没妈妈照顾。"南兰惊道："他……他武功盖世，怎能……"

胡斐大怒，厉声道："在我面前，你何必假惺惺装模作样？田归农行此毒计，难道不是出于你的奸谋？此处若不是我父母的坟墓所在,我一刀便将你杀了。你快快走开吧!"

南兰颤声道:"我……我确是不知。胡相公,这时候他已好了吗?"

胡斐见她脸色极是诚恳,不似作伪,但想这女子水性杨花、奸滑凉薄,什么样子都装得出,不愿跟她多说,哼了一声,转身便走。南兰喃喃的道:"他……他竟被人弄瞎了眼睛,兰儿,我苦命的兰儿……"突然间翻身摔倒,晕了过去。

胡斐听得声响,回头一看,倒吃了一惊,微一踌躇,过去一探她鼻息,竟是真的气厥,脉息微弱,越跳越慢,若是不加施救,立即便要身亡。他万不料到这个无情无义的女子竟会如此,当下捏她的人中,在她胁下推拿。

过了良久,南兰才悠悠醒转,低声道:"胡相公,我死不足惜,只求你告我实情,他和我兰儿到底怎样了?"胡斐道:"难道你还关怀他们?"

南兰道:"说来你定然不信。但这几年来,我日日夜夜,想着的便是这两个人。我自知已不久人世,只盼能再见他们一见,可是我哪里又有面目再去见他父女?今日我到这里来,因为苗大哥当年和我成婚不久,便带着我到这里,来祭奠令尊令堂。苗大哥说他一生之中,便只佩服胡大侠夫妇两人。当年在这墓前,他跟我说了许多话……"

胡斐见她情辞真挚,确非虚假,他人虽粗豪,心肠却软,便道:"好,我便跟你说一说苗大侠父女的近状。"于是将苗人凤如何双目中毒、如何力败强敌等情简略说了,只是自己如何从旁援手,却轻轻一言带过。南兰絮絮询问苗人凤和苗若兰父女的起居饮食,对苗若兰相貌如何、喜欢什么等等,问得更是仔细。但胡斐在苗家匆匆而来,匆匆而去,对这个小姑娘的情状,却是说不上什么。

他一直说到夕阳西下,南兰意犹未足,兀自问个不休。胡斐说到后来,实已无话可答,南兰问他,她女儿穿什么样的衣服,是绸的还是布的?是她父亲到店中买来,还是托人缝制?穿了合不合身？好不好看？"

胡斐叹了口气，说道："我都不知道。你既是这样关心，当年又何必……"站起身来，道："我要投店去啦。本来今日我要来埋葬义妹的骨灰，此刻天色已晚，只好明天再来！"南兰道："好，明天我也来。"胡斐道："不！我再也没什么话跟你说了。"他顿了一顿，终于问道："苗夫人，我爹爹妈妈，是死在苗人凤手下的，是不是？"

南兰缓缓点了点头，道："他……他曾跟我说起此事……，不过，这是……"

正说到这里，忽听得远处有人叫道："阿兰，阿兰！……阿兰，阿兰！你在哪里？"胡斐和南兰一听，同时脸色微变，原来那正是田归农的叫声。

南兰道："他找我来啦！明儿一早，请你再到这里，我跟你说令尊令堂的事。"胡斐道："好，明日一早，一准在此会面。"他不愿跟田归农朝相，隐身在坟墓之后，心想："明日问明爹爹妈妈身故的真相，若是当真和田归农这奸贼有关，须饶他不得。料想苗夫人定要替他遮掩隐瞒，但我只要细心查究，必能瞧出端倪。只不知田归农到沧州来，却是为了何事？"

只见南兰快步走出墓地，却不是朝着田归农叫声的方向走去，待走出数十丈远，只听得田归农还在不住口的呼唤："阿兰，阿兰，你在不在这儿？"南兰才应道："我在这里。"田归农"啊"了一声，循声奔去。南兰道："我随便走走，你也不许，便管得我这么紧。"隐隐约约听得田归农陪笑道："谁敢管你啦？我记挂着你啊。这儿好生荒凉，小心别吓着了……"两人并肩远去，再说些什么，便听不见了。

胡斐心想："天色已晚，不如便在这里陪着爹娘睡一夜。"从包裹取出些干粮吃了，抱膝坐于墓旁，沉思良久，秋风吹来，微感凉意。墓地上黄叶随风乱舞，一张张扑在他脸上身上，直到月上东山，这才卧倒。

睡到中夜，忽听得马蹄击地之声，远远传来，胡斐一惊而醒，心道："半夜三更，还有谁在荒郊驰马？"只听得蹄声渐近，那马奔得甚是迅捷。待得相距约有两三里路，蹄声缓了，跟着是一步一步而行，似乎马上乘客已下了马背，牵着马在找寻什么。胡斐听得那马正是向自己的方向而来，当下缩在墓后的长草之中，要瞧来的是谁。

新月之下，只见一个身裁苗条的人影牵着马慢慢走近，待那人走到墓前十余丈时，胡斐看得明白，那人缁衣圆帽，正是圆性。

他一颗心剧烈跳动，但觉唇干舌燥，手心中都是冷汗，要想出声呼唤，不知如何，竟是叫不出声来，霎时间思如潮涌："她到这里来做什么？她是知道我在这里么？是无意中到这儿呢，还是为了寻我而来？"

只听得圆性轻轻念着墓碑上的字道："辽东大侠胡一刀夫妇之墓！"幽幽叹了口气，道："是这里。"在墓前仔细察看，自言自语道："墓前并无纸灰，那么他还没来扫过墓……"突然之间，剧烈咳嗽起来，越咳越是厉害，竟是不能止歇。

胡斐听着她的咳声，心中暗暗吃惊："她身染疾病，势道大是不轻啊。"

只听得她咳了好半晌，才渐渐止了，轻轻的道："倘若当年我不是在师父跟前立下重誓，终身伴着你浪迹天涯，行侠仗义，岂不是好？唉，胡大哥，你心中难过，但你知不知道，我可比你更是伤心十倍啊？"

胡斐和她数度相遇，见她总是若有情若无情，哪里听到过她吐露心中真意？若不是她只道荒野之中定然无人听见，也决不会泄漏心中的郁积。圆性说了这几句话，心神激荡，倚着墓碑，又大咳起来。

胡斐再也忍耐不住，纵身而出，柔声道："怎地受了风寒？要保重才好。"

圆性大吃一惊，退了一步，双掌交叉，一前一后，护在胸前，待得看清楚竟是胡斐,不由得满脸通红。

过了一会,圆性道:"你……你这轻薄小子,怎地……怎地躲在这里,鬼鬼祟祟的偷听人家说话?"

胡斐中心如沸,再也不顾忌什么,大声道:"袁姑娘,我对你的一片真心,你也决非不知。你又何必枉然自苦?我跟你一同去禀告尊师,还俗回家,不做这尼姑了。你我天长地久,永相厮守,岂不是好?"

圆性抚着墓碑,咳得弯下了腰,抬不起身来。胡斐甚是怜惜,走近两步,柔声道:"你不用烦恼啦……"忽见她一声咳嗽,吐出一口血来,不禁一惊,道:"怎地受了伤?"

圆性道:"是汤沛那奸贼伤的。"胡斐怒道:"他在哪里?我这便找他去。"圆性道:"我已杀了他。"

胡斐大喜,道:"恭喜你手刃大仇。"随即又问:"伤在哪里,快坐下歇一歇。"扶着她慢慢坐下。又道:"你既已受伤,就该好好休养,不可鞍马劳顿,连夜奔波。"

圆性转过头来,向他看了一眼,心中在说:"我何尝不知该当好好休养,若不是为了你,我何必鞍马劳顿,连夜奔波?"问道:"程家妹子呢?怎么不见她啊?"

胡斐泪盈于眶,颤声道:"她……她已去世了。"圆性大惊,站了起来,道:"怎……怎么……去世了?"胡斐道:"你坐下,慢慢听我说。"于是将自己如何中了石万嗔的剧毒、程灵素如何舍身相救等情一一说了。圆性黯然垂泪。良久良久,两人相对无语,回思程灵素的侠骨柔肠,都是难以自已。

一阵秋风吹来,寒意侵袭,圆性轻轻打了个颤。胡斐脱下身上长袍,披在她的身上,低声道:"你睡一忽儿吧。"圆性道:"不,我不睡。我是来跟你说一句话,这……这便要去。"胡斐惊道:"你到哪里去?"圆性凝望着他,轻轻道:"借如生死别,安得长苦悲?"

胡斐听了这两句话,不由得痴了,跟着低声念道:"借如生死别,安得长苦悲?"

圆性道:"胡大哥,此地不可久留,你急速远离为是。我在途中得到讯息,赶来跟你说知。"胡斐道:"什么讯息?"圆性道:"那日和你别后,我便去追寻汤沛。可是这贼子滑溜得紧,竟给他逃得不知去向。我想他老家是在湖北,既是得罪了福康安,全家都有干系,他定要设法通知家中老小,急速逃命。"胡斐道:"你料得不错。"圆性道:"他外号叫作'甘霖惠七省',江湖上交游极其广阔,但想他既是个如此奸滑之徒,未必当真结交到什么好朋友。此刻大祸临头,非自己赶回家中不可。于是我向西南方疾追。三天之后,果然在清风店追上了他。高粱田里一场恶战,终于使计击毙了这贼子,不过我受伤也是不轻。"胡斐叹了口气。

圆性又道:"我在客店养了几天伤,见到福康安手下的武士接连两批经过,其中有那鹰爪雁行门的周铁鹪在内,便上前招呼,约他说话。"胡斐惊道:"你身上有伤,不怕他记仇么?"

圆性微笑道:"我是送他一件大大功名。他就算本来恨我,也就不恨了。我将埋葬汤沛尸体的地方指了给他看,他只要割了首级回去北京,不是大功一件么?他果然很感激我。我说:'周老爷,你若是将我擒去,自然又是一件大功,只不过胡斐胡大哥一定放你不过,从前的许多事情,都不免抖露出来。'那周铁鹪倒很光棍,说道:'胡大哥的为人,兄弟是很佩服的,决不敢得罪他的朋友。请你转告胡大哥,田归农率领了大批好手,要到沧州他祖坟之旁埋伏,捉拿胡大哥。'"

胡斐吃了一惊,道:"在这里埋伏?"圆性道:"正是。我听周铁鹪这么说,知道不假,很是着急,生怕来迟了一步,唉,谢天谢地,没出乱子……"

胡斐瞧着她憔悴的容颜,心想:"你为了救我,只怕有几日几夜没睡觉了。"圆性又道:"那田归农何以知道你祖坟葬在此处?又怎知你定要前来扫墓?胡大哥,好汉敌不过人多,眼前且避过一步再说。"

胡斐道:"今日我见到苗夫人,约她明日再来此处会晤。"圆性道："苗夫人是谁？"胡斐约略说了。圆性急道："这女人连丈夫女儿尚且不顾，能守什么信义？快乘早走吧。"

胡斐觉得苗夫人对他的神态却不似作伪，又很想知道父母去世的真相，极盼再和苗夫人一会。圆性道："田归农已在左近，那苗夫人岂有不跟他说知之理？胡大哥，你怎地不听我的话？我连夜赶来叫你避祸，难道你竟半点也不把我放在心上么？"胡斐心中一凛，道："你说的对，是我的不是。"圆性道："我也不是要你认错。"胡斐过去牵了马缰，道："好，你上马吧。"圆性正要上马，忽听得四面八方胡哨声此起彼伏，敌人四下里攻到，竟已将坟地团团围住了。

胡斐咬牙道："这女人果然将我卖了。咱们往西闯。"听着这胡哨之声，不禁暗自心惊，来攻之敌人着实不少，倘若圆性并未受伤，两人要突围逃走原是不难，此刻却殊无把握。圆性道："你只管往西闯，不用顾我。我自有脱身之策。"

胡斐胸口热血上涌，喝道："咱俩死活都在一块！你胡说些什么？跟着我来。"圆性被他这么粗声暴气的一喝，心中甜甜的反觉受用，自知重伤之余，不能使动软鞭，于是一提缰绳，纵马跟在胡斐身后。

胡斐拔刀在手，奔出数丈，便见五个人影并肩拦上，他心想："今日要脱出重围，须得刀刀杀手，可不能有半分容情。"当下大踏步直闯过去，虽是以寡敌众，仍是并不先行出手，守着后发制人的要诀，左肩前引，左掌斜伸，右手提刀，垂在腿旁。

两名福康安府中的武士一执铁鞭，一挺鬼头刀，齐声吆喝，分从左右向他头顶砸下。胡斐一见出手，便知两人的武功都甚了得，只要一接上手，非顷刻间可以取胜，余人一经合围，要脱身便千难万难，于是斜身高纵，呼的一刀，往五人中最左一人砍去。那武士手使长剑，举剑挡架。胡斐身在半空，内劲运向刀上，拍拍两腿，快如闪电般踢在第四名武士胸口。那武士直飞出去，口中狂喷鲜血。使剑的武士但觉兵刃上一股巨力传到手臂,又压上心口,立觉前胸后背数十根肋骨似已一齐折断,一声也没出,便此晕死过去。

众武士见他在两招之内伤了两个同伴,无不震骇。那使鬼头刀的武士喝道:"胡大爷,果然好功夫,在下司徒雷领教。"那使铁鞭的道:"在下谢不挡领教高招。"胡斐叫道:"好!"单刀环身一绕,飕飕飕刀光闪动,三下虚招,和身压将过去。司徒雷和谢不挡急退两步。第三名武士叫道:"在下东方……"只说到第四个字,胡斐的刀背已砰一声,击在他的后脑,脑骨粉碎,立时毙命,竟是不知他叫东方什么名字。

司徒雷和谢不挡严守住门户,又退了两步,却不容胡斐冲过。呼哨声中,四名武士奔到司徒雷和谢不挡身后,并肩展开。

胡斐虽在瞬息之间接连伤毙三名敌人,但那司徒雷和谢不挡颇有见识,竟不上前接战,连退两次,拦住他的去路。胡斐心中暗暗叫苦,使招"夜战八方藏刀式",向前一攻,以左足为轴,转了个圈子。

这么一转,已数清了敌方人数,西边六人,东边八人,南北各是五人,伤毙的三人不算,对方竟是尚有二十四人。

忽听一人朗声长笑,声音清越,跟着说道:"胡兄弟,幸会,幸会。每见你一次,你武功便长进一层,当真是英雄出在少年,了不起啊了不起!"正是田归农的声音自南边传来。

胡斐不加理会,凝视着西方的六名敌人,只听那四名没报过名的武士分别说道:"在下张宁!""在下丁文沛领教。""在下丁文深见过胡大爷!""嘿嘿,老夫陈敬夫!"

胡斐向前一冲,突然转而向北,左手伸指向北方第二名武士胸口点去。那人手持一对判官笔,正是打穴的好手,见对方伸指点来,右手判官笔倏地伸出,点向他右肩的"缺盆穴"。这一招反守为攻,实是极厉害的杀着,胡斐虽然出手在先,但那人的判官笔长了二尺二寸,眼看胡斐手指尚未碰到那人穴道,自己缺盆穴先要被点。不料胡斐左手一掠,已抓住了判官笔,用力向前一送,那人

"嘿"的一声闷哼，判官笔的笔杆已插入他的咽喉。

便在此时，只听得身后两人叫道："在下黄樵！""在下伍公权！"金刃劈风之声，已掠到背心。胡斐向前一扑，两柄单刀都砍了个空，他顺势回过单刀，刷的一下，从下而上的斩向黄樵手腕。这一招是胡家刀法中的精妙之着，武功再强的人也须着了道儿。不料黄樵精于十八路大擒拿手，应变最快，眼见刀锋削上手腕，危急中抛去兵刃，手腕一翻，伸指径来抓胡斐单刀的刀背。别瞧他两撇鼠须，头小眼细，形貌颇为猥葸，这一下变招竟是比胡斐还要迅捷，五根鸡爪般的手指一抖，已抓住了刀背。胡斐仗着力大，挥刀向前砍出，不料这黄樵膂力也是不小，抓住了刀背，胡斐这一刀居然没能砍出。就这么呆得一呆，身后又有三人同时攻到。

胡斐估计情势，待得背后三人攻到，尚有一瞬余暇，须当在这片刻间料理了黄樵，此时陷身重围，眼前这人又实是劲敌，若能伤得了他，便减去一分威胁。当下突然撒手离刀，双掌击出，砰的一响，打在他的胸口。黄樵一呆，竟然并不摔倒，但抓着单刀的手指却终于放开了。胡斐一探手，又已抓住刀柄，回过身来，架住了三般兵器。

那三名武士一个伍公权，一个是老头陈敬夫，另一个身材魁梧，比胡斐几乎高出一个半头，手中使的是根熟铜棍，足足有四十余斤，极是沉重。胡斐一挡之下，胸口便是一震，待要跃开，左右又是两人攻到。

圆性骑马在后，众武士都在围攻胡斐，一时没人理她。她虽伤重乏力，但胡斐力伤五人的经过，却是一招一式，全都看得清清楚楚。她全心关怀胡斐安危，胡斐的一闪一避，便如她自己躲让一般，一刀一掌，便似她自己出手。眼见他身受五人围攻，情势危急，当即一提缰绳，纵马便冲了过去。

她马鞭一挥，使一招软鞭鞭法中的"阳关折柳"，已圈住那魁梧大汉的头颈。那大汉正在自报姓名："在下高一力领教……"突然喉头一紧，已说不出话来。他力气虽大，但一来猛地里呼吸闭塞,二来总是敌不住马匹的一冲,登时立足不定,被马匹横拖而去,连旁边的张宁也一起带倒。

胡斐身旁少了两敌,刷刷两刀,已将丁文沛、丁文深兄弟砍翻在地,突觉背后风声飒然,有人欺到,不及转身,反手"倒卧虎怪蟒翻身",一刀回斫,只听得"叮"的一声轻响,手上一轻,单刀已被敌人的利刃削断,敌刃跟着便顺势推到。

胡斐大惊,左足一点,向前直纵出丈余,但总是慢了片刻,左肩背一阵剧痛,已看清楚偷袭的正是田归农,不由得暗暗心惊,田归农武功也不怎么,可是他这柄宝刀锋锐绝伦,实所难当。

他右足落地,左掌拍出,右手反勾,已从一名武士手中抢到一柄单刀,跟着反手一刀,这招空手夺白刃干净利落之极,反手回攻又是凌厉狠辣无比,要知敌人手持利刃跟踪而至,其间相差只是一线,只消慢得瞬息,便是以自己血肉之躯,去喂田归农手中那天龙门镇门之宝的宝刀了。胡斐不敢以单刀和敌人宝刀对碰,一味腾挪闪跃,展开轻身功夫和他游斗。但拆得七八招,十余名敌人一齐围了上来,另有三人去攻击圆性。胡斐微一分心,当的一响,单刀又被宝刀削断。这柄宝刀的锋利,实是到了削铁如泥的地步。

田归农有心要置胡斐死地,寒光闪闪,手中宝刀的招数一招紧似一招。他平时使剑,用刀并不顺手,但这柄刀锋利绝伦,只须随手挥舞,胡斐已决计不敢撄其锋芒。他使开宝刀,直逼而前。

胡斐想再抢件兵刃招架,但刀枪丛中,竟是缓不出手来,嗤的一声,左肩又被一名武士的花枪枪尖划了长长一条口子。

众武士大叫起来:"姓胡的投降吧!""你是条好汉子,何苦在这里枉自送了性命?""我们人多,你寡不敌众,认输罢啦,不失面子。"田归农却一言不发,刀刀狠辣的进攻。

胡斐肩背伤口奇痛,眼看便要命丧当地,忽听得一个女子声音叫道:"大哥,别伤这少年的性命。"胡斐虽在咬牙酣斗,仍听得出是苗夫人的声音,喝道:"谁要你假仁假义?"忙乱之中,腰眼里又被人踢中一腿。胡斐怒极,右手疾伸,抓住了那人足踝,提将起

· 653 ·

来，扫了个圈子。众武士心有顾忌，一时倒也不敢过分逼近。胡斐手中所抓之人正是张宁，他兵刃脱手，被胡斐甩得头晕脑胀，挣扎不脱。

胡斐见圆性在马上东闪西避，那坐骑也已中了几刀，不住悲嘶，当下提起张宁，冲到圆性身前，叫道："跟我来！"圆性一跃下马，两人奔到了胡一刀的墓旁。墓边的柏树已高，两人倚树而斗，敌人围攻较难。胡斐提起张宁，喝道："你们要不要他的性命。"

田归农叫道："杀得反贼胡斐，福大帅重重有赏！"言下之意，竟是说张宁是死是活，并无干系。他眼见众人迟疑，自己便挥刀冲了上来。

胡斐知道抓住张宁，不足以要胁敌人退开，心想田归农宝刀在手，武功又高，要抓他是极不容易，最好是抓住苗夫人为人质，可是她站得远远的，相距十余丈之遥，无论如何冲不过去。但见田归农一步步的走近，当下在张宁身边一摸，瞧他腰间是否带得有短刀、匕首之类，也可用以抵挡一阵。一摸之下，触手是个沉甸甸的镖囊，胡斐左手点了他穴道，右手摘下镖囊，摸出一枝钢镖，掂了掂份量，觉得颇为沉重，看准田归农的小腹，力运右臂，呼的一声，掷了出去。

镖重劲大，去势极猛，田归农待得惊觉，钢镖距小腹已不过半尺，急忙挥刀一格。钢镖虽然立时斩为两截，但镖尖余势不衰，撞在他右腿之上，还是划破了皮肉。便在此时，只听得"啊"的一声惨呼，一名武士咽喉中镖，向后直摔。田归农骂道："小贼，瞧你今日逃得到哪里去？"但一时倒也不敢冒进，指挥众武士，团团将两人围住。

福康安府中这次来的武士，连田归农在内共是二十七人，被胡斐刀砍掌击、镖打腿踢，一共已伤毙了九人，胡斐自己受伤也已不轻。对方十八人四周围住，此时已操必胜之算，有几人爱惜胡斐，又叫他投降。

胡斐低声道："我向东冲出，引开众人，你快往西去。那匹白马系在松树上。"圆性道："白马是你的，不是我的。"胡斐道："这当儿还分什么你的我的！我不用照顾你，管教能够突围。"圆性道："我不用你照顾，你这就去罢。"

若是依了胡斐的计议，一个乘白马奔驰如风，一个持勇力当者披靡，未始不能脱险。可是圆性不愿意，其实在胡斐心中，也是不愿意。也许，两人决计不愿在这生死关头分开；也许，两人早就心中悲苦，觉得还是死了干净。

胡斐拉住圆性的手，说道："好！袁姑娘，咱俩便死在一起。我……我很是欢喜！"

圆性轻轻摔脱了他手，喘息道："我……我是出家人，别叫我袁姑娘。我也不是姓袁。"

胡斐心下黯然，暗想我二人死到临头，你还是这般矜持，对我丝毫不假辞色。

只见一名武士将单刀舞成一团白光，一步步逼近。胡斐拾起一块石头，向白光圈摔了过去。那武士单刀一格，将石头击开。胡斐抓住这个空隙，一镖掷出，正中其胸，那武士扑倒在地，眼见不活了。

田归农叫道："这小贼凶横得紧，咱们一涌而上，难道他当真便有三头六臂不成？"

胡斐抬头望了一眼头顶的星星，心想再是一场激战，自己杀得三四名敌人，星星啊，月亮啊，花啊，田野啊，那便永别了。

田归农毫无顾忌的大声呼喝指挥，命十六名武士从四方进攻，同时砍落，乱刀分尸。众武士齐声答应。田归农叫道："他没兵器，这一次非将他斩成肉酱不可！"

苗夫人忽地走近几步，说道："大哥，且慢，我有几句话跟这少年说。"田归农皱起了眉头，道："阿兰，你别到这儿来，小心这小贼发起疯来，伤到了你。"苗夫人却甚是固执，道："他立时便要死了。我跟他说一句话，有什么干系？"田归农无奈，只是道："好，你说罢！"

苗夫人道："胡相公，你的骨灰坛还没埋，这便死了吗？"胡斐昂然道："关你什么事？我不愿破口辱骂女人。你最好走得远些。"苗夫人道："我答应过你，要跟你说你爹爹的事。你虽转眼便死，要不要听？"

田归农喝道："阿兰，你胡闹什么？你又不知道。"

苗夫人不理田归农，对胡斐道："我只跟你说三句话，都是和你爹爹有关的。你听不听？"胡斐道："不错！我不能心中存着一个疑团而死。你说吧！"苗夫人道："我这话只能给你一人听，你却不可拿住了我要挟，倘若你不答应，我就不说了。"

胡斐道："你在我死去之前，释明我心中疑团，我十分感谢，岂能反来害你？天下男儿汉大丈夫甚多，你道都是田归农这般卑鄙小人么？"

田归农脸上更加阴沉了。他不知南兰要跟胡斐说些什么话，他向来不敢得罪了她，既是无法阻止，心想："不论她说什么，总是于我声名不利，自是别让旁人听见为妙。"

苗夫人缓步过来，走到胡斐身前，将嘴巴凑到他耳边，低声道："你将骨灰坛埋在墓碑之后的三尺处，向下挖掘，有柄宝刀。"说了这三句话，便即退开，朗声道："此事只与金面佛苗人凤有关。你既知道了这件秘密，死而无憾，快将骨灰坛埋好，让死者入土为安。你了结这件心事，安心领死吧！"

胡斐心中一片迷惘，实是不懂她这三句话的用意，看来又不像是故意作弄自己，心想："不管如何，确是先葬了二妹的骨灰再说。"于是看准了墓碑后三尺之处，运劲于指，伸手挖土。

田归农心道："原来阿兰是跟他说，他父亲是死于苗人凤之手。"心中大慰，转头向她微微一笑。他听南兰叫胡斐埋葬骨灰坛，不便拂逆其意而指挥武士阻止，反正胡斐早死迟死，也不争在片刻之间。

十六名武士各执兵刃，每人都相距胡斐丈余，目不转睛的监视。

圆性见胡斐挖坑埋葬程灵素的骨灰，心想自己与他立时也便身归黄土,当下悄悄跪倒,合什为礼,口中轻轻诵经。

胡斐左肩的伤痛越来越厉害,两只手渐渐挖深,一转头,瞥见圆性合什下跪,神态庄严肃穆,忽感喜慰:"她潜心皈佛,我何苦勉强要她还俗?幸亏她没答应,否则她临死之时,心中不得平安。"

突然之间,他双手手指同时碰到一件冰冷坚硬之物,脑海中闪过苗夫人的那句话:"有柄宝刀!"他不动声色,向两旁摸索,果然是一柄带鞘的单刀,抓住刀柄轻轻一抽,刀刃抽出寸许,毫没生锈,心想:"苗夫人说道:'此事只与金面佛苗人凤有关',难道这把刀是苗大侠埋在这里的?难道苗大侠为了纪念我爹爹,将这柄刀埋在我爹爹的坟里?"

他这一下猜测,确是没猜错。只是他并不知道,苗人凤所以和苗夫人相识而成婚,正是由于这口"冷月宝刀";而他夫妇良缘破裂,也是从这口宝刀而起,始于苗人凤将这刀埋葬在胡一刀坟中之时。

当世除了苗人凤和苗夫人之外,没第三人知道此事。

胡斐握住了刀柄,回头向苗夫人瞧去,只听得她幽幽说道:"要明白别人的心,那是多么难啊!"她长长的叹了口气,缓步远去。

田归农叫道:"阿兰,你在客店里等我。待我杀了这小贼,大伙儿喝酒庆功。"苗夫人不答,在荒野中越走越远。

田归农转过头来,喝道:"小贼,快埋!咱们不等了!"

胡斐道:"好,不等了!"抓起刀柄,只觉眼前青光一闪,寒气逼人,手中已多了一柄青森森的长刀,刀光如水,在冷月下流转不定。

田归农和众武士无不大惊。胡斐乘众人心神未定,挥刀杀上。当啷当啷几声响处,三名武士兵刃削断,两人手臂断落。田归农横刀斫至,胡斐举刀一格,铮声清响,声如击磬,良久不绝。两人跃开三步,就月光下看手中刀时,都是丝毫无损。原来两口宝刀,正堪匹敌。

胡斐一见手中单刀不怕田归农的宝刀，登时如虎添翼，展开胡家刀法，霎时间又伤了三名武士。田归农的宝刀虽和他各不相下，但刀法却大大不如，他以擅使的长剑和胡斐相斗，尚且不及，何况以己之短，攻敌之长？三四招一过，臂腿接连中刀，若非身旁武士相救退开，已然命丧胡斐刀下。此时身上没带伤的武士已寥寥无几，任何兵刃遇上胡斐手中宝刀，无不立断，尽变空手。

胡斐也不赶尽杀绝，叫道："我看各位也都是好汉子，何必枉自送了性命？"

田归农见情势不对，拔足便逃。众武士搭起地下的伤毙同伴，大败而走。众人直到数年之后，苦苦思索，纷纷议论，还是没丝毫头绪，不知胡斐这柄宝刀从何而来。总觉此人行事神出鬼没，人所难测，"飞狐"这外号便由此而传开了。

胡斐弹刀清啸，心中感慨，还刀入鞘，将宝刀放回土坑之中，使它长伴父亲于地下，再将程灵素的骨灰坛也轻轻放入土坑，拨土掩好。

圆性双手合什，轻念佛偈：

"一切恩爱会，无常难得久。

生世多畏惧，命危于晨露。

由爱故生忧，由爱故生怖。

若离于爱者，无忧亦无怖。"

念毕，悄然上马，缓步西去。

胡斐追将上去，牵过骆冰所赠的白马，说道："你骑了这马去吧。你身上有伤，还是……还是……"圆性摇摇头，纵马便行。

胡斐望着她的背影，那八句佛偈，在耳际心头不住盘旋。

他身旁那匹白马望着圆性渐行渐远，不由得纵声悲嘶，不明白这位旧主人为什么竟不转过头来。

（全书完）

后　记

　　《飞狐外传》写于一九六〇、六一年间，原在《武侠与历史》小说杂志连载，每期刊载八千字。

　　在报上连载的小说，每段约一千字至一千四百字。《飞狐外传》则是每八千字成一个段落，所以写作的方式略有不同。我每十天写一段，一个通宵写完，一般是半夜十二点钟开始，到第二天早晨七八点钟工作结束。作为一部长篇小说，每八千字成一段落的节奏是绝对不好的。这次所作的修改，主要是将节奏调整得流畅一些，消去其中不必要的段落痕迹。

　　《飞狐外传》是《雪山飞狐》的"前传"，叙述胡斐过去的事迹。然而这是两部小说，互相有联系，却并不是全然的统一。在《飞狐外传》中，胡斐曾不止一次和苗人凤相会，胡斐有过别的意中人。这些情节，没有在修改《雪山飞狐》时强求协调。

　　这部小说的文字风格，比较远离中国旧小说的传统，现在并没有改回来，但有两种情形是改了的：第一，对话中删除了含有现代气息的字眼和观念，人物的内心语言也是如此。第二，改写了太新文艺腔的、类似外国语文法的句子。

　　《雪山飞狐》的真正主角，其实是胡一刀。胡斐的性格在《雪山飞狐》中十分单薄，到了本书中才渐渐成形。我企图在本书中写一个急人之难、行侠仗义的侠士。武侠小说中真正写侠士的其实并不很多，大多数主角的所作所为，主要是武而不是侠。

孟子说:"富贵不能淫,贫贱不能移,威武不能屈,此之谓大丈夫。"武侠人物对富贵贫贱并不放在心上,更加不屈于威武,这大丈夫的三条标准,他们都不难做到。在本书之中,我想给胡斐增加一些要求,要他"不为美色所动,不为哀恳所动,不为面子所动"。英雄难过美人关,像袁紫衣那样美貌的姑娘,又为胡斐所倾心,正在两情相洽之际而软语央求,不答允她是很难的。英雄好汉总是吃软不吃硬,凤天南赠送金银华屋,胡斐自不重视,但这般诚心诚意的服输求情,要再不饶他就更难了。江湖上最讲究面子和义气,周铁鹪等人这样给足了胡斐面子,低声下气的求他揭开了对凤天南的过节,胡斐仍是不允。不给人面子恐怕是英雄好汉最难做到的事。

胡斐所以如此,只不过为了锺阿四一家四口,而他跟锺阿四素不相识,没一点交情。

目的是写这样一个性格,不过没能写得有深度。只是在我所写的这许多男性人物中,胡斐、乔峰、杨过、郭靖、令狐冲这几个是我比较特别喜欢的。

武侠小说中,反面人物被正面人物杀死,通常的处理方式是认为"该死",不再多加理会。本书中写商老太这个人物,企图表示:反面人物被杀,他的亲人却不认为他该死,仍然崇拜他,深深的爱他,至老不减,至死不变,对他的死亡永远感到悲伤,对害死他的人永远强烈憎恨。

一九七五年一月